ऐसे हुआ हूल

ऐसे हुआ हूल

प्रथम स्वतंत्रता-संग्राम 1857 की पूर्व-पीठिका का औपन्यासिक दस्तावेज

आर. कार्सटियर्स

अनुवाद

शिशिर टुडू

प्रभात प्रकाशन, दिल्ली

ISO 9001:2008 प्रकाशक

प्रकाशक • **प्रभात प्रकाशन**
4/19 आसफ अली रोड,
नई दिल्ली–110002

संस्करण • प्रथम, 2012
मूल्य • पाँच सौ रुपए
मुद्रक • भानु प्रिंटर्स, दिल्ली

AISE HUA HOOL *novel* by R. Carstairs Rs. 500.00
Published by Prabhat Prakashan, 4/19 Asaf Ali Road, New Delhi-2
e-mail: prabhatbooks@gmail.com ISBN 978-93-5048-164-6

संघर्ष के उन अनाम पहरुओं को समर्पित,
जो जल, जंगल, जमीन और
जज्बात की रक्षा में आज भी
शाल वृक्ष के समान तने खड़े और संघर्षरत हैं।

भूमिका

भारत के नक्शे में झारखंड का संतालपरगना क्षेत्र अनचीन्हा अनजाना सा लगता है। यदि क्षेत्र में पत्थर के खदान न होते तो संभवत: आज इस क्षेत्र को जानने-समझने की आवश्यकता कम ही लोग महसूस करते। सुप्रसिद्ध बाबा धाम देवघर को छोड़ यहाँ के अन्य जिले, पश्चिम, उत्तर और दक्षिण के राज्यों के लिए यदि कोई अर्थ नहीं रखते तो आश्चर्य नहीं होना चाहिए। पूर्वी राज्यों में भी यह क्षेत्र बुनियादी तौर पर इस कारण जाना जाता है क्योंकि यहाँ सस्ते मजदूर उपलब्ध होते हैं। यह स्थिति इस क्षेत्र की आर्थिक स्थिति के परिचायक हैं।

इतिहास लेखन एक दुरूह क्रिया है। सामान्य तौर पर इतिहास लेखन के लिए संबंधित स्थल साक्ष्य या फिर अभिलेखों की आवश्यकता होती है। यदि इनमें कोई भी उपलब्ध न हो तो लोक-गीतों व लोक-कथाओं से प्राप्त विवरणों को दस्तावेज मान, उनका विश्लेषण कर इतिहास लेखन किया जा सकता है। मोहनजोदड़ो और हड़प्पा में प्राप्त नगर के भग्नावशेषों का विश्लेषण कर उसी अनुरूप इतिहास की रचना हुई है क्योंकि वहाँ की चित्रलिपि भी अब तक अबूझ पहेली ही बनी हुई है। तथापि जिस इतिहास की रचना हुई है उसे सत्य के निकटतम माना गया है।

देश-विदेश के कई लब्ध-प्रतिष्ठित लेखकों ने किसी ऐतिहासिक घटना के इर्दगिर्द कथाएँ बुन कर कई लोकप्रिय उपन्यासों की रचना की है। तथ्य के साथ जब लेखक की अनुकूल कल्पना कथा गढ़ती है तो यह न केवल पाठकों में रुचि जगाती है अपितु उस कालखंड की सामाजिक-सांस्कृतिक व राजनैतिक स्थितियों से भी अवगत कराती है, जिससे वर्तमान स्थितियों को समझने-परखने में सहायता मिलती है। प्रस्तुत उपन्यास 'ऐसे हुआ हूल' की पृष्ठभूमि भी ऐतिहासिक है जो मूल रूप से अंग्रेजी में रॉबर्ट आर कार्सटेयर्स द्वारा लिखित 'हाड़माज विलेज' के संताली अनुवाद 'हाड़मावाक् आतो' का हिंदी अनुवाद है। संताली में अनुवाद श्री आर.आर. किस्कू रापाज द्वारा किया गया जिसका प्रकाशन वर्ष 1946 में संताली लिटरेचर कमिटी, दुमका के सौजन्य से हुआ था।

'हाड़मावाक् आतो' जब मेरे हाथ लगी तो इसे पढ़कर लगा था कि 1855-56 के संताल हूल' से संबंधित जो जानकारियाँ इस पुस्तक में हैं, वे वस्तुतः ऐतिहासिक दस्तावेज हैं। उपन्यास पढ़कर कई पारंपरिक भ्रांतियों से पर्दा उठा है और आशा है कि सामान्यजन सहित इतिहास और समाजशास्त्र में रुचि रखने वाले पाठकों के लिए यह पुस्तक एक दस्तावेज साबित होगी। मूल लेखक रॉबर्ट आर. कार्सटेयर्स, आई.सी.एस., 1885 से 1898 तक दुमका के डिप्टी कमिश्नर पद पर कार्यरत थे और ऐसा प्रतीत होता है कि इसी दौरान उन्होंने 'हूल' से संबंधित सामग्रियों का संकलन घटनास्थलों का भ्रमण कर किया था क्योंकि जिन गाँवों, स्थानों का उल्लेख किया गया है उनमें से अधिसंख्य की भौगोलिक स्थिति आंशिक बदलाव के साथ आज भी वैसी ही बनी हुई है।

यह एक दिलचस्प किस्सा है कि हम 'हाड़मावाक् आतो' के हिंदी अनुवाद के लिए कैसे प्रेरित हुए। लगभग पाँच वर्षों पहले बिहार सरकार द्वारा भारत की स्वतंत्रता संग्राम से संबंधित सामग्री संकलन के रूप में संग्रहित कर प्रकाशन का विचार चल रहा था। इसी क्रम में पटना के खुदा बख्श लाइब्रेरी से हाड़माथा विलेज का उर्दू अनुवाद 'जंगे आजादी' भाई अबरार ताबिंदा के सौजन्य से हस्तगत हुआ। संयोग से संताली में अनुदित 'हाड़मावाक् आतो' की जिरॉक्स कॉपी भी प्राप्त हुई थी। उर्दू अनुवाद का अध्ययन कर जब इसका मिलान संताली अनुवाद से किया गया तो ऐसा प्रतीत हुआ कि उर्दू संस्करण संताली अनुवादित उपन्यास का पैराफ्रेज्ड संस्करण है।

हम साथियों की इच्छा थी कि संपूर्ण उपन्यास वृहत्तर समाज के लिए उपलब्ध कराया जाए। कारण यह था कि उपन्यास में 1855-56 के 'संताल हूल' से संबंधित कई महत्त्वपूर्ण अनजाने प्रसंग व तथ्य सहित कई ऐसी समृद्ध सांस्कृतिक परंपराओं के विवरण संकलित हैं जो तथाकथित आधुनिक विकास के क्रम में धूमिल होते जा रहे हैं।

स्वतंत्रता संग्राम के अनछुए पहलुओं की खोज में हम कुछ साथी उसी वर्ष 'सौरिया पहाड़िया' समुदाय की जीवन शैली, उनके इतिहास और वर्तमान से रूबरू होने के लिए साहेबगंज के निकट कुलभांगा पहाड़ी पर गए थे। दिन के समय एक विशाल इमली पेड़ की छाया में हम पहाड़िया समुदाय के स्त्री-पुरुषों से उनके इतिहास और अतीत के बारे में पूछताछ कर रहे थे। हमें आश्चर्य हुआ कि अधिसंख्य लोग अपने इतिहास से परिचित नहीं थे। इसी क्रम में वहाँ दो संताल युवतियाँ सिर पर जलावन की लकड़ी का भारी-भरकम बोझ उठाए प्रकट हुईं। उन्होंने इमली पेड़ के मोटे तने से जलावन की लकड़ियों के गट्ठर टिका दिए और छाया में विश्राम करने लगीं। कुछ ही पल बाद दोनों सहसा उठीं और ग्राम-प्रधान के घर के निकट चली गईं, जिनके आश्रय में हम साथी भी एक रात पहले से टिके हुए थे। मैंने देखा कि उन्होंने गृह-स्वामिनी से पीने का पानी माँगा। गृह-स्वामिनी ने बिना किसी संकोच के उनको बड़ी सी 'बाटी' दी और पानी भरे घड़े की ओर इंगित कर दिया

था। युवतियों ने भर मन पानी पिया और इमली की ठंडी छाया में पल भर विश्राम कर पुनः अपनी बाट चल दी थीं। जब वे विश्राम कर रही थीं, मैंने उनसे नाम-गाम पूछा था। हाथ के इशारे से पहाड़ी ढलान पर जिस स्थान की ओर उन्होंने इंगित किया, वह उसी पहाड़ी पर अवस्थित जान पड़ा था। बस इसी के बाद हमारी जिज्ञासा और उत्सुकता की यात्रा आरंभ हो गई थी। क्योंकि मेरे पास जो पारंपरिक जानकारी थी, उसके अनुसार संताल और पहाड़िया समुदायों के बीच प्राचीन काल से अनबन चली आ रही थी। परंतु कुलभांगा ग्राम प्रधान के घर के सामने स्थित इमली के पेड़ के नीचे इस सच्चाई से उसी दिन सामना हुआ कि ''जब जाना तो ये जाना कि कुछ भी न जाना हमने।'' पहाड़ पर पानी की क्या कीमत होती है, वह भी पीने के पानी की, इसे वही समझ सकता है जिसने पहाड़ की जिंदगी को पहाड़ ही जिंदगी के रूप में जिया है।

इसी प्रसंग के बाद अनुवाद की जिम्मेदारी मुझे सौंपी गई और मैं ने भी स्वीकार कर लिया। अनुवाद के क्रम में इस उपन्यास के दो प्रमुख पात्र हाड़मा और सिंगा सरदार की मित्रता का वह प्रसंग भी जाना जिसने हाड़मा को अंग्रेजों के विरुद्ध निर्णायक कदम उठाने के लिए उत्साहित और प्रेरित किया।

आशा है कि इस उपन्यास के पठन-पाठन से अनेक दुराग्रह और भ्रांतियों के उन्मूलन में सहायता मिलेगी। क्योंकि 1855-56 के 'हूल' का नेतृत्व भले ही संतालों के हाथ में था परंतु 'हूल' की अग्नि में आहुति देने वालों तथा गिरफ्तार हुए कई लोगों में गैर-संताल समुदाय के लोगों के नाम भी सरकारी दस्तावेजों में देखे जा सकते हैं। इसके अतिरिक्त यह तथ्य भी प्रमाणित होता है कि इतिहास में दर्ज भारत के प्रथम स्वतंत्रता संग्राम 1857 के सिपाही विद्रोह से लगभग डेढ़ वर्षों पहले ही 1855-56 के हूल ने इसकी बुनियाद रख दी थी। परंतु दुखद है कि इसका उल्लेख स्वतंत्रता संग्राम के इतिहास में नहीं है। 'हाड़मावाक् आतो' के हिंदी अनुवाद का यह एक प्रमुख कारण है।

सच कहूँ तो अनुवाद का यह कार्य एक टीम-वर्क जैसा था जिसमें साथियों सहित मेरे निकट संबंधी भी सम्मिलित हुए हैं। उन सबके प्रति आभार प्रकट करते हुए मैं विशेष रूप से 'देशज अभिक्रम' के हेमंत, घनश्याम, शेखर, अबरार ताबिंदा, श्रावणी, शशि बरला, खालिद जमील अख्तर, उमेश, आनंद मरांडी, राजेंद्र टुडू और मेरे जीजा श्री ई.एस. मरांडी के नाम का उल्लेख करना चाहूँगा जिन्होंने समय-समय पर मुझे उत्साह और अंर्तदृष्टि प्रदान कर यह दुरूह कार्य संपन्न करने में मेरी सहायता की है। मेरा भांजा आशिष मुर्मू भी धन्यवाद का पात्र है जिसने संताली संस्करण 'हाड़मावाक् आतो' की प्रति उपलब्ध कराई।

—शिशिर टुडू

बाबूलेन, चर्च रोड
राँची, झारखंड।

प्रस्तावना

रॉबर्ट कार्सटेयर्स, आई.सी.एस. लिखित उपन्यास 'हाड़माज विलेज' का प्रकाशन 1935 में हुआ था। वर्तमान झारखंड के संताल परगना प्रमंडल अंतर्गत आमड़ापाड़ा और लिटिपाड़ा प्रखंडों के वास्तविक गाँवों के वास्तविक पात्रों को लेकर रचा गया यह उपन्यास 1855 में हुए 'हूल' का आँखों देखा हाल वर्णन करता प्रतीत होता है। उपन्यास में वर्णित गाँव आज भी अस्तित्व में हैं और समुदाय के उन नायकों को अब भी श्रद्धा से याद किया जाता है जिन्होंने स्वाधीनता के लिए प्राण न्योछावार कर दिए। कार्सटेयर्स 1885 से 1898 तक संताल परगना जिला के डिप्टी कमिश्नर के रूप में लगभग 13 वर्षों तक दुमका में पदस्थापित रहे। आर.आर.के. किस्कू रापाज द्वारा रोमन लिपि संताली में अनुदित इस महत्त्वपूर्ण दस्तावेजी उपन्यास का प्रकाशन 1946 में 'हाड़मावाक् आतो' नाम से हुआ था। प्रस्तुत पुस्तक इसी संताली संस्करण का हिंदी अनुवाद है—'ऐसे हुआ हूल'। जनश्रुति है कि 1935 में 'हाड़माज विलेज' की मात्र 100 प्रतियाँ ही छपी थीं जिसे प्रकाशन के कुछ ही समय बाद 'कंपनी सरकार' द्वारा प्रतिबंधित कर दिया गया था। पुस्तक को पढ़ने से प्रतीत होगा कि उपन्यास में तत्कालीन ब्रिटिश शासन में कार्यरत अधिकारियों/कर्मचारियों को भी यथासंभव उनके वास्तविक नामों के साथ पात्रों के रूप में दर्शाया गया है जो उपन्यास को जीवंतता व ऐतिहासिकता प्रदान करते हैं। इन समस्त तथ्यों के बावजूद यह ऐतिहासिक उपन्यास अब तक संताली के पाठकों के लिए ही उपलब्ध रहा है। हिंदी प्रेमी पाठकों के लिए इसका हिंदी में अनुवाद एक अभिनव पहल है। संभव है हिंदी प्रदेशों में इसके पठन-पाठन से इतिहास की कई गाँठें खुलेंगी जो अब तक किसी कारणवश खोली ही नहीं गई थीं।

कुछ वर्षों पहले तक संताली भाषा की अपनी कोई लिपि नहीं थी। अतीत में यदि थी भी तो खो चुकी है। कुछ दशक पहले उड़ीसा के स्व. पंडित रघुनाथ मुर्मू द्वारा 'ओलचिकी' लिपि का ईजाद किया गया जिसे सरकारी मान्यता मिल चुकी है तथापि सर्वमान्य संताली लिपि के रूप में स्थापित करने की मुहिम अब भी जारी है। लिपि के

अभाव में संताली बिहार, आसाम व बंगाल में रोमन, देवनागरी, और बांग्ला लिपि में लिखी जाती रही है। कुछ समय पहले तक उड़ीसा में यह उड़िया लिपि में भी लिखी जाती थी। इसके बावजूद संतालों का संपूर्ण इतिहास मंत्रों, गीतों और लोक-कथाओं में सँजोकर रखा गया और एक पीढ़ी से दूसरी पीढ़ी को मौखिक रूप से हस्तांरित किया जाता रहा। संताल समुदाय का ऐसा ही एक प्रमुख 'बाखेंड़' या मंत्र है—'काराम बिनती' जिसमें संताल समाज के अतीत और ऐश्वर्य का विषद वर्णन है।

कुछ विद्वानों व इतिहासकारों का मत है कि संताली की मूल लिपि चित्र-लिपि है, वैसी ही जैसी मोहनजोदड़ो और हरप्पा में पाई गई है। संताल गाँवों के घरों की दीवारों पर चित्रित आकृतियों को देखकर यह अनुमान लगाना सहज है तथापि इस दिशा में ईमानदार शोध की आवश्यकता है। यह जानना दिलचस्प है कि संताल समुदाय स्वयं को 'होड़' कहता है। 'होड़' का शाब्दिक अर्थ है—आदमी या मनुष्य। संताल लोग स्वयं को 'होड़ होपोन' या मानव-पुत्र कहते हैं। मानव के इन पुत्रों को अंग्रेजी दस्तावेजों में ही पहली बार एक अंग्रेज अधिकारी सदरलैंड द्वारा 'संताल' कहा गया। तब से अब तक 'मानव के ये पुत्र' यही नाम ढोकर चलने को विवश हैं। कुछ लोगों का मत है कि चूँकि ये लोग 'संतभूम' (वर्तमान मिदिनापुर के सिलदा क्षेत्र का प्राचीन नाम) में निवास करते थे, इस कारण इनको संताल कहा गया। यह नाम इनको क्यों दिया गया यह बहस, विमर्श और शोध का विषय हो सकता है। वे कहाँ से आए? इस प्रश्न का उत्तर उनके 'काराम बिनती' में ही मिलता है। संताली भाषा में वह मंत्र, गीत या छंद कुछ इस प्रकार है—''हिहिड़ी-पिपीड़ी रेबोन जानाम लेना, खोज-कामान रेबोन खोज लेना; हाराता रेबोन हारा लेना, सासांग-बेडा रेबोन जतएना हो।'' मान्यता है कि 'होड़ होपोन' का जन्म किसी 'हिहिड़ी-पिपीड़ी' नामक स्थान में हुआ तथा 'खोज-कामान' नामक किसी स्थान में उन्हें खोजा गया। उनका पालन-पोषण व विकास किसी 'हाराता' नाम के स्थान में हुआ और उनको जाति का दर्जा किसी 'सासांग-बेडा' नामक स्थान में प्राप्त हुआ। इस गीत का आह्वान बहुवचन में है जो समस्त संताल समुदाय को संबोधित है। संतालों के इस प्राचीन 'बिनती' में वर्णित वे वास्तविक स्थान कहाँ है, इस पर भी शोध अब तक बाकी है। क्या यह संभव है कि 'होड़' शब्द हरप्पा की ही व्युत्पत्ति है? क्या 'हिहिड़ी-पिपीड़ी' और 'हाराता' का संकेत भी हरप्पा की ओर है? जब तक इन प्रश्नों के सही उत्तर नहीं मिल जाते तब तक संतालों का इतिहास प्रागैतिहासिक ही बना रहेगा। बहरहाल, इतना तो तय है कि इनकी भाषा अत्यंत प्राचीन है, संभवत: उस काल की, जब मनुष्य-जाति या समूह अथवा कबीलों का सामना धरती पर पशुओं तथा प्रकृति से ही हुआ करता था और मनुष्यों में जाति व्यवस्था का आविर्भाव नहीं हुआ था। तभी तो इन्होंने स्वयं को पशु से अलग करके 'होड़ होपोन' कहा। दिलचस्प है कि अभी भी वे आपस में एक-दूसरे को 'होड़ होपोन' ही कहते हैं।

'हाड़माज विलेज' के संताली अनुवाद में 'देको' शब्द आया है। हिंदी अनुवाद में भी इसका प्रयोग यहाँ-वहाँ किया गया है। पुस्तक में वर्णित आख्यान के अनुसार जिस काल में ये घटनाएँ घटित हुईं, उस समय संताल लोग गोरों और पहाड़िया समुदाय को छोड़कर अन्य सभी समुदायों को 'देको' कहते थे। इसी उपन्यास में एक प्रसंग है जिसमें जंगीपुर के तत्कालीन मुंसिफ ऐशले एडेन साम परगना से पूछते हैं कि ये 'देको' लोग कौन हैं? साम परगना के उत्तर में कहा गया है कि अंग्रेज और पहाड़िया समुदाय को छोड़कर संताल अन्य सभी समुदायों को 'देको' मानते हैं। तब क्या इस शब्द का ईजाद 'हूल' के दिनों में ही हुआ अथवा यह पहले से प्रचलित था?

इसकी एक अन्य व्याख्या यह भी है, है कि संस्कृत के समान ही संताली भाषा में तीन वचन होते हैं—एकवचन, द्विवचन और बहुवचन। संताल समाज आरंभ ही से, अपने समाज के दायरे में रहना अधिक पसंद करते रहे हैं। कमोबेश यह स्वभाव अब भी विद्यमान है। इनकी खुशियाँ और इनके गम आज भी 'जंगल में मोर नाचा...' की तर्ज पर बाहरी दुनिया की रफ्तार भरी जीवन शैली से कोसों दूर हैं। अन्य समाज के लोगों से न तो इनके संपर्क थे और न ही संबंध। इसी कारण इनके अधिसंख्य गाँव सुदूर इलाकों में बसे जहाँ बाहरी हस्तक्षेप की आशंका कम-से-कम थी। वस्तुत: ऐसे परिवेश में वे स्वयं के लिए 'इञको', अपने भाई-बंधुओं के लिए 'आमको' एवं अन्य समाज के लोगों के लिए 'देको' शब्द का प्रयोग करते थे। अर्थात् मैं, आप या तुम तथा वे का प्रयोग करते थे जो अब तक जारी है। इस दृष्टि से 'देको' का शाब्दिक अर्थ 'वे लोग' होना चाहिए। जो भी हो, इतना निश्चित है कि इसका अर्थ गैर-संताल तो है ही। छोटानागपुर क्षेत्र में इसका उच्चारण 'दिकु' के रूप में प्रचलित है।

स्वशासन की इनकी अपनी प्राचीन परंपरा है जिसके अंतर्गत किसी गाँव का प्रमुख व्यक्ति 'माँझी' होता है। माँझी गाँव की सामाजिक, सांस्कृतिक और राजनैतिक मामलों का प्रमुख होता है जो ग्रामीणों के सुख-दु:ख में अपनी पत्नी 'माँझी बुढी' के साथ सहभागी होता है। 'माँझी' के सामाजिक-प्रशासनिक कार्यों में सहयोग अथवा निर्णय के लिए सहयोगी होते हैं जिनको आमतौर पर 'मोंड़ें होड़' कहा जाता है। छह-सात गाँवों के माँझियों का प्रमुख 'परगना' होता है। इस उपन्यास को पढ़ते हुए संतालों की इस प्राचीन स्व-शासन पद्धति को निकट से जानने-समझने का अवसर तो प्राप्त होता ही है, साथ ही अचरज भी हो सकता है कि विदेशी होते हुए भी मूल लेखक ने इस समाज को कितनी निकटता से परखा था!

इस उपन्यास की मुख्य विषय-वस्तु 'हूल' जिसे ब्रिटिश दस्तावेजों में 'संताल हूल' के रूप में चिन्हित किया गया है, के कारणों की पड़ताल और तत्कालीन सामाजिक, सांस्कृतिक व प्रशासनिक स्थितियों से पाठकों को अवगत कराना लेखक का मूल उद्देश्य

जान पड़ता है। वस्तुत: कार्सटेयर्स ने यह उपन्यास लिखा ही इसलिए होगा ताकि वह अपने कार्य-स्थल की वास्तविक स्थितियों से अपने देश वासियों तथा अंग्रेजी के वैसे भारतीय पाठकों को परिचित करा सके जो आदिवासियों, विशेषकर संताल आदिवासियों की जीवन शैली, उनके आचार-व्यवहार, रीति-रिवाज और स्वाधीनता प्रेमी चरित्र के प्रति अनभिज्ञ थे। संभवत: इसी कारण उपन्यास के कुछ अंश 'डायरी' जैसे प्रतीत होते हैं।

उपन्यास पढ़ते हुए ऐसा प्रतीत होगा कि आप संतालपरगना के संताल गाँवों को वर्ष के विभिन्न मौसमों और त्योहारों के अवसर पर अपनी आँखों से देख रहे हैं।

इस उपन्यास का उर्दू और बांग्ला भाषाओं में अनुवाद एवं प्रकाशन हो चुका है। उर्दू अनुवाद का प्रकाशन खुदाबख्श ओरिएंटल पब्लिक लाइब्रेरी, पटना द्वारा किया गया। अनुवाद नकी अहमद इरशाद ने किया है। उनको 'हाड़माज विलेज' का संताली संस्करण, संताली के अनुवादक रूबेन रुसेन किस्कू रापाज की पुत्री शांति किस्कू रापाज से हस्तगत हुआ था। उर्दू संस्करण के अनुवादक जनाब इरशाद साहब के मुताबिक यह पुस्तक इतिहास भी, नॉवेल भी और उस जमाने के समाज का आईना भी है।

संताल समाज में 'हूल' या विद्रोह के वीर नायकों में सिदो-कान्हु और चाँद-भैरो बंधुओं का नाम सर्वविदित है। यह भी सच है कि विद्रोह को अंजाम तक पहुँचाने में उनके परिवार के अन्य सदस्यों, पिता चुना मुर्मू और माता तथा बहनें फूलो व झानो की भी सक्रिय भागीदारी थी। ऐसा प्रतीत होता है कि अंग्रेजी के मूल लेखक रॉबर्ट कार्सटेयर्स ने विद्रोह के इस 'प्रथम परिवार' को घटनाक्रम से यथासंभव अलग-थलग ही रखने का प्रयास किया है। क्योंकि संतालों के सर्वमान्य वीर शहीद बंधुओं, सिदो-कान्हु की जो छवि प्रस्तुत की गई है उसमें इन वीरों के विलक्षण चरित्र का अभाव बहुत खलता है। उपन्यास में साम टुडू जो पाडेरकोला का परगना था और हाड़मा जो देसमाँझी था और जिसने सिलंगी नामक संताल गाँव की स्थापना में महत्त्वपूर्ण भूमिका निभाई, प्रमुख पात्रों के रूप में दर्शाए गए हैं। इनको हूल के 'थिंक टैंक' व अंग्रेजों के साथियों के रूप में प्रस्तुत किया गया है, जो एक अभिनव किंतु अजीब पहल है।

ऐसा लगता है कि ब्रिटिश-राज में आइसीएस अधिकारी के रूप में कार्यरत कार्सटेयर्स एक ओर तो 'राज' को नाराज नहीं करना चाहते थे और दूसरी ओर 'हूल' के समय की जो वास्तविक स्थितियाँ थीं, उनको भी उजागर करने की इच्छा रखते थे। संभवत: इसी कारण उपन्यास में तत्कालीन ब्रिटिश अफसरों में व्याप्त सोच-विचार की विसंगतियों और ईर्ष्या भाव का तो चित्रण किया गया है तथापि अंग्रेजी-शासन के विरुद्ध कुछ स्पष्ट न कहते हुए संकेत ही किया गया है और मात्र चुटकी भर ली गई है। ऐसा लगता है कि मूल लेखक ने अंग्रेजों की श्रेष्ठता कायम रखने का भरपूर प्रयास किया है। इतिहास है कि इस उपन्यास में संतालों के प्रिय नायक के रूप में स्थापित ऐशले एडेन जो 1855

में, जंगीपुर में मुंसिफ के सामान्य पद पर कार्यरत थे, कालांतर में संयुक्त बंगाल प्रांत (बंगाल, बिहार और उड़ीसा) के गवर्नर के रूप में पदस्थापित हुए। तो कार्सटेयर्स का यह उपन्यास क्या ऐशले एडेन को प्रसन्न करने का एक प्रयास था? अथवा लेखक अपने हुक्मरानों के 'फूट डालो और राज करो' की नीति का प्रचार-प्रसार कर तत्कालीन भारतीय समाज में फूट डालना चाहता था? या यही सच था? 'ऐसे हुआ हूल' पढ़ते हुए ऐसे कई विचार उत्पन्न हो सकते हैं।

इस उपन्यास को पढ़ने के बाद यह अनुभूति अवश्य होगी कि 1855 में हुआ संतालों का 'हूल', इतिहास में भारतीय स्वतंत्रता संग्राम के रूप में चिह्नित 1857 के सिपाही विद्रोह की वास्तविक पूर्व पीठिका थी जिसको इतिहास में उचित स्थान नहीं मिल पाया है।

—हेमंत

ग्रैंड शिवा अपार्टमेंट
न्यू पाटलिपुत्रा कॉलोनी
पटना

संताली संस्करण की भूमिका

यह पुस्तक माननीय रॉबर्ट कार्सटेयर्स, आई.सी.एस. द्वारा लिखित अंग्रेजी पुस्तक 'हाड़माज विलेज' का माननीय रूबेन रूसेन किस्कू रापाज द्वारा अनुदित संस्करण है। माननीय रॉबर्ट कार्सटेयर्स तेरह वर्षों तक, वर्ष 1885 से 1898 तक, संताल परगना के डिप्टी कमिश्नर थे। वे इस जिला के संतालों के रीति-रिवाजों को समझने और जानने वाले व्यक्ति थे तथा उनका शासन उसी अनुरूप हो, इस दिशा में उन्होंने बहुत प्रयास किया था। संतालों को भी वे प्रिय थे और उन पर बहुत विश्वास करते थे; इनके बीच वे अत्यंत लोकप्रिय थे।

संतालों की रीति-विधियों, उनकी क्या समस्याएँ थीं और समस्याओं से बचने के लिए उन्होंने कैसे 'हूल' किया था, इन सब पर गंभीर चिंतन-मनन करके उन्होंने इस पुस्तक में बहुत अच्छी तरह लिख कर प्रकट किया है।

माननीय रूबेन रुसेन किस्कू रापाज संताली भाषा के अच्छे जानकार व इससे प्रेम करने वाले व्यक्ति हैं और इस पुस्तक का अनुवाद उन्होंने अपना मूल्यवान समय देकर बहुत अच्छी प्रकार से किया है।

यह पुस्तक माननीय डब्ल्यू.जी. आर्चर, आई.सी.एस. की कृपा और प्रेम के कारण छपी है। संतालो और उनके रीति-रिवाजों से बहुत प्रेम होने के कारण इस पुस्तक को छपवाने के लिए उन्होंने बहुत प्रयास किए हैं और बहुत सहायता प्रदान की है। उनके उत्साहवर्द्धन और सुझाव के बिना पता नहीं यह पुस्तक छपती भी कि नहीं। अतएव उनको अनेक धन्यवाद ज्ञापित करते हैं।

दुमका, 23 अप्रैल 1946

—सेत चरण हांसदा

अनुक्रमणिका

1

पहरा

बहुत समय पहले, लगभग दो पीढ़ियों पूर्व, भारत देश के एक जंगल के अंदर संताल समुदाय के कुछ लोग बस गए और उन्होंने वहाँ अस्थायी आवास बना लिये। छप्परों को चेरो घास से छाया गया और घेरे सरकंडों के बनाए गए।

चंपई का बेटा हाड़मा एक झोंपड़ी के प्रवेश द्वार पर बैठा लगातार हो रही बारिश को टकटकी लगाए देख रहा है। दो-तीन दिनों से झमाझम बारिश हो रही है और रुकने का नाम नहीं ले रही। संपूर्ण पहाड़ी पर धुंध के कारण अँधेरा छाया है। बिलकुल निकट के पेड़ ही दिखाई देते हैं। एक और रात घिरनेवाली है, पर बारिश जारी है।

हाड़मा का घनिष्ठ मित्र बाजू का बेटा लोखोन झोंपड़ी के अंदर अँधेरे में तीर-धनुष टटोलता हुआ बोला, "अगर ये पहाड़िया ही हैं…"

वह इतना ही बोल पाया था कि हाड़मा ने टोका, "क्या बोलते हो, जोर से बोलो, बारिश के चलते साफ सुनाई नहीं दे रहा है।"

लगातार हो रही बारिश और हुद-हुद कर बहता पानी कुछ ज्यादा ही शोर कर रहा था।

लोखोन तीर-धनुष के साथ द्वार पर आया और झुककर हाड़मा से फुसफुसाकर बोला, "अगर बाँध की मेंड़ पहाड़िया ही फोड़ते हैं, तो देखना आज रात वे यह करामात जरूर करेंगे। क्योंकि बाँध लबालब भरा है और नदी-नाले का पानी मेंड़ के ऊपर से बह रहा है। उनके लिए आज की रात बहुत सही है।"

हाड़मा ने उत्तर दिया, "हाँ जी, बोलते तो सही हो, इसलिए पहरा ध्यान से देना।"

इसके बाद अपनी पारी के अनुसार हाड़मा आराम करने डेरा चला गया। परंतु लोखोन तीर-धनुष लेकर, जिसे उसने 'गुंगू'* से ढककर रखने के कारण बारिश से बचाकर रखा था, झाड़ियों में घुस गया और झाड़ियों को पार करके गिरता-पड़ता एक गड्ढे में जमा

* गुंगू नामक लता के पत्तों से बना देसी रेनकोट

पानी के पास पहुँचा। पहुँचते ही उसे गहरा सदमा लगा, क्योंकि पहाड़ से गंदला पानी गहरे नाले में होकर तेजी से बहता हुआ नीचे आ रहा था और एक छोटे जलाशय में मानो सिकुड़कर प्रवेश कर रहा था। वहाँ भँवर उत्पन्न कर, अठखेलियाँ करता हुआ नहर में गिरकर लबालब भरते हुए, बहकर बाहर आ रहा था और वहाँ से बहुत नीचे एक नाले में समाकर, दौड़ता-भागता एक बड़ी नदी में गिरकर समाहित हो रहा था।

लोखोन गाल पर हाथ रखकर सोचने लगा—पता नहीं, पानी नहर से बहकर जल्दी निकल जाएगा या मेंड़ के ऊपर से बहता हुआ बाँध ही तोड़ देगा!

वह नीम अँधेरे में झुककर, किनारे पर कतार से गड़े जल-स्तर नापनेवाले डंठलों को ध्यान से देखने लगा। सबसे निकटवाला डंठल लगभग आठ अंगुल डूबा था, पर ऊपरी सिरा दिख रहा था। उदास मन से उसने एक अन्य डंठल तोड़ा और पानी के किनारे गाड़ दिया।

नहर के आरपार लकड़ी का एक कुंदा रखा हुआ था। उसके ऊपर से पार होकर जहाँ तक संभव था, उसने बाँध की मेंड़ को दुरुस्त किया। लगातार मूसलधार बारिश और अँधेरे के कारण उसे यह काम कठिन लगा था। बाँध सही हालत में था, उसे कोई गड़बड़ी दिखाई न दी। इसके बाद वह फिर से कुंदे पर चढ़कर पार हुआ और 'कुंबा'* में लौट आया। वहाँ उसने चाचा के बेटे भीम को अकेले परंतु सतर्क बैठे पाया। उन्होंने एक-दूसरे का अभिवादन किया और पहरे पर लग गए।

घुप्प अँधेरा और हवा भी बिलकुल शांत, मात्र पानी की आवाज। पेड़ों और लताओं से बारिश की बूँदों के टकराने की सर्र-सर्र आवाज, जलाशय में गिरनेवाले पानी की छिरिक-छिरिक, छप्पर से टपकने की टप-टप, नहर में बहकर आनेवाले बाँध के पानी का हुद-हुद और आस-पास की पहाड़ी ढलान से झर-झर की आवाज के साथ बहकर नीचे आते पानी की आवाज ही सुनी जा सकती थी।

शिकार की ताक में जगे शिकारियों के समान बैठे हैं लोखोन और भीम। दोनों के कान सजग हैं। सहसा एक अपरिचित आवाज सुनाई देती है। दबे पाँव चलने की आहट! आ गए क्या! लेकिन पता नहीं, संख्या में कितने होंगे?

लोखोन ने मन-ही-मन अपने आप से कहा—''हाँक लगाने से ये सुन लेंगे और यदि दोनों जरा भी हिले तो वे भाँप जाएँगे और सरपट भाग खड़े होंगे और उन्हें पकड़ा नहीं जा सकेगा, क्योंकि पहाड़िया लोग जंगली हिरण के समान दौड़ सकते हैं। लोमड़ी के समान दुबकना जानते हैं। तीर चलाते समय पलक झपकनी नहीं चाहिए, क्योंकि पता नहीं, यह कौन जल्दी-जल्दी बाँध फोड़ रहा है।''

भीम ने लोखोन को छुआ व उसकी तरफ झुक गया और कुछ बोलना चाहा।

* पहरे के लिए बनाई जानेवाली छोटी झोंपड़ी

लेकिन लोखोन ने दृढ़ संकल्प कर लिया था तथा भीम कहीं बोलकर शोर न मचा दे, इसलिए उसके मुँह को छू भर दिया। उसने तीर चुन लिया। कमान खींचकर तैयार हो गया। धीरे से धनुष उठाया और अंदर की ओर दुबके हुए ही आवाज की दिशा में तीर चला दिया। आ, आह···धड़ाम। इसके बाद दौड़ते कदमों की आवाज के साथ भुनभुनाकर बोलने की आवाजें सुनाई दीं। उसने हाड़मा को बुलाने के लिए भीम को भेजा और स्वयं दूसरा तीर लेकर चलाने के लिए तैयार हो गया। पता नहीं, कब कुछ और आ जाएँ और वह चुपचाप सतर्क होकर बैठ गया।

झाड़ियों में रोशनी की चमक दिखाई दी और कुछ ही देर बाद पाँच-छह लोगों के साथ हाड़मा आ गया। खोजबीन करने के बाद उन्हें मेंड़ के लगभग बीचोबीच एक बड़ा और मोटा सा डंड़ा, जिसका एक सिरा नुकीला बना था, फेंका हुआ मिला। उसी के पास उन्हें एक गहरा छेद भी मिला, जिसमें पानी भरा हुआ था। एक आदमी के पंजों के चिह्न भी मिले और खून की कुछ बूँदें भी। परंतु इससे उन्हें कुछ खास पता नहीं चला। सुबह होने तक वे कुंबा में ही रहे। उन्होंने दूसरी बार जाँच-पड़ताल की। खून तो शायद मूसलधार बारिश में धुल गया था, परंतु चलाया गया तीर उनको नहीं मिल पाया।

गाँव की बुनियाद डालनेवाले सरदार ने पंच के प्रभावशाली लोगों से मशविरा किया। यहाँ यह बता देना आवश्यक है कि वे पाँच लोग गाँव के बुजुर्ग नहीं बल्कि सभी युवा थे और वे एकजुट होकर पहाड़िया बस्ती की ओर चल दिए। नाले जैसे बने टेढ़े-मेढ़े रास्ते पर वे हाँफते-हाँफते ऊपर चढ़ने लगे। ढलान बहुत अधिक थी और रास्ता अनगिनत पत्थरों से भरा पड़ा था। पानी के तेज बहाव से पत्थर इधर-उधर बहकर फँसे हुए थे। गिरते-पड़ते वे चढ़ गए। कमजोर किस्म के लोग थक गए, तथापि वे पहाड़ के ऊपर चढ़ गए थे। समतल स्थान पर उन्हें पहाड़िया बस्ती दिखाई दे गई। बस्ती को मोटे-मोटे बाँसों से घेरा गया था और एक दूसरे से सटे छोटे-छोटे घरों के केवल ऊपरी हिस्से ही बाहर से दिखाई देते थे। हाड़मा सरदार के बुलाने पर गाँव का प्रधान अन्य लोगों के साथ बाहर आया। गाँव का प्रधान बूढ़ा और कुबड़ा था। चमड़ी झुर्रीदार और चेहरा उस्तरे के समान चमकदार था। सिर पर लाल पगड़ी और गला काठ की मालाओं से भरा हुआ था।

परंपरा के अनुसार उन्होंने अभिवादन किया और एक स्थान पर बैठ गए। हाड़मा निर्भीक और स्पष्टवादी था, सो शुरू हो गया। गाँव प्रधान को संबोधित करते हुए उसने कहा, ''ए भाई माँझी (ग्राम प्रधान का संताली भाषा में संबोधन) बाबा, कल रात आपका एक रैयत हमारा बाँध फोड़ रहा था। वह कौन है?''

गाँव प्रधान ने जोर देकर इनकार किया और बोला, ''नहीं, हमारा आदमी नहीं है।'' परंतु उसके बार-बार इनकार कर बकबक करने से हाड़मा समझ गया कि उसका संदेह सही था। बूढ़े गाँव प्रधान को उसने कुछ देर तो बोलने दिया, टोका-टाकी बिलकुल नहीं

की, परंतु उसके एक पल चुप होते ही हाड़मा ने अचानक वह मोटा डंडा उठाकर दिखाते हुए कहा, "तब फिर यह किसका है भाई?"

बूढ़े गाँव प्रधान के मुँह से अचानक ही निकल पड़ा, "अरे भाई, कल हमने बदीनाथ को इसी डंडे को नुकीला करते देखा था। यदि आप कृपया दे दें तो हम उसे लौटा देंगे।"

हाड़मा ने छूटते ही कहा, "अच्छा, तब बदीनाथ कहाँ है?"

इस पर गाँव प्रधान जोर से चिल्लाया, "बदीनाथ, ऐ बदीनाथ भाई, लो! अपना डंडा ले जाओ भाई!"

परंतु क्या बदीनाथ और क्या बैजनाथ, कोई नहीं आया।

इसी समय गाँव प्रधान के एक आदमी ने उसके कान में फुसफुसाकर कुछ कहा। गाँव प्रधान अपने आप में बड़बड़ाया और फिर हाड़मा की ओर मुँह करके बोला, "ए भाई, हम भूल गए थे। बदीनाथ तो नहीं आ सकता है, क्योंकि यहाँ नहीं है।"

हाड़मा ने उत्तर दिया, "क्या उसे बुलाकर नहीं लाया जा सकता है?" गाँव प्रधान ने कहा—"कहाँ भाई, हम बुला नहीं पा रहे हैं, क्योंकि दो-तीन दिन पहले वह दूर की एक बस्ती में गया है और सात महीनों से पहले लौटने वाला नहीं है।"

हाड़मा जोर से बोला, "अरे भाई, कल ही तो आपने उसे डंडा नुकीला करते देखा था, तब फिर इस तरह की बात कैसे कह रहे हैं?"

गाँव प्रधान ने उत्तर दिया—"वह तो ठीक है, डंडा उसी का है, लेकिन वह खुद दो-तीन दिनों पहले गाँव से निकलकर चला गया और सात महीनों से पहले लौटने वाला नहीं है।" इस पर हाड़मा बोला, "अच्छा, तब फिर वह कल डंडा नुकीला कैसे कर रहा था?"

गाँव प्रधान बोला, "हमें ठीक-ठीक नहीं मालूम है। लगता है कि वह डंडा जरूर अपने साथ ले गया होगा।"

हाड़मा ने साथ आए लोगों की तरफ जैसे ही मुड़कर देखा तो वे दाँत निपोरकर मुसकराए। इसके बाद सभी ठहाका लगाकर हँसने लगे। खुशमिजाज पहाड़िया भी जानते-बूझते हुए कि संताल लोग उन्हीं पर हँस रहे हैं, खुद भी ठठाकर हँसने लगे।

जब सभी शांत हो गए तो हाड़मा अचानक बोल पड़ा, "लेकिन उसने तीर कहाँ कर दिया?"

यह सुनते ही गाँव प्रधान बस्ती की ओर मुँह फेरकर चिल्लाया, "बदीनाथ, ए बदीनाथ। बाहर आओ भाई, हाड़मा से कोई बात छिपी नहीं है।"

यह सुनकर एक पहाड़िया व्यक्ति घेरे के प्रवेश से निकलकर बाहर आया। उसकी हालत दयनीय थी, दाहिनी बाँह में चिथड़ा लिपटा था।

बदीनाथ ने आकर हाड़मा से पूछा, "अच्छा आप लोगों को किसने बताया?"

हाड़मा बोला—"किसी ने भी नहीं, केवल अनुमान लगा रहा हूँ। लोखोन अपना तीर माँग रहा है और यह रहा तुम्हारा डंडा। अपनी-अपनी चीजें वापस ले लेना अच्छा नहीं होगा क्या?"

बदीनाथ गाँव के अंदर गया और लोखोन का तीर लाकर उन्हें दे दिया। वह तीर उसकी दाहिनी बाँह पार करके रीढ़ के निकट की पसली को जख्मी कर गया था। उसने उन्हें अपना जख्म दिखाया और बोला, "अरे लोखोन, हमें तो मार ही दिया था तुमने।"

लोखोन ने रूखे स्वर में कहा, 'बाँध फोड़ने का सही मूल्य तुम्हें मिल जाता।'

बदीनाथ ऐंठता और बड़बड़ाता रहा, क्योंकि उसके विचार से संतालों ने उसके साथ न्यायपूर्ण व्यवहार नहीं किया था। यह सब देख-सुनकर हाड़मा ऊँची आवाज में, ताकि घेरे के अंदर से झाँकते हुए पहाड़िया भी सुन लें, जोर से बोला, "हम लोग दिन और रात पहरा कर रहे हैं। जो भी बाँध फोड़ेगा, हम उसे तीर से मार ही डालेंगे।"

गाँव प्रधान लाल-पीला होकर बोला, "क्या हम तीर नहीं चला सकते, तुम्हीं लोग चला सकते हो?" हाड़मा कुटिल मुसकान के साथ क्रोध में बोला, "यदि हमें तीर से मार डालोगे तो हमारी जगह दूसरे खड़े हो जाएँगे; परंतु तुम लोगों को मार देने से तुम्हारी बस्ती उजड़ जाएगी। क्या हम मिलकर प्रेम से नहीं रह सकते? तुम लोगों के साथ हम लोग लड़ाई बिलकुल नहीं चाहते, लेकिन हम जगह छोड़ना भी नहीं चाहते हैं। क्या हम और आप लोग एकसाथ नहीं रह सकते हैं?"

इस पर गाँव प्रधान बलपूर्वक नहीं-नहीं कहने लगा और बोला, "संताल पहाड़ से उठकर दूर चले जाएँ।" परंतु हाड़मा किसी भी स्थिति में राजी नहीं हुआ। बातें करते बहुत देर हो गई तथापि मामला फिर भी नहीं सुलझ पाया।

हाड़मा का भरोसा पल्टिन साहब* पर था। इसलिए अंत में उन्होंने निर्णय किया कि यह मामला पहाड़िया लोगों के बड़े सरदार भगीरथ सरदार के यहाँ ले जाएँगे और उन्होंने दिन भी निश्चित कर दिया। इसके बाद उन्होंने एक-दूसरे का सहज अभिवादन किया, हालाँकि न तो मात्र मुँह से, न ही हृदय की गहराई से ही किया और फिर अलग हो गए। संताल अपने डेरों में लौट गए और पहाड़िया अपने-अपने घर चले गए।

जब वे पहाड़ के ऊपर ही थे, उसी दौरान शेष लोगों ने बदीनाथ द्वारा बाँध में किए गए छेद की मरम्मत कर दी थी। हाड़मा ने लौटकर देखा और पाया कि सबकुछ ठीक-ठाक था।

इसके बाद वे फिर से बहुत आनंदित हो गए, क्योंकि जल स्तर नापने वाले डंठलों में से उन्होंने दो को सूखी धरती पर गड़ा पाया। बाढ़ का पानी उसी समय कम होने लगा था। □

* तत्कालीन अंग्रेज अधिकारी मिस्टर पोंटेट, जिसे संताल लोग पल्टिन पुकारते थे

2

अग्रणी लोग

हाड़मा और उसके लोग संताल हैं। इस लोक में उन्हें संताल के नाम से जाना जाता है। ये पहाड़ी प्रदेश के ही लोग हैं। ये ही हैं, जो मधुमक्खियों के समान बढ़ते हैं। जब एक गाँव भर जाता है तब वे दूसरी जगह गाँव बसाने के लिए झुंड-के-झुंड निकल पड़ते हैं। हाड़मा और उसके साथ के लोग ऐसे ही झुंड के हैं। उनका जन्म-स्थान सिलंगी है, जो बाँसलोई नदी किनारे, ऊपरी पश्चिम पंचुवाड़ा के निकट है। तीस वर्षों पहले हाड़मा के पिता चंपई संताल ने वह गाँव बसाया था। वे हुंडवई[1] इलाके से आए थे।

बहुत वर्षों पहले से चंपई माँझी की इच्छा थी कि वह सिलंगी से एक दल बाहर भेजे, परंतु वह ऐसा कर नहीं पाया। क्योंकि सिलंगी में रहते हुए उन्हें लगभग पचास वर्ष ही हुए थे। परंतु संयोग देखिए कि दूर भागलपुर से एक नए गोरे हाकिम उस क्षेत्र में पदस्थापित हुए। नाम है सदरलैंड[2]। वे बहुत बड़े हाकिम हैं। पहाड़िया सरदार के ऊपर वे बहुत क्रोधित हुए, क्योंकि उसने चंपई को 'जुबदी'[3] में रहने के लिए आमंत्रित किया था। उन्होंने कहा कि जुबदी क्षेत्र में पहाड़िया लोगों को छोड़कर कोई अन्य निवास नहीं कर सकता। इसके बावजूद चंपई और उसके लोग वहाँ से नहीं भगाए जा सके, बल्कि सदरलैंड ने उन्हें सरकार का रैयत बना दिया, परंतु जुबदी क्षेत्र में नए गाँव बसाने से मना कर दिया।

सिलंगी की आबादी बहुत अधिक हो जाने के बावजूद कई वर्षों तक वहाँ से कोई दल बाहर नहीं गया। क्योंकि हाकिम के हुकुम को चंपई ने बड़ा आदेश माना, परंतु मन में यह भरोसा भी था कि कुछ समय बीतने के बाद पाबंदी समाप्त होगी ही। क्योंकि आबादी का बढ़ना संतालों के लिए वैसा ही था जैसे खाने-पीने और साँस लेने की बात हो।

---

1. झारखंड के वर्तमान गोड्डा क्षेत्र का तत्कालीन प्रचलित नाम, 2. संताल इन्हें 'सुडलिन' कहते थे, 3. प्रतिबंधित क्षेत्र, जो दामिन-ए-कोह कहलाता था

'माँझी हाड़ाम' (बूढ़ा गाँव-प्रधान) कहता, ''अरे बच्चो, धीरज धरो। देखना तुम लोग, ये पहाड़िया बहुत आलसी लोग हैं और उन्हें पहाड़ के ऊपर की हलकी हवा ही पसंद है। पहाड़ के ऊपर से वे नीचे मैदान में आने वाले नहीं हैं। वे पत्थरों और झाड़ियों के बीच ही खटते हैं। उनकी नहीं-नहीं अधिक दिन चलने वाली नहीं है, क्योंकि हाकिम साहब भी अधिक दिनों तक धीरज नहीं रख पाएँगे। उस समय हमारा दिन आ जाएगा।''

चंपई की मृत्यु के बाद बड़ा बेटा कारान ही सिलंगी का गाँव-प्रधान बनेगा। इसी कारण नया गाँव बसाने की जिम्मेदारी मँझले पुत्र हाड़मा के ऊपर आ गई। वह और लोखोन बहुत दिनों से स्थान का चुनाव कर रहे थे। अंत में उन्होंने एक स्थान चिन्हित कर लिया।

पंचुवाड़ा के निकट बाँसलोई नदी से उत्तर की ओर एक तीखी चोटीवाला पहाड़ है। उसके दोनों ओर से जल के जीवित झरने फूटे हैं, जो नीचे गिरकर थोड़ा दक्षिण की ओर बहकर बाँसलोई नदी में जा मिलते हैं। दोनों झरनों के बीच, जहाँ से झरने फूटते हैं, उसके ऊपर एक उभरा-सा छोटा मैदान है, वहीं उन्हें पीपल का एक विशाल पेड़ मिला। उसका धड़ ही तो लगभग बीस हाथ मोटा और सात हाथ लंबा होगा। बहुत झाड़ीदार पीपल है, असंख्य डालियाँ हैं। मोटी और पतली डालियाँ, डाल के ऊपर डाल! हवा के कारण इसकी चमकदार पत्तियाँ वैसे ही झूमती हैं जैसे मैदान में धान के पौधे हवा के झोंकों के साथ झूमते हैं।

हाड़मा ने लोखोन से कहा, ''ए जी लोखोन, मेरा मन तो इसी पेड़ पर अटक चुका है।''

वहाँ का पानी अच्छा था और मात्र यही नहीं, अकाल, सुखाड़ के समय भी पानी लबालब रहता था। बाढ़ के समय वे दोनों वहाँ आकर पानी का खेल देखते थे।

हाड़मा ही बोल पड़ा था—''यदि गाँव बसाना हुआ लोखोन तो मैं यहीं बसाऊँगा।''

यद्यपि हाकिम का आदेश नहीं आया, परंतु इसके चलते परिवार का कामकाज नहीं रुका। हाड़मा की शादी पास ही के एक गाँव-प्रधान की पुत्री मुनिया से कर दी गई। उनको एक पुत्र हुआ, जिसका नाम उन्होंने संतालों के रीति-रिवाज के अनुसार पिता के पिता के नाम पर चंपई रखा।

इस बालक के एक वर्ष पूरा होते ही उसके दादाजी द्वारा कही बातें पूरी हो गईं, एक नए अधिकारी का उदय हुआ, जिसका नाम था पोंटेट। उन्होंने संतालों को वन-भूमि और मैदानों में बसने का आदेश दिया और वे सरकार बहादुर के रैयत बने, पहाड़िया लोगों के नहीं।

इसके बाद हाड़मा ने चुने हुए तीस जवानों को बुलाकर अलग कर लिया। वे सभी एक से बढ़कर एक थे, हट्टे-कट्टे और कामकाज में मँजे हुए तथा शिकार में पारंगत।

हाड़मा का मित्र लोखोन और उसका एक भाई भागमत दोनों ही इस दल में थे। उन सब में भागमत सबसे अधिक बलशाली था। और वह देखो, हल-बैल, हेंगा व भैंस, तीर-धनुष, कुदाल व टाँगी और फावड़ों के साथ हिलते-डुलते वे चल दिए। इसके अतिरिक्त प्रत्येक के पास बासन-बरतन और बाँसुरी भी साथ थी।

घर-परिवार और बाल-बच्चों को उन्होंने पीछे छोड़ दिया, क्योंकि उनके सामने अनेक प्रकार के खतरे व मुसीबत हो सकती थी। आँधी-तूफान, गरमी-सर्दी और अंतहीन बरसात की मुसीबत। रोग-बीमारी, पेट व सिर दर्द की आफत। भूख-प्यास, और उपवास की मुसीबत, हमला करनेवाले जानवरों और साँप-बिच्छुओं की मुसीबत हो सकती थी।

हाड़मा सबको सीधा उसी पीपल पेड़ के पास ले गया। उन्होंने आस-पास की झाड़ियाँ साफ कीं और सब ओर बहुत मजबूत घेरा बना दिया, ताकि जंगल के आक्रामक जानवर उन पर हमला न कर पाएँ। इस घेरे के अंदर उन्होंने डालियों व चेरो घास का उपयोग कर अस्थायी निवास बनाए। इसके बाद उन्होंने तालाब बनाने का प्रयत्न किया, क्योंकि यदि वे तालाब न बनाते तो धान के खेतों में पानी कैसे ले जाते और यदि खेत न बनाएँ तो गाँव कैसे बसाएँ! खेत बनाने में सात महीने लग गए। जिस स्थान पर झरनों का संगम हो रहा था, उसके नीचे दोनों ओर के जंगल उन्होंने काटकर साफ कर दिए। पत्थरों को चुनकर हटा दिया। वहाँ का बालू निकालकर फेंक दिया। दोनों ओर के छोटे-मोटे टीलों को हल चलाकर तोड़ दिया और जिस स्थान को साफ किया था, वहाँ भैंसों वाले हेंगा का प्रयोग कर मिट्टी पहुँचा दी। इस प्रकार मिलकर कठोर परिश्रम करके उन्होंने मेंड़ बना लिए और उसके दोनों ओर ऊपर से नीचे तक पत्थर बिछा दिए, ताकि पानी से मिट्टी बह न जाए और पानी के निकास के लिए उन्होंने दोनों ओर नहर खोद दी।

कुछ ही दिनों में खेत की मेंड़ सुदृढ़ हो गई। मूसलधार बारिश के कारण घास उग आई और इस प्रकार मेंड़ बहुत पुख्ता हो गई।

यद्यपि ये विद्वान् नहीं, तथापि वनों के ये निवासी अपना काम बखूबी जानते हैं। पेड़ काट सकते हैं, वनों को काटकर खुला स्थान बना सकते हैं, घर-द्वार और खेत बना सकते हैं, जी हाँ, खेत-बारी बनाकर धान और मकई उपजा सकते हैं। वे सबकुछ खाते हैं—साग हो या पत्ता, कंद हो या मूल, धरती व धरती के ऊपर की कोई भी भोज्य वस्तु होनी चाहिए।

शिकार के मामले में पहाड़िया समुदाय को छोड़कर अन्य समुदायों से ये श्रेष्ठ हैं, क्योंकि पहाड़िया समुदाय के लिए शिकार करना व्यवसाय है। वन्य पशुओं, प्रकृति और भूख-प्यास के विरुद्ध उनकी लड़ाई मानो दाल-भात है। तथापि संतालों के साथ ही वे लड़ाई नहीं करते, क्योंकि उन्होंने न ऐसा देखा है, न सुना है। पर्व-त्योहार के अवसर पर

शायद 'पइकाहा'[1] नाचते समय देखा हो या न भी देखा होगा या आग तापते समय किस्से-कहानियाँ सुनते हुए शायद सुना हो तो हो।

इस जंगल-झाड़वाले प्रदेश में ये लोग जहाँ भी गए, वहाँ के शासकों व प्रभुओं ने इनका स्वागत खुशी-खुशी किया।

उस जमाने में भुँइयाँ राजा हुआ करते थे। भुँइयाँ का अर्थ है धरती की संतान। इन्हीं लोगों ने बंगाल के सीमा क्षेत्रों की रक्षा चार सौ वर्षों तक 'पच्छमरी'[2] शत्रुओं से की थी। खेतौरी लोग भी इनके राजाओं की प्रजा थे। 'जुबदी क्षेत्र' के आस-पास के इलाके इनके कब्जे में थे। इनके अतिरिक्त अन्य कई धनी लोग भी वहाँ निवास करते थे। इन सबके पास, यानी भुँइयाँ, खेतौरी व धनी-मानी लोगों के पास बहुत अधिक जंगल-झाड़ थे, परंतु इन जंगलों को काटकर मैदान बनाने के लिए कोई पहल नहीं करता था। इस कारण जब संताल ऊपर चढ़ आए तो उनको खुशी-खुशी रहने दिया गया, क्योंकि वे वहाँ मालिक बनने या नाम कमाने के लिए नहीं गए थे। इसके बावजूद आसानी से विश्वास कर पाना भी मुश्किल था। उरनी जंगल में जो कष्ट व दुःख हैं, उन्हें वह सब सहन करना पड़ा।

तो क्या इन्होंने कुछ नहीं माँगा? अवश्य माँगा था, और वह भी कहिए तो, धरती का सबसे बड़ा वरदान, बिलकुल अलग-थलग रहने और स्वतंत्र संताल और भिन्न जाति होने की माँग। पृथ्वी पर बने रहने के लिए, अलग पहचान बनाने के लिए इन्होंने दृढ़ संकल्प किया था। अलग पहचान स्थापित करने के लिए वे प्राणों की आहुति देने तक को तैयार थे। जैसे भुँइयाँ राजा अलग थे, शक्तिशाली खेतौरी राजा और अन्य धनी-मानी लोगों के समान अलग पहचान चाहते थे। जुबदी प्रदेश के साथ तो उनका संघर्ष क्षेत्र को लेकर ही था और पहाड़ी साँड़ के समान पहाड़िया भी किसी सूरत में कमतर न थे। पता नहीं किस युग से, लेकिन वे कभी किसी के अधीन नहीं रहे। क्योंकि पहाड़ की चोटी ही उनका निवास स्थल था और उस गढ़ की दीवारें विशाल चट्टानें और घने जंगल ही थे। ये ही लोग मैदानी इलाके में हमेशा लूटपाट करते थे। ये वही हैं, जो पूर्वी सुल्तानाबाद राज की ओर से पश्चिमी हुंडवई राजा के विरुद्ध सैनिकों के रूप में लड़े थे।

हाँ, सरकार बहादुर यानी अँगरेज राज की अधीनता भी इन्होंने आसानी से स्वीकार नहीं की थी। क्या चिलीमिली साहब[3] की सलाह के अनुसार सरकार ने उनके सरदारों को मालगुजारी नहीं दिया और क्या उनके युवा भागलपुर में सिपाही के रूप में भरती नहीं हुए?

आस-पास के देश-प्रदेश के मालिकों के समान इन्होंने भी परिश्रमी संतालों को

---

1. संत्तालों का एक नृत्य, 2. पश्चिम के निवासी, 3. क्लीवलैंड को संताल-पहाड़िया इसी नाम से संबोधित करते थे।

आमंत्रित किया, ताकि वे मैदानी इलाके के जंगल–झाड़ साफ कर दें, परंतु सदरलैंड साहब के मना करने पर वे बहुत नाराज हुए थे। पोंटेट साहब ने उन्हें मैदानी इलाके के जंगलों को साफ कर उनको दखल करने और सरकार के रैयत बनने के लिए फिर से आमंत्रित करके आग में घी डालने का काम किया, क्योंकि उन्होंने पहाड़िया लोगों को कोई प्राथमिकता नहीं दी। इस कारण पहाड़िया लोग अत्यंत खिसिया गए, परंतु प्रकट रूप में सरकार या हाकिम के विरुद्ध उन्होंने कुछ नहीं किया। पोंटेट साहब के यहाँ उन्होंने बहुत विरोध और आपत्ति दर्ज कराई, परंतु साहब ने उनकी एक न सुनी। इस पर उन्होंने अपना गुस्सा संतालों पर निकाला। आमने–सामने लड़ाई न करके उन्होंने नए बसे संतालों को यथाशक्ति परेशान किया। मेंड़ पर बैठकर वे अग्रणी लोगों को ताने मारते, लेकिन संताल लोग मनोयोग से अपना कार्य करते रहते, ताकि आनेवाली बाढ़ के पूर्व मेंड़ तैयार कर लें। उनके बछड़े व बकरियाँ (सभी पालतू पशु) बहुधा खो जाते और पहाड़िया लोगों से पूछने पर वे कभी स्वीकार नहीं करते थे।

पहाड़िया लोगों ने संतालों को अनेकानेक प्रकार से रोका और परेशान किया।

हाड़मा को समझाया गया कि पहाड़िया सरदारों को मालिक मानते ही सभी प्रकार के रगड़े–झगड़े समाप्त हो जाएँगे। परंतु हाड़मा ने किसी की नहीं सुनी। वह कहता, "हम सरकार के आदमी हैं, अन्य किसी को नहीं जानते हैं।"

पहाड़िया गाँव प्रधान कहता—"ऐ भाई, माना कि सरकार बहुत ताकतवर है, लेकिन बहुत दूर में है। पल्टिन का भी यही हाल है, वह भी दूर है और उसके सिपाही तो हमारे ही बाल–बच्चे या भाईबंद हैं। तुमको मालूम नहीं? हम जन्म से ही लड़ाकू हैं। हम लोगों से तुमको कौन बचाएगा? हम तुम्हारे दुश्मन बनें, तुम लोगों के लिए अच्छा नहीं है।"

हाड़मा उसकी ओर एकटक देखता हुआ बोलता, "हाँ भाई गाँव प्रधान, वह तो जानते हैं।"

उस समय गाँव प्रधान जमीन की ओर देखता रहता और हाड़मा से नजर नहीं मिला पाता।

लेकिन गाँव प्रधान हाड़मा की ओर देखकर जबरन बोलता, "बाढ़ के समय तुम्हारे बाँध फोड़े ही जाएँगे।"

इस पर हाड़मा कहता, "अच्छा, देखा जाएगा!"

पिता चंपई व सिलंगी के अन्य बुजुर्गों ने हाड़मा को सुझाव दिया कि जिनके राज में रहते हो उनके साथ शांति से रहना चाहिए, जैसा कि संताल लोग हर जगह रहते आए हैं। परंतु हाड़मा दृढ़ संकल्प कर चुका है। इस बात को तो किसी भी प्रकार माना नहीं जा सकता है, भले ही कुछ जले या फूटे। वह तो सरकार का आदमी था और किसी भी हाल

में पहाड़िया लोगों का गुलाम नहीं हो सकता है। हाड़मा पहाड़िया लोगों को आँखें तरेर कर घूरता रहा है और रंच मात्र भी भयभीत नहीं है। संताल लोग पहाड़िया लोगों से उन्नीस-बीस हैं। जो लोग बाघ-भालू से लड़ाई को कुछ नहीं समझते, वे लोग पहाड़िया से कैसे दब जाते!

यदि पहाड़िया लोग प्रत्येक बात में इनको बराबर मान लें तो वह उनका दोस्त बनने को तैयार था, अन्यथा नहीं।

हाड़मा का ऐसा सोचना वास्तव में साहस का काम था; क्योंकि संभवतः सारी दुनिया में संताल लोग बदनाम थे कि वे बहुत डरपोक हैं।

यह सब बातें हाड़मा ने लोखोन को छोड़ किसी अन्य से नहीं कहीं, क्योंकि यद्यपि वह बहुत समझदार नहीं था, परंतु वह हाड़मा पर पूरा भरोसा करता था।

लोखोन मुसकराते हुए कहता, ''ए दादा, हम संताल लोग बखूबी लड़ सकते हैं। जिन लोगों ने हमारा 'पइकाहा' नाच देखा है, उन्हें तो मानना ही पड़ेगा।''

हाड़मा हलकी मुसकान के साथ कहता—''वह तो है लोखोन! लेकिन जान लेनेवाले दुश्मन का आमना-सामना होने पर हम क्या करेंगे, यह पहले से कैसे कहा जाए?''

इन कामों में माहिर व्यक्ति के समान हाड़मा ने आगे-पीछे सोच लिया। आमने-सामने की लड़ाई में संताल लोग फरसा के साथ बेहतर लड़ते हैं, जबकि पहाड़िया लोगों की शक्ति तीर चलाने में है। इस कारण अपने लोगों को उसने तीर चलाने का अभ्यास करने को कहा। प्रारंभ में यह कठिन जान पड़ा और उन्होंने ना-नुकूर की, परंतु जब थोड़ा अभ्यास हो गया तो आदत लग गई। कुछ दिनों बाद हाड़मा ने देखा कि वे पहाड़िया लोगों की समानता के लगभग समकक्ष थे। लगन के साथ अभ्यास करते रहने के बाद मालूम हुआ कि वे पहाड़िया लोगों से बेहतर हैं।

उन दिनों हाड़मा ने उनसे यह सब क्यों करवाया, यह बात किसी पर प्रकट नहीं की गई। उतनी अधिक फजीहत करने के बाद भी पोंटेट साहब के डर से पहाड़िया लोगों ने हाड़मा को हानि नहीं पहुँचाई। तथापि इन घुसपैठियों को भगाने के लिए उन्होंने बहुत प्रयास किए और उन्हें सबसे आसान तरीका यह सूझा कि जिस बाँध को बनाने में संतालों को अनेक महीने लगे, उसे फोड़ा जाएगा।

अग्रणी लोगों ने सोचा कि हो न हो, बाँध में ही कुछ दोष है, जिस कारण बार-बार फूटता है। इस कारण बाँध फिर से बाँधा गया, जो पहले से अधिक मजबूत था। एक बड़ा समय इसी काम में लग गया। बारिश का मौसम आ गया। पहाड़ से बहकर पानी उतरा और पहले ही के समान दूसरे वर्ष का परिश्रम भी व्यर्थ हो गया।

बाँध के तहस-नहस हो जाने पर पहाड़िया अत्यंत प्रसन्न हुए। आस टूटने से संताल

लोग उदास हो गए और पहाड़िया लोगों ने उन पर खूब फब्तियाँ कसीं। उन्होंने कहा—"हम लोगों ने कहा था न बाबू कि बाँध नहीं टिकेगा, लेकिन तुम लोगों ने हमारी बात नहीं मानी।"

जब पहाड़िया ये बातें बोल रहे थे तो हाड़मा को उनके चेहरों में अलग किस्म की कुटिलता नजर आई और उसका माथा गरम हो गया।

परंतु अपने मन की बात उसने लोखोन को छोड़ किसी और से नहीं कही। उसने एक शपथ ली और लोगों को फिर से काम में लगा दिया।

उसने अपनी शपथ कैसे पूरी की, वह हमने इससे पहले देख लिया है।

□

3
बाजी

नवाडीह बसाने में बहुत बड़ा विवाद उत्पन्न हो जाने पर हाड़मा के पिता चंपई और सिलंगी के अन्य बुजुर्ग सलाह देने आ गए। डेरे के लोगों का दृढ़ विश्वास और स्वतंत्र रहना देखकर वे अत्यंत प्रसन्न हुए। उन्हें लगा, मानो वे फिर से युवा हो गए और तीस वर्षों पहले सिलंगी बसाने के दिनों की याद आ गई।

हाड़मा लोखोन के कंधे के सहारे खड़ा होकर कुछ देर तक तो चुपचाप उन्हें देखता रहा, फिर बोला—''ए जी लोखोन, जरा अपने और मेरे पिताजी को तो देखो, कैसे खिले-खिले और ताजा दिखते हैं। दुःख और सताया जाना मानो भूल चुके हैं।''

लोखोन ने उत्तर दिया, ''आप ठीक कहते हैं दादा, लेकिन मुझे तो यह देखकर दुःख हो रहा है। क्योंकि वे दिन आ रहे हैं, जब मुझको और आपको भी लाठी के सहारे यहाँ-वहाँ जाना पड़ेगा।''

एक साथ बैठकर बातचीत आरंभ की गई। परंतु उलझन सुलझाते-सुलझाते सबका माथा गरम हो गया। सोचते-विचारते दृष्टि तक धुँधली हो गई। आपस में बहुत वाद-विवाद हुआ। कुछ लोग बोलने के लिए व्यग्र हैं और सिर खुजा रहे हैं, कुछ लोग खिसिया चुके हैं। एक-दूसरे को चेतावनी देते और बार-बार खखारकर गला साफ कर रहे हैं। समझदार लोगों ने तो कह भी दिया कि इस प्रकार की बात पहले कभी नहीं उठी थी। केवल एक ही रास्ता सूझता था, पहाड़िया लोगों की अधीनता स्वीकार कर लेना और इससे सब सहमत थे। परंतु हाड़मा किसी भी सूरत में यह मानने को तैयार नहीं था। उसने कहा—''आप लोग पहाड़िया लोगों के बारे में क्या जानते हैं? वे बहुत ही धूर्त और लूट-पाट करनेवाले लोग हैं। आपने एक बार जहाँ उनका दावा मान लिया, फिर उसका अंत कभी नहीं होने वाला। वे बार-बार दावा करते ही रहेंगे। इसके अलावा एक बात और है कि पहाड़िया लोगों की अधीनता स्वीकारने का मतलब है, पल्टिन साहब की आज्ञा का उल्लंघन और हम आज्ञा का उल्लंघन किसी भी हालत में नहीं करेंगे। इसके लिए आप चाहे हमें भला कहें या बुरा कहें।''

सिलंगी के बुजुर्ग परेशान हो गए। कहने लगे, ''हाड़मा बहुत बड़ा शिक्षक हो गया है।...'' और यह कहते-सुनते वापस घर लौट गए। परंतु माँझी हाड़ाम (गाँव प्रधान) चंपई वहीं रह गया, क्योंकि बेटे को छोड़कर जाना उसे अच्छा नहीं लगा। पिता-पुत्र में खूब बाता-बाती हुई, परंतु हाड़मा किसी भी प्रकार सहमत नहीं हुआ। अंत में हाड़मा के मन में एक विचार आया और वह आशान्वित हो गया, इससे पिता-पुत्र की बातों में समन्वय हो सकता था।

हाड़मा ने अपने पिता से कहा, ''ए बाबा, चलिए हम विचार-विमर्श के लिए साम परगना के यहाँ चलते हैं और वे जो भी सलाह देंगे, हम मान लेंगे।''

साम परगना बलराम के पुत्र हैं। बलराम ने पूर्व में पाडेरकोला गाँव बसाया था, जैसा कि पश्चिम में चंपई ने सिलंगी बसाया था। सदरलैंड साहब ने सिलंगी के समान ही पाडेरकोला को भी पहाड़िया लोगों के अधिकार से बाहर कर दिया था। इसी के बाद पिता की मृत्यु के पश्चात् साम बीस वर्ष की आयु में ग्राम-प्रधान बना। साम जैसे लोगों की संख्या संताल समुदाय में बहुत कम है। कोई भी बात बहुत ध्यान से सुनना और स्पष्ट बोलने का गुण उसमें जन्मजात था। इसके अतिरिक्त अत्यंत ज्ञानवान् और कई भाषाओं का जानकार, अत्यंत जिज्ञासु परंतु उतना ही बातूनी भी। संपूर्ण इलाके में वह एक बुद्धिमान व होशियार व्यक्ति के रूप में विख्यात हुआ। उस जमाने में बाँसलोई नदी के उत्तर के गाँवों में कोई परगना नहीं था। तब एक परगना की नियुक्ति की बात उठने पर सभी माँझी* उसके नाम पर सहमत हो गए और इस प्रकार चालीस वर्ष की उम्र में साम केवल माँझी न रहकर पूरे इलाके का परगना बन गया। उसके नाम की सुगंध समस्त प्रदेश में फैल गई, उन इलाकों में भी जहाँ लोगों ने उसको देखा नहीं था।

चंपई माँझी ने भी साम परगना की बुद्धिमत्ता के बारे में सुना था। इस कारण उसने हाड़मा की बात खुशी-खुशी मान ली।

दूसरे दिन पिता-पुत्र मुँह अँधेरे ही पाडेरकोला के लिए निकल पड़े। बाँसलोई नदी के नालों के साथ-साथ वे चल रहे हैं। पहाड़ियों और टीलों को उन्होंने बाईं ओर छोड़ दिया है। अभी-अभी बारिश थमी है। सूरज थोड़ा-थोड़ा दिखाई दे रहा था। पेड़-पौधे ताजा धुले लग रहे हैं लेकिन पत्तों से पानी टपक ही रहा है। सूरज की रोशनी पड़ने पर सभी कुछ विहँसते-से लगते हैं और हवा के झोंकों से हिलते पत्ते चमक रहे हैं। तराई में नयी घास उग आने से सबकुछ हरा और सुंदर दिख रहा है।

दोपहर होते ही वे पाडेरकोला पहुँच गए। वहाँ की 'कुल्ही' (संताली भाषा का शब्द, जिसका अर्थ है—गाँव की गली) बहुत चौड़ी है और उसके दोनों ओर बहुत ही आकर्षक व सुंदर-सुंदर घर बने हुए हैं।

---

* संताल गाँव के ग्राम-प्रधान

हाड़मा ने अपने पिता से कहा, "बाबा, रास्ते के किनारे बाँस की उन झाड़ियों को देखो न! इन लोगों ने पहाड़िया लोगों के समान पेड़ लगाना शुरू कर दिया है।"

चंपई माँझी ने इस बात पर ध्यान नहीं दिया। क्योंकि पहाड़िया लोग जिस प्रकार पेड़ों को, विशेषकर फलदार पेड़ों को चाहते हैं और उनको लगाने व बढ़ाने में उन्हें खुशी होती है, संताल लोगों में पेड़ों को देखकर काटने की ही इच्छा होती है। हाड़मा ने आज तक नहीं सुना है कि संतालों ने पेड़ लगाने में अपना समय यूँही खर्च किया हो।

"ओहो बेटा", चंपई बोल पड़ा, "पता नहीं यह परगना किस किस्म का आदमी है!"

'कुल्ही' में एक झाड़ीदार इमली का पेड़ है। इसकी जड़ें ऐसी उभरी हैं मानो देवता ने बैठने के लिए पीढ़िया ही बनाए हैं। इमली का पेड़ हरे पत्तों से ढका है। उसकी छाया में अनेक लोग एकत्रित हैं। कुछ बैठे और कुछ खड़े हैं। जब चंपई और हाड़मा कुछ निकट पहुँचे तो उनमें से एक व्यक्ति एकाएक उठकर उनकी ओर आया और चंपई को सादर नमस्कार करते हुए बोला, "हम इस गाँव के 'गोडेत'* हैं, बाबूजी! आप दोनों नए जान पड़ते हैं, है न? क्या हम आपकी कुछ मदद करें?"

चंपई ने जवाब दिया, "देखो भाई, हम दूर पश्चिम तरफ के माँझी हैं और यह हमारा बेटा है। हम लोग साम परगना से भेंट करने आए हैं। यदि मेहरबानी से हमें ले जाते तो भला होता।"

गोडेत ने कहा, "ठीक है। गाँव की बैठक बस समाप्त ही होने वाली है।" यह कहते हुए उसने जब इमली के पेड़ की ओर देखा तो सचमुच बैठक समाप्त हो गई थी।

दोनों अजनबियों ने एकत्र भीड़ को तेजी से इधर-उधर जाते देखा। एकाध लोग उन्हीं के पास से पार हुए और पार होते समय उन्हें न पहचानते हुए भी उनका अभिवादन किया। क्योंकि मिलने और अलग होते समय अभिवादन करना संतालों का रिवाज है। उनके द्वारा सम्मान पाकर दोनों हतप्रभ हो गए और उन्होंने भी खुशी-खुशी अभिवादन का प्रत्युत्तर दिया।

पेड़ के नीचे एक व्यक्ति बैठा ही रह गया था। गोडेत ने कहा, "देखिए बाबूजी, वे ही साम परगना हैं। आप लोग धीरे-धीरे आएँ, हम पहले जाकर आपके बारे में उनको बता देते हैं।"

गोडेत तेज कदमों से पेड़ की ओर गया और वे उसके पीछे धीरे-धीरे चलते हुए गए। उन्होंने देखा कि गोडेत ने निकट जाकर परगना को कुछ बताया। इस पर वह फुरती से उठा और अतिथियों के निकट आकर उनका स्वागत किया।

जब वह निकट आ गया तो बाप-बेटे का मन बहुत उदास हो गया, क्योंकि उनके

---

* संताल स्व-शासन प्रणाली का संदेशवाहक

हिसाब से वह संतालों का नेतृत्व करनेवाला हो ही नहीं सकता था। उसके सिर पर लंबे व घने केश कहाँ, जो चेहरे पर लहराते हैं; नंगे बदन रहने के बदले देह पर यह कपड़ा क्यों! देखने में भी कोई खास नहीं दिख रहा। जवान छैला तो है ही नहीं। राजाओं के समान यदि किसी को घूरकर देखे तो कोई भी नहीं काँपेगा। बल्कि वह तो बिलकुल सीधा-सादा-सा है। देखकर हँसी भी आ सकती है और आँखों में गंभीरता भी दिखाई नहीं देती।

जब परगना उन अजनबियों के निकट चला गया तो पूर्वजों के साथ आचार-व्यवहार के अनुसार उन्होंने उसका सादर अभिवादन किया। उसने हँसते हुए अभिवादन सहर्ष स्वीकार किया और बोला, "आप लोग जिसको तलाश रहे हैं, वह साम परगना हम ही हैं। हम खुशी से आपका स्वागत करते हैं...और अब जरा अपना और अपने गाँव का नाम भी बता ही दीजिए!"

चंपई माँझी ने गोडेत को जो कुछ बताया था, वह सबकुछ बता दिया।

तब परगना ने कहा, "अरे भाई आप लोग तो बहुत दूर से आ रहे हैं! अच्छा, भोजन वगैरह तो होता रहेगा, लेकिन भोजन अभी बना नहीं है, तब तक बातें करते हैं। आइए, पेड़ की छाँव में हमारे साथ बैठिए।"

बाप-बेटे परगना के साथ बैठ गए। उसके दयावान् चेहरे का प्रकाश मन में ग्रहण करने के लिए उनके मन के द्वार धीरे-धीरे खुलने लगे और उन्होंने अपना दुःख-सुख, आशा व भरोसा और संदेह सबकुछ बेबाकी से बयान कर दिया।

हाड़मा की बातें सुनकर परगना ने जैसे-जैसे उस पर विचार किया वैसे-वैसे हाड़मा के प्रति उसका तरस खाना अधिक होता गया।

परगना की पत्नी ने उन्हें स्वयं भोजन कराया और दोनों अतिथि अत्यंत संतुष्ट हुए। भोजन कर लेने के बाद सभी पुरुष एक बार फिर इमली के पेड़ के नीचे चले गए और शेष बातचीत 'चुटी'* पीते हुए समाप्त हुई।

उस रात वहीं रुक जाने के लिए परगना ने बहुत आग्रह किया। चंपई माँझी ने सहर्ष हाँ कह दिया, क्योंकि एक तो बुढ़ापा और दूसरा रास्ता भी लंबा। इस कारण उसके लिए एक दिन में जाना-आना थका देनेवाला हो सकता था। परंतु हाड़मा ने लौटने ही का मन बना लिया क्योंकि उन दिनों डेरे से एक दिन भी बाहर रहना उसे स्वीकार न था।

इस पर साम परगना ने कहा—"ठीक है, माँझी हाड़ाम (गाँव प्रधान) हमारे गोडेत के साथ कल लौट जाएँगे। आज हमारे मेहमान रहेंगे। हाड़मा, तुम आज ही लौटो और हम भी तुम्हारे साथ चलेंगे; क्योंकि जब तक वह जगह न देख लें, उस पर कोई सलाह नहीं दे सकते हैं।"

---

* साल पत्ते में तंबाकू लपेटकर बनाई गई लंबी देसी बीड़ी

हाड़मा ने परगना को संदेह की दृष्टि से देखा।

तब परगना ही बोल पड़ा, "अरे भाई, मत घबराओ। हम घूमने-फिरनेवाले ही हैं।"

हाड़मा ने कहा, "हमारे इलाके में परगनाजी, जमीन ऊबड़-खाबड़ और रास्ते पत्थरों से भरे पड़े हैं।"

परगना बोला, "मालूम है, लेकिन इस कारण पीछे हटनेवाले नहीं हैं।"

इसके बाद हाड़मा चुप हो गया।

जब तक वे वहाँ से नहीं निकले, तब तक तीनों आपस में बातें ही करते रहे। दोपहर ढलते ही दो युवा एक घोड़े को लेकर ओसारे के पास आ गए। इन दोनों ने यह दूसरा घोड़ा देखा, क्योंकि इसके पूर्व इन्होंने केवल पोंटेट साहब का घोड़ा ही देखा था। बहरहाल, यह जरा छोटा है और गरदन पर बालों का गुच्छा है। जीन बोरे से बना है और लगाम रस्सी की है।

घोड़ा देखते ही हाड़मा के मन में विचार आया था कि परगना अब मेहमानों से घिर चुका है। वह पिपरा नहीं जा पाएगा। उसका मन बिलकुल हलका हो गया, क्योंकि उसे धोखा हो रहा था कि परगना अवश्य उसके साथ लटक जाएगा और वह स्वयं जल्दी-जल्दी नहीं चल पाएगा।

जब परगना को हाड़मा के मन की बात पता चली तो उसने उसे प्रेम से देखते हुए कहा—"ए जी बाबू हाड़मा, डर रहे हो क्या कि हम तुमको परेशान कर देंगे। अरे भाई, घोड़े में बैठकर हम तुम्हारे बराबर चल सकेंगे।"

इसके बाद परगना दो सेवकों और हाड़मा के साथ निकल पड़ा। वह स्वयं घोड़े पर सवार है और हाड़मा घोड़े की पीठ पर हाथ रखे साथ-साथ चल रहा है। साथ-साथ चलते हुए दोनों बातें करते जाते हैं।

परगना कहता है, "हाड़मा, हमने जान लिया कि तुम आँखों से भी बातें कर सकते हो, क्योंकि हमारा घोड़े पर बैठना तुमको अच्छा नहीं लग रहा है। सचमुच, जहाँ तक जानकारी है, संतालों में एक हम ही घोड़े पर चलते हैं।"

हाड़मा बोला, "परगनाजी, अपने मन की बात कहने का जी नहीं करता है। लेकिन सही में केवल आपके और मेरे बीच में कहते हैं कि संताल लोग घोड़े की अपेक्षा पैदल ही बेहतर चल सकते हैं।"

इस पर परगना ने उत्तर दिया, "एक बात हमेशा याद रखना कि हमें दूर-दूर गाँवों का दौरा करना पड़ता है। गाँव में पहुँचने के बाद पैदल घूमना-फिरना ही अच्छा लगता है। अब यदि आने-जाने में भी पैदल ही चलना पड़े तो किसी गाँव में हम कैसे इधर-उधर पैदल घूम सकते हैं?"

इसके बाद हाड़मा ने लगभग पाँच मिनट तक सोच-विचार कर कहा, ''परगना, अब हम समझ गए, आपकी बात ही सही है।''

उनकी बातचीत बहुत जम गई। परगना घोड़े से उतर गया और हाड़मा के साथ-साथ ही चल पड़ा। घोड़े की रास एक सेवक ने थाम ली और घोड़े को लेकर चलने लगा।

जिन बातों को लेकर हाड़मा और सिलंगी के बुजुर्गों के बीच मतभेद उत्पन्न हुआ था, वह सब बातें हाड़मा ने परगना को बता दीं। इस पर परगना ने कहा, ''अच्छा बेटे! इसका मतलब यह हुआ कि तुम पहाड़िया लोगों को कुछ भी नहीं समझते!''

इस समय हाड़मा परगना का चेहरा एकटक देख रहा था, ताकि उसके चेहरे के भाव पढ़ सके, परंतु सफल न हुआ।

तब हाड़मा संतालों के समान हाथ घुमाते हुए बहुत जोर से बोला, ''तब परगना, आप मेरे काम को मंजूरी नहीं देते हैं क्या?''

परगना ने इसका उत्तर बहुत देर के बाद दिया था। सामने की ओर सिर झुकाकर और जमीन की ओर देखते हुए वह चुपचाप चल रहा था। उसका चेहरा देखकर कुछ भी अनुमान लगाना मुश्किल था और जब-जब हाड़मा बोलने को होता, वह उसे इशारे से चुप रहने को कहता। अंत में सिर उठाकर हाड़मा की ओर देखते हुए गंभीरतापूर्वक बोला, ''हाकिम के लोग तो मुट्ठी भर हैं। पहाड़िया और उनके रिश्तेदार ही सिपाही हैं। यदि पहाड़िया लड़ने पर उतारू हो जाएँ तो क्या करोगे? क्या पल्टिन उन्हें सजा दे पाएगा? उस हालत में तुम क्या करोगे?''

हाड़मा को गुस्सा जल्दी आता है। उसका चेहरा उदास-सा हो गया। परंतु वह तुरंत जोर से बोला, ''कहीं आप भी उन्हीं के अधीन तो रहना नहीं चाहते?''

हाड़मा ने सोच लिया था कि परगना उसकी ओर हो जाएँगे परंतु, जिस व्यक्ति पर भरोसा किया था वह तो उसके विरुद्ध हो रहा था।

परंतु अन्य लोगों के समान साम परगना लेशमात्र भी क्रोधित नहीं हुआ और बोला, ''अरे भाई! तुम्हारे और मेरे लिए ही हम ये बातें कह रहे हैं; क्योंकि अन्य लोगों की चिंता करना भी हमारी जिम्मेदारी है। इसीलिए हम जो भी कार्रवाई करने का निर्णय लें, उस पर हमें अच्छे से विचार कर लेना चाहिए।''

हाड़मा हालाँकि जल्दी क्रोधित होता है, पर आसानी से विनम्र भी हो जाता है। कुछ पल विचारने के बाद उसका मन हलका हो गया। परंतु साम परगना बिलकुल चुप था। सहसा हाड़मा ने कहा, ''ए परगनाजी! मेहरबानी से माफ कर दीजिए। मेरी समझ में अब आया कि आप हाकिम पर भरोसा न करने की चेतावनी दे रहे हैं। अपने बचने का काम हमें खुद ही पूरा करना होगा।'' इस पर परगना ने अच्छे से उत्तर दिया—''हाँ-हाँ, हमारा मतलब यही है।''

जिस विचार को हाड़मा ने गहन चिंतन के बाद पाया था, उसने उसका समर्थन नहीं किया।

हाड़मा बोला, ''उसके बारे में हमने सोच-समझ लिया है।''

इसके बाद उसने परगना को वे युक्तियाँ बताईं, जिनके आधार पर वह अपने लोगों को स्वयं की रक्षा के लिए सक्षम बनाएगा और यह भी कि उसने अपने लोगों को कैसा साहसी व पराक्रमी तैयार किया है।

परगना ने उसकी यह बात सहर्ष मान ली। उसने उत्तर दिया, ''यदि किसी जाति में अपनी रक्षा स्वयं करने की क्षमता न हो तो वह कभी भी चैन से नहीं रह सकती है।''

वे दोनों चलते-चलते बातें करते जा रहे थे। यह लो, कब शाम हो गई और दोनों बड़े पीपल के सामने पहुँच गए, उनको पता भी न चला। तब हाड़मा ने बताया कि वे सीमा क्षेत्र पर पहुँच गए थे। इस पर साम परगना ने जोर से कहा, ''डरो मत बंधु! तुम आनंदित रहो। अपना रास्ता हम खुद ही देख लेंगे।''

वहाँ बसे अग्रणी लोग परगना का घोड़ा देखकर ही विभोर हो गए और अपने अगुआ (सरदार) तथा मेहमान की ओर ध्यान देना ही भूल गए। इसके बावजूद उन्होंने जल्द ही भोजन पकाया और दोनों को भोजन कराया। रात में भोजन करके सभी लोग गोलाकार बैठकर आग तापने लगे और 'चुटी' पीते हुए बातें करने लगे। साम परगना बहुत कम, केवल हाँ-हूँ करता रहा। वह विचार करने और सुनने की फिराक में था। वह हाड़मा के कामों को चुपचाप देखता और उसके लोगों की बातचीत पर कान लगाये बैठा था। बुद्धिमान परगना सुझाव देने से पहले व्यक्ति को ही तौल ले रहा था। उसने जांचा व 'पास' कर दिया और बोला, ''देखो बंधुओ! यदि तुम लोगों ने इस किनारे को बाँधा तो यह हमारे इलाके में पड़ेगा; क्योंकि तुम लोग बाँसलोई के उत्तर में हो।''

लोखोन खड़ा हो गया। तेज आवाज में बोला, ''हमारे साहसी परगना की जय!''

इस पर सभी लोग मिलकर एक साथ जोर से चिल्लाए। नारे की आवाज सुनकर पहरा कर रहे दो लोगों में से एक हड़बड़ा कर देखने आया कि क्या हो गया। उधर पहाड़िया लोगों के भेदिए ने यह देख-सुनकर अपने गाँव-प्रधान को बताया कि डेरे में एक नया आदमी आया है और सभी लोग उत्तेजित हो गए हैं।

इसके बाद सभी सो गए।

दूसरे दिन हाड़मा ने परगना को बस्ती, बाँध और जो कुछ दिखाने को था, सब दिखाया। उन सबको देखने के बाद परगना ने कहा, ''बात बिलकुल साफ है, किसी-न-किसी को तो हटना ही पड़ेगा; क्योंकि तुम्हारे गाँव और बस्ती एक-दूसरे से सटे हैं।''

हाड़मा एक बार फिर निराश हो गया। बहुत ही विनम्रता से बोला, ''सुनिए परगना बाबा! इस गाँव को हम कैसे छोड़ दें। इसके चलते, जंगली जानवरों के कारण तीन

जिंदगियाँ खत्म हो गई हैं। दो लोग दुर्घटना में मारे गए, मेरा भाई भागमत और अन्य चार लोग जीवन भर के लिए टेढ़े-मेढ़े हो गए। छह लोग बीमार होकर मरे। दस लोग बीमार होकर सिलंगी लौट गए। पाँच जोड़े भैंसों को हमने जोत-जोतकर मार डाला और इसे बनाने में हमने तीन महीने लगाए हैं। नहीं-नहीं, यह सब अनदेखा नहीं किया जा सकता, हम इसे बिलकुल नहीं छोड़ सकते हैं।''

हाड़मा आसानी से उदास होनेवाला नहीं; परंतु साम परगना ने देखा कि उसकी आँखों से आँसू झर-झर बह रहे थे और उसके बोलने में भी इसका प्रभाव स्पष्ट था।

तब परगना ने कहा, ''यह सब हड़बड़ी का ही परिणाम है मेरे भाई! जगह देखकर तुम फिदा हुए और खुश हो गए; लेकिन पहाड़िया लोगों की बस्ती के बारे में तुमने जरा भी नहीं सोचा।''

हाड़मा सिर हिलाता हुआ बोला, ''हाँ, नहीं सोचा।''

साम परगना बोलता रहा, ''वे लोग बहुत दिनों से हैं। उन्होंने पेड़ लगाकर बड़े किए, जो अब फूल-फल रहे हैं। इनके घर-द्वार हैं और इसी स्थान को वे जानते हैं। यह क्या कम दुखद है कि उन्हें यह जगह छोड़कर भागना पड़ेगा और तुम्हारे गाय, बकरी सुख से चरेंगे! यहाँ से जिसे भी भागना पड़े, हमारी सहानुभूति भागनेवालों के साथ ही होगी। लेकिन तुम कहते हो कि तुम्हें बसने का आदेश पल्टिन साहब की ओर से मिला है। तुम लोगों ने जान देकर अपने परिश्रम और लगन से इसे खरीदा है। इसी को विधि का विधान कहते हैं। यदि लक्ष्य पर तीर मारने का भरोसा हो तो आगे बढ़ो।''

''इसमें हम पक्के हैं।'' हाड़मा ने उत्तर दिया।

हाड़मा और वहाँ बसे अग्रणी लोगों ने परगना को कुछ दूर तक पहुँचा दिया। वह घोड़े पर बैठकर युवा सेवकों के साथ अपने गाँव पाडेरकोला चला गया। चंपई माँझी भी एक रात विश्राम करके हिलते-डुलते सिलंगी लौट गया। लेकिन हाड़मा ने अपने मन की बात और उसके व साम परगना के बीच हुई सहमति के बारे में भनक तक नहीं लगने दी। क्योंकि उसने अपने और परगना द्वारा सुनिश्चित किए गए के अनुसार काम करना ही बेहतर समझा।

निर्धारित दिन आ गया। हाड़मा ने केवल लोखोन को साथ लिया और जिंदगी व मौत के रास्ते पर निकल पड़ा।

कूल (शेर के लिए संताली शब्द) पहाड़ शिखर के समतल पर है भगीरथ सरदार का गाँव; इस गाँव के लोगों के साथ इन दोनों दोस्तों की अच्छी जान-पहचान है। इनके घर खरगोश की माँद के समान सटे-सटे बने हैं। बाजरे की डंटी से घेरकर दीवार और छत चेरो घास से छारे गए हैं। प्रत्येक घर में सूअर व मुरगी-घर हैं और गाँव को चारों ओर बाँस के घेरे से घेरा गया है। घेरे के बाहर एक खुला मैदान है। वहाँ किस्म-किस्म के अच्छे फलदार

पेड़ों की घनी डालियों के कारण छाया बनी हुई है। इसी स्थान पर बैठकर हाड़मा और लोखोन प्रतीक्षा कर रहे हैं, क्योंकि पता नहीं, उस जैसे बड़े आदमी की कब मरजी हो कि वह उनसे भेंट करे! किसी-किसी पेड़ के तने खूँटे के समान बिलकुल सीधे और ऊँचे हैं और ऊपर में फैली घनी डालियाँ मानों आसमान को छूतीं बहुत सुंदर दिखाई देती हैं। यह सब देखकर हाड़मा मुग्ध हो गया। पहाड़िया लोग अधिकतर ऊँचे तनेवाले पेड़ ही पसंद करते हैं। साम परगना की बातें याद करके हाड़मा दु:खी हो गया, क्योंकि हाड़मा ने ऐसे स्थान से, यहाँ रहनेवालों को हटाने का मन बनाया है।

वहाँ पहुँचते ही किसी एक पदधारी व्यक्ति ने पानी-पानी में ही उनका स्वागत किया। उसकी लाल पगड़ी देख ऐसा लगता है कि वह या तो देसमाँझी या माँझी होगा। वह उन्हें वहीं छोड़कर उनके बारे में खबर पहुँचाने गाँव के अंदर चला गया। कुछ ही देर बाद भगीरथ सरदार उनके पास आया, उसके पीछे-पीछे झुंड-के-झुंड लोग चल रहे थे। उसने कुम्हार के चाक के समान बड़ी सी लाल पगड़ी बाँध रखी थी। शरीर पर लाल चादर ओढ़ने के कारण बड़ा प्रभावशाली दिख रहा था। बूढ़ा नहीं है, क्योंकि केश काले हैं, परंतु चेहरा उम्रदार लोगों के समान दिखता है। यद्यपि पानी बरस रहा था तथापि दोनों के साथ उसने सज्जनता से व्यवहार किया, परंतु वे दोनों जुबदी इलाके में रहते हैं, यह जानकर वह खुश नहीं था।

इसके बाद भगीरथ सरदार और उसकी पंचायत के माँझी लोगों की बैठक हुई। इनमें उसका बेटा व उत्तराधिकारी सिंगा भी था। वह हाड़मा की उम्र का था। सभी गोलाकार बैठ गए। जिस माँझी से हाड़मा की बहसा-बहसी हुई थी, वह सरदार के सामने बैठा तथा हाड़मा व लोखोन उसके आमने-सामने बैठ गए। सरदार के इशारा करने पर माँझी खड़ा हो गया और उसने अपनी बात रखी। उसकी बात का सारांश यह था कि संताल लोग उसकी बस्ती से सटकर बस गए हैं। उन्हें वहाँ से हटना ही पड़ेगा।

हाड़मा ने बहस की कि वे वहाँ पोंटेट साहब के आदेश से बसे हैं और उस गाँव को बसाने में उन्हें क्या-क्या त्याग करना पड़ा। उसने एक-एक कर सबका वर्णन कर दिया और अपनी बात यह कहकर समाप्त कर दी कि वे वहाँ से नहीं हट सकते हैं।

इससे सरदार का माथा भन्ना गया। उसे अपने जाति भाइयों को भगाना अच्छा नहीं लग रहा था और पोंटेट साहब के आदेश का उल्लंघन करने में भी डर था। क्या करे, क्या न करे, इसे लेकर वह दुविधा में पड़ गया। सरदार और उसके पास बैठे माँझी लोग आपस में कानाफूसी करने लगे। 'कुल्ही-दुड़ुप'* बहुत देर तक होती रही। अन्य लोग भी वहाँ एकत्र हो गए। बैठक में कानाफूसी होने लगी।

हाड़मा प्रतीक्षा कर रहा था, बातचीत कब समाप्त हो। व्यग्र हो जाने पर उसने चारों

* संताली शब्द, जिसका अर्थ विवादों के निपटारे के लिए गाँव की गली में होनेवाली खुली बैठक है

ओर दृष्टि दौड़ाई। संतालों ने अपने घरों में पहाड़िया लोगों को नहीं देखा था। उनको देखकर उसे अच्छा ही लगा। देखो तो, माँझी लोग कितने सलीके से लाल रंग की पगड़ी लगाए हुए हैं। 'सेंगेल गिदी'* के समान लगते हैं। सरदार की चादर भी चमकदार है। क्या मर्द और क्या औरतें, सबने पूरे गले में रंग-बिरंगी काठ की मालाएँ पहन रखी हैं। सिर के बालों को सुंदर जूड़े के रूप में बाँधा गया है और सबके सिरों पर काठ की तीन-तीन कंघियाँ खुँसी हैं।

पीछे की तरफ खड़े गाँव के पुरुष व बच्चे सभी बहुत आकर्षक दिख रहे हैं। एक पेड़ से टिका है तो दूसरा जमीन पर पेट के बल लेटकर देख रहा है। तीसरा मोटी लाठी के सहारे टिककर खड़ा है और चौथा तीर लिये धनुष के साथ एक बाँह के सहारे आराम से टिककर खड़ा है। ये लोग शिकारी और सैनिक (लड़ाकू) प्रजाति के लोग हैं। सबके चेहरों पर तिरस्कार व आश्चर्य के भाव हैं। क्योंकि तराई का एक आदमी जुबदी पहाड़ पर बसने के लिए उतावला है। अकेले लोखोन को साथ लाने के कारण हाड़मा को भाग्यवान् माना जा सकता है; क्योंकि अन्य तो खेत-खलिहान ही की रखवाली कर सकते हैं। वे लोग पहाड़िया लोगों के नाराज चेहरे और व्यंग्य भरे वाक्य बिलकुल सहन नहीं कर पाते। उसने स्वयं इन सब पर ध्यान नहीं दिया। लोखोन भी वैसा ही करता है जैसा वह स्वयं करता है।

हाड़मा की स्थिति जागते हुए सपना देखनेवाले के समान हो गई। एकांत में उसे अनेक प्रकार की आवाजें सुनाई देने लगीं, फुसफुस कर लगातार बतियाने की आवाजें। समय-समय पर सिर के ऊपर एक चिड़िया बोलने की आवाज, दूर झींगुर की आवाजें। सुबह सुनाई देनेवाली महिलाओं द्वारा झाड़ू लगाने की सिरिप-सिरिप आवाजें। जंगल में बियाई गाय के रँभाने और गले में बँधी काठ की घंटी की टिड़क-टोडोक़, गाँव में सूअर और बकरी के बच्चों के बोलने और मुरगियों के कुटकुटाने की आवाजें। माँ की गोद में लेटा कोई नवजात शिशु कोहाँ-कोहाँ कर रोया, लेकिन तुरंत चुप हो गया। गाँव के लड़के-लड़कियों के आपस में खुसुर-फुसुर करने की आवाजें। दो लड़कियाँ नीचे के झरने से पानी भर सिर पर धड़ा रखे स्पष्ट बतियाती ऊपर आ रही थीं, परंतु समतल के किनारे पाँव रखते ही वहाँ जमा भीड़ देखकर अचानक चुप हो गईं।

हाड़मा बिलकुल ऊब गया, क्योंकि बातचीत समाप्त ही नहीं हो रही थी। वह समझ गया कि सरदार टाल-मटोल कर रहा था। उसने सोचा, कुछ करना होगा। अंत में वह खड़ा हुआ और बोला, "हे बड़े सरदार और बुजुर्गो! हम एक बात कहना चाहते हैं। यह सही है कि दोनों गाँव एक-दूसरे से सटे होने के कारण शांति से रह पाना कठिन है।"

"यह हम मानते हैं, लेकिन यहाँ से हटना जैसे हम लोगों को भारी लग रहा है, वैसे

---

* बड़ेवाले चील के लिए संताली शब्द

ही आप लोगों को भी लग रहा होगा। आप लोग हमें ही हटने को कहते हैं, क्योंकि आप पहले से यहाँ हैं। लेकिन हम इस कारण दावा करते हैं, क्योंकि ऐसा आदेश पल्टिन साहब ने दिया है। परंतु चूँकि कोई भी हटने को तैयार नहीं, इस कारण आप लोग सोच सकते हैं कि हम एक-दूसरे को तीर से मारकर खत्म करने के लिए उतावले हैं। परंतु हम आपको बताना चाहते हैं कि तीर चलाने से हानि छोड़ लाभ नहीं है, क्योंकि इससे झगड़ा तो समाप्त होने का नहीं है। हम कहना चाहते हैं कि एक-दूसरे पर तीर चलाना छोड़कर आइए, हम इसमें एक प्रतियोगिता करें। एक लक्ष्य पर निशाना साधकर आजमाएँ कि हम में श्रेष्ठ कौन है, आप पहाड़िया लोग या हम संताल। जो भी जीतेगा, वह वहीं रहेगा और जो पराजित होगा, उसे वह स्थान छोड़ना पड़ेगा। हमारी इतनी ही बात है, आप कहिए क्या कहते हैं?''

यह सुनते ही भगीरथ को फोड़ा फूटने जैसा अनुभव हुआ और वह ग्राम-प्रधान की ओर मुड़कर बोला, ''बोलिए माँझी! इसके बारे में क्या कहना है?''

समस्त पहाड़िया लोगों का विश्वास है कि जुबदी में आकर बसे संताल तीर-धनुष चलाने में उनसे कम हैं और मन-ही-मन यह भी कहते हैं कि अच्छा है, चलो इस बेवकूफ और इसके लोगों को हमने सही जगह पर पकड़ा है। इसी कारण उसने हाड़मा का प्रस्ताव तत्काल स्वीकार कर लिया।

दोनों ओर से शपथ ली गई कि स्पर्द्धा में जो भी होगा, वही स्थापित किया जाएगा। एक दिन सुनिश्चित किया गया। स्थल का चयन हुआ और नियम आदि भी निर्धारित कर दिए गए। निर्णायकों को भी नियुक्त किया गया। पहाड़िया लोगों की ओर से पहाड़िया सरदार और उसका बेटा सिंगा तथा संतालों की ओर से साम परगना और हाड़मा का पिता चंपई।

उन्होंने बाजी लगा ली। ऐसा नहीं है कि मन में दुविधा नहीं, लेकिन दोनों मित्रों ने निश्चय कर लिया है कि वे यथाशक्ति संपूर्ण लगन से काम करेंगे। इसके बाद वे पहाड़िया लोगों से विदा लेकर डेरा जाने के लिए पहाड़ी ढलान पर गिरते-पड़ते चल दिए। सरदार का बेटा सिंगा उनको छोड़ने के लिए बहुत दूर तक गया। उसने सोचा, यह बड़ा ही अद्‌भुत व्यक्ति है। इसके साथ तो मित्रता करनी ही होगी।

□

4

प्रतियोगिता

ऊपर–नीचे बहुत सोचने–विचारने के बाद हाड़मा को समझ आ गई कि उसने बहुत बड़ी बाजी लगा दी है। वह किंचित् व्याकुल–सा होने लगा। परंतु लोखोन को कोई परवाह नहीं, क्योंकि उसे पूरा भरोसा है। हाड़मा इस कारण चिंतित है, क्योंकि वह बहुत दूर तक सोचता है और उसके कंधों पर उत्तरदायित्व है।

यह बात चंपई माँझी और उसके पंचों को बताना उन दोनों को 'हाड़हात् सिसीर'* खाने जैसा कड़वा लग रहा था। परंतु जैसा भी लगे, बताना तो था ही। इस कारण पहरे की सुदृढ़ व्यवस्था करके हाड़मा और लोखोन सिलंगी की ओर चल दिए।

हाड़मा ने निश्चय किया है कि वह यह बात सबसे पहले मुनी को बताएगा, क्योंकि वह थी तो युवा, परंतु उस पर भरोसा करना वह सीख गया था और उसे मालूम था कि एकमात्र वही सांत्वना दे सकती थी। वह होशियार महिला है और इसने जो शर्त लगाई है, उसे अवश्य ही स्वीकार करेगी और उसने जहाँ हामी भरी, तब वह किसी भी स्थिति में पीछे नहीं हटेगा। दोनों मित्र सिलंगी पहुँचने वाले हैं। क्या आप बता सकते हैं कि दोनों सबसे पहले किससे मिलते हैं? मुनी ही से, है न!

उस दिन संयोग से चार वर्ष के पुत्र और छोटी बेटी को साथ लेकर वह जंगल में साग तोड़ने गई थी, जहाँ वे दोनों उनसे जा मिले थे। जिस समय दोनों उनकी दृष्टि से ओझल थे, तभी बच्चों की आवाजें उन्हें सुनाई पड़ी थीं। वे दोनों दबे पाँव पेड़ों की छाँव में लुकते–छिपते जाते हैं। वे बच्चों को तन्मयता से देखते हैं, परंतु स्वयं छिपे–छिपे ही हैं। चंपई हृष्ट–पुष्ट बालक है। वह गिरगिट मारनेवाले छोटे तीर–धनुष से खेल रहा है। वह कभी इस पर तीर चलाता है, कभी उस पर, और जैसे ही तीर लक्ष्य पर लगता है वह माँ–माँ पुकारता है—"देखो, न हमारा तीर निशाने पर लग गया।" इसी बच्चे को उन्होंने सबसे पहले देखा था। दोपहर के भोजन का समय हो चला था। पूरब से सूर्य का प्रकाश

---

* पशु–पक्षियों के मांस में भूल से मिली पित्त की कड़वी थैली

पीछे से आकर पेड़-पौधों के बीच से पार हो रहा है और सँकरे रास्ते पर यहाँ-वहाँ छाया थी तो कहीं-कहीं पर धूप भी पड़ रही थी। रास्ते के दोनों ओर की झाड़ियों के पत्तों से ओस की बूँदें टप-टप कर गिर रही हैं और हवा से हिलने के कारण पत्ते कभी-कभी चमक भी रहे हैं।

अचानक उन्हें 'वाह-वाह, खुशी की बात है!' सुनाई दिया। इसके बाद पीठ थपथपाने की आवाज आई। और फिर बहुत तेज आवाज में 'वाह-वाह, खुशी की बात है' कहा गया।

हाड़मा फुसफुसाया—"ए लोखोन, छिप जाओ। अरे, जल्दी छिपो। यह छोटा माँझी है।"

लोखोन मुसकराया और दोनों ही शिकारी एक झाड़ी के पीछे छिप गए। कुछ ही पल बाद एक नंग-धड़ंग छोटा बालक हाथ में तीर-धनुष लिये रास्ते की ओर दौड़ता हुआ पार हो गया और उसके पीछे उससे भी छोटी बालिका उसका पीछा करती चली गई। इसके बाद वह बालक और उसके पीछे-पीछे हाँफती हुई उसकी छोटी बहन तेजी से दौड़ते हुए रास्ते पर निकल गए। बालक के हाथ में सुंदर-सा चंपा का फूल था। वह उस फूल को सिर से ऊपर उठाए लहराता आया और दोनों एक झाड़ी के उस पार चले गए।

हाड़मा फुसफुसाकर बोला—"इसकी माँ जरूर वहाँ होगी।" और सचमुच उन्हें जानी-पहचानी चाँदमुनी दिख गई। उसने बेटे द्वारा लाया गया फूल झुककर जूड़े में खोंस लिया। उसने घूमकर देखा तो हाड़मा को देख लिया। उसने अवश्य बता दिया होगा, तभी तो चंपई शोर मचाता, दौड़ता हुआ आकर पिता की गोद में चढ़ गया। बाद में मुनी भी इठलाती, शरमाती और मुसकाती बच्चे के पिता के पास आ गई। माँ चुपचाप खड़ी होकर टोकरी का साग उलट-पलटकर देखने लगी।

यद्यपि इनका विवाह हुए अधिक दिन नहीं हुए, परंतु पत्नी और पति अलग-अलग ही हैं। इस कारण उसने सपने में भी नहीं सोचा था कि हाड़मा आएगा। पिता द्वारा उठाकर एक बार ऊपर करने और एक बार उतारने के समय चंपई ने कहा, "बाबा, हमें लोहे की 'अपांड़ी'* ले दो न!"

पिता ने उत्तर दिया, "अरे बेटे, बच्चे लोहे की अपाँड़ी नहीं छूते हैं।"

बच्चे को देखकर उसका मन खुशी से इतना भर गया कि उसका चेहरा दमक उठा। तब बेटे ने कहा, "बाबा, कल हमारा तीर एक खरगोश को जा लगा था, लेकिन बाँस का तीर होने के कारण उसे कुछ नहीं हुआ और वह भाग गया। तुम देखो, हम कैसे तीर चला सकते हैं।" यह कहते वह पिता की गोद से कूदकर नीचे उतरा और चार-पाँच हाथ दूर

---

* तीर का चोखा अग्र भाग

पर एक फूल दिखाकर बोला, ''बाबा, उस पीलेवाले फूल को देखते रहना।'' वह स्थिर खड़ा हो गया, प्रत्यंचा पर तीर चढ़ाकर तान दिया और अधिक देर निशाना साधे बिना सटाक् से तीर छोड़ दिया।

फूल को छिन्न-भिन्न होकर गिरता देख वह जोर से बोला, ''देख लिया न बाबा!'' यह कहते हुए वह तीर लाने चला गया।

छोटीवाली नुनिया भी खुशी से अस्पष्ट तोतली बोली बोलती पिता के निकट आकर उसके पैरों से लिपट गई। हाड़मा ने उसे गोद में उठा लिया और पत्नी के निकट चला गया। उसके चेहरे से खुशी छलक रही थी, परंतु निकट जाकर हाड़मा का चेहरा देखकर वह उदास-सी हो गई।

उसने धीरे, पर गंभीर आवाज में कहा, ''बच्चों के बाबा, तुम्हारे आने से हम सभी खुश हुए; लेकिन तुम्हारे चेहरे पर यह उदासी कैसी?''

इस पर हाड़मा ने उसे सारी बातें आरंभ से अंत तक बता दीं।

पूरी बातें सुनकर मुनिया को लगा कि कोई हृदय में बरछी चला रहा है। वह अपने पति के विश्वास, संकल्प और सोच-विचार को अच्छी तरह जानती है। परंतु हाड़मा ने सबकुछ दाँव पर लगा दिया है, यह जानकर उसकी आँखों के आगे वे दृश्य स्पष्ट घूम गए कि यदि वह विजयी नहीं हुआ तो उनका क्या हाल होगा! अभी पति की हिम्मत बढ़ाना और उसका समर्थन करना कर्तव्य है। पति के कंधे पर हाथ रख वह हलके-हलके मुसकराकर बोली, ''ए चंपई के बाबा, तुम हिम्मत रखो और लगे रहो। हमको मालूम है कि तुम जरूर जीतोगे। हम और तुम्हारा बेटा दोनों देखने जाएँगे।''

लोखोन सिलंगी पहले पहुँच गया। चंपई माँझी और गाँव के बुजुर्गों ने हाड़मा को आड़े हाथों लिया और कहा कि इसी ने हमको कहीं का नहीं रखा। उसका पिता भी जो उसकी ओर था, बोला, ''हाड़मा ने बहुत बड़ी बेवकूफी की है, भले ही साम परगना राजी हुए हों।''

परंतु हाड़मा पत्नी व बच्चों से अलग होने और डेरा वापस लौटने तक मीन-मेख निकालनेवाले लोगों के सामने दृढ़ता से खड़ा रहा, थोड़ा भी नहीं डिगा।

किंतु फिर उसे आशंका होने लगी। कहने लगा, ''कहीं उसके पिता और सिलंगी के बुजुर्ग ही तो सही नहीं। वे अनुभवी और बुजुर्ग हैं, हम तो कल के बच्चे हैं!''

लोखोन ने पूछ लिया, ''अच्छा दादा, भाभी ने इसके बारे में क्या कहा?''

हाड़मा ने श्वास ऊपर खींचते हुए कहा, ''ओह भाभी ने! हम कुछ भी करें, वह उस पर पूरा विश्वास करती है।''

इस पर लोखोन ने बात जोड़ी, ''हमको और हमारे जैसे अन्य लोगों को भी भरोसा है, दादा। अगर हम जीत गए तो देखना, अन्य भी क्या कहते हैं।''

दोनों मित्र चुपचाप चले जा रहे हैं और पहले के समान ही हाड़मा आगे और लोखोन पीछे-पीछे चल रहा है। हाड़मा अचानक रुक गया और पीछे मुड़कर लोखोन का हाथ पकड़कर बोला, ''अगर हम नहीं जीते तो क्या होगा, लोखोन?''

भर्राई आवाज में लोखोन ने उत्तर दिया, ''छी-छी माँझी दादा, आपको शर्म आनी चाहिए। क्या आपको भी संदेह है? हम कभी नहीं हारेंगे। हम जुझारू लोग हैं, जीतेंगे ही!''

यह सुनकर हाड़मा को तसल्ली हुई और वह फिर सामान्य हो गया।

इसके बाद एक बार फिर से बारिश होने लगी। बारिश का पानी पहाड़ी नालों से बादल के समान आवाजें करता नीचे उतरने लगा। सभी लोग बाँध की देखरेख में लग गए, केवल उनको छोड़ दिया गया जिनका चयन प्रतियोगिता के लिए हुआ था, ताकि वे अभ्यास कर सकें। बाँस फाड़कर बनाए गए धनुषों में तेल मलते, धुआँ दिखाते और बार-बार पकड़े जाने से वे मजबूत व चिकने हो चुके हैं और प्रत्यंचा चिंहुट की छाल से बनाई गई है। खूब मजबूत, नई व अनछुई है। बाँस की सीधी डालियों से बनी तीरों में खूबसूरत पंख लगे हैं। पंखों को काटकर एक समान किया गया है और लोहे के चपटे अपाँड़ी को घिसकर चमकदार बना दिया गया है। उन्होंने इन सबको बहुत अच्छी तरह से परखा है और जिसमें थोड़ी भी त्रुटि मिली, उसे हटा दिया गया है। इसके अतिरिक्त सबको तीर-धनुष व धनुष की रस्सी अलग से दी गई, ताकि वह सुरक्षित रखा रहे।

''अरे भाग्य में होगा तो जीत ही जाएँगे'', ऐसा सोचकर वे जरा भी निश्चिंत नहीं हुए।

लोखोन और उसके साथवालों को अपने बुद्धिमान सरदार पर पूरा भरोसा था। इस प्रकार संपूर्ण आशा व साहस से भरकर वे आजमाइश के लिए चल पड़े।

आषाढ़ के प्रारंभिक दिनों में एक दिन बहुत सवेरे पंचुवाड़ा के विशाल शाल पेड़ के नीचे झुंड-के-झुंड अनेक लोग जमा हो गए। बारिश के पानी से अभी-अभी धुली पत्तियों पर सूरज की रोशनी पड़ने से वे चमक रही हैं और दक्षिण-पूर्व की ओर से चलनेवाली हवा के कारण झूम रही हैं। उस स्थान की झाड़ियों को काटकर हटा दिया गया है और ऊबड़-खाबड़ टीलों को छील-छालकर समतल कर दिया गया है। हाड़मा के दावे से बिलबिलाए पहाड़िया लोग झुंड-के-झुंड पहाड़ों से उतरकर आए हैं और संताल लोग भी हाड़मा की लगन देखकर तराई से भारी संख्या में निकलकर आए हैं। अलग-अलग 'जाहेर-थान'* में बलि देनेवाली दो अलग-अलग जातियाँ आज पहली बार आमने-सामने मिली हैं। इनमें कितनी भिन्नता है, इसकी जानकारी दोनों युवा माँझियों यानी चंपई माँझी के बेटे हाड़मा संताल और भगीरथ सरदार के बेटे सिंगा पहाड़िया के बीच तुलना

* शाल वृक्षों का झुरमुट, जहाँ पूजा की जाती है

करने से मालूम पड़ जाएगी। चलिए उनको ध्यान से देखते हैं—वह देखिए, वे वहाँ हैं-क्या-क्या करना होगा, इस पर विचार-विमर्श चल रहा है।

दोनों ही अभी-अभी जवान हुए हैं, लंबे और सजीले हैं। सिंगा थोड़ा लंबा है। हाड़मा हट्टा-कट्टा और बलवान है। लेकिन उस बड़े कुम्हार ने हाड़मा को गढ़ने के बाद, जब मिट्टी गीली थी, तभी धीरे-धीरे करके हाथ से सभी ऊँची-नीची जगहों को गोल-मटोल बना दिया था। वह गजब का शक्तिशाली है, दुबला-पतला नहीं। सिंगा का शरीर सुडौल नहीं है। निडर आँखें, काली, उभरी व तेज हैं। किसी वस्तु पर वह अपनी दृष्टि बहुत देर तक टिका नहीं सकता है। हाड़मा की आँखों में दया है और वे कम काली हैं। कपाल की ढलान से वे दोनों आँखें गंभीरता से सीधी देखती हैं। हाड़मा के केश सिर के ऊपर से इधर-उधर झूले हुए हैं, जिससे आँखें भी छिप गई हैं। सिंगा सज-धज कर रहनेवाला जवान है; अपने पतले और चमकीले केशों को उसने कान के ऊपर जूड़े के रूप में बाँधा है, जिसमें एक कंघी खुँसी है। वह 'सेंगेल गिदी' के समान तैयार हुआ है। शरीर पर लाल चादर, सिर पर भी लाल पगड़ी और गले में तरह-तरह की ढेर सारी काठ की मालाएँ। हाड़मा ने कमर में 'पंची'[1] बाँधा है, वह भी मैला है और आभूषण के नाम पर हाथों से गूँथकर बनाया गया बाजूबंद उसकी बाँह में बँधा है।

पहाड़िया और संताल दो अलग-अलग मूल के हैं। पहाड़िया लोगों का चेहरा पतला, पेट सटा हुआ, हलका वजन और फुर्तीले हैं तथा लाल रंग पसंद करनेवाले हैं। संताल हृष्टपुष्ट, औसत कद, गोल चेहरा, देखने में ढीले-ढाले और पहनने-ओढ़ने के मामले में भी जैसे-तैसे। भीड़ में कुछ पहाड़िया लाल कपड़े पहने और सिर पर टोकरी जैसी लाल टोपी पहने हुए हैं, वे बारूद भरे जानेवाले बंदूक के सोंटे के समान सीधे व सपाट हैं, परंतु घमंडी जान पड़ते हैं। ये सभी सिपाही हैं—या तो इन्हें पेंशन (वजीफा) मिलती है या ये लंबी छुट्टी पर हैं। ये ही लोग तो 'पहाड़ी सेना' (हिल रेंजर्स) के हैं। इनका वास्तविक डेरा भागलपुर है, जहाँ हाकिम लोग रहते हैं।

चंपई माँझी और अन्य बुजुर्ग भी वहाँ उपस्थित हैं। वे पहाड़िया और हाड़मा के जवानों से दूर मायूस से खड़े हैं। ऐसे में भला वे तरोताजा कैसे दिखाई दें! चंपई माँझी बीच-बीच में साम परगना को कटु दृष्टि से देखता है क्योंकि वह भगीरथ सरदार के साथ अत्यंत अंतरंगता से बातें कर रहा है और दोनों हँस रहे हैं; चंपई को यह सब बदन में 'एतका'[2] छींटने जैसा प्रतीत होता है। चंपई के अनुसार साम परगना को दोषी ठहराया जा सकता है, क्योंकि हाड़मा को उसी ने इस गड्ढे में धकेला है। कुछ ही देर बाद उस दिन का वास्तविक कार्यक्रम आरंभ हुआ और साम परगना शांत होकर बैठ गया। यह देखकर

---

1. संतालों द्वारा धारण किया जानेवाला अधोवस्त्र, 2. एक प्रकार की जंगली लता, जिसके फल का रोआँ शरीर में लगने से, असहनीय खुजली होती है

हर बात की खबर सूँघनेवाला चंपई माँझी भी खुश हो गया। लक्ष्य केले के दो तने हैं, जिनको अस्सी-अस्सी गज की दूरी पर गाड़ा गया है। दोनों तरफ दस-दस व्यक्ति हैं। आधे लोग एक ओर से लक्ष्य भेदेंगे और आधे दूसरी ओर से—एक के बाद एक नहीं, परंतु प्रत्येक व्यक्ति छह-छह तीर चलाने के लिए तैयार रहेगा। गड़बड़ी होने की आशंका नहीं है, क्योंकि पहाड़िया लोगों के अपांड़ी चोरकांटा घास के बीज के समान दीखते हैं, जबकि संतालों के अपांड़ी चपटे हैं, सखुआ के पत्ते के समान दिखते हैं। संतालों का एक समूह हाड़मा के नेतृत्व में और दूसरा लोखोन के नेतृत्व में है।

मुनिया और छोटा चंपई भी देखने गए हैं। साथ ले जाने के लिए उसने श्वसुर से आग्रह किया था। चंपई सहमत नहीं हो रहा था, परंतु पुत्रवधू के बहुत हठ करने पर सहमत हो गया था। क्योंकि उसने जहाँ किसी चीज की जिद की तो उसे पूरा ही किया, ऐसी महिला थी वह।

हाड़मा अपने लोगों के साथ था, परंतु उसके पिता दोनों पक्षों के कार्यों में जुटे थे। इसी कारण मुनिया को बच्चे के साथ अकेला रहना पड़ा। उसे बहुत अकेलापन व भय भी महसूस हुआ और वह जंगल के अंदर जाकर छिप गई। झाड़ी के अंदर छिपी रहकर उसे मैदान की ओर देखने का साहस भी नहीं हो रहा था; तथापि वहाँ क्या हो रहा है, यह जानने की प्रबल जिज्ञासा भी थी।

उसने छोटे चंपई से कहा, "ए बेटा, इस पेड़ पर चढ़कर देखो और वहाँ जो कुछ देखते हो, हमको बताओ।"

चंपई पेड़ पर चढ़ गया और मैदान के उस पार देखने लगा। उसकी माँ घुटनों को पेट में सटाकर बैठी है और अपनी आँखों को उसने दोनों हथेलियों से बंद करके रखा है परंतु कान उसी ओर लगे हैं। लोगों की भीड़ की आवाजें आनी आरंभ हो गईं। इसके बाद धीरे-धीरे आवाजें कम हो गईं और सन्नाटा छा गया। अंत में उसे ऐसा महसूस हुआ मानो चंपई पेड़ के ऊपर से बहुत देर बाद उसे बता रहा था—"ए माँ, बाबा तीर चला रहे हैं, सभी तीर चला रहे हैं।"

इसके बाद उसे तीर चलाने की सरसराहट सुनाई दी और तीर से किसी लक्ष्य के भेदे जाने पर समवेत जोर से चिल्लाने की आवाजें सुनाई दीं।

मन में धुकधुकी के बावजूद मुनिया ने ऊपर देखकर कहा, "अरे बेटा, तुम्हारे पिता ने लक्ष्य भेदा या नहीं?"

छोटे लड़के ने उत्तर दिया, "नहीं माँ, बता पाना मुश्किल है, क्योंकि सभी एक साथ तीर चला रहे हैं। बता पाना मुश्किल है किसका तीर निशाने पर लगा और किसका नहीं।"

इसी समय भीड़ की आवाजें फिर आईं। चंपई बोल उठा, "ए माँ, मेरे बाबा ने सभी तीर चला दिए हैं।"

इसके बाद सभी शांत हो गए। तभी चंपई चिल्लाया, "ए माँ, लोखोन चाचा भी शुरू हो गए हैं।"

एक बार फिर तीर की सरसराहट सुनाई दी और इसके बाद गुड्-गुड्, गुबुड्-गुबुड् की आवाजें* बार-बार सुनाई देती रहीं और जैसे-जैसे देखनेवाले उत्तेजित होते गए, आवाजें भी तेज होती गईं। अंत में उन्होंने शोर करके आसमान सिर पर उठा लिया।

पेड़ के ऊपर से चंपई चिल्लाया, "अब खतम हो गया, माँ।"

माँ ने बहुत कष्ट के साथ कहा, "ए बेटे, जाओ, जाकर पता लगाकर आओ।" उसकी बात समाप्त होने से पहले ही चंपई पेड़ से तेजी से उतर गया। "अरे रुक जाओ बेटे, रुक जाओ' माँ चिल्ला पड़ी क्योंकि उसे दूसरी आशंका सताने लगी—"तुम अभी बहुत छोटे हो, भीड़ में तुम घुस भी नहीं पाओगे, कोई-न-कोई तो आएगा ही।"

लेकिन वह गोल-मटोल बच्चा बार-बार बोलता रहा—"माँ, मुझे कमजोर मत समझो। मुझे कुछ नहीं होगा।"

उसकी माँ भी उसके पीछे दौड़ गई। इसी समय एक व्यक्ति से उसकी टक्कर हो गई। उसने सिर उठाकर देखा तो टकरानेवाला लोखोन निकला। उसने पूछने की आवश्यकता नहीं समझी क्योंकि उसके प्रफुल्लित चेहरे से ही प्रकट था कि संताल जीत गए हैं। लोखोन का प्रसन्नचित्त और दमकता चेहरा देखकर मुनिया की समस्त आशंकाएँ समाप्त हो गईं। वह खड़ी हो गई और तेल लगे मुलायम केशों को बाँधते हुए लोखोन के साथ हाड़मा के पास चल दी।

लोखोन जोर से बोला, "अरे लड़को! क्या सिर्फ हम ही दिख रहे हैं?" यह सुनते ही हट्टे-कट्टे लड़कों की एक टोली दौड़कर आ गई। 'माँझी एरा' (ग्राम-प्रधान की पत्नी) को उन्होंने घेर लिया और भीड़ के बीच से सुरक्षित निकाल ले गए।

छोटा चंपई माँ के पीछे कूद-फाँद कर आते हुए ऊब गया और उसने लोखोन को पीछे से बुलाकर कहा, "चाचाजी, हमको भी देखने की इच्छा हो रही है।"

इस पर लोखोन जोर से बोला, "अच्छा, तुमको भी देखने की इच्छा हो रही है? तब तो छोटे माँझी तुम हमारे कंधे पर सवार हो जाओ।" कंधे पर सवार होकर वह बहुत खुश हुआ। अपने पिता को देखते ही वह चिल्लाया और बाएँ हाथ में छोटा धनुष व दाएँ हाथ से तीर लहराने लगा। उसने एकत्रित भीड़ को आँखें घुमाकर देखा। संपूर्ण अखाड़ा मैदान में लोग भरे हुए थे।

अचानक वह जोर से बोला, "ए चाचाजी, जहाँ से हम पार होकर आए, वहाँ वे औरतें कौन थीं, और वे रो क्यों रही हैं? उनके कपड़े भी माँ के समान नहीं हैं।" लोखोन ने उसको बताया, "मालूम नहीं बेटे! शायद वे पहाड़िया औरतें हैं। घर-द्वार खो देने के

* संतालों द्वारा उपयोग किया जानेवाला छोटा नगाड़ा 'टामाक' बजाने की ध्वनि

कारण रो रही हैं।" लेकिन मन-ही-मन उसने सोचा कि यह तो बहुत विकट स्थिति है, विशेषकर बुजुर्ग पुरुष-महिलाओं के लिए। देखो तो सफेद बालोंवाली उस नानी का रो-रोकर बुरा हाल है। वह एक पतली-दुबली बुढ़िया की ओर दिखाकर बोला, "उसको देखो! वह बिलकुल पूरब के लोगों के समान छाती पीट-पीटकर माथा टकरा रही है।"

मुनिया ने कुहँरते हुए उत्तर दिया, "इस बुढ़िया पर बहुत दया आ रही है। कष्ट मुझे ही हो रहा है।"

इस पर लोखोन ने कहा, "हाँ, चाहे उनको या हमको, किसी को तो कष्ट उठाना था। भाग्य की बात है कि यह हम पर नहीं आ पड़ा।"

वे चलते चले गए। चंपई कुछ-न-कुछ बोलता-बतियाता ही रहा। उसकी माँ चुपचाप थी। आँखों से झरझर आँसू बह रहे थे। जब वे हाड़मा के निकट पहुँच गए तो लोगों ने समझ लिया कि वह अन्य लोगों के समान खुश नहीं है। चंपई माँझी के समान नहीं और सिलंगी के बुजुर्गों के समान तो बिलकुल नहीं। खुशी के मारे उनको लगता है मानो कोई उन्हें हवा में उठाए फिर रहा है। ऐसा लगता है जैसे हाड़मा का प्रतियोगिता वाला प्रस्ताव उन्होंने ही खोज निकाला था, जबकि वे उसके बिलकुल विरुद्ध थे।

अपनी पत्नी को देख हाड़मा मुसकुराया और पत्नी भी कुशल महिला के समान मुसकुराई। पति का संकल्प पूरा हो जाने से वह बेहद खुश थी। चंपई की उपस्थिति के कारण खुलकर बातें नहीं हो सकीं, क्योंकि वह बच्चा अपने पिता के पास कूदकर चला गया और उसके पैरों में लिपटकर बताने लगा कि कैसे वह पेड़ पर चढ़ा था और कैसे उसने माँ की रक्षा की। अंत में हाड़मा उसे उसके दादाजी के पास ले गया, तब जाकर उसे फुरसत हुई। दादाजी उसको बेहद प्यार करते थे।

हाड़मा ने पत्नी से कहा, "क्या कहूँ बेटका की माँ, बहुत दिनों के बाद मुझे चैन मिल रहा है, लेकिन एक कारण से मेरी खुशी दुःख में बदल रही है।" यह कहते हुए उसने उन लोगों की ओर इशारा किया, जो उसके विरोध में थे। उनके सिर शर्म से झुके थे और चेहरों पर मुर्दनी-सी छाई थी, क्योंकि हार जाने के बाद अब उनका क्या हाल, होगा इस दुःख से वे चिंतित थे। उनमें से कुछ शांत थे, कुछ गुस्से में कानाफूसी कर रहे थे मानो आपस में सोच-विचार कर रहे हों कि हाड़मा आखिर जीत कैसे गया!

हाड़मा ने कहा, "उनको थोड़ी सांत्वना दे देते हैं।"

पत्नी बोली, "ठीक है, जाओ और जैसा तुम्हारा मन कहता है वैसा ही करो।"

हाड़मा मायूस दिख रहे पहाड़िया लोगों के पास गया और बोला, "बंधुओ, तुम लोगों ने बहुत सही निशाना लगाया और हम लोगों ने भी भरसक कोशिश की। इसका मतलब यह हुआ कि हम दोस्त हैं।"

पराजित माँझी के मुँह से बहुत देर तक शब्द ही नहीं फूटे। तब सिंगा ने उत्तर दिया, "हमारी समझ से तुम लोग भी निशाना साधने में पहाड़िया लोगों से किसी भी तरह कम

नहीं हो और हम भी मर्यादा के साथ ही हारे हैं।''

अंत में माँझी लड़खड़ाती आवाज में बोला, ''हाँ, हमारी हार प्रशंसा के योग्य है, और जैसी शर्त रखी गई थी, हम उसको पूरा करेंगे। घर-द्वार बनाना कोई मुश्किल नहीं है। लेकिन हम जैसे उम्रदार लोगों के लिए घर का आँगन छोड़ना कठिन है, क्योंकि हम और हमारे बाल-बच्चे यहीं पैदा व बड़े हुए हैं। इस जगह से हम बहुत घुल-मिल गए हैं। ये जो हमारे फलदार पेड़ हैं, इनको हम कैसे छोड़ सकते हैं? यह सही है कि हम नए पौधे लगा लेंगे लेकिन उनके पेड़ बनने तक तो शायद हम सिधार ही जाएँगे।''

माँझी का दुःख देख कर हाड़मा पिघल गया, क्योंकि वह जन्म ही से दयालु है। इसी कारण उसके हृदय से बात निकली और वह बोला, ''ए माँझी बाबा, तुम लोग हमारी बात सुन लो, अपने पेड़ों पर अगले बारह महीनों तक तुम्हारा ही हक रहेगा और फल भी तुम ही खाना, जब तक कि नया लगाया पौधा बड़ा न हो जाए और तुम लोग भी जब तक नवाडीह में ठीक से रच-बस न जाओ। एक बात और है, आनेवाले महुआ चुनने और उसके फल तोड़ने के मौसम तक तुम लोग यहाँ से नहीं जाओगे, यानी तुमको पूरे एक साल का समय मिलता है। इससे तुम लोगों को अनाज समेटने और घर बनाने का समय भी मिल जाएगा।''

हार जाने की बदनामी यद्यपि उनके मन को कसैला कर गई थी, परंतु हाड़मा का दयाभाव और सहृदय व्यवहार देखकर उनको संतोष भी हुआ था।

साम परगना ने सोचा कि अब उसे अपनी जाति के लोगों के नेतृत्व के लिए एक सच्चा और सही व्यक्ति मिल गया, इसलिए नहीं कि वह समर्थ है बल्कि इसलिए कि वह अक्लमंद, एकजुटता वाला, होशियार और सहृदय है; क्योंकि वास्तविक गुण तो यही हैं।

इसके बाद दोनों ओर के लोग आपस में प्रेम से बातें करके विदा हो गए। साम परगना अन्य काम के लिए पाडेरकोला लौट गया। भगीरथ सरदार भी पहाड़ पर चढ़ गया। वह भी मन-ही-मन विचारने लगा, भला यह बलवान् व्यक्ति आस-पास के लोगों के साथ कैसा व्यवहार कर सकता है!

परंतु उसके बेटे सिंगा को कोई चिंता नहीं थी। उसकी वही पहले वाली इच्छा थी कि वह हाड़मा से मित्रता करे। प्रारंभ में हाड़मा भी उससे निकट संबंध बनाने से कतराता रहा, परंतु अंततः उसी फुर्तीले युवा सरदार की जीत हुई और आदतों व सोच-विचार में अलग रहने के बावजूद वे जीवन भर के लिए बहुत अच्छे मित्र बन गए।

इस प्रकार संताल और पहाड़िया लोगों के बीच सुलह हो गई, परंतु जब तक आस-पास से वे लोग हट नहीं गए, हाड़मा को तब तक चैन नहीं आया। उसे उसके प्रयासों का फल प्राप्त हो गया था। बाँध और खेत बारिश के संपूर्ण मौसम में ठीक रहे और सभी लोगों ने समझ लिया कि अब एक नवाडीह की स्थापना हो चुकी है।

□

5

नवाडीह

आशा, आशंका और भूख-प्यास के साथ तीन महीने के हाड़-तोड़ परिश्रम बाद हमारा नवाडीह स्थापित हो गया, क्योंकि संताल कठिन परिश्रम करनेवाले लोग हैं। गाँव के लोगों का पहला काम था—गाँव के कर्ताधर्ताओं की नियुक्ति।

स्थान का चयन करनेवाला हाड़मा माँझी (ग्राम-प्रधान) बन गया। अन्य पदधारियों को उसी ने चुना। लोखोन 'परानिक'[1] बना। दीवान या मंत्री के समान माँझी का प्रमुख सलाहकार तथा गाँव की खेतीबारी की देखभाल करनेवाला भी वही बना। बासु 'नायके'[2] और जुगला 'जोगमाँझी' बना। जोग-माँझी गाँव के युवा लड़के-लड़कियों का सरदार होता है। उसको उनके और अन्य वयस्क लोगों के चाल-चलन की देखरेख करनी होती है। जमके खाना-पीना, हँड़िया[3] और शराब पीना संतालों को बहुत पसंद है। यदि बाटी (बड़ा कटोरा) भर-भर के हँड़िया पिएँ तो उनके लिए खाने-पीने का कोई अर्थ नहीं होता। पीते-पीते दरिद्र हो जाते हैं। पीकर मतवाले हो जाने पर छोटी बातों पर भी बहुत लड़ते हैं। बातों-बातों में विवाद उत्पन्न हो जाने पर तब तक समाप्त नहीं होता जब तक मारपीट न हो जाए। इस कारण, वे पीकर मतवाले न हो जाएँ व आपस में मारपीट न करें, इसका ध्यान जोगमाँझी को रखना पड़ता है और जोगमाँझी ने यदि कोई बात कह दी है तो उसे मानना ही पड़ता है। ननका 'गोडेत'[4] बना, उसे ही माँझी बाबा की दुम कहा जाता है। ये सभी पद पीढ़ी-दर-पीढ़ी चले आ रहे हैं और पारिश्रमिक के रूप में उनको मिलती है खेती के लिए लगानमुक्त भूमि। इन जमीनों को माँझी-मान, गोडेत-मान तथा अन्य-अन्य मानों के रूप में चिह्नित किया जाता है। असंख्य संतालों के प्रत्येक गाँव में माँझी, परानिक, नायके, जोगमाँझी और गोडेत पाए जाते हैं। गाँव का संचालन यही लोग करते हैं। संताल गाँव बोलने का अभिप्राय घरों से नहीं अपितु संतालों से ही है। उनके प्रमुख और निर्णय करनेवाले माँझी और उसके 'मोंड़े होड़'[5] होते हैं। मोंड़े होड़ का अभिप्राय

---

1. माँझी का सहायक, 2. पुरोहित, 3. चावल से बना मादक पेय, 4. संदेशवाहक, 5. पंच के सदस्य

हाड़मा माँझी तथा कर्त्ताधर्त्ता जिनके नामों का उल्लेख ऊपर किया गया है और पंचू बूढ़ा, जो गाँव का सबसे बुजुर्ग व्यक्ति है।

हाड़मा और उसके मोंड़े होड़ ने गाँव का नाम पिपरा रखा। अपने-अपने घर बनाने से पहले उन्होंने 'माँझी-थान'[1] स्थापित किया ताकि माँझी हाड़ाम[2] और माँझी एरा[3] वहाँ बस जाएँ, क्योंकि वे दोनों ही गाँव की देखभाल करनेवाले देवता और अदृश्य अतिथि हैं। 'कुल्ही दुडुप्' आयोजित होने की स्थिति में माँझी अकेला ही 'थान' पर बैठेगा। मोंड़ें होड़ नीचे जमीन पर बैठेंगे। आपस में वे जो भी विचार-विमर्श करें, अंत में माँझी उसी के आधार पर अपनी राय उन पर प्रकट करेगा। थान पर बैठकर वह जो भी राय प्रकट करे, उसे प्रत्येक को मानना है। उसके विरोध में बाद में भी कोई कुछ नहीं कहता है। माँझी-थान पीपल पेड़ के पूर्व में है, उसी पेड़ के नीचे दोपहर बाद गाँव की बैठक होती है।

'आतो-बोंगा'[4] के लिए 'जाहेर-थान'[5] गाँव के बाहर खुले स्थान पर है। जाहेर थान के पेड़ों पर अदृश्य 'ओड़ाक् बोंगा'[6] पहरा करनेवाले देवताओं के समान रहते हैं। किसी भी प्रकार के धार्मिक पर्व-त्योहारों पर ग्रामवासी प्रत्येक पेड़ के चारों ओर नाचते हैं, ताकि कोई भी देवता रुष्ट न हो जाए।

रक्षा करनेवाले या पहरा करनेवाले तथा गृह-देवताओं के लिए छायादार छप्पर बनाने के बाद मनुष्यों की बारी आई। दोनों झरनों के बीच के पठार के पीछे हाड़मा ने 'कुल्ही'[7] की नापी की और लोगों के लिए घर का स्थान काटकर बाँट दिया। अपने लिए उसने माँझी-थान या सभा-गृह के निकट स्थान निर्धारित किया और इसी के निकट छोटे भाई भागमत के लिए भी स्थान चिह्नित कर दिया।

इन सबके बीच भागमत सबसे बलशाली था। परंतु बाढ़ से लड़ते हुए उसकी पीठ चोटिल हो गई और वह जीवन भर के लिए किसी काम का न रहा। बाँध फूटने के समय उसे रोके रखने के लिए उसने अपनी संपूर्ण शक्ति से बल्लियों को धकेल कर रखा था। उसे हमेशा कष्ट होता है और वह कभी पूरी तरह से स्वस्थ नहीं हो पाया।

गाँव की बैठक के समय वह बार-बार उठ कर खड़ा हो जाता, इधर-उधर टहल कर फिर बैठ जाता, वह परेशान-सा रहता और उसे चैन बिलकुल न आता। हमेशा उदास ही दिखता, उसे केवल मैदान में चरवाही करनेवाले बच्चों के साथ अच्छा लगता। उनको खुशी से हँसता-खेलता देख वह अपना दुःख भूल जाता। उसकी भलीभाँति देखभाल के लिए हाड़मा ने उसका घर अपने निकट ही बनवाया।

उन्होंने जल्दी ही घर-द्वार खड़े कर लिये, क्योंकि लकड़ी, रस्सी और छप्पर छारने

1. माँझी के घर के सामने बना पूजन-स्थल, 2. ग्राम-प्रधान, 3. ग्राम-प्रधान की पत्नी, 4. ग्राम देवता, 5. पूजन स्थल, 6. गृह देवता, 7. गाँव की गली

के लिए घास इत्यादि जंगल में ही मिल गई। जाड़े के आधे मौसम तक उन्होंने रहने के घर, गोहार घर, सूअर व मुरगी के घर सब बना लिए थे। थोड़े-बहुत बरतनों की व्यवस्था भी उन्होंने कर ली। हाड़मा तथा अन्य विवाहित लोग अपनी पत्नी व बच्चे ले आए और जो कुँआरे थे, उन्होंने झटपट विवाह कर लिया।

सबसे बड़ा काम खेत बनाने का था। इसमें कई महीने लग गए। बड़े खेत के नीचे छोटे-छोटे कई खेत बनाए गए और बाढ़ का पानी झरने में उतरता, पहाड़ का पानी खेतों में ले जाया जाता। इस प्रकार धीरे-धीरे मिट्टी भर जाती और खेत तैयार हो जाते तथा हाड़मा इनको एक-एककर लोगों में बाँट देता।

पानी भरने का जब समय होता, हाड़मा हमेशा अकेला ही बड़े खेत की ओर टहलने चला जाता और ऊपर से गिरकर मिलनेवाली झरने की धार व नालों को देखता। आरंभ में उसने राक्षस के समान मुँह फाड़े एक गड्ढे को देखा था, जिसके सामने की ओर भौरों के छत्ते के समान कई छेद थे। समतल खेतों की मेंड़ पर खड़े होकर पिछले वर्ष उसने देखा था, खेत के ऊपर खेत नाले के समान ऊपर उठते चले गए हैं। उस वर्ष उसे बहुत अधिक खुशी हुई थी। उस समय कटनी का समय निकट था और वह उसी स्थान पर खड़ा था। उसने देखा कि पठार के पेड़ों को काटकर साफ कर दिया गया है; मात्र थोड़े ही बड़े-बड़े पेड़ छाया के लिए यहाँ-वहाँ खड़े थे। एक गाँव में उसे अनेक घर और अनगिनत लोग बातें करते हुए दिखे। वह भला कैसे खुश न होता!

दोनों झरनों के नालों के किनारे आकाश को छूते शाल के खूबसूरत पेड़ खड़े थे। वह स्थान सुनसान होने के कारण यदि आप वहाँ जाते तो मन में धार्मिक भय जाग जाता। इन्हीं जंगलों से पिपरा घिरा हुआ है।

शाल के जंगल और गाँव के बीच पके हुए धान की दो सुनहरी नदियाँ मानो बहकर नीचे उतरती हों। धान की खड़ी फसल के कारण मेंड़ दिखाई नहीं देते हैं। इस कारण धान के खेतों का वह मैदान बहती नदी के पानी के समान दिखाई देता है तथा शाल-वन से यहाँ-वहाँ के खाली स्थानों से बहते हुए मानो कोई सँकरी नदी किसी बड़ी नदी में जल-प्रपात के रूप में मिल जा रही है। इसी नाले में तो धान की सफेद व हरी फसल दिखाई दे रही है। जरा दक्षिण की ओर तो मुड़कर देखिए, क्या दिखाई देता है? एक भरे-पूरे मैदान में धान की पकी फसल लहरा रही है मानो किसी बड़ी झील में तरंगें दौड़ती-कूदती किनारे की ओर आ रही हैं।

प्रारंभिक समय में पिपरा गाँव में धान की फसल के अतिरिक्त अन्य फसल नहीं के बराबर होती थी। कहीं-कहीं मकई की खेती होती थी, कोंहड़ा, कद्दू और सेम मचान या छत के ऊपर दिखाई देते। रस्सी के लिए कुदरूम और पर्व-त्योहार में युवतियों द्वारा जूड़े में खोंसने के लिए मुर्गा फूल के पौधे लगाए जाते थे। संताल लोग जमीन व खेत से

नहीं बल्कि जंगल व पहाड़ से खाने-पीने की चीजें और आवश्यकता की अन्य वस्तुओं की व्यवस्था करते थे। वहाँ किस्म-किस्म की खुखड़ी (मशरूम), कंद-मूल और अन्य जड़ें; अंजीर, डूमर, बेर, क्योंद, शरीफा, महुआ, महुआ का फल और साग-पात मिलते और रस्सी के लिए विभिन्न प्रकार की लताएँ उपलब्ध थीं। भालू, हिरण, गिलहरी, खरगोश, मोर, बनमुरगी, जंगली सूअर, चूहे, बटेर, तीतर, बतख और सभी प्रकार के पक्षी; मछली, साँप, दीमक, लाल चींटियाँ और किस्म-किस्म के रेंगनेवाले जंतु; जड़ी-बूटी और धरती का सबसे खूबसूरत फूल आपको यहीं मिलता है। वास्तव में यह जंगल एक अद्‌भुत स्थल है, जो समझ से परे है।

बच्चों के लिए तो यह असीमित आनंद और मौज-मस्ती का स्थान है। बिंदास बच्चे! न तो कोई उनको डाँटता है, न ही कोई कुछ सिखाता है; न तो बदन पर कपड़े हैं, न हाथ-मुँह धुले हैं, न कोई मनाही है। वे बेरोक-टोक यहाँ से वहाँ फिरते रहते हैं। कोई भी जानवर मिल जाए या तो वे उस पर तीर चला देंगे या डंडा फेंक कर मारेंगे। कुछ पेड़ पर चढ़ते हुए दिखाई देंगे, ताकि चिड़िया के बच्चे या अंडे उतार सकें। कुछ बच्चे कुत्ते के साथ दौड़ते हुए खेलते हैं, कोई आग में चूहा पका रहा है; उनका मुँह हमेशा चलता ही रहता है, यदि कोई कंद न हो तो क्योंद, या जंगली बेर, आम, कटहल या फिर लाल पत्ती, बच्चे कुछ-न-कुछ चबाते मिल जाएँगे। इसके बावजूद उनका पेट नहीं भरता है। प्रकृति के विद्यालय में, प्रकृति माँ अपने हिसाब से उन्हें स्वयं शिक्षा देती हैं।

बच्चों के काम, जिनसे उनको आनंद मिलता है, उनमें सुबह गाय-बैल व बकरी को चरने के लिए खोलना और मैदान की ओर ले जाना सम्मिलित है। वे पशुओं को दिन भर चराते और शाम के धुँधलके से पहले उनको वापस ले जाते हैं। चरवाही करनेवाले बच्चे, चाहे लड़के हों या लड़कियाँ, जंगल में बहुत आनंदित रहते हैं, ठहाके लगाकर हँसते और तरह-तरह से मौज-मस्ती करते हैं। किस्म-किस्म के खेल खेलते और आपस में किस्से-कहानियाँ सुनते-सुनाते हैं।

घर दिन भर खाली रहता है। घर के मालिक किसी-न-किसी काम से घर से बाहर होते हैं, या तो खेत जोतने या लकड़ी काटने या नहीं तो शिकार करने के लिए। बाल-बच्चे तो गाय-बकरी के संग होते हैं। केवल बच्चों की माँ ही घर में होती है। अब उसका दिन कटे तो कैसे कटे? भली पत्नी के पास काम का अकाल होता है क्या? उसके पास अनेक काम होते हैं। आँगन बुहारना, लिपाई-पुताई, बरतन-बासन, पानी व जलावन की लकड़ी लाना, मकई के दाने छुड़ाएगी या फिर धान कूटेगी, चावल साफ करेगी और जंगल से साग-पात तोड़कर लाएगी। लेदरा या कपड़ा सिलने का काम नहीं है, क्योंकि पहनने के कपड़े तो शरीर पर हैं ही। गपशप करने के लिए आस-पास में पड़ोसिनें तो हैं परंतु सबसे अच्छा छोटे बच्चों को पुचकारना-दुलारना है। एक या दो बच्चे घर ही पर

दिखेंगे। ये दोनों अन्य बच्चों के साथ दौड़ नहीं सकते, इस कारण वे माँ के साथ ही रहेंगे। क्या ऐसी कोई माँ है जो छोटे बच्चों को पुचकारने-दुलारने के काम को अन्य कामों से बेहतर न मानती हो?

सूरज पश्चिम की पहाड़ी के ऊपर चमक रहा है। शाम हो रही है। काम पर गए लोग वापस आ रहे हैं। बच्चों की माँ ओसारे के नीचे पत्ते निकालकर पत्तल या दोना आदि बनाकर तैयार रखती है। भात-सब्जी चूल्हे पर चढ़ाए जा चुके हैं। शायद मकई का भात और साग या जंगल से लाई गई कोई चीज पकाई जा रही है। शिकारी व्यक्ति के घर में उबालने के लिए मिट्टी की एक कड़ाही अवश्य मिलेगी, जिसमें अनेक प्रकार की खिचड़ी और अन्य वस्तुएँ पकाई जाती हैं।

राह देखती माँ को दूर पहाड़ी के ऊपर नाले के पास उड़ती हुई धूल दिखाई देती है। इसके बाद गाय के रँभाने और भेड़ों के बोलने की आवाजें आती हैं। पशुओं के गले में बँधी काठ की घंटियों की टक-टक और लड़के-लड़कियों के शोरगुल की आवाजें आती हैं। सुस्त बैलों की जाँघों में पिटाई की फराट् फराट् आवाजें दूर होने के कारण कम सुनाई देती हैं। धीरे-धीरे आवाजें स्पष्ट होने लगती हैं। लगता है, कुल्ही में प्रवेश कर गए हैं। गा़य-बैल और बकरियों के पैर आपस में टकरा रहे हैं। धूल भी कुछ ज्यादा ही उड़ रही है। चरवाहे थकने के बावजूद ताजादम दिख रहे हैं। 'चल, चोर कहीं का', 'हट रे मरियल' आदि की हाँक लगाते वे पशुओं को जल्दी-जल्दी ला रहे हैं। कुछ पशु दरवाजे के बाईं ओर बने गोहार घर में प्रवेश करते जाते हैं, जहाँ उनको रात भर बाड़े के अंदर ही रखा जाता है। राह देखनेवाली माँ अपने घर के पशुओं को कुल्ही से घर के आँगन में तेजी से प्रवेश करते देखती है। गाय-बैल व बकरी-बकरा अपने ही स्थान में जाते हैं और चरवाहे उन्हें बाड़े में बाँस या बल्ली डालकर बंद कर देते हैं।

बच्चों की बोली सुनने को आतुर माँ को जब बच्चों के बोलने की आवाजें सुनाई देती हैं तो वह बेहद खुश हो जाती है। क्योंकि बच्चे भी अपने प्रशंसनीय कामों के बारे में बताने को उतावले होते हैं। यद्यपि सभी के एक साथ बोलने के कारण उसे स्पष्ट सुनाई नहीं देता है। वह इन सब पर ध्यान नहीं देती, क्योंकि दिन भर अकेली रहने के कारण बच्चों का शोरगुल भी अच्छा लगता है। बच्चे भी माँ की ओर ही आकर्षित होते हैं और अचानक कोई लड़का चिड़िया या चूहा या खरगोश निकालकर दिखाएगा, जिसको उसने चरवाही करते समय तीर से या लाठी फेंककर मारा होता है और उसके बारे में आरंभ से अंत तक विस्तार से बताएगा।

इसके बाद घर का मालिक भी दिन भर के काम से थका-माँदा घर वापस आएगा। पकाने के लिए वह भी कुछ-न-कुछ लेता आएगा। आपस में अभिवादन होगा, एक-दूसरे का हाल-चाल पूछा जाएगा और इसके बाद रात के भोजन की तैयारी होगी।

पिता या अर्जित करनेवाले को ही सबसे पहले परोसा जाएगा। इसके बाद परिवार के अन्य लोगों को। सबसे अंत में माँ और बड़ी बेटी को, क्योंकि वे पहले सबको खाना खिलाती हैं। स्नेह का यह कार्य पूरा करके वे स्वयं खाने के लिए बैठती हैं। कुत्ता पत्तल चाटता है। गिरी हुई जूठन मुरगियाँ चुग लेती हैं। कहा जा सकता है कि एक दाना भी बरबाद नहीं जाता है। घर का मालिक हुक्का सुलगाकर कुल्ही के ओरवाले ओसारे पर बैठेगा व अपने घनिष्ठ मित्र के साथ आराम से हुक्का गुड़गुड़ाएगा और हुक्का पीते-पीते ही दोनों में कुछ-कुछ बातें होंगी।

ये लोग बहुत पहले ही सो जाते हैं। पश्चिम में सूरज की अंतिम किरणों के ओझल होने से पहले ही ये सो जाते हैं। पिता और बड़े बच्चे ओसारे में। बच्चों की माँ, लड़कियाँ और छोटे बच्चे माँ के साथ ही कमरे के अंदर सोते हैं। सभी जानते हैं कि रात में भूत और जिन्न घूमते-फिरते हैं। ऐसे समय में यदि कोई व्यक्ति आवाज दे तो घर का मालिक जगे रहने के बावजूद उत्तर नहीं देगा। कहते हैं कि इसी तरह से लोगों की जान लेने के लिए दुष्टात्मा उन्हें बुलाकर ले जाती है।

समय आराम से बीत रहा है, परंतु याद रखने लायक कुछ घटित नहीं हो रहा है। खेती के मैदान के दोनों ओर ऊपर की ओर हलके धान के छोटे-छोटे खेत बनाए गए हैं। गाय-बछड़े और बकरे-बकरियाँ बहुत बढ़ गए हैं। बच्चे पैदा हुए और बड़े हो गए। इनके कामकाज भी समय के परिवर्तन के साथ बदलते चले गए।

गरमी के दिनों में होनेवाली पहली बरसात के साथ ही वर्ष का काम आरंभ होता है। प्रत्येक घर से आप एक गबरू जवान गृह-स्वामी को बाहर जाते देखेंगे। धूप से जिसकी चमड़ी काली पड़ गई है, सिर के बाल बिखरे हुए हैं और जो कमर में पंची धारण किए हुए है। कंधे पर हल रखे एक जोड़ी बैल हाँकते हुए जा रहा है। भूख के कारण बैल सीधे न जाकर कभी इधर और कभी उधर की घास पर मुँह मारते चल रहे हैं। परंतु जल्दी से मकई की बारी या धान छींटे जानेवाले खेत तक पहुँचने के लिए वह उन्हें बाँस के 'पाँयड़ें'* से हाँकता ले जाता है। बारिश का मौसम जल्द ही आने वाला है। पथरीली जमीन पर घास की ऐसी मोटी परत उगेगी कि दोनों बैल खा-खाकर मोटे हो जाएँगे। पसली और कूल्हे की हड्डियाँ फिर दिखाई नहीं देंगी। उस समय इनकी चाल तेज हो जाएगी। जो पशु अपने स्थान से हिलते न हों, उनके साथ काम करना बहुत धीरज का काम है, है कि नहीं? परंतु क्या कीजिएगा, काम तो होना ही चाहिए न!

बड़े खेत और नालेवाले खेत बहुत पहले ही सूख चुके हैं। उधर किसी का ध्यान ही नहीं था। उन सबको अब ठीक करना होगा। खेतों की मेंड़ पर बने चूहों और केंकड़ों के बिलों को अच्छी तरह बंद करना होगा। जहाँ मेंड़ें टूट गई हैं, उनको अच्छी तरह बाँधना होगा।

---

* बैलों को हाँकने की छोटी लाठी

आषाढ़ के मौसम के प्रारंभ में दक्षिण-पूर्व दिशा से मौसमी हवा साँय-साँय चलती है। इस तरह से हवा समुद्र का पानी अपने साथ बहाकर ऊपर ले जाती है। फिर झमाझम बारिश होती और बाढ़ भी आती है। उस समय धान के खेत तालाब जैसे दिखते हैं। मेंड़ों पर कतार में बैठे 'बरुडांग'[1] अपना दिन पहुँचने की खुशी में आनंद से 'काक् कोंक्' की आवाजें निकालते हैं। मैदान के खेतों में बहकर उतर रहे पानी की सुड़-सुड़ की आवाज चारों ओर फैली है। संपूर्ण क्षेत्र में, धान रोपाई से पहले, एक जोड़ी बैल के साथ 'कादो खेत'[2] बनाते लोग अवश्य दिख जाएँगे। अभी हाल ही में जो धरती लोहे के समान कठोर थी, इस समय आपको वहाँ घुटनों तक कीचड़ दिखाई देगी।

अब धान रोपने का समय आ गया। मात्र पुरुष ही नहीं अपितु गाँव भर के लोग बाहर खेत पर निकल आए हैं। जोर-शोर से हल चलाए जा रहे हैं। जिस खेत में धान छींटा गया था, वहाँ से हरे और हलके पीले रंग की 'गाछी'[3] उखाड़ी जा रही है। पौधों से पानी कम करने के लिए उन्हें उखाड़कर मेंड़ पर रखा जाता है। इसके बाद इन पौधों का बीड़ा बनाकर रोपने के लिए कीचड़वाले खेत ले जाया जाता है। वहाँ पुरुष और महिलाएँ साथ-साथ धान रोपते और धान रोपने के समय का गीत सुरीले स्वर में गाते हैं।

धान रोपाई समाप्त हो जाने पर निकौनी का दिन आ जाता है। मकई और धान की निकौनी की जाती है। इस गरम और उमसवाले स्थान पर यदि धान या मकई की निकौनी न की जाए तो फसल घास से भरकर दब जाएगी। मकई भादों के महीने में तैयार हो जाता है। उसे तोड़ लिया जाता है। मकई का पौधा बारी में ही सूखने के लिए छोड़ दिया जाता है और बाद में इसे वहीं जला दिया जाता है। मकई की फसल के ऊपर से छिलके निकालकर उन्हें एकसाथ बांध दिया जाता है और घर के अंदर ऊपर लगे लग्गे में सुरक्षित टाँग दिया जाता है।

महीनों चलनेवाला कटनी का समय बहुत महत्त्वपूर्ण समय होता है। अगहन में कटाई होती है। गरमी और बरसात दोनों समाप्त हो गए। ठंड का अच्छा मौसम आ गया। संपूर्ण वर्ष में यह सबसे आनंद और परिश्रम करने का समय है। मर्द-औरत, बाल-बच्चे सबको काम में तन्मयता से जुटा हुआ देखा जा सकता है।

कटनी के समय सभी जल्दी-जल्दी खलिहान तैयार करते हैं। इसके लिए घास छीलने के बाद उस स्थान को लीपकर चिकना बनाया जाता है। पहरे के समय सोने के लिए वहाँ एक 'कुंबा' बनाया जाता है।

'बअ्द'[4] धान पहले पक जाता है। धान पक जाने पर लोग हँसुआ के साथ कटनी के लिए निकल पड़ते हैं। कटनी का दिन आ गया। पूर्व के युग में केवल धान की फसलवाला भाग ही हाथों से तोड़ लिया जाता था, क्योंकि पुआल को कोई पूछनेवाला न

---

* राना टिग्रिना मेढक, 2. धान रोपने से पहले पानी भरे खेत को जोतकर कीचड़-कीचड़ करना, 3. धान का बिचड़ा, 4. एक प्रकार का हलका धान।

था। इसे खेत में ही छोड़ दिया जाता और खाद बनाने के लिए जला दिया जाता था। परंतु अब बिलकुल जड़ के निकट से काटा जाता है और पुआल बाजार में बेच दिया जाता है। बेचने से वार्षिक आय में तो वृद्धि होती है, परंतु भूमि कम उर्वरा होती जाती है।

काटने के बाद धान का बीड़ा बनाया जाता और तब खलिहान में लाया जाता है। इसके बाद इसे खलिहान में गोलाई से छितराकर उसके ऊपर बैलों को चलाया जाता है। पुआल को डंडे से हटाकर दाना एकत्रित कर लिया जाता है। इसके बाद सूप से हवा करके भूसी उड़ा दी जाती है तथा खाने के लिए 'कुठी'[1] में सुरक्षित रखा जाता है और बेचने के लिए 'बंदी'[2] में रखा जाता है।

यहाँ या पूरी दुनिया में ही अनाज को घर के अंदर रखना बहुत ही आनंद की बात है। पूर्व काल में संताल लोग उस विशेष दिन पर खूब खाया-पिया करते थे। नए धान की हँड़िया बनाई जाती और दो-तीन सप्ताह तक पीने का दौर चलता रहता। मर्द, औरत, बाल-बच्चे सभी सम्मिलित रहते। यहाँ तक कि घरेलू पशुओं को भी शामिल किया जाता था। माँदर, डुगडुगी (टामाक) और बाँसुरी की आवाज से पूरा इलाका गुंजायमान रहता और सभी लोग नासमझ लोगों के समान तब तक पीते रहते, जब तक कि बेसुध न हो जाएँ। परंतु पिपरा में यह सब देखने को नहीं मिलेगा और वहाँ हाड़मा की बात ही कानून है। हाड़मा उनसे कहता कि पुरुषों के लिए भी इस बुरी तरह से पीना अच्छा नहीं और महिलाओं को लज्जाजनक स्थिति में देखना उसे बहुत बुरा लगता है। इस कारण पिपरा में वह बच्चों और महिलाओं को पीने की जगह के निकट भी जाने नहीं देता था, यहाँ तक कि पुरुषों के लिए भी मनाही थी। परंतु यह तो आलस्य का दिन आ गया, जिसे वे पर्व-त्योहार मनाकर और शिकार खेलकर बिताया करते थे।

गरमी के दिनों में 'सेंदरा'[3] करना बहुत मजे की बात होने के बावजूद यह संतालों का 'हाई-कोर्ट' है। यह इन्हीं दिनों में सुनिश्चित किया जाता है, क्योंकि उस समय पेड़ों से पत्ते झड़ जाने के कारण शिकार करनेवालों को दूर तक दिखाई पड़ता है और आस-पास के झरनों का पानी सूख जाने के कारण जिस स्थान पर पानी उपलब्ध होता है, जानवर वहीं एकत्र हो जाते हैं। हजारों लोग एक कतार में होकर पहाड़ी जंगल को घेर कर चलते हैं और इस क्रम में जो भी मिलता है, उसे मारते हैं।

रात में मारे गए जानवरों की खिचड़ी बनती या भुरता बनता या फिर आग में सेंक कर खाया जाता। भोजन करने के बाद 'दिसोम कुल्ही दुड़ुप्'[4] के आयोजन में सभी उपस्थित रहते हैं और उसमें अनेक प्रकार की समस्याएँ सुलझाई जाती हैं, जैसे संताल

---

1. मिट्टी से बना धान रखने का स्थान, जो चारों ओर से बंद रहता है जिसमें धान निकालने के लिए एक ही छोटा निकास होता है, 2. पुआल की मोटी रस्सी का बना बंद अंडाकार मोरा, 3. शिकार, 4. संताल समुदाय की उच्च शक्ति प्राप्त पंचायत

समुदाय के रीति-रिवाजों पर चर्चा होती है। इस कुल्ही दुड़ुप् में संताल समुदाय के सभी लोग एक समान माने जाते हैं, चाहे वह बड़ा परगना हो या नंगा दरिद्र रैयत।

ऐसे दिनों के अंत में आता है—महुआ चुनना। महुआ जंगल का एक पेड़ है। दिखने में और इसकी लंबाई-चौड़ाई विलायत के 'ओक' के पेड़ों के समान है। इसका फूल हलके पीले रंग का और मोम की तरह चिकना व खाने में बहुत मीठा होता है। नए पत्ते आने से पहले फूल निकलते हैं और एक-दो सप्ताह तक पेड़ से स्वत: टपकते हैं। उन दिनों में लोग जंगल में ही रात बिताते हैं। फूलों को भालू न खा जाएँ, इसलिए पहरा करते हैं। महुआ पेड़ के नीचे से गिरी हुई पत्तियाँ बुहारकर साफ कर दी जाती हैं। आसमान से टपकनेवाले 'मन्ना'* के समान इनको चुना जाता है—सूखने पर यह किशमिश जैसा दिखता है। कुछ को उबालकर खाया जाता है और कुछ की शराब बनाई जाती है।

प्रत्येक वर्ष पोंटेट साहब का दौरा भी हाड़मा के लिए विशिष्ट दिन होता था। उसी समय तो उसकी जान-पहचान व्यापारियों से हुई। उस जमाने के पिपरा को रुपए-पैसों का व्यवहार मालूम नहीं था। जो भी सामान उन्हें बाहर से मिलता था, जैसे कपड़े-लत्ते, गुड़, लोहे के औजार व बरतन इत्यादि, ये सभी वस्तुएँ किसी अन्य वस्तु से बदल कर ली जाती थीं। परंतु सरकार का लगान रुपयों में ही देना पड़ता था। इस कारण हाड़मा प्रत्येक वर्ष धान लेकर आमड़पाड़ा आता था, ताकि बेचकर पैसे प्राप्त करे। हाड़मा को साम परगना का कृतज्ञ होना चाहिए, क्योंकि उसी के सुझाव पर उसने एक दुकानदार के यहाँ बाजार मूल्य से भी कम मूल्य पर बेचा था। उसी समय से संतालों में यह घोषणा हो गई कि हाड़मा बहुत होशियार आदमी है।

साम परगना के दाहिने हाथ, यानी देस माँझी की मृत्यु के बाद साम परगना ने हाड़मा को उसके स्थान पर नियुक्त कर दिया। देसमाँझी बनने के बाद पिपरा के माँझी का पद भी उसके पास ही रहा, साथ ही काम के सिलसिले में साम परगना के इलाके में भी आना-जाना होने लगा। यह इलाका भी काफी बड़ा है। परगना के साथ उसकी मुलाकात बार-बार होने लगी। अन्य गाँवों को भी देखना पड़ा और अन्य माँझियों के साथ तथा हाकिम 'पल्टिन' के साथ भी उसे भेंट करनी पड़ी।

□

* बाइबल के 'ओल्ड टेस्टामेंट' में वर्णित खाद्य वस्तु जो मोजेज़ भविष्यद्वक्ता के काल में ईश्वर द्वारा आकाश से गिराई गई।

6

पूर्वकाल में

वह पिपरा का 'चंपा युग'* था। जवान लड़के युवा शेरों के समान ताकतवर, आशा में सुदृढ़ और पहाड़ जैसे उनके दिल थे। सबसे उम्रदार भी मानो बूढ़ा नहीं होता था, भरे-पूरे बाल-बच्चे; रोग-दुःख क्या है, उनको मालूम न था। जमीन-जगह बढ़ते ही जाते थे; अकाल या सुखाड़ का नाम तक सुनाई नहीं देता था। पालतू पशु झुंड के झुंड बढ़ गए और सुख-चैन मानो सभी ओर से नदी के पानी के समान प्रवाहमान था।

सबसे सुंदर तो थी उरनी जंगल की अबूझ सुंदरता। ऐसा लगता है, मानो संपूर्ण पहाड़ी व तराई, ऊबड़-खाबड़ भूमि और खेत-बारी जंगल रूपी चादर ओढ़कर बैठी है। इसी जंगल में हाड़मा और उसके लोग घुसकर बैठ गए हैं। ऐसे स्थान पर गाँव बसाया है, जहाँ कोई भी आदमजात पहुँचा नहीं था। इसके अतिरिक्त एकांत का आनंद भी, क्योंकि कोई वहाँ पहुँचेगा भी नहीं। अपने दाएँ हाथ के अतिरिक्त किसी अन्य पर भरोसा करने की आवश्यकता भी नहीं थी। रोग-दुःख, जंगली जानवरों और पहाड़िया लोगों जैसे सृष्टि की सेनाओं से तो वे बच गए थे। उन्होंने सिलंगी में पहला गाँव किस लगन, हिम्मत और बुद्धिमानी से बसाया, इसकी याद बहुत दिनों तक रहेगी और आनेवाली पीढ़ी भी इसके बारे में बातें करेगी। जब तक सूरज धरती पर प्रकाश और चंद्रमा चाँदनी बिखेरता रहेगा, इस गाँव को बसानेवाले अग्रणी लोगों का नाम तब तक स्मरण किया जाता रहेगा।

सभी बलशाली लोगों में हाड़मा ही सर्वश्रेष्ठ है; क्योंकि संतालों की दृष्टि में पिपरा बोलने से उसी का बोध होता। इस धरती पर रहने तक वही, वहाँ का माथा और प्रमुख व्यक्ति बना रहा। मृत्यु के बाद उसकी आत्मा आश्चर्यजनक रूप से माँझी-थान या सभा की सुरक्षा करनेवाले देवताओं की कतार में जाकर बैठ गई। वह आज भी अपने प्रिय गाँव का पहरा कर रहा है और अपने वंश के माँझी-थान में बैठनेवाले लोगों का मार्गदर्शन बुद्धि व होशियारी प्रदान कर करता है। संताल समुदाय के माँझी और उसके गाँव का

* संतालों के मौखिक इतिहास के अनुसार किसी काल में संताल लोग चंपागढ़ में रहते थे, जो उनके लिए स्वर्ण युग था।

रिश्ता पति-पत्नी के समान है। माँझी पद या गाँव छोड़कर जाने की बात हाड़मा के मन में कभी उठी ही नहीं। इसी प्रकार गाँव भी अपने माँझी से अलग होकर किसी अन्य के साथ रहने की सोच भी नहीं सकता। एक-दूसरे के साथ वे युगों तक रहते हैं, कभी अलग नहीं होते। अभी उसे देसमाँझी का पद मिल गया और परगना का पद मिलने पर भी वह पिपरा का माँझी रहेगा ही, और यह सिलसिला तब तक चलता रहेगा जब तक उसका वंश मिट नहीं जाता; क्योंकि संताल समुदाय की यही प्राचीन परंपरा व संस्कृति है।

टापू के समान सबसे अलग पड़े इस गाँव में बाहर के लोगों का हस्तक्षेप किसी को नहीं सुहाया, इस कारण हाड़मा को दरिया में चलनेवाली नाव के समान ही गाँव को अकेले ही चलाना पड़ा, दुःख-मुसीबत के समय भी अकेले ही सँभालना पड़ा। गाँव रूपी जहाज का संचालक और कप्तान माँझी ही तो है। वही सबकी चिंता करेगा और सभी उसकी बात मानेंगे। सचमुच बहुत परेशानी और कष्ट है; परंतु परेशानी और कष्ट के बिना जीवन भी तो जीवन नहीं है।

जैसे अन्य गाँवों में आ पड़ता है, वैसे दुःख-मुसीबतों से पिपरा अनजान है। मनुष्य रूपी शत्रु का भय नहीं है; क्योंकि संताल लोग आपस में कभी नहीं लड़ते हैं। पहाड़िया हाड़मा के मित्र बन गए और 'जुबदी'[1] के बाहर के लोगों के ऊपर तो पोंटेट साहब हैं ही। अकाल और सुखाड़ से कभी पाला ही नहीं पड़ा। इनकी फसलें कभी नहीं मरतीं, क्योंकि ये तैयार किए गए और पानीवाले खेत में ही फसल लगाते हैं। संयोग से यदि कभी खाने-पीने की वस्तुएँ नष्ट हो भी जाएँ तो उरनी जंगल में सुरक्षित और संग्रहित बहुत सारा भोजन तो रहता ही है।

यह बात भी जानते चलें कि कहते हैं, रोग-विघ्न, दुःख-बीमारी डायनों द्वारा बैलगाड़ी से लादकर लाई जाती हैं। इस कारण इनको खोज निकालने के लिए 'जान गुरु'[2] हैं और गाँव के 'मोंड़ें होड़' सजा देने के लिए हैं; न तो वकील-मुख्तार है, न किरानी है, न झूठ बोलनेवाले और न लालची लोग यहाँ हैं। आस-पास के लोगों की धन-दौलत देखकर संतालों की आँखें नहीं चुँधियाती हैं। न पूँजी जमा करते, न ही मोल-तोल करते हैं। ये हाड़-तोड़ परिश्रम करनेवाले हैं और गरीब होने के बावजूद दुःख-मुसीबत में अपने मित्र व कुटुंब की सहायता करने को तत्पर रहते हैं। शिकार और कृषि कर्म इनकी आजीविका है। न पढ़ना-लिखना आता है, न कोई दुकान-दउरा है। कुम्हार, लोहार और ताँती[3] का काम भी नहीं आता है। ये सब वस्तुएँ शिकार किए गए जानवर या खेत की उपज अथवा जंगल से संग्रहीत वस्तुओं से बदलकर ले ली जाती हैं। रुपए-पैसे का कभी उपयोग ही नहीं किया।

यही तो है 'चरवाही करते-करते बाँसुरी बजानेवाला प्रदेश'! ऐसा अद्भुत प्रदेश

---

1. प्रतिबंधित क्षेत्र, 2. गाँव का ओझा, 3. कपड़ा बुननेवाली शिल्पकार जाति,

आप अन्यत्र नहीं देखेंगे। आदमी जहाँ-जहाँ जाता है, उसकी परेशानियाँ भी उसका पीछा करती साथ चलती हैं। इसी कारण हाड़मा इन्हीं सबको देखता गुनता रहता है।

पिपरा के आस-पास का घना जंगल ऐसा है कि वहाँ धरती के कोने-कोने से शिकारी आकर शिकार करते हैं। क्योंकि वर्तमान में तो अन्य लगभग सभी जंगल और धरती साफ कर दिए गए और मनुष्य बस गए हैं। हाड़मा शिकार करने से नहीं घबराता है, परंतु उसको खतरे का आभास हो रहा है। खूँखार जंगली जानवर आस-पास हमेशा मँडराते हैं, जिनका सामना गोली-बंदूक के बिना करना पड़ता है।

हाथियों का एक झुंड था। गिनती में लगभग बीस होंगे। दो-तीन वर्षों तक इधर-उधर घूमने-चरने के बाद यदा-कदा वे पिपरा भी आ जाते थे। कभी-कभी तो इन हाथियों ने मैदानी खेतों की खड़ी फसल को आनन-फानन में चट कर दिया था या फिर भोजन मिलने की आस में हाथियों ने समूचे गाँव को ही तोड़-फोड़कर तहस-नहस कर दिया था।

जंगली सूअर पकी फसल के दुश्मन होते हैं। बाघ, भेड़िए, जंगली कुत्ते व लोमड़ी एक साथ रखे गए पालतू पशुओं या झुंड के पीछे पड़े रहते हैं। बहुधा ये छोटे पशु जैसे बछड़े, बकरी या भेड़ के बच्चे, कुत्ते के बच्चे और यहाँ तक कि छोटे बच्चों पर भी ताक लगाए रहते हैं। भालू डरावने होते हैं, इस कारण नहीं कि वे पशुओं को मारते या फसल नष्ट करते हैं, अपितु वे दुष्ट होते हैं। जंगल में आए दिन भालू से सामना हो जाता है, क्योंकि भालू महुआ, बैर या मधु रस की खोज में भटकते रहते हैं। यह सब उन्हें खूब पसंद है और यदि किसी कारणवश भालू क्रोधित हो तो आदमी को घायल करता ही है। इस प्रकार हम देखते हैं कि पूर्व में शिकार करना एक महत्त्वपूर्ण व बड़ा काम था, खेतीबारी से भी बड़ा क्योंकि यह जीने-खाने का धंधा था और लोगों ने अपने प्राणों को सुरक्षित भी रखा था। इन लोगों द्वारा घर-द्वार, पकी फसल और सँभालकर रखे गए अनाज की रखवाली भी की गई।

हाड़मा युवा लड़कों को तीरंदाजी और शिकार करने के गुर सिखाता रहता। क्योंकि यह उसकी बहुत बड़ी चिंता थी। खेती-बारी की देखभाल की जिम्मेदारी लोखोन की है। जब तक बड़ा बेटा चंपई वयस्क नहीं हुआ, शिकारियों को उसने अपने अधीन ही रखा। चंपई जन्मजात शिकारी है। जब वह केवल बारह वर्ष का बालक ही था कि उसका नाम पिपरा, सालबोनी और आस-पास के इलाके में प्रसिद्ध हो गया। पकी फसल की रखवाली करते हुए एक रात जंगली सूअर के संदेह में उसने आवाज की दिशा में तीर मारा था। दूसरे दिन लोगों ने देखा कि एक बड़ा-सा भालू चित पड़ा था और तीर उसके सीने में धँसा हुआ था। इस प्रकार का साहसिक कार्य एक किशोर द्वारा किया गया है, ऐसा उस इलाके में पहले कभी नहीं सुना गया था। चंपई शिकारी है, यह बात छोटे-बड़े सभी ने

सुनी। सोलह वर्ष की आयु में वह लंबा, सजीला, तगड़ा और नटखट जवान बन गया, तीरंदाजी में श्रेष्ठ, शिकार करने में तेज व निपुण बन गया। इस कारण उसके पिता ने उसे शिकारियों का कप्तान बना दिया। क्योंकि इतनी ही आयु में, केवल हाथी को छोड़, सभी प्रकार के वन्य पशुओं से, यहाँ तक कि बाघ से भी लड़कर उसने जीत हासिल की थी। यह सभी जानते हैं कि हाथी के साथ धृष्टता ठीक नहीं, बल्कि प्राण बचाना हो तो भागवा (लंगोटी) उठाकर भागो। जंगली भैंसे ताकत की दृष्टि से हाथी के छोटे भाई होते हैं। चंपई बताता है कि एक बार उसने एक मरे हुए भैंसे को अचानक देखा, जिसे हाथी ने एक ही लात में खत्म कर दिया था। हाथियों का झुंड आने पर हाड़मा उनसे लड़ने का साहस नहीं दिखाता है। ये सहज ही भड़क जाने वाले होते हैं। इसलिए हाथियों के आने पर वे खूब आग जलाते व धुआँ करते, डुगडुगी पीटकर गुंजायमान कर देते, तू-तू कर तुरही बजाते और खूब जोर-जोर से चिल्लाते थे। पकी फसल और गाँव पर हमला करने पर हाड़मा हाथियों को इसी प्रकार रोकता आया है। शिकारियों का कप्तान चंपई क्या-क्या करता था, यह बताने के लिए उसके दो जबरदस्त काम नमूने के तौर पर बताना चाहूँगा।

एक भोली-भाली महिला महुआ चुनने गई हुई थी। वापसी के समय उसका सामना एक भालू से हो गया। भालू झल्लाया हुआ था और चिंघाड़ते व फुफकारते हुए महिला की ओर आने लगा। महिला पलटकर जोर से भागने लगी, परंतु किसी ठूँठ से टकराकर वह मुँह के बल गिर पड़ी और इससे पहले कि उठ पाती, भालू ने उसकी टाँग में दाँत गड़ा दिए और चीर दिया। बताते हैं कि वह महिला फिर दोबारा कभी चल नहीं पाई। इसके बाद शिकारियों को आदेश मिला कि वे उस खूँखार जानवर को मार गिराएँ।

चंपई और उसके साथवाले छह लड़के आपस में बातें करके, तीर-धनुष व फरसा-टाँगी लिये हुए चुपचाप गुफा के पास पहुँच गए जो एक पहाड़ी की ढलान पर थी। भालू को उन्होंने वहीं अंदर जाते देखा था। मादा भालू गुफा के अंदर अपने बच्चों को मानो गाना गाकर सुना रही थी। ऐसा लग रहा था कि बहुत सारी मधुमक्खियां छत्ते पर भिनभिना रही हों। सभी लड़के सामने कतार में खड़े हो गए और गुफा को उन्होंने घेर लिया। तीर-धनुष और फरसे को सामने जमीन पर रख दिया गया। इसके बाद एक ने आवाज लगाई। मादा भालू का गाना थम गया मानो आहट सुन रही हो। उस लड़के ने दूसरी बार आवाज लगाई। अरे, यह क्या, मादा भालू फुफकारते हुए गुफा से बाहर निकली। लड़कों ने एक के बाद एक तीर चलाकर उसे तीरों से बींध दिया। परंतु वह गिरी नहीं अपितु और अधिक तेज हो गई और गुस्से से इधर-उधर देखने लगी। जब उसने सामने और निकट में लड़कों को खड़ा देखा तो वह पिछले पैरों पर खड़ी होकर गुर्राने लगी और सामनेवाले पैर भाँजने लगी। अपनी परंपरा के अनुसार शिकारियों ने तीर छोड़ने के बाद धनुष जमीन पर रख दिए और अपने फरसे उठा लिए तथा भालू का पैर उन तक

न पहुँचे, इस कारण थोड़ा पीछे हट गए। परंतु पता नहीं कैसे, भालू ने एक को पकड़ लिया और उसकी खोपड़ी ही नोचकर अलग कर दी। परंतु तब तक चंपई ने निकट जाकर एक ही वार में भालू को धराशायी कर दिया। ढलान से उसका मृत शरीर तेजी से लुढ़कता हुआ एक पेड़ पर अटक गया।

चंपई और उसके साथवालों ने घायल व्यक्ति को बचाने का भरपूर प्रयास किया परंतु गंभीर रूप से घायल होने के कारण वह बच न सका, मर गया।

मृत भालू के पास पहुँचकर उन्होंने झबरे बालोंवाले भालू के दो बच्चों को पाया, जो अपनी माँ को पैरों से छू-छूकर आवाजें निकाल रहे थे, मानो कह रहे हों कि माँ-माँ उठो, हमको यहाँ से ले चलो! छोटे बच्चे बहुत तेज साबित हुए क्योंकि छेड़ने पर वे शिकारियों पर गुर्राते थे।

भालू के उन दोनों बच्चों को जिंदा ही ले जाया गया और पोंटेट साहब को उपहार स्वरूप भेंट कर दिया गया। इस प्रकार के लाचार जानवरों को पिंजरे में पालना उनका शौक था। इसे देखकर संताल कहते कि ऐसे फालतू जानवरों को रखने से क्या फायदा, इससे तो अच्छा था मुरगी, सूअर, बछड़ा या बकरी ही पिंजरे में पालते तो कुछ काम में भी आते! परंतु हाकिम सब पागल ही हैं, इस कारण संताल लोग पोंटेट साहब को खुश करना खूब चाहते थे, क्योंकि उनको प्यार भी बहुत करते थे और इससे हाकिम का दिल भी बहल जाया करता था।

दूसरा साहसिक कार्य सोना चीता वाला था। वे दो थे। उन्होंने जंगल की एक झाड़ी को आश्रय बनाया हुआ था और गाँव से आए दिन बछड़े, बकरी, भेड़ सबको उठाकर ले जाते थे। झाड़ी बहुत घनी थी और चीते भी इतने चालाक थे कि शिकारी उन्हें खदेड़ नहीं पा रहे थे। बहुत मुश्किल से, जान हथेली पर रखकर यदि किसी ने इधर से खदेड़ा तो वे उस तरफ हो जाते और उधर से खदेड़ने पर इधर आ जाते, बस ऐसे ही वे धोखा दे रहे थे। मात्र पिपरा में ही नहीं अपितु सालबोनी के लोगों को भी चीतों ने परेशान कर दिया था। एक दिन जब सालबोनी के माँझी ने हाड़मा से अनुरोध किया तो चंपई को लगा मानो सारे बदन पर चींटियाँ रेंग गईं, क्योंकि किसी अन्य कारण से चंपई सालबोनी के माँझी का दिल जीतने के लिए आतुर था।

हाड़मा माँझी ने दो-तीन सप्ताह इंतजार किया कि युवा कप्तान इस समस्या का कोई हल निकालेगा। एक दिन उसने टोक ही दिया, ''बेटे, हम पूरे गाँववाले कष्ट में पड़े हैं। आस-पास के लोग भी परेशान हो चुके हैं। लेकिन इन चीतों की बाबत तुम लोग यदि कुछ नहीं करोगे तो क्या करें, हम बूढ़े ही देखेंगे कि क्या कर सकते हैं!''

यह सुनकर चंपई ने अपने पिता से विनती करके कहा, ''ए बाबा! बस एक अवसर हमें दीजिए, इसके बाद आप जो भी कहेंगे, हम मान लेंगे।''

पिता ने कहा, ‘‘ठीक है, अच्छी बात है बेटे!’’

इसके बाद चंपई ने अपने घनिष्ठ मित्र लोखोन परानिक के बेटे बाजू से मंत्रणा की और दोनों ने मिलकर एक योजना बना डाली।

चीतों को उन्होंने अच्छी तरह से देख-समझ लिया। चीतों को खदेड़कर निकालने के लिए पिपरा और सालबोनी के सभी युवाओं को उन्होंने मना लिया। जब वे खदेड़ने के लिए घुसे तो दोनों तीर-धनुष और फरसा के साथ सामने उस स्थान पर खड़े हो गए, जो चीतों के पार होने का रास्ता था।

खदेड़ना प्रारंभ हो गया है। जब बहुत देर हो गई और ताक में खड़े-खड़े वे अधीर हो गए तो दोनों मित्रों ने सोचा कि आज का दिन भी बेकार गया शायद! तभी जोर-जोर से चिल्लाने की आवाज सुनाई दी और वे जान गए कि चीतों को देख लिया गया है।

तभी एक सुनहरा चीता रास्ते पर तेजी से दौड़ता हुआ आया। बिलकुल निकट आ जाने पर उनकी दृष्टि उस पर पड़ी। दोनों ने एक साथ तीर पर तीर चलाए। तीर बिजली के समान फुन्-फुन् करते छूटे। तीर निशाने पर लग चुके थे। बाजू का तीर आँख में और चंपई का कंधे पर लगा था। वह गरजता हुआ कूदा और गिरकर भयानक तरीके से पैर पटकने लगा। चंपई ने तीर चलाकर बिना पलक झपकाए फरसा उठाया और एक ही वार से सिर अलग कर दिया। उधर बाजू ने जल्दी से एक और तीर तान लिया दूसरे चीते को मारने के लिए। बाजू के पूरी तरह तैयार होने से पहले और चंपई के तीर उठाने से पहले ही दूसरावाला चुपचाप दौड़ता आ गया और जोड़ीदार को धराशायी देख ठिठककर खड़ा हो गया। बाजू ने तुरंत सट् से तीर चला दिया, जो चीते की गरदन के पीछे जा लगा। पीड़ा से बिलबिलाकर गरजते हुए वह मरे हुए चीते के ऊपर से फाँदता हुआ रफूचक्कर हो गया। भागकर वह आँखों से ओझल हो गया। इसी को किस्मत कहते हैं, क्योंकि वह चीता लौटकर बाजू पर नहीं झपटा, जैसा कि आमतौर पर घायल जानवर के साथ होता है। अन्यथा बाजू वहीं मारा जाता।

इस प्रकार उन खूँखार जानवरों से उन्हें छुटकारा मिला। एक को तो उन्होंने मार गिराया और दूसरे ने पिपरा की झाड़ी में आना ही बंद कर दिया। इस साहसिक कार्य के लिए दोनों लड़कों ने माँझी हाड़मा से बहुत प्रशंसा अर्जित की।

□

7

चंपई और कंचनी

हमारा पिपरा पंद्रह वर्ष का हो गया। यह दिन-ब-दिन बढ़ रहा है। वही तो पहाड़ी पर सुंदरता से आबाद है। बड़े पीपल के चारों ओर घोंसलों के समान घर बने हुए हैं। दोनों ओर से धान के मैदानों से ढका हुआ और जंगल व टीलों की गोद में होने के कारण बाहरी दुनिया के झंझटों से बचा हुआ है। उन दिनों के अंत में बचे हुए अग्रणी लोग यद्यपि बहुत बूढ़े नहीं हुए हैं, तथापि वे गाँव के बुजुर्ग बन गए हैं; जो बच्चे बड़े थे, वे बढ़कर जवान हो गए हैं। छोटी मुनिया की शादी बंझियाम में कर दी गई और चंपई के दिल में प्रेम का सुरूर चढ़ गया है।

चंपई और कंचनी बचपन से ही एक-दूसरे को जानते थे, जब वे चरवाही करनेवाले बच्चे हुआ करते थे तब से। पिपरा और सालबोनी की भेड़-बकरियाँ व गाय-भैंसों को एक ही जंगल में चराया जाता था और चरवाही करनेवाले बच्चे पहाड़िया लोगों के पेड़ों के नीचे जमा होकर खेलते या किस्से-कहानियाँ बताते व सुनते थे।

जब चंपई बड़ा हो गया तो चरवाही का काम छोड़कर वयस्कों का काम करने लगा और कंचनी भी घर के कामों में अपनी माँ की सहायता करने लगी; इसके बावजूद दोनों में मुलाकातें होती ही रहती थीं। कंचन के पिता मुरली माँझी की आस-पास में दो ही लोगों से पटती थी, एक तो पिपरा के माँझी से और दूसरा था आमगाछी का माँझी गरभू। गरभू 'बाहा, सोहराय'* खूब धूमधाम से मनाता था। पीना-खाना और रिझ-रंग छूटकर होता परंतु हाड़मा को इन सब चीजों से नफरत थी और अपने गाँव में वह ऐसा नहीं होने देता था। अब मुरली मांझी को चुनने की नौबत आ गई—हाड़मा या गरभू! परंतु खुशी की बात कि उसने हाड़मा की राह ही चुनी, इसका परिणाम यह हुआ कि अनेक संताल गाँवों से उसे कट जाना पड़ा, क्योंकि उन गाँवों को गरभू का रास्ता ही अच्छा लगा। अन्य गाँवों के साथ बात या मन न मिलने के कारण पिपरा और सालबोनी में खूब पटती थी। वे एक

---

* वसंत के आगमन पर मनाया जानेवाला बाहा व कटनी के बाद मनाया जानेवाला सोहराय पर्व।

निश्चित दिन को ही संतालों का पर्व–त्योहार एक साथ मनाने लगे। पर्व मनाना भी हाड़मा की विधि से, अर्थात् नाच–गाकर, शराब बिलकुल हिसाब से पी जाती, बस इतनी कि सुरूर बना रहे। शादी–ब्याह, बाहा और सोहराय इत्यादि में पिपरा के लोग सालबोनी और सालबोनी के लोग पिपरा आते–जाते थे और लड़के–लड़कियाँ भी संताल समुदाय की संस्कृति के अनुसार 'दोंग' व 'लागड़ें' नाचने* दोनों गाँवों में जाते और यदि चाँदनी रात हो तो सारी रात नाचते थे।

प्रेम करने की बातें समझ से परे हैं। एक समय था कि इसका विचार तक मन में न था। परंतु देखिए कि आज चंपई का मन कंचनी से मिल गया। भीड़ के बीच देखकर उसका दिल भरता ही नहीं और बिन देखे तो अच्छा भी नहीं लगता है। उसके साथ एकांत में बातें करने को दिल मचल रहा था।

बहुत दिनों तक उसने मन की बात मन ही में रखी, किसी पर प्रकट नहीं की। लोगों के साथ भी वह कम ही बोलता–चालता था। जंगल–झाड़ियों में अकेला ही भटकता फिरता, यहाँ तक कि बाजू भी नहीं जान पाया कि वह कहाँ से आता और कहाँ जाता था। बाजू को बहुत दुःख हुआ, क्योंकि चंपई जहाँ भी जाता, वह तो उसके साथ परछाँई के समान चलता था।

एक दिन जब चंपई घूमने जाने के लिए तैयार हो रहा था तो उसने बाजू को पीपल के पेड़ की जड़ पर उदास बैठा हुआ देखा। जब चंपई ने हाथ के इशारे से बुलाया तो बाजू खुशी–खुशी उसके पास आ गया और दोनों पहले के समान साथ–साथ निकल पड़े। आगे चंपई व पीछे–पीछे बाजू चल रहा था और परंपरा के अनुसार उनके हाथों में हथियार भी थे। दोनों सालबोनी की ओर चुपचाप चले जा रहे थे। रास्ते में उन्हें एक बड़ा झाड़दार महुआ का पेड़ मिला। वे पेड़ की छाँव में बैठ गए। महुआ का पेड़ सालबोनी के मैदान में था।

सहसा चंपई ने कहा, "अरे बाजू, एक लड़की पर मेरा दिल आ गया है रे!"

बाजू ने उत्तर दिया, "हाँ दादा, हम भी वही सोच रहे थे कि आप किस उलझन में फँस गए हैं। लेकिन यह तो कोई खास बात नहीं है।" उम्र में छोटा होने के कारण अभी वह प्रेम के दासत्व में नहीं पड़ा है।

उधर चंपई बोलता गया, "अरे बाजू, शायद हमने तुम्हारी बातों पर ध्यान नहीं दिया, क्योंकि सचमुच हम एक कठिनाई में फँसे थे। क्या बताएँ, हम एक गीत के बोल जोड़ रहे थे।"

कुछ पल सोचने के बाद बाजू ने कहा, "आप दादा आप?···परंतु इससे पहले तो आपने न तो गीत बनाया है और न आप गायक हैं। हम तो हैरानी से मरे जा रहे हैं!"

---

* संतालों के दो प्रमुख नृत्य

चंपई ने उत्तर दिया, ''ओहो बाजू, और दोबारा हम नहीं बनाएँगे। वैसे तो यह छोटा है, लेकिन इसी में इतने दिन लग गए···और प्यारे इसको हमने नाम दिया है—'कंचनी का गीत!''

बाजू ने छूटते ही कहा—''अच्छा दादा, क्या अभी नहीं गा सकते? गाइए न, हमने आपको गाते कभी नहीं सुना है।''

''वह तो ठीक है, फिर भी एक कोशिश की है। लो, जरा सुन ही लो।''

आवाज तो कोयल जैसी, परंतु सुर ही तो पकड़ में नहीं आ रहा। कभी यहाँ अटका, कभी वहाँ अटका। येन-केन-प्रकारेण गीत समाप्त हुआ। गीत के बोल इस प्रकार थे—

'कंचनी में ही अटका है दिल
मुरली की बेटी, कुरसा का फूल
देखेंगे तुमको, पानी भरते
कंचनी में ही दिल अटका रे।'

गीत सुनाने के बाद चंपई ने कहा, ''बस इतना सा ही है!''

गीत सुनकर बाजू बोल उठा, ''ओहो दादा, यह तो बहुत छोटा है।''

चंपई ने उत्तर दिया, ''हाँ, बोलते तो सही हो, हम तो लंबा ही बनाने का सोचे थे लेकिन आगे क्या जोड़ें, कुछ सूझ ही नहीं रहा था। बार-बार अंत से ही फिर शुरू करता लेकिन आगे बढ़ता ही नहीं तो क्या करें, इसी को दिन भर गाते रहते हैं। अच्छा, एक बात बताओ, कंचनी अच्छा नाम है न!''

बाजू ने उत्तर दिया, ''हाँ, कुछ ऐसा ही लगता है। अच्छा दादा एक बार फिर गाइए तो!''

इसके बाद चंपई ने कई बार गाना गाकर सुनाया। यहाँ तक कि बाजू भी चंपई के समान तो सीख ही गया। सिर खुजाते हुए बाजू ने थोड़ा झिझकते हुए कहा, ''दादा, एक-दो पंक्तियाँ तो हम भी सीख गए हैं।''

परंतु चंपई उसकी अनसुनी करके अपनी ही धुन में बोल रहा था, ''कंचनी का नाम शुरू में ही लिया गया है।'' परंतु जब झिझक समाप्त हो गई तब वह आराम से बैठ कर बाजू से खुलकर बातें करने लगा, ''पहले हम केवल कंचनी ही गाया करते थे। इससे एक रत्ती भी ज्यादा नहीं। इसके बाद दिल अटका···'' यह कहकर चंपई चुप हो गया और मन-ही-मन सोचने लगा कि उसने अच्छा गीत बनाया है।

बाजू चुप था। बहुत दिनों के बाद मित्र के साथ होने से उसे बहुत संतोष हो रहा था। दोनों में से कोई भी बात करने की पहल नहीं कर रहा था। उन्हें यह आवश्यक भी नहीं लग रहा था।

चंपई ख्यालों की दुनिया से बाहर तो आया परंतु गीत उस पर हावी ही था। झट से

बोल पड़ा—''अरे हम कहाँ हैं, दूसरी पंक्ति क्या है! ओहो दूसरी पंक्ति है—'मुरली की बेटी, कुरसा का फूल,' यह अपने आप मन में उभर गया, यह तो कमाल हो गया!'' और यह बोलते हुए हलके से वैसे ही मुसकराया जैसे कोई रचनाकार लिखते समय कोई अच्छा प्रसंग याद कर संतोष व्यक्त करता है। परंतु बाजू ऊब चुका था और बातों पर ध्यान नहीं दे रहा था। परंतु समय-समय पर सिर हिलाते हुए केवल 'हाँ-हूँ' कर रहा था।

बाजू मन मसोसकर उसकी बातें सुन रहा था, जबकि चंपई भाव-विभोर होकर अपनी बात बोले जा रहा था।

''अंतिम पंक्ति है—'कंचनी में ही दिल अटका रे', यह भी अपने आप ही आ गया। देखा न बाजू, पूरा गीत नाम से भरा है।'' फिर इस आशा से कि बाजू उसकी हाँ में हाँ मिलाएगा, वह जोर से बोला, ''क्यों बाजू, कंचनी अच्छा नाम है न?''

बाजू कुछ और सोच रहा था, परंतु दो-तीन बार पूछने पर उसने उत्तर दिया, ''हाँ दादा, अच्छा तो है ही।''

चंपई फिर से ख्यालों में खो गया। उधर ठंडी हवा के झोंकों ने जब बाजू को थपकियाँ देना आरंभ किया तो वह सिर एक ओर उठंगा कर कब सो गया, पता ही नहीं चला।

चंपई ने फिर उसी गीत की बात उठाई—''अरे बाजू, बीचवाली पंक्ति ने ही तो परेशान कर दिया था।''

बाजू ने कहा, ''क्या कहें दादा, हम भी वहीं फँसते हैं। चलिए एक बार फिर दोहराइए तो।''

चंपई ने इत्मीनान से वही पंक्ति दोहरा दी। उसे अहसास हो गया था कि बाजू जल्दी सीखनेवालों में से नहीं था, क्योंकि उस पंक्ति को जोड़ने में उसे खुद कई दिन लगे थे।

उसकी बात खत्म होते ही बाजू ने पूछा, ''यह बताओ कि 'पानी भरते' का माने क्या है, कुछ समझ में नहीं आता। और तुमको गीत बनाने की इच्छा कैसे हुई?''

बाजू को मुग्ध होता देख चंपई फूलकर कुप्पा हो गया। उसने उत्तर दिया, ''हाँ जी बाजू! इसी पंक्ति के चलते परेशान रहा हूँ। मत समझो कि ये सिर्फ गीत के बोल हैं; इसमें मेरी एक योजना भी है।''

बाजू ने आश्चर्य से पूछा, ''योजना, कैसी योजना, दादा?''

चंपई बोला, ''अरे बाबू, अभी तुममें प्रेम का अहसास जगा नहीं है, इससे पहले हम में भी नहीं था। एक बात जान लो कि जब किसी लड़के का दिल, किसी लड़की पर आ जाता है तो उसे हर घड़ी यही चिंता रहती है कि उस लड़की से अकेले में मिले, बातचीत करे। 'दोंग' या 'लाँगड़ें'* नाचते समय किसी को देखकर दिल भरता है क्या?

* दोंग विवाह के अवसर पर तथा लाँगड़ें युवाओं द्वारा किया जानेवाला नृत्य

हमारी होनेवाली को अकेले में देखने के लिए हमने एक योजना बनाई है। इसको कामयाब करने में तुम मेरी मदद कर दो, भाई।''

बाजू ने चहककर कहा, ''हाँ दादा, खुलकर करेंगे मदद।''

उधर चंपई आगे बोलता गया, ''यहीं पास में एक 'डाड़ी'* है। कंचनी वहीं से हमेशा पानी भरके ले जाती है।''

''अब समझ में आया 'पानी भरने' का रहस्य?'' बाजू ने तुरंत कहा, ''उहुंक्, नहीं आया!''

''इस झाड़ीवाले स्थान से हम अनेक दिनों से यह पड़ताल करते रहते हैं कि कौन, कहाँ, क्या कर रहा है। कंचनी कभी-कभी महिलाओं व लड़कियों के साथ आती है और कभी अकेली भी आती है। ठीक है, अब समझ में आई योजना?''

बाजू ने उत्तर दिया, ''नहीं दादा, हम जरा मोटा दिमाग के हैं न।''

इस पर चंपई ने कहा, ''अच्छा तब सुनो, हमारी योजना ऐसी है—हम और तुम यहाँ से देखते रहेंगे। अगर वह अकेली आती है तो जब वह पानी भरेगी, हम लकड़ी काटने लगेंगे और काटते हुए ही 'कंचनी गीत' गाने लगेंगे। उसके आने का समय हो रहा है। पता नहीं कब आ जाएगी! हम जल्दी से पेड़ चुन लें।'' और फिर एक पेड़ को छूकर बोला, ''यह सही रहेगा।''

बाजू ने अपना संदेह प्रकट किया, ''यदि अकेली न आए तो?''

''तब तो इंतजार करना पड़ेगा। यदि एक बार उसको सुना दें तो दो-चार के साथ भी हो तो गा सकते हैं।''

बाजू ने झट प्रतिवाद किया, ''अँहक्, ऐसा काम हम कभी नहीं करेंगे; दूसरे सुनेंगे तो हम पर हँसेंगे।''

चंपई ने रहस्य खोलते हुए कहा, ''अरे यार सुनने दो न उनको, समझ में तो कुछ आएगा नहीं। हम सुर में गुनगुनाएँगे, शब्द नहीं गाएँगे। सिर्फ 'हम्म, हम्म, हम्म, हम्म'...तब ऐसा है कि 'हमारी वाली' गीत के शब्द जानती है, इसलिए गीत को समझेगी, लेकिन दूसरों के लिए तो बस हम्म, हम्म ही होगा।''

बाजू ने तुरंत 'हम्म, हम्म' चालू कर दिया। कुछ पल तो चंपई बैठकर उसे ही घूरता रहा, परंतु फिर वह भी कंचनी गीत के शब्द न गाकर 'हम्म, हम्म' गुनगुनाने लगा। बाजू उसी की ओर देखता हुआ आहट लेने की कोशिश में था। फिर धीरे-धीरे मुसकान उसके पूरे चेहरे पर फैल गई और बहुत देर तक वह खिलखिलाकर हँसता रहा और बोला—'वाह-वाह' अब समझ में आया! आप किसी आम आदमी जैसा 'हम्म, हम्म' कर गुनगुनाएँगे और माँझी के आँगन की आपकी गेंदा फूल सबकुछ समझेगी, क्योंकि उसने

* स्वतः निर्मित जलस्रोत का गड्ढा, जो आमतौर पर पेयजल हेतु व्यवहार में लाया जाता है

पहले आपको शब्दों के साथ गाते सुना है, लेकिन औरों के लिए तो 'हम्म, हम्म' ही रहेगा। वाह भई चंपई! आप तो खूब जानते हो! कल परसों का छोकरा, और उसके ऊपर संताल का बेटा, ऐसी होशियारी तुमने कहाँ सीखी दादा?''

चंपई ने उत्तर दिया, ''प्यार ही मेरा गुरु है, उसी ने सब सिखाया है।''

बाजू ने कहा, ''वह तो ठीक है दादा, लेकिन बात कैसे शुरू करोगे?''

चंपई बोला, ''कंचनी की आँखें देखकर हम बता सकते हैं कि वह भी हमको चाहती है। उससे पीने के लिए पानी माँगेंगे, जब पानी देगी तो उसकी आँखें ही देखते रहेंगे। यदि आँखों में वही दिखा जिसकी आशा हमको है तो अपने मन की बातें बेबाकी से बता देंगे और उसकी भी सुन लेंगे। हो सका तो उसे अपना बना ही लेंगे।''

इसके बाद एक दिन चंपई और बाजू लकड़ी काटने सालबोनी जंगल गए। उनको तीन दिनों तक इंतजार करना पड़ा। फिर एक दिन कंचनी डाड़ी में पानी भरने सुबह-सुबह आ गई। दोनों चिह्नित पेड़ों से लकड़ी काटने में जुट गए और चंपई टाँगी चलाने की लय के साथ अपना गीत गाने लगा। गीत में अपना नाम सुनकर कंचनी थोड़ी चकित-सी हो गई और खुशी से गिरते-पड़ते जल्दी-जल्दी डाड़ी के पास आ गई। पानी निकालने के लिए झुकी; इससे उसका चेहरा छिप गया। पानी तो निकाल रही है, लेकिन घड़ा है कि भरता नहीं; उसने बहुत देर लगाई। घड़ा सिर पर उठाकर घर की ओर रुख करने से पहले उसने कम-से-कम दस बार एक ही गीत सुना और गीत के एक-एक शब्द उसके मन-अंतर में बस गए।

उस दिन चंपई सामने नहीं आया, परंतु कंचनी पर उस गीत का जादू चल गया। पूरे दिन वह बेचैन रही। दूसरे दिन कंचनी के साथ अन्य लड़कियाँ भी थीं। इस कारण कंचनी दुविधा में पड़ गई, जाए या न जाए! जाने से वह घबरा रही थी—कहीं साथवाली लड़कियों ने वह गाना सुन लिया, जिसे अकेले सुनना ही उसे बेहतर लगा था, तो! नहीं जाना, उसे और अधिक खतरनाक लगा क्योंकि लड़कियाँ अकेले ही वह गीत सुन लेंगी। जब वे डाड़ी के पास पहुँचीं तो कंचनी को पहले के समान लकड़ी काटने की आवाज और चंपई की आवाज भी सुनाई दी। उसे लगा कि वह भागकर लौट जाए, परंतु डर से ऐसा नहीं किया। जब वे डाड़ी के निकट पहुँच गईं और उसने गीत के शब्द सुने तो उससे रहा नहीं गया और वह हँसने लगी, क्योंकि उसने किसी को 'हम्म, हम्म, हम्म, हम्म' कर गुनगुनाते सुना।

इस पर लड़कियों ने उससे पूछा कि वह हँस क्यों रही थी? उसने कहा, ''उधर सुनो न, कोई बिना लूर-ढंग के कैसे 'हम्म, हम्म' गुनगना रहा है। वही सुनकर हँसी आ गई।'' जब उसे इत्मीनान हो गया तो वह खिलखिलाकर हँसने लगी और उसे देख साथवाली लड़कियाँ भी हँसने लगीं। परंतु वास्तव में कंचनी गीत के सही शब्द ही गुनगुना

रही थी और मन में चंपई ही उमड़-घुमड़ रहा था।

एक दिन ऐसा हुआ कि चंपई को कंचनी अकेले मिल गई और पास आकर उसने पीने के लिए पानी माँगा। जब वह पानी दे रही थी तो दोनों की आँखें मिल गईं। चंपई को वह दिख गया, जो वह देखना चाहता था और उसका मन पहाड़ जैसा बड़ा हो गया। इसके बाद से वे नियमित वहीं पर मिलने लगे, मन की बात एक-दूसरे को बताने लगे; जबकि बाजू उस समय पहरे पर रहता था।

चंपई काफी समझदार शिकारी था। किसी एक पर भरोसा करने से उसे संतोष न हुआ। उसने बुधन के साथ दोस्ती करने का विचार किया। बुधन कंचनी से छोटा उसका भाई और भविष्य का माँझी था। चंपई ने उस किशोर को शिकार के गुर सिखाना स्वीकार कर लिया। उसको लाने और ले जाने के लिए वह प्रतिदिन सालबोनी जाने लगा। जब वह लड़का किसी कारण घर से बाहर नहीं निकलता तब चंपई माँझी हाड़ाम को किए गए शिकार का हिस्सा पहुँचाने के बहाने जाता। इस प्रकार उसे प्रतिदिन कंचनी से एक-दो बातें करने का अवसर मिल गया। सखी-सखा जिस प्रकार बातें करते हैं, इसका शऊर उनको न था। उनके लिए तो बातें करना ही गीत गाने जैसा होता है। इसी के लिए वे आतुर रहते और आहट लेते रहते हैं। उनके लिए यही आँखों की रोशनी है। इस प्रकार से कंचनी और चंपई के बीच प्यार परवान चढ़ता गया। इन दोनों के प्यार के बारे में पिपरा के लोग एक तरह से अँधेरे में थे, लेकिन सालबोनी के छोटे-बड़े सबको मालूम था। कंचनी के माता-पिता की तो बात ही क्या करना! क्योंकि कंचनी ने अपनी माँ को बताया, और उसने उसके पिता को बता दिया। बूढ़ा-बूढ़ी दोनों बहुत खुश हैं। वे आपस में रिश्तेदार भी नहीं हैं। दोनों के पिता पुराने मित्र हैं। इस विषय पर हाड़मा और मुरली में कई बार बातें हो चुकी थीं और उन्हें इसी की आस थी। इसी कारण इनके मिलने-जुलने को उचित ही कहा गया। इसके बावजूद माता-पिता कंचनी को डाड़ी की ओर अकेले नहीं जाने देते थे। यदि जाती तो सहेलियों के साथ ही।

कंचनी के साथ प्यार करने के दिनों में ही, जब दिन हँसी-खुशी से कट रहे थे, चंपई के जीवन में एक भयानक घटना घटी, जो शिकार से ही संबंधित थी।

सालबोनी जंगल के एक खोह में एक चीता कहीं से आकर रहने लगा। बाद में पता चला कि बाजू ने उसी की गरदन पर तीर मारा था। वह बड़ा ही खतरनाक था। सालबोनी के बछड़ों व बकरे-बकरियों को हमेशा मार डालता था। उसके कारण लड़के गाय-बैल, बकरे-बकरियों की रखवाली अच्छी तरह से करते थे, क्योंकि इसके अतिरिक्त उससे बचने का कोई और उपाय उन्हें सूझता न था। खोह के अलावा वह बाहर कहीं दिखाई न देता था और वहाँ उसे छेड़ने की हिम्मत कोई नहीं करता था।

पता नहीं भूख से या गुस्से से एक दिन उस चीते ने बहुत दुष्टता की। उस दिन

सालबोनी के सभी पुरुष व लड़के घरों से बाहर थे। केवल महिलाएँ व बच्चे ही घरों में थे। पता नहीं किस काम से, परंतु कंचनी की माँ उसके पास छोटे बच्चे को छोड़कर कहीं गई हुई थी। बच्चा आंगन में घुटनों के बल इधर-उधर चलकर खेल रहा था और कंचनी चबूतरे पर रखा पानी का घड़ा लाने पिछवाड़े गई हुई थी। जब उसने कमर पर घड़ा रखे हुए आँगन में प्रवेश किया तो उसे काठ सूँघ गया और वह काँपने लगी क्योंकि एक चीता गाँव की गली की ओर से घुसा था और बच्चे पर झपट्टा मार कर बच्चे को उठा ले गया। बच्चा बहुत जोर से चिल्लाया था। डर से काँपती हुई बड़ी बहन के हाथ से घड़ा छूटकर फूट गया और 'आओ-आओ' चिल्लाती वह चीते के पीछे भागी थी। आस-पास के सभी लोग और बच्चे की माँ भी रोते-चिल्लाते पीछे भागी थी।

उस दिन सौभाग्य से चंपई और बाजू डाड़ी के पास ही थे। कुल्हाड़ी लिये हुए वे पेड़ की डाली काटने और कंचनी के आने की प्रतीक्षा कर रहे थे। सहसा शोरगुल सुनकर उन्होंने जब दृष्टि उठाकर देखा तो क्या देखते हैं कि एक चीता मुँह में कुछ दबाए भाग रहा था और कंचनी व अन्य लोग उसके पीछे हल्ला-गुल्ला करते, गिरते-पड़ते भाग रहे थे।

चंपई तुरंत समझ गया। चंपई और बाजू भी कुल्हाड़ी पकड़े हुए पीछा करने लगे। पहली बार तो चीता भाग गया, परंतु खोह के पहुँचा-पहुँची वे उसके निकट पहुँच गए। चंपई चलाए गए तीर की तेजी से दौड़कर बेखौफ भिड़ गया। बाजू भी पीछे-पीछे भागकर जब पहुँचा तो उसने खोह की कम रोशनी में देखा कि चंपई और चीता भिड़े हुए थे। वह चीते की गरदन जोर से पकड़े हुए था। चीता उसे पंजे पर पंजे मार रहा था, परंतु वह गरदन छोड़ नहीं रहा था।

उसने जोर से आवाज लगाई—"बाजू, ऐ बाजू, इसकी गरदन काटो, गरदन काटो रे! हम बहुत देर तक इसको सँभाल नहीं सकते हैं···जगह कम है, इसलिए कुल्हाड़ी चलाना मुश्किल है।"

तब बाजू ने कुल्हाड़ी के ऊपरी हिस्से को जोर से पकड़कर चीते की गरदन के उस भाग के निकट रेतना शुरु किया, जहाँ चंपई ने जोर से पकड़ रखा था। चंपई जोंक की तरह चिपका रहा। चीते ने दोनों युवकों को पंजे मार-मार कर लहूलुहान कर दिया। सौभाग्य से बाजू ने उसी दिन कुल्हाड़ी घिसकर धारदार की थी। जब उसने जोर से दबाकर रेंतना शुरू किया तो उसे गरम खून की बौछार का अनुभव हुआ। चीते की गरज उलटी साँसों में बदल गई। चीता उलट गया। थोड़ी देर पैर चलाकर ठंडा हो गया। उन दोनों ने उसे मार डाला था।

इसके बाद गाँववाले निकट पहुँचे। खोह के प्रवेश को कुछ देर तक तो वे देखते रहे। अंततः एक साहसी व्यक्ति खोह में प्रवेश कर गया। अंदर जब उसकी दृष्टि सहज

हुई तो उसने देखा कि चीता मरा पड़ा था और उसके ऊपर दोनों युवक बेहोश पड़े थे। हाथ-पैरों से बहुत खून बह रहा था। चंपई उसी प्रकार गरदन दबाए हुए था और जिस बच्चे के लिए उन्होंने जान की बाजी लगाई थी, वह बगल में मरा पड़ा था। बाजू के तीर का ऊपरी सिरा चीते की गरदन में धंसा हुआ था। चीते का मल निकल गया था। मल और खून से उसका शरीर सना था। गरदन का घाव डरावना लग रहा था। ऐसा प्रतीत हुआ मानो उसी घाव के कारण वह बेचारा जानवर खूँखार हो गया था। शायद उसने बहुत पीड़ा और कष्ट से दिन गुजारे थे।

चंपई और उसका मित्र बहुत दिनों तक खाट पकड़े रहे। बताने की आवश्यकता नहीं है कि पूरे सालबोनी में वे साहसी लड़ाकों के रूप में प्रसिद्ध हो गए। कंचनी ने इसके बारे में बहुत चर्चा नहीं की, लेकिन अपने सच्चे राजकुमार के साहसिक कार्य को वह मन-ही-मन सराहती रही और चंपई ने भी जब वह उससे दोबारा मिला था तो उसके चेहरे पर वह सबकुछ देख लिया, जो वह देखना चाहता था। दोनों के पिता अगुवा के माध्यम से बातचीत करके समधी बनने को सहमत हो गए।

परंतु अन्य कामों में उलझते जाने के कारण वे व्यस्त हो गए और उन्होंने कुछ समय के लिए विवाह टाल दिया।

अब हम उन्हीं व्यस्तताओं की बात करेंगे।

□

8

नई मुसीबत

जब हाड़मा माँझी से देसमाँझी बन गया तो उसे अलग-अलग गाँवों में जाने का अवसर मिला और उन्हीं दिनों उसे आनेवाली परेशानियों का अंदाजा हो गया था, क्योंकि अपने और अपने पद के सम्मान के अनुरूप वह पिपरा में उन बुराइयों को प्रवेश ही नहीं करने देता था, जो आस-पास के गाँवों में फैली हुई थीं।

परंतु पिपरा में भी कुछ युवा थे जो हाड़मा माँझी के जुए को उतारकर पुराने रीति-रिवाज के अनुसार उसी प्रकार चलना अच्छा समझते थे, जैसा कि आमगाछी के लोग चलते थे। वे लोग धान-चावल को हँड़िया बनाने में ही समाप्त कर देते थे। क्या पुरुष, क्या महिला, वयस्क, क्या बच्चे, क्या लड़के-लड़कियाँ सब एक महीने तक खुलकर पीने में ही लगे रहे थे।

वे बहुत अधिक नशा करते थे। कितनी भी शर्मनाक घटना क्यों न हो जाए, उन्हें कोई चिंता ही नहीं होती थी। उनका कहना था कि यह हमारी परंपरा है। एक बार धान का मोरा अंदर करने के मौसम में हरि और बजुन (क्योंकि चंपई पिता की बात का ईश्वर के आदेश के रूप में पालन करता था) ने गाँव के बदमाश लड़कों को एकत्रित किया और पी-पी कर मतवाले होने के बाद आमगाछी चले गए।

वहाँ नशे में मस्त गरभू माँझी और उसके साथ के लोगों ने खुशी से उनका स्वागत किया। गरभू को कुछ ज्यादा ही खुशी हुई। उसने अपने आप से कहा कि हाड़मा के सिद्धांतों को समाप्त करने की यह शुरुआत थी। सबने खूब पी व खूब शोरगुल किया और मन भरके खुशियाँ मनाईं। उस समय उनको बहुत आनंद आया। परंतु जब नशा फटा तो कान में सीटियाँ बजने से ये परेशान हो गए। खट्टी डकारें आने लगीं और सिर भारी होने से बहुत बुरा लगने लगा। तब उनको घर की याद आ गई। उनको अपने कप्तान चंपई की याद खासतौर पर आने लगी क्योंकि ये बुरे लोग तो थे नहीं, उनका केवल मन चंचल था। उनको लज्जा आने लगी, कि इतनी अधिक पी। आमगाछी के युवा लड़के अपने माँझी के आदेश के अनुसार इस प्रकार के रीति-रिवाज का पालन हमेशा करते थे। परंतु पिपरा के

लोग इसको नहीं मानते थे।

वे गाँव में झूमते-झामते, परंतु चुपके से आए। वे नहीं चाहते थे कि किसी की दृष्टि उन पर पड़े। परंतु यह क्या, यहाँ तो माँझी हाड़मा से ही सामना हो गया! उसने बहुत प्रेम से समझाया, "बेटे, तुम लोगों ने अपने गाँव-प्रधान, गाँव प्रधान की पत्नी, तुम्हारे माँ-बाप और पूरे गाँववालों को शर्मिंदा किया है।"

लड़कों ने मायूसी से उत्तर दिया, "ए माँझी बाबा! हम क्या कहें, हम बहुत दुःखी हैं। अब हम ऐसा कभी नहीं करेंगे।"

तब हाड़मा ने कहा, "हमको पूरा भरोसा है। हम तुम्हें माफ कर देंगे। जो हो गया, सो हो गया, हम इसे भूल जाएँगे।"

माँझी हाड़मा अपनी बात टलने नहीं देता था। उसने उनको न तो कभी टोका और न कभी कोई बात कही। दूसरों को भी धमकाने नहीं दिया; और उसकी पत्नी जो पूरे गाँव की माँ समान होती है, उनको अलग तो क्या करेगी उलटे हर समय उन्हीं पर अधिक प्यार जताया। इस प्रकार मांझी हाड़ाम और माँझी बूढ़ी ने इन भटके बच्चों को सुधार दिया। जब हाड़मा व्याकुल होता तो इनको लगता जैसे किसी ने खुजलीवाली लता सटा दी हो।

परंतु, पिपरा के बाहर आँधी-पानी के बादल उमड़े दिखाई देते हैं, जिसके संबंध में उसने साम परगना से कई बार चर्चा भी की है।

पीकर मतवाला होना सब तरफ फैला हुआ है। आमगाछी के गरभू के अलावा कई अन्य मतवार माँझी भी हैं। संताल लोग हँड़िया-शराब बहुत अधिक पीते हैं; यही समझ लीजिए कि इनके कारण शराब का नया गोदाम (ठेका) भी चल निकला, 'सुंडी'[1] गैर-संताल या तराई के लोग ही होते थे। उन्होंने पैसे से, धान के बदले और उधार भी शराब बेचना शुरू कर दिया। आमड़ापाड़ा का कलाल बहुत मीठी-मीठी बातें करके महुए की शराब बेचता है। वह पैसा भी बहुत नहीं माँगता और इसके लिए तगादा भी नहीं करता है। अनेक लोग आसानी से मान जाएँगे, है कि नहीं!

पहले लोग गृहिणी के सहमत होने पर पीते थे और वह भी तब तक जब तक वह समय देती। लेकिन अब बहुत अंतर आ गया है। पुरुष दुकानों में जाकर पीते और हमेशा नशे में धुत्त होते हैं। धन-दौलत, रुपया-पैसा और धान-चावल सब पीकर उड़ा देते हैं। मात्र इतना ही नहीं, खाता-बही में प्रत्येक पीनेवाले के नाम के आगे लकीर पर लकीर खींची जाती है। आसानी से मान जानेवाला दुकानदार, उधार देने में तनिक भी आनाकानी नहीं करता है।

बाजारवाले इलाकों में पहले 'देको'[2] लोग ही रहते थे। परंतु अब इन्होंने संताल गाँवों में भी दुकानें स्थापित कर ली हैं जिनमें अनेक प्रकार की लुभावनी वस्तुएँ बेचते हैं,

1. उस क्षेत्र की एक जाति, जो छोटे-मोटे कारोबार करती है, 2. गैर-संताल

जैसे रंग-बिरंगे कपड़े, गिलट व लाह के विभिन्न गहने और काँच की माला इत्यादि। यदि कोई नकद देकर खरीद नहीं पाता तो उसे उधार में दे दिया जाता है। संताल लोग आगे-पीछे तो सोचते नहीं, वे बहुत खुश होंगे और चुपचाप बैठा दुकानदार लाल कपड़े में लिपटे खाते-बही में मन-मरजी लिखता जाएगा। फिर उसे भलीभाँति लपेटकर व रस्सी से बाँधकर सुरक्षित रख देगा। इसके बाद तगादा शुरू कर देगा।

व्यवसाय करनेवाले सभी लोग, जैसे ताँती[1], लोहार, कुम्हार व अन्य सभी देको थे। वे भी चिह्न या दाग लगवाते थे, क्योंकि संताल लोग खुलकर खर्च करनेवाले थे और नकद दाम चुकाना उनके वश में नहीं था।

एक-दो को छोड़कर दुकानदार और धंधा करनेवाले सभी महाजन हैं।

मालगुजारी वसूलने के लिए पोंटेट साहब के आने पर पैसों की जरूरत होती या बीज-खाद घट जाने पर, शादी-ब्याह पर पैसों की जरूरत होने पर, मामला-मुकदमा में 'कोर्ट फीस', घूस या दंड देने के लिए पैसों की आवश्यकता पड़ने पर या बैलों के मरने पर उनको खरीदने के लिए पैसों की आवश्यकता होने पर साहूकार व महाजन लल्लो-चप्पो बतियाकर, खुलकर पैसे देते। खूब चापलूसी से बातें करते और उनसे कहते कि बस तुम लाल बही में अँगूठा लगा दो, और कुछ नहीं।

उलझन में डालनेवाली दो चीजें थीं—एक तो रहने के लिए जमीन-जायदाद और दूसरा उधार-पइँचा। इनके कारण साम परगना बहुत चिंतित रहा करता था।

संतालों का प्राचीन रिवाज यही था कि जब वे एक गाँव में समा नहीं पाते तो नए स्थान का चयन कर, बसने के लिए झुंड-के-झुंड वहाँ जाते थे। इसी प्रकार से 'जुब्दी'[2] क्षेत्र में सिलंगी व पिपरा और अन्य संताल गाँव बसाए गए। परंतु तब ये लोग दूर दक्षिण से आरंभ करके दूब घास चरने जैसा, चरते जाते थे। दूब घास में पत्ती से ही जड़ निकलती है और इस तरह यह खूब फैलती है। संतालों ने अब जंगल के अंतिम छोर तक चर लिया, परंतु सामने उन्हें बहुत बड़ी बाधा यानी गंगा नदी दिखाई दी व उसके किनारे तराई का मैदान दिखाई दिया, जिसमें असंख्य लोग बसे हुए थे। अब वे क्या करें? गाँव में तो समा नहीं पा रहे थे, झुंड को कहीं-न-कहीं निकलना ही होगा।

हाकिम लोगों ने कुछ समय के लिए इसका समाधान निकाल लिया। सरकार की ओर से आदेश निकला कि एक बहुत बड़ी सड़क बनेगी, जो 'जुब्दी' क्षेत्र की पूर्वी सीमा होकर गुजरेगी। यह बिलकुल नए किस्म की सड़क थी, क्योंकि यह लोहा और काठ के बोटा से बनने वाला था। पता नहीं किन साहबों ने कहा कि हजारों-हजार लकड़ी के बोटों की आवश्यकता होगी, इस कारण पूर्वी 'जुब्दी' का जंगल काटने के लिए उन्होंने संतालों को काम पर लगाया। परंतु यह बात सच है या नहीं, कौन बता सकता है? क्योंकि कटे

---

1. कपड़ा बुननेवाले, 2. प्रतिबंधित क्षेत्र

हुए पेड़ वहीं सड़ गए, कोई उठाकर नहीं ले गया। इससे एक अच्छी बात यह निकली कि संतालों को अपने खेत-बारी बढ़ाने का अवसर मिल गया और उनको दूसरी जगह जल्दी जाने की आवश्यकता नहीं पड़ी।

इस दौर में काम करते-करते संतालों ने एक नया काम सीख लिया। अब तक उन्होंने खेत वहीं बनाए थे, जहाँ जीवित झरने थे। परंतु अब उन्होंने अन्य स्थानों पर भी खेत बनाए, संभवत: उन्होंने यह गैर-संताल लोगों से सीखा। ऊँचे स्थानों पर तालाब या बाँध बनाकर उन्होंने अकाल-सुखाड़ के लिए पानी सुरक्षित किया तथा खेती-बारी के लिए बहुत भूमि निकाल ली। इन कारणों से वे जनसंख्या बढ़ने की समस्याओं से भी बच गए।

दूसरी समस्या—उधार व गण की उलझन अधिक कठिन थी। प्राचीन समय में संतालों ने स्वनिर्मित वस्तुओं का ही व्यवहार किया, उन पर किसी का उधार नहीं था। परंतु इस समय गैर-संताल लोग संतालों को हँड़िया-दारू, रुपया-पैसा, गाय-भैंस, धान-चावल, कपड़ा-लत्ता, गहना, यानी जिस किसी चीज से भी संताल वश में आएँ, जबरन देने को तैयार बैठे हैं। संतालों को अकारण जो भी दिया जाता है, ले लेते हैं; परंतु एक दिन उगलना होगा, इसका होश नहीं है।

साम परगना और हाड़मा देसमाँझी को जब आस-पास चल रही गतिविधियों के बारे में भलीभाँति पता चल गया तो वे घबरा से गए। उन्होंने जान लिया कि संतालों का हाल अच्छा नहीं था। दोनों ने विचार किया कि आखिर किस मतलब से गैर-संताल लोग संतालों को पूछ-पूछकर कर्ज देते हैं! संताल तो निर्धन हैं। फिर इनको खुले हाथ खर्च करने के लिए क्यों दिया जा रहा है?

साम परगना को लगा कि यह भले के लिए नहीं था और होशियार आदमी को इन सब से दूर ही रहना चाहिए।

कुछ लोगों ने उसकी सलाह को अच्छा माना और अपने सामने चमकते चारे के लालच में नहीं फंसे क्योंकि वे बहुत लगनवाले थे। परंतु अधिसंख्य माँझी कमजोर मन के थे। वे उस धोखे से बच नहीं पाए, और जब माँझी खाई में गिर गया तो संपूर्ण गाँव को गिरना ही था।

कर्ज की खाई में गिराने के लिए गैर-संताल साहूकार संतालों को बहुत अच्छी तरह फटकते व उलटते-पलटते हैं। संतालों में किसी को पढ़ना-लिखना नहीं आता है, वे हिसाब रखना भी नहीं जानते हैं और महाजन के खाता-बही में लिखा तो केवल महाजन या दुकानदार ही जानता-समझता है।

जब समय आएगा तब संतालों की आँखें खुलेंगी और पता चलेगा कि जैसे-जैसे उधार चुकता किया जाता है, वह उतना ही अधिक बढ़ता जाता है और साहूकार भी बार-

बार तगादा करता है। खेत–बारी की फसल, बछड़े–बकरी, यहाँ तक कि जंगल से संग्रह कर एकत्र की गई वस्तु भी महाजन के घर चली जाती है। जितना भी परिश्रम कर, पसीना बहाकर फसल पैदा करो, परिश्रम करके खेत बनाओ, जितने भी गाय, बैल, बकरी बढ़ते हैं, वह सब बिना पेंदी के बोरे साहूकार के लिए ही।

संतालों को स्वाधीनता सबसे अधिक पसंद है और खुशियाँ मनाना भी। अचानक पता चला कि उनके हाथों से दोनों ही फिसलकर छूट चुके हैं और बचने का कोई उपाय नहीं है। तब वे साम परगना के पास आए कि क्या किया जाए? जबकि कुछ ही दिनों पहले साम परगना की सलाह को उन्होंने ठुकरा दिया था। साम परगना ने कोई टोक–टाक नहीं की। उसने नहीं कहा कि तुम लोगों ने मेरी सलाह पहले ठुकरा दी थी और अभी मेरे पास दौड़ते आए हो! अपितु इस मुहिम से वे कैसे निकलें, इसकी सलाह.उसने उनको दी। उसने कहा, ''देको लोगों के नाम से तुरंत 'भांडान'* कर लो, जब तक कि कोई उपाय नहीं निकलता है।''

''लेकिन परगना वे तो हमको धमकाते हैं, इस कारण हम आपकी बात कहाँ मान पाते हैं!''

''कोई बात नहीं। उनकी बात सुनो ही नहीं। वे क्या कर सकते हैं ? वे तुमसे क्या कहते हैं ?''

उन्होंने उत्तर दिया—''कहते हैं, अच्छा देख लेंगे तुम लोगों को देख लेंगे, इस बात से संताल लोग बहुत घबराते हैं।''

परगना ने समझाया—''तुम लोग नहीं जानते कि तुम किसी के अधीन नहीं हो, वे कुछ भी करें, तुम लोग चुपचाप रहो। हमारे हाकिम हैं, हम उनके पास जाएँगे। पल्टिन हमको बचाएँगे ही।''

जब दुकानदारों व महाजनों ने तगादा किया तो साम परगना के सुझाव के अनुसार अनेक संतालों ने कुछ भी देने से इनकार कर दिया। उन्होंने कहा, ''हमने तो बहुत पहले ही सब चुका दिया है।'' इसके अलावा उन्होंने यह भी कहा कि न हो तो हाकिम के पास नालिश कर दो।

''अच्छा, तब यही कहेंगे, हाकिम हमारा विचार सच्चाई से कर देंगे।'' उन लोगों ने उत्तर दिया।

गैर–संताल व्यापारी अनेक थे, परंतु सब में एकता थी। इनमें सबसे बड़ा था बेचाराम भगत का छोटा भाई केनाराम भगत। बैठक में उसी की बात चलती थी। वही उनका सरदार था।

केनाराम के सेवकों में अनेक माँझी पदधारी व संताल रैयत थे। इन्हीं में से एक था

---

* श्राद्ध

उस विशाल गाँव लिटीपाड़ा का माँझी, जो मन से ऊँचा और साहसी भी था। उसने साम परगना की सलाह को हृदय से स्वीकार किया और गैर-संतालों के साथ कारोबार करना छोड़ दिया। बहुत दिनों पहले बीज-खाद की कमी के समय उसने केनाराम से बारह 'मुँड़ीं'[1] बीजवाला धान उधार लिया था। जब उसने पाँच 'इसी'[2] मुँड़ीं लौटा दिया तो समझा कि अब उसकी छुट्टी हो गई। परंतु इसके बावजूद प्रत्येक वर्ष की भाँति खलिहान से सबकुछ समेटकर ले जाने के लिए केनाराम फिर पहुँच गया। बिजय ने उसे एक दाना भी छूने नहीं दिया। साहूकार ने प्रकट में कुछ नहीं कहा और लौट गया। अपनी स्वाधीनता पुनः प्राप्त कर लेने के कारण बिजय बहुत प्रसन्न हो गया और उसने अन्य लोगों को भी अपना अनुकरण करने के लिए उत्साहित किया और लोगों ने भी वैसा ही किया। साहूकार ने यह सब चुपचाप सहन कर लिया। उसने किसी को धमकी नहीं दी, केवल एक बात बोल गया, ''अच्छा देख लेंगे तुमको!'' जब उसने तत्काल कोई कार्रवाई नहीं की तब संतालों ने समझा कि वह डींग हाँक रहा था।

धान छींटने, धान रोपने, धान की रखवाली करने और निकौनी कर लेने के बाद अगहन माह में धान काटने का दिन आ गया। धान की भरपूर फसल हुई है और पकने ही वाली है।

एक दिन शाम को पीने का पानी भरकर लाने का समय था, बिजय माँझी खेतों को देखने गया कि पहले किस को काटा जाएगा। गाय-बैल, बकरियों को गोहार में रखकर उन्हें बंद कर दिया गया था। वह स्वयं आँगन के प्रवेश पर खड़ा होकर पत्नी से बातें कर रहा था।

उसने पत्नी से कहा, ''ए बाबू की माँ! इस बार हम धान रखनेवाले दो और मोरा बनाएँगे, क्योंकि इस बार बदमाश केनाराम नहीं ले जाएगा। सारी अमानत यहीं रहेगी।''

पत्नी ने दुःखी होकर कहा, ''ए बाबू के पिता! पता नहीं क्यों हमको उससे डर लग रहा है। वह तुम्हारा बुरा जरूर करेगा।''

माँझी ने पत्नी के कंधे पर हाथ रखकर कहा, ''कुछ कर नहीं पाएगा बाबू की माँ! छह महीने पहले हमको धमकाया था कि देख लेंगे, लेकिन कहाँ कुछ किया। और वह कर भी क्या सकता है?''

तब उसने मालिक के समान गाँव की पूरी गली को ऊपर से नीचे तक निहारा। छप्परोंवाले अनेक खूबसूरत घर, गली में ढेर सारे खेलते-कूदते बच्चे, अनेक स्त्री-पुरुषों को ऊपर और नीचे चैन से आते-जाते देख उसका सीना चौड़ा हो गया, क्योंकि वे सब उसके अधीन थे। वह स्वयं को बहुत बड़ा आदमी समझने लगा। उसका कौन क्या बिगाड़ लेगा?

---

1. टोकरी का नाप, 2. एक 'इसी' बराबर 20 की संख्या

पत्नी ने कहा, ''बाबू के पिता ! तुम निश्चिंत मत हो जाना।'' यह कहकर वह घर के अंदर दाल-भात देखने चली गई और माँझी को आँगन में ही छोड़ गई।

वे लोग कितने चैन से हैं, यह सोचकर उसे गर्व हो रहा था। परंतु अचानक कुल्ही में शोरगुल सुनाई दिया। बच्चे दौडकर इकट्ठे हो गए। पुरुष एक-दूसरे को हाथ के इशारे से बुलाकर एक ओर इंगित कर रहे थे और महिलाएँ गरदनें लंबी करके झाँकने का प्रयास कर रही थीं। सबकी आँखें गली की उत्तर दिशा के अंतिम छोर की ओर लगी थीं। इसी समय गोडेत गिरता-पड़ता भागता हुआ आया, अभिवादन के बाद साँस पर काबू पाने के लिए थोड़ा रुका। इसके बाद वह अचानक बहुत जोर से चिल्लाया, ''केनाराम भगत आ रहा है। बहुत सारे लोगों के साथ आ रहा है।''

अमन-चैन के ऐसे वातावरण में इस सूदखोर ने उसको परेशान किया था, इस कारण बिजय माँझी अत्यंत क्रोधित हो गया। इसके बावजूद वह धैर्यपूर्वक प्रतीक्षा करने लगा कि देखें, आगे क्या होता है। इसी समय उसको गली के मोड़ पर गहरे भूरे रंग का घोड़ा और उस पर सवार केनाराम भगत दोनों दिखाई दे गए। उसे वह पहले से पहचानता है। उसने देखा, उसके पीछे-पीछे चलनेवाले लठैतों के कंधों पर बाँस की मोटी-मोटी लाठियाँ थीं, जिनकी मूँठों पर लोहे जड़े थे। एक नाटा-सा काला आदमी केनाराम के घोड़े के साथ-साथ चल रहा था। उसने सफेद कमीज और सिर पर लाल टोपी पहन रखी थी, कमर में चौड़ा-सा लाल कमरबंद और उसके ऊपर पीतल का चमकता हुआ चपरास लगा था। उसके हाथ में चिह्न लगा-लगाकर भर चुका एक बड़ा-सा कागज था, जिसके सिरे पर मुड़ा-तुड़ा मैला-सा एक दाग लगा था।

केनाराम और उसके साथवाले निश्चिंत चले आ रहे थे। उनके पीछे-पीछे तमाशा देखनेवालों की बढ़ती हुई भीड़ थी। बिजय माँझी के घर के पास सभी खड़े हो गए। बिजय माँझी ने केनाराम और उसके लठैतों को देखते हुए भी अनदेखा कर दिया। वह क्रोध से भरकर नाटे काले अजनबी व्यक्ति की ओर मुड़ा और अकस्मात् जोर से दहाड़ा, ''क्या चाहिए तुमको?''

अजनबी को लगा जैसे किसी ने उसका अभिवादन किया हो और वह बोला, ''हम हाकिम के चपरासी हैं और हम समझते हैं कि तुम लिटिपाड़ा के बिजय माँझी हो। हाकिम के आदेश से हम तुम्हारे गाय-बैल व भेड़-बकरियों की कुर्की-जब्ती करेंगे, क्योंकि तुमने केनाराम भगत से कर्ज लिया है।'' बिजय माँझी आगबबूला होकर जोर से चिल्लाया, ''हम तुमको नहीं पहचानते हैं। खबरदार, किसी भी चीज को हाथ मत लगाना!''

वहाँ खड़े लोग उसके तेवर देखकर प्रसन्न हो गए तथा लोगों को अपनी तरफ से बोलता देखकर उसने भी उनकी खूब खबर ली।

इसी बीच एक व्यक्ति ने घोषणा कर दी, "अरे, यह तो पल्टिन साहब का आदमी नहीं है! इसको तो किसी ने भी कभी नहीं देखा है।"

पल्टिन (पोंटेट) साहब के चपरासियों को पूरा गाँव पहचानता है, क्योंकि वे साहब के साथ प्रत्येक वर्ष दौरे पर आते हैं।

तब वह नया व्यक्ति बोलने लगा, "हम पल्टिन-वल्टिन किसी को नहीं जानते। हम जंगीपुर मुंसिफ के चपरासी हैं। और वही तुम्हारे भी हाकिम हैं।"

उसके पास खड़े केनाराम ने सिर हिलाकर उसकी बातों का समर्थन किया और व्यंग्य से बोला, "हाँ, मुंसिफ ही तुम्हारे हाकिम हैं, पल्टिन नहीं।"

बिजय तुरंत चिल्लाया, "झूठे कहीं के, पल्टिन साहब के अलावा हमारा कोई हाकिम नहीं है।"

इसी समय वहाँ खड़ी भीड़ भी समवेत स्वर में चिल्ला उठी, "हमारे हाकिम पल्टिन ही हैं!"

बिजय का प्रत्येक शब्द आग के समान सुलगता जा रहा था, "सुन लिया न तुमने, जाओ! तुम और तुम्हारे आदमी इसी समय भाग जाओ!"

चपरासी ने जब दृष्टि उठाकर केनाराम की ओर देखा तो पाया कि अपने ही समान ऊँची व वजनदार लाठियाँ लिये हुए उसके लंबे-लंबे पछियारी लठैतों ने चारों ओर घेराबंदी कर ली है। उधर गाँववालों की संख्या धीरे-धीरे बढ़ती ही जा रही थी। केनाराम ने अहंकार से मुँह फेरकर चपरासी से कहा, "हम तुम्हीं से कह रहे हैं मुंसिफ के चपरासी, अपने मालिक के हुकुम के मुताबिक बिजय माँझी के गाय-बैलों को हाँक ले चलो, बदरी दास तुमको दिखा देगा।"

एक लठैत गोहार घर की ओर गया, जहाँ गायें बँधीं थी और प्रवेश पर खड़े माँझी को धक्का देता हुआ अंदर चला गया। उसके पीछे चपरासी भी माँझी को धकेलता हुआ जबरन घुस गया। माँझी को क्रोध आ गया और उसने चपरासी पर हाथ उठा दिया। चपरासी दौड़कर केनाराम के लठैतों के पास चला गया और जोर से बोला, "केनाराम और तुम सबको हम गवाह बनाते हैं कि हम सरकार के आदमी को काम पूरा करते समय माँझी ने रोका और पीटा।"

केनाराम और उसके लोगों ने चिल्लाकर कहा, "हाँ-हाँ, हम इसके गवाह हैं।" इसके बाद वे लौट गए। बिजय को उन्होंने और अधिक क्रोध से भरा व ठिठका हुआ वहीं छोड़ दिया।

दो सप्ताह बीत गए, चपरासी और उसके परवाने का कुछ पता न चला। लिटिपाड़ा के लोग जल्दी-जल्दी धान काटने में व्यस्त थे। चपरासी या अन्य किसी बात पर विचार करने के लिए उनके पास समय न था। काटने व बीननेवाले खेत में थे और जिनको काम

पर लगाया गया था, वे धान के बीड़े बहंगों पर उठाए लहराते-बलखाते खलिहान ला रहे थे।

खलिहान में बिजय माँझी स्वयं खड़ा था। बैलों को दिन भर के लिए अभी-अभी खोला गया था। एक लाठी की सहायता से पुआल हटाकर, धान को एक स्थान पर जमा करके, सूप से हवा देकर भूसा अलग किया जा रहा है। धान को साफ करने के बाद मुँड़ी नापवाली टोकरी से नापकर एक जगह जमा किया जा रहा है। प्रत्येक टोकरी के डालते जाने क्रे साथ-साथ धान का पहाड़ बड़ा होता जा रहा है और हिसाब रखने के लिए बिजय माँझी गिनती कर रहा है। एक-एक मुँड़ी की तीन टोकरियों से धान नापा जा रहा था और बिजय माँझी तन्मयता से देख रहा था। इसी समय काम करनेवालों में से ही एक ने हाथ से इशारा किया और उसने देखा कि पूर्व की ओर दूर में धूल का गुबार उड़ रहा था। हवा के उत्तर से चलने के कारण धूल दक्षिण की ओर उड़कर आ रही थी। जब धूल का बगूला निकट आया तो माँझी हाड़ाम ने देखा कि एक बड़ी भीड़ के कारण धूल उड़ रही थी। पता लगाने के लिए उसने तुरंत गोडेत को दौड़ाया। दो घुड़सवार आगे थे और उनके पीछे लाठियाँ व अन्य हरवे-हथियार से लैस अनेक लोग चले आ रहे थे।

गोडेत के लौट आने से पहले ही बिजय माँझी ने एक घुड़सवार को पहचान लिया था—महेश दारोगा को, जो पोंटेट साहब का आदमी था और मालगुजारी वसूलने में उसकी सहायता किया करता था। उसको देखकर मन कुछ हलका हो गया। परंतु उसके साथ चल रहे घुड़सवार को पहचानते ही उसका चेहरा मलिन हो गया, क्योंकि वह केनाराम भगत था और साथ-साथ पैदल चलनेवाला नाटा चपरासी था। उस भीड़ में दारोगा के सिपाही और केनाराम के लठैत शामिल थे।

बिजय माँझी चुपचाप भीड़ के आने की प्रतीक्षा करने लगा। गाँव के लोग भी भयभीत हो गए और धान काटना छोड़कर हँसुआ, धान के बीड़े और टोकरियाँ वहीं फेंक कर उसी के पास एकत्रित हो गए। महिलाएँ और बच्चे भी शोरगुल सुनकर चींटियों के समान बाहर निकल आए। दारोगाजी खलिहान के निकट उतरकर उसके मालिक की ओर एकटक देखते हुए कड़कती आवाज में चिल्लाए, "लिटिपाड़ा के बिजय तुम्हीं हो?"

बिजय माँझी चेहरे पर जबरन मुसकान लाकर बोला, "क्यों क्या बात है, हम ही हैं। दारोगाजी आप तो हमको पहचानते ही हैं, फिर आप पूछ क्यों रहे हैं?"

दारोगा ने तमतमाकर उत्तर दिया, "हाँ, तुमको जानते हैं; लेकिन यह बहुत बड़ा मामला है, इसलिए ऐसा पूछना पड़ रहा है।"

दारोगा का सख्त चेहरा देखकर बिजय माँझी के चेहरे पर मलिनता छा गई और वह बगलें झाँकने लगा। दारोगा ने बोलना जारी रखते हुए पूछा, "अच्छा, क्या यह सही है कि

लगभग दो सप्ताह पहले तुमने इस आदमी को, जंगीपुर के मुंसिफ के चपरासी को पीटा और सरकारी सेवक को भगा दिया था?''

बिजय माँझी ने हिम्मत जुटाकर कहा, ''हाँ , हमने वैसा तो किया ही है, क्योंकि यह झूठ जो बोल रहा था कि हाकिम का आदमी है, जबकि यह पल्टिन साहब का आदमी नहीं है और पल्टिन को छोड़कर हमारा तो कोई हाकिम ही नहीं है।''

दारोगा ने भौहें सिकोड़कर कहा, ''तुम गलत बोल रहे हो। पल्टिन तुम्हारे हाकिम नहीं हैं।''

बिजय माँझी ने सकपकाकर जोर से उत्तर दिया, ''क्या! उसकी बुराई कर रहे हो! पल्टिन हमारे और तुम्हारे हाकिम नहीं हैं?''

यह सुनकर दारोगाजी आगबबूला हो गए तथा क्रोध से जलकर आग हो गए क्योंकि एक 'सूअर का बच्चा' संताल उनकी मूँछें पकड़कर उन्हें घुमा रहा था। इसके बावजूद उन्होंने अपने आप को सँभाला और कहा, ''वे हमारे हाकिम नहीं हैं। हमारे हाकिम भागलपुर के मजिस्ट्रेट साहब हैं। पल्टिन तुम्हारे भी हाकिम नहीं हैं, क्योंकि तुम्हारे हाकिम भी हमारे ही हाकिम हैं, जो भागलपुर में हैं और इस चपरासी के हाकिम जंगीपुर में हैं। पल्टिन पहाड़िया लोगों के हाकिम हैं।''

बिजय माँझी ने हड़बड़ी में अपनी बातों पर विचार नहीं किया कि क्या जल रहा है और क्या फूट रहा है। अपितु यह भी नहीं सोचा कि वह किससे बातें कर रहा था, एक गँवार आदमी के समान जो भी मुँह में आया, बकता चला गया—''हमको अच्छी तरह मालूम है, यह सरासर झूठ है; क्योंकि पल्टिन ही हमको लिटिपाड़ा लाए हैं और अकेले वही हमारे हाकिम हैं। आप जिनके बारे में बता रहे हैं, उनका देखा ही क्या है हम लोगों ने?''

एक पल के लिए तो दारोगा उस जिद्दी माँझी को क्रोध से घूरता रहा, फिर बहुत रूखे स्वर में बोला, ''बहुत बोल लिया तुमने, अब हम तुमको गिरफ्तार करते हैं। तुमको भागलपुर चालान कर देंगे। सिपाहियों, पकड़ लो इसको!''

तुरंत चार सिपाहियों ने बिजय माँझी को उसके विरोध के बावजूद पकड़ा और बाँध दिया।

दारोगाजी को लगा कि गाँववाले अपने माँझी की गिरफ्तारी से आहत थे और उसे छुड़ाने का उपक्रम करनेवाले थे, क्योंकि वे निकट आते जा रहे थे। इसलिए वे जोर से चिल्लाए, ''गाँववालों को भगाओ यहाँ से!''

दारोगाजी के आदेश पर सभी सिपाही व प्यादे 'सरकार बहादुर की जय' बोलकर एक स्थान पर एकत्रित हो गए। केनाराम के लठैतों ने भी आवाज लगाई—'केनारामजी की जय!' और वे एक अन्य स्थान पर एकत्रित हो गए। इसके बाद सभी एक दल बनाकर

गाँववालों की ओर अहंकार से देखते हुए लाठी भाँजते एक साथ बढ़ते गए। आगे-आगे लठैत और उनके पीछे सिपाही थे। 'लौरिया'* खेलनेवालों के समान लाठी घुमाते हुए वे आगे बढ़ते गए। गाँववाले पीछे हट गए। एक तो वे उनका लाठी भाँजना देखकर सहम गए और मन-ही-मन कहा कि उनसे लड़कर कोई लाभ नहीं। विशेषकर दारोगा के विरोध में काम करना जो सरकार बहादुर का नौकर और सरकार के ही बदले है, कोई लाभ नहीं है। उनके गाँव के माता-पिता तुल्य माँझी को बाँध दिया गया और वह छूटने के लिए कसमसा रहा था। क्रोध और अपमानित होने के कारण रो रहे माँझी को देखकर क्रोधित होने के बावजूद गाँववाले पीछे हट गए। उन्होंने कुछ नहीं किया।

माँझी की पत्नी, बच्चे और पंचों ने भी दारोगाजी के हाथ-पाँव जोड़े, परंतु सब व्यर्थ साबित हुआ। दारोगा और उसके साथवाले लोग कैदियों को लेकर पूरब की ओर चल दिए और गाँव के लोग, खलिहान में खड़े-खड़े उनको तब तक देखते रहे, जब तक वे आँखों से ओझल नहीं हो गए।

सहसा माँझी की तेज-तर्रार पत्नी ने युवाओं की ओर दृष्टि करके कहा, "अरे, तुम लोग काम क्यों नहीं कर रहे हो?" वे भी समझ गए और बेमन से अपने-अपने कामों में जुट गए।

दूसरों को सांत्वना देने के बाद माँझी की पत्नी अपने सूने घर में अकेली अंदर गई, दरवाजा बंद किया और जो कष्ट उसे हुआ था, उसको लेकर बहुत रोई।

बिजय माँझी इसके बाद दोबारा कभी लिटिपाड़ा नहीं देख पाया। उसे बहुत दिनों तक जेल में रखा गया। सुनवाई की तारीख ही नहीं आती थी। प्रतीक्षा करते-करते वह थक गया, परंतु सुनवाई की तारीख आई ही नहीं। जंगल में रहनेवाले उसके अन्य भाइयों के साथ जेल में कैसा व्यवहार किया जाता था, यही सोच-सोचकर वह सूखता गया और सुनवाई की तारीख आने से पहले ही जेल में ही मर गया।

जिस समय बिजय माँझी को गिरफ्तार किया जा रहा था, उस समय उसका बेटा सिंगराय उपस्थित नहीं था। कुछ दिनों बाद पिता की मृत्यु का समाचार उसे अचानक ही मिला। समाचार सुनकर उसने कुछ नहीं कहा, परंतु मन-ही-मन ठान लिया कि पिता के मारनेवालों को तो मारकर ही बदला लूँगा। परंतु यह काम कैसे होगा, उस समय उसको मालूम नहीं था।

□

---

* लाठी के खेल दिखाना

9

भूल हुई

बिजय माँझी की गिरफ्तारी की खबर 'बोरसी' की आग के समान संपूर्ण संताल प्रदेश में चारों ओर जल उठी और यह समाचार सुनकर सबके दिल टूट गए।

मात्र बिजय माँझी का बदला लेने के उद्देश्य से नहीं अपितु हाकिम साहब के अधिकारों पर भी टीका-टिप्पणी होने लगी। बिजय माँझी बहुत धनी व्यक्ति था। उसके पास इफरात दौलत थी और सभी लोग उसे पसंद करते थे। कुछ लोग उसका नाम भी लेते थे, परंतु अधिसंख्य उससे ईर्ष्या करते थे। ऐसे व्यक्ति का इतना पतन हो जाना एक बड़ी अफवाह का कारण बना, जो चारों ओर फैल गया। अफवाह फैली कि हाकिम का हुकुम नहीं चल रहा था, केनाराम और दारोगा उनकी बात हिम्मत से काट देते हैं। उनकी पसंद जानते हुए भी वे उसके अनुसार काम होने नहीं देते हैं। इस कारण संतालों ने समझ लिया कि उनकी कोई भी हैसियत नहीं है। कौन उनकी सहायता कर सकेगा? हाकिम के बिना आफत-विपत्ति से कौन बचाएगा?

यदि दारोगा की बात को ही सही माना जा रहा है तो पल्टिन साहब किसी के कुछ नहीं हैं। जिस अधिकार पर उन्होंने बीस वर्षों तक भरोसा किया है, वह व्यर्थ था और अब नहीं रहा।

रात हो गई। 'दामिन सुपरिंटेंडेंट' माननीय पोंटेट, जिनको संताल लोग पल्टिन कहते हैं, बढ़ैत बाजार में तंबू के सामने एक कुरसी पर बैठे आग ताप रहे हैं। वे दौरे पर हैं। तेज आग जल रही है। साहब पूरे प्रकाश में थे और उनके चारों ओर 'भागवा'[2] पहने संताल, रंग-बिरंगे कपड़े पहने गैर-संताल व्यापारी और सिर पर लाल टोपी पहने पहाड़िया लोग खड़े थे। एक अन्य छोटे तंबू के चारों ओर सिपाही चहलकदमी कर रहे थे। वे संदूक की रक्षा कर रहे थे, क्योंकि मालगुजारी के जो रुपए माँझीगण जमा कर रहे थे, उनको उसी संदूक में रखा जा रहा था।

---

1 प्रतिबंधित क्षेत्र को दामिन-ए-कोह भी कहा जाता था। इस संपूर्ण प्रतिबंधित क्षेत्र के लिए नियुक्त अधिकारी, 2. लंगोटी के समान अधोवस्त्र

केवल पोंटेट साहब ही कुरसी पर बैठे थे। उनके सामने टेबल रखा था। उनके पैरों के पास बैठा एक नौकर हुक्के पर चिलम चढ़ाकर सुलगा रहा था और पोंटेट साहब हुक्के की नली को थोड़े-थोड़े अंतर पर मुँह से लगाकर चूसते और धुआँ फू करके सामने छोड़ रहे थे। कुरसी के पास ही एक किरानी बैठा था। उसके दाहिने हाथ में जलबेंत की कलम और बाएँ हाथ की हथेली पर बादामी रंग का पतला कागज था। वह फारसी में लिखने के लिए तैयार बैठा था। किरानी बाबू के पास ही मुसलमान तहसीलदार (रेवेन्यू डिप्टी) मुबारक अली आराम से बैठे हैं। संताल लोग एक झुंड में हैं। संताल एक स्थान पर, गैर-संताल अलग स्थान पर और इसी प्रकार पहाड़िया भी एक अलग स्थान पर—कोई बैठा, कोई खड़ा, लेकिन सबके चेहरे हाकिम साहब की ओर हैं। अनेक कार्य कागज-कलम के बिना ही मौखिक रूप से सलटा दिए गए हैं।

काम इत्मीनान से चल रहा था। इसी समय अस्त-व्यस्त केशों वाला एक संताल युवक अचानक हड़बड़ाकर आया और साष्टांग दंडवत् करके उठने का नाम ही नहीं ले रहा था। पोंटेट साहब ने उसको तुरंत पहचान लिया और जोर से बोले, "बिजय के बेटे सिंगराय, उठो और अपना दुखड़ा बयान करो!"

आस-पास के लोग आपस में कानाफूसी करने लगे, क्योंकि बिजय माँझी की गिरफ्तारी की खबर अधिसंख्य लोगों तक पहले ही पहुँच चुकी थी। गैर-संताल लोगों की दृष्टि किरानी और तहसीलदार पर टिकी हुई थी। वे दोनों उन जैसे लोगों की आरामतलबी के अनुसार आराम से चटाई पर बैठे थे। वे जरा भी ध्यान नहीं दे रहे थे।

सहसा वह युवक उठकर खड़ा हो गया। घने बाल बिखरे हुए थे और वह क्रोध से आगबबूला दिख रहा था।

किसी लड़नेवाले व्यक्ति के समान अपना दाहिना हाथ लहराकर वह निर्भय और बिना शरमाए जोर-जोर से बोलने लगा, "पल्टिन साहब, आप हमारे पिता के हाकिम हैं या नहीं हैं?"

पोंटेट साहब किंकर्तव्यविमूढ़ हो गए। उन्होंने सोचा कि यह लड़का अवश्य ही नशे में है, अन्यथा ऐसी मूर्खतापूर्ण बात यह नहीं कहता। पोंटेट साहब ने उसे बचपन से बड़ा होते देखा है, इसलिए नरमी से उत्तर दिया, "हाँ, हम तुम्हारे पिता के हाकिम हैं; लेकिन क्यों? कोई नहीं मान रहा है क्या?"

बिजय माँझी का बेटा पहले के समान ही कड़कदार आवाज में आगे बोलता गया—"तब फिर आप महेश दारोगा का क्या करेंगे? वह हमारे पिता को बाँधकर जेल में बंद करने के लिए ले गया और कहता है कि आप हमारे हाकिम नहीं हैं!"

पोंटेट साहब आश्चर्य और घबराहट सहित बोले, "क्या महेश दारोगा कहता है कि हम तुम लोगों के हाकिम नहीं हैं?"

वहाँ खड़े लोग बिलकुल चुपचाप थे और उनको बेचैनी महसूस हो रही थी। पोंटेट ने चारों ओर दृष्टि घुमाकर देखा। वहाँ खड़े लोग उन्हीं को उत्सुक दृष्टि से एकटक घूर रहे थे। वे भयाक्रांत हो गए।

सिंगराय की रुँधी हुई आवाज सन्नाटे में और तेज सुनाई दे रही थी, ''हाँ, उसने झूठ कहा है। आप मेरे पिता को वापस लाइए और उस झूठे महेश दारोगा को सजा दीजिए क्योंकि उसने मेरे पिता, लिटिपाड़ा के बिजय माँझी को अपमानित किया है।''

उसकी यह गुहार सुनकर पोंटेट चकित हो गए और असमंजस में पड़ गए। क्या महेश दारोगा ने सच में वैसा ही काम किया है जैसा यह लड़का बोल रहा है? यदि उसने ऐसा ही किया है...पोंटेट के दाँत क्रोध से आपस में सट गए। लेकिन...महेश दारोगा तो सबसे कुशल काम करनेवाला और सहयोग करनेवाला है; उसने अकारण ऐसा नहीं किया होगा!

संदेह करने का कोई कारण है? सिंगराय ने सच्ची बात ही बताई है। यदि दारोगा ने नहीं बोला है तो वह ऐसी व्यर्थ की बातें अकारण नहीं बता सकता है; लेकिन क्यों और कैसे कहा होगा?

बीस वर्ष हो गए, जुब्दी* के लोग उन्हीं को एकमात्र हाकिम स्वीकार करते आए हैं। पहाड़िया, संताल और गैर-संताल ही क्या, सभी उनकी बात कानून के रूप में मानते हैं और वह महेश दारोगा क्या आसमान से टपका है? वह तो नौकर है, उसने हमेशा आज्ञा का पालन किया है और कभी नहीं कहा कि आप हमारे हाकिम नहीं हैं। इसमें अवश्य कोई भूल हुई है। इसका कुछ स्पष्टीकरण है! इसके बाद उन्होंने उस युवा को दूसरे दिन प्रात: आने के लिए कहकर भेज दिया। अन्य लोगों को भी जाने के लिए कहा और हुक्केवाले तक को हुक्का ले जाने के लिए कहा। आग के सामने वे अकेले बैठे हैं, साथ में केवल तहसीलदार और किरानी हैं। वे दोनों अपने ही स्थान पर पत्थर के समान बैठे हैं। न बातचीत, न सिर उठाकर देखना; वे सतर्क होकर मालिक की आज्ञा की प्रतीक्षा कर रहे थे।

पोंटेट साहब लगभग एक घंटे तक चुपचाप बैठे रहे। सिर झुकाकर आग को ही एकटक देख रहे थे। राख के अंदर आग बिलकुल लाल दिख रही है। ऊपरवाले कुंदे को लपेटते हुए लपटें ऊपर की ओर उठ रही हैं और उसके आगे-आगे धुएँ का खंभा दौड़ता चला जा रहा है। इसी में लकड़ी के छोटे टुकड़े लाल-लाल दिख रहे हैं। थोड़े-थोड़े अंतराल पर जब भागवा पहना हुआ एक आदमी कंधे पर लकड़ी का एक बड़ा-सा कुंदा गिरते-पड़ते उठाकर लाता है और आग में झोंक देता है, तब लकड़ियाँ चटकने लगतीं हैं और आग की लपटें अचानक तेज होकर बहुत ऊपर उठने लगती हैं। इसी समय काले

* दामिन-ए-कोह

धुएँ का बादल-सा उठता है और धुएँ के साथ आग की असंख्य छोटी-छोटी चिनगारियाँ दौड़ कर जाते हुए तारों के समान दिखाई देती हैं। कुछ देर बाद चटखना बंद हुआ, धू-धू कर जलना भी कम हुआ, आग के टुकड़े विलीन हो गए और पुनः पहले के समान जस का तस हो गया।

पोंटेट साहब परेशान-से बैठे इधर-उधर पहलू बदल रहे हैं और बुदबुदाकर स्वयं से बातें कर रहे हैं। सहसा उनको भान हुआ कि किरानी और तहसीलदार उन्हीं पर आँखें गड़ाए बैठे थे। वे सीधे होकर बैठ गए और तहसीलदार की ओर मुँह करके कहा, ''मुबारक अली, ये लड़का महेश दारोगा के बारे में जो कुछ कह रहा था, हमें कुछ अजीब-सा लगा। क्या महेश हमारा तहसीलदार नहीं है, जैसे तुम हो? तब फिर वह हमारे अधिकार कैसे नकार रहा है?''

तहसीलदार ने दोनों हाथ जोड़कर पोंटेट साहब की ओर देखकर विनम्रतापूर्वक उत्तर दिया, ''अल्लाह जानते और आप हुजूर मालिक जानते हैं। ऐसा कौन गुलाम है, जो आपके विरुद्ध में बोलेगा? हुजूर मालिक अभी जो भी बोलेंगे, कानून वही है, भले ही पहले से कानून न रहा हो और आपके गुलाम के लिए इतना ही काफी है।'' कुछ पल चुप रहने के बाद वह फिर अत्यंत विनम्र गुलाम के समान फिर से बोलने लगा, ''अगर हुजूर मालिक की मरजी हो तो हमारी बहाली की चिट्ठी देखी जा सकती है। आपका गुलाम इसे पढ़ता है, हुजूर के तहसीलदार के तौर पर वह आपका अदना-सा ताबेदार नौकर है; लेकिन दारोगा के तौर पर उसे दूसरे हाकिम का हुकुम तामील करना होगा, यानी भागलपुर के मजिस्ट्रेट साहब का हुकुम।''

पोंटेट साहब ने वह कागज ले लिया और आग के निकट ले जाकर पढ़ने के बाद कहा, ''हाँ, ऐसा ही लिखा है। तहसीलदार का काम करते हुए हमारा अधीनस्थ सेवक है और पुलिस का काम करने के लिए भागलपुर के मजिस्ट्रेट के अधीन है!''

किरानी ने भी दोनों हाथ जोड़कर दृष्टि ऊपर करके अत्यंत विनम्रता से कहा, ''हुजूर माँय-बाप! आज्ञा हो तो हम भी बोलें।'' हाकिम के सिर हिलाकर सहमति प्रकट करने पर उसने बोलना आरंभ किया, जो उसने शायद महेश दारोगा से सुना था—''दारोगा के साथ जंगीपुर का एक चपरासी था। जंगीपुर मुंसिफ के चपरासी ने दावा किया है कि उसके हाकिम भी संतालों के हाकिम हैं।''

पोंटेट क्रोध से भरकर बोला, ''यह दावा तो कभी सुना ही नहीं गया है। इससे पहले उस मुंसिफ के किसी भी आदमी ने प्रतिबंधित क्षेत्र में प्रवेश नहीं किया है। पता नहीं यह सही है या नहीं।'' यह कहते हुए उन्होंने अपने दोनों अधीनस्थों को क्रोध से देखा।

दोनों ने बेतहाशा सिर हिला-हिलाकर उनकी बातों का समर्थन किया।

पोंटेट साहब ने दृढ़ स्वर में कहा, ''उस मुंसिफ को हम कल ही चिट्ठी लिखते हैं

कि कानून के विरुद्ध ऐसा काम न करे और चपरासी को सजा दे।''

किरानी ने कहा, ''हाँ यदि यह कानून के विरुद्ध है तो!''

पोंटेट ने आश्चर्य से पूछा, ''क्यों, संदेह किसको है?''

किरानी साष्टांग प्रणाम करते हुए बोला, ''भगवान् और हुजूर से कोई भी बात छिपी नहीं है। हुजूर को अपना वह नियम मालूम ही होगा, हमको याद नहीं आ रहा है, जिसमें कहा गया है कि संतालों के मामले पहाड़िया लोगों के समान दीवानी अदालतों में नहीं सुने जाएँगे और मुंसिफ को यही लिखकर याद दिलाना होगा। लेकिन यदि ऐसा कोई अपना कानून नहीं है तो सचमुच दीवानी अदालतों में ले जाने लायक मुकदमों की सुनवाई और फैसलों के लिए जंगीपुर के मुंसिफ लिटिपाड़ा के संतालों के भी हाकिम हैं।'' बात सही थी। पोंटेट याद करते-करते थक गए, परंतु याद नहीं ही आया।

एक के बाद एक इन दो घटनाओं के कड़वे अनुभव ने पोंटेट का मन खिन्न कर दिया। वह आश्चर्य व उदासी में डूब गए और बिना काम के आदमी के समान शिथिल हो गए। इस कारण अपने दोनों अधीनस्थों के साथ इस संबंध में चर्चा करना उन्होंने उचित नहीं समझा। उन्होंने दोनों को छुट्टी दे दी और स्वयं भी निश्चय कर लिया कि जब-तक सुबह नहीं हो जाती, इस बाबत वे नहीं सोचेंगे। वह सोकर भूल जाना चाहते थे। परंतु नींद बिलकुल नहीं आई। विचारों ने पीछा ही नहीं छोड़ा। सुबह तक जगे ही रह गए, चारपाई पर करवटें बदलते रहे।

रात बीतने पर उन्होंने सिंगराय को बुलवाया और उससे एक-एक बात खोद-खोद कर पूछ लिया कि लिटिपाड़ा में क्या हुआ और क्या-क्या बोला गया था। पूरा सुन लेने और समझ लेने के बाद उनको अहसास हुआ कि इस बाधा को काटने का सामर्थ्य उनके पास नहीं है। तब जो कुछ हुआ था, उसे बैठकर लिखा और आदमी के हाथों सिंक्लेयर साहब के पास भेज दिया। रास्ते में देर न हो, इसलिए सिंगराय को ही भेजा। सिंक्लेयर साहब भागलपुर में कमिश्नर या डिप्टी गवर्नर थे और पोंटेट साहब के ऊपर थे।

सिंक्लेयर जल्दी काम करनेवाले व्यक्ति थे। चिट्ठी मिलते ही उन्होंने कार्यालय से पता किया कि जिस समय संतालों को प्रतिबंधित क्षेत्र में बसने का आदेश दिया जा रहा था तो क्या यह सवाल उठा था कि वे भी पहाड़िया लोगों के समान दीवानी अदालत से स्वतंत्र रहेंगे या अधीन में रहेंगे! तब निर्णय हुआ था कि ये लोग अधीन ही रहेंगे।

राजा की प्रत्येक प्रजा को हाकिम के अधीन रहना ही होगा। इसी के अंतर्गत प्रतिबंधित 'जुबदी' क्षेत्र को पहाड़ी क्षेत्र घोषित करके भागलपुर कमिश्नर के सुपुर्द कर दिया गया। फौजदारी के मामले वे ही देखेंगे और दीवानी मामलों पर निर्णय निकट के मुंसिफ देंगे, जो निचली अदालत थी। उसी समय शायद यह निर्णय भी हुआ था कि मजिस्ट्रेट की सहायता के लिए 'दामिन सुपरिंटेंडेंट' के 'रेवेन्यू डिपुटीज' यानी तहसीलदारों

को ही दारोगा या 'पुलिस इंस्पेक्टर' के अधिकार दिए जाएँगे, ताकि सरकार का खर्च बचे।

आज तक यह व्यवस्था कागज-कलम में ही थी। उसको लागू करने का अवसर ही नहीं मिला था, क्योंकि संतालों ने हाकिमों को परेशान ही नहीं किया था।

कमिश्नर साहब ने निर्णय लिया कि वे स्वयं सरजमीं पर जाकर निरीक्षण करेंगे और पोंटेट के साथ प्रत्येक विषय पर खुलकर बातें करके इस बात की सही-सही जानकारी लेंगे। वे उसी दिन भागलपुर से रवाना होकर दूसरे दिन बरहरवा पहुँचे और पोंटेट से मिले। काम में देर न हो तथा कमिश्नर साहब की सुविधा को देखते हुए पोंटेट अपना तंबू उठाकर बरहरवा आ गए थे।

उस दिन-रात ही से अनेकों का ध्यान इन्हीं दो लोगों पर लगा हुआ था। सबकी दृष्टि इन्हीं पर लगी थी, क्योंकि अनेक लोगों की भलाई-बुराई इन्हीं पर टँगी हुई थी। वे आग तापते हुए किसी अन्य भाषा में बातें कर रहे थे। चारों ओर घुप्प अँधेरा था। आग की रोशनी में केवल ये ही दो लोग दिखाई देते थे।

मातहत होने के बावजूद पोंटेट उम्र में बड़े थे। लंबे किंतु पतले केश झड़ने के कारण कम हो गए हैं और सफेद भी हो चुके हैं। उनकी पतली दाढ़ी-मूँछ की दशा भी ऐसी ही है। सिर पर चाँद दिखने लगा है। धूप के कारण चेहरा और दोनों हाथों का रंग मकचुंद के फल के समान हो गया है। पहने गए कपड़े मोटे और पुराने हैं। वे खड़े की अपेक्षा बैठे हुए ही विशाल दिखते हैं, क्योंकि पीठ बहुत चौड़ी, शरीर भी लंबा है परंतु पैर छोटे हैं। दिन बीतने के साथ ही मोटे होते जा रहे हैं। दिखने में वे पद के अनुरूप नहीं लगते हैं। इसके बावजूद उनका दबा-दबा-सा व्यवहार, चतुर काली आँखें और पलकों का झपकना, जो किसी ओझा-गुनी के मंत्र से भी नहीं बदलते, हमको बताते हैं कि कैसे इन्होंने संतालों का दिल चुरा लिया और बीस वर्षों तक उनके बीच उनका बहुत सम्मान-प्रतिष्ठा रही। उस पर कमाल यह कि यह सब उन लोगों के बीच हुआ, जो दुनिया में किसी का विश्वास आसानी से करते ही नहीं हैं।

सिंक्लेयर साहब अधेड़ावस्था को पहुँच रहे हैं। उनके घुँघराले भूरे केश उम्र के हिसाब से एक-दो सफेद हो रहे हैं। चेहरा मलिन है, पर पकी हुई ईंट के समान लाल है, पोंटेट साहब जैसा नहीं है। उनका रंग काँसा-पीतल के समान पीलापन लिये हुए है। मूंछें और गाल की दाढ़ी कैंची से काटकर छोटी की गई है, परंतु ठुड्ढी की दाढ़ी साफ है। उनका कृशकाय शरीर ऊपर से नीचे तक एक बड़े वस्त्र से ढका हुआ है। पोंटेट की दी हुई कुरसी पर वे अपनी लंबी टाँगें सीधी करके बैठे हैं। वे पोंटेट के समान सिकुड़कर नहीं बैठे हैं अपितु आराम से उठंगे हैं। उनके हाथ कुरसी के हत्थों पर टिके हैं और चाँदनी रात में, ऊपरी अंगुलियों को पता नहीं जान-बूझकर या अनजाने में इस प्रकार

फैलाकर रखा है कि चेहरा छिपा हुआ है। उनकी दृष्टि ऊपर उठते धुएँ के गुबार पर टिकी है। वे समय-समय पर नजर बचाकर पोंटेट की ओर आँखें तिरछी करके देखते हैं, इतनी सफाई से कि किसी ने देखा, किसी ने नहीं।

दोनों ही धूम्रपान कर रहे हैं। सिंक्लेयर साहब इत्मीनान से कश लगा रहे हैं, परंतु पोंटेट जल्दी-जल्दी कश लगाकर धुआँ बाहर छोड़ते और पुनः शांत हो जाते हैं।

प्रारंभ में पोंटेट साहब दो-तीन दिनों तक तो पता ही लगाते रहे और एक प्रकार से उन्होंने जड़ को पहचान लिया था। केनाराम भगत को वे अच्छी तरह से पहचानते थे। वह नंबर एक साहूकार व महाजन था। पोंटेट ने पूर्वानुमान कर लिया था कि यदि संतालों के बीच भी 'पहाड़ी क्षेत्र' की नई न्याय-प्रक्रिया लागू हुई तो क्या होगा? अधिकारियों में वे अकेले ही ऐसे व्यक्ति थे, जो घूम-घूमकर कहाँ, क्या हो रहा है, कहाँ नहीं, अपनी आँखों से देखते थे। भागलपुर के मजिस्ट्रेट और जंगीपुर के मुंसिफ ने तो 'जुबदी क्षेत्र' की सीमा में पाँव तक नहीं रखे हैं। साहूकार और महाजनों ने जब से इनके मातहतों को अपने वश में किया है तब से वे संतालों को दुःख दे रहे हैं, परंतु सबकुछ देखते हुए भी उनकी सहायता के लिए वे कुछ नहीं कर सकते थे।

पोंटेट ने यह समस्त बातें सिंक्लेयर के कान में अच्छी तरह से फूँकनी आरंभ कीं। वे मन लगाकर सुनते रहे। समय-समय पर वे टोकते या पूछ लेते थे। यदि मामला अदालत में न ले जाया जाए तो कानून चाहे जैसा भी क्यों न हो, कुछ नहीं होता है। परंतु अदालत में जाते ही इस कानून से बुरा होने लगेगा और इसी कारण यह कंधे में बोझ उठाए रहने के समान है।

सिंक्लेयर साहब ने पोंटेट से पूछा, ''अच्छा, आप इसके बदले क्या चाहते हैं?'' पोंटेट ने उत्तर दिया, ''प्रतिबंधित क्षेत्र में मजिस्ट्रेट और मुंसिफ दोनों के पद मुझे दीजिए। ऑफिसर केवल एक ही होगा, जो संतालों के बीच दौरा करेगा। वह उनको पहचानेगा और वे भी उसको पहचानेंगे।''

कमिश्नर साहब खोद-खोदकर पूछते रहे तथा सारी रात इसी विषय पर गंभीरता से विचार करते रहे और सुबह उन्होंने पोंटेट से कहा, ''आपके साथ मेरे विचार मिलते हैं कि एक ही ऑफिसर होना चाहिए और वह ऑफिसर आप ही होंगे। परंतु इससे कानून का उल्लंघन होता है।'' इसके बाद वे कुछ पल के लिए चुप हो गए। उनके दाँत आपस में सट गए, परंतु पुनः हौले से मुसकराए और कहा, ''लेकिन हम कानून में बदलाव तो कर ही सकते हैं।''

उन्होंने पोंटेट के हाथ में चिट्ठी देते हुए कहा, ''पोंटेट, आप इसको पढ़िए और हमको बताइए कि यह सही है या नहीं।''

चिट्ठी पढने के बाद उसे लौटाते हुए पोंटेट बहुत खुशी महसूस कर रहे थे, क्योंकि

जो उनके मन में था, सिंक्लेयर ने वही लिखा था।

दूसरे दिन सिंक्लेयर साहब सुबह-सुबह नाश्ता करके हाथी पर सवार हो भागलपुर के लिए रवाना हो गए। वहाँ पहुँचते ही उन्होंने शीघ्रता से अपनी मंशा लिखकर सरकार को भेज दी। मन में ऐसा प्रतीत हुआ कि सरकार उनका प्रस्ताव अवश्य मान लेगी। इसी कारण उन्होंने पोंटेट से कहा कि वे संतालों को इस बाबत बता दें और उन्होंने भी सचमुच संतालों को बता दिया। भले मन से उन्होंने बताया कि सिंक्लेयर साहब संतालों के लिए वही काम करेंगे, जो क्लीवलैंड साहब* ने पहाड़िया लोगों के लिए किया था। वे धीरज रखें, क्योंकि शीघ्र ही सब सामने आ जाएगा।

छींटने-काटने के दिन निकल गए, परंतु जिसकी प्रतीक्षा थी, वह नहीं पहुँचा। गरमी-सर्दी पार होने के बाद भी क्या महाजनों के हाथ छोटे हो सकते हैं ? वे तो और भी लंबे और लंबे होते जाते हैं। पोंटेट जहाँ भी जाते, सुनने में आता कि गाय-बैलों को हाँककर ले जाया जा रहा था, धन-दौलत लूटी जा रही थी, संतालों को गिरफ्तार किया जा रहा था। संपूर्ण प्रतिबंधित क्षेत्र प्यादों, दारोगाओं और सिपाहियों के भय से परेशान हो उठा और चारों ओर सन्नाटा-सा पसर गया था।

कई मौसम बीत गए, परंतु आदेश नहीं पहुँचा। इसका कारण यह था कि साहूकार के अपने बने किरानियों ने सरकारी काम में अड़चन लगाकर विलंब करवा दिया। वे कुछ इस प्रकार के बहाने भी बनाने लगे कि नकल अभी तैयार नहीं हुई है। चिट्ठियाँ आने पर दबा दिया जाता। दलीलें खो जातीं अथवा छिपा दी जातीं। यदि गोपनीय रिपोर्ट माँगी जाती तो वे दाखिल ही नहीं की जातीं। बहुत समय बीत जाने के बाद दाखिल भी होतीं तो आधी-अधूरी और उनको दुरुस्त करने के लिए फिर से वापस भेज दिया जाता। यदि हिसाब-किताब में कमी-घटी होती तो उसे अनदेखा कर दिया जाता था। यदि गलती मिल जाती तो भूल-सुधार व मिलान के लिए वापस भेज दिया जाता और कारण भी पूछे जाते। यह या वह कर्मचारी नहीं आया, ऐसा कहकर कागज रखे रह जाते या फलाँ बीमार हो गया या वह किसी अन्य काम में व्यस्त है अथवा यह भी कहा जाता कि सरजमीं पर जाँच की जाएगी, सही जाँच नहीं हुई है, संबंधित अनुलग्नक व संचिका नही मिल रही है जिसे खोजा जा रहा है, यह किया जा रहा है, वह किया जा रहा है। यदि किसी काम में विलंब करने की इच्छा है तो उनके बहाने सात बैलगाड़ियों में भी नहीं समाते। इस प्रकार सब काम रुके पड़े रहते हैं, पता नहीं कितने समय तक के लिए!

वास्तव में स्थिति ऐसी ही प्रतीत होती थी। क्योकि माननीय सिंक्लेयर, जो शक्ति-संपन्न थे और जिनको वह काम पूरा करने की चिंता भी थी, उनका स्थानांतरण कहीं अन्यत्र कर दिया गया।

* संताल उन्हें चिलीमिली साहब बोलते थे।

बंगाल में बैठी नई सरकार अपने कर्मचारियों पर बहुत सख्ती करती थी, विशेषकर उनपर जो राजधानी के आस-पास होते थे। इन्हीं के बीच एक कमिश्नर साहब थे ओलिवर[1] उनकी सेवानिवृत्ति के दिन निकट थे और वे चाहते थे कि नौकरी के अंतिम समय में वे आराम से दिन बिताएँ। जब उन्होंने हलके काम के लिए बहुत पैरवी-मिन्नत की तो उनको भागलपुर स्थानांतरित कर दिया गया और सिंक्लेयर साहब को कलकत्ता भेज दिया गया, क्योंकि ओलिवर साहब वहाँ का काम नहीं कर पा रहे थे।

किरानियों को दोनों की कार्यशैली में अंतर समझते देर न लगी। पहलेवाले कमिश्नर साहब बहुत कड़क और खटनेवाले थे; ये बिलकुल सीधे-सादे व ढीले-ढाले व्यक्ति हैं। इस कारण अपने प्रपंचों के पकड़े जाने का भय उनमें कम हो गया।

वर्ष 1854 का अक्तूबर महीना यानी 'दासाँय'[2] के मौसम में पोंटेट को सिंक्लेयर से ज्ञात हुआ कि सरकारी आदेश तो उसके पहले ही निर्गत हो चुका था। दौरे पर जाने का समय हो गया, परंतु तब तक वह कागज नहीं पहुँचा।

वह स्थान छोड़ते समय पोंटेट निराश व दुःखी संतालों को यह सांत्वना देते हुए विदा हुए कि कागज आ रहा है, आने ही वाला है। परंतु कागज पहुँचा ही नहीं।

अंत में संतालों ने देखा कि आह भरने से कोई लाभ नहीं है। उन्होंने अपने मुँह बंद कर लिये, पोंटेट से मिलना-जुलना बंद कर दिया, जो उन्होंने बीस वर्षों में एक दिन भी नहीं किया था।

पोंटेट ने मन-ही-मन सोचा कि हाय, यह क्या होने जा रहा है! क्या इनका भरोसा हम पर भी कम हो रहा है?

कुछ तो संतालों की उपेक्षा, कुछ साहूकार-महाजनों की अंदरूनी धृष्टता, परंतु अपने अधिसंख्य मातहतों के खुलेआम असहयोग को देखकर पोंटेट साहब बहुत उदास हुए और भारी मन से प्रतिबंधित क्षेत्र के दौरे से वापस भागलपुर लौट गए।

□

---

1. संताल लोग उन्हें 'ओलबा' बोलते थे, 2. दशहरा के मौसम में मनाया जाने वाला संतालों का एक प्रमुख पर्व

10

हाथियों का उत्पात

दूर काले बादलों के कारण छाया अँधेरा भयावह दिख रहा है, परंतु पिपरा में मौसम साफ व खुला हुआ है। चंपई के घाव भर गए हैं। खेती-बारी अच्छी हुई है; मालगुजारी भी दी जा चुकी है। बाल-बच्चे नीरोग हैं और मनुष्य व पशु दोनों के लिए सुरक्षित रखा गया अनाज व चारा पर्याप्त है।

अभी जो मैं लिख रहा हूँ वह वर्ष 1855 के माघ महीने की किसी एक तारीख की घटना है। पिपरा में बसने के पंद्रह वर्ष बाद की घटना है। तो आइए हाड़मा माँझी का घर झाँक लिया जाए कि उस दिन वहाँ क्या स्थिति थी।

दक्षिण की ओर स्थित बाँसलोई नदी से यदि हम ऊपर जाएँ तो गाँव के निकट पहुँचते-पहुँचते हम देखेंगे कि वहाँ के जंगल और पहाड़ जाड़े के मौसम के लाल व पनियाले पीले, पेड़ की पत्तियों से सुंदर सजे-धजे-से हैं। गाँव के दाहिने-बाएँ, ढलानों पर धान के खेत किसी घर के छप्पर के समान प्रतीत होते हैं (अभी फसल नहीं है), मानो किसी ने अपनी दोनों बाँहें पसारी हुई हों। 'कुल्ही' से चलकर यदि ऊपर जाया जाए तो दाहिने-बाएँ दोनों ओर लगी सूखी झाड़ियों के घेरे के ऊपर हमें मिट्टी की दीवारें और 'सउड़ी'* से बने छप्परों की झलक दिखाई देगी, आँगन पीछे और घर का एक किनारा कुल्ही की ओर है और कहीं-कहीं पर घर के निकट पुआल और भूसा रखने की एक 'ठेक' भी दिखाई देगी।

देखिए, जरा सँभलकर कदम बढ़ाइएगा; कुल्ही में यहाँ-वहाँ उभरे हुए हुए पत्थरों की भरमार है। यह कुल्ही लोगों के आने-जाने और पानी बहने के बहाव का भी रास्ता है। इसी कारण पैरों के दबाव से ढीली हुई मिट्टी को पानी बहा ले गया है। पुराने पेड़ों की बची-खुची जड़ें व चट्टानें भी प्रचुर मात्रा में हैं। चारों ओर, चाहे कुल्ही में या घर के निकट अथवा खेत-बारी में, चट्टान व पत्थर उभरे दिखाई देते हैं। सामने में पीपल का

* एक प्रकार की लंबी घास जो छप्पर छाहने के काम आती है।

पेड़ व पेड़ की छाया और उसके ऊपर पिपरा पहाड़ की चोटी दिखाई देगी। पीपल के पेड़ के पूरब की ओर 'माँझी-थान' और माँझी के घेरे की बाहरी दीवार, जिसे सउड़ी से छारा गया है, दिखाई देगी। इसी के कारण गाँव के अन्य मामूली घरों से माँझी के घर की अलग पहचान बनती है। अन्य घरों के घेरे सूखी झाड़ियों से बने हैं।

माँझियों के घर का प्रवेशद्वार जो हमेशा खुला ही रहता है, उससे हम आँगन में प्रवेश कर गए हैं। आँगन के चारों ओर रहने के कमरे, रसोई घर, ढेंकी का स्थान गोहार घर और सूअर रखने का बखोर है। सभी दीवारें मिट्टी की हैं और छप्पर 'सउड़ी' से छारे गए हैं। पिछवाड़े में एक और आँगन है। वहाँ भी मिट्टी की दीवार और सउड़ीवाले छप्परों की दो ठेक है, जिसमें सउड़ी और पुआल के ढेर भी हैं। घर को गोबर से लीप-पोतकर साफ-सुथरा व चिकना किया गया है. दीवारों को भी लीप-पोतकर चमकाया गया है और उसमें हाथ से किस्म-किस्म की चित्रकारी की गई है, जो सुंदर दिखाई देती हैं।

रहने का घर विशाल, फैला हुआ और छप्पर वाला है। कमरे दो ही हैं और बरामदे ढलवाँ हैं। बाँस से बने मचान के ऊपर कपड़े-लत्ते, नमक, घी, मसाले, सुखाया हुआ तंबाकू, हरवे-हथियार और कई प्रकार की सामग्रियाँ रखी गई हैं। घर में दो 'कुठी'[1] हैं, जिनमें बालियों से छुड़ाया हुआ मकई भर दिया गया है तथा मकई की सूखी बालियों के अनेक गुच्छे यहाँ-वहाँ टँगे हुए हैं। मकई की बालियाँ हलकी भूरी और हलके सफेद रंग की दिखाई देती हैं।

रसोई घर में मिट्टी के लाल-लाल बरतन हैं, जिनमें से कुछ धुएँ के कारण काले पड़ गए हैं। एक बोझा सारजोम[2] का पत्तल और तीन-चार काँसे की थालियां हैं, जिनको हाल ही में खरीदा गया है। पीने के पानी का घड़ा छोटे चबूतरे के ऊपर रखते हैं, ताकि कुत्ता मुँह न लगा दे; क्योंकि संताल भले ही प्रतिदिन स्नान न करते हों, परंतु पीने के पानी का बहुत ध्यान रखते हैं। पानी साफ-सुथरा, स्वच्छ एवं 'डाड़ी' का ताजा पानी होना चाहिए।

ढेंकी के लिए एक अलग झोंपड़ी है। ढेंकी लकड़ी का एक कुंदा होता है। उसके एक सिरे पर छेद करके उसमें धूरा डालते हैं और उसे दो गड़ी हुई खूँटियों पर रख दिया जाता है। कुंदे में छेद ऐसे स्थान पर किया जाता है कि धूरी के बल खूंटियों में रखने पर वह अपने आप झुके या झूले। कुंदे के दूसरे सिरे पर एक छोटा मूसल लगाते हैं। यह मूसल काठ के कठौते में जो फर्श पर बना होता है, ऊपर से आकर टिकता है। इसी कठौते में धान रखते हैं, धान विलायत के 'ओट्स' के समान दिखता है। ढेंकी चलानेवाले कुंदे के दूसरे सिरे पर पैर रखकर उसे दबाते हैं, जिससे दूसरा सिरा, जिसमें मूसल लगा होता

---

1. अन्न भंडारण के लिए मिट्टी से बना एनक्लोजर, 2. सखुआ

है, ऊपर उठ जाता है तथा पैर हटा लेने पर मूसल कठौते में धकुड़ की आवाज के साथ जोर से गिर जाता है। हिंदुस्तान में इसी प्रकार आज तक धान कूटकर चावल बनाया जाता है। जब धान कट जाता है तब पूरे हिंदुस्तान के लाखों घरों में रात को भी धकुड़-धकुड़ की आवाज सुनी जा सकती है।

छप्पर के ऊपर जहाँ कोंहड़ा, कद्दू या सेम की लता नहीं है, वहाँ जंगल से लाए गए पके हुए बेर लाकर सुखाए जाते हैं। आँगन में मुरगे बाँग दे रहे हैं, मुरगियाँ कोट-कोटेत् की आवाजें निकाल रही हैं, सूअर अपने बाड़े में आराम से लेटे-लेटे हुँडरुक्-हुँडरुक् की आवाज निकालते हैं। परंतु एक भी कुत्ता दिखाई नहीं देता है, क्योंकि सभी अपने मालिक चंपई के साथ अथवा बच्चों के साथ बाहर निकल गए हैं। गोहार घर खुला पड़ा है। दरवाजा बंद करने के लिए प्रयुक्त होनेवाली लकड़ी जमीन पर रखी है।

सुखाने के लिए पत्तल आँगन में रखे गए हैं और पानी-भात चूल्हे के ऊपर रखा है। छोटा बच्चा आँगन में घुटनों के बल इधर-उधर घूमता तोते के समान टाँय-टाँय बोल रहा है। झिलमिल चमकते सूरज की किरणें पीपल के पेड़ से पार होकर आँगन के द्वार से प्रवेश कर अंदर आ रही हैं और इसी के उजियाले में, आँगन के एक किनारे पर हाड़मा और उसकी पत्नी मुनिया बातें कर रहे हैं।

दोनों की जोड़ी कबूतर के समान है। दोनों अभी-अभी अधेड़ावस्था में पहुँचे हैं। हाड़मा की कमर में गमछा लिपटा है और उसकी पत्नी ने 'खंडी'* पहनी है और उसी से शरीर भी ढक रखा है। अनेक प्रकार की बातें हो रही हैं—चंपई के प्रेम के बारे में, ससुराल में नुनिया कैसी होगी और पर्व-त्योहार के बारे में भी।

हम जानते हैं कि हाड़मा अपनी जाति के मध्य से पीकर मतवाले होने की परंपरा समाप्त करने का संकल्प कर चुका है। परंतु इसमें सबसे बड़ी बाधा पर्व-त्योहार और उनको मनाने की प्रक्रिया थी। छोटे-मोटे त्योहारों को छोड़कर संतालों के दस बड़े पर्व हैं और संतालों का कहना है कि इनमें पीकर धुत्त हुए बिना और बिना रिझ-रंग के पुरानी परंपरा के अनुसार इनको नहीं मनाया जा सकता है। परंतु हाड़मा कहता कि पर्व-त्योहार मनाने में दोष नहीं है, खुशियाँ मनाना सही है और परंपरा से चले आ रहे पर्व-त्योहारों को मनाना भी सही है। परंतु पर्व-त्योहार मनाने का अर्थ यह है कि हम खूब खुशियाँ मनाएँ, खाएँ-पीएँ लेकिन पीकर मतवाले होना और मतवालेपन में राग-रंग, यह सब ठीक नहीं है। पर्व निकट आ गए हैं। इसी कारण ऊपरी मन से नहीं अपितु हृदय की गहराइयों से वह लोगों को समझाता है कि वे इस जाल-फंदे से बचें, क्योंकि संतालों के लिए ये ही महाजाल हैं। इसी कारण पिपरा में पर्व कैसे मनाया जाए, इसी उधेड़बुन में वह डूबा है। वर्ष के बड़े पर्व सोहराय, सांकरात और पाता तो अच्छे ही बीते हैं। आज दोपहर बाद

---

* ताँती द्वारा तैयार एक प्रकार की मोटी साड़ी,

अपनी पत्नी से वह बाहा पर्व के संबंध में विचार-विमर्श कर रहा है।

'बाहा'* पर्व में संताल अत्यधिक खुशियाँ मनाते हैं।

हाड़मा पत्नी से बोला, "इस वर्ष खा-पीकर बचने जैसा बहुत अनाज है हमारे पास। इस वर्ष केनाराम तगादा नहीं करेगा।"

पत्नी ने लंबी साँस ली, क्योंकि केनाराम उसके पति की मकई-बारी के नीचे रहनेवाला 'बाघ' था।

इसी समय बच्चे आ गए तो उनकी बातचीत बंद हो गई। गाय-बैलों को बच्चों ने अंदर किया और लकड़ी से प्रवेश-द्वार बंद कर दिया। मँझला बेटा कारान पिता के पास दौड़कर गया और जल्दी-जल्दी बोलने लगा, "बाबा, हमने हाथी देखा, हाथी!"

पिता ने निचला होंठ चबाकर उत्तर दिया, "हम तुमको कितनी बार मना किए हैं कि हाथी वाली जगह में मत जाना।"

परंतु बच्चा भयभीत होने के बावजूद बोलता गया, "हम वहाँ नहीं गए थे, बाबा। हम और बासु मुरगी-बारी के पास खेल रहे थे कि नीचे आवाज सुने। हम दोनों ही छाती के बल लेटकर रेंगते हुए किनारे तक पहुँचे और झाँककर देखे तो जानते हैं, हमने ढेर सारे हाथियों को देखा। खूब मोटे-ताजे, चिकने, काले-काले हाथी।" हाथ फैलाकर उसने दिखाया—"इतने, इतने ऊँचे-ऊँचे और लंबे सूँड़; और बाबा, उनके बच्चे। लंबे सूँड़ से घड़ा-घड़ा पानी हुदहुदा के छोड़ते हैं और ढक-ढक की आवाज के साथ पानी पीते हैं और आपस में एक-दूसरे को काटते हैं। 'दारहा' (जलाशय) के पानी में इधर-उधर उलट-पुलट हो रहे हैं। वे हँसते हैं बाबा, हाथी बहुत जोर से हँसते हैं। हम डरकर रेंगते हुए पीछे हटे। यदि हमको देख लेते तो शायद हमको दौड़ाते!"

हाथी गाँव के इतने निकट हैं, यह जानकर हाड़मा माँझी अत्यंत भयभीत हो गया, क्योंकि इससे पहले हाथी इतने निकट नहीं आए थे। इस कारण उसने अविलंब लोगों से ढोल-टामाक एकत्रित करवाए। आग जलाने के लिए लकड़ियाँ एकत्रित की गईं, पुआल और सूखी पत्तियों के ढेर लगाए गए और जगह-जगह पर पहरे बिठा दिए गए। हाड़मा ने लोगों से तैयार रहने को कहा, ताकि आदेश मिलते ही वे भाग सकें।

दूसरे दिन भी अन्य दिनों के समान ही गाय-बैलों को चरने के लिए छोड़ा गया और हाड़मा चंपई व अन्य कुशल शिकारियों को लेकर हाथियों की खोज में निकल पड़ा। मुनिया को घर में अकेला छोड़ दिया गया और वह भी घर के अन्यान्य कामों मे व्यस्त हो गई। दोपहर के आस-पास मुनिया, दोनों लड़कियों हरमी व चुंडकी तथा फागू को देखकर बहुत भयभीत हो गई। क्योंकि वे गिरते-पड़ते दौड़ते हुए गायों को छोड़कर हाँफते-काँपते भाग आए थे। डर से 'हुँक-हुँक' की आवाजें मुँह से निकल रही थीं।

---

* वसंतोत्सव कहा जा सकता है

लेकिन करान कहाँ? मुनिया ने उनसे पूछा, परंतु वे कुछ भी बोलने की स्थिति में नहीं थे। मुँह से केवल हुँक-हुँक की आवाजें निकल रही थीं। वह बहुत अधिक भयभीत हो गई और 'करान याऽऽ, करान याऽऽ' चिल्लाते हुए पहाड़ की दिशा में उस स्थान की ओर दौड़ती हुई गई, जहाँ बच्चे गाय-बैल चरा रहे थे। परंतु किसी ने उसकी पुकार का उत्तर नहीं दिया। गाँव के बाहर ही पति से भेंट हो गई, जो हल्ला-गुल्ला सुनकर जल्दी-जल्दी लौट रहा था।

हाड़मा की पत्नी दहाड़ें मारकर रोते हुए बार-बार पुकार रही थी, 'करान याऽऽ, करान याऽऽ' और फिर वह अपने पति की गोद में गिर गई। अपनी पत्नी को देखकर हाड़मा घबरा गया, क्योंकि उसकी पत्नी शांत स्वभाव की महिला थी और आसानी से रोने-धोनेवालों में से नहीं थी। हाड़मा ने उसे यथासंभव सांत्वना दी और घर लौट जाने को कहा, परंतु करान का सुराग न मिलने तक वह किसी भी प्रकार लौटने को सहमत नहीं हुई। जब हाड़मा अपनी पत्नी की मान-मनौवल कर ही रहा था कि अकस्मात् करान आता हुआ दिखा और उसके पीछे-पीछे उसका कुत्ता 'बांडोक्'* चला आया। आँखों से झर-झर बहते आँसुओं के साथ माँ ने बेटे को देखा और गोद में उठा लिया। तब करान ने रास्ते में घटित घटना बताना आरंभ कर दिया।

"हम और बासु जंगल में अकेले थे और ये बेवकूफ पुराने पहाड़िया बस्ती के पास खेल रहे थे। इसी समय अचानक डालियाँ टूटने की ठस-ठस आवाजें सुनाई दीं। हमको मालूम हो गया कि हाथी उन्हीं दुष्टों की तरफ जा रहे थे। हमने बासु से कहा कि गायों को छोड़ दो और बच्चों को लेकर भागो, क्योंकि बाबा आपने ही बताया था कि हाथी गायों को कुछ नहीं करते और जब-तक उनका समय नहीं होता, ये लौटते भी नहीं हैं। बासु तुरंत दौड़कर गया था…और शायद बच्चे सब घर पहुँच गए न, बाबा!"

आँखों से झरते आँसुओं के साथ माँ ने मुसकराकर कहा, "हाँ बेटा, वह सबको सुरक्षित ले आया था। हाथियों को इसने डरा दिया, यह तो बहादुरी हुई न!"

"हम जान-बूझकर हाथियों को दिखाई दिए, ताकि वे बच्चों की तरफ न जाएँ, लेकिन बाबा, हाथी बहुत जल्दी-जल्दी चलते हैं। परंतु किसी को भी उनकी ओर देखने की चिंता ही नहीं…, बहुत जोर चिंघाड़ते हैं। क्या बताएँ, हम तो बहुत डर गए थे। एक राक्षस तो चिंघाड़ते हुए हमारी तरफ ही दौड़ा। हम तो समझे कि मार ही देगा। शायद मार ही देता अगर यह 'बांडोक्' कुत्ता न होता। यह हाथी के पैरों के पास भौं-भौं भौंकने लगा। इस तरह हम और बांडोक् बच गए। समझे न बाबा!"

अपना नाम सुनकर कुत्ता ऊपर देखकर दुम हिलाने लगा और कुत्तों की अपनी भाषा में हँसा भी। करान की माँ ने बांडोक् के सिर पर हाथ फेरते हुए कहा, "इसने मेरा बेटा

---

* जिसके चेहरे पर कालिख लगी हो

बचा लिया, आज से हम इसको 'चोंहोंक-बोहोंक'[1] बुलाया करेंगे।'' और सचमुच जब तक वह न मरा, उसे 'चोहोंक-बोहोंक' ही बुलाया जाता रहा।

इसके बाद तीनों माँ, बाप और बेटा खुशी-खुशी घर लौट गए; क्योंकि करान ने अच्छे काम का प्रदर्शन किया था।

हाड़मा ने सोच लिया कि अब इसके बाद करान गाय-बैल चराने नहीं जाएगा।

उस दिन वे लोग दोपहर से रात तक आशंकित रहे, क्योंकि हाथियों के झुंड का इतना निकट आना कभी सुना नहीं गया था। हाथी पिपरा के जंगल के नाले में थे। वे इतने निकट थे कि उनका चिंघाड़ना ऊपर खेतों से भी सुनाई देता था। हाड़मा माँझी को अपने अधिकारों का प्रयोग करना पड़ा, ताकि बच्चे हाथियों को हुलककर न देखें।

गाय-भैंस स्वयं अपने-अपने घरों को लौट आई, क्योंकि मनुष्यों के समान ही पशु भी समय के अनुसार काम करनेवाले होते हैं। सबकी सब गोहार में प्रवेश कर गईं और तब-तक वहीं शांत खड़ी रहीं, जब तक किसी ने लकड़ी लगाकर प्रवेश-द्वार बंद नहीं कर दिया। रात में भोजन बनाने के बाद पहरा करनेवालों को छोड़ सभी भोजन कर रहे थे कि उसी समय अचानक 'गोडेत'[2] ननका पहाड़ी पर से दौड़ता हुआ नीचे आया और बोलने लगा, ''माँझी बाबा, मांझी बाबा हाथियों ने सब चौपट कर दिया!''

हाड़मा मांझी तत्काल माँझी-थान पहुँचा और लोग भी तुरंत उसके पास एकत्रित हो गए। हाथियों के झुंड को जब खेतों में अनाज नहीं मिला तो वे अनाज की तलाश में गाँव की ओर चल दिए थे।

इधर सब तैयारी हो चुकी थी। महिलाएँ गाय-भैंसों को तितर-बितर कर देंगी और साथ में जो कुछ ले जा सकें, लेकर बच्चों के साथ नदी पार जाकर किसी सुरक्षित स्थान पर छिपकर रहेंगी। पुरुष माँझी-थान के पास एकत्रित होंगे और साथ में ढोल, टामाक, करताल या और कोई भी सामग्री जिससे आवाज हो, साथ लेकर जाएँगे। जिन पर आग जला कर रोशनी करने की जिम्मेदारी थी उन्होंने मशालें जुगाड़ कर लीं और तैयार थे कि आदेश मिलते ही आग जलाकर रोशनी कर देंगे। धू-धू कर जलती आग का ही भरोसा है। वे लकड़ियों का ढेर कतार में रखकर प्रतीक्षा कर रहे थे। हाड़मा की आँखें डूबते सूरज पर लगी हैं। शाम की सुंदर लालिमा बहुत जल्द समाप्त हो रही है और रात आ रही है। हाथियों के पहुँचने से पहले यदि रात हो जाए तो बहुत आशा है, क्योंकि तब धू-धू कर जलती आग बहुत सही रहेगी। दिन की आग सूरज की रोशनी के आगे फीकी पड़ जाएगी, लेकिन रात में इतनी ही आग से जंगल के पशु डरकर भाग खड़े होंगे।

परंतु हाथियों के झुंड ने समय नष्ट नहीं किया। पश्चिम में अभी जब सूर्य चमक ही रहा था, तब नीचे से ऊपर आ रहे झुंड के आगे चलनेवाले हाथी दिखाई दे गए। सब एक

---

* संताली शब्द जिसका अर्थ सजीला होता है, 2. माँझी का संदेशवाहक

कतार में बढ़ते आ रहे थे। बीच में एक घेरा-सा बना रखा था। सबकी सूँड़ ऊपर की ओर उठी हुई थीं। वे जोर-जोर से चिंघाड़ भी रहे थे। परंतु क्या किया जाए, सूर्य की रोशनी में बहुत कारगर न होने के बावजूद आग लगा दी गई। ढोल और टामाक पीटे गए और जितने प्रकार के बाजे थे, सबको बजाया गया तथा समवेत जोर-जोर से चिल्लाना भी हुआ कि शायद वे डरकर भाग जाएँ।

आवाजें सुनकर और आग व धुआँ देखकर हाथियों का झुंड रुक गया। वे इधर-उधर होने लगे और कुछ भयभीत भी हुए, क्योंकि वे अपनी सूँड़ जमीन पर पटकने लगे, जिससे बड़े घंटे की गंभीर गमऽ, गमऽ जैसी आवाजें आने लगीं। परंतु नेतृत्व करनेवाले हाथियों के उकसाने पर वे पुन: एकजुट हो गए और जैसे पानी एक धार में बहता है, वैसे ही वे कतारबद्ध होकर गाँव के ऊपर चढ़ दौड़े। उस गाँव के साहसी निवासियों ने निकट से और डरपोकों ने दूर से छिपकर अपनी आँखों के सामने गाँव को मटियामेट होते देखा। उनके हृदय जलकर रह गए। कोई देखता तो काठ मार जाता। पता नहीं, इन विशालकाय राक्षसों का दिमाग कैसे खराब हो गया, छप्परों को खींच-खींचकर उतार रहे हैं, दीवारों को टक्कर मारकर धराशायी कर रहे हैं। अनाज पाने की आस में सबकुछ तहस-नहस कर रहे हैं। खंभे और शहतीर रट-रट की आवाज के साथ गिर रहे हैं और हाथी जोर-जोर से चिंघाड़ रहे हैं।

हाथियों ने जब अपनी खुशी और मन मुताबिक पूरा गाँव उजाड़ लिया और संभवत: वे बिदक भी गए थे, क्योंकि गिराए गए कुछ घरों में आग लग गई थी और रात होने के कारण आग धू-धू कर जलती दिखाई दे रही थी, तब हाथियों का झुंड किंचित् धीमा पड़ गया और एक ओर चल दिया। हाड़मा और गाँव के अन्य लोग दबे पाँव वहाँ यह देखने के लिए एकत्र हो गए कि नुकसान कितना हुआ था। प्रथम दृष्टि में तो वे हताश हो गए। संतालों में चिल्ला-चिल्लाकर विलाप करने का रिवाज नहीं है, लेकिन उस दिन तहस-नहस हुए प्रत्येक घर के लोगों ने चिल्ला-चिल्लाकर विलाप किया।

परंतु प्रात: होते ही उनमें नए साहस का संचार हुआ। हाथी आस-पास से भाग चुके थे। जब यह सुनिश्चित हो गया तब बच्चों ने गाय-भैंसों को खोजकर एकत्रित किया और एक-दो को छोड़कर, जिनको जंगली जानवर खा गए थे, सभी मिल गए। पता नहीं क्या सोचकर हाथियों ने माँझी हाड़मा का घर अछूता छोड़ दिया था। हो सकता है, चारों ओर का घेरा देखकर हाथियों को वह पिंजरा या अन्य कोई धोखा प्रतीत हुआ हो। परंतु शेष सभी घरों को हाथियों ने बरबाद कर दिया था और कुछ को तो बिलकुल मिट्टी में मिला दिया था। हाड़मा ने सबको जंगल से सवई घास, खंभे और शहतीर इत्यादि लाने के लिए लगा दिया, ताकि वे अपने-अपने घर फिर से बना सकें।

मात्र एक जान गई थी। एक बेचारी बूढ़ी महिला, पता नहीं आलस्य से या किसी

अन्य कारण से घर छोड़कर नहीं भागी थी। एक हाथी ने उसके ऊपर दीवार गिरा दी और वह उसी में दब कर मर गई थी।

मालगुजारी दी जा चुकी थी। इस कारण हाड़मा को उस समय रुपए-पैसों की आवश्यकता नहीं थी। कुछ ही दिनों बाद बीज-खाद की आवश्यकता होगी, परंतु चिंता की बात नहीं, क्योंकि यह सब तो सिलंगी में मिल जाएँगे। खाने-पीने के लिए तो जंगल है ही। जिन स्थानों पर फल-फूल या कंद-मूल, साग-पात या शिकार योग्य पशु पाए जाते हैं, उन सभी स्थानों के चप्पे-चप्पे से वे परिचित थे ही। इसके अतिरिक्त सरकार बहादुर बहुत लंबी सड़क भी बनवा रही है, जिसमें मजदूरी भी अच्छी दे रहे हैं। यदि किसी की इच्छा हो तो काम कर सकता है। कोई बात नहीं, दिन तो ऐसे ही कट जाएँगे।

हाथियों के उत्पात के लगभग तीन-चार महीनों बाद ही हाड़मा और उसके लोग अपने-अपने घरों के जीर्णोद्धार में जोर-शोर से लगे थे। इसी समय लोगों को एक व्यक्ति भूरे रंग के घोड़े पर सवार ऊपर आता दिखाई दिया। कौन आ रहा है? अरे, यह तो आमड़ापाड़ा का केनाराम भगत है। उसने आस नहीं छोड़ी है। पिपरा में पैर जमाने के लिए उसको यह अच्छा अवसर मिल गया है और इस अच्छे अवसर का वह भरपूर लाभ उठाना चाहता है। एक हितैषी की हँसी और सुसंस्कृत शहरी व्यवहार तथा चाशनी में लिपटे मीठे-मीठे लहजे में उसने पिपरावासियों से कहा, ''ओह! तुम लोगों का दुःख हमको अपना दुःख लग रहा है, इसलिए हम तुम लोगों को उधार में धान देना चाहते हैं।''

इसी समय कुछ लोग केनाराम और हाड़मा के निकट एकत्र हो गए। हाड़मा उस समय अपने छोटे भाई भागमत के घर की छत मरम्मत कर रहा था और चंपई नीचे से सवई घास के गट्ठर ऊपर फेंक रहा था। वह वहीं से सूदखोर महाजन से बातें करने लगा। केनाराम भी घोड़े से नीचे नहीं उतर रहा था। उन दोनों को बातचीत करते गाँव के सभी लोग देख रहे थे। यह जानकर कि केनाराम खुशी से दे रहा था, अधिसंख्य लोग अत्यंत प्रसन्न हुए। उन्होंने सोचा कि हमारे कष्ट समाप्त हो जाएँगे। परंतु हाड़मा सहमत न हुआ। जो दिया जा रहा था, उसको उसने बिखेर दिया।

तब केनाराम ने कहा, ''ए हाड़मा! बीज-खाद के लिए क्या नोचोगे तुम लोग?''

हाड़मा ने उत्तर दिया, ''हम जो नोच सकेंगे, नोचेंगे।''

तब सूदखोर ने बहुत ही मीठी आवाज में कहा—''सुनो, उधार चुकाने के लिए बहुत लंबा समय देंगे।''

इस समय हाड़मा सवई घास का एक गट्ठर फैलाकर उसे बाँधने के उपक्रम में था, इस कारण सूदखोर के अंतिम शब्द वह ठीक से नहीं सुन पाया। केनाराम हाड़मा का बाँधना समाप्त होने तक आराम से बैठा उत्तर की प्रतीक्षा कर रहा था। परंतु जब उसने

देखा कि हाड़मा एक और गट्ठर खोलकर फैलाने जा रहा था, तब केनाराम किंचित् कर्कश स्वर में जोर से बोला, "ए माँझी! उधार चुकाने के लिए बहुत समय देंगे। बोलो, क्या बोलते हो?"

हाड़मा ने इधर-उधर दृष्टि दौड़ाई और केनाराम को तब-तक वहीं खड़ा देखकर चौंकने का दिखावा किया। ऐसे अवसरों पर क्रोधित न होना सूदखोरों की चाल होती है; इस कारण उसने गंभीर आवाज में दुबारा पूछ लिया था।

हाड़मा ने कहा, "हमारा जवाब तो यही है कि चाहे कम दिन हों या ज्यादा, हम उधार चुका नहीं पाएँगे।"

केनाराम अपना पक्ष बोलता ही रहा, "हाँ, वह तो ठीक ही है, लेकिन…"

हाड़मा ने उस पैसेवाले को बीच में ही रोक दिया। हाड़मा का यह काम अत्यंत साहसिक था। सूदखोर ने उस समय यद्यपि कोई ध्यान नहीं दिया तथापि अपने मन के खाते में उसने हाड़मा के विरुद्ध लिखकर रख लिया।

केनाराम की बातों के उत्तर में हाड़मा ने इस प्रकार कहना आरंभ किया, "इसी तरह एक बार एक हिरण प्यास से बेहाल होकर एक झरने में पानी पीने के लिए उतरा। उसने बाद में ऊपर चढ़ने के बारे में कोई सोच-विचार नहीं किया था। इस कारण पानी पीने के बाद ऊपर चढ़ नहीं पाया और डूबकर मर गया। तुम्हारा अनाज लेने से हमारा हाल भी उसी हिरण के समान होगा।"

हाड़मा माँझी ने यह सब अपने लोगों को शिक्षा देने के लिए कहा था, क्योंकि अनेक लोग उधार लेने के लिए आगे-पीछे होने लगे थे।

महाजन ने कहा, "लेकिन तुम सुनो तो!"

हाड़मा ने उसे बीच में ही रोककर कहा, "हुजूर! मेहरबानी से हमको माफ कर दें। हम लोग काम में व्यस्त हैं और आपकी बातें नहीं सुन सकते हैं।"

केनाराम पुनः बोलने लगा और माँझी से आरंभ करके गाँववालों को भी संबोधित कर कहने लगा, "ऐ भले आदमियों! हाड़मा के सामने यह बहुत बड़ी ठोकर है।"

क्रोध से हाड़मा का माथा गरम हो गया। उसने सबको मना कर दिया कि वे उस अजनबी की बातें बिलकुल न सुनें और केनाराम से भी कहा कि वह वहाँ से चला जाए। उसके साथ इस विषय पर बातचीत के लिए वह सहमत ही नहीं हुआ।

केनाराम खाली हाथ ही घर लौट गया। वह कुछ नहीं कर पाया। परंतु हाड़मा माँझी और उसके लोगों के प्रति उसका क्रोध अंगारे के समान सुलग गया था।

□

11

हाड़मा का जाना

केनाराम भगत को मालूम है कि यदि संतालों को बार-बार परेशान किया जाए तो उनको नकेल पहनाई जा सकती है। इसी कारण वह पिपरा के लोगों को जबरन उधार देने के लिए बारंबार प्रयास कर रहा है, बावजूद इसके कि हाड़मा माँझी कुत्ते के समान उसके पीछे पड़ा था। यहाँ वह सूई के समान प्रवेश करने की जिद रखता है, यहाँ तक कि मात्र घर की जमीन के लिए भी मुफ्त में बीज-खाद देने को तैयार है। परंतु हाड़मा माँझी लेने के लिए तैयार नहीं, क्योंकि उधार के समान ही उसे उसके दान से भय लगा था। हाथियों द्वारा उजाड़े जाने के बाद गाँव फिर से बसने लगा था। हाड़मा ने निश्चय कर लिया कि यदि अपने सगे-संबंधियों से कुछ सहायता मिल जाए तो पर्याप्त है, बाहरी आदमी की सहायता की आवश्यकता नहीं थी। उसने मन में सोच लिया कि पिपरा अपने ही पाँवों पर खड़ा होगा।

केनाराम को जब पता चला कि हाड़मा सामान्य संताल नहीं है, चिकनी-चुपड़ी बातों से नहीं बहकेगा, न वश में आएगा और उसी के कारण यह अच्छा अवसर भी हाथ से निकल गया है तो फिर वह वहाँ से हट गया। तथापि इस बिगड़ैल माँझी पर नकेल कसने की वह ठान चुका था।

बाहा त्योहार का मौसम आ गया। जंगल-पहाड़ लाली लिये, हलके सफेद और पीले पत्तों से सजकर बिछे हुए बिस्तर के समान बहुत सुंदर सजे-धजे हैं। फुनगियों व टहनियों पर सुंदर पत्ते उगे हुए हैं। कुछ अत्यंत कोमल व नरम और कुछ चमकदार टुह-टुह लाल दिख पड़ते हैं। ऊँचे-ऊँचे पेड़ों के तने व डालियों पर लटकी लताएँ मूँगे की मालाओं के समान लाल दिख रही हैं और सबसे सुंदर दिख रहे हैं 'तेलहेच्'* के चौड़े पत्तों का हलका पीला रंग और उसका सुर्ख लाल तना।

जंगल पहाड़ तो सुंदर लग रहे हैं, परंतु ब्रह्म-मुहूर्त के धीमे प्रकाश में दिखाई नहीं

---

* एक प्रकार का पेड़

पड़ रहे हैं और हाड़मा के हृदय में तो इन सबको स्थान ही नहीं मिल रहा है क्योंकि उसे एक अलग चिंता है तथा वह कमर कसकर रास्ते पर चला जा रहा है। ननका उसके पीछे-पीछे है, हाथ में लाठी है। वे जल्दी-जल्दी सूखे झरने को पार कर रहे हैं तो कहीं-कहीं पर सूखे पत्तों के ऊपर रद-बद की आवाज के साथ चलते हुए झाड़ियों के नीचे से घुसकर पार हो रहे हैं। कार्य अत्यंत आवश्यक है; साम परगना ने सभी माँझियों को बुलाया है विचार-विमर्श करने के लिए कि सूदखोर से कैसे बचा जा सकता है तथा हाड़मा को बैठक से पूर्व साम परगना से विमर्श करके कुछ सुनिश्चित कर लेने के लिए बुलाया गया है।

इधर वे सालबोनी की कुल्ही में प्रवेश कर रहे हैं, उधर उजियाला भी फैल गया। दोनों ने मुरली माँझी से भेंट की। आपस में अभिवादन हुआ। माँझी ने जब तंबाकू खाने और चुटी[1] पी लेने का आग्रह किया तो वे पिंडा में बैठ गए। कंचनी ओट में से उचककर बातें सुनने का प्रयास कर रही थी कि वे चंपई की कोई बात करते हैं या नहीं। परंतु उसने सुना कि वे अन्यान्य बातें कर रहे थे। इस कारण वह आस छोड़कर घर के अन्य कामों में व्यस्त हो गई; क्योंकि जिस बातचीत में चंपई का उल्लेख न हो, उसमें उसके लिए कोई रस ही नहीं था। मुरली माँझी मात्र केनाराम के बारे में बातें कर रहा था कि वह निकटवर्ती गाँव आमगाछी में क्या-क्या कर रहा था, क्योंकि उस समय केनाराम ही आमगाछी का मालिक था। उसने वहाँ जमीन लेकर घर खड़ा कर लिया था। हल-फाल, नौकर-चाकर, बैल व घोड़े उसके पास सब प्रचुर मात्रा में हैं। अच्छे-अच्छे सब खेत उसको बंधक में दे दिए गए हैं और बचे हुए खेतों की उपज का आधा भाग भी उसी का है। उसने अनेक 'धुनी'[2] बनवाए हैं, जिनको इसी प्रकार के धान-चावल से उसने भर दिया है। उसके कारनामों ने बाढ़ के पानी के समान आमगाछी को आप्लावित कर दिया है तथा सालबोनी और पिपरा को भी भयभीत कर दिया है। वहाँ के माँझी-द्वय बुरे दिन सामने देखकर सिर झुकाए उदास बैठे हैं। हाड़मा को यह सब भलीभाँति ज्ञात है। केनाराम भले ही अभी पराजित हो गया हो, परंतु वह प्रयास करता ही रहेगा और आज नहीं तो कल वे हाथ में आ ही जाएँगे।

उधेड़बुन में डूबा हाड़मा खड़ा हो गया। हाड़मा और ननका को एक विशाल पथरीला जंगल पार करना पड़ा। सूर्य की ताजा किरणों से यह अभी-अभी आलोकित हुआ है और ऐसा प्रतीत होता है मानो सूर्य की ठुड्ढी पापहरा पहाड़ी के कंधे पर रखी हो। वे आमगाछी पहुँच गए। पथरीले, ढलवाँ और घुमावदार कुल्ही में वे धीरे-धीरे उतर रहे थे। जब यह पार कर गए तो उन्होंने अनेक लोगों को गरभू माँझी के घर के सामने एकत्रित देखा।

---

1. शाल के सूखे पत्ते में तंबाकू लपेटकर बनाई जानेवाली लंबी देसी बीड़ी, 2. अनाज भंडारण के लिए बनी बखारियाँ

एकत्रित भीड़ इधर-उधर तितर-बितर हो रही थी और ऐसा लग रहा था मानो कोई अंदर से उनको निर्देश दे रहा था। इसी समय घर के पिछवाड़े से एक हट्टा-कट्टा और ऊँचा पछियारी जवान निकला। उसके हाथ में मोटी-सी भारी लाठी थी, जिसकी मूठ पर लोहा जड़ा था, वह भांजता हुआ बोल रहा था—"हटो-हटो, केनाराम जी बाबू जा रहे हैं। हटो-हटो, आमगाछी के मालिक जा रहे हैं।"

कुछ ही पल बाद उसी के समान एक अन्य जवान आँगन के प्रवेश से एक भूरे घोड़े की लगाम थामे बाहर आया। घोड़े पर स्वयं केनाराम भगत सवार था। सवार ऊँचा और घोड़ा नाटा था, इस कारण उसने अपने पैर मोड़ रखे थे, ताकि वे जमीन पर न घिसटें।

हाड़मा खूब अच्छी तरह पहचानता है इस भारी, धंसी हुई और सफाचट दाढ़ को, खुरदुरी लंबी दाढ़ी, तोते के समान नाक और क्रोध से देखती काली आँखें, बड़ी सी लाल पगड़ी, शरीर से चिपका कुरता और धोती, ढीले-ढाले जूते जो कानी अँगुली टेढ़ी न करने पर पैरों से गिर जाते। सांवला किंतु थोड़ा साफ चेहरा, लाल छाता लगाए मंद-मंद मुसकराता-सा दिखाई देता है। देखते ही कोई भी भयभीत हो जाए कि ऐसे आदमी से लड़ने पर जीतने की आशा नहीं है।

केनाराम के साथ-साथ लगभग एक कदम पीछे एक विशालकाय व्यक्ति चल रहा था। उसके गोल चेहरे को देखते ही समझ में आ जाता कि वह नम्र, स्वतंत्र व रसिक व्यक्ति होगा। सिर पर बड़ा-सा जूड़ा है, यद्यपि मलिन-सा दिखाई देता है, गाल फूले-फूले और आँखें मतवार (शराबी) जैसी दिखने के बावजूद उसकी जन्मजात शान अभी मिटी नहीं है। वही तो आमगाछी का माँझी गरभू है न! परंतु अब तो नाम का माँझी है। उसकी स्थिति ठीक नहीं और वह जमीन की ओर देखते सिर झुकाए जा रहा था, जैसे कोई बंदी जाता है, स्वतंत्र व्यक्ति नहीं।

केनाराम और उसके साथवाले लोग दाईं ओर मुड़ गए। वे गली से होकर नीचे उतर रहे थे और पीछे-पीछे चल रहे हमारे इन दो व्यक्तियों पर किसी का ध्यान नहीं गया। यदि हाड़मा चाहता तो भी केनाराम के बहुत निकट नहीं जा सकता था, क्योंकि बनिये के पीछे-पीछे अनाज व अन्य सामानों से लदे कई लदनी घोड़ों को हाँककर ले जाया जा रहा था। हाड़मा चुपचाप खड़ा होकर देख रहा था, सूदखोर घोड़े पर बैठा है तथा अगवानी करनेवाले आगे-आगे चल रहे थे और पूरे गाँव के लोग उसके पार होने के समय उसे झुककर प्रणाम कर रहे थे। जी हाँ, इसी से आप जान जाएँगे कि आमगाछी का मालिक कौन है। हाड़मा सोचने लगा कि यदि पिपरा भी ऐसा ही हो जाए और उसे गरभू के समान चलना पड़े तो वह कैसा अनुभव करेगा! उसने मन-ही-मन कहा, यदि ऐसा हो तो वह अपमान से ही मर जाएगा।

गाँव के एक किनारे सबसे उपजाऊ खेत के सामने केनाराम ने नया घर बनाया है। जब वह और उसके आदमी घर के पास पहुँचे तो मुड़कर अंदर चले गए। इसके बाद

वे दृष्टि से ओझल हो गए। हाड़मा चलता जा रहा था। चाहता था कि उसे कोई न पहचाने, परंतु अंदर जो हो रहा था, उसे देखने में मग्न हो जाने के बाद वह आँगन के प्रवेश-द्वार के निकट खड़ा हो गया। उसने देखा कि अंदर कतार से बहुत दूर तक धान रखने की बखारियाँ हैं। कुछ बनकर तैयार थीं और कुछ को बनाया जा रहा है और उनमें भरकर सुरक्षित रखने के लिए पहाड़ सरीखे धान के ढेर पड़े हुए थे। अभी जो धान घोड़ों पर लादकर लाया गया, उसे कुछ दूर आगे उतारा गया और एक नया ढेर लगाया जा रहा था। केनाराम घोड़े पर ही बैठा काम करनेवालों को ध्यान से देख रहा था। हाड़मा ने मन में सोचा कि वह तो ओट में ही था, तब क्यों न इनको कुछ देर देख ही लिया जाए। गैर-संतालों के आचार-व्यवहार के प्रति अच्छी धारणा नहीं रहने के बावजूद कामकाज में उनका फुरतीलापन देखकर वह आश्चर्यचकित हो गया। वह भूल गया कि कहाँ खड़ा था और यह भी कि वह चुपके से पार होने वाला था। उसने जो कुछ देखा, उससे मन में एक गंभीर विचार उत्पन्न हुआ कि ऐसा क्या किया जाए कि गाँव की भलाई हो! परंतु अचानक किसी के द्वारा अपना नाम बुलाए जाने से वह चौंक गया व तंद्रा भंग हो गई। उसने देखा कि केनाराम उसी को हाथ से संकेत करके बुला रहा था। उस समय उस स्थान पर उससे भेंट करना उचित न समझकर उसने उसकी ओर पीठ फेर दी और जल्दी-जल्दी वहाँ से चल दिया। ननका भी उसके पीछे-पीछे दौड़ गया। परंतु केनाराम आसानी से छोड़नेवाला व्यक्ति ही नहीं है। बिना नालवाले घोड़े की टाप सुनकर हाड़मा ने मुड़कर देखा कि केनाराम उसका पीछा कर रहा था तथा निकट भी पहुँच गया था। केनाराम उसी भूरे घोड़े पर बैठा चिल्लाता आ रहा था, "रुक जाओ हाड़मा, एक बात तो सुनते जाओ!"

भद्रजनों के समान हाड़मा यथासंभव उसको अनसुना करता रहा। परंतु फिर वह रुक गया और मुड़कर देखते हुए उसकी प्रतीक्षा करने लगा। वहाँ एक उजड़े हुए जंगल का छोटा अवशेष था, जो दोनों ओर बने खेत-बारी के बीच में था। वह स्थान देखकर हाड़मा को अपने गाँव की याद आ गई और मन में साहस का संचार हुआ। केनाराम को क्रोधित देखकर और उसके घोडे की देखभाल करनेवाले सेवक को भी भृकुटी ताने दौड़कर उसके निकट पहुँचता देखकर ननका गोडेत भी लाठी पर पकड़ मजबूत करते हुए अपने माँझी के निकट चला गया। परंतु सूदखोर मारपीट करने नहीं आया था। वह हाड़मा के निकट जाकर तीखी आवाज में बोला, "ऐ हाड़मा! तुम आवाज नहीं देते हो!"

हाड़मा झगड़ा करना नहीं चाहता था, इसलिए गंभीरता से बोला, "जल्दी-जल्दी जा रहे हैं न भगतजी!"

केनाराम ने मूर्ख बनाने की योजना पहले ही सोच रखी थी, इसलिए कुछ हठ पूर्वक बोला, "लेकिन तुम आवाज नही दे रहे हो, इसका कारण क्या है?"

हाड़मा झगड़ा करने का बहाना नहीं ढूँढ़ रहा था, इसलिए खरा-खरा उत्तर दिया,

"भगतजी, आप न तो मेरे मित्र हैं और न आपके साथ निकटता बढ़ाने की कोई इच्छा है।"

केनाराम ने चुभते स्वर में कहा, "अच्छा-अच्छा, और मान लो, हम तुम्हारे बैरी बन जाएँ, तब?" यह बोलते हुए उसने हाड़मा की तरफ आँखें बड़ी-बड़ी करके देखा, ताकि वह उसे घूरकर ही वश में कर ले, जैसा वह अन्य लोगों के साथ करता था। परंतु हाड़मा क्या चुप रहनेवाला व्यक्ति था? उसने भी उसे बड़ी-बड़ी आँखों से घूरकर देखा। केनाराम फिर बोला, "जो हमारी बात नहीं मानता, वह अपने ऊपर हमारे गुस्से का अंगारा डालता है।"

हाड़मा चुप था।

केनाराम बोलता ही जा रहा था, "वह जमीन हम दखल करेंगे ही।"

हाड़मा ने भी दृढ़ता से उत्तर दिया, "कभी दखल नहीं कर पाओगे।"

केनाराम घोड़े से उतरा और उसने घोडे की रास नौकर के हाथ में दे दी। वह अपना चेहरा हाड़मा के चेहरे के निकट लाकर उसे बिल्ली के समान घूरने लगा, ताकि नजरों से ही वश में कर ले तथा दाँत पीसकर झाड़-फूँक करनेवालों के समान फुफकार कर बोला, "अरे बाबू, केवल वह जमीन ही नहीं, पूरे गाँव को दखल करेंगे। हाकिम लोग हमारी तरफ हैं, नहीं जानते हो क्या?"

हाड़मा ने उत्तर दिया, "वह तो ठीक है, लेकिन पल्टिन साहब हमारे विरुद्ध नहीं हैं।"

केनाराम ने खिल्ली उड़ानेवाली मुद्रा में जोर से कहा, "पल्टिन साहब! कौन पूछता है पहाड़िया लोगों के उस हाकिम को! तुम्हारे ही हाकिम लोग, यानी मजिस्ट्रेट और मुंसिफ चाहते हैं और हमको देंगे। अरे, उस जमीन पर कब्जा करने दो और तुम्हारा दोस्त तो बनने दो।"

"नहीं-नहीं, कभी नहीं!" और प्रत्येक 'नहीं' बोलने के साथ हाड़मा अपने हाथ हवा में लहराता था। केनाराम घोड़े को थोड़ा सा चलाकर उस पर कूदकर बैठा और मुड़कर चला गया। जाते-जाते वह गुर्राकर बोलता गया, "बेवकूफ कहीं के, जाओ भागो! सौंतार सूअर का बच्चा, हमको तुम्हारी जरूरत नहीं है।"

हाड़मा ने सोच रखा था कि क्रोधित नहीं होगा, परंतु उससे सहन नहीं हो पाया। उसने जाते हुए सूदखोर से चिल्लाकर कहा, "दिक-दिक करनेवाला! बिल्ली का बच्चा, भेड़िया का बच्चा···कुछ भी कर लो, कोई नहीं घबराता है।"

केनाराम ने घोड़ा रोक लिया, घोड़े को थोड़ा मोड़ा; वह आराम से बैठा कुछ पल के लिए हाड़मा को घूरता रहा, परंतु एक भी शब्द बोले बिना गाँव की ओर मुड़कर चला गया। परंतु हाड़मा पर उसका वह घूरना भूत के समान सवार हो गया और हाड़मा ने बुरा-भला कहने में यद्यपि तेजी दिखाई थी तथापि बाद में उसका मन पानी हो गया।

मन-ही-मन वह बोलता गया, ''हमको धुकधुकी हो रही है ! उस आदमी से डर तो लगता ही है। उसके सामने हम संताल कुछ भी नहीं हैं।''

उनको एक और जंगल मिला। वहाँ दिक-दिक करनेवालों का न तो नामोनिशान है न उनकी कर्कश आवाजें सुनी जा सकती हैं। वे एक छोटी पहाड़ी पर चढ़ गए। चिड़ियों का चहचहाना, भौंरों का गुनगुनाना और 'रेरेंञ'* का चें-चें करना। आपको मीठी सुगंध-सी उठती प्रतीत होगी, आप सबकुछ अच्छा देखेंगे और अच्छा सुनेंगे। यहाँ हवा भी ताजा और हलकी है।

उनको पुनः एक और जंगल मिल गया। पहाड़ी पथरीले रास्ते पर चढ़ते हुए ननका ने प्रसन्नता से अपनी लाठी हवा में उछाल दी और फिर उसे पकड़ लिया। हाड़मा ने भी अनुभव किया कि यद्यपि वह चिंतामुक्त नहीं हो पाया था, परंतु उसका साहस पुनः लौट आया था।

वे चांगा पहाड़ी की चोटी पहुँचकर पार कर गए थे। एक संकीर्ण शिखरवाली पहाड़ी के पास वे किनारे-किनारे चले जा रहे थे। इसी समय उनको पहाड़ी के ऊपर बातचीत के स्वर सुनाई दिए। पता नहीं, कौन लोग जोर-जोर से बातें करते हँसते और आनंद मना रहे थे। उन्होंने दृष्टि ऊपर की तो उनको एक पहाड़िया व्यक्ति पत्थरों से भरे ढलवाँ रास्ते पर आराम से चलता हुआ नीचे उतरता दिखाई दिया। वह अत्यंत स्वस्थ और लंबे चेहरेवाला अधेड़ व्यक्ति था, जिसने गालों को उस्तरे से सफाचट कर रखा था। सिर पर सुर्ख लाल पगड़ी और शरीर पर लाल कमीज। वह 'सेंगेल गिदी' (बड़ी चील) के समान दिख रहा था। उसके साथ कुछ लोग थे। उनके सिर पर भी उसी के समान लाल पगड़ियाँ थीं। कौन है यह आदमी! अरे, यह तो हाड़मा का पुराना साथी सिंगा था। उसके पिता भगीरथ की मृत्यु के बाद सिंगा ही पहाड़िया लोगों का सरदार बन गया था। बिलकुल युवा, बलिष्ठ और फुरतीला।

खिला हुआ चेहरा, पहले के समान ही बातूनी, संतोषी व चिंता-मुक्त व्यक्ति के समान ठठाकर हँसना; पहले के समान ही तेज आवाज और भरा-पूरा मन। चेहरा देखकर जाना जा सकता है कि वह भयभीत होनेवाला व्यक्ति नहीं है।

उसने अत्यंत प्रसन्नता से हाड़मा का अभिवादन कर कहा, ''ए भाई! कहो, कैसे हो और कहाँ जा रहे हो?''

देखिए तो, हाड़मा के उत्तर देने से पहले ही वह सरदार कूदकर नीचे उतरा और हाड़मा के निकट पहुँच गया। उन्होंने आपस में संतालों के अभिवादन की रीति के अनुसार अभिवादन किया यानी एक-दूसरे के हाथ पकड़कर माथे तक उठाए और पुनः पाँवों तक नीचे ले आये। इसके बाद सिंगा के साथवालों ने आदरपूर्वक हाड़मा का अभिवादन किया,

---

* पेड़ के तनों पर चिपका रहनेवाला एक प्रकार का पतंगा, जो लगातार तीखी आवाज निकालता है

क्योंकि वह उनके सरदार का मित्र था।

अभिवादन इत्यादि कर लेने के बाद सिंगा कुछ पल हाड़मा को ही देखता रहा और बहुत दुःखी होकर पूछा, "क्यों भाई, तुमको कुछ हो रहा है क्या? तुम्हारी तबीयत तो ठीक है न?"

देसमाँझी ने उत्तर दिया, "हमको चैन नहीं है, क्योंकि आज ही हमने आमगाछी में देखा कि केनाराम वहाँ का मालिक बन बैठा है और गरभू उसका गुलाम। केनाराम पिपरा का भी मालिक बनने के लिए हाथ-पाँव मार रहा है।"

सिंगा चकित हो गया और बोला, "पिपरा! तुम्हारा गाँव! लेकिन तुम तो उसको कभी मालिक होने नहीं दोगे, है कि नहीं?"

हाड़मा ने उदास स्वर में उत्तर दिया, "हाँ, राजी-खुशी से तो कभी नहीं; लेकिन डर है···वह हमसे बहुत ताकतवाला है न!"

सिंगा को अपना तो भय नहीं था, परंतु उसने कहा, "सचमुच ये साहूकार बहुत जाल रचानेवाले बुरे लोग होते हैं। यदि हम लोगों को तंग करेंगे तो पल्टिन के पास अरदास करेंगे। साहूकारों की जालसाजी से पल्टिन कहीं अधिक जोरवाला है।"

दोनों साथ-साथ चल रहे थे। कुछ दूर तक पहाड़िया लोगों का और उनका रास्ता एक ही था।

हाड़मा बिलकुल चुपचाप था। पहाड़िया लोग चुप्पी पसंद नहीं करते। वे पूरे रास्ते बातें करते चलते हैं। जब रास्ता समाप्त हुआ और सभी खड़े हो गए, तब हाड़मा ने कहा, "सुनो भाई, हमारा तो एक ही दुःख है कि हम लोगों का कोई हाकिम नहीं है।"

सरदार आश्चर्य से बोला, "क्या बोलते हो भाई! तुम लोगों का कोई हाकिम नहीं है? वो पल्टिन तो है न?"

हाड़मा ने उत्तर दिया, "शायद पल्टिन हम लोगों के नहीं, केवल तुम ही लोगों के हाकिम हैं।"

यह सुनकर सिंगा कुछ देर तक चुप हो गया। वह सोचने लगा कि क्या ऐसा हो सकता है कि जुबदी में भी पल्टिन का अधिकार सीमित है? वह पुनः बोलने लगा "चिलीमिली (क्लीवलैंड) साहब से लेकर अब तक हमारे अपने हाकिम होते आए हैं। कुछ काले थे लेकिन बाकी गोरे हैं।"

हाड़मा ने उत्तर दिया, "लेकिन कहा जा रहा है कि पल्टिन हमारे हाकिम नहीं हैं, हमारे हाकिम तो भागलपुर और जंगीपुर में हैं। हम में से किसी ने उनको कभी नहीं देखा है। हम तो उनको जानते ही नहीं हैं। पता नहीं वे काले हैं या गोरे, और हैं भी कि नहीं! कभी-कभी तो ऐसा लगता है मानो हमारे हाकिम-वाकिम कोई नहीं हैं। दारोगा, चपरासी और उनके प्यादे ही हमारे हाकिम हैं शायद।"

सिंगा ने हँसकर अंगुली दिखाते हुए कहा, "हा-हा-हा, दारोगा और प्यादों को तो

हम कानी उँगली पर नचाते हैं, हमारी बस्ती में कोई नहीं चढ़ता है।" यह कहकर वह पहाड़वासी कूदते हुए नाचने-गाने लगा। उसने प्रकट किया कि जिन बातों से संताल लोग डरते हैं, उसको उनकी परवाह भी नहीं थी।

अपनी सोच के अनुसार सिंगा ने पुनः कहा, "सचमुच भाई, यदि सरकार बहादुर ने तुम लोगों के लिए हाकिम नहीं रखा है तो हमको दुःख हो रहा है। हमको दुःख हो रहा है कि तुम लोगों को हम लोगों से अलग कर दिया गया। हम लोग होते तो कम-से-कम तुम्हारी रक्षा तो करते।"

हाड़मा ने सिर हिलाते हुए उत्तर दिया, "वह तो ठीक है भाई, इसमें संदेह नहीं कि तुम लोग कोशिश करते, लेकिन तुम और हम···हम दोनों उस एक के सामने कुछ भी नहीं हैं।"

सरदार बोला, "तुम ठीक ही बोलते हो भाई। गोरे आदमी की जरूरत है। हम लोगों को चिलीमिली (क्लीवलैंड) साहब ने ही अधिकार दिए हैं। उसी के प्रताप से हम और हमारे माँझियों को हर महीने तनख्वाह मिलती है। भागलपुर में हमारे जवान लड़के सिपाही के रूप में लाल वर्दी पहनते हैं। वे बंदूक चलाना सीखते हैं और बूढ़े हो जाने पर उनको पेंशन मिलता है। हम लोगों का सरदार ही हमको सजा दे सकता है। उनके विदेशी हाकिम हमारा कुछ बिगाड़ नहीं सकते हैं। ए भाई हाड़मा! तुम लोग गोरा हाकिम खोज लो, साहूकारों को वही ठीक कर देगा।"

हाड़मा को यह सलाह अखर गई, क्योंकि वह अपनी आवश्यकता को अच्छी तरह जानता था। परंतु वह पूरी कैसे होगी, वही तो उसे मालूम नहीं है और उसने अपने मित्र को समस्त बातें बता दीं।

वे धीरे-धीरे चल रहे थे। सिंगा आगे चल रहा था और हाड़मा उसके निकट ही पीछे था। हाड़मा के मन में आग लगी थी, परंतु सिंगा के माथे पर आश्चर्य की छाप दिख रही थी। वह यही सब सोचता पगड़ी उतारकर सिर खुजलाने लगा। वह कुछ बुदबुदा भी रहा था। जमीन पर अपनी लाठी भी पटकता था और इन सबके द्वारा अपनी व्याकुलता प्रकट कर रहा था। अचानक उसने चिल्लाकर लाठी घुमाते हुए जमीन पर दे मारी। हाड़मा का हाथ पकड़कर फुसफसाते हुए वह जल्दी-जल्दी बोला, "देखो भाई, हम पहाड़िया लोगों को हमारा निज हाकिम कैसे मिला, ठीक-ठीक तो नहीं मालूम, लेकिन हम अपनी सोच बताते हैं। यदि हमको हमारी मर्जी से चलाया जाए तो ठीक है, नहीं तो चला नहीं सकते। हम लोगों को जो दिया गया है वह डर से मिला है! तुम संताल लोग संख्या में अधिक हो और हम लोगों के समान ही आजाद रहना पसंद करते हो। और हम कितना बोलें, इसी से सब समझ लो।"

इसके बाद वह अपने सिर को जोर का झटका देकर हाड़मा के निकट से कूदकर अलग हो गया। चेहरे पर संतोष के भाव आ गए और वह आराम से चलने लगा। उसकी

प्रसन्नता देखकर हाड़मा तेज कदमों से चलकर उसके निकट चला गया। रास्ता इधर चौड़ा था, इस कारण दोनों फिर साथ-साथ चलने लगे। परंतु हाड़मा के मन में विचारों की आंधी चल रही थी और वह बोला, "तुम लोगों से डरते हैं, लेकिन हमसे तो नहीं डरते हैं न!"

यह सुनकर सिंगा ने कुछ सोचा और कहा, "उनको डराने के लिए तुम लोगों को लड़ना होगा।"

हाड़मा ने उसे तुरंत उत्तर दिया, "लेकिन सिपाही भेजकर वे हमको गोलियों से मारकर खतम कर देंगे।"

सिंगा बोला, "यह तो सच है कि सिपाही बहुत हैं और तुम लोगों को मार सकते हैं। लेकिन गोरे हाकिमों को हम थोड़ा पहचानते हैं, तुमको बता रहे हैं, ध्यान से सुन लो। भगत और उसके लोगों के नाम से तुम लोगों को काबू करने के लिए यदि सिपाही लड़ते हैं और खून-खराबे की जरूरत पड़ जाए तो तुम लोगों के लिए कुछ-न-कुछ काम जरूर होगा। लेकिन गाय-भैंस के समान नाथ कर अगर तुम लोगों को चलाया जाए तो हाकिम लोग समझेंगे कि इनको तो कोई कष्ट ही नहीं है, तब फिर कुछ नहीं करेंगे। हम बता रहे हैं भइया, सामना-सामनी लड़ाई ही ठीक है, अंत में भले ही हार हो जाए, फिर भी; लेकिन गुलामी अच्छी नहीं है।"

हाड़मा की आँखों में चमक आ गई और लाठी पर उसकी पकड़ कस गई। मित्र की बातों से मन में प्रसन्नता फूट निकली और आशा भी जगी। केनाराम आमगाछी का मालिक बना हुआ है और पिपरा के लिए मेल-जोल कर रहा है। उसका यह प्रयास विफल करना सबसे बड़ी प्रसन्नता होगी!

हाड़मा ने कहा, "तुम ठीक कहते हो, भाई!" यह कहकर वह साथ-साथ चलता रहा।

वे आमड़पाड़ा पहुँच गए थे, जो बड़ा बाजार था। सिंगा और उसके फुरतीले लोग आमड़ापाड़ा ही आ रहे थे। सच बात कहूँ तो वे वहाँ शराब पीने जा रहे थे, क्योंकि उनको गत माह का वेतन कल-परसों ही मिला था। यहीं पर हाड़मा और उसके गोडेत से अलग होते हुए उन्होंने शुभकामना दी कि वे दोनों भलीभाँति अपने घर पहुँचें।

दोनों उत्तर दिशा की ओर चल दिए और जंगल के रास्ते-बाट पर चलते हुए कहीं-कहीं थोड़ा आराम करके आस-पास के गाँवों के मित्रों व संबंधियों का हाल-चाल पूछते हुए दोपहर के आस-पास पाडेरकोला पहुँच गए।

□

12

साम परगना

हाड़मा ने अपने सरदार साम परगना को इमली के उसी पेड़ के नीचे बैठा हुआ पाया। पंद्रह वर्षों पहले उससे इसी स्थान पर प्रथम बार भेंट हुई थी। है तो वही, किंतु नहीं भी है।

शरीर पर कपड़े वैसे ही हैं, चेहरा भी वही परंतु सिर के बालों का रंग राख के समान सफेद हो गया है; और चेहरे पर समय की छाप के रूप में मकड़ी के जाले जैसी रेखाएँ उभर आई हैं। चेहरा वैसे ही पतला, लंबा परंतु शरीर अब धनुष के समान थोड़ा झुक रहा है। आँखों में पहले जैसी चपलता नहीं है अपितु अब दृष्टि में गंभीरता और पद की मर्यादा की झलक भी है। यद्यपि किताबी ज्ञान नहीं है तथापि दूर-दराज की अच्छी जानकारी रखनेवाला व्यक्ति है। पढ़ना-लिखना न जानते हुए भी बुद्धि और ज्ञान से परिपूर्ण, जन्म से ही नेतृत्व की क्षमता है। ईश्वर की इच्छा से निरक्षर, सीधे-सादे और शोषित समुदाय में जन्म हुआ है। इस व्यक्ति ने अपनी समस्त ऊर्जा एक बड़े कार्य में लगा दी और वह कार्य है—संताल लोग सूदखोरों के जुए में न जुतें।

अपने समुदाय का प्रिय और निर्भर योग्य, पोंटेट का विश्वास योग्य, यहाँ तक कि सूदखोर भी आदर-सम्मान देते थे। उन्हीं के समान धोती और पगड़ी पहनने के कारण उन्होंने सोचा कि इस दुर्बल-से व्यक्ति का मन उन्हीं की ओर है, परंतु उनको धोखा हुआ था। क्योंकि उन्होंने देखा कि संतालों का सरदार होने के बावजूद वह मनमाना अधिकार नहीं जताता है। संताल लोग अपने मालिकों को अत्यंत ईर्ष्या से देखते हैं और यदि उसने भी सरदार होने के अधिकारों का दावा किया होता तो उसको कभी स्वीकार नहीं किया जाता, परंतु उन लोगों ने भी बिना किसी दावे के उस पर भरोसा किया और अधीनता स्वीकार कर ली। यह तो नेतृत्वकर्ता का कमाल ही है न! उसने भी संपूर्ण हृदय से उनकी भलाई की कामना की। तथापि वह अधिक बातें नहीं करता था और क्षेत्र के लोगों के बीच वाहवाही व यश अर्जित करने के लिए लालायित नहीं रहता था।

दोपहर का भोजन करने के बाद ननका गाँव के मित्रों से मिलने चला गया और परगना व देस माँझी दूर खेतों की ओर जाकर महुआ के एक बड़े पेड़ की छाया में मेंड़ पर बैठ गए।

आरंभ में दोनों में से कोई बात नहीं कर रहा था। संताल लोग जन्मना ही बोलने के लिए उत्सुक नहीं होते तथा सरलता से व्याकुल भी नहीं होते हैं। बोलने की पहल परगना ने ही की।

परगना बोला, ''ए भाई हाड़मा! हम बहुत उलझन में हैं।''

जिम्मेदारी का बोझ कितना भारी होता है, हाड़मा को इसका अहसास है। इसलिए उसने हामी भरी और कहा, ''हाँ भाई, क्यों नहीं, आपका बोझ तो बहुत भारी है।''

साम परगना ने बात जारी रखी, 'संताल लोग हाथ चलाने के लिए तैयार बैठे हैं। वे एकजुट होने और साँड़ के समान भिड़ने के लिए तैयार हैं। ए भाई, इन लोगों के लिए चिंता करना हमारा कर्तव्य है।'

''अगर लड़ाई हुई…'' हाड़मा इतना ही बोल पाया था कि उसके सरदार ने उसे बीच में टोका, ''नहीं-नहीं, हम उसके बारे में बात नहीं कर रहे हैं; परंतु हम दोनों को इस विषय पर अच्छी तरह से विचार-विमर्श कर लेना चाहिए। पता नहीं यह कब हम पर अचानक आ पड़े; क्योंकि ये भगत लोग दिन पर दिन सहने से अधिक लूट रहे हैं।''

हाड़मा ने उत्तर दिया, ''आप ठीक कहते हैं!'' फिर उसने आमगाछी की दशा का वर्णन किया और कैसे केनाराम ने स्वयं उसको भी चेतावनी दी है, यह भी बताया।

साम परगना ने भी बतलाना आरंभ किया, ''पिछले साल पल्टिन ने हम लोगों से कहा कि हम धीरज धरें। इस वर्ष भी कह रहे हैं कि थोड़ा और धीरज रखो। लेकिन दारोगा और प्यादे तो पहले ही जैसा काम कर रहे हैं!''

हाड़मा को क्रोध आ गया और वह बोला, ''पता नहीं, हम लोगों को बच्चों के समान ठग रहे हैं न क्या! अगर सरकार हमारे लिए हाकिम बहाल कर दे तो दारोगा और प्यादे उसक हुकुम कैसे नहीं मानेंगे?''

यह तो बहुत दूर की बात है! पल्टिन एक महाठग है, यह बात साम परगना मानने को तैयार न था। ऐसा हो ही नहीं सकता, क्योंकि पल्टिन ने अपने मुँह से उनको बताया है कि हम तुम लोगों के भी हाकिम हैं, तब फिर उसका हुकुम क्यों नहीं चलता है? साम परगना उलझन में पड़ गया, कुछ समझ ही में न आता था। अंत में उसने अपने मन की बात प्रकट की—''हम समझते हैं कि सरकार आजकल पल्टिन साहब को चाह नहीं रही है। दारोगा को ही अधिक चाह रही है। नहीं तो दारोगा उनका हुकुम नहीं मानने का साहस कभी नहीं कर सकता है, जैसा कि उसका काम दिख रहा है।''

हाड़मा भी उलझन में पड़ गया और भौंहें ऊपर ललाट की ओर तानते हुए बोला,

"तब क्या सरकार भी दारोगा जैसी ही है! पल्टिन के समान नहीं है क्या?"

हाड़मा ने देखा कि साम परगना की भी त्योरियाँ चढ़ गई थीं, परंतु उसने बोलना जारी रखा, "बात यहीं आकर अटक जाती है न! दारोगा अपनी मनमर्जी करता रहेगा और उसका डंक तोड़ने का अधिकार व ताकत पल्टिन को नहीं है।"

साम परगना को यह सब अच्छा नहीं लग रहा था, इस कारण वह अस्थिर होकर इधर से उधर पहलू बदल रहा था। उसमें शासन के प्रति जो भक्ति है, वह कहती है कि हाड़मा की बात मत मानो, परंतु दुविधा यह है कि हाड़मा की बात ही सही जान पड़ती है। हाड़मा बाएँ हाथ से अपनी ठुड्ढी मल रहा था और दाएँ हाथ से अपना घुटना दबा व सहला रहा था। उसने एकाध बार खखारकर बोलने का उपक्रम किया, पर चुप रह गया। अंततः उससे सहन न हुआ और बोली अपने आप फूट निकली, "यह बताइए, सरकार कौन है? सभी को सरकार-सरकार कहते सुनते हैं। लेकिन कभी किसी ने उसको देखा है क्या?"

साम परगना ने सहजता से कहा, "अच्छा, तो इस उधेड़बुन में पड़े हो। सरकार शायद···वह शायद आदमी···है, नहीं-नहीं," ऐसा कहते हुए वह जमीन पर अपनी हथेली से प्रहार भी करता जाता था, "भागलपुर का बड़ा हाकिम भी नहीं, क्योंकि उसके मुँह से भी तुम सरकार शब्द सुनोगे···ऐ भाई हाड़मा, हम भी सही-सही नहीं बता पा रहे हैं। सरकार पता नहीं क्या है! लेकिन सरकार, सरकार ही है और उसके हुकुम को मानना ही पड़ेगा।"

हाड़मा को संतोष न हुआ। उसने संदेह व्यक्त किया, "क्या वह आदमी है, पल्टिन या सिकलर (सिंक्लेयर) के समान? उसका नाम क्या है? हमको उसका नाम जानने का मन कर रहा है। सरकार तो किसी आदमी का नाम नहीं है!"

साम परगना ने तेज आवाज में उसको टोका, क्योंकि एक प्रश्न से किसी का मुँह बंद हो जाए, यह किसी को अच्छा नही लगता। उसने कहा, "नाम क्या है! हमने तो नहीं सुना है। लेकिन अगर कोई नाम है तो···" इसके बाद अचानक वह हाथ ऊपर करके लहराया और बोला, "हाँ-हाँ रुक जाओ, हमने उसका नाम सुना है···कुप···कुप···कुंपनी है न!"*।

परंतु हाड़मा ने भी उसे बीच में ही टोक दिया—"अगर कुंपनी हम लोगों का राजा है तो हम उसको क्यों नहीं देखते और सुनते हैं? और दारोगा भी कैसे जबरन मनमानी कर सकता है? अगर हमारा राजा पल्टिन के समान होता तो क्या वह पल्टिन की मदद नहीं करता? अगर दारोगा का हुकुम चलता है तो जरूर दारोगा जैसा ही दिखता होगा।"

---

* ईस्ट इंडिया कंपनी, जो उस समय पूरे हिंदुस्तान की मालिक थी, 'कंपनी बहादुर' के नाम से विख्यात थी

साम परगना ने जल्दी से कहा, ''नहीं-नहीं पल्टिन के समान ही, दारोगा के जैसा नहीं! तब यही कि बहुत दूर में है, उसको सुनाई नहीं देता होगा।''

हाड़मा ने सिर हिलाते हुए कहा, ''यही बात ठीक लगती है, दारोगा ने भी हमको ऐसा ही बताया था।''

साम परगना ने लंबी साँस भरते हुए कहा, ''शायद वही ठीक है न क्या, हम भी ऐसा ही सोचते हैं। लेकिन न पल्टिन निकट जा सकता है और न हम लोग। पिछले साल तो हम भागलपुर तक पैदल गए थे, है कि नहीं! और उससे भी दूर कौन पैदल चलेगा भइया?''

इसके बाद दोनों चुपचाप हो गए। बोलने की इच्छा किसी को नहीं हो रही थी। अंत में हाड़मा ने ही चुप्पी तोड़ी, ''परगना दादा, आपने ही भाई का संबंध जोड़ा है। एक रहस्य की बात मेरे मन में उमड़-घुमड़ रही है।''

साम परगना ने कहा, ''बताओ तो, इन दिनों अकलमंदी की बातों की बहुत जरूरत हो रही है हमको।''

हाड़मा बोला, ''हमारा एक दोस्त है, लेकिन आप उसको पसंद नहीं करेंगे। वह और कोई नहीं, सिंगा सरदार है, भगीरथ सरदार का बेटा।''

साम परगना ने तुरंत जोर से कहा, ''छी, छी, छी!'' ऐसा लगा जैसे उसके मुँह में 'गंधी' कीड़ा पड़ गया या मरे हुए साँप की दुर्गंध आई हो। ''अरे वह तो किसी काम का नहीं है। अपने अन्य जाति भाइयों के समान ही 'सुंडी-गोदाम'* में उसको मिला हुआ अवसर और रुपया-पैसा सब पीकर उड़ा रहा है।''

इस बात से सहमत होते हुए भी हाड़मा बोला, ''वह तो ठीक ही है, लेकिन ऐसे लोगों के पास भी सीखने की बातें होती हैं।''

इस पर परगना ने कहा, ''फिर तो बताओ, तुम्हारी रहस्य भरी बात!'' यह कहकर वह सुनने के लिए ठीक से तैयार होकर बैठ गया।

बोलने से पहले हाड़मा बहुत देर तक सोचता रहा। साम परगना भी उससे टोक-टाक नहीं कर रहा था। दोनों एक ही साथ बैठे हैं। दोनों ने अपनी-अपनी ठुड्डियाँ अपने-अपने घुटनों पर टिकाकर रखी हैं और एक-दूसरे को कनखियों से ताकते हैं। सूर्य परिक्रमा कर अस्त होने वाला है। पत्तों से छनकर किरणें उन पर पड़ रही हैं। जिस समय सूर्य ढल नहीं रहा था, दोनों बहुत आराम से छाया में थे। गरम हवा ठंडी हो गई थी और रात की सर्दी का अनुभव उसी समय से हलका-हलका होने लगा था।

फिर हाड़मा ही बोला, ''ए परगना दादा! आपने कहा कि सिंगा और उसके जात वाले लोग सुंडी गोदाम में अपना अवसर और रुपया-पैसा गँवा रहे हैं। क्या इससे यह

---

* देसी शराब का ठेका

पता नहीं चलता कि उनका समय उनके हाथ में है और अपनी खुशी के अनुसार खर्च करने के लिए टाका-पैसा भी है।''

परगना ने अनमने भाव से हाँ-हाँ कहा।

उधर हाड़मा बोल रहा था, ''आपने कहा वे बिना काम के आलसी लोग हैं, यही न? इन सबसे दिखाई देता है कि उनका मन कितना हलका है।''

साम परगना चुप होकर सुन रहा था। परंतु अब वह अपनी ठुड्डी घुटनों पर से ऊपर उठाकर, अपने बैठने की स्थिति थोड़ा बदलकर हाड़मा का चेहरा अपलक देख रहा था।

हाड़मा सोच-सोचकर अपनी बातें जोड़ता जा रहा था, ''कुछ समय पहले संताल लोग भी पहाड़िया लोगों के समान ही बेफिकर थे। जंगल-पहाड़, बाघ-शेर उनके सामने कुछ भी नहीं थे। गिरना-पड़ना, रोग-दुःख, पेट दर्द यहाँ तक कि मरने को भी कुछ नहीं समझते थे।''

हाड़मा यह बोलकर चुप हो गया और सामने की ओर देखने लगा। साम परगना की आँखें बोल रही थीं। जीभ तालू से चिपक गई थी।

हाड़मा ने अचानक जोर से कहा, ''उनमें यह बदलाव कैसे हो गया?''

साम परगना को आघात-सा लगा और चेहरा उदास हो गया। हाँ, सचमुच ये बदल गए हैं।

जवान हाड़मा ने पुनः जोर ही से कहा, ''साहूकार लोग, दारोगा और प्यादे!'' यह बोलते हुए वह अपने घुटने पर हाथ से मुक्के भी मार रहा था, ''यही तो हैं इसके कारण, नहीं तो और कौन?''

साम परगना चुपचाप ही बैठा था। उसका संपूर्ण अस्तित्व उसकी आँखों में समा गया है। ये बातें उसके लिए घुप्प अँधेरे घर के समान हैं। इस घर में दीया जलाने को मन व्याकुल हो रहा है और हाड़मा का चेहरा देखकर आशा होती है कि वह मूल्यवान् परामर्श देगा क्योंकि इसी के लिए तो उसको बुलाया है। हाड़मा अपनी बात बोले जा रहा था, ''सिंगा आज सुबह ही बोल रहा था और बोलते समय चुटकी बजा रहा था। कहता था, हम लोग तो दारोगा और प्यादों को कानी अंगुली पर रखते हैं। वे हमारा क्या बिगाड़ लेंगे। और यह बोलकर वह हँसा भी था! हम और आप क्या हैं, हा-हा-हा, जो चुटकी बजाकर बोल नहीं सकते। हम बोल नहीं सकते कि दारोगा और प्यादों को कानी अंगुली दिखा देंगे। यह सब बोलकर क्या हम खुलकर हँस सकते हैं? क्या इसके लिए हम दोनों को कुछ करना नहीं पड़ेगा?''

साम परगना की आँखों में चमक आ गई। उसने अपने दाँत कस लिये। परंतु हाड़मा की बात लंबे धागे के समान खुलती चली जा रही थी—''केनाराम ने आमगाछी को तो

भटका दिया है। आज गरभू को देखकर मन हाय-हाय कर गया! उसके समान जीने से तो मर जाना अच्छा है। मेरे विनाश का दिन भी कहीं घात लगाए बैठा है, अगर नहीं तो···" इतना बोलकर वह चुप हो गया। साम परगना ने अनुमान लगाया कि रहस्य की बातें बताकर वह पूरी कर ही रहा था।

हाड़मा बहुत देर तक किसी गूँगे के समान चुप हो गया। इसके बाद वह पहले तो मुसकुराया और फिर खिलखिलाकर हँसने लगा। यह देखकर साम परगना चकित हो गया। यह जानने की इच्छा प्रबल हो गई कि उसका साथी जो थोड़ी देर पहले गूँगा बना बैठा था, किस बात को लेकर ऐसा हँस पड़ा? उसने अंततः जिज्ञासावश पूछ ही लिया, "अच्छा भाई, यह तो बताओ कि तुम इतनी जोर से खिलखिलाकर हँसे क्यों?"

"हाँ, हम सचमुच खिलखिलाकर हँसे थे।" यह कहकर हाड़मा एक बार पुनः खिलखिलाकर हँसा। "सच कहें तो हम झूठ-मूठ का हँसे थे। आज सुबह सिंगा सरदार ने हमसे जो कहा, उसी पर हँस रहे थे।" यह कहकर वह पुनः सोच में डूब गया। कुछ पल बाद वह मुड़ा और साम परगना के चेहरे को नजर भर देखते हुए बोला, "भाई साम दादा! सिंगा इतना चिंतामुक्त है, इतना निडर है कि वह उनको पूछता तक नहीं, और हम लोग डरते रहते हैं!"

साम परगना ने सोचते हुए कहा, "हाँ, बात तो सही है। यह तो हम सब अपनी आँखों से देख सकते हैं, पहाड़िया लोग उनसे डरते ही नहीं हैं। अच्छा, सिंगा सरदार ने तुमसे क्या कहा था?"

संताल़ लोग किसी बात का तुरंत उत्तर नहीं दे सकते हैं, न ही कोई किस्सा एक बार में बोलकर समाप्त करते हैं। समय लेने के समान हाड़मा ने अपना सिर जल्दी-जल्दी खुजाया, दो-तीन बार गला साफ किया और फिर अस्पष्ट-सा कुछ बुदबुदाते हुए चेहरे को अपनी बाँह से ढक लिया। कुछ देर शांत रहने के बाद वह बोला, "सिंगा सरदार ने कहा कि गोरे हाकिम के लिए ही जोर लगाओ। साहूकारों को वही सही-सही सीधा करेगा।"

साम परगना को संतुष्टि नहीं हुई, इस कारण उसने जोर से कहा, "क्या भाई, तुम इसी को घुमा-फिराकर बता रहे हो। क्या हम लोग दो महीनों से एक गोरे हाकिम के लिए प्रयास नहीं कर रहे हैं? लेकिन सब बेकार!"

हाड़मा ने बात आगे बढ़ाई, "हाँ, हम भी उसको ऐसा ही बताए हैं।" फिर उसने पूछा, "इसका मतलब आप नहीं समझे? सुनिए इसका भेद यही है कि अगर दारोगा लोग हम लोगों को आसनी से चला लेंगे तो हमारे लिए कुछ नहीं किया जाएगा, इसलिए कुछ-न-कुछ तो होना ही चाहिए।"

यद्यपि हाड़मा की बातें बहुत स्पष्ट नहीं थीं तथापि साम परगना को आभास हुआ

कि बहती धारा की गहराई में कुछ अच्छा अवश्य होगा। इसलिए वह बोला, "ए भाई, असल बात क्या है, हमको अब तक पता नहीं चली है।"

हाड़मा ने उत्तर दिया, "वह तो हमको भी पता नहीं है, लेकिन उसने हमको बताया कि उन लोगों ने किस प्रकार बड़े हाकिम चिलीमिली (क्लीवलैंड) साहब को पाया था।"

यह बोलकर हाड़मा बैठा ही रह गया, जबकि साम परगना खड़ा हो गया और जोर से बोला, "हाँ-हाँ, चिलीमिली साहब, चिलीमिली साहब। हाँ, यह नाम हम लोगों ने सुना है। क्या इसी चिलीमिली साहब ने पहाड़िया लोगों को उनका अधिकार उन्हें दे दिया! जरा पल्टिन की बात याद करो तो, कहा था न कि जो काम चिलीमिली साहब ने पहाड़िया लोगों के लिए किया, वही काम तुम संताल लोगों के लिए सिकलर (सिंक्लेयर) करेंगे।" यह बोलते हुए साम परगना अपना हाथ मंत्र से वशीभूत व्यक्ति के समान इधर-उधर चला रहा था—"लेकिन सिकलर साहब ने तो कुछ नहीं किया!" यह बोलने के साथ उसके हाथ स्वत: ही ढीले पड़ गए।

हाड़मा किसी ठूँठ के समान ही बैठा बोलता रहा, "उसने हमसे कहा कि पहाड़िया लोगों ने अपना हाकिम पा लिया, क्योंकि सरकार ने देखा कि अगर पहाड़िया लोगों को उनकी खुशी के अनुसार नहीं चलाया गया तो इन पर शासन करना कठिन होगा। ऐसा इसलिए हुआ, क्योंकि सरकार उनसे डर गई है न!"

साम परगना खेत में ऊपर से नीचे चहलकदमी कर रहा था। वह पुन: ठूँठ के समान बैठे हाड़मा के निकट जाकर बोला, "लेकिन सरकार हमसे नहीं डरेगी।"

हाड़मा ने कहा, "हमने उससे यह भी बताया था। वरन् हमने तो उसमें जोड़कर बताया कि सरकार बहादुर सिपाहियों को भेजकर हम सबको मरवा देंगे, लूटपाट करवाएँगे और हमको अपने अधीन कर लेंगे। सिंगा ने कहा था कि हाँ, तुम लोगों को अधीन कर लेंगे लेकिन उसने आगे जोड़ते हुए यह भी कहा था कि अगर दारोगा लोग हमलोगों को सिपाहियों के बिना ठीक से नहीं चला पाये तो सरकार हमारे लिए कुछ काम करेगी, नहीं तो नहीं! इसके बाद उसने ऐसी बात बताई जो उस समय से अब तक मेरे मन में गूँज रही है। भाई, लड़ाई से भी बुरी चीजें हैं वरन् लड़ाई में हार जाना उनसे अच्छा है। और भाई हमको विश्वास हो गया कि उसकी बातें बिलकुल सही हैं, क्योंकि एक तो हमने आज ही अपनी आँखों से देख लिया है।"

साम परगना हाड़मा के पास ही खड़ा उसका चेहरा देख रहा था। हाड़मा की बातें सुनते हुए उसकी आँखों में चमक आ गई थी। वह दूसरी ओर मुँह करके सोच में डूबा हुआ टहलने लगा। हाड़मा अपने घुटनों पर हाथ रखे अब भी चुप बैठा था और साम परगना की आँखों को कनखियों से देख ले रहा था।

साम परगना अचानक खड़ा हो गया और हाड़मा की पीठ पर हलके हाथ से धौल मारकर जोर से बोला, ''सिंगा सरदार की बात ही ठीक है, सिंगा सरदार की बात ठीक है! जो पल्टिन से नहीं मिला, सिकलर से नहीं मिला, उसको हम संताल लोग लडकर भी प्राप्त करके रहेंगे।''

परंतु कुछ ही पल बाद चेहरा फिर से उदास हो गया। जंगल-पहाड़ का आदमी है न! उसको डॉक्टर के समान अनुभूति हुई, जो हाथ में छुरी लेकर रोगी पर चलाने से पूर्व विचार करता है कि क्या-क्या कठिनाइयाँ हो सकती हैं।

एक बार पुनः वह ऊँचे स्वर में बोला, ''ओह भाई, यह तो बहुत बड़ी मुसीबत है। सरकार, हाकिम सभी हम पर गुस्सा करेंगे, यहाँ तक कि पल्टिन भी गुस्सा हो जाएगा। क्या पता हमको मारकर बिलकुल समाप्त ही कर दें और हमारी जमीनें किसी और को दे दें?...सचमुच, लड़ाई जिससे कोई आशा न हो तथा गुलामी में से किसी एक को चुनना बहुत कठिन है!''

संतालों पर छाया संकट मन की आँखों से देखकर परगना कुँहर उठा, या तो वे लड़ाई करना चुन लें या फिर गुलामी चुन लें। वह व्याकुल हो गया, हृदय जल उठा और एक बार फिर चहलकदमी करने लगा।

बहुत गंभीरता से सोच-विचार के बाद हाड़मा ने कहा, ''अच्छा परगना, इन दो को छोड़कर और कुछ भी नहीं है चुनने के लिए? अगर आप दिसोम परगना लोग मिलकर, भागलपुर जाकर हाकिमों के सामने अपना दुखड़ा रोएँ तो क्या बात नहीं बनेगी?''

परगना असहमति में सिर हिलाता हुआ बोला, ''हाँ भाई, कोई लाभ नहीं होगा। तुमको याद नहीं पिछले साल हम गए थे न? अगर हम लोगों के लिए कुछ करने की इच्छा होती तो उसी समय हमारी बातें सुन लेते। अपनी आवश्यकता की दुबारा माँग करना सँतालों को जाति गँवाना जैसा लगता है।''

''परंतु उन लोगों ने हमसे न भी तो नहीं कहा था! क्या पल्टिन ने हमको नहीं बताया था कि हुकुम हो गया है और अभी तक हुकुम के नहीं पहुँचने से उसको भी कुछ समझ में नहीं आ रहा है। कुंपनी बहादुर बहुत बड़ा है। हम लोगों से बहुत दूर में रहता है, उलटे हम ही लोगों से पूछ सकता है कि हम पर विश्वास क्यों नहीं किया? वह यह कहकर हम लोगों को पकड़ सकता है कि तुम लोग लड़ाई चाह रहे हो, यह सही नहीं कर रहे हो। ऐसा लगता है मानो लड़ाई छोड़कर दूसरा कोई उपाय ही नहीं है क्या?''

यद्यपि साम परगना बिलकुल चुप था तथापि उसके मन में विचार चल रहे थे। हाड़मा की दशा भी वैसी ही थी। सोचते-विचारते वह अंत में बोल ही पड़ा, ''हाँ सचमुच, लड़ाई से तो पिल्ही चमक जाएगी! हम लोगों को गोली मारकर खतम कर देंगे, फाँसी पर लटका देंगे; हमारे घर-द्वार जला देंगे, पत्नी-बच्चों को पकड़कर ले जाएँगे या

मारकर फेंक देंगे; गाय-बैलों को हाँककर ले जाएँगे और हमारी जमीनों पर अन्य जातियों का कब्जा हो जाएगा, शायद केनाराम ही कर ले।'' यह सब वह स्वप्न के समान कल्पना की आँखों से देख रहा था; प्रातः जो कुछ हुआ था, उसे वह भी दिखाई दिया। आँखें बड़ी-बड़ी करके वह ऊँचे स्वर में बोला, ''गरभू की दशा से भी बुरी दशा से तो अच्छा है कि हम लड़ाई ही स्वीकार कर लें, परंतु गरभू की दशा तो कभी नहीं।'' फिर उसने यह भी जोड़ा, ''लेकिन आप परगना लोग एक बार फिर कोशिश तो कीजिए और हम लोगों की माँग हाकिमों के सामने रखिए। शायद हाकिम लोग कुंपनी तक बात पहुँचा दें और वह अपने वादे के अनुसार काम कर दे!''

साम परगना मेड़ पर बैठ गया और कुछ पल के लिए चिंतामग्न हो गया। हाड़मा खड़ा होकर परगना को ही एकटक देख रहा था। इसी समय साम परगना हाड़मा की ओर मुड़कर बोला, ''ए भाई, तुम्हारी बातें सही हैं। इस संबंध में हम परगना लोगों से बात करेंगे। हम अभी भी बता रहे हैं कि हाकिमों को परेशान करना यानी बच्चों के समान बार-बार रिरियाना और बक-बक करना संतालों को अच्छा नहीं लगता। वे घृणा करते हैं इन सबसे।''

हाड़मा ने उदास स्वर में उत्तर दिया, ''अगर यह काम हो जाता तो लड़ाई की आपदा टल जाती! लेकिन अगर काम नहीं बना तो हम लोग लड़ेंगे ही, और क्या करेंगे!''

साम परगना उठकर खड़ा हो गया और बोला, ''यह सब करना लड़ाई करने से भी बहुत बुरा है। पता नहीं क्यों यही एक बात बार-बार मन में गूँज रही है, जैसे तुम्हारे मन में उथल-पुथल हो रही थी। चलो, रात का खाना खा लेते हैं।'' हाड़मा खड़ा हो गया और अपने सरदार के पीछे-पीछे चल दिया, परंतु मन में व्याकुलता और धुकधुकी भी थी।

चलते-चलते वह बुदबुदा रहा था—''बुराइयाँ अधिक हैं, हाँ अधिक हैं, लेकिन बहुत अधिक नहीं हैं क्या!''

□

13

गरभू का जलता ह्दय

साम परगना और हाड़मा देसमाँझी उदास मन से घर लौट गए। परंतु यह क्या, वहाँ तो चारों ओर से माँदर और टामाक* बजाने की लयबद्ध आवाज हुडुक-हुडुक सुनाई पड़ रही थी। गाँवों की चुनी हुई युवतियाँ व युवक कतार में झुंड-के-झुंड पाडेरकोला आ रहे थे—पूरब, पश्चिम, उत्तर और दक्षिण सभी दिशाओं से। सबसे आगे माँझी (ग्राम प्रधान) और उसके पीछे माँदर-टामाक बजानेवाले व बाँसुरी बजानेवाले और सभी एकसाथ नाचते हुए उनके पीछे-पीछे आ रहे थे। अन्य टोलों के लोग भी बाल-बच्चों समेत उठकर आ गए हैं, क्योंकि उस रात एक अखड़ा होने वाला था। सभी लोगों ने नदी के किनारे-किनारे डेरे जमा लिये हैं। कुछ लोग नदी के बालू में गड्ढा खोदकर पानी की व्यवस्था कर रहे हैं तो कुछ जलावन की लकड़ियाँ चुनकर आग जलाने का उपक्रम कर रहे हैं। सभी भोजन बनाने में व्यस्त हैं।

साम परगना और हाड़मा, गाँव की गली में प्रवेश करने से पहले अखड़ा देखने चले गए। अंधकार बहुत जल्द घिर रहा था, आग के टिमटिमाते प्रकाश में एक-दो वस्तुओं के अतिरिक्त कुछ दिखाई नहीं दे रहा था और उसके आस-पास दिखाई दे रही थीं इधर-उधर चलती हुई परछाइयाँ।

कुछ पल तक तो साम परगना चुपचाप देखता रहा और फिर हाड़मा की ओर मुँह करके दबे स्वर में बोला, ''अच्छा, ये लोग कुछ करने वाले हैं क्या भाई?''

हाड़मा ने उत्तर नहीं दिया अपितु अपने कंधे उचका दिए।

रात्रि का भोजन कर लेने के बाद हाड़मा साम परगना के नाती-पोतों से खेलने लगा। बच्चे खिलखिलाकर हँसते और शोर मचा रहे थे। हाड़मा बच्चों के साथ घुल-मिलकर खेलने में पारंगत था। इसके बाद बच्चे सोने चले गए तथा इन दोनों ने भी तंबाकू-चुटी आदि का सेवन कर लिया था। इसी समय साम परगना ने बात छेड़ी, ''चलो तो नदी किनारे डेरों के आस-पास टहल आएँ।''

* संतालों का नगाड़ा या डुगडुगी

दोनों नदी के किनारे-किनारे जहाँ तक संभव हो सका, गए और स्थिति देख आए।

एक स्थान पर उन्होंने अनेक लोगों को एकत्र देखा। वे लोग एक मामूली से दिखनेवाले 'बनाम राजा'[1] को देखने में मगन थे, जो रंग-बिरंगे कपड़ों के टुकड़ों से बने वस्त्र पहनकर इधर-उधर हो रहा था। उसने सिर पर मोर पंख की कलगी लगी थी। वह लयबद्ध तरीके से भेर-भेर, झम-झम की ताल पर आगे-पीछे झुक-झुककर नृत्य कर रहा था। कुछ पल के लिए वह एक तारवाला बनाम बजाता और साथ में तेज स्वर में गाना भी गाता। बजाने का स्वर, उसका गीत और उसका हिलना सब में बहुत सामंजस्य था। अन्य लोग कठपुतली का नाच देखकर अभिभूत हैं। काठ की छोटी-छोटी पुतलियाँ लय में हिल रही हैं। युवतियाँ दो कतार में नाच रही हैं और युवक ताल में माँदर बजा रहे हैं। धागा खींचनेवाला चादर के अंदर छिपकर बैठा है और धागा भी परदे में रहने के कारण दिखाई नहीं दे रहा था। कहीं-कहीं पर 'लागँड़ें'[2] अपने चरम पर है। युवतियाँ नाच रही हैं और कुछ युवक माँदर बजा रहे हैं, कुछ बाँसुरी से सुरीली तान छेड़ रहे हैं। कुछ अन्य 'सोगोय'[3] कर रहे थे। गीतों में उस समय की होनेवाली घटनाओं को जो वे देख रहे थे, सुन रहे थे और जो ह्रदय में घर कर गई थीं, उनको भी उन्होंने अपने गीतों में जोड़ा है। सुर-ताल एक ही जैसे हैं और यदि आप बार-बार सुनें तो ऊब भी सकते हैं।

सबसे अधिक केनाराम वाला गीत ही गाया जा रहा था। लागँड़ें धुन में वह कुछ इस प्रकार था—

'ए भाइयो पास आओ, ए भाइयो सुनते जाओ;
हाय रे, हाय रे भगत केनाराम।
घोड़ा ऊपर, पालान (घोड़े की जिन) ऊपर सवारिया केनाराम,
गली-गली जाता टाप्-टाप् (घोड़े की टाप)।'

गीत गानेवाला बाँसुरी और ताल देनेवाले बाजे के साथ उस सूदखोर की बुराइयों को याद कर-करके गा रहा था, जैसे केनाराम का संपन्न होना, उसका घर-द्वार, अनगिनत नौकर-चाकर, गाय-बकरियाँ और अनेक हल-बैलों के संबंध में, अनेक लदनी घोड़ों और कतार के कतार घरों के संबंध में, घोड़ों और नौकर-चाकरों के साथ उसका खलिहान-खलिहान घूमना और धान लूटकर ले जाना; गाँव भर के सभी उपजाऊ खेतों का उसी के पास बंधक रहना; यदि कोई देने के लिए सहमत न हो तो प्यादों के साथ आकर गाय-बैल, भैंस, बकरा-बकरी, धान-चावल, हल-फाल व थाली-कटोरा सब ले जाना और जो सामान वह ले जाता, कभी लौटकर न आने के संबंध में; प्यादों को कौन

---

1. बनाम—रेतकर बजाया जानेवाला एक प्रकार का तारवाद्य है। इसे बजानेवाले को बनाम राजा कहते हैं, 2. संताल युवाओं के एक लोकप्रिय नृत्य का प्रकार, 3. नृत्य करती युवतियों के सामने, बाजा बजानेवालों के साथ नाचना।

रोकता, क्योंकि लोगों को तो दारोगा बाँधकर चालान करता और बिरले ही किसी के लौट आने के संबंध में। ये सब बातें संतालों के मन–अंत:करण में गहराई तक धँसी हुई थीं। यही कारण था कि बनाम राजा, कठपुतली का नाच और अन्य मनोरंजन व लागँड़ें नाच छोड़कर लोग झुंड–के–झुंड केनाराम के संबंध में सुनने के लिए एकत्र हो गए। लोगों ने गानेवाले को चारों ओर से घेर लिया। लोगों के इस घेरे के पीछे आग जल रही थी, जहाँ कोई नहीं था। समय–समय पर आग एकाएक जलकर धीमी हो जाती थी। साम परगना और हाड़मा भीड़ के पीछे अँधेरे में खड़े थे। वे ध्यान लगाकर उस लागँड़ें गीत और लोगों की प्रतिक्रियाओं को सुन रहे थे।

साम परगना ने हाड़मा की बाँहें स्पर्श कर उसके कानों में धीरे से कहा, ''देखो–देखो उधर तो देखो!'' और यह कहते हुए एक ओर दिखाया। आग के चारों ओर एक बार लपटें उठीं और फिर शांत पड़ गईं। परंतु लपटों के धीमी पड़ने से पहले ही हाड़मा ने महुआ पेड़ की ओट में खड़े, चादर ओढ़े एक व्यक्ति को वह लागँड़ें गीत सुनते देख लिया था। साम परगना ने हाड़मा से जानना चाहा और कहा, ''ए भाई, मुझे तो वह गरभू जैसा दिखता है। चलो तो जरा अच्छे से देखें। जब आग की लपटें उठेंगी तो उसके उजियाले में हम उसका चेहरा देख लेंगे।''

अब इन दोनों की दृष्टि लागंड़ें गीत और लोगों का मजमा देखना छोड़कर उसी व्यक्ति पर टिक गईं। कुछ ही पल बाद आग की लपटें उठीं और उन्होंने गरभू के मलिन चेहरे और आँखों में व्याप्त क्रोध को देख लिया। परंतु लपटों के कम होते ही गरभू का चेहरा ओझल हो गया।

साम परगना फुसफुसाया—''यह आदमी बहुत डरावना दिख रहा है। केनाराम ने बुद्धिमानी का काम नहीं किया है। इसको इतना अधिक तंग करके उसने अच्छा नहीं किया है।''

जब दूसरी बार लपटें उठीं तो उन्होंने गरभू के पास खड़े व्यक्ति को देखा, जो संताल नहीं था। निश्चय ही वह केनाराम भगत का आदमी था। हाड़मा ने साम परगना से कहा—''देख रहे हैं न परगना, केनाराम ने संतालों के बीच कैसे अपने भेदिए भेज दिए हैं! लेकिन भाई, ये गैर–संताल पता नहीं कौन हैं?'' साम परगना ने उत्तर दिया, ''नहीं जानते हो! ये तराई इलाके के आदमी हैं। इनके पास पैसा है और ये पढ़ना–लिखना जानते हैं। ये लोग संतालों के लिए जाल बिछा रहे हैं और जो इनके चंगुल में फँसा वह उन्हीं का हो गया समझो।''

हाड़मा ने एक बार फिर पूछा, ''अच्छा, ये किस 'दिसोम'* के हैं, कहाँ से आए हैं?''

---

* देश, क्षेत्र

साम परगना ने अनभिज्ञता प्रकट करते हुए कहा, "क्या पता कहाँ से आए हैं। दूर ही से आए होंगे।"

गीत गानेवाले गुरु ने जब आस-पास एकत्र भीड़ को गीत का आनंद लेते देखा और भाँप लिया कि वे और सुनने को व्याकुल थे तो वह भी विभोर हो गया। जिन शब्दों का प्रयोग वह सामान्यतया नहीं करता, उन्हीं का प्रयोग कर वह आपको चकित कर देता। वह कुछ इस प्रकार गा रहा था—

1. परगना को हमने खबर किया, परगना को भेंट चढ़ाया,
   हाय-हाय, मिछापुर मेला,
   केनाराम, दारोगा और सिपाहियों के नाम पर,
   हाय-हाय, मिछापुर मेला।
2. कठोर दारोगा और निर्दयी सिपाही,
   मन में कहीं सुख-चैन नहीं!
   दारोगा घोड़ा ऊपर ठाक-ठाक,
   कमर में पेटी, पीतल का पट्टा सिपाही देखो झाक-झाक,
   मन में कहीं सुख-चैन नहीं।
3. ऐ भाइयो आओ तो, ऐ भाइयो सुनो तो
   हाय रे, हाय रे भगत केनाराम,
   परगना को खबर किया, पूरी बात बता दिया,
   हाय रे, हाय रे भगत केनाराम।
4. यदि वे न सुनें, ध्यान भी न देवें,
   हाय रे, हाय रे भगत केनाराम,
   हमको उठाने, हमको बचाने नहीं कोई आए,
   हमको सुरक्षा देने, हमें ओट में रखने, नहीं कोई आए,
   तब तो भाइयो हूल करेंगे ही (केनाराम के ऊपर)।
5. पत्नी और बच्चों को लेकर,
   घर-दुआर सब साथ लेकर,
   हाय-हाय, मरना-मारना होता है,
   हल-बैल, गाय-गोरू, घर-गिरस्ती के लिए
   पहले जैसी आजादी पाने के लिए
   तब तो भाइयो हूल करेंगे ही (केनाराम के ऊपर)।

हूल, हूल, मात्र हूल! चारों ओर सुनाई पड़ता है, अच्छा यह हूल है क्या? जब किसी समुदाय को बहुत अधिक सताया जा रहा हो, तब वे इस जंजाल से

निकलने का भरसक प्रयास करेंगे। परंतु यदि प्रयास सफल न हों तो वे कभी-न-कभी मरने-मारने के लिए कमर कस लेते हैं। प्राण जाए या बचे और अंततः मरना तो है ही, इसी उपाय को संताल लोग हूल कहते हैं। जो लोग गीत सुन रहे थे, वे इसके लिए पूर्णतः तैयार दिख रहे थे। पूरे क्षेत्र में हूल, हूल ही सुनाई देता था।

परंतु उन दोनों साथियों की दृष्टि गरभू पर ही लगी थी। अंगारों के मद्धिम प्रकाश में उन्होंने गरभू को उठता हुआ देखा। वह धीरे-धीरे उठते हुए एक कद्दावर जवान के रूप में खड़ा हो जाता है। उसका सिर पीछे की ओर झुका है मानो वह ऊपर किसी वस्तु को निहार रहा हो और बायाँ हाथ शत्रु को पीछे धकेलने के लिए तैयार कर रखा है। दाएँ हाथ में बड़ी सी लाठी है, जिसे वह जूट के पौधे के हलके तने के समान नचा रहा है। गरजकर बोलने के लिए उतावला-सा प्रतीत हो रहा है, जिसे सुनकर लोग एकदम शांत हो जाते। ठीक उसी समय, गैर-संताल अतिथि ने उसके कंधे पर हाथ रखा और कुछ फुसफुसाया। उसकी बातें सुनकर वह किचकिचाकर फिर पहले जैसा ही तन गया, जैसे घात लगानेवाले खड़े होते हैं।

साम परगना संकेतों को समझ रहा था। क्योंकि गरभू का वैसा रूप और लोगों की अव्यवस्थित व्याकुलता किसी बड़ी विपत्ति के संकेत थे। साम परगना हाड़मा को एक ओर एकांत में ले गया और बोला, ''कोई उपद्रव न हो, इसके लिए हम क्या कर सकते हैं?''

हाड़मा ने उत्तर दिया, ''हम तो यही राय देंगे कि हम दोनों सभी माँझियों के पास जाएँ। एक-एक कर सबको एकजुट करना होगा, नहीं तो हमारी आँखों के सामने गरभू उस गैर-संताल व्यक्ति का सिर धड़ से अलग कर देगा।''

''चलो फिर, तुम गरभू से शुरू करो!'' यह बोलकर साम परगना चल दिया। प्रत्येक अखड़ा में जाकर उसने सभी माँझियों को समझाया। हाड़मा वहीं खड़ा होकर परगना को अँधेरे में विलीन होता देखता रहा।

अपने से वरिष्ठ पदधारी की बात माननी ही होगी, इस कारण हाड़मा थोड़ा खिसियाया भी, क्योंकि जिस काम का बीड़ा परगना को स्वयं उठाना चाहिए था, उसे उसने हाड़मा के कंधे पर डाल दिया था। तथापि इस बोझ को उठाकर लक्ष्य तक पहुँचाने के लिए उसने संकल्प कर लिया। वह गरभू के निकट गया, अँधेरे में बैठे गरभू को उसने जोर से जोहार कहा, मानो पुराने साथी हों। परंतु वह उसी प्रकार खिसियाया बैठा रहा और हाड़मा से कुछ भी न बोला।

गरभू की उपेक्षा से हाड़मा विचलित नहीं हुआ अपितु उसकी ओर झुककर प्रेम से बोला—''क्या भाई गरभू! मेरे अच्छे साथी! हाड़मा से बातचीत पर रोक लगा दी है क्या?''

गरभू उत्तर देने को उद्यत हो ही रहा था कि किसी के गला साफ करने का स्वर सुनाई दिया। हाड़मा ने मुड़कर देखा तो उसे वही गैर-संताल व्यक्ति गरभू के निकट खड़ा दिखाई दिया, जिसे उसने और साम परगना ने गरभू के निकट पहले देखा था।

हाड़मा ने पूछा, ''तुम्हारा मालिक, यानी केनाराम ही है न?''

गैर-संताल व्यक्ति ने सिर हिलाकर हामी भरी।

तब हाड़मा ने उससे कहा, ''अपने चारों ओर देख लो। देख नहीं रहे कि जमा भीड़ कैसे गुस्से में है और सभी चिल्ला-चिल्लाकर बातें कर रहे हैं? हम संतालों को क्या देख नहीं रहे हो? अपने मालिक को भले ही गुस्सा दिला लो, लेकिन इनको किसी भी हाल में मत छेड़ना। अगर जिंदगी से प्यार है तो इसी वक्त भाग जाओ!''

उसी व्यक्ति ने बत्तीसी दिखाते हुए उत्तर दिया, ''गरभू के बोलने की औकात है क्या, याद नहीं करते कि लिटिपाड़ा का बाजू (बिजय मांझी) इससे भी अधिक जिद्‌दी था। लेकिन कहाँ गया, क्या हुआ उसका? हमारे मालिक के खिलाफ बोलने की हिम्मत है क्या इसकी?''

गैर-संताल व्यक्ति डर गया और अपने कंधे सिकोड़ लिए। परंतु पुनः अहंकार भरे स्वर में व्यंग्य से ऐसे बोला मानो स्वयं से बातें कर रहा हो, ''हाँ, यह संताल सही बोलता है। ये जवान भैंसें हैं।'' यह वाक्य उसने बहुत जल्दी-जल्दी कहा। इसके बाद वह हाड़मा से बोला, ''बस यही चले जा रहे हैं।'' यह कहकर वह क्रोधित हाड़मा की ओर पीठ करके चलने को उद्यत हुआ। उसकी हेकड़ी देखकर हाड़मा को इतना क्रोध आया कि उसे पीट-पीटकर मार डालने की इच्छा हुई थी और उस स्थिति में हूल संभवतः तुरंत हो जाता। वह गैर-संताल व्यक्ति हड़बड़ाकर उठा और हाड़मा से बोला, ''लेकिन देखो जी हाड़मा देसमाँझी! यह सब बातें हम मालिक को बताएँगे।''

यह बोलकर वह तुरंत रवाना हो गया। उसने संतालों को तुच्छ समझा। इसी कारण इतनी बाता-बाती होने के बाद भी उसने घमंड के साथ डींग हाँकने का साहस किया।

हाड़मा चाहता था कि उपद्रव न हो। यह सोचकर उसे आघात लगा कि यदि उसने धैर्य के साथ उस गैर-संताल व्यक्ति को सहन न करके उसको मारा-पीटा होता तो हूल प्रारंभ करनेवाला संभवतः वह स्वयं बन जाता। उस दिन वह दो बार आगबबूला हुआ था। वह दुःखी स्वर में स्वयं से बोला, ''धिक्कार है मुझ पर! हम गुस्से को काबू नहीं कर पाते हैं। काश, हमको भी साम परगना का धीरज मिल जाता!''

जब गैर-संताल व्यक्ति उनकी आँखों से ओझल हो गया तब हाड़मा ने गरभू की ओर मुड़कर कहा, ''ए भाई पुराने साथी गरभू! वह आदमी चला गया। अब कोई सुननेवाला नहीं है। अपना दुःख-सुख बताओ भाई, क्योंकि हम देख रहे हैं कि तुम्हारा मन छटपटा रहा है और तुमको दिलासा देने की जरूरत है।''

गरभू ने उसका हाथ पकड़ लिया व चुप बैठा रहा, परंतु हाथ कसकर पकड़ा ही रहा। कुछ पल बाद गरभू ही बोल पड़ा, ''हम तुम्हारे भाई ही हैं! लेकिन हम बिक गए भाई और अपने लोगों को भी बेच दिए, हम आजादी खो दिये है! ए भाई, उस गैर-संताल आदमी के कानी अंगली दिखाने भर से हम डर जाते हैं। लेकिन भाई, हम तुमसे कहते हैं कि उसके बुलाने पर भी तुम कोई परवाह नहीं कर रहे और अपनी मर्जी से चल रहे हो। तुम आजाद रहनेवाले संताल व्यक्ति हो और हम तो गंदे आदमी हैं। हमको छूकर तुम भी भ्रष्ट हो गए, भाई!''

हाड़मा ने उत्तर दिया, ''हम एक बात तुमको बताते हैं भाई!'' अँधेरा होने के कारण हालाँकि गरभू ने हाड़मा की आँखें नहीं देखीं परंतु स्वर से प्रतीत हुआ कि वह उसके दुःख में सम्मिलित था। हाड़मा बोल रहा था, ''हम तो बहुत डरे हुए हैं कि पता नहीं कब वह केनाराम हमारा मालिक बन बैठे, जैसे वह तुम्हारा मालिक बन बैठा है। ए भाई उसने हमको कई बार धमकाया है!''

''हाँ-हाँ, हमने कहते सुना है कि वह तुमको देख लेगा!'' गरभू बीच में ही बोल पड़ा, ''क्योंकि तुम उसकी कुल्ही से पार हुए थे और तुमने उसको जोहार नहीं किया!''

हाड़मा ने बात जोड़ी—''हाँ, उसने धमकी दी है और हम उससे डर भी रहे हैं। इसी कारण हम तुमको नीचा नहीं समझ रहे और न दोष लगाते हैं।''

गरभू ने कहा—''क्या तुमने कहीं सुना है कि हमको उसने कैसे घुटने टेकवाए?''

''अरे, नहीं तो! क्या उससे कुछ उधार लिया था तुमने?'' हाड़मा ने पूछा।

''हम उसका एक कौड़ी भी नहीं धारते हैं।'' यह बात गरभू ने हाथ लहरा-लहराकर कही और मानो मंत्रावेश में कूदकर खड़ा हो गया। हाड़मा नाटे कद का नहीं था परंतु जब दैत्याकार गरभू खड़ा हुआ तो वह छोटा पड़ गया।

गरभू बोलने लगा, ''जितनी बार उसने देना चाहा, उतनी बार हमने उसका उधार ठुकरा दिया है।'' गरभू अपनी बातें बहुत जल्दी-जल्दी बता रहा था। शब्द एक-दूसरे पर चढ़ रहे थे। सामान्यतया संताल लोग ऐसे जल्दी-जल्दी नहीं बोलते हैं अपितु आरंभ से ही ठहर-ठहरकर बातें बोलते हैं। ''बार-बार हमसे चापलूसी और मान-मनौवल के बाद भी हम उससे उधार नहीं लिये। हाँ, और एक दिन उसने हमको बहुत शराब पिलाकर नशे में धुत्त कर दिया, लेकिन फिर भी हम उधार नहीं लिए।'' फिर वह ऐसे बोलने लगा मानो सामने हाड़मा न हो। वह तंद्रा में डूबकर व्याकुल होकर बोलने लगा, ''हम इस विपत्ति से बच सकते थे शायद!'' इसके बाद मानो उसकी तंद्रा भंग हो गई—''लेकिन यह क्या! एक दिन केनाराम अपने प्यादे के साथ अचानक आ धमका और गाय-भैंस, धान का मोरा सब दिखाकर उससे कहा कि वह इन सबको जब्त कर ले। लेकिन हम गाँववालों को बुलाकर ले आए और उनको भगा दिए। सिर पर पैर रखकर भागे थे सब।''

गरभू बोलता रहा, "कुछ दिनों बाद केनाराम अपने प्यादे के साथ दुबारा आया। इस बार वे दारोगा को भी साथ लेकर आए थे। साथ में रस्सियाँ और भुइयाँ लठैत भी थे। उन्होंने हमको पकड़ लिया और कहा कि जेल जाना होगा, क्योंकि तुमने प्यादे पर हाथ उठाया है, उसको पीटा है। हमने बहुत इनकार किया, लेकिन दारोगा को विश्वास हो गया कि हम पीटे हैं। अगर हम उसको सही में पीटते तो पीटने के निशान उसके शरीर पर रहते। लेकिन वे नहीं माने और हमको गिरफ्तार कर लिया।"

हाड़मा ध्यान से सुन रहा था और गरभू का बताना जारी था, "भाई, हमने कलेजे पर पत्थर रख लिया। क्योंकि हाड़-मांस का आदमी जिसके शरीर में खून दौड़ता है, यह सब सहन कर सकता है क्या! हमको बाँधकर उन्होंने मेरे ही गाँव की गली में घुमाया, उस गाँव में जहाँ हम बाप-दादा के जमाने से माँझी हैं। उस गाँव में जहाँ बच्चे-बूढ़े, औरत-मर्द सभी हमको पहचानते हैं, वहाँ दिखाने के लिए क्या वे हमको बंदर और भालू के समान बाँधकर घुमाएँगे! जेल का मतलब तो मरना है! ऐसे में कौन भला गुस्से से पागल नहीं होगा!"

"इसके बाद वह लोमड़ी केनाराम आया और दारोगा से बोला कि अगर गरभू मेरे कागज पर अँगूठा लगाएगा तब तो हम उसको छोड़ें देंगे और आपको वह बछड़े वाली एक गाय देगा। चपरासी, प्यादों का दाम देगा और ये जो लठैत सब हैं इनको थोड़ा बहुत पैसा देकर ठग देगा तब इसको छोड़ देंगे। हमने कहा कि हमारे पास तो पैसा-कौड़ी है नहीं। तब केनाराम तुरंत बोला था, 'कोई बात नहीं, हम तुमको कुछ समय के लिए पैसे दे सकते हैं।"

"शायद हम बेवकूफी कर गए, लेकिन उस हाल में कोई करता भी क्या! जब यह मालूम हो कि तुमको कुल्ही-कुल्ही बंदर और भालू के समान बाँधकर जेल ले जाया जाएगा और तुम्हारे नाते-रिश्तेदार व साथी तुमको देखते रहेंगे! अब तुम ही बताओ, तुम भी तो माँझी हो, तुमको कैसा लगता?" गरभू एक साँस में सब बोल गया।

हाड़मा बिलकुल चुप हो गया और उसने गरभू का हाथ कसकर पकड़ लिया। उधर गरभू बोले ही जा रहा था, "क्या करते काबू में आ गए। हम गाय दे दिए और उधार लेकर सबको दाम और लठैतों को भी पैसा दे दिए, सब पेटू सूअर का बच्चा को दिए और कागज पर दस्तखत कर दिए। उसी दिन से हम उसके पास बिक गए। जानते हो, अभी वह गीत सुनकर हम क्या सोच रहे थे?"

"शायद हमको मालूम है।" हाड़मा ने उत्तर दिया।

गरभू क्रोध से पागल हो रहा था, यहाँ तक कि हाड़मा को अँधेरे में भी गरभू की जलती हुई आँखें दिखाई दे गईं। गरभू बोल रहा था, "ओह! हाथ में फरसा होता और सामने केनाराम होता तो अभी इसी जगह उसका सिर धड़ से अलग कर देते और हूल

आज रात ही से शुरू हो जाता!''

उसके दुःख को अपना दुःख अनुभव करते हुए भी हाड़मा ने उसकी हाँ में हाँ मिलाना या उसको भड़काना उचित नहीं समझा। इसलिए बोला, ''चलो, धीरज से यह रात बिता लो। देखते हैं, कल क्या होता है। लेकिन हूल करने से हमारा भला कम और बुरा अधिक होगा, ऐसा लगता है।''

गरभू ने लगभग कराहते हुए कहा, ''कुछ-न-कुछ तो करना ही पड़ेगा! इस दशा में तो हम नहीं रह सकते हैं!'' कुछ पल पहले गरभू की जैसी स्थिति थी और अभी की स्थिति देखकर हाड़मा प्रसन्न हो गया। उसके साथी का तड़पना स्वतंत्र रहनेवालों की पहचान है, मन को मारना या कलेजे पर पत्थर रखना नहीं है। उसने गरभू से कहा, ''अच्छा, कल तक तो धीरज धरो।''

इसके बाद दोनों ने प्रेम से एक-दूसरे को जोहार किया और हाड़मा अपने साथी को वहीं छोड़कर स्वयं परगना के घर चला गया।

लोगों की भीड़भाड़ समाप्त हो गई। लागंड़ें नाच भी बंद हो गया—बनाम राजा और कठपुतलीवाले भी प्रदर्शन करते-करते ऊब गए। आस-पास के लोग अपने-अपने घरों को लौट गए और दूरवाले लोग सो गए। यहाँ-वहाँ एकाध स्थान को छोड़कर आग भी बुझ चुकी थी।

हाड़मा ने परगना को चिंता में निमग्न पाया और गरभू से हुई बातचीत के संबंध में सबकुछ बता दिया।

साम परगना इस निष्कर्ष पर पहुँचा कि तब तो सभी एक जैसे हैं। गरभू के समान जीवन-मृत्यु के प्रश्नवाले एकाध ही होंगे। हम इनको सँभाल नहीं पाएँगे। अब भागलपुर का ही आसरा बचता है।

हाड़मा ने अपनी राय प्रकट की, ''यह तो लड़ाई से ही टलेगा। जब तक वे हमको लड़ाई के मैदान में न देख लें, उनको विश्वास ही नहीं होगा कि हम भी मर्द हैं। ऐसा हम क्यों बोल रहे हैं? क्योंकि आज रात को, हाँ इसी बीते रात को केनाराम के आदमी ने हमको 'भैंस का बच्चा' कहकर गाली दी है। अब आप ही हमको समझाइए, वे हमको क्या समझते हैं! यह तो सहने से बाहर है। है कि नहीं?''

साम परगना हलके से मुसकराकर बोला, ''ऐसे अपमानजनक शब्द सहन करने से तो लड़ना ही अच्छा है!''

हाड़मा अपने घुटने पर हाथ मारते हुए बोला, ''हाँ-हाँ, यही ठीक है।''

''हाँ-हाँ, लेकिन सबसे पहले सबको एकजुट करना होगा, चाहे जैसे भी हो।'' साम परगना ने सहमति जताई।

इसके बाद दोनों साथी ओसारे में सो गए। हाड़मा अभी लेटकर सोने की तैयारी कर

ही रहा था कि जवान लड़कों का एक बड़ा झुंड लयबद्ध तरीके से एक साथ ताली बजाते और गाते हुए पार हुआ। उनके गीत के बोल इस प्रकार थे—

हमें बल देनेवाला, हमको उबारनेवाला कोई नहीं है,
हूल हम जरूर करेंगे (केनाराम के ऊपर)
हूल हम जरूर करेंगे।
यहाँ–वहाँ देसमाँझी, परगना,
गाँव–गाँव के माँझी भी नहीं बचाते, खड़े नहीं होते,
तब तो हम हूल करेंगे ही।

हाड़मा को नींद आ रही थी फिर भी उसने कहा, ''सुनते हो भाई!''

परंतु साम परगना गहरी नींद में सो चुका था।

□

14

जातीय पंचायत की बैठक

रात बीतने वाली है। पाडेरकोला के लोग अब भी सोये पड़े हैं और चारों ओर नीरवता छाई है। मुरगे की पहली बाँग का समय है, जंगल में तीतर बोलने लगे हैं; सिर के ऊपर पेड़ों पर, अपने झुंड से अलग हुए एकाध कौए काँव-काँव कर रहे हैं और मैना के झुंड शोर मचाने लगे हैं। फिर भी पूरी तरह सुबह अब भी नहीं हुई है, दूर-दूर से आए लोग नदी के तट पर लंबे-लंबे लेटे हैं। इन सबके बीच से होकर साम परगना और हाड़मा 'जाहेर-थान'[1] जा रहे हैं। यह गाँव के बाहर है, आयताकार है और उसमें सुंदर लंबे-लंबे 'सारजोम'[2] उगे हुए हैं। दोनों ने सभी माँझियों को यहीं एकत्रित होने के लिए बुलाया है।

उनके जाहेर-थान पहुँचने से पहले ही उजाला होने लगा। जहाँ धरती और आकाश मिलते हैं वहाँ सूरज की हरी किरणें दिखाई देने लगीं। इसी समय लाल किरणें जलती आग के समान नीचे से ऊपर उठने लगीं और फिर शाल पेड़ों की फुनगियों पर चिड़ियों के पंख के समान शाल के सफेद फूलों और हरे व लाल पत्तों पर रोशनी चमकने लगी। अंत में सूर्य देवता की आग-सी लाल-लाल भृकुटी दिखाई दी। कुहरा अब भी छाया है और सूर्य की किरणें आँखें चौंधियाने जैसी तेज नहीं हुई हैं। आस-पास डेरा डाले लोग जाग गए। इधर-उधर लेटना छोड़ उठकर खड़े हो गए हैं और आगे-पीछे जम्हाई ले रहे हैं, कुछ गला साफ कर रहे हैं तो कुछ खाँस रहे हैं। चिड़ियों और 'रेरेंञ' का रेंञ-रेंञ वाला शोर बिलकुल कानफाड़ू है।

जिस समय परगना व देसमाँझी और कुछ बुजुर्ग लोग पहले अकेले में बातचीत कर रहे थे उस समय बाकी लोग जाहेर-थान में जिस ओर छाया थी, वहाँ एकत्र हो रहे थे। सूरज निकलने के एक घंटे के अंदर ही सभी एकत्र हो गए। सत्तर की संख्या में माँझी लोग वृत्ताकार बैठ गए और उनके पीछे थोड़ी दूरी पर उनके साथवाले, महिलाएँ व बच्चे बैठ गए। वहाँ एकत्र हुए लोग परगना की झलक पाने के लिए बेताब थे। वे उचक-

1. वह स्थान जिसे पवित्र माना जाता है और पूजा की जाती है, 2. शाल का पेड़

उचककर इधर–उधर देखते, मानो पूछते हों कि कहाँ चला गया?

देखो! वह देसमाँझी और बुजुर्ग माँझियों के साथ आ रहा है! इसके बाद वे बैठ गए और बातचीत प्रारंभ हुई। सबसे पहले इन लोगों ने उस स्थान से अन्य जातियों को निकाल दिया, क्योंकि यह संतालों की जातीय पंचायत थी और इसमें गैर–संताल भेदियों को अनुमति नहीं थी। यह काम माँझियों के साथ आए जवान लड़कों ने तुरंत निपटा दिया। इसके बाद सब शांत हो गए। तब साम परगना खड़ा हुआ और हाथ लहरा–लहराकर बोला, ''भाइयो, अब यहाँ साहूकार का एक भी आदमी नहीं है और केवल हम ही हम हैं।''

इस सूचना का प्रत्युत्तर लोगों ने जोर की आवाज के साथ दिया।

परगना बोलता रहा, ''आज हम यहाँ साहूकारों के बारे में बूझने–समझने के लिए जमा हुए हैं। हमको अनेक लोगों को सिखाना–समझाना और बुद्धि देना है। लेकिन हम उनका न्याय कैसे कर सकते हैं, क्योंकि अपनी सफाई देने के लिए वे यहाँ नहीं हैं? और उनका पक्ष सुने बिना हम उनको कैसे दोषी करार दे सकते हैं? यह संतालों की परंपरा नहीं है।''

यह बात सबके मन–अंत:करण में समा गई, क्योंकि संताल लोग हक–बेहक का विचार खूब करते हैं; परंतु माँझी लोग उदास हो गए। परगना उन सूदखोरों को बुलवाएगा क्या? क्या वे आने के लिए राजी होंगे? यदि वे आ गए तो कौन भला अपने मन का दु:ख खुलकर बोल पाएगा? और यदि बुलाना ही था तो फिर सब बाहरी लोगों को क्यों निकाल बाहर करवाया गया? सबके सब असमंजस में पड़ गए और साम परगना यही चाहता था। वह पुन: उनको संबोधित करने लगा, ''हम चाहते हैं कि तुम लोगों के साथ साहूकारों के बारे में बातें करें, लेकिन उनकी अनुपस्थिति में नहीं; हालाँकि हमको उनकी जरूरत नहीं है। क्या किया जाना चाहिए?''

यह सब बोलकर साम परगना बैठ गया और माँझी लोगों में कोई गला साफ करने लगा तो कोई सिर खुजलाने लगा तथा कुछ कानाफूसी करने लगे। परंतु किसी ने कोई उत्तर नहीं दिया। यहाँ तक कि हाड़मा भी असमंजस में पड़ गया, क्योंकि इस संबंध में साम परगना ने उसको कुछ नहीं बताया था।

तब हाड़मा ने सबकी ओर से कहा, ''परगनाजी, इसके बारे में आप ही बताइए; हमको विश्वास है कि आपने इस पर विचार कर लिया है।''

परगना ने उत्तर दिया, ''हाँ, सचमुच हम विचार कर चुके हैं। साहब लोग लड़ाई–झगड़े का फैसला करने के लिए एक हाकिम खड़ा करते हैं, ताकि सही फैसला हो। भाइयो, यही सही और जायज रास्ता है। क्योंकि हाकिम जो है वह हमारे खाने–पीने के समय देखभाल करनेवाले 'जोगमाँझी'* के समान है। जब किसी को अधिक नशा हो

---

* माँझी या ग्राम प्रधान के नीचे कार्यरत एक पदधारी

जाता है या कोई उत्तेजित हो जाता है तो उस समय भी जोगमाझी सँभालता है, ताकि कोई बेवकूफी या कोई अनुचित बात न हो जाए।'' इस परामर्श को एकत्र माँझियों ने अच्छा माना, क्योंकि वे बात समझकर उसका स्वाद चख चुके थे।

सबने एक स्वर में शोर किया, ''हाँ-हाँ, एक हाकिम! चलो एक हाकिम चुनते हैं!''

परंतु उनको स्वप्न में भी भान नहीं था कि हाकिम कौन बनेगा? तब फिर सब लोग परगना की ओर ही ताकने लगे। उसने अवश्य ही किसी-न-किसी को चुन लिया होगा।

परगना की इच्छा तुरंत प्रकट हो गई। हाड़मा को सुनकर आश्चर्य हुआ, क्योंकि जिस व्यक्ति का नाम साम परगना ने लिया वह हाड़मा का नाम था। यह नाम तो लोगों ने स्वप्न में भी सोचा नहीं था, परंतु जब प्रकट हो गया तब सभी माँझियों ने इसे सहर्ष स्वीकार कर लिया।

जैसा कि प्रायः होता है, हाड़मा का नाम लेने के पीछे साम परगना के पास दो कारण थे—एक भीतरी और दूसरा बाहरी। साम परगना ने देखा कि हाड़मा केनाराम की ठोकर से अत्यंत क्रोधित हो गया है तथा वह पगला रहा था और जहाँ उसका दिमाग फिरा, संताल लोग सबसे सजग और शांत नेतृत्वकर्ता को खो देंगे और परगना का अपना दाहिना हाथ भी टुंडा हो जाएगा। साम परगना के अनुसार हाड़मा में जन्मजात लगन और जागरूकता थी और उसे हाकिम का काम यदि न दिया जाए तो उसका मन शांत नहीं हो पाएगा। इस कारण सभा के लोगों ने हाड़मा को ही न्यायकर्ता चुन लिया।

साम परगना के मन में यह विचार पहले से था। बीती रात लोग जिस प्रकार उन्मादित और क्रोधित हो गए थे, वह एक चेतावनी थी। यदि सबको अनुमति दे दी जाए कि वे अपने मन का दुःख एक-एक करके बताएँ तो निश्चय ही बाता-बाती और नाराजगी उत्पन्न हो जाएगी और इस स्थिति को सँभालना बहुत भारी पड़ सकता था। इसलिए उसने सोच रखा था कि वह लोगों को थोड़ा हँसाएगा भी।

सबसे पहले अव्यवस्थित रूप से नालिश नहीं करने दिया गया। अपना-अपना दुखड़ा सुंनाने के लिए एक सौ आदमी एक साथ खड़े हो गए। परंतु उसने किसी की भी नहीं सुनी और उनसे कहा, ''अगर तुम लोगों के माँझी सहमत नहीं होंगे तो तुम लोगों की माँगें मंजूर नहीं की जाएँगी।'' तब सबको समूह में अलग-अलग बिठाया गया—माँझी लोग सामने की ओर और सामान्य रैयत उनके पीछे रखे गए।

लोग बैठे-बैठे ऊब चुके होंगे, इस दृष्टि से लोगों का मनोरंजन आवश्यक था। तब साम परगना ने एक ऐसे व्यक्ति को चुना, जिसकी आँखें अधिक शराब पीने के कारण ठीक से खुल भी नहीं पा रही थीं और वह आँखें छोटी-छोटी करके इधर-उधर देख रहा था। वह व्यक्ति अपने समान दिखनेवाले एक माँझी के पीछे ही कतार में बैठा था।

साम परगना ने उसे हाथ के इशारे से बुलाते हुए कहा, "ए पालू, इधर आओ इधर! हाकिम को जोहार करो और अपना दु:ख-सुख बताओ।"

दारू पी-पीकर मेढक के समान फूला हुआ चेहरा, मैले-कुचैले कपड़े पहने पालू डगमगाता हुआ सामने आया, अभिवादन किया और वहीं पर धम्म से बैठकर हाकिम को बताने लगा, "आमड़ापाड़ा का दुकानदार तीन कौड़ी भगत गाँव का सब खेत-बारी ले लिया है और पूरा गाँव कर्जा से दबा पड़ा है।"

हाड़मा ने पूछा, "कर्ज तले दबे हो! लेकिन कर्ज लिया क्यों?"

पालू ने उत्तर दिया, "कपड़ा-लत्ता, नून-तेल और कुछ-कुछ सामान खरीदने के लिए लिया था।"

हाड़मा ने आँखें गड़ाकर पूछा, "यह कुछ-कुछ सामान क्या होता है, भाई बताओ!"

पालू बहुत मुश्किल से बोल पाया, "ज्यादा क्या, यही कुछ पैसा लिये और दारू भी।"

सभी जानते थे कि तीन कौड़ी उधार में पैसे देता और दारू बेचता था।

हाड़मा ने फिर पूछा, "अच्छा, यह बताओ कि उधार चुकता करने के लिए तुमने उसको क्या-क्या दिया है?"

पालू ने उत्तर दिया, "कुछ भी-जैसे बकरी, खस्सी, मकई का गट्ठर और कभी धान भी दिया है।"

"अच्छा पालू, उसका पैसा तुम कबसे उधार लिये हो?" हाड़मा का अगला प्रश्न था।

हाथ फैलाते हुए पालू बोला, "ओह! बहुत बरस बीत गए!"

हाड़मा ने पुन: प्रश्न किया, "हिसाब-किताब कौन रखता है?"

पालू की हँसी छूट गई, क्योंकि इस प्रकार का प्रश्न वह पहली बार सुन रहा था। "संतालों में कौन भला हिसाब-किताब रखता है? हाँ, दुकानदार बोलो तो अपनी लाल बही में रखता है।" पालू ने कहा।

"ठीक है, लेकिन तुमने कभी हिसाब-किताब देखा?" हाड़मा बोला।

पालू को कुछ समझ में न आया और वह भकुआकर इधर-उधर ताकने लगा। तब हाड़मा ने दुबारा उससे पूछा, "उसने तुमको कभी बताया है कि तुमने उसका कितना उधार लिया है?" हाड़मा ने यह प्रश्न जान-बूझकर किया था।

पालू उत्तर देने के बजाय चुपचाप हाड़मा को देखने लगा। तब हाड़मा ने ही फिर पूछा, "अच्छा, तो उसने तगादा भी नहीं किया क्या?"

पालू ने हँसते हुए उत्तर दिया, "नहीं भाई, नहीं किया तगादा, बल्कि ऊपर से और दे दिया।"

"तुमको देता ही रहा? तब तो बड़ा बेवकूफ जान पड़ता है!"

हाड़मा की इस बात पर पालू पेट पकड़-पकड़कर हँसने लगा और बोला, "बेवकूफ नहीं तो और क्या कहेंगे। बदले में हमसे एक कागज पर दाग ही तो लगवाया है!"

"तुम यहीं पर तो मूर्खता कर गए, पालू!" हाड़मा ने समझाया।

नशे में झूम रहे उस व्यक्ति ने ऊँची आवाज में पूछा, "मूर्खता का काम! इसको तुम मूर्खता कैसे कह रहे हो, भाई? बताओ, हम क्या करते, हमको पैसा चाहिए था और वह पीछे पड़ा था दाग लगवाने को और माँझी तक ने दाग लगाया है, पूरे गाँव के लोगों ने ऐसा ही किया है। तब फिर हम क्यों न करते?"

तब हाड़मा ने पूछा, "अच्छा, यह बताओ कि तुमने कितनी बार दाग लगाए हैं? एक बार या बहुत बार?"

"रुको, जरा याद करने दो···ओह, पहला दाग लगाए बहुत अगहन बीत चुके हैं; इसके बाद तो बहुत बार। बहुत आसान है, कोई दर्द भी नहीं होता। लेकिन अगर केवल वही होता तो हमको कोई परेशानी नहीं थी। क्या हुआ कि एक दिन वह हमारी जमीन माँगने लगा, दाग नहीं। और एक दिन उसने सब उपजाऊ खेत ले लिये साथ ही वे 'आहर' (खेत) भी जो मेरे पिता ने बनाए थे।" पालू ने पूरी कथा सुनाई।

"तुम्हारे लिए कुछ भी नहीं छोड़ा?"

"हाँ, थोड़ा सा बचा दिया है न! पहाड़ी व बंजर जमीन जिसकी मिट्टी भी ऊसर है। यहाँ भी जो कुछ उपजता है, उसका आधा भाग वही उठा ले जाता है। जो असली खेत हैं उनपर उसके नौकर-चाकर और घरवाले खेती करते हैं··· ।"

हाड़मा ने बीच में ही टोका, "तुम्हारे बताने के मुताबिक पूरे गाँववालों ने कर्ज लिया है। तब फिर केवल तुम्हारा खेत उसने कैसे ले लिया?"

पालू की आवाज अचानक ऊँची हो गई, "केवल मेरा! ऐसा क्यों सोचते हो? वह पूरे गाँव का खेत जोत रहा है और बची हुई जमीन का आधा भी ले जाता है।"

इसके बाद कुछ पल के लिए शांति छा गई। न हाड़मा कुछ बोला और न पालू। वहाँ एकत्रित अन्य माँझियों ने जान-बूझकर जबान पर लगाम लगा रखी है, अन्यथा बोलने को वे आतुर थे।

कुछ देर बाद पालू बहुत क्रोध में जोर से बोला, "वह हमारी जमीन लौटा दे।" पालू के पीछे-पीछे सभी माँझियों ने भी एक साथ कहा, "हाँ-हाँ, हमको भी हमारी जमीन वापस मिलनी चाहिए।"

पालू भी समझदारों के समान चिल्लाया, "हमारी जमीन और खेतों पर अजनबियों ने कब्जा कर रखा है। गाय-बैल, बकरी भी हमारे नहीं रहे। हाँ, हमारे हाथ का खटना भी खरीदा-बेचा जा रहा है।"

बेचारे संताल, कारणों की पड़ताल पर ही इतना उछल रहे हैं। हम क्या कह सकते हैं, उनको दृष्टि नहीं है, उनके मूर्खतापूर्ण कामों का क्या फल मिलेगा, उनको इसका पूर्वानुमान नहीं होता।

साम परगना ने देखा कि लोग अब भी तैश में इधर-उधर हो रहे थे। उसने जोर से कहा, "हाँ भाइयो, हम सबने शिकायत तो सुन ली है। लेकिन हाड़मा क्या विचार करता है, उसको भी तो सुन लें। ऐ पालू, जाओ तुम अपनी जगह पर बाहर जाओ।"

पालू अपने साथियों के पास लौट गया।

अब हाड़मा खड़ा हो गया। वह अपने हाथ हिला-हिलाकर साथी माँझियों से बोल रहा था, "भाइयो, तुम लोग जानते हो कि न तो हम तीन कौड़ी को पसंद करते हैं और न ऐसे कारबार करनेवालों को। लेकिन फिर भी मेरे विचार से गाँव के माँझी का दोष ही अधिक जान पड़ता है। यह सभी जानते हैं कि सूदखोरों का काम ही लोगों को फँसाना है जैसा कि शिकार करनेवाले और बहेलियों का धर्म चिड़िया फँसाना है। आमड़ापाड़ा के केनाराम ने हमको भी फँसाने की बहुत कोशिश की। उसने कर्ज देना चाहा, लेकिन हमने नहीं लिया। हमको घूस भी दे रहा था, हमने इनकार कर दिया। भाइयो, यह जाल है, फंदा है, चिड़िया फँसानेवाला लट्ठा है। हम कहाँ तक जाल से बचे रहेंगे, यह तो हमको दिखाई नहीं देता है। चिड़िया भी भला फंदा पहचानती है क्या? लेकिन फँसाने के लिए फंदे तो लगाए ही जाते हैं। तुम सबको उस हिरण की कहानी तो मालूम ही होगी, जो बहुत प्यासा था…है न?"

जो माँझी उपदेश सुनकर ऊब गए थे, उनको कहानी सुनने की इच्छा होने लगी थी। सबने एक स्वर में कहा, "कहानी देसमाँझी, कहानी ही बताइए!"

तब हाड़मा ने जो कहानी सुनाई वह इस प्रकार है, "बहुत समय पहले एक प्यासा हिरण, किसी झरने के पास पानी पीने गया। वह झरना अत्यंत दुर्गम स्थान पर था, बिलकुल ढलान और खाई में था। अत्यंत प्यासा होने के कारण वह किसी प्रकार वहाँ तक उतरा और जी भरकर पानी पी लिया। लेकिन ऊपर चढ़ने का कोई उपाय ही नहीं मिल रहा था। अंत में उसने छलाँग लगाकर निकलने की सोची लेकिन बीच में ही गिर गया और डूबकर मर गया।

"जब केनाराम हमारे गाँव आया था तब हम लोगों की हालत ठीक नहीं थी। तुम लोगों को तो मालूम ही होगा कि हाथियों ने हमारा अनाज तहस-नहस कर दिया था। गाँव के अनेक लोगों की इच्छा थी कि हम कर्ज लेने के लिए राजी हो जाएँ। यदि ऐसा होता तो उस भुखमरी के समय हम खा-पीकर तृप्त रहते जैसा कि हिरण पानी पीकर हुआ था, है कि नहीं? लेकिन हमने देखा कि चुकाने का कोई उपाय ही नहीं था। इसलिए हमने ठान लिया कि भले ही कष्ट उठा लेंगे लेकिन उस आदमी के फंदे में नहीं फँसेंगे।

"यहाँ इन लोगों ने क्या किया है? इन लोगों ने दुकानदार से कपड़े-लत्ते, नमक, तेल लिये हैं, पैसे उधार लिये हैं और उसका दारू पिया है; बहुत स्वादिष्ट, बहुत मजा! लेकिन एक न एक दिन यह सब उगलना होगा, इसके बारे में इन लोगों ने जरा भी नहीं सोचा। कागज पर दाग तो लगाए ही, उसको जमीन भी बंधक में दे दिया।

"अच्छा! पालू तीन कौड़ी का पैसा धारता है कि नहीं? कहता है कि उसने अपना हिसाब नहीं रखा है। यह तीन कौड़ी को ही मालूम है। इस कारण मेरी यह राय है कि तीन कौड़ी के खाते में क्या लिखा है, क्या नहीं, यह जाने बिना फैसला कैसे हो सकता है!

"अब हम लोग देखेंगे कि तीन कौड़ी ने पालू के जो खेत-जमीन ले लिये हैं, यह सही है कि गलत? पालू मान रहा है कि उसने उधारी में सामान लिए हैं। जैसे ही पालू उसका नौकर बना तो वह उसके फंदे में फँस गया, है कि नहीं? अगर कोई आदमी कुछ सामान बेचता है या उधार देता है तो उसके बदले उसको कुछ मिलना चाहिए कि नहीं? परगना बाबा, आप ही बताइए आपको कैसा लगता? मान लीजिए, आपने किसी साहूकार को एक गाय बेची। उसके पास पैसा-कौड़ी न होने के कारण आपको पैसे नहीं मिले और किसी कारणवश वह गाय भी नहीं लौटाता है तो आपको कैसा लगता? तो इसकी अदायगी के लिए क्या आप उसके पास से नमक की बोरी या कपड़े या वह चीज जो पालू बेहद पसंद करता है-दारू का हंडा ही न उठा लेते? पालू के पास पैसे-कौड़ी नहीं हैं लेकिन जमीन-जगह तो है। इस कारण तीन कौड़ी ने जमीन-जगह ले लिये।"

सुननेवाले रसिक माँझी लोग हाड़मा की बातें सुनकर जोर-जोर से हँसे। यह सुनकर उनको अच्छा लगा कि साहूकार के पास पैसे नहीं थे और उसके यहाँ से दारू की हाँडी उठाकर लाई गई। तथापि वहाँ एकत्रित हुए लोग क्रोधित और आक्रोशित ही दिख रहे थे, परंतु एक उलझन तो सुलझ ही गई थी। वे समझ गए थे कि दोनों ओर देखना मुनासिब होगा। महाजन और सेवक दोनों का सामना-सामनी न होने पर मामला कहाँ सुलझ रहा था?

जातीय पंचायत की कार्रवाई मंथर गति से चलती रही, क्योंकि गरम देशों के लोग जल्दबाजी में काम करना पसंद नहीं करते हैं। इस समय ऐसा कोई भारी काम भी नहीं है; एक प्रकार से कहा जाए तो काम ही नहीं है; चूँकि यह अत्यावश्यक काम था, इस कारण इसे हड़बड़ी में आधा-अधूरा छोड़ना भी लोगों को अच्छा नहीं लगा। दोपहर का भोजन करके आराम करेंगे और दोपहर बाद बातचीत में पुनः जुट जाएँगे। इन्होंने अनेक प्रकार की बातें कर लीं हैं; परंतु यहाँ मैं गरभू माँझी के साथ जो घटना घटी, उसी को बताना आवश्यक समझता हूँ क्योंकि वह परिचित व्यक्ति है और उसकी बात दूर तक जाएगी और आगे भी उसका उल्लेख हमको मिलेगा।

गरभू ने बीती रात हाड़मा को जो कुछ बताया था, वही सब उसने एकत्र लोगों के

सामने भी दुबारा खुलकर बताया। गरभू अत्यंत सहनशील और संयत दिख रहा था। पंचुवारा के निकट के शाल के ऊँचे पेड़ों के समान उसका कद सबसे ऊँचा दिखने लगा। शेष सब बौने लगने लगे। नशाखोरी के कारण उसका जो व्यक्तित्व खो गया था, मुसीबत में पड़ने के कारण पुन: वापस आ गया था और महाजन के चंगुल से छूट जाने के कारण वह अपनी जाति के लोगों को एक आजाद माँझी के समान दिनभर आपबीती बता रहा है क्योंकि अपने गाँव का वही तो मालिक है। गरभू कल ही कैसा दिख रहा था और अब कैसा दिख रहा है! इन दोनों के बीच आकाश-पाताल का अंतर देखकर महाजन के भारी जुए का भय, हाड़मा के मन में गरम टकुए से दागने के समान दग गया। भय उसके मांस और हड्डियों तक में समा गया। हाड़मा के लिए अभी यह अच्छा काम नहीं था कि वह संतालों को गैर-संतालों के विरुद्ध भड़काए अपितु उनको अपनी अज्ञानता और कमजोरियाँ बतलाकर सतर्क करना था। इस कारण दया व प्रेम से परिपूर्ण होने के बावजूद उसने गरभू को क्षमा नहीं किया।

जब गरभू अपनी बात समाप्त कर चुका तब हाड़मा ने आरंभ किया, ''केनाराम तुम्हारा मुँह जबरन खोलकर तो पिला नही सकता था!''

गरभू बोला, ''हाँ, भाई, सच है, हम ही खराब हैं। हम कमजोर हैं, जहाँ किसी ने दारू दिया कि हम इनकार नहीं कर सकते हैं।''

हाड़मा ने प्रश्न किया, ''चलो ठीक है। लेकिन क्या यह सही है कि तुम उसका दारू पियोगे और पैसा नहीं दोगे?''

गरभू सिर खुजलाने लगा और उसकी आँखें छोटी-छोटी हो गईं। वह बोला, ''इसको तो हमने कभी नहीं सोचा था! अभी हमको समझ आ रही है कि वह सही नहीं था। यह बात हम तुम्हारे सामने कबूल करते हैं।''

गरभू की इस बात का समर्थन सभी माँझियों ने जोर से आवाज देकर किया। उसकी समझदारी देखकर सभी प्रसन्न हो गए थे।

हाड़मा ने कहा, ''अब हम चपरासीवाली बात करते हैं। अच्छा, उसके हाथ में हाकिम का दस्तखत किया कागज था?''

गरभू ने उत्तर दिया, ''हाँ, था और उसमें कुछ लिखा हुआ भी था। चपरासी ने बताया था कि वह हाकिम का हुकुमनामा था।''

''तो क्या सचमुच हाकिम का हुकुम ही था?'' हाड़मा ने पूछा।

इसका उत्तर गरभू ने प्रश्न करके दिया, ''यह हम कैसे बताएँ? हम तो संताल हैं, पढ़ना-लिखना कुछ नहीं आता है। एक ही बात जानते हैं कि हम उसका एक पैसा भी नहीं धारते हैं।''

तब हाड़मा ने उसे उसका दोष बताते हुए कहा, ''लेकिन याद करो, यदि उसके

हाथ में हाकिम ही का हुकुम था तो उसको भगाकर क्या तुमने अच्छा किया? क्योंकि वह बेचारा तो हाकिम के हुकुम की तामील कर रहा था!''

इस प्रश्न पर गरभू क्रोधित हो गया और जोर से बोला, ''वह तो हम सबके सामने बता चुके हैं उस पिद्दी को हमने पीटा ही कहाँ है!''

बातचीत इसी मोड़ तक पहुँची थी कि साम परगना ने सबकी सोच को दूसरी ओर मोड़ दिया। वह उठकर खड़ा हो गया और दोनों हाथों को समर्पण की मुद्रा में ऊपर ऐसे उठाया मानो लाठी की मार रोक रहा हो। उसने जोर से चिल्लाकर कहा, ''ए भाई गरभू! तुमने जो बताया, उस पर हमको विश्वास है। क्योंकि तुम जितने खतरनाक दिख रहे हो, वह तो तुमको देखते ही सिर पर पैर रखकर भागा होगा। आदरणीय माँझी बाबा लोग, हम तो इसके दोस्त हैं न, लेकिन हम भी इसको देखकर डर गए हैं।''

साम परगना ने जिस उद्देश्य से दोनों की बातचीत पर विराम लगाया था, वह पूरा हुआ। सभी माँझी इन दोनों को देखकर ठहाका लगाकर हँसने लगे, क्योंकि गरभू तो दैत्य जैसा भयानक दिख रहा था और उसके सामने साम परगना पतंगे के समान था, बिलकुल शेर और खरगोश के समान। गंभीर रहने के बावजूद गरभू भी जबरन हँस ही दिया।

आस-पास के क्षेत्र में हाड़मा एक विवेकपूर्ण व्यक्ति के रूप में प्रसिद्ध था। इस कारण किसी निष्कर्ष पर पहुँचने के लिए उसने पुनः प्रश्न करना आरंभ कर दिया—''मान लो, तुमने अपना गोडेत किसी काम से किसी रैयत के पास भेजा। उस रैयत ने गोडेत को बहुत मारा-पीटा। तो गरभू, क्या तुम ऐसे समय में गुस्सा होते?''

गरभू ने उत्तर दिया, ''चपरासी अपने मालिक के हुकुम की तामील कर रहा था कि क्या, यह हमको नहीं मालूम। हमको सिर्फ इतना पता है कि हम किसी का कुछ भी नहीं धारते हैं।''

''इसके बावजूद तुमको हाकिम के पास जाकर पता करना चाहिए था कि बात सही है या गलत, वह हाकिम का आदमी था या नहीं? क्या तुम गए थे?''

गरभू ने चिढ़कर उत्तर दिया, ''अच्छा, आप हमको हाकिम के पास जाने को कहते हो? मेरे जैसे तुच्छ को जिसके पास धेला भी नहीं है, हमने आज तक हाकिम देखा ही नहीं है और उतनी दूर जाएँगे! न, न, हम नहीं जाएँगे बाप! हम जानते हैं कि कुछ लोग हाकिम के पास गए थे और यह भी मालूम है कि उनको बेकार कष्ट हुआ और वे खाली हाथ लौट आए।''

गरभू की दृष्टि हाड़मा पर टिकी थी और वह जोर-जोर से साँस ले रहा था, क्योंकि वह समझ रहा था कि हालाँकि हाड़मा ने उसे एक प्रकार से दोषी ठहरा दिया, परंतु वह दोषी नहीं था। इस स्थिति में हाड़मा का निर्णय क्या होगा! कुछ पल के लिए सभी शांत हो गए। हाड़मा और गरभू दोनों ही एक-दूसरे को देख रहे थे। इसी समय माँझी लोगों में

से एक अत्यंत बुद्धिमान, जिसको सभी पसंद करते थे, उठकर खड़ा हो गया। वह गरभू के पीछे जाकर खड़ा हो गया और हाड़मा की ओर चेहरा करके दाहिना हाथ लहरा-लहराकर मुसकराते हुए बोलने लगा, ''गरभू ने हाकिम का घर नहीं देखा है, लेकिन हमने देखा है और अगर तुमलोग सुनना चाहते हो कि वहाँ क्या हुआ तो हम सुना सकते हैं।''

साम परगना ने अनुमति देते हुए कहा, ''हाँ भाई बिक्रम माँझी, बताओ, क्या हुआ? हमलोग यही सब जानने के लिए तो जमा हुए हैं।''

इधर-उधर देखकर बिक्रम माँझी ने स्पष्ट स्वर में कहना आरंभ किया—''एक दिन की बात है कि जब घर में पुरुष लोग नहीं थे तब चपरासी गाँव में आया और मेरे एक रैयत झाबान के घर से सब पशुओं को हाँककर ले गया। तब झाबान ने हमको बताया और हम सभी माँझी लोग जानते हैं कि संताल सच बोलते हैं (यह सुनकर सभी जोर से चिल्लाकर बोले—ठीक-ठीक सही बात है)। तो उसने हमको बताया कि उसने किसी का एक पैसा भी कभी उधार नहीं लिया था। तब हम उसके साथ हाकिम के पास जाने को राजी हो गए।''

बिक्रम स्पष्टवादी था और बोलते समय अपने शरीर के अंगों का व्यवहार भी करता था। सुननेवालों को उसकी बातें अत्यंत दिलचस्प लग रही थीं।

''हम क्या बताएँ भाइयो, बहुत लंबा सफर तय करना पड़ा था। जो पानी हमने कभी नहीं पिया, वह पीना पड़ा और अनजान लोगों से पूछताछ करना पड़ा। झाबान तो केवल संताली ही बोल सकता है, इस कारण हर बार हम ही को बोलना पड़ा। उसको जंगीपुर, न ऐसा ही कुछ नाम बताया था, हम वहाँ पहुँचकर झुंड-के-झुंड गैर-संताल लोगों से घिर गए। उनके हाथों में कलम थी और हम दरखास लिखेंगे, ऐसा सोचकर हमारे आगे-पीछे हो रहे थे; हमने अंदाज लगाया कि दरखास हाथ में लिये बिना हाकिम के पास पहुँचना मुश्किल था। हमने उनसे कहा—नहीं-नहीं, दरखास नहीं! हम तो हाकिम से भेंट करने आए हैं। कहाँ हैं वो?...

''कोई कुछ बताने को तैयार ही नहीं था। अंत में एक बनिये ने हमको बड़ा-सा घर दिखा दिया। झाबान और हम वहाँ गए। वहीं हम लोगों ने नीले और सफेद कपड़े पहने, सिर पर लाल पगड़ी और कमर में पीतल का तमगा जैसा लटकाए लोगों को पाया था। उनसे बिना कुछ कहे-पूछे जब हम दरवाजा पार करने लगे तो उन लोगों ने हमको रोक लिया और हमसे दरखास माँगने लगे। हमने उनसे कहा कि दरखास-फरखास हम लोगों के पास नहीं है, हम हाकिम के साथ कुछ बात करना चाहते हैं। तब उन लोगों ने कहा कि नहीं, हाकिम के साथ भेंट करने के लिए दरखास लाना पड़ता है और इन लिखनेवालों को पैसा देना पड़ता है।

"तब हमने कहा कि हमारे पास न तो दरखास है और न पैसा; हाकिम से भेंट करने के लिए हम और झाबान दो दिनों का रास्ता पैदल पार करके आए हैं, इसलिए हमको मिलना-ही-मिलना है। यह बोलकर हम बहुत जोर से चिल्लाए थे कि साहब बहादुर! आप कहाँ हो?

"उसी समय कान में कलम खोंसे एक आदमी दौड़कर बाहर आया और हमको हल्ला-गुल्ला करने से मना किया, नहीं तो साहब बिगड़ जाएँगे बोला था। अगर हम उसकी जेब गरम करते तो वह हमको हाकिम के पास ले जाने को राजी था। लेकिन हमारे पास तो पैसा ही नहीं था; इसलिए हम फिर दुबारा चिल्लाए। अच्छा भाइयो, तुम लोग बता सकते हो, फिर क्या हुआ होगा?"

जादोपटिया चित्र बनाते समय बिक्रम जैसे चुप रहता है वैसे ही वह चुप हो गया और सुननेवालों की ओर देखकर सुनने का प्रयास करने लगा। गाँव के जो अन्य लोग आए थे, वे माँझी लोगों के निकट आ गए और माँझी लोग खिसककर थोड़ा और आगे बढ़ गए। सबने बिक्रम को चारों ओर से घेर लिया। उनकी आँखें पत्थर की माला के समान दिख रही थीं। कुछ बैठे थे, कुछ घुटनों के बल थे और कुछ खड़े भी थे।

बिक्रम ने अचानक नीरवता तोड़ते हुए स्पष्ट शब्दों में कहना आरंभ किया, "अरे भाई, कमरे के भीतर हमने किसी को गुस्से में डाँट-फटकार करते सुना। कोई शेर के समान दहाड़ रहा था, जिसे सुनकर बाहर वालों की सिट्टी-पिट्टी गुम थी।

"तब एक आदमी ने हमारे कान में कहा कि सुन रहे हो, तुम लोगों को बुला रहे हैं! फिर डर किस बात का। हमने कोई अपराध तो किया नहीं था। हिम्मत करके हम पास चले गए। अंदर थोड़ा अँधेरा था, इसलिए घुसते साथ सबकुछ साफ-साफ नहीं दिखा था। हम इधर-उधर देखने की कोशिश कर ही रहे थे कि किसी ने तराईवालों की भाषा में हमसे पूछा—ऐ खोपा वाले आदमी, क्या बात है, क्या चाहते हो?

"जो आदमी कलम खोंसे हुए बाहर आया था, हमसे धीरे से बोला कि हम साहब को जोहार करें। उसने जिधर दिखाया उस ओर देखते हुए हम सोच रहे थे कि कोई तराई वाला ही हाकिम होगा क्योंकि सभी माँझियों की धारणा थी कि जिस चपरासी के हाकिम की हमको तलाश थी, वह तराईवाला ही होगा। लेकिन भाइयो, जब हमने उसको देखा तो वह तो बिलकुल अलग था भाई! सिर के बाल आग के समान सुनहरे थे, आँखें भी काली-हरी, क्या कहें थोड़ा नीला किस्म का और चेहरा तो बिलकुल सिंदूर के समान था। गोरा आदमी था जिसने पल्टिन के समान कपड़े पहने थे। गुस्से में नहीं लग रहा था बल्कि वह तो हलके-हलके मुसकरा रहा था और हमारे बालों का खोपा बहुत ध्यान से देख रहा था।

"तब हमने उसको वहाँ जाने का कारण और हम कहाँ से गए थे, दोनों बता दिया।

हमारी बातें सुनकर वह बोला कि ओहो, उतनी दूर से आए हो! जब हम उसको पूरा किस्सा बता रहे थे तो वह बहुत गुस्से में दिख रहा था।''

बिक्रम ने चुप होकर चारों ओर दृष्टि दौड़ाई, वह गंभीर लग रहा था। परंतु कुछ पलों बाद उसने पुनः बोलना आरंभ किया, ''भाइयो! हम आसानी से डरनेवाले नहीं हैं। लेकिन हम सोचने लगे कि वह हमको गुस्से से भरकर न देखे।

''हमारी पूरी बात सुनने के बाद उसने हमसे कहा—तुम लोग यहाँ गलती से आ गए हो। तुम लोग जिसको ढूँढ़ते हो हम वह नहीं हैं। फिर उसने पूछा—क्या हमारे कर्मचारी तुम लोगों से पैसा-वैसा माँग रहे थे?···तब हमने उसको बताया कि हाँ साहब सही बात है और यह जो कान में कलम खोंसे हुए है, इसने भी पैसा माँगा था। लेकिन पैसा नहीं होने के कारण हमको चिल्लाना पड़ा था। यह सब सुनकर वह इतना हँसा था कि क्या बताएँ और उसने अपने कर्मचारियों को कहा कि तुम लोग ही इनको पैसा दो और जिसने कलम खोंस रखी थी, उससे कहा कि तुम पूरा एक रुपया दोगे। देखो भाइयो, यह वही रुपया है।''

चाँदी का वह रुपया हाथ में लेकर बिक्रम ने सबको दिखाया। अनेक लोगों ने उस समय तक चाँदी का रुपया नहीं देखा था, क्योंकि उस समय मालगुजारी देने के लिए ताँबे के सिक्कों का ही प्रचलन था।

''साहब ने उनके हाथों से पैसा और रुपया लेकर हमको दिया और कहा कि वह हमारे रास्ते का खर्च था। अब बताओ भाइयो, इस सबके बारे में तुम लोग क्या सोचते हो?''

किसी ने जोर से कहा कि हाकिम ने बिलकुल सही काम किया। इसके बाद दूसरे, तीसरे के साथ-साथ सभी जोर से यही कहने लगे। जब तक लोग शोर करते रहे, बिक्रम चुप रहा। जैसे ही शोर थमा, वह पुनः आरंभ हो गया, ''लेकिन भाइयो, सबसे अच्छा काम तो अभी हमने बताया ही नहीं है···उन चपरासियों से पैसे लेने के बाद, अरे बाप रे बाप, हाकिम ने उनको चाबुक से ऐसे मारा कि हम देखकर डर गए थे।''

एक माँझी ने पूछा कि उनको मारा क्यों? तब बिक्रम ने बताया कि उनको इसलिए मारा, क्योंकि वे आम लोगों को हाकिम के निकट जाने नहीं देते थे।

बिक्रम माँझी की बातें सुनकर अन्य माँझी इतने जोर से हँसे कि उनकी हँसी की गूंज बादलों के गरजने के समान आस-पास में छा गई। जब हँसी थमने लगी तो किसी ने जोर से कहा—''कमाल का हाकिम है, हाकिम तो ऐसा ही होना चाहिए न!''

उसकी बातें सुनकर कुछ समय तक पुनः शोर होता रहा। बिक्रम को चुप होना पड़ा।

जब लोग शांत हो गए तो बिक्रम ने बताना आरंभ किया, ''उसने हमारी बहुत मदद

भी की क्योंकि उसका काम न होते हुए भी वह हमको एक देसी हाकिम के पास ले गया जो एक दूसरे घर में रहता था; उससे वह बहुत देर तक बातें करता रहा और हमसे भी बहुत पूछताछ करता रहा। अगर वह नहीं होता तो हमको तो कुछ पता ही नहीं चलता, क्योंकि वह देसी हाकिम तो काला था और बहुत अधिक बूढ़ा भी हो गया था। उसके पास जो आदमी कलम पकड़कर बैठा था, असली कामकाज उसी को मालूम था शायद।''

बिक्रम की चुप्पी से परेशान तथा अधिक जानने को उतावले एक माँझी से रहा न गया और वह पूछ ही बैठा, ''इसके बाद क्या हुआ?''

''इसके बाद जो हुआ, वह याद रखने लायक है।'' बिक्रम ने धीरे परंतु गंभीर शब्दों में बात जारी रखते हुए कहा, ''हमको बताया गया कि किसी साहूकार ने हाकिम के पास नालिश किया था। हाकिम ने झाबान को समन (नोटिस) भेजा था। लेकिन वह हाजिर नहीं हुआ।''

कुछ पल रुककर बिक्रम ने चारों ओर दृष्टि दौड़ाई और दाएँ हाथ का मुक्का बाएँ हाथ की हथेली पर मारते हुए जोर देकर बोला, ''भाइयो! यह बिलकुल झूठी बात है! झाबान को समन मिला ही नहीं और इसीलिए वह हाजिर नहीं हुआ। झाबान ने उनको बताया भी, लेकिन देसी हाकिम चपरासी के विरुद्ध एक संताल की बात मानता क्या? ऐसा तो होना असंभव ही था। चपरासी तो उन्हीं की जाति का था न! उन्होंने तो यहाँ तक बता दिया था कि हाकिम का समन पाकर झाबान छिप गया था। इसीलिए दूसरे चपरासी ने जाकर उसके मवेशियों को जब्त कर लिया।''

''तब झाबान ने पूछा था कि फिर कुर्की किए गए सामान कहाँ गए? उन्होंने बताया कि बैल और दो 'मुंड़ी'* धान उन्होंने नौ रुपए में बेच दिए थे। फिर झाबान ने जब कहा कि बाकी सामान कहाँ गया? तब उन्होंने कहा कि बस इतना ही था। उनकी बातें सुनकर झाबान को गुस्सा आ गया और वह जोर से दहाड़ा था कि यह सब झूठ है। क्योंकि वे लोग तीन गाय, चार बैल, एक बछड़ा और दस टोकरी धान (एक टोकरी बराबर एक मुंड़ी) लेकर गए थे।''

''हमने भी हाकिम को बताया कि हालाँकि हमने उनको ले जाते हुए अपनी आँखों से नहीं देखा था, लेकिन हम विश्वास करते हैं कि झाबान की बात सही है। इसके एक दिन पहले तक झाबान की सब चीजें सही-सलामत थीं, लेकिन जब हम शाम को लौटकर आए तो देखा कि सारा सामान साफ था। इसके अलावा हम जानते हैं कि झाबान सच्चा है।

''लेकिन हमको लगा कि चपरासी देसी हाकिम का अपना आदमी था। वह तो

---

* नाप की एक इकाई

गोरा हाकिम था, बोलकर कान में कलम खोंसनेवाले ने चाँ-चूँ नहीं की···क्या बताएँ तराई में रहनेवाले लोग बहुत होशियार हैं।" यह बात समाप्त होते ही गरभू माँझी की आवाज गूँजी कि बात बिलकुल सही थी, वे बहुत चतुर थे।

बिक्रम ने बात आगे जोड़ी, "जिसने कलम खोंस रखी थी, वह तो नीम से भी अधिक कड़ुवा बोलनेवाला था, परंतु हाकिम के सामने तो उसके होंठों से मधुरस ही झर रहे थे। उसने झाबान से कहा था कि उसको लेकर उसे बहुत दु:ख था, क्योंकि उसकी समझ में झाबान एक भला आदमी था। उसने कहा था कि डरना मत क्योंकि अगर सच बता रहे हो तो तुम्हारी बात सुनी जाएगी।

"इसके बाद आपस में पता नहीं उन्होंने क्या गिटपिट की, हमको ठीक से समझ में नहीं आया; लेकिन जहाँ तक याद है, शायद यही सब बातें थीं—इसके समान दरखास करना होगा। टिकट लगेगा। गवाह हाजिर करना होगा। उनको हफ्ते भर या उससे अधिक भी खिलाना-पिलाना पड़ेगा, फिर तराईवाले वकीलों को पकड़ना होगा। यह सब हो जाने पर कोई दूसरा हाकिम विचार करेगा। वह दोनों में से किसी एक को सजा देगा ही देगा, या तो चपरासी को, नहीं तो झाबान और उसके गवाहों को।

"यह सब सुनकर तो हमारे सिर में दर्द ही हो गया; इसलिए हमने झाबान से कहा कि चलो भाई, हम यहाँ से तुरंत रवाना होंगे! क्योंकि महाजन के पास गए बिना तो हम कुछ भी नहीं कर पाएँगे। अगर जीत गए तब भी परेशान तुम ही होगे। इसलिए लगता है हारना तुमको ही है। जमीन-जायदाद से तो हाथ धोओगे ही, जेल भी जाना पड़ेगा। और हम घर लौट गए कि अगर हम वहाँ मजबूत रहेंगे तो तुम हमको पकड़ नहीं पाओगे।"

चुप होते ही एक माँझी ने प्रश्न किया कि सुनहरे बालोंवाले उस हाकिम ने क्या कहा था?

बिक्रम ने बताया, "अच्छा वो! उसने बस इतना ही कहा कि वह हम लोगों का हाकिम नहीं था। अगर वह हम लोगों का हाकिम होता तो···" इतना कहकर वह चुप गया।

जानकारी प्राप्त करने को उत्सुक एक माँझी ने पूछा, "तब हम क्या करें? अगर हाकिम के पास जाते हो तब तो लुटते ही हो, नहीं जाने पर भी लुटना है, यानी दोनों बराबर है। भाइयो जो होगा देखा जाएगा; और हमको तो हाड़मा देसमाँझी भी असमंजस में ही दिखाई देते हैं, नहीं तो वे ऐसी मूर्खतापूर्ण सलाह हमको कैसे दे रहे हैं!"

"अरे भाई, सुनो तो सही! देसमाँझी क्या सलाह देंगे क्या नहीं, यह जाने बिना तुम पहले ही से तेजी क्यों दिखा रहे हो!" यह बोलकर साम परगना ने हाड़मा की ओर मुड़कर देखा और बोला, "हजूर, अब क्या अपनी राय हमको नहीं बताएँगे?"

तब हाड़मा उठकर खड़ा हुआ और हाथ लहरा-लहराकर बोलने लगा, "भाइयो!

मेरे विचार से सारा दारोमदार हाकिम ही पर टिका है। जंगीपुर या ऐसी ही किसी जगह का हाकिम अन्य जाति का है। उसके कान–आँख व कलम यानी किरानी व चपरासी भी वही हैं। दारोगा भी वही। दारोगा के भागलपुरवाले हाकिम को तो हमने आँखों से देखा भी नहीं है और हम समझ सकते हैं कि उसके किरानी और कर्मचारी भी जरूर ही अन्य जाति के होंगे। दरखास लिखनेवाले भी वे ही हैं। हम लोग तो अँधेरे में ही थे, पता नहीं वे हमारे बताने के अनुसार लिखते थे कि नहीं, यह हमको नहीं मालूम, क्योंकि हममें से कोई पढ़ना–लिखना तो जानता नहीं है। हमारी तरफ से किसी को बोलवाकर बचानेवाले भी गैर–संताल और साहूकार ही तो हैं। ये लोग बहुत ही लालची हैं। उनके पास अन्य लोगों को देने के लिए पैसे हैं, लेकिन हमारे पास तो नहीं हैं न!

"वे हम पर जरा भी तरस नहीं खाते, क्योंकि हमारी जाति उनसे बिलकुल अलग है न! उनके देवी–देवताओं की पूजा–अर्चना भी हम नहीं करते और वे हमारे खान–पान को घृणा से देखते हैं। वे लोग संतालों की अपेक्षा अपने ही लोगों की बातों पर अधिक विश्वास करते हैं। इसमें कोई अचरज की बात नहीं है, क्योंकि संताल भी तो संताल की बात पर भरोसा करते हैं, है कि नहीं?"

"हम लोगों को एक हाकिम की जरूरत है। हमारे दिसोम परगना, गाँव के माँझी लोग और पंच लोग संताल और संताल के बीच के विवाद का ही फैसला करते हैं। लेकिन संताल और गैर–संताल के बीच का विवाद तो हाकिम ही सुलझाता है। हमारा विश्वास एक ही तरह के हाकिम पर है, अर्थात् जो पल्टिन (पोंटेट) जैसा हो!"

हाड़मा की बातें सुनकर बिक्रम माँझी ने अपनी राय प्रकट की, "हम लोगों को एक ही हाकिम की तलाश है, अधिक की नहीं। एक ऐसा हाकिम जो हमारे बीच घूमने–फिरने के साथ–साथ, जैसे दो लोग बात करते हैं वैसे ही हम लोगों से सब बातें करेगा और दारोगा को अपने कब्जे में रखकर सही–सही फैसला करेगा जैसा कि उस पद को पाकर पल्टिन (पोंटेट) साहब फैसला करते। या वैसा हाकिम जैसा वह सुनहरे बालों वाला था जिसने मुझे और झाबान को पैसे दिए और चपरासियों को चाबुक लगाया···उसका क्या तो नाम है···शायद हिन (एडेन) साहब नाम है न क्या! ऐसा ही याद आता है।"

बिक्रम के बाद हाड़मा पुन: बोलने लगा, "अगर ऐसा हाकिम हमको नहीं दिया गया तो फिर कोई आशा नहीं है। चपरासी आकर माल–मवेशियों की कुर्की करेंगे ही, वे झूठी कसमें खाएँगे और झूठी सूची भी तैयार करेंगे। अगर कोई चपरासी को रोकता है तो वह दारोगा से नहीं बच पाएगा, दारोगा उसको जेल में भरेगा ही और वहीं वह मर भी जाएगा और दारोगा से कौन मुँह लगेगा?"

साम परगना ने हाड़मा से पहले ही बात कर ली थी कि पंचायत के दौरान लड़ाई की चर्चा नहीं की जाएगी। परंतु तभी एक सिरफिरे माँझी ने प्रश्न किया, "अच्छा भाई! हम

लोगों की संख्या तो बहुत है, तो क्या हम उस अकेले दारोगा और उसके दो-तीन सिपाहियों का मुकाबला नहीं कर सकते हैं ?''

''अरे भाई, लेकिन सिपाही तो उन्हीं के तरफ हैं न!'' हाड़मा ने उत्तर दिया।

उस माँझी ने तब हाड़मा की ओर से मुँह फेरकर साम परगना की ओर देखकर कहा, ''फिर हम क्या करें परगना बाबा? आपने हम लोगों को यही बताने के लिए यहाँ बुलाया है कि गैर-संताल लोग अगर हमको पैरों से रौंदें भी तो हमको चुपचाप रहना है ?''

साम परगना ने उस गुस्सैल माँझी की ओर देखकर शांत स्वर में उत्तर दिया, ''नहीं-नहीं, हमारा मतलब बात को सुलझाना है। आप सबको तो मालूम है कि पल्टिन साहब ने हमको बताया है कि सरकार ने उनको ही हमारा हाकिम बहाल किया है। हम दूसरे परगनाओं से भी कहेंगे। अगर उन लोगों ने हमारी बात मान ली तो हम सब भागलपुर जाकर बड़े हाकिम को अपना दुखड़ा सुनाएँगे। हम आशा करते हैं कि जब हाकिम को मालूम होगा कि हम कितनी दूर से वहाँ गए हैं तो उनको विश्वास होगा कि हमारा संकट कितना बड़ा है और वे कुछ उपाय जरूर करेंगे। हमारी बात बस इतनी ही है कि हम आजाद रहनेवाले लोग हैं।''

परगना की बातें समाप्त होते ही वहाँ एकत्र लोग एक स्वर में चिल्ला पड़े, ''मौत और मुसीबत को सामने रखकर हम जंगल-झाड़ में प्रवेश करते हैं। किसलिए? आजाद रहने के लिए ही न! क्या गैर-संताल लोगों या किसी की भी अधीनता स्वीकार करेंगे?''

हाड़मा ने समझाया, ''हमारी यही बात तो परगना लोग भागलपुर तक ले जाएँगे! अच्छे हाकिम की जरूरत है और वह भी केवल हमारे लिए। सरकार ने वादा किया है और अपना वादा वह जरूर पूरा करेगी। अब जल्दी से अपने-अपने घरों को लौट जाओ, धीरज रखो और आशा लगाए रहो!''

माँझियों को इस प्रकार समझा-बुझाकर वापस भेज दिया गया।

परंतु उस रात साम परगना देर रात तक जगकर बिक्रम माँझी से बतियाता रहा। उसने उसे वहीं रोक लिया था, ताकि जंगीपुर के सुनहरे बालोंवाले उस हाकिम के बारे में उससे जानकारी ले सके जो गरीब, विधवाओं, दुखियों का उबारनेवाला और शोषण करनेवालों को सजा देनेवाला हाकिम था।

□

15

एडेन (हिन)

साम परगना अपना ज्ञान बढ़ाने की जुगत में रहता था। उसके मित्र और जान-पहचानवालों में सभी जाति व तबके के लोग शामिल थे। इधर-उधर के सभी स्थानों से समाचार प्राप्त करने के उपाय उसके पास थे। उसके अपने बाजार के दुकानदार लोग गैर-संताल होते हुए भी उसका सम्मान करते थे। धंधा-व्यवसाय करनेवाले, विशेषकर मोमिन लोग उसको बहुत मानते और उससे खुश रहते थे। वह साहूकारों के बीच भी नामी और हाकिमों के कर्मचारियों को भी अपनी ओर करनेवाला था, क्योंकि समय-समय पर उनकी मुट्ठी गरम कर दिया करता था।

साहूकारों से बचने का उसका एकमात्र उपाय पोंटेट साहब था, क्योंकि सभी हाकिमों के बीच उसने उसी को संतालों का भला चाहनेवाले के रूप में पहचाना था। जिस सुनहरे बालोंवाले हाकिम के संबंध में उस दिन पंचायत में बिक्रम माँझी ने बताया था, उसके बारे में जानकारी प्राप्त करने के लिए वह व्याकुल था।

साम परगना ने उस रात बिक्रम माँझी को अपने घर पर रख लिया। जब सुबह हुई तो परगना ने बिक्रम के साथ दो और युवाओं को लिया और पूरब का रुख किया। वह सुनहरे बालोंवाले हाकिम को अपनी आँखों से देखना चाहता था।

साम परगना यद्यपि घुमक्कड़ प्रवृत्ति का व्यक्ति था, परंतु पूरब की ओर इतनी दूर कभी नहीं गया था। वह बहुत ही अनजाना प्रदेश था; जंगल देखने को आँखें तरस जाएँ परंतु कहीं-कहीं पर यदि कुछ पेड़ एक साथ दिख जाएँ तो समझ जाइए कि वहाँ गाँव है। पोखरों के ऊँचे और चौड़े-चौड़े बाँध (मेंड़) अपने प्रदेश के टीलों के समान थे जिनको पानी सुरक्षित रखने के लिए मनुष्यों ने बनाया था। ऐसे ही बांधों पर लगे गूलर, आम, इमली या किसी अन्य पेड़ के नीचे, काम करनेवाले भोजन के समय बैठकर भोजन करते व तालाब का पानी पी लेते हैं। सभी तालाब गहरे हैं और उनका पानी शायद ही दिखाई देता है, क्योंकि सफेद और लाल कमल के फूलों की चौड़ी-चौड़ी पत्तियों से पानी ढका रहता है। दो दिन और एक रात का रास्ता था; दूसरे दिन दोपहर में उनको एक अत्यंत

चौड़ी व सीधी सड़क मिली, जिसके दोनों ओर झाड़वाले पेड़ लगे थे। यहीं पर कुछ दूरी पर साम परगना को दाईं ओर मेहँदी के पौधों का घेरा दिखाई दिया, सुंदर पीलापन लिये हरी पत्तियाँ और सफेद फूल खिले हुए। बिक्रम ने उनको बताया कि घेरे के उस पार जो सवई घास के छप्परवाला ऊँचा घर दिखाई देता है, वही घर है। उसने बताया कि हिन (एडेन) साहब को उन्होंने वहीं पाया था। तब वे लोग उसी ओर चलते गए।

वे घर के अहाते में प्रवेश कर गए। उन्होने देखा कि घर तो बंद था और कोई दिख भी नहीं रहा था, सिवाय एक सजीले सिपाही के जो कंधे पर बंदूक रखकर इधर से उधर टहल रहा था। बिक्रम हिम्मत करके सिपाही के निकट गया और उसी की भाषा में उससे पूछा, ''हाकिम कहाँ पर हैं ?''

लेकिन घमंडी सिपाही जान-बूझकर तब तक दूसरी ओर देखता रहा, जब तक साम परगना ने अंटी से एकाध आने छन्न से निकालकर थमा नहीं दिए। वह कुछ नरम पड़ा, परंतु रुआब कम न हुआ मानो वह अपने से कमतर लोगों से बातें कर रहा हो। उसने उनको बताया कि वह अदालत का कमरा था और दूसरा एक घर दिखाकर बताया कि हाकिम वहाँ रहते थे। उसने सड़क के उस पार एक बँगला दिखाया था। पैसा मिल जाने पर सिपाही पुन: टहलने लगा और वे हाकिम को ढूँढ़ने चल पड़े।

वे फाटक के अंदर प्रवेश कर गए। फाटक के दोनों ओर ईंट के चौकोर, परंतु बेढब खंभे बने हुए थे। घर तक पहुँचने का रास्ता घुमावदार था, जिस पर ईंट के छोटे टुकड़े बिछाए गए थे और रास्ते के दोनों ओर घर पहुँचने तक लंबे व पतले पेड़ लगाए गए थे। सबकुछ सजा हुआ नहीं दिख रहा था।

सवई घासवाली छत इतनी नीची थी कि बरामदे के साथ मिली हुई दिखाई देती है। बरामदे के किनारे कतार से खंभे हैं, जिनके कारण छत और जमीन एक-दूसरे से अलग हैं। बाहर की धूप से तुलना करने पर उस पार धुँधला-सा दिखाई देता है। संतालों के बीच गणमान्य लोगों के समान साम परगना और बिक्रम को दो-तीन अन्य भाषाएँ आती हैं, इस कारण उनको दुभाषिए की आवश्यकता नहीं थी। पहले के समान ही जब बिक्रम बरामदे पर चढ़कर मैत्रीपूर्ण स्वर में आवाज देने ही वाला था कि एक चपरासी ने उसको पहचान लिया और उसकी तेज आवाज याद करके दौड़कर उसके निकट आया व रुआँसा चेहरा बनाकर उसके कान में फुसफुसाया, ''शांत रहो, हल्ला-गुल्ला मत करना, साहब सो रहे हैं!'' चपरासी को भय हो गया था कि यदि बिक्रम हल्ला करेगा तो सभी नौकर-चाकरों की तो शामत आ जाएगी।

पहले की बात याद करके बिक्रम को थोड़ा संदेह भी हो रहा था। कहीं यह पैसा ठगने का कोई जाल तो नहीं! परंतु जब उस आदमी ने हाथ जोड़कर एक ओर इंगित किया तो सचमुच उसे बेंत की आरामकुरसी पर पीठ टिकाए गहरी नींद में सोए सुनहरे

बालोंवाले हाकिम दिख गए। उनकी बगल में उन्हीं के समान एक और व्यक्ति वैसे ही पड़ा था। दोनों ही गहरी नींद में थे।

साम परगना बरामदे के मद्धिम प्रकाश में अपनी आँखें मल-मलकर सुनहरे बालोंवाले हाकिम पर ही दृष्टि गड़ाए था, यह देखने के लिए कि उसका चेहरा कैसा था। आराम कुरसी लंबी थी, इस कारण वे दोनों पैर लंबे करके लेटे थे। सिर और कंधे कुरसी की पीठ पर टिके थे। माथे से लेकर पूरा चेहरा पकी ईंट के समान लाल था। बाल उलझे-उलझे व लंबे थे और उनका रंग भी सिंदूर के समान था। विलायत में उस समय के फैशन के अनुरूप मूँछ और गलमुच्छें भी थीं और उनका रंग भी बालों के समान ही लाल था। उसने सफेद फुलपैंट पहनी थी और कमर में बेल्ट था। बिना बाँहवाले पतले कपड़े के अंगवस्त्र के कारण उसकी गरदन और छाती स्पष्ट दिखाई देते हैं। बाँहे बिलकुल सफेद परंतु हथेली और उसके हाथ पकी ईंट के समान ही दिख रहे थे। उसने सूती मोजे पहने थे और एक जोड़ी ढीली-ढाली सैंडिल पैर रखनेवाले पीढ़े के पास रखी थी।

उसके साथवाले के केश काले हैं। चमड़ी का रंग गूलर जैसा परंतु पके गूलर जैसा नहीं और वह अपने साथी जैसा हृष्ट-पुष्ट भी नहीं था। परंतु उन दोनों के पहनावे एक समान ही थे। बहुत थके हुए प्रतीत होते थे और सुनहरे बालोंवाला तो खर्र-खर्र खर्राटे ले रहा था।

चपरासी ने उनके कानों में फुसफुसाकर बताया कि साहब सवेरे से लेकर दोपहर तक घोड़े की पीठ पर सवार हो बनैले सूअर के शिकार में लगे थे। उन्होंने कुछ ही पल पहले दोपहर का भोजन किया था।

बिक्रम के समान साम परगना घूस देना बुरी बात नहीं मानता था। उसने चपरासी की मुट्ठी में इतने पैसे रख दिए कि वह भौंचक रह गया और साम परगना को धनी-मानी व्यक्ति समझ लिया, क्योंकि उसकी सोच के अनुसार सामान्य व्यक्ति इतने पैसे देने की बात सोच ही नहीं सकता था। इसके उपरांत साम परगना, बिक्रम और वह चपरासी एक कोने में जाकर बातचीत करते हुए साहब के जगने की प्रतीक्षा करने लगे। उनकी बातचीत का विषय साहब लोग ही थे। साम परगना के साथ आए दोनों युवा कुछ दूरी पर बैठे क्योंकि शिष्टाचार वैसा ही था परंतु कुछ ही देर बाद वे दोनों भी खिसककर निकट चले गए। उनकी बड़ी-बड़ी खुली आँखों से पता चल रहा था कि बातचीत का विषय न समझते हुए भी वे मुग्ध थे, क्योंकि बातचीत हिंदी में हो रही थी।

चपरासी ने लंबी अचकन के किस्म का सूती कपड़ा पहना था और कमर में ऐंठा हुआ कपड़ा बाँध रखा था तथा सिर पर ढीली लाल पगड़ी बाँधी थी। एक रस्सी से बाँधकर पीतल का चमकता हुआ बैज उसने कमर से लटकाया हुआ था। उसका कद लंबा और कनपट्टियाँ धँसी हुईं, तोते के समान नाक और रंग काला नहीं, साँवला था।

उसकी पकी और घनी दाढ़ी देखकर ही पता चलता था कि वह मुसलमान था। उसको पीरू बुलाते थे, परंतु पूरा नाम पीरबख्श शेख था। जब साम परगना ने उससे पूछा कि साहब अधिक दिनों से वहाँ थे कि नहीं तो उसने बताया कि हाल ही में बहुत दूर देश से वहाँ आए थे।

"उनके जागने पर जनाब खुद आँखों से देख लेंगे कि साहब जवान शख्स हैं," पीरू ने मीठी जुबान में सूचित किया।

साम परगना ने पूछा, "कैसे हाकिम हैं ?"

पीरू ने उत्तर दिया, "बहुत बड़े हाकिम हैं, जैसे उनके बाल बड़े हैं न, वैसे ही।"

साम परगना ने हाकिम का नाम जानने की उत्सुकता दिखाई तो पीरू हड़बड़ा गया। संताल लोग आमतौर पर नाम लेकर ही बुलाते हैं, चाहे कितने ही बड़े हाकिम क्यों न हों। परंतु देश के अन्य लोग नाम बिरले ही लेते हैं। हाकिम का पदनाम ही लिया जाता है। पीरू ने कहा, "हम लोग उनको मजिस्ट्रेट साहब कहते हैं।"

बिक्रम ने टोका, "लेकिन पिछली बार जब हम आए थे तो लोगों ने तो हिन नाम बताया था।"

"हाँ-हाँ, याद आया।" पीरू बोला, "इनका एक नाम, हिन नहीं है लेकिन इसी से मिलता-जुलता सा है। असली नाम है हिडिन (एडेन), बहुत कठिन नाम है। हम मुसलमान लोग दीन साहब कहते हैं। हम लोग दाढ़ी रखते हैं न और कुछ मेहँदी भी लगाते हैं, लेकिन इनकी दाढ़ी तो जन्म ही से लाल है। इसी कारण हम इनको दीन साहब कहते हैं।"

साम परगना ने अगला प्रश्न किया, "लेकिन इनको तुम लोग बड़े हाकिम क्यों कहते हो?"

"अरे-रे-रे, कल-परसों ही आए हैं। वैसे तो जवान हैं, लेकिन सभी लोग इनके नाम से थरथर काँपते हैं!" पीरू ने उत्तर दिया।

"अच्छा, क्या किया है इन्होंने?" साम परगना की उत्सुकता बढ़ती जा रही थी।

पीरू सोचने लगा। मन में गड़ी कोई घटना याद करने की कोशिश करने लगा। याद आने पर उसने कहा, "उनके सामने से कोई भी आदमी घोड़े पर सवार होकर पार नहीं हो सकता है। लोग घोड़े से उतर जाते हैं और उतरकर सामने की जमीन छूते हुए सलाम करके निकलते हैं। एक बार एक आदमी हुकुम न मानकर घोड़े पर सवार होकर ही पार हो गया था। हाकिम ने घोड़े से पीछाकर उसको पकड़ लिया और उसके घोड़े को मारकर गिरा दिया था।"

बिक्रम माँझी ने अपने घुटने पर हाथ ठोककर कहा, "काश, केनाराम पार हुआ होता!"

पीरू आश्चर्य से बोला, "वो आमड़ापाड़ा का केनाराम भगत न! हाँ-हाँ वही, उसी को साहब ने कल घोड़े पर से गिरा दिया था।"

साम परगना का कलेजा धक से हुआ। केनाराम अवश्य ही हाड़मा के विरुद्ध कुछ षड्यंत्र रच रहा है और इसीलिए वह जंगीपुर आया होगा।

पीरू की सोच के अनुसार जो व्यक्ति खुले हाथ से देता है, उसका साथी भी तो सम्मान के योग्य होता है। इस कारण बिक्रम को दिखाकर उसने बताना जारी रखा— "जनाब, आपके अजीज दोस्त ने तो अपनी आँखों से देखा है कि यह जवान हाकिम चपरासियों और किरानियों से किस तरह पेश आते हैं। कुछ हाकिम तो बहुत अच्छे होते हैं, बिलकुल कड़क नहीं और ऐसों की कोई बात भी नहीं सुनता है। लेकिन इनकी तो आवाज सुनते ही लोग कूदकर खड़े हो जाते हैं!"

साम परगना ने फिर कुरेदा—"और भी कोई खास बात है साहब की?"

"इनको आए हुए कुछ ही दिन तो हुए हैं और इतने ही दिनों में एक राजा को इन्होंने जेल भेज दिया है।"

"राजा ने क्या अपराध किया था, भाई?"

पीरू ने उत्तर दिया, "क्या गुनाह किया था? अरे, उसने जो गुनाह किया था उसके अनुसार तो उसे सजा भी नहीं मिली! दूसरे राजाओं को तो उनके कामों के मुताबिक सजा दी गई; लेकिन इसको तो सजा मिलनी ही चाहिए थी, क्योंकि इसने तो बहुत सारे लोगों को परेशान कर रखा था। लेकिन इतने बड़े पैसेवाले और दबंग लोगों के खिलाफ कहीं कोई गवाह मिलता है क्या? इसके बावजूद उसे हाजत में भरा ही गया। हाकिम के ऊपर कोई भी चाँ से चूँ नहीं कर सकता है।"

साम परगना ने आश्चर्य से पूछा, "सही बात है, सच्ची बात बोल रहे हो?" क्योंकि उसे और अधिक जानने की इच्छा हो रही थी, इसलिए उसने कहा, "मेहरबानी से इसके बारे में तो शुरू से अंत तक बताओ।"

पीरू कथा सुनाने के लिए सँभलकर बैठ गया और घटना विस्तार से बताने लगा, परंतु उसने अभी 'दारोगा' ही कहा था कि साम परगना ने बीच में टोका, "क्या भाई, यहाँ भी दारोगा मौजूद है?"

पीरू ने उत्तर दिया, "एक नहीं, बहुत हैं और जब तक दीन साहब नहीं आए थे, इन लोगों ने वैसा ही किया जैसा इनके मन में आया; क्योंकि हाकिम दारोगा लोगों की बातों पर आँख मूँदकर यकीन करते हैं। हाकिम को खुद रैयतों के बीच घूमते हुए कभी नहीं पाओगे।"

साम परगना का ध्यान तुरंत जुब्दी प्रदेश (प्रतिबंधित क्षेत्र) की ओर चला गया, जहाँ इन दिनों कुछ इसी तरह हो रहा था।

''दीन साहब, जैसा कि हम लोग उनको कहते हैं, एक दिन इजलास में बैठकर दारोगा की रिपोर्ट सुन रहे थे कि अचानक उन्होंने अपना घोड़ा मँगवा लिया। घोड़े के आने पर हाकिम कूदकर उसकी पीठ पर बैठ गए और बिना किसी को कुछ बोले अकेले ही चल दिए। वे दिन भर पता नहीं कहाँ रहे! माली, भिश्ती सब पेड़ की छाया में बैठते, खड़े होते उनका इंतजार करते रहे।

''जब शाम हो गई तब थके-माँदे कहीं से लौटे। उनके पीछे जगदीशपुर के राजा का हाथी और हाथी के ऊपर हौदा व हौदे में राजा लेकिन उसके हाथ पीठ की ओर बाँधे गए थे और उन्हीं के पहलवान व लठैतों की पहरेदारी में उनको लाया जा रहा था। वकील, मुख्तार, चपरासी, सिपाही, किरानी और देहात से आए लोग जो अपने काम से आए थे, सभी यह नजारा देखकर हैरान हो गए; लेकिन किसी के मुँह से आवाज तक नहीं निकली। हाकिम से लोग इतना डरते थे!

''दीन साहब घोड़े के ऊपर चल रहे थे। उनके पीछे हाथी और हाथी के पीछे राजा के आदमी चल रहे थे। राजा के साथ बहुत सारे नौकर-चाकर इसलिए भेजे गए थे कि रैयतों को पता न चले कि उनके मालिक को बेइज्जत कर ले जाया जा रहा है बल्कि रैयतों को यह धोखा हो कि राजा अपनी मरजी से घूमने के लिए निकले हैं।

''साहब ने महावत को हुकुम दिया कि वह हाथी को बिठाए और हाथी बैठ गया। फिर उसने पहलवान से कहा कि वह राजा को उठाकर जमीन पर रख दे; पहलवान ने हुकुम तामील किया। राजा के पास ही पहलवान जाकर खड़ा हुआ और उनको नौकर-चाकरों ने घेर लिया। राजा दीन साहब का कैदी था। लेकिन एक बात माननी होगी कि दीन साहब के साईस के अलावा, जो दौड़कर घोड़े के सिर के पास पहुँच गया था, वहाँ कोई नहीं था। उसको कोई डर-खौफ नहीं था। राजा गुस्सा होकर थक चुका था, चेहरे पर परेशानी झलक रही थी। उसके हाथ बँधे थे और वह खड़ा था। उसके नौकर-चाकर भी गुस्से में दिखाई देते थे। लेकिन न तो राजा को इतनी हिम्मत थी कि कुछ कहे और न उसके आदमियों में कि कुछ करें। सभी बुत बने खड़े थे।

''इसके बाद दीन साहब ने हमको बुलाया भाई! उन्होंने हमसे जेल बाबू को बुलाने के लिए कहा। हम चले गए। हट्टा-कट्टा और नाटा आदमी! उसने पोशाक उतारकर रख दी थी। हड़बड़ी में लंबा पैंट पहना तो झोला जैसा दिखने लगा था। दौड़ता-भागता हाकिम के पास पहुँच गया। हाकिम का हुकुम बजा लाने के लिए मरते-जीते पहुँच गया था।

''साहब ने राजा की तरफ इशारा करके कहा था कि उसे फौरन जेल में भरा जाए। जेल बाबू डर से थरथर काँप रहा था। वह पसोपेश में पड़ा था, क्योंकि राजा तो आदर-मान वाले होते हैं न! लेकिन दीन साहब ने फुसफुसाती आवाज में जब आँखें तरेरकर ले

जाने का हुकुम दिया तो सब डर गए थे। साहब ने यह भी कहा कि अगर राजा को नहीं ले जाया गया तो वे जेल बाबू को बरखास्त कर देंगे।

"जेल बाबू बेचारे, एक तो नाटे आदमी ऊपर से खुद ही हाथ ऐसे जोड़े हुए थे मानो कुसूर उन्होंने ही किया हो और डरते-काँपते राजा के सामने जाकर उसको सलाम किया भाई! जेल बाबू की हरकत देखकर साहब ने वैसी ही डरावनी आवाज में कहा था कि अगर दुबारा उसने ऐसा किया तो वे उसे चाबुक से मारेंगे।

"जेल बाबू डर से काँपते हुए राजा के पास गए, उसका हाथ पकड़ा और उसके नौकर-चाकरों के बीच से उठाकर जेलखाने ले गए। वे सभी गुस्से से तमतमाए दिख रहे थे, लेकिन किसी ने चूँ तक नहीं की, न अपनी जगह से कोई हिला।"

परगना ने प्रश्न किया, "राजा अब भी जेल में है क्या?"

पीरू ने कंधे उचकाकर बताया कि नहीं था। फिर उसने बताया कि "दीन साहब बिलकुल जवान आदमी हैं, जबकि राजा के पास दुनिया भर के नौकर-चाकर और दौलत थी। राजा के लोगों ने एक नामी वकील को पकड़ा, जो इतना भाग्यशाली था कि किसी भी मुकदमे में नहीं हारा था। वह और बड़े हाकिमों के पास गया और वहाँ से राजा की रिहाई का परवाना ले आया। इस तरह राजा छूट गया। लेकिन रिहा करते समय दीन साहब ने चेतावनी दी थी कि वह दुबारा वैसा काम न करे, नहीं तो फिर से अंदर कर देंगे। उस समय से वह राजा चेत गया है और जब से दीन साहब जंगीपुर में हैं, उसने प्रजा को परेशान करना छोड़ दिया है। गरीबों को तो बहुत खुशी हुई, लेकिन धनी-मानी लोग डरते थे क्योंकि उतने दिन तो वे अपनी मनमानी करते रहे, परंतु अब उनसे बड़ा आदमी जो आ गया था।"

इसके बाद पीरू चपरासी कुछ पल के लिए चुप हो गया, यह देखने के लिए कि वे लोग उसकी बातें कितने मनोयोग से सुन रहे थे। जब उसको लगा कि उसने उनको मुग्ध कर रखा था तो उसे संतोष हुआ और वह पुनः बताने में जुट गया।

"हाल ही की बात है कि दो बहुत ही धनी-मानी गोरे लोग दीन साहब के इजलास में घोड़ों पर बैठकर ठाट से आए। दीन साहब बैठकर काम कर रहे थे। वे दोनों साहब आराम से घोड़ों पर से उतरे, घोड़ों की रास साईसों को थमाई और सीधे साहब के इजलास में दाखिल हो गए। अदालत के अंदर साहब लोगों को ही जूते पहनकर जाने की इजाजत थी। आम आदमी को जूते खोलकर अदालत में दाखिल होना पड़ता था। इसी वजह से आम लोग कहते थे कि साहब लोगों के लिए सात खून भी माफ होता है। लेकिन हम चूँकि साहब के पास ही हमेशा रहते हैं, इसलिए हमको मालूम है कि यह बात झूठ है।

"दोनों ही साहबों की किस्मत ठीक नहीं थी, क्योंकि वे बिना इजाजत इजलास में

दाखिल हो गए थे। उस समय साहब किसी गवाह से जिरह कर रहे थे और ऐसे समय में वे दखलंदाजी पसंद नही करते थे। लेकिन ये दोनों नहीं माने और उनमें से एक ने तो ऊँची आवाज में ही कुछ ऐसा बोल दिया कि साहब का ध्यान बँट गया। इन दोनों को भरोसा था कि साहब सब काम छोड़कर सबसे पहले उनका काम झटपट निपटा देंगे, क्योंकि इनसे पहले के हाकिम तो ऐसा ही करते थे।

''अपने मिजाज के मुताबिक दीन साहब ने दोनों को ऊपर से नीचे डरावनी नजरों से देखा।'' फिर पीरू बिक्रम माँझी की ओर मुड़कर बोला, ''आप तो जानते हैं भाई, कि वे कैसी डरावनी नजरों से देख सकते हैं।''

बिक्रम माँझी ने सहमति में सिर हिलाते हुए कहा, ''हाँ-हाँ' हमने तो देखा और जानते हैं।''

पीरू आँखों देखी घटना बताता रहा, ''साहब ने उन दोनों की तरफ देखा तक नहीं और हुकुम दिया कि दोनों को धक्के मारकर बाहर कर दिया जाए। इसके बाद वे गवाह से फिर जिरह करने लगे। किरानी ने साहब लोगों से अच्छा-खासा घूस पहले ही ले लिया था। इससे पहले के हाकिम उसी के मुताबिक लोगों के मामले सुना करते थे। इसलिए उसने खुशामदी अंदाज में साहब से कहा—हाकिम ये, तो बागसा साहब हैं हुजूर, बहुत बड़े आदमी हैं और इनके साथ इनके भाई हैं!

''लेकिन दीन साहब का एक ही जवाब था कि दोनों को धक्के मारकर बाहर किया जाए। अब हम चपरासी क्या करते भाई! तुम लोगों से क्या छुपाना, हम भी उन लोगों से पैसे ऐंठ ही चुके थे, लेकिन क्या करते, काँपते-थरथराते उन दोनों के पास गए। क्या बताएँ भाई, ऐसा लग रहा था मानो कोई हमको चक्की में पीस रहा हो। घुटने आपस में टकराने लगे थे। बागसा साहब और उनके भाई गुस्से से लाल-पीले हो रहे थे और उनमें से एक ने जोर से कोई बात कही, जो हमारी समझ में नहीं आ सकी। दोनों खंभों के समान खड़े हो गए, हिल ही नहीं रहे थे।

''थोड़ी ही देर में पूरा इजलास भर गया। दारोगा, सिपाही, चपरासी, किरानी, वकील और बाजार के कई लोगों से भर गया। सभी चुपचाप देख रहे थे कि आगे क्या होगा! क्योंकि दोनों भाइयों और दीन साहब के बीच जोर-आजमाइश चल रही थी और इसमें जिसकी जीत होगी, वही बनेगा जंगीपुर का लाट साहब!

''साहब ने पास ही खड़े दारोगा को, जो खुद भी घूस खा चुका था, गरजकर हुकुम दिया कि दोनों को धक्के देकर बाहर करो। और यह भी कहा कि चूँकि किरानी ने उन दोनों की तरफदारी की और दारोगा व चपरासी ने हुक्म फौरन तामील नहीं किया, इसलिए उनको भी सजा मिल सकती है। और अगर वे अब भी हुकुम नहीं मानते तो उनको और ज्यादा सजा दी जाएगी।

''बागसा साहब पर हाथ डालने में दारोगा और हमारा पसीना छूट रहा था, लेकिन दीन साहब को गुस्सा दिलाने में भी बहुत डर लग रहा था। क्या करते, हम लोग दौड़कर इकट्ठा हुए और दोनों को धक्के मारकर बाहर कर दिया। दीन साहब भी हमारे पीछे-पीछे आ गए।

''बाहर में खड़े दो जीन-रकाब कसे घोड़ों की तरफ इशारा करके दीन साहब ने पूछा था कि वे उन्हीं के घोड़े थे न? और भीड़ में से किसी ने बताया था कि उन्हीं के थे। तब साहब ने साईसों को हुकुम दिया कि वे घोड़े पर से जीन-रकाब वगैरह सब खोल लें। इस पर दोनों साहबों ने गरजकर कुछ कहा था, जो समझ में नहीं आया था।

''फिर साहब ने दारोगा को हुकुम दिया कि दोनों के मुँह में कपड़े ठूँसे जाएँ। हुकुम मिलते ही दोनों के छटपटाने के बावजूद दोनों के चेहरे ढक दिए गए और मुँह में कपड़े ठूँस दिए गए। बेचारे साँस भी मुश्किल से ले पा रहे थे, आवाज निकालना तो दूर की बात! इसके बाद साहब ने धीरे से कहा था कि जीन की रस्सियाँ काट दी जाएँ!

''दोनों साईस अपने-अपने मालिकों का हुकुम मानने वालों में से थे, इस कारण उन्होंने हुकुम फौरन तामील नहीं किया। तब दारोगा खुद दौड़कर गया और जीन की रस्सी काट दी। इसके बाद साहब ने हुकुम किया कि लगाम हटा लिए जाएँ। इस बार डर के मारे हुकुम फौरन तामील हो गया। तब साहब ने अजीब हुकुम दिया—इन दोनों को घोड़ों की पूँछ की ओर मुँह करके घोड़ों की पूँछ पर बिठाओ। दोनों साहब गुस्से से पागल होकर मारने को कर रहे थे, लेकिन कर्मचारियों ने दोनों को उठाकर बिठा ही दिया, ठीक वैसे ही जैसा दीन साहब ने हुकुम दिया था।

''साहब ने फिर कहा—दोनों के पाँव बाँध दिए जाएँ। अब बताओ, हम क्या करते! सो हमने हुकुम तामील कर दिया। इसके बाद साहब ने कर्मचारियों को कहा कि दोनों घोड़े साईसों को सौंप दिये जाएँ ताकि वे उनको सवार सहित अपने घर ले जा सकें। उन्होंने यह भी कहा कि घोड़ों के जीन और रकाब कल सवेरे भेज दिए जाएँ।

''पूरी कार्रवाई साहब के हुकुम के मुताबिक पूरी हुई। बंधे हुए, मुँह में कपड़े ठुँसे हुए और घोड़े की पूँछ की तरफ मुँह किए उनको घर की तरफ रवाना कर दिया गया। सच बोलते हैं भाई, सचमुच यह बड़ा हाकिम है!''

पीरू ने सोचा था कि साम परगना हाकिम की खूब प्रशंसा करेगा, परंतु साम परगना बिलकुल शांत था। यह देखकर बिक्रम माँझी भी असमंजस में पड़ गया कि हाकिम की प्रशंसा करे या न करे जबकि चपरासी ने खूब प्रशंसा की थी।

क्या बोलना चाहिए और क्या नहीं, इस संबंध में साम परगना ने कुछ देर तक विचार किया और तब बोला, ''हमको हाकिम का एक ही काम पसंद नहीं आया। बिक्रम के अनुसार हिन साहब और तुम्हारे मुताबिक दीन साहब, वह तो राजा को पकड़ लाने के

लिए गए थे, लेकिन यहाँ साधारण लोग मन मारे उनकी बाट जोह रहे थे कि कब आएँगे हाकिम! और हाकिम लौटे कब? शाम को! मतलब सबको दूसरे दिन के लिए रुकना पड़ा। गरीब व दु:खी के लिए यह अच्छा नहीं हुआ, क्योंकि बेचारों के पास खाने को भी कम ही रहता है। इसीलिए वे घर लौटना चाहते हैं।''

पीरू ने धीरे-से हाथ पर हाथ मारकर कहा, ''मेरे हाकिम को तुमने अभी पहचाना नहीं है! उस दिन शाम को थककर लौटने के बावजूद जब तक उन्होंने बचा हुआ काम खत्म करके लोगों को वहाँ से विदा नहीं किया, वे आराम करने नहीं गए।''

साम परगना और बिक्रम माँझी ने एक-दूसरे को देखा। बिलकुल मन लायक आदमी दोनों को मिल गया था। वे और भी बहुत कुछ पूछना चाहते थे, क्योंकि पीरू के मुँह से उसके हाकिम की प्रशंसा उनको अच्छी लग रही थी और वे ऊब नहीं रहे थे। ठीक इसी समय नींद में अलसाई आवाज सुनाई दी, ''कोई है?'' आवाज सुनकर कारिंदे सतर्क हो गए।

साम परगना ने दूसरी बार पीरू की मुट्ठी गरम करके उसे अपने हाथ में कर लिया। हाकिम की आवाज सुनते ही पीरू निकट पहुँच गया और सामने खड़ा हो गया, ताकि हाकिम की दृष्टि उस पर पड़े। जब हाकिम ने उसे देख लिया तब पीरू ने अत्यंत विनम्रता से हाकिम को सूचित किया कि एक अजनबी उनसे मिलना चाहता था। लाल चमड़ी वाले साहब कुरसी पर ठीक से बैठ गए और उन दोनों की ओर ध्यान से देखने लगे; इसके बदले परगना और माँझी ने भी उनको आदरपूर्वक सलाम किया, क्योंकि साम परगना और बिक्रम माँझी दोनों को लगा कि साहब ने उनको सम्मोहित कर लिया था।

गूलर के फल जैसे रंगवाले साहब भी जग गए थे, परंतु अपना सिर उन्होंने सीधा नहीं किया। उन्होंने बरामदे के सामने उन दोनों को देखा, परंतु नींद से मदहोश होने के कारण उनको ठीक से नहीं देख पाए। लाल चमड़ीवाले हाकिम भी नींद पूरी नहीं होने के कारण थोड़े बुदबुदाए थे, परंतु बिक्रम को पहचान लेने के बाद हौले से मुसकराए थे।

हँसते हुए ही उन्होंने कहा था, ''बहुत अच्छा! मेरे ही जैसा जूड़े वाला दोस्त आ गया है।''

उन्होंने पीरू और अन्य नौकर-चाकरों को भेज दिया। साम परगना और बिक्रम माँझी को बरामदे में बुलाकर बैठने के लिए कहा। जब वे उनकी कुरसी के पास बैठ गए तो उन्होंने आने का प्रयोजन पूछा; दूसरी ओर एक अन्य हाकिम थे, वे पूरी बात ध्यान से सुन रहे थे परंतु एक शब्द भी बोल नहीं रहे थे।

साम परगना ने हाकिम के संबंध में जो कुछ सुना था और अभी जो आकर्षण शक्ति वह देख रहा था, उसे देखकर उसको लग रहा था कि वह अपने मन की सब बातें उनको बता दे। साम परगना को थोड़ी हिचकिचाहट भी हुई, क्योंकि अब तक तो वह अपने से

कम ज्ञानवानों के साथ रहता आया था। उन पर उसको भरोसा न था और बताने पर भी वे समझने योग्य नहीं थे। परंतु अब स्वयं से अधिक बुद्धिमान और दुःख-सुख में सम्मिलित होनेवाले व्यक्ति को पाकर उसको अत्यंत प्रसन्नता हुई। यहाँ तक कि हाकिम से अनुमति लेकर उसने बिक्रम माँझी को भी बाहर रहने के लिए कहा। क्योंकि उस मुँहफट माँझी के सामने अपने हृदय की बात बताने में उसे संकोच हुआ और यह भी कि उसे कोई भी बात खुलेआम बोलने में हिचक न हो।

बिक्रम माँझी को पीरू के साथ भी ठीक ही लग रहा था। पीरू को भी जब ऐसा सुननेवाला मिल गया तो उसने हाकिम की प्रशंसा के किस्से मकड़ी के जाल के समान बुन-बुनकर सुनाना आरंभ कर दिया। उसकी बातें सुनकर बिक्रम को विश्वास हो गया कि हाकिम आदमी नहीं, देवता था और ऐसे हाकिम बिरले ही मिलते हैं।

साम परगना अपने जाति भाइयों का दुःख बताने में तल्लीन था कि किस प्रकार 'देको'* लोग उनको लूटते थे और उनको एक हाकिम की बहुत अधिक आवश्यकता थी। दारोगाओं व चपरासियों को वही सीधा कर सकता था, क्योंकि वे भी गैर-संतालों की ओर हैं।

लाल चमड़ी वाले हाकिम ने पूछा, "ये 'देको' लोग कौन हैं?"

साम परगना ने उत्तर दिया, "साहब, हमारी समझ से संताल और पहाड़िया लोग और आप साहब लोगों को छोड़कर सभी 'देको' हैं।"

साम परगना ने जो कुछ हुआ था वह सब बातें बता दीं। वह सब सुनकर लाल चमड़ीवाले साहब का खून गरम हो जाने पर भी उन्होंने जीभ पर लगाम लगा ली थी। उन्होंने मात्र इतना ही कहा, "हम्म, तुम लोगों को अपने एक हाकिम की बहुत जरूरत है।"

साम परगना ने यह भी बताया कि पोंटेट साहब ने संतालों को आस दिलाई थी कि हाकिम मिलेगा, लेकिन वह आस भी टूटने से संताल लोग बौखला गए हैं।

हाकिम ने पूछा, "तब वे क्या करेंगे?"

साम परगना ने अपने नए साथी का चेहरा कुछ पल तक जान-बूझकर खूब ध्यान से देखा। वह युवावस्था से ही चेहरे पहचानता आया है। उसको समझ में आ गया कि सहायता तो अवश्य ही मिलेगी।

अंत में साम परगना ने बताया, "साहब! आप पर मेरा भरोसा है, इसलिए कुछ भी छिपाएँगे नहीं, कुछ भी हो हम लोगों को लड़ना ही पड़ेगा।"

हाकिम ने पूछा—"तुम भी लड़ोगे?"

उस नाटे कद के संताल व्यक्ति ने गंभीर स्वर में कहा, "हाँ, हम भी अपने जाति भाइयों की तरफ ही हैं।"

---

* गैर-संताल

हाकिम ने आगाह किया—''ठीक है, तुम लोग लड़ोगे लेकिन जीतोगे नहीं, क्योंकि हमारे सिपाही तुम्हारे डंक तोड़ डालेंगे।''

''हम जानते हैं साहब, फिर भी हम लड़ेंगे। अगर लड़ाई के बिना हमारी पुकार कंपनी के कानों तक नहीं पहुँचती है तो।'' साम परगना ने उत्तर दिया।

हाकिम अपनी लंबी दाढ़ी पर हाथ फिराते हुए सोचने लगे कि यह बेचारा गरीब, जो देखने में तो गंभीर और समझदार लगता है, परंतु न जाने क्यों जान देने पर तुला है? वास्तव में यह एक अबूझ पहेली है। परंतु संपूर्ण पृथ्वी ही तो पहेलियों से भरी पड़ी है और उनको सहन करना ही पड़ता है।

कुछ पल बाद हाकिम ने कहा, ''हम जितने संतालों को जानते हैं, तुम उनसे अलग लगते हो।''

हम दोनों के जूड़ेवाले सच्चे मित्र, जिसके चेहरे पर मुसकान और मुँह पर स्पष्ट व कोमल शब्द हैं, सचमुच वह संतालों के ही समान है। मन में ऐसा सोचकर साम ने उसाँसें भरते हुए कहा, ''हाँ, आप सही कहते हैं। वे चिंतन करनेवाले नहीं, काम करनेवाले लोग हैं।''

''हमने बार-बार सुना है।'' हाकिम ने कहना आरंभ किया, ''संताल लोग विनम्र होते हैं और यह लड़ाई-झगड़ा करनेवाली जाति नहीं है। स्वतंत्र रूप से हँसते-गाते जीवन यापन करना उनको अच्छा लगता है।''

साम परगना ने हामी भरी और कहा, ''इसके बावजूद वे इन दिनों लड़ाई करने के लिए उतावले हो रहे हैं और उनको समझाते-बुझाते हम थक चुके हैं।''

हाकिम ने पूछा—''क्यों?''

साम परगना ने उत्तर दिया, ''लड़ाई या युद्ध इस पृथ्वी पर बहुत बुरी चीज है लेकिन संसार में उससे अधिक बुरी चीजें भी हैं। इस कारण हारने पर भी हम लड़ेंगे ही।''

सिंगा की बातें याद करके कि हाकिम को मिर्ची लगेगी कि मीठी, साम परगना हाकिम के चेहरे पर ही दृष्टि गड़ाए था। हाकिम बिलकुल शांत हो गए थे; चेहरे से कुछ भी प्रगट नहीं हो रहा था। परंतु बोलते समय ही साम परगना को हाकिम की आँखों में चमक और गालों पर लाली दिख गई थी, जिसके कारण उसे बोलते जाने का साहस प्राप्त हुआ और वह बोलता गया, ''हम लोग अपने परिवार और बाल-बच्चों से प्यार करते और उनकी चिंता करते हैं। घर-द्वार और हँसी-खुशी से रहना हमको अच्छा लगता है। किसी को तंग करने की इच्छा भी हमको नहीं है; लेकिन किसी का गुलाम होना हम किसी भी हालत में सहन नहीं कर सकते हैं। मरने और कष्ट उठाने से हम नहीं डरते हैं। जब तक हमने स्वाधीनता नहीं खोई है, हम लड़ेंगे।''

परगना ने देखा, आँखें पुनः चमकीं और हाकिम के मुँह से एक भी शब्द नहीं

निकालने के बावजूद उसने समझ लिया कि वे सहमत हैं। इस कारण वह अपने साथी के लिए साहब से निवेदन करने लगा, "साहब, सुन लीजिए! हाड़मा माँझी हमारा चुना हुआ साथी है। हमारे पचहत्तर मौजा भर में 'ठाकुर-जीव'* ने उसी को बुद्धि-ज्ञान और अच्छा हृदय दिया है। वह हमारा दाहिना हाथ है, लेकिन उस पर भी खतरा है..."

हाकिम ने दयामय स्वर में कहा, "साफ-साफ बताओ जी।"

"केनाराम भगत आमड़ापाडा का साहूकार महाजन है। उसके बारे में हम आपको पहले ही बता चुके हैं। वह षड्यंत्र रच रहा है कि हाड़मा को भी गरभू के समान किसी प्रकार नीचा दिखाए और गुलाम बना ले..." यह बोलते-बोलते साम परगना का गला रुँध गया और वह चुप हो गया।

दोनों हाकिम भी बिलकुल शांत हो गए। परंतु तभी साम परगना ने अचानक हाथ लहराकर जोर से कहना आरंभ किया, "आप ही उपाय बताइए साहब, अपने दोस्त को हम कैसे बचाएँ! हम तो कमजोर हैं। हमको पल्टिन साहब पर भरोसा था, लेकिन वे भी तो लापता हो गए!" इसके बाद फिर चुप्पी छा गई।

दोनों हाकिम कुरसी पर ठूँठ के समान चुप बैठे नाटे कद के उस आदमी को एकटक देख रहे थे जो अपने मित्र के लिए आँसू बहा रहा था।

साम परगना से अधिक देर तक बैठा नहीं गया और वह खड़ा हो गया और बोला, "साहब, हम आपसे भेंट कराने उसको लेकर आएँगे; उसका चेहरा देखकर और उसकी बातचीत सुनकर ही आप को लगेगा कि ऐसे लोगों का सर्वनाश नहीं होना चाहिए!"

साम परगना ने ठान लिया है कि वह हाकिम का हृदय पिघलाकर ही रहेगा। इसी कारण हाड़मा के सर्वनाश की बात रो-रोकर बताता रहा—"हाड़मा तो बरबाद हो गया! आप गुस्सा न करें साहब, अगर ऐसी मुसीबत आप ही पर आ पड़े तो क्या करेंगे!"

साहब की आँखें फिर चमकीं और जब उन्होंने नीचे के होंठ दाँतों से चबा लिये तो साम परगना के लिए यह स्पष्ट संकेत था कि वे सुन रहे थे परंतु वह 'दीन साहब' को मात्र इतना ही बोलवा पाया—"उसको ले आओ! उसको देखने की इच्छा हो रही है।" इसके कुछ ही पल बाद उन्होंने फिर कहा, "लेकिन इतना जरूर है कि इस प्रकार के लोगों को उतनी आसानी से बेवकूफ नहीं बनाया जा सकता है।"

साम परगना ने कहा, "हाँ, तुरंत नहीं। पहले उसको क्रोध दिलाएँगे और इस प्रकार शुरू करेंगे...।"

दूसरे हाकिम ने कहा, "तब तो बाबू, उसको होशियार रहना चाहिए कि गुस्से में बेकाबू न हो जाए।"

लाल चमड़ीवाले हाकिम अचानक चुप होकर चारों ओर देखने लगे। गूलर के फल

---

* संतालों के आराध्य

जैसे रंगतवाले हाकिम मुँह कसकर बंद करके मुसकराने लगे, क्योंकि थोड़ी-सी बात पर आगबबूला होनेवाला उनका सहकर्मी धीरज धरने की शिक्षा दे रहा था। लाल चमड़ी वाले हाकिम एक पल के लिए क्रोधित दिखे थे। फिर अचानक वे जोर से बोले, ''अबे थॉमसन उल्लू, अपना मुँह बंद ही रखो तो अच्छा है!'' इसके बाद वे स्वयं भी हँसने लगे।

साम परगना की समझ में नहीं आया कि उसकी परख हो चुकी थी। इस कारण उसने अपनी बात जारी रखी—''इस सबसे कुछ होनेवाला नहीं है साहब, क्योंकि उसके आदमी झूठी नालिश करके झूठे गवाह खड़े कर लेंगे और उसको पकड़ लेंगे।''

दीन साहब ने उत्तर दिया, ''फिर भी कोई बात नहीं है!''

साम परगना ने व्याकुल होकर दोनों हाथ लहराते हुए कहा, ''कोई बात नहीं, कोई बात नहीं है! साहब, आपने विचार नहीं किया है। माँझी गाँव का बहुत बड़ा व्यक्ति होता है। जब उसको अपने ही गाँव में बाँधकर गली-गली घुमाया जाएगा, अपने घर में अपने परिवार बाल-बच्चों और उनके सामने जिनको उतने समय से वह चलाता-बनाता आया है? ऐसा होने से जो नुकसान होगा, उसकी भरपाई कभी नहीं होगी, अंत चाहे जो भी हो।''

लाल चमड़ीवाले हाकिम लंबी दाढ़ी पर हाथ फिराने लगे थे। यह देखकर साम परगना के मन में आया कि हो सकता है, साहब उस राजा के बारे में सोच रहे हों जिसको उन्होंने गिरफ्तार किया था। इस कारण साम परगना ने बात आगे बढ़ाई—''उसको सजा होगी ही होगी। दारोगा जो भी बोलता है, भागलपुर के हाकिम उसका विश्वास करते हैं और केनाराम दारोगा को खूब घूस खिलाता रहता है।''

लाल चमड़ीवाले हाकिम एक बार फिर चुप होकर दाढ़ी पर हाथ फेरने लगे। कुछ पल के बाद उन्होंने निर्णयात्मक स्वर में जोर से कहा, ''तुम और जितने भी परगना हैं, तुम सभी बिना देर किए भागलपुर दौड़ जाओ!''

साम परगना ने असहमति जताते हुए कहा, ''लेकिन साहब, इससे हाड़मा को क्या लाभ होगा?''

लाल चमड़ीवाले हाकिम ने कहा, ''हाँ, यह बात तो सही कहते हो, हाड़मा तो अपने ही गाँव में मुसीबत में पड़ा है। उसको अपने साथ लेते जाओ!''

''हाँ, हम ऐसा ही करेंगे, यदि आप जैसे बड़े हाकिम कहें तो!'' साम परगना बोला।

हाकिम बोले, ''ठीक है, हम तुमसे कह रहे हैं। और तुम्हारे नाम से भागलपुर के बड़े हाकिम को एक चिट्ठी भी लिख देते हैं।'' उस व्यक्ति ने परगना को सांत्वना देने के लिए चिट्ठीवाली बात कही, क्योंकि निवेदन करनेवाले लोगों को हाकिम की चिट्ठी हमेशा से खुशी देती आई है। इस कारण चिट्ठीवाली बात पर साम परगना से जो उत्तर मिला उससे वे चकित रह गए।

''आदरणीय हाकिम, हम आपके बहुत आभारी हैं ! लेकिन हो सकता है, इससे बड़े हाकिम नाराज हो जाएँ। क्योंकि एक तो आप हमारे हाकिम नहीं हैं और आपकी उम्र कम है, आप जवान हैं । हम खुद इतने समय से परगना का काम देखते आए हैं और जब कोई दूसरे इलाके का माँझी हमको हमारे कामकाज पर सुझाव देगा तो हमको अच्छा नहीं लगेगा।''

गूलर के रंगवाला हाकिम व्याकुल होकर कुरसी पर उलट-पुलट हो रहा था, क्योंकि उसको आशंका हो रही थी कि अब उसका साथी परगना को अवश्य ही धमकाएगा, गाली देगा। परंतु उसे आश्चर्य हुआ कि उसके गुस्सैल साथी को जंगल के इस नाटे आदमी के सुझाव से थोड़ी भी पीड़ा नहीं हुई। क्योंकि संताल लोग इतना खुल्लम-खुल्ला बात करते हैं कि क्रोध आएगा ही नहीं।

लाल चमड़ीवाले साहब ने मात्र इतना कहा, ''अच्छा, इसके बारे में सोचते हैं।''

हाकिम ने साम परगना, बिक्रम माँझी और हाड़मा माँझी का नाम और साम परगना के बताने के अनुसार एक-दो अन्य लोगों का नाम भी लिखकर रख लिया। इसके बाद उसने अपने सेवकों व कर्मचारियों को बुलाकर कहा, ''ये लोग हमारे दोस्त हैं, इनको बढ़िया से भोजन कराओ।''

जब ये लोग चले गए तब हाकिम ने अपने साथी से कहा, ''थॉमसन! साम परगना बड़ा शालीन आदमी है। इन लोगों का हाकिम बनने में मुझे कोई कष्ट नहीं है, न बहाना है।''

''मुझे भी नहीं है।'' चुप बैठे थॉमसन ने मन की बात कही।

इस प्रकार संतालों के लिए ऐशले एडेन और रिवर्स थॉमसन के बीच एक ही भावना उत्पन्न हुई और जब तक मृत्यु ने उनको अलग नहीं कर दिया, वह वैसी ही बनी रही। उन दोनों के बीच विचारों की यह एकता संतालों के लिए अंततः बहुत भली साबित होने वाली थी, क्योंकि भविष्य में उनको संपूर्ण बंगाल प्रदेश का लाट साहब नियुक्त किया जाने वाला था। यद्यपि अभी वे छोटे पद पर थे।

पिपरा लौटने के बाद साम परगना ने हाड़मा को अपने पास लाकर रखा, इस बहाने से कि उसे काम में सहायता की आवश्यकता थी।

कालांतर में लाल चमड़ीवाले हाकिम संतालों के बीच बिक्रम माँझी द्वारा दिए गए नाम 'हिन साहब' के रूप में ही विख्यात हुए, पीरू द्वारा दिए गए नाम से नहीं। साम परगना, हाड़मा और अन्य ऐसे ही लोग हिन साहब के पास बार-बार आना-जाना करते थे। इस कारण भागलपुरवालों की अपेक्षा इन्होंने संतालों की और संतालों के प्रदेश की नब्ज बेहतर पहचानी थी।

हाल-चाल बहुत ही संकटपूर्ण है, जब साम परगना से यह बात मालूम हो गई तब

अन्य परगनाओं को एकजुट कर अपना दु:ख बताने भागलपुर ले जाने तक हाकिम को चैन ही नहीं था। उन्होंने कमिश्नर साहब को पत्र भी लिखा, परंतु साम परगना के हाथ से नहीं भेजा।

एडेन साहब ने संतालों के बीच नई आशा और विश्वास का संचार किया, जिस कारण वे संतालों के बीच पोंटेट साहब के समान, बल्कि उनसे भी अधिक लोकप्रिय हुए। क्योंकि उनके मित्र होने के बावजूद पोंटेट साहब उनकी कोई सहायता नहीं कर पाए थे। परंतु यहाँ हम जिस व्यक्ति को देख रहे हैं वह भिन्न है—हट्टा-कट्टा, साहसी, दृढ़ संकल्पी और परिश्रमी व्यक्ति, जिसने बार-बार नहीं कहा कि थोड़ा रुक जाओ, धीरज धरो इत्यादि।

यह जोड़ना भी अच्छा ही होगा कि पीरू की सहायता से साम परगना ने किरानियों के साथ अच्छी दोस्ती गाँठ ली और जब-जब वह हाकिम से मिलने जाता, किरानी लोग उसे दफ्तर की खबर दिया करते थे।

□

16

षड्यंत्र

जिस दिन पानी भरने की वेला में साम परगना एडेन साहब से बातें कर रहा था और रिवर्स थॉमसन चुपचाप सबकुछ सुन रहे थे, उस दिन, उसी समय एक कमजोर व नाटा आदमी, जिसकी नाक तोते के समान थी, इधर-उधर हुलकता हुआ सुनसान पड़े मुंसिफ की अदालत से बाहर निकल रहा था। आँखें बहुत काली नहीं, परंतु चंचल थीं और भौंहें बेतरतीब। वह बाहर खड़ा होकर प्रतीक्षा करता हुआ अनुमान लगाने का प्रयास कर रहा था। क्योंकि यह कोई मामूली व्यक्ति नहीं अपितु निधिराम चटर्जी हैं, ब्राह्मण हैं और बड़े हाकिम के बड़ा बाबू हैं। सब लोग उन्हीं को वास्तविक मुंसिफ समझते हैं, क्योंकि उनका हाकिम बहुत ही बूढ़ा और बीमार-सा था और सेवानिवृत्ति में कुछ ही समय रह जाने के कारण बड़ा बाबू ही सर्वेसर्वा थे।

वे बाहर प्रतीक्षा करने लगे। कुछ ही पल बाद उसी दरवाजे से ऊँचे कद का एक अधेड़ ठाट-बाटवाला व्यक्ति जिसका चेहरा उदास-सा था, बाहर निकला। निकलने के बाद उसने दरवाजे पर ताला लगाया। यह दूसरे ब्राह्मण हैं, जिनका नाम है बसंतो कुमार गांगुली, जो मुंसिफ के नाजिर या खजाने के मालिक ही हैं। इनको कुर्की का परवाना जारी करनेवाले और चपरासियों का मालिक भी कहा जाता है। इनकी तनख्वाह कोई खास नहीं है, परंतु सभी जानते हैं कि धनी आदमी हैं।

बड़े बाबू और नाजिर चौड़े रास्ते से जा रहे थे। बढ़ई-कारखाने के थोड़ा आगे पहुँचकर दोनों दाईं ओर जानेवाली पतली गली में मुड़ गए। खुले स्थान से, जिसके दोनों ओर पेड़ों के झुरमुट थे, गंगा नदी का पानी चमकता हुआ दिखाई देता था। वे दोनों गुँथे हुए फूल के समान एक-दूसरे के आगे-पीछे चल रहे थे। उनके दोनों ओर टूटी हुई पुरानी दीवार पर उगी घनी घास और दीवार पर उगी जँगली लता के पत्ते उनके कंधों को स्पर्श कर रहे थे, क्योंकि दोनों ओर से लताएँ गली की ओर झुकी हुई थीं। दीवार टूटी-फूटी है और पुरानी होने के कारण काली दिखाई देती है।

आइए, हम जरा जल्दी-जल्दी कदम बढ़ाएँ। सहजन के पेड़ को दाईं ओर रखकर पीठ करने से ही उस ओर बिना छप्परवाली दीवार में बने दरवाजे से हम प्रवेश करेंगे। हम आँगन में पहुँच गए। सामने ईंट और मिट्टी का बना एक मकान दिखाई देता है। यह कोठा घर (दो तल्ला) है। ऊपर के तल्ले में महिलाएँ रहती हैं, खिड़की भिड़का कर रखी है, ताकि अंदर दिखाई न दे। नीचे बरामदा है जिसके खंभे पुराने हो चुके हैं। इस घर के दाएँ-बाएँ और भी कमरे हैं, जो पंख के समान फैले दिखाई देते हैं। एक कमरे में गृह-देवता की प्रतिमा स्थापित की गई है, जिसे देखकर जाना जा सकता है कि गृह-स्वामी हिंदू मतावलंबी हैं।

बरामदे में घास की चटाई बिछी है। एक पर दो लोग बैठे हैं। वे लोग हिंदुस्तानियों की आदत के अनुसार अपनी-अपनी ठुड्ढी अपने-अपने घुटनों पर टिकाकर बातें करने में व्यस्त हैं। इनमें से एक को हम पहली बार देख रहे हैं। गेरुआ वस्त्र और सिर के केश सफाचट, चेहरे पर हर समय चिपकी मुसकान, निस्संदेह यह हिंदू धर्मावलंबी हैं, क्योंकि नाक के ऊपर माथे पर तिलक से आप उन्हें पहचान सकते हैं। कुम्हार के चाक के समान पगड़ी और कमर में कपड़े लिपटे हैं। पगड़ी और कमर में लपेटा गया कपड़ा दोनों ही झक-झक सफेद 'मसलिन' के हैं तथा 'मसलिन' की चादर पास ही तह कर रखी है। वह और उसके साथ का व्यक्ति, दोनों ही हुक्का गुड़गुड़ा रहे हैं। चिलम में सुगंध मिलाए जाने के कारण सुगंध फैल रही है। दोनों के हुक्के अलग-अलग हैं, क्योंकि जाति भी अलग है। हुक्का लोहे का बना है, परंतु चाँदी का पानी चढ़ा है जिसको बद्री हुक्का कहते हैं जो पूर्णिया में बनता है। यह संतोखी लाल है, इस घर का स्वामी। साथवाला व्यक्ति पहले से जाना-पहचाना केनाराम भगत है।

केनाराम भगत ने स्नान करके कपड़े बदल लिये हैं, इस कारण इससे पूर्व उसे जो कीचड़ में घसीटा गया था उसका कोई चिह्न दिखाई नहीं देता, परंतु उसके मन में दाग लग चुका है जो किसी भी प्रकार छूट नहीं रहा है। घर के स्वामी ने उसे एक दिन और एक रात समझाने का प्रयास किया है। संतोखी लाल ने उसे नए मजिस्ट्रेट के कर्मचारियों के एक से एक किस्से सुनाए, जिनमें से कुछ सही थे और कुछ गढ़े हुए। उसके पास किस्सों का भंडार था। ऐसा लगता है कि यहाँ के लोगों को किस्से-कहानियाँ सुनना अच्छा लगता है। केनाराम की समझ में आ गया कि उस हाकिम से दूर रहने और उसके आदेश के विरुद्ध न जाने में ही भलाई है। संतोखी की सलाह पर चलने के लिए और उस हाकिम के बदली नहीं होने तक धीरज धरने या ऊपरवालों के साथ हाकिम का झगड़ा-झंझट नहीं होने तक रुके रहने में उसे कठिनाई हो रही थी। कुछ-न-कुछ अवश्य होना चाहिए और वह भी शीघ्र।

बदला लेने का इरादा उसने कुछ समय के लिए मन से निकाल दिया। सच है कि

पहले वह क्रोध से पागल हो गया था। परंतु अब उसने काम में ध्यान लगा लिया है। क्योंकि काम ही से वह संतोखी लाल के घर याद करके आया है और वे दोनों ब्राह्मण भी इसी के लिए डोलते-डालते इधर आए हैं, साझेदारी का काम करने। इनके एकजुट होकर काम करने का उद्देश्य जुबदी (प्रतिबंधित) क्षेत्र के संतालों को गुलाम बनाकर रखना है। इस क्रम में बहादुरी के पहले काम के रूप में उन्होंने लिटिपाड़ा के बिजय मांझी का डंक तोड़ डाला था।

धोखाधड़ी या हानि पहुँचाने के खेल दिखाने या उलटा-पुलटा विचार करने में यहाँ एकत्र हो रहे प्रत्येक व्यक्ति की अपनी-अपनी भूमिका है। यह सब करने में इन साझेदारों को आनंद आता है।

कर्ज में रुपए देनेवाला ही मुवक्किल था। गलत काम करने के लिए एकत्र लोगों ने उसे ही परदे के रूप में उपयोग किया है और पैसा-पूँजी लगानेवाला भी वही, क्योंकि मुकदमों का जीवन तो इसी पर अटका होता है। उसके सामने भला व बुरा दोनों समान हैं। झूठ बोलना, साजिश रचना और लालच देना ये सब मात्र दुर्गुण नहीं अपितु व्यापार में लोगों को घेरने के उपाय भी हैं। जिन पर जुल्म किया जा रहा है, उनका कष्ट देखकर इनको कुछ नहीं होता, जैसे शिकारी शिकार करके जानवर की खाल तो निकालकर घर ले जाता है, परंतु शरीर वन अथवा मैदान में लोमड़ियों व चीलों के नोच खाने के लिए छोड़ आता है और जानवर के कष्ट से उसे कोई लेना-देना नहीं होता।

यहाँ जो संतोखी लाल है, ऐसे मुवक्किलों के लिए बहुत सही वकील है। पढ़ा-लिखा और ज्ञानवान, कभी घबराता नहीं और झूठे गवाह तैयार करने में माहिर आदमी। एक झूठा मुकदमा तैयार करने के क्रम में जिसका हाथ टूट चुका है, ऐसे माननीय हैं ये।

दोनों किरानी भी आकर जुड़ गए हैं। इनमें से एक अपनी इच्छा के अनुसार मुंसिफ से आदेश लिखवा सकता है और दूसरा बिना जारी परवाने को जारी हुआ के रूप में दिखा सकता या साबित कर सकता है।

चार लोग जमा हो गए हैं, परंतु कुछ कर नहीं रहे हैं। वे अपने सरदार या महेश लाल दारोगा की राह देख रहे हैं, वही तो संतालों के लगातार रुदन का कारण है, जिससे वे बहुत डरते हैं। उसके बिना अन्य लोग किसी काम के नहीं हैं, क्योंकि वही तो इस साझेदारी की तलवार है। जुबदी के संताल केवल नाम के लिए भागलपुर के मजिस्ट्रेट के अधीन हैं। वास्तव में अफसर को अपने मातहत इस तेज-तर्रार दारोगा पर इतना अधिक विश्वास है कि वह जो भी करे, सही काम माना जाता है; क्योंकि दारोगा अनेक प्रकार के लिखित प्रमाण दिखाता था। वह जुबदी में जो कुछ भी करता, उसकी सहमति उसको मिल जाती थी। इस प्रकार इन साझेदारों ने दारोगा के माध्यम से सरकार बहादुर के सभी अधिकार हथिया लिये थे और यदि सरकार बहादुर बहुत कड़ाई करते तो सरकार के

आदमी होने के बावजूद जुबदी की अभागी प्रजा को कष्ट उठाना पड़ता था। यदि वे कुछ असंतोष जताते तो यह साबित किया जाता कि वे स्वतंत्र होना चाहते थे और उनको चाबुक की आवश्यकता थी।

अंत में जब दारोगा का प्रवेश हुआ तो दल में उत्साह आ गया। इस समूह का सरदार बहुत बड़ा आदमी था। ऊँचे कद का जवान, ऊपर ही देखकर चलता और हट्टा-कट्टा था। तोते जैसी नाक व विशाल शरीर और मूँछें कड़ियल व डरावनी। चौड़ा जबड़ा, घनी भौंहें एक-दूसरे से मिलती हुई दिखाई देतीं और जब-तब ऐसा लगता कि चेतावनी दे रही हैं। इसी कारण वह जब अपनी बड़ी-बड़ी काली आँखों से किसी को देखता तो ऐसा लगता कि उसका सर्वनाश ही हो जाएगा। आवाज गंभीर, परंतु कर्कश। वह हमेशा ही हँसता, परंतु रूखी हँसी और उसे मुसकराते हुए किसी ने कभी नहीं देखा।

काम में माहिर होने के बावजूद केनाराम को कोई पूछता नहीं था, क्योंकि वह अकारण ही आगे-पीछे होता रहता था। उसके साथी अवसर मिलने पर उसे बमकाने से बाज नहीं आते थे और इस बार शुरुआत दारोगा ने की। जब उनमें आपस में प्रणाम-पाती हो गया तब दारोगा ने केनाराम की ओर मुड़कर पूछा, "क्या हुजूर! आप और जंगीपुर के हाकिम के बीच सुनते हैं कुछ हुआ है। क्या हुआ था?"

केनाराम बगलें झाँकने लगा। उसकी समझ में नहीं आ रहा था कि यह कैसा प्रश्न है।

संतोखी लाल बीच में टपक पड़ा, "अब क्या बताएँ, हुजूर बहादुर ने तो सुना ही है। सुनते हैं कि बड़े हुजूर केनारामजी के घोड़े को हाकिम ने बीच बाजार में भाले से मारा?"

नाजिर बसंतो ने उसी बात में जोड़ते हुए कहा, "और उसे कीचड़ में पटक दिया!"

हा-हा करता हुआ दारोगा रूखी हँसी हँस दिया। केनाराम का क्रोध देखकर दारोगा उसे और चिढ़ाने लगा। दारोगा से सीधी लड़ाई मोल लेने का साहस न होने के बावजूद केनाराम मन-ही-मन आगबबूला हो रहा था।

संतोखी लाल ने देखा कि मामला बिगड़ रहा था, इस कारण उसने सोचा कि बात को दूसरी तरफ मोड़ना चाहिए, इसलिए तपाक से बोला, "चलो भाई काम पूरा कर लें। भाई दारोगाजी, आप तो आदरणीय बड़े लोग हैं। जुबदी के कोने-कोने की बात तो आपको मालूम है। बताइये वहाँ हम लोगों का कामकाज कैसा चल रहा है?"

दारोगाजी ने वास्तविक मालिक के समान छाती फुलाकर कहा, "हाँ-हाँ' बताते हैं भाई, खुशी से बताते हैं...हमारा नया बाजार, मेरा मतलब है अपना महेश बाजार अनोखे तरीके से फल-फूल रहा है।"

निधिराम किरानी और संतोखी लाल वकील ने एक-दूसरे को आँख मारी। ये पुलिसवाला जब तक डींग न हाँक ले, इसके मुँह से बात ही नहीं निकलती है!

निधिराम ने बात शुरू की, ''हमको बहुत सावधान रहने की जरूरत है। मुसीबत बहुत दूर नहीं है।''

संतोखी लाल ने चुटकी ली, ''एक मुसीबत तो हमारे ही बीच है, जो अनसुलझी है।''

दारोगा होंठ बिचकाकर हँसने लगा। क्या इनमें आपसी एकता नहीं है? जब दारोगा की हँसी बंद हुई तब संतोखी लाल ने शब्दों को चबाते हुए कहा, ''माननीय केनारामजी का हाल बेहाल होने पर आदरणीय दारोगाजी उनको चिढ़ा रहे थे, लेकिन केनारामजी को यह चिढ़ाना बिलकुल पसंद नहीं है।''

इसके पहले संतोखी लाल सूदखोर महाजन को चिढ़ा चुका था और अपनी जाति की प्रतिष्ठा के अनुसार वह उससे मित्रता करने में अपना अपमान समझता था। परंतु कूटनीति के तहत उसे ऐसा करना पड़ रहा था। ऐसी नोंक-झोंक में मजा भी आता था परंतु इससे उसका अपना नुकसान भी हो सकता था। इसी कारण वह केनाराम के गुस्से को कम करने के प्रयास में उसे माननीय आदि विशेषण से विभूषित कर रहा था।

दारोगाजी की जुबान यद्यपि कड़वी है और वे अपनी प्रशंसा स्वयं करते हैं तथापि मूर्ख नहीं हैं। उन्होंने इशारा समझ लिया और उसी के अनुसार बात करना आरंभ कर दिया तथा बोले, ''बड़े साहब! सचमुच हमने ही बोलकर गलती की है। केनारामजी मेरे आदरणीय मित्र हैं और हम उनसे क्षमा माँगते हैं।'' उस रसूखवाले व्यक्ति की चिकनी-चुपड़ी बातों से और उसके माफी माँग लेने से चालाक सूदखोर शांत हो गया। अकारण प्रशंसा सुनकर दोनों ब्राह्मण किरानी मंद-मंद मुसकराए और नजर बचाकर कंधे उचका-उचकाकर नाराजगी प्रकट की, जिसे केनाराम देख नहीं पाया।

संतोखी लाल ने पहलेवाली बात आरंभ करते हुए कहा, ''सचमुच यह हमारा बहुत बड़ा समूह है। इसमें बनिया से लेकर सभी वकील, मुख्तार, सूदखोर, किरानी और पुलिस के अफसर भी सम्मिलित हैं तो कम बड़ा समूह नहीं है। याद कीजिए, निधिराम के मार्फत मुंसिफ हमारी मुट्ठी में है। हमारे माननीय दारोगाजी के चलते हाकिमों को हम चलाते हैं और संतालों में से किसी को भी जेल भेज सकते हैं।''

महेश दारोगा ने संतुष्ट स्वर के साथ सहमति में सिर हिलाते हुए कहा, ''हाँ-हाँ, बात तो बिलकुल सही है। हम जिसको चाहें उसको हाजत में भर सकते हैं।''

निधिराम और संतोखी लाल ने फिर एक-दूसरे को आँख मारी।

संतोखी ने ही बात बढ़ाई—''दारोगाजी, आप ही बताइए कि हमारे परिश्रम का फल लग भी रहा है कि नहीं? एक गीत में ठीक ही कहा गया है कि अवसर कुँआ है और जब अवसर पूर्ण होता है तो वह पानी है; कोशिश करना बाल्टी या घड़ा हुआ और परिश्रम करना रस्सी है। कुएँ से पानी भरकर निकालने के लिए इन सब चीजों की जरूरत तो होगी

ही। लेकिन बालटी से खींचकर पानी निकालते समय कभी-कभार रस्सी टूट भी जाती है और पानी वापस कुएँ में गिर जाता है। तब दारोगाजी, आप ही बताइए, हमारी रस्सी मजबूत है न! टूटने का डर तो नहीं है?''

दारोगा ने सबको तीखी नजरों से देखा। वकीलजी जब भी बात उठाते हैं तो दारोगा को लगता है कि बातें घुमाकर उनको ही सुनाई जा रही हैं। दारोगाजी को भी ऐसी बातें पसंद नहीं थीं। प्रकट में उन्होंने कहा, ''लालजी! हमारी तो समझ में ही नहीं आता है कि आप किस मतलब से ऐसी बातें करते हैं?''

केनाराम भी खिसिया गया और बोला, ''उनकी बातें हमको भी समझ में नहीं आती हैं। लेकिन अब हम लोग सट्टा लिखने के संबध में···''

परंतु दारोगा ने फिर कहा, ''हमारी समझ से आप सभी जानते हैं कि संताल लोग कितनी विनम्रता से गुलाम बन जाते हैं। मेरी इस बात का समर्थन आप तीनों जंगीपुरिया भद्रजनों को करना चाहिए। पूरी दुनिया में हम ही एक अकेले हैं, जो इन जानवरों की रग-रग पहचानते हैं। यह केनारामजी भी मानते हैं कि उनसे अधिक संतालों को हम पहचानते हैं। और मजिस्ट्रेट तो जो हम कहें, वही मानते हैं।''

कुछ देर की चुप्पी के बाद दारोगा ने बोलना आरंभ किया, ''भाई भद्रजनों! यह तो आप लोगों का सौभाग्य है कि आपने हमको इस समूह का मुखिया बनाया है। क्योंकि हम सब खबर रखते हैं और बहुत ही चतुर आदमी हैं और ऊपर से अनुभवी भी हैं।''

दोनों किरानियों और वकील को दारोगा का अपने मुँह मियाँ मिट्ठू बनना बहुत बुरा लगा। एक तो दारोगा का बड़बोलापन और दूसरे उनको यह लक्षण अपशकुनी का लगा। वे सभी चुपचाप बैठ गए, जबकि केनाराम कुछ-कुछ बुदबुदाता रहा।

दारोगाजी वक्त की नजाकत पहचानने में माहिर थे। उनको समझते देर न लगी कि उनकी बात सबको मिर्ची के समान तीखी लगी है। परंतु उसने ध्यान नहीं दिया और बोलना जारी रखा, ''जानवरों के समान चुप रहकर धीरज से सबकुछ सहनेवाले इन लोगों को आप लोग नहीं जानते हैं। वे सबकुछ सहन कर सकते हैं, लेकिन अपनी महिलाओं का अपमान सहन नहीं कर सकते। जब-तक हम, केनारामजी और आप बसंतोजी, अपने लोगों को इन सब बातों से रोके रहेंगे तब-तक कोई परवाह नहीं है। डर की कोई बात ही नहीं है! हम जो बता रहे हैं, इसको अच्छी तरह याद रखिएगा···एक बात और है, हम भूल रहे थे। ये जो रेल लाइन बिछाने के काम में लगे पछियारी लोग गाँववालों को तंग कर रहे हैं। इस बारे में हम और राजमहल के दारोगा मोबारक अली ने मजिस्ट्रेट साहब को आगाह कर दिया था और उन्होंने कार्रवाई भी की थी। लेकिन रेल लाइन वाला साहब बहुत अड़ियल और अपनी मर्जी का मालिक है, यहाँ तक कि हाकिम को भी कुछ नहीं समझता है। लाट साहब छोड़कर और किसी की बात नहीं मानता है।''

यह लाट साहब या लॉर्ड साहब का मतलब गवर्नर जनरल ही है। चाहे वह अंग्रेज हो या हिंदू हो, सभी भागलपुर के बड़े हाकिम या नए लाट, जिसको लोग कलकत्ता का छोटा लाट कहते हैं, उसकी उपेक्षा या उसका तिरस्कार करने की बात कभी किसी से सुनी नहीं गई, यह निडरता का काम है।

संतोखी लाल ने बात आरंभ की, ''ये अंग्रेज लोग जो हैं न बिलकुल हाथी के समान हैं, किसी की परवाह नहीं करते चाहे वे सरकारी आदमी हों या आम आदमी! और उनका साहस! वे किसी से नहीं डरते और उनसे कौन नहीं डरता है?'' यह बोलते हुए उसकी दृष्टि अचानक केनाराम की ओर चली गई। सूदखोर को चिढ़ाने के लिए उसका मन व्याकुल होने लगा, परंतु इस बार उसने अपनी इच्छा किसी तरह से दबा दी।

बसंतो नाजिर ने भी अपनी बात सामने रखी और बोला, ''मेरे आदमी बताते हैं कि साहब लोग पूरा जंगल काटकर मैदान बना रहे हैं। इससे संताल लोग खुश नहीं हैं।''

केनाराम ने जैसे ही कहा कि पेड़ों को काटने का काम तो हमारा ही…वैसे ही दारोगा ने उसे मुँह बंद करने का संकेत किया और स्वयं ही बोलने लगा, ''आदरणीय बंधुओं, इसके बारे में हमको बेहतर मालूम है; क्योंकि पहाड़िया लोगों के सुपरिंटेंडेंट और संतालों के मजिस्ट्रेट दोनों की सहायता करनेवाले तो हम ही हैं न! इस प्रकार हमारी पहुँच दो-दो हाकिम तक है, बल्कि बनियों के और केनारामजी के भी हम ही हाकिम हैं। है कि नहीं केनारामजी?'' यह बोलकर दारोगा ने केनाराम की ओर देखा।

अन्य लोग इस प्रकार की डींगें सुन-सुनकर थक चुके थे, क्योंकि दारोगाजी इन सब के ऊपर ही बने रहने का पूरा प्रयास कर रहे थे। दारोगा के हिसाब से वह उनका मालिक बन बैठा और वे उसके सहकर्मी नहीं थे।

संतोखी लाल को इच्छा हुई कि वह दारोगाजी को टोके, परंतु उसने अपने आपको रोका और प्रकट में बोला, ''ठीक है दारोगाजी, लेकिन पेड़ काटने का क्या हुआ?''

दारोगा ने कुछ तेज आवाज में उत्तर दिया, ''अच्छा-अच्छा, पेड़ काटनेवाली बात न! हाँ, यह बात हमारे रैयत पहाड़िया लोगों को अच्छी नहीं लगी है। क्योंकि उनका तो शिकारवाला जंगल ही बरबाद हो गया; लेकिन मेरे रैयत संताल काफी खुश हैं, क्योंकि जंगल कटने से इन्होंने अपने लिए बहुत खेत-बारी बना लिये हैं इसके अलावा पेड़ काटने की मजदूरी भी अलग से मिली, जिससे संताल लोग बहुत खुश हैं और अपने काम की लकड़ियाँ भी उनको मिल गईं।''

यह सुनकर बसंतो नाजिर ने ठहरे हुए शब्दों में कहा, ''आप कुछ भी बोलिए, लेकिन हमने सुना है कि वे यहाँ-वहाँ बैठक कर रहे हैं और उसमें बहुत जोश से किसी बात पर चर्चा होती है और जब मेरे आदमी वहाँ पहुँचते है तो चर्चा बंद हो जाती है।''

''किस बात पर चर्चा करते हैं?'' दारोगाजी ने जानना चाहा।

नाजिर ने असमर्थता जताते हुए कहा, ''यही तो···मेरे आदमी बता नहीं पा रहे हैं क्योंकि उनको संतालों की भाषा नहीं आती है।''

दारोगाजी ने सहमति जताई—''हाँ-हाँ, पता नहीं क्या अड़िञ-बड़िञ बोलते हैं, समझना कठिन है। ऐसी आवाजें तो गाय-भैंस और लोमड़ी ही निकाल सकते हैं। कोई भी सभ्य आदमी ऐसी भाषा सीखना नहीं चाहेगा, यदि वह वास्तव में सभ्य है तो!''

बसंतो नाजिर ने भी बात जोड़ी, ''क्या बोलते हैं क्या नहीं, नहीं मालूम; लेकिन वे नाराज हैं और झल्लाए हुए हैं···ऐ भाई दारोगाजी, इन बैठकों को रोकिए! हमारी बात पर विश्वास कीजिए, ये मामूली लोग नहीं हैं। ये कुछ-न-कुछ झंझट जरूर करेंगे!''

दारोगा ने उत्तर दिया, ''हो सकता है। लेकिन आप तो जंगीपुर में रहते हैं और आप जितना जानते हैं उससे दुगुना हम जानते हैं, क्योंकि हम तो संतालों के बीच घूमने-फिरने वाले हैं। जो भी हो, लेकिन गाँवों में होनेवाली बैठकें रोकने के लिए हमारे पास सिपाही नहीं हैं और हम तो रोकने की जरूरत भी नहीं समझते हैं, क्योंकि संताल आक्रामक तो होते नहीं हैं।''

बसंतो नाजिर ने जिद करते हुए कहा, ''फिर वे गुस्से से पागल क्यों हो रहे हैं?''

दारोगा ने कहा, ''उनको एक बात की आशा है!''

''आशा, किस चीज की आशा, भाई?'' संतोखी लाल ने जोर से पूछा।

दारोगा ने उत्तर दिया, ''अपने लिए एक हाकिम बहाल किए जाने की आशा। इसका मतलब है कि हमारे दिन बदल जाएँगे। मुंसिफ नहीं रहेंगे, न निधिराम रहेंगे, मजिस्ट्रेट भी नहीं रहेंगे! पोंटेट साहब ही सर्वेसर्वा हो जाएँगे। ऐसे में हमारा यह समूह क्या कर लेगा? संताल लोग सोच रहे हैं कि वे हमें अँगूठा दिखाएँगे।''

संतोखी लाल ने कुँहरकर कहा, ''हाँ, उनकी आशा हमारे लिए खतरा है!''

निधिराम ने अपनी आशंका जताई—''और यह जल्द ही होगा···क्योंकि भागलपुर के हमारे साथी उस आदेश को और अधिक दिनों तक दबाकर नहीं रख सकेंगे। वह बाहर आएगा ही। अरे बाप रे! हम तो भूसे के समान उड़ जाएँगे!''

दारोगा ने अपनी राय प्रकट की, ''हम भी इसी के बारे में सोच रहे हैं और मेरे हिसाब से हम लोगों ने मुंसिफ और मजिस्ट्रेट लोगों को जिस प्रकार अपने कब्जे में रखा है, वैसे ही पोंटेट को भी कर लेंगे।''

''पोंटेट बूढ़ा हो रहा है और पहले के समान दौड़-धूप नहीं कर सकता है। इसके अलावा अफसरी में उसको मजा नहीं आता और अब तो काम का बोझ भी बढ़ जाएगा। अगर वह कोई दूसरा काम न भी करे, फिर भी एक आदमी के हिसाब से काम अधिक हो जाएगा।''

'इसके बाद फिर सोचना क्या है! जैसे अन्य मुंसिफ और मजिस्ट्रेटों को किरानियों

की जरूरत होती है, इसको भी होगी और दफ्तर में बैठना भी पड़ेगा, क्योंकि वह टूर तो कर नहीं पाएगा। उसके बदले दारोगा इधर-उधर जाएगा और किरानी लोग अपने मन मुताबिक उससे दस्तखत करा लेंगे। वे नाम तो क्या, लोग भी बदल देंगे···यही है कि पैसा-कौड़ी और समय थोड़ा अधिक लगेगा, लेकिन काम भी अधिक ही होगा। अरे भाई, हम हर हाल में जीतेंगे!''

दारोगा कुछ पल चुप होकर सोचने लगा और अंत में बोला, ''अरे कुछ नहीं होगा, निकलता रहे आदेश!''

उसकी बातें सुनकर निधिराम ने हँसते हुए कहा, ''हमारे दोस्त खुश हो जाएँगे। मैं उनको पत्र लिख दूँगा।''

संतोखी लाल ने कहा, ''अभी एक दूसरी समस्या बाकी है—नए हाकिम की समस्या!''

दारोगा ने जोर से पूछा, ''नया हाकिम! अरे भाई निधिराम, आपका वह नाटा साहब मर गया क्या?''

निधिराम ने दारोगा को समझाया, ''संतोखी लाल मजिस्ट्रेट साहब की बात कर रहे हैं।''

दारोगा ने फिर पूछा, ''उनका जुब्दी (प्रतिबंधित क्षेत्र) से क्या लेना-देना?''

निधिराम ने कंधे उचकाए और कहा, ''अगर आप उनके बारे में सुनेंगे तो आपको पता चलेगा कि वे सब बातों पर अपना हुकुम चलाते हैं।'' इसके बाद उसने दारोगा को अपनी जानकारी के अनुसार बिक्रम माँझी और झाबान के मजिस्ट्रेट से भेंट करने की पूरी कथा सुना दी।

बसंतो ने समर्थन में कहा, ''आपने सही याद दिलाया, आज ही दूसरी बेला उनके यहाँ वही बिक्रम और उसके साथ धोती कुरतेवाला एक नाटा आदमी और दो संताल युवक मिलने आए थे। वे जरूर अभी भी वहीं होंगे।''

दारोगा ने शंका-निवारण किया—''धोतीवाला साम परगना है, वह छुप-छुपकर सुराग लेता रहता है।''

संतोखी लाल ने सबको चेताया, ''देखो भाइयो, यह नया मजिस्ट्रेट हमको खाने नहीं देगा। याद कीजिए, नदिया के नीलकोठी वाले साहबों को इसने समाप्त ही कर दिया।''

दारोगा ने नाक-भौंह सिकोड़ते हुए कहा, ''छी-छी संतोखी लालजी, आप भी ऐरे-गैरों के समान बातें क्यों करते हैं? किसी ने आपको बढ़ा-चढ़ाकर बताया है।''

संतोखी लाल ने ठहरे हुए स्वर में उत्तर दिया, ''यह बढ़ा-चढ़ाकर बतानेवाली बात नहीं है भाई! हमारा तो काम ही है सूचनाएँ जमा करना और जब से ये आए हैं, तब से

जो कुछ देखा है, उससे विश्वास हो गया है कि जो सुना, वह सही है। एक राजा (जमींदार) को तो इसने हाजत में बंद करवाया, दो अंग्रेजों के हाथ बँधवाकर उनको घोड़ों की पीठ पर उलटा बिठाकर उनके घर भिजवाया है। उन्होंने और क्या-क्या किया है, केनारामजी अच्छी तरह जानते हैं। वे और क्या-क्या करेंगे, यह तो देवता ही बता सकते हैं।''

निधिराम ने जोर लगाते हुए कहा, ''इनके बारे में भागलपुरवाले जो भी सोचें लेकिन यहाँ तो वे सचमुच ही बड़े हाकिम हैं। इनके विरुद्ध उँगली उठानेवाला कोई नहीं मिलेगा, न ही आवाज निकालने और एक शब्द लिखनेवाला कोई मिलेगा। हमने बहुत हाकिमों को देखा है, लेकिन यह सचमुच उन सबसे बड़ा है। अगर ये जिंदा रह गए तो देखिएगा, एक दिन लाट साहब जरूर बनेंगे।''

सभी अनुमान पूरे नहीं होते, परंतु यह अनुमान पूरा हुआ था।

दारोगा ने तेज स्वर में प्रश्न किया, ''इसने क्या वहाबियों का मन भी मोह लिया है? क्योंकि कहते हैं कि मुसलमानों में वहाबी लोग बहुत कट्टर होते हैं और अपनी जाति-बिरादरीवालों को छोड़कर किसी अन्य देशवासियों को शासक मानना उनके मत में मना है। यहाँ आस-पास में उनकी अच्छी जनसंख्या है और वे तो छक्का छुड़ाकर रख देंगे।''

संतोखी लाल ने तुरंत प्रतिवाद किया और बोला, ''क्या बोलते हो! वे लोग तो इनको रुस्तम पुकारते हैं, जो उनके वीर का नाम है। इनको तो वे दीन साहब कहते हैं, और मालूम है, दीन का मतलब धर्म से जुड़ा हुआ है।''

तब दारोगा ने कहा, ''अच्छा, तब यह बताइए कि फिर सरकार की नजर इन पर क्यों नहीं पड़ती है? क्योंकि जो-जो बातें आपने बताई हैं, वे सब बातें बड़े हाकिमों को बिलकुल पसंद नहीं हैं।''

संतोखी लाल ने अपनी राय प्रकट की—''इसके बारे में तो कुछ नहीं कह सकते हैं, लेकिन कुछ लोग कहते हैं कि शायद वे सरकार के अतिथि हैं। यदि ऐसा है तो सरकार की नजर में आने का तो सवाल ही नहीं उठता है।''

दारोगा चुप होकर अपनी ठुड्ढी मलने लगा, फिर बोला, ''हाँ, हो सकता है, यह जवान साहब हमारा षड्यंत्र बेकार कर दे। हम लोग पूरी कोशिश करेंगे कि यह अन्य हाकिमों की नजर में आ जाए···चलिए, अपनी क्षमता भर हम कोशिश करेंगे।''

बसंतो ने धीमे से कहा, ''नील तो टापुओं में है और गंगा नदी का पानी बढ़ता जा रहा है।''

इसके बाद पुनः चुप्पी छा गई और सब अपने-अपने विचारों में मगन हो गए। केनाराम ने एडेन साहब से बदला लेने का विचार त्याग दिया। उसका ध्यान अन्य की ओर आकर्षित हो गया। क्योंकि यह आदमी उसकी पहुँच में था और उससे उसको पुरानी

खुंदक भी थी। वह था हाड़मा देसमाँझी। केनाराम ने संकल्प किया कि वह उससे बदला लेकर रहेगा, क्योंकि उससे नफरत के बावजूद वह उसको काबू में नहीं कर पा रहा था।

केनाराम ने अपनी बात कही, ''मेरे मालिक लोग! हम सब जानते हैं कि संताल लोग गाय-भैंस और सूअर के बच्चों के समान हैं। वे हमारा कुछ नहीं बिगाड़ सकते हैं। लेकिन एक-दो लोग हैं, जो उनको हमारे विरुद्ध उकसाते हैं और डर उन दोनों से ही है। हमारे इलाके में दो लोग हैं, जो खतरनाक हैं—साम परगना और हाड़मा देसमाँझी। उनको इस धरती से उखाड़कर फेंकना होगा।''

दारोगा मालिकाना स्वर में बोला, ''साम परगना तो बड़ा विनम्र आदमी है। उसको हाड़मा ही उकसा रहा है। हाँ, हाड़मा चतुर और सोचने-समझनेवाला है। उसको उखाड़ फेंकना ही होगा।''

संतोखी लाल ने मुहर लगाते हुए पूछा, ''क्या बोलते हैं भाइयो! हम सब की एक ही राय हुई न कि हाड़मा को उखाड़ फेंकना है?''

सबने हामी भरी।

दारोगा ने सुझाव दिया, ''केनाराम को दीवानी मुकदमा ठोंकना होगा।'' उसने केनाराम से कहा, ''उसने तुमसे जो कर्ज लिया है वही बहाना बन जाएगा। इसमें न मेहनत है और न कोई खतरा है। हमने सुना है कि हाथियों ने उसका गाँव तहस-नहस कर दिया था। यह तुम्हारे लिए बहुत ही अच्छा अवसर था।''

सूदखोर ने उदास चेहरा बनाकर कहा, ''बात तो सही है। हमने कोशिश तो की थी लेकिन वह सूअर बहुत ही चालाक है और पकड़ में ही नहीं आता है।''

दारोगा ने अपना सिर हिलाते हुए हाथ ऊपर उठाकर केनाराम को कोसा—''छी-छी, केनारामजी को एक संताल ने हरा दिया! धरती उलटी हो गई है क्या! आप लोग कान खोलकर सुन लें कि हम लोग क्या करेंगे, उसके विरुद्ध जाली मुकदमा खड़ा करना ही होगा। चुपचाप क्यों हो गए दोस्त, कुछ बोलो भाई।'' केनाराम को पिता के समान सुझाव देते हुए उसने हाथ से इशारा किया।

क्रोधित होना केनाराम के लिए अच्छा नहीं था, क्योंकि वह हाड़मा का गला घोंटने के लिए उतावला हो रहा था। उसने कोई सफाई नहीं दी, केवल इतना ही बोला, ''यदि आदरणीय संतोखी लालजी मदद करें तो हम एक कागज (सट्टा) तैयार कर सकते हैं।'' इसके बाद संतोखी लाल ने जाली कागज बनाने के सभी गुर सामने रख दिए।

दारोगा ने कहा, ''नाजिर साहब, समन के मालिक तो आप ही हैं।''

केनाराम ने आगे बात जोड़ी, ''समन तो जारी ही न हो।''

बसंतो नाजिर उलझन में पड़ गया और क्रोधित हो गया। केनाराम को एक निपुण अधिकारी पर कैसे भरोसा नहीं है, क्योंकि वह तो समन भेजता है, जो दफ्तर में लौटकर

भी आता है, लेकिन मुदालय को इसकी भनक तक नहीं लग सकती है। कानून कोई मजाक है क्या!

प्रकट में उसने कहा, "तब 'तोलबोना' (कोर्ट-फीस) दाखिल करना होगा, ताकि चपरासियों और गवाहों को दिया जा सके। हम जानते हैं कि केनारामजी का हाथ खुला है और वे कंजूस नहीं हैं। काम बढ़ाने के लिए वे दाम भी देंगे।"

सूदखोर ने सहन करते हुए सहमति में सिर हिलाया।

दारोगा ने भविष्य की योजना सामने रखते हुए कहा, "निधिरामजी महोदय, आप को फैसले पर ध्यान रखने का भार दिया जाता है।" इस पर किरानी ने भौंहें सिकोड़ते हुए दारोगा को गुस्से से देखा और बोला, "ऐ भाई साथी, अब से मुझे महोदय कहकर दोबारा संबोधित मत कीजिएगा अच्छा होगा। किसी छोटे नाम से बुलाएँ। खैर, वह हम देख लेंगे।"

संतोखी लाल ने चुटकी ली, "तब कुर्की की जिम्मेदारी किसकी? बसंतो बाबू—इनको महोदय नहीं बोलेंगे भाई, कहीं ये भी निधिराम बाबू के समान गुस्सा हो गए तब!" यह कहते हुए उसने अपनी चादर का एक किनारा किरानी की ओर लहरा दिया और बोला, "कुर्की की जिम्मेदारी बसंतो बाबू की!"

नाजिर पीछे कहाँ रहता, सो उसने भी चुटकी ली, "हम नहीं कहते कि वे राजी नहीं हैं लेकिन केनाराम महोदय (उसने जान-बूझकर महोदय को जोर से और देर तक खींच कर उच्चारित किया था, ताकि सबको सुनाई दे) को भी चाहिए कि वे आगे-पीछे देख लें कि जिस मुहिम में वे हाथ लगाने वाले हैं, उसमें फँसेंगे तो नहीं!"

केनाराम ने धीरे से सिर उठाया और तेज आवाज में घोषणा कर दी कि वह इस मुकदमे के खर्च से पीछे नहीं हटेगा और वह अपने घुटने पर हथेली से प्रहार करने लगा।

संतोखी लाल ने उसकी ओर झुककर कहा, "मानना पड़ेगा आप हिम्मतवाले हैं!"

किरानी कुछ और अधिक झुककर जोर से बोला, "ऐसे योग्य आदमी को यदि महोदय नहीं कहोगे तो किसको कहोगे, बताओ!"

दारोगा और नाजिर ने भी जब उसकी प्रशंसा की तो केनाराम का प्याला भरकर छलकने लगा। उसको जो खरी-खोटी सुनाई गई और अपमानित किया गया, वह सबको भूल गया और ह्रदय की गहराइयों से सबके प्रति आभार प्रकट करने लगा।

परंतु दारोगा की बात अभी समाप्त नहीं हुई थी। वह कहने लगा, "अंतिम काम तो हमारा ही होता है। है कि नहीं? हम लोगों के आदमी अगर पिट जाते हैं तो कोई बात नहीं, हम हाड़मा देसमाँझी को तब आसानी से जेलखाने भेज दे सकते हैं और वहाँ से वह निकल नहीं पाएगा। लेकिन बात अटकती है केनाराम महोदय के कृपालु मन पर ही। एक बात और, हाड़मा पर ये जरा भी तरस न खाएँ, जैसा कि इन्होंने गरभू पर तरस खाया।"

केनाराम ने तुरंत जोरदार आवाज में घोषणा की, ''हाँ-हाँ, जेलखाना और बेइज्जती जरूरी है। अच्छा, हमको जाने तो दीजिए, उसके दस्तखत ले ही लेंगे! सट्टा जल्दी-जल्दी तैयार करना होगा हम लोगों को! यह आदमी जब तक आजाद रहेगा, मेरा खाना हजम नहीं होगा।''

यह कहकर साहूकार हड़बड़ी में सबको प्रणाम कर जल्दी-जल्दी वहाँ से निकल गया। बचे हुए चार लोग उसको जाता हुआ देखते रहे। जब वह कुछ दूर निकल गया तब संतोखी लाल निधिराम की ओर मुड़ा और उससे पूछा, ''अच्छा, दारोगाजी ने जब तुमको महोदय कहा तब क्या वास्तव में तुमको बुरा लगा था?''

निधिराम ने उत्तर दिया, ''आप भी पूछ रहे हो, भाई? जब से इस छोटी जातिवाले बनिया को महोदय बोलकर पटाया गया है, हमको तो जीवन भर के लिए इस संबोधन से नफरत हो गई है। लेकिन हम मानते हैं कि इसके लिए मुझे ही बुरा-भला कहा जाना चाहिए, क्योंकि हम लोग उस पर लगाम कस नहीं पाए। इस हिसाब से आप सब भी दोषी हुए कि नहीं? बेवकूफ होते हुए भी वह समझ रहा था कि हम उसका मजाक उड़ा रहे थे।''

''सही में, आज ही हम लोगों ने कई बार उस बेचारे को रगड़ा था।'' संतोखी लाल सहमति जताते हुए कहने लगा, ''लेकिन भाइयो, हम लोगों को थोड़े समय के लिए धीरज धरना होगा। इसके बाद फिर उसकी जरूरत नहीं रहेगी। इन दिनों हम लोगों को मुँह पर लगाम लगानी पड़ेगी।''

दोनों ब्राह्मणों ने तिरस्कार से अपने कंधे हिलाए। यह कायस्थ संतोखी लाल क्या बन गया जी, कि हम ब्राह्मणों को आचार-व्यवहार सिखाने लगा?

उन दोनों के हाव-भाव समझकर उसने आगे कहा, ''सचमुच, अगर हम लोग अपनी जीभ पर लगाम लगाएँगे तब आप दोनों क्यों नहीं लगाएँगे? वैसे यह सही है कि आप दोनों ब्राह्मण हैं और हम मामूली कायस्थ। लेकिन याद रखिए कि कायस्थ भी आदमी होता है और आप लोगों ने उसे कूड़ा-करकट समझकर कभी अपने घरों में प्रवेश नहीं करने दिया, जबकि हमने अपने घर में प्रवेश करने दिया है। और यह भी याद रखिए कि हमारे इस षड्यंत्र के कारण हमको अपने हुक्के से भी हाथ धोना पड़ा है। जबकि आप दोनों का तो कुछ नहीं गया है।'' यह कहते हुए उसने केनाराम द्वारा उपयोग में लाए गए हुक्के को देखते हुए कहा, ''छी-छी! अब फिर इसको काम में नहीं ला सकूँगा। यह उसी के लिए रहे। जब फिर कभी आएगा तो काम में लाएगा।''

दस्तूर के मुताबिक दोनों ब्राह्मण उसके दु:ख में सहभागी तो हुए, परंतु पूरे मन से नहीं। हुक्का तो उनका न था, फिर क्या जाता है?

कभी-कभी अत्यंत बुद्धिमान लोग भी मूर्खों के समान व्यवहार करते हैं और

संतोखी लाल भी ऐसा ही करता था। जब उसको लगा कि दोनों उसे कुछ भी नहीं समझ रहे थे बल्कि दिखावे के लिए हाँ-हूँ कर रहे थे तो उसने सचमुच एक मेहतर को बुलवाया और उससे कहा कि वह हुक्का उठाकर एक कोने में रख दे और उसके पीछे-पीछे देखने भी गया कि आदेशानुसार काम हुआ या नहीं। उसका बचपना और अपनी जाति का घमंड देखकर तीनों ब्राह्मणों ने एक-दूसरे को देखा और तिरस्कार से मुसकराए।

बसंतो ने रुक-रुककर कहा, "हम कायस्थ लोग दिन-ब-दिन बड़े होते जा रहे हैं। है कि नहीं?"

जब संतोखी लाल लौटकर आ गया तब निधिराम अपनी और दूसरों की मुसकराहट छिपाने की गरज से फौरन दारोगा की धज्जियाँ उड़ाने लगा। केनाराम का मजाक उड़ाने के कारण दोनों में इतनी अनबन हो गई!

अब बड़े दाँतोंवाला बोला, "क्या बोलते हैं आप लोग! यदि पचास बार भी अनबन हो तो ऐसी बात पर हँसी रोक पाना मुश्किल है और अभी जबकि वह सामने नहीं है, अभी भी नहीं।" ऐसा कहकर वह कहकहे लगाकर खूब हँसा।

दारोगा ने बात जारी रखी, "महोदय, आप डरे नहीं। हम में अनबन नहीं होगी! केनाराम जैसे लोग ही संताल जैसे लोगों को दूह सकते हैं और यदि हम न हों तो उसकी बात चलेगी ही नहीं। हम में से हर एक की जरूरत है, इसलिए हमको मित्रों के समान रहना ही पड़ेगा।"

इस पर संतोखी लाल ने कहा, "हम आशा करते हैं कि अंत में जो मीठी बातें हुईं उसने पहले की कड़वी बातों को निकाल बाहर कर दिया है।"

तब दारोगा काम का बहाना बनाकर वहाँ से निकल गया।

अब जंगीपुर के तीनों रह गए। बात निधिराम ने दारोगा की डींगमार व कड़वी बातों से ही शुरू करते हुए कहा, "वह एक मामूली दारोगा है और दारोगा होता कौन है?"

वकील ने बात आगे बढ़ाई, "प्यारे दोस्त, नाम से धोखा मत खाना। आप लोग भी तो मामूली किरानी और हम एक छोटे-मोटे वकील हैं। उसको दारोगा तो कहा जाता है, लेकिन वह केवल दारोगा नहीं है बल्कि उससे भी आगे की चीज है। याद रखिए कि वह हाकिम का आदमी है और भला हो या बुरा हो, एक ही हाकिम को पकड़े रहिए। अच्छा भाई, क्या कहा हमने, एक ही हाकिम! नहीं-नहीं, वह तो राजा है भाई। हाकिम तो नियम-कानून से बँधे हैं, लेकिन उसके लिए तो उसकी इच्छा ही कानून है।"

निधिराम ने टोका—"नहीं भाई, वह भी कानून के अंदर ही आता है।"

संतोखी लाल ने समझाया, "हाँ भाई, सब एक ही बात है। उसको धमकानेवाला कोई नहीं है। क्या आज हम लोगों ने भी सबकुछ सीधा नहीं कर लिया? झूठी गवाही, झूठा मुकदमा और जाल में फँसाने के बारे में···यह सभी तो कानून के विरुद्ध है, लेकिन

क्या हमको सजा होगी? तब फिर कानून का क्या मतलब होता है?''

''महेश दारोगा राजा है और हम तीनों, दो किरानी और एक छोटा वकील। हम लोग उसी के कारण ऊपर उठेंगे, बल्कि उसके साथ-साथ हम भी राजा बन जाएँगे! इसीलिए तो हम उसका डींग मारना और कड़वी बातें सहन कर लेते हैं। यह सहन करना ही चाहिए, क्योंकि जो मिलने वाला है वह इससे कई गुना बड़ा है!''

वकील का संकल्प देखकर दोनों भीगी बिल्ली बन गए और बिना एक भी शब्द बोले वहाँ से चले गए।

संतोखी लाल एक बार फिर उस हुक्के के पास गया, जिसे केनाराम ने मुँह से लगाया था; एक पल तो वह इसे हसरत से देखता रहा, क्योंकि यह उसका प्रिय हुक्का था। उसने खखारकर थूका और पवित्र नदी में जाकर स्नान किया, ताकि केनाराम के साथ मिलने-जुलने से जो छूत का पाप लगा था, उसे धोकर बहाया जा सके।

□

17

व्यर्थ हुआ

अधिक दिन नहीं बीते होंगे कि मुकदमा तैयार हो गया। मात्र आरंभ होना ही शेष था। संतोखी लाल के यहाँ अलग-अलग तारीख एवं मूल्य के स्टांप पेपर थे; कुछ तो हाल में खरीदे गए, कुछ कई वर्षों पहले के थे। यह सब इसलिए कि लिखित प्रमाण ही ठीक होता है और स्टांप पेपर बेचने तथा उसमें लिखे सट्टे की तारीख यदि एक हो तो बहुत अच्छी बात है। चूँकि केनाराम हमेशा स्टांप पेपर खरीदता ही रहता था, इसलिए वकील ने कुछ को सुरक्षित रखना उचित समझा, ताकि जब भी सूदखोर को आवश्यकता हो, वह उसको दे सके।

सुरक्षित रखे हुए पेपरों में से उसने एक वर्ष पहले खरीदा गया एक पेपर खोजकर निकाला। इससे बीस रुपयों का प्रबंध हो जाएगा। कागज सादा है, मात्र सरकारी मुहर लगी है। इसे दिखाकर पूछना है कि कितने रुपए का बनाना है। बेचने की रसीद भी है कि किस तारीख को केनाराम को बेचा गया था।

संतोखी लाल ने एक मामूली सादे कागज में सट्टे का मसौदा तैयार किया। उस समय की लच्छेदार भाषा में लिखा कि हाड़मा माँझी ने जो रुपए लिये हैं, उसके लिए सत्तर रुपए आठ आने केनाराम को वापस देने का वह वचन देता है (खुदरा पैसा इसलिए लिखा गया, ताकि लगे कि असली सट्टा है); और जब तक पैसा सध नहीं जाता तब तक प्रति सैकड़ा चार रुपए की दर से वह सूद पर भी सूद देगा। इसके बाद आमड़ापाड़ा के एक पटवारी ने इस मसौदे को स्टांप पेपर पर लिखकर उतार लिया। वह पटवारी केनाराम के हिसाब-किताब की देखभाल किया करता था।

वकील ने कचहरी से ही हाड़मा के दस्तखत का एक नमूना यानी एक निशान जुगाड़ किया, जो हाड़मा मालगुजारी जमा करते समय या अपना कमीशन लेते समय कभी-कभार कर दिया करता था। उस दस्तखत के नीचे किरानी ने लिखा—चंपई मांझी का पुत्र हाड़मा माँझी, गाँव पिपरा, सर्किल पाडेरकोला, दामिन-ए-कोह।* संतोखी लाल बहुत

* यह जुब्दी क्षेत्र या प्रतिबंधित क्षेत्र का सरकारी नाम है

पहले से हाड़मा का जाली दस्तखत करते-करते सीख गया और उसी ने कानूनी दस्तखत किए तथा पटवारी ने हाड़मा के दस्तखत के बगल में बाकी बातें लिख दीं। इसी के पास ही चार गवाहों के नाम भी उसने लिखे, जो छह-छह आना लेकर गवाही देने को सहमत हो गए कि उन्होंने अपनी आँखों से देखा था। हाड़मा ने स्वयं ही यह सट्टा लिखवाया था। गवाही देनेवालों में से दो को छह-छह आने अधिक मिलेंगे, क्योंकि वे पढ़ना-लिखना जानते थे। यह सब खर्च केनाराम ने वहन कर लिया। उन्होंने होशियार व चालाक लोगों में से गवाहों को चुना था, ताकि वे जरा भी न डगमगाएँ। गवाहों को अच्छी तरह से सिखाया-पढ़ाया गया, ताकि डगमगाने का कोई भी मौका न रहे। संतोखी लाल ने दोबारा-तिबारा सबको अभ्यास कराया कि किसे क्या बोलना है और इसके लिए केनाराम के एक सेवक को ही हाड़मा बनाया गया। ऐसा करने से गवाही पक्की लगने लगी।

जब यह सब हो गया तब संतोखी लाल ने कागज को धुआँ दिखलवाया, उसको मोड़ा और किनारे-किनारे घिसने के साथ ही वह सबकुछ किया, जिससे वह पुराना दिखाई दे। क्योंकि वे उसे एक वर्ष पुराना मामला बता रहे थे। इसके बाद हाड़मा ने छह महीने में जो भी थोड़ा-बहुत लौटाया, उसे उसी कागज में केनाराम से अलग-अलग स्याही व कलम से अलग-अलग तारीख पर लिखवाया। अर्थात् हाड़मा ने छह महीने तक ही पैसे लौटाए, इसके बाद नहीं।

एक दिन नाटा मुंसिफ (छोटा जज), जिसको दिखाई कम और सुनाई भी कम देता था, तथा जो थोड़ा बेवकूफ भी था, अपने समय पर, लगभग दोपहर बाद इजलास में बैठा था। रात चाहे जितनी भी होती, वह परवाह न करता और प्राय: आधी रात तक बैठता था, परंतु सवेरे का समय उसकी मुट्ठी में होता था। वह नहाता-धोता, पूजा-पाठ करता, आराम से खाता-पीता अर्थात् धर्म-कर्म के वे समस्त कार्य करता जो प्राय: किसी भी हिंदू व्यक्ति द्वारा किए जाते हैं। अत्यंत बूढ़ा हो चुका वह भद्रजन थोड़ा झुका हुआ और कृशकाय था। उसकी गोरी चमड़ी पर झुर्रियाँ पड़ी हैं और ऐसा लगता है कि हड्डियों से अलग हो जाएँगी। आँखें धँसी हुई और कीचड़ युक्त हैं और जो चिह्न दिखाई दे रहे हैं उनसे ऐसा प्रतीत होता है कि थोड़े ही समय बाद इनकी इहलीला समाप्त होने वाली है। सिर गंजा है और उसने बाबुओंवाली टोपी पहन रखी है। टोपी के किनारे-किनारे सफेद कपड़े का फीता लगाया गया है। यह हिंदू पुरुषों द्वारा विभिन्न अवसरों पर धारण की जानेवाली पोशाक है। पीठ टिकानेवाली कुरसी पर उठंग कर बैठा है। वह मेज के उस पार अपेक्षाकृत नीची सतह पर कतार से बैठे व ढीले-ढाले वस्त्र पहने तथा अपने ही समान टोपी पहने हुए वकीलों और मुख्तारों को तिरछी आँखों से गुस्से में देख रहा था। निधिराम उसके पास ही खड़ा था। जिनके पास देखने की दृष्टि है, वे देखकर तुरंत समझ जाते कि एक जज के सामने बहस चल रही थी, तथापि लोगों की नजरें किरानी पर ही टिकी थीं।

अपना अवसर आने पर संतोखी लाल खड़ा हुआ और नियमानुसार कुछ बोलते हुए सट्टे के साथ नत्थी किया गया आवेदन प्रस्तुत कर दिया। उसने आवेदन निधिराम को दिया, जिसने लेकर खाते में दर्ज कर लिया। जज ने निधिराम के कहे अनुसार धीमी किंतु तीखी आवाज में इजहार लेने की तारीख सुना दी। समन जारी करने के लिए तालबोना भी अदालत में दाखिल हो गया। जज ने दो सप्ताह बाद इजहार लेने की तारीख निश्चित की, ताकि इस अवधि के अंदर समन जारी हो सके। समन को वैधानिक रूप से हाकिम की मुहर व दस्तखत लेकर जारी करने का काम बसंतो नाजिर को सौंप दिया गया।

दो-तीन दिनों बाद वे पुनः उसी स्थान पर एकत्रित हुए। यहीं पर बसंतो ने नंदोलाल गांगुली, जो उसी के समान जज का संबंधी था, का परिचय केनाराम से कराया। इस पद पर मुंसिफ अनेक वर्षों से हैं और उस समय की परंपरा के अनुसार उसने अपने अधीन किए जानेवाले समस्त कार्यों का जिम्मा अपने संबंधियों को सौंप दिया। क्योंकि किसी भी अच्छे पदधारी हिंदू व्यक्ति के अनेक संबंधी होते हैं, जिनका पोषण करना अथवा जिनको काम देना वह भला कार्य समझते हैं। नोंदो लाल मुंसिफ के दुलरवा हैं, इस कारण उनकी बहुत पूछ है। वह मोटी रकम के एवज में झूठी शपथ खाने के लिए तैयार हो गया कि हाड़मा ने अपने हाथों से समन लिया था; इसके अतिरिक्त केनाराम ने पाँच-छह मँजे हुए गवाह जुगाड़ कर लिये ताकि वे नंदलाल की गवाही का समर्थन कर सकें।

कानूनी तौर पर वास्तव में यह बहुत बड़े धोखे का काम था और कानूनन इनको सजा होनी चाहिए थी। लेकिन पकड़े जाएँ तब न! इसके अतिरिक्त पकड़े जाने का भय कहाँ है! नहीं है, क्योंकि प्रमाण जुटाना कठिन है और ऐसे मामलों में तो और भी कठिन है। मामला तो समाप्त ही समझो, क्योंकि इस प्रकार के प्रत्येक मुकदमे में प्रतिवादी द्वारा यही कहा जाता है कि समन जारी नहीं किए जाते, परंतु साक्षियों की गवाही लेकर यदि निर्णय किया जाए तो मामला तो समाप्त ही है। नंदोलाल को कोई भय नहीं है। उसने समन लौटा दिया और पूर्व निर्धारित बातों के अनुसार उसने समन जारी हुआ था का लिखित प्रमाण साक्षियों की लिखित गवाहियों व दस्तखत के साथ लौटा दिया था।

निश्चित की गई तारीख आ गई। नाटा मुंसिफ इजलास में बैठ गया। निधिराम उसके पास खड़ा था और वकील व मुख्तार सामने खड़े थे। केनाराम बेचैन दिखाई दे रहा था।

लगभग चार बजे इस मामले की पुकार हुई—'वादी केनाराम भगत : प्रतिवादी हाड़मा!' पुकार करनेवाले चपरासी ने केनाराम का नाम तीन बार ऊँची आवाज में लिया और जैसे ही तीसरी बार 'हाजिर हो!' का शब्द अदालत के आस-पास गूँजा, केनाराम ने प्रत्युत्तर दिया और संतोखी लाल हड़बड़ाकर खड़ा हो गया तथा सम्मानपूर्वक अभिवादन कर बोला, "हुजूर, वादी की ओर से मैं वकील हूँ।"

चपरासी की आवाज एक बार पुनः अदालत के कमरे में गूँज गई—"हाड़मा देसमाँझी हाजिर हो!"

उधर निधिराम खाता-बही में दर्ज करने के लिए तैयार बैठा था कि प्रतिवादी या प्रतिवादी की ओर से कोई नहीं था। परंतु सहसा हाड़मा अपने आप धीरे से प्रकट हुआ और उसने भी प्रत्युत्तर दिया। यह देखकर निधिराम आश्चर्यचकित हो गया और केनाराम को लगा जैसे किसी ने उसके बदन पर 'अलकुशी' मल दिया हो! उससे भी बुरा उस समय लगा जब वहाँ के वकीलों में अच्छे माने जानेवाले वकील द्वारका नाथ मित्रा खड़े हो गए और उन्होंने कहा, "हुजूर, प्रतिवादी की ओर से मैं वकील हूँ!"

संतोखी लाल अचंभे में पड़ गया और तिरछी आँखों से द्वारका नाथ को देखने लगा। अरे, यह मुख्तार नहीं, वकील निकला जो उसके पास ही गुमसुम बैठा था और इस मुकदमे में उसकी भी हिस्सेदारी है, कुछ पता ही नहीं चला। इसके अतिरिक्त यह सुना नहीं गया था कि जंगीपुर का कोई वकील किसी संताल को बचाने के लिए खड़ा हुआ हो। उसको अपनी आँखों व कानों पर विश्वास ही नहीं हो रहा था। उसे लगा, मानो वह स्वप्न देख रहा था। वस्तुतः एडेन साहब के साथ मित्रता के परिणाम आने आरंभ हो गए थे। साम परगना और हाड़मा यदि स्वयं जंगीपुर शहर में प्रयास करते तो वकील व किरानियों का समर्थन प्राप्त करने में सफल न होते। परंतु जब उन्होंने प्रकट किया कि उनकी मित्रता एडेन साहब, जो बड़े हाकिम थे, के साथ थी तो सभी ने इनकी सहायता की। एडेन साहब ने सुझाव दिया था कि एक वकील की सेवा लेने से बेहतर होगा और यह सुनते ही द्वारका नाथ मित्रा हाड़मा का वकील बनने को तैयार हो गया, क्योंकि वह सरकारी वकील बनने के लिए व्याकुल था। यद्यपि हाड़मा को समन नहीं मिला था तथापि किरानियों के माध्यम से साम परगना ने मुकदमे के दिन व तारीख की जानकारी प्राप्त कर ली थी। इस प्रकार हाड़मा हाजिर हुआ और उसकी ओर से बहस करने के लिए एक वकील भी खड़ा हो गया। जंगीपुर में एडेन साहब का कितना रुआब था, वह इसी बात से पता चलता है कि मुकदमे के लिए पहले से सब तैयारी थी, परंतु षड्यंत्रकारी समूह के किसी को इसकी भनक तक नहीं लगी थी।

मुकदमा बहुत जोरदार चला। सबका मन खिन्न हो गया और केनाराम का बहुत सारा पैसा खर्च हो गया, जिसका उसने अनुमान भी नहीं लगाया था। लोमड़ी के समान चतुर लोगों को संदेह बहुत होता है। सूदखोर महाजन के मन में भी संदेह उत्पन्न हो गया कि वकील की मिलीभगत से ही यह मुकदमा लंबा खिंच गया, क्योंकि इसमें तो वकील को ही लाभ है। यद्यपि वकील ने केनाराम के संदेह को नकार दिया तथापि केनाराम को विश्वास ही नहीं हुआ।

केनाराम ने यह अच्छा नहीं किया, क्योंकि उसने अपने राजदार पर व्यर्थ ही दोष

लगाया, हालाँकि सामने तो वह कुछ भी नहीं बोल पाया, परंतु उसने मन में यह बात खोंस ली।

अदालत से निकलकर साम परगना व हाड़मा सीधे एडेन साहब के बँगले पर चले गए। उन्होंने कृपापूर्वक दोनों का स्वागत किया और जब तक मुकदमा समाप्त नहीं होता तब तक हाड़मा को वहीं रहने का आमंत्रण दिया। हाड़मा ने एडेन साहब का प्रस्ताव सधन्यवाद ठुकरा दिया। वह वहाँ रहने को सहमत नहीं हुआ।

लाल चमड़ीवाले साहब ने बहुत जोर देकर कहा, ''तुम घर में नहीं रह सकोगे जी और इन दिनों तो तुम्हारा यहीं रहना अच्छा रहेगा।''

हाड़मा ने बताया कि वह तो साम परगना ढूँढ़ रहे थे, इस कारण आया, नहीं तो वह घर ही पर रहता। उसको थोड़ी भी आशा नहीं थी कि साम परगना उसे हाकिम के कहे अनुसार चलने को कहेंगे। परंतु हाकिम के सामने वाद-विवाद करना उसने अच्छा नहीं समझा, तथापि मन-ही-मन वह सोचने लगा कि आखिर चक्कर क्या है! यही सब विचारता वह बोला, ''देखिए साहब, हम आपका बहुत आभार मानते हैं; लेकिन हमने घर लौटने का पक्का मन बना लिया है क्योंकि साम परगना को अब हमारी जरूरत नहीं है।''

यह सुनकर लाल चमड़ीवाले हाकिम ने कहा, ''अगर ऐसा है भाई तो जाओ, घर लौट जाओ लेकिन तुमको जैसे ही साम परगना खबर करें, तुम मेरे पास आ जाना।''

इसके बाद दोनों मित्र साहब से विदा लेकर घर की ओर चल दिए। कुछ दूर तक तो साम परगना चुपचाप चलता रहा। वह अत्यंत दु:खी जान पड़ता था। अंतत: हाड़मा की ओर मुड़कर उसने कहा, ''तुम घर मत लौटो मेरे भाई!''

हाड़मा की समझ में न आया कि वह क्या उत्तर दे। परगना ने उसे परिवार से, घर-द्वार से, गाय-बकरी से, खेत-बारी और गाँव से बल्कि सब प्रकार के काम-काज से दूर कर रखा है, आखिर क्यों? कहता तो है काम से और जब वह काम पूरा हो गया तब भी वापस जाने नहीं दे रहा है। उसकी मंशा क्या है? यह रहस्य क्या है?

अंत में साम परगना ने थोड़ा मुसकराकर, थोड़ा हिचकिचाते और अटकते हुए वास्तविक बात बताई, क्योंकि संताल लोग तुरंत बातें नहीं बना सकते। फिर कहा, ''अरे भाई, काम-धाम क्या रहेगा! तुमको संकट से बचाने के लिए ही हमने शुरू से अब तक बाहर-ही-बाहर रखा है!''

हाड़मा बिलकुल आगबबूला हो गया। अब तक उसने कठोर शब्दों को किसी प्रकार पेट में ही दाबकर रखा और अपनी अप्रसन्नता प्रकट करने के लिए तेज-तेज कदमों से चलने लगा। वह इतनी जोर से चला कि वह बुजुर्ग और नाटा व्यक्ति, जो बिना घोड़े के दूर तक चल नहीं सकता था, पैदल चल-चलकर पस्त हो गया। हाड़मा कभी

दाँत पीसता, कभी लड़खड़ाता, कभी हाथों को लहराता, कभी अपनी अँगुली चबाता और चलते-चलते जमीन पर अपनी लाठी से ठक-ठक प्रहार करता मानो अपने आपसे कह रहा हो कि परगना से सात समंदर और तेरह नदी दूर रहना ही बेहतर होगा। उसे ऐसा प्रतीत हो रहा था कि वह अपने आप से दूर भाग जाए।

सहसा उसे भागकर आते हुए कदमों की आहट सुनाई दी और वह रुक गया। उसने देखा कि परगना के साथवाले युवकों में से एक दौड़ता हुआ बोलता आ रहा था, "रुक जाइए देसमाँझी, परगना का इंतजार कर लीजिए!"

हाड़मा का पहलेवाला गुस्सा अब तक कुछ ठंडा हो चुका था। उसने विचार किया कि एक देसमांझी और परगना उन दो युवाओं के सामने लड़ाई-झगड़ा करें, यह अच्छा नहीं होगा। इस कारण वह रुककर प्रतीक्षा करने लगा।

उसने मुड़कर पीछे देखा तो पाया कि परगना बिलकुल पस्तहाल किसी प्रकार, रुक-रुककर आ रहा था। उसको इस दशा में देखकर हाड़मा को वह दया और प्रेम याद आने लगा, जो उसे इस व्यक्ति से प्राप्त हुआ था। उसे साम परगना के धैर्य, उसका ज्ञान और उसकी विश्वास योग्यता की याद आ गई।

विश्वास योग्यता! यह कैसी विश्वास योग्यता! उसने कैसे अपने प्रियजनों को जोखिम में छोड़कर मात्र स्वयं को बचाने जैसे अपमानजनक काम के लिए उसे बहकाया और घर-द्वार के वांछित कामों से बेपरवाह करवाया!

विश्वास योग्य! साम परगना से अधिक विश्वास योग्य और कौन हो सकता है? क्या उसने हाड़मा के लिए ही तेज गरमी और धूप में इतनी लंबी पैदल यात्रा नहीं की? सच्चा मित्र कौन है, हाड़मा या साम परगना? हाड़मा, जो बिना पूछताछ किए, अपने मन से उस पर अविश्वास योग्य होने का दोष लगा रहा है या साम परगना, जो शरीर से दुर्बल होने के बावजूद मन से मजबूत है और उसका समय यद्यपि बीत चुका है, फिर भी उसकी विश्वास योग्यता वैसी-की-वैसी ही है और उसने कभी धोखा नहीं दिया है!

हाड़मा को ग्लानि हुई कि उसने उलटा-सीधा काम किया, परंतु भेद जानने के लिए वह उत्सुक हो रहा था। यह जवान व्यक्ति लाठी पर टेका लगाकर उसी बुजुर्ग व्यक्ति को एकटक देखने लगा जो अब आराम से चलकर आ रहा था। हाड़मा सोचने लगा कि उसके बचपने पर शायद उसे परगना से झिड़की मिले। परंतु यह क्या! साम परगना ने निकट आकर हँसते हुए कहा, "अरे भाई, तुम तो पुआल का बीड़ा फेंकने के समान तेज चलते हो! मेरे बूढ़े पैर क्या तुम्हारे जवान पैरों की बराबरी कर पाएँगे भला! आओ, थोड़ी देर बैठकर सुस्ता लेते हैं। अरे बाप रे, हमारी तो साँस ही फूलने लगी!"

वे रास्ते के किनारे एक पेड़ के नीचे बैठ गए। दोनों में से कोई भी कुछ नहीं बोल रहा था। हाड़मा को कुछ अच्छा नहीं लग रहा था, जबकि साम परगना को प्रतीक्षा थी कि

वही कुछ कहे। हाड़मा ने पुड़िया में से खैनी निकाली और एक चुटकी साम परगना को दी। यह मित्रता का ही संकेत था। साम परगना ने भी उसे हथेली में ले लिया।

साम परगना ने सुझाव दिया कि उनको धीरे-धीरे चलकर रास्ते की दूरी कम कर लेनी चाहिए। वे उठकर ठुकुर-ठुकुर चल दिए। चलते-चलते ही हाड़मा बोला, "मेरे दयावान और सच्चे भाई, हमसे गलती हुई है क्योंकि आपको एक विश्वास योग्य और अच्छा दोस्त जानते हुए भी हम गुस्सा हो गए थे। लेकिन आप भी तो मानते हैं न कि आपने पत्नी व परिवार तथा गाँव और हमारे कामों से हमको अलग किया। जब हमको उनकी रक्षा करनी थी, उस समय हमने उनको अकेला छोड़ दिया था। आपने हमको शर्मिंदा करवा दिया।"

परगना ने ठंडे स्वर में उत्तर दिया, "अच्छा चलो, पहले एक जगह बैठते हैं, फिर बातें करेंगे।"

परंतु हाड़मा नहीं माना और बोला, "नहीं भाई, हम चलते-चलते ही बात करें तो अच्छा होगा।" क्योंकि उसे अपने घर की बहुत याद आ रही थी।

परगना ने सहमति जताते हुए कहा, "ठीक है, जैसी तुम्हारी इच्छा वैसा ही करते हैं।"

इसके बाद दोनों चुपचाप साथ-साथ चलने लगे।

कुछ समय बाद हाड़मा ने ही पहल की और बोला, "अब आप ही बताइए!"

परगना ने प्रश्न किया, "अच्छा हाड़मा, यदि जंगीपुर के चपरासी तुमको घर में पा जाते तो क्या होता? वे लोग तुमसे कुछ उलटी-सीधी हरकत करवाने के लिए, तुमको गुस्सा दिलवाने में कोई कोर-कसर बाकी रखते क्या?"

हाड़मा को केनाराम के तेज-तर्रार नौकर की याद आ गई और वह चुप हो गया। उधर साम परगना ने बोलना जारी रखा, "अच्छा चलो मान लो कि वे सफल नहीं होते लेकिन इससे तुमको फायदा क्या होता? क्या वे तुम पर कोई झूठा दोष नहीं लगा सकते थे? सब लोग यह जानते हैं कि दारोगा जिसको चाहे, उसको सजा जरूर मिलती है। वह बच नहीं सकता है।"

हाड़मा देखते हुए भी अनदेखा नहीं कर सकता था। यदि वह दारोगा की नजर में एक बार चढ़ गया तो बचने का कोई मौका नहीं होगा और वह बरबाद हो जाएगा।

"वे तुमको गरभू के समान अपमानित करेंगे!"

यह सुनते ही हाड़मा 'नहीं-नहीं' बोलकर चीख उठा और हाथ इधर-उधर लहराते हुए बोला, "वे ऐसा कभी नहीं कर सकते हैं!"

साम परगना ने स्थिर आवाज में कहा, "हम तुम्हारी बात मानते हैं, लेकिन वे तुमको जेल में सड़ाकर मार डालेंगे।"

इसके बाद साम परगना चुप हो गया और हाड़मा को चुपचाप चलने का अवसर दे दिया, ताकि यह बात उसके हृदय की गहराइयों में गड़ जाए। कुछ पल बाद परगना बोला, 'क्या तुम्हारी भली-सी पत्नी यह चाहेगी कि तुमको बाँधकर गली-गली घुमाते हुए ले जाया जाए और वे तुमको दुबारा फिर न देख पाएँ?''

हाड़मा सोचकर सिहर उठा। शायद भाग्य में यही लिखा है—एक तो अपमान और दूसरा मृत्यु! उसके हिस्से में यह क्या मिल गया! परंतु वह पीछे नहीं हटनेवाला। वह परगना की ओर मुड़ा और दृढ़ स्वर में बोला, ''भाई, हमने संकल्प कर लिया, अगर मरना जरूरी है तो हम मरने के लिए भी तैयार हैं। लेकिन हम घर छोड़ने के लिए इसलिए राजी नहीं हैं, ताकि घरवालों की रक्षा कर सकें। जिन लोगों ने हम पर भरोसा किया है, उनको छोड़कर हम भाग नहीं सकते हैं। मेरे ऊपर जो भी मुसीबत आए, उसका मुकाबला हम घर ही पर कर लेंगे।''

परगना ने चलते-चलते ही कुछ सोच लिया और हाड़मा के कंधे पर हाथ रखकर बोला, ''देखो हाड़मा, मुसीबत में वे नहीं बल्कि तुम हो। क्या तुमने कभी सुना है कि गैर-संताल लोग, चपरासी, सिपाही या व्यापारी लोगों ने भी कभी हमारी महिलाओं के साथ बुरा किया या उनके साथ मारपीट की है? सच है या नहीं, या हमारे खेत-बारी को वे बरबाद कर देते हैं? केवल उन्हीं को बेदखल करते हैं, जिनको समूल नष्ट करने के लिए वे चिन्हित कर लेते हैं।''

हाड़मा बहुत देर तक सोचता रहा। साम परगना ने भी उससे कुछ नहीं पूछा। अंत में स्वयं ही सिर हिलाता हुआ बोला, ''हाँ, ऐसी कोई घटना तो याद नहीं आ रही है।''

साम परगना का बोलना जारी रहा, ''क्या वे हमको बैल और भैंस के समान नहीं समझते हैं! जब तक हम उनके पैरों में तेल लगाते रहेंगे, क्या वे हम पर कृपा करते नहीं रहेंगे?''

कुछ पल सोचकर हाड़मा ने सहमति जताते हुए कहा, ''बात तो आप ठीक ही कहते हैं।''

''हमारे बीच से वे क्या वैसे लोगों को मारकर समाप्त करना नहीं चाहते, जो उनको मालिक के रूप में स्वीकार नहीं करते हैं, ताकि संताल लोग अनाथ और तितर-बितर होकर रहें और स्वाधीनता पसंद करनेवाले लोग बचें ही नहीं। केवल वैसे ही लोग बचे रहें, जो उनकी गुलामी को भी अच्छा ही समझते हैं?''

अपनी लाठी की गाँठ अँगुली से टटोलते हुए हाड़मा बोला, ''हाँ, यह बात तो सही है। उन्होंने बिजय माँझी को बरबाद कर दिया, लेकिन उसके गाँव या अन्य लोगों को कुछ नहीं किया गया। गरभू जैसे ही केनाराम का गुलाम बन गया, उन्होंने उस पर शिकंजा ढीला कर दिया। उनका जुआ भारी है और यदि झटके से नहीं फेंका गया तो बाद में

उतारना मुश्किल है।''

''ये लोग जन्मजात ही निर्दयी, लालची और लड़ाई-झगड़ा करनेवाले हैं। ये लोग उन अजनबी पछियारी लोगों से भला अलग कैसे हुए, जो बड़ी सड़क पर काम कर रहे हैं और संताल व पहाड़िया लोगों को अपनी पत्नियों व महिलाओं को उनसे बेइज्जत होने से बचाने और अपने पालतू पशुओं की रक्षा के लिए हाथों में तीर-धनुष व फरसा-बलुआ लेकर निकलना पड़ता था?'' परगना ने एक साँस में सब कह दिया।

हाड़मा बहुत देर तक सोचता रहा। अंत में साम परगना ने अपने प्रश्न का उत्तर भी स्वयं ही दिया और बोला, ''क्योंकि यह षड्यंत्रकारियों की चाल है। वे हमको अपना गुलाम बनाना चाहते हैं, अपने बछड़े-बकरी और गाय-भैंस के समान; यानी हम उनके लिए ऐसी पालतू मधुमक्खियों के समान हैं, जो उनके लिए मधु रस इकट्ठा करेंगे; उनकी दुधारू गाय के समान! हमारे खेत-बारी उनके गोला भरने के लिए हैं! हम लोगों का काम सिर्फ आना और जाना है। हम उन्हीं के लिए सिर पर ढोकर या कंधे पर बोहकर पहुँचाएँगे!''

हाड़मा के दाँत अपने आप कसने लगे और वह अत्यंत क्रोधित होकर बोला, ''हम लोग ऐसा होने नहीं देंगे!''

साम परगना ने बहुत धीमी आवाज में उत्तर दिया, ''हम, तुम और कुछ और लोग, हम इतने ही हैं न? उनके हिसाब से हम संख्या में बहुत कम हैं और हमको मारकर साफ कर देने से ही उनका काम बन जाएगा और जो बच जाएँगे, उनको वे अपनी मर्जी के मुताबिक नकेल लगा देंगे, बैलों के समान। ये जो संख्या में कम लोग हैं, उनको समाप्त करने के लिए उन्होंने तैयारी कर ली है...भाई हाड़मा, जिनके सिर पर तलवार टँगी है, तुम भी उनमें से एक हो! वे तुमको दोषी ठहरा रहे हैं, क्योकि उनके विचार से तुमने ही हमको बहकाया है, हमको तो वे अपने ही समान समझते हैं।'' परगना ने विद्रूप हँसी हँसते हुए कहना जारी रखा, ''अपने समान, कटे हुए केश, वेशभूषा और घोड़े को देखकर वे ऐसा समझते हैं, लेकिन मेरा हृदय किसने देखा है! उनको ऐसा लगता है कि तुमको खिसकाने के बाद हमको वे अपनी ओर कर लेंगे। मेरे प्रिय मित्र हाड़मा, वे तुमको समाप्त करने की योजना बना रहे हैं।'' परगना कुछ पल के लिए चुप हो गया, फिर हाड़मा की ओर मुँह करके बोला, ''हिन साहब यानी उस लाल चमड़ीवाले हाकिम के सुझाव पर हमने तुमको घर से दूर-दूर रखा है, तुम्हारी पत्नी और प्रिय परिवार की खातिर ही, जो तुमको बहुत चाहते हैं। तुम्हारे गाँववालों के लिए जिनका शरणस्थान तुम ही हो; संताल समुदाय के लिए, क्योंकि तुम्हारा जीवित रहना उनके लिए भला है और हमारे अपने लिए भी क्योंकि तुम्हारे बिना हम कुछ भी नहीं कर सकते हैं!''

साम परगना ने अंतिम शब्दों को एक उन्मादित व्यक्ति के समान बड़ी-बड़ी आँखें

करके किसी विक्षिप्त की तरह हाथों को हवा में लहराते हुए कहा। साम परगना के दोनों युवा सहयोगी दूर खड़े यह सब देख रहे थे। यह सब देखकर वे भी असमंजस में पड़ गए, क्योंकि पहले तो देसमाँझी ने उनको पीछे छोड़ दिया और अब तो परगना बावले व्यक्ति के समान बातें कर रहा था! यह क्या हो रहा था? परंतु कृतज्ञ बच्चों के समान उन्होंने सोचा कि देखा जाए, आगे क्या होता है!

परगना ने हाथ जोड़ लिये और हाड़मा से कहा, "भाई, तुम घर मत लौटो। हिन साहब की बात सुन लो; तुम जंगीपुर में ही रहो, क्योंकि यहाँ तुम चैन से रहोगे! दारोगा और केनाराम से तुमको हिन ही बचा सकते हैं!"

एक पल के लिए हाड़मा बिलकुल शांत हो गया। परगना के आग्रह से वह लगभग पिघल गया तथापि उसने दृढ़ संकल्प कर कहा, "बात तो परगना आप बिलकुल सही कह रहे हैं। अगर हिन साहब हमको नहीं बचाएँगे तो केनाराम सचमुच हमको बरबाद कर देगा। लेकिन भाई, आप यह बताइए कि हमको तो वे कानून से ही मारेंगे न?"

साम परगना ने सहमति में सिर हिलाया।

"हाकिम ने तो तारीख दे दिया है न?"

परगना ने पुनः सिर हिलाया।

"इसके बाद फिर तारीख पड़ेगी और उसके पहले ये हमारा कुछ भी नहीं बिगाड़ सकते हैं। इस तरह बहुत दिन बीत जाएँगे, है कि नहीं?"

परगना ने सहमति जताई।

"और वे हम पर कोई कार्रवाई करें, उससे पहले ही हमको मालूम पड़ जाएगा···।"

साम परगना ने भूमि की ओर निहारते हुए उदास स्वर में कहा, "वे तुमको लूट लेंगे, जेल भेज देंगे और जेल में ही तुमको सड़ाकर मार डालेंगे!"

हाड़मा ने हँसकर उत्तर दिया, "देखिए परगना, कुछ दिन तो हमारे वश में हैं और इन दिनों में वे मुझ पर हाथ नहीं डाल सकते हैं। इन दिनों को हम घर में बिताना चाहते हैं। जब तारीख निकट आने लगेगी तो पत्नी-बच्चों को सिलंगी भेज देंगे और हम जंगीपुर चले जाएँगे। हम सही कह रहे हैं कि नहीं?"

"कहना तो ठीक ही है तुम्हारा।" परगना ने उत्तर दिया।

इसके बाद दोनों साथी तेज-तेज कदमों से घर की ओर चल दिए, जबकि दोनों जवान लड़के असमंजस की स्थिति में उनके पीछे-पीछे चलने लगे।

घर-गृहस्थी की व्यवस्था करने में हाड़मा को लगभग दो सप्ताह का समय लग गया। गाय-बैल और सभी पालतू पशुओं को उसने सिलंगी भेज दिया, जहाँ उसका बड़ा भाई करान माँझी के पद पर आसीन था, क्योंकि उसके पिता चंपई की मृत्यु हो चुकी थी। मुनिया व परिवार के अन्य लोगों को हाड़मा ने आदेश मिलते ही निकल चलने के लिए

तैयार रहने को कहा और लोखोन को गाँव का उत्तरदायित्व सौंपकर जवाबदेही निभाने को कहा। जब मुकदमे की तारीख निकट आई तो हाड़मा को सूचना मिल गई। मुनिया व परिवार के अन्य लोग हाड़मा के बड़े पुत्र चंपई के नेतृत्व में सिलंगी जाने के लिए रवाना हुए और वह स्वयं गाँव की जिम्मेदारी लोखोन को सौंपकर जंगीपुर चला गया हिन साहब की छत्र-छाया में।

मुकदमा शुरू हुआ। हाड़मा ने अपना दस्तखत होने से इनकार किया, परंतु किसी ने उस पर विश्वास नहीं किया। क्योंकि उन्होंने साक्षी व गवाह सिखा-पढ़ाकर तैयार रखे थे। केनाराम को मुकदमा जीतने का कागज भी मिल गया और साथ में कुर्की-जब्ती का कागज भी निकल गया। वह दल-बल के साथ चपरासी को साथ लेकर मवेशियों को घेरने निकल गया। गाँव पहुँचने पर उसने पाया कि अन्य सभी ग्रामीण तो मौजूद हैं, लेकिन हाड़मा सपरिवार वहाँ से गायब था। लोखोन ने संदेशवाहक की जिम्मेदारी सँभाल ली और आस-पास के युवा लड़कों को भारी संख्या में एकत्रित कर लिया था। सबके हाथों में मोटी-मोटी लाठियाँ थीं। एक बहुत बड़ी भीड़ पुराने पीपल की छाया तले जमा हो गई थी। सबके सिरों के जूड़े हिल रहे थे और सभी बहुत उत्तेजित स्वर में बातें कर रहे थे। कुछ हँस रहे थे और कुछ मुसकरा भर रहे थे।

चपरासी को थोड़ी हिचक हो रही थी। परंतु हँसी की आवाजें सुनकर जब उसका भय कुछ कम हुआ तो वह लोखोन के निकट गया और उसने हिंदी में कुछ बातें कीं। लोखोन उसकी बातें समझ रहा था, परंतु उसने बहाना किया कि वह नहीं समझ रहा था और जान-बूझकर इधर-उधर देखने लगा था। इसके बाद केनाराम के एक नौकर को संताली से अनुवाद करने के लिए बुलाया गया। संताली में उच्चारण में ही भूल होती है। लोखोन गलत उच्चारण के साथ उलटी-सीधी बातें करने लगा, जिसे सुनकर एकत्रित भीड़ का खूब मनोरंजन हुआ। सबके लिए यह एक मनोरंजक तमाशा ही बन गया था।

इस प्रकार बहुत देर तक परेशान करने के बाद, जिसे देखकर वहाँ जमा हुए लोग खूब हँस रहे थे, केनाराम का गुस्सा सातवें आसमान पर चढ़ रहा था। अंततः पता चला कि हाड़मा गाँव में नहीं था और किसी को पता नहीं कि वह कहाँ गया हुआ था। शायद वह पूरब की ओर गया और परिवारवाले पश्चिम की ओर। यद्यपि केनाराम को सही सूचना दी गई, तथापि उसे विश्वास नहीं हुआ। इसके बाद केनाराम को हाड़मा का घर दिखाया गया। वह गोहार घर में गया परंतु वहाँ कोई नहीं था। बकरे-बकरियों का घर भी खाली था। सूअरों के बोलने की आवाज भी नदारद थी। रसोई घर, सोने का कमरा, यहाँ तक कि धान रखने के गोला में भी कुछ नहीं था। सूदखोर को जब घर में न अनाज और न पालतू पशु मिले तो वह झल्ला गया। उसने सबसे पूछताछ करके देखा, परंतु सभी उसको देखकर दाँत निपोर रहे थे बस।

सहसा केनाराम ने अपने आपसे कहा कि दरवाजे के पल्ले तो हैं ही, उन्हीं को ले जाऊँगा। उसने अपने आदमियों को आदेश दिया कि वे दरवाजे के पल्ले कड़ी में से निकाल लें। उनको दरवाजे का पल्ला निकालता देख सबका हँसना बंद हो गया और सबके हाथ लाठियों पर कस गए। परंतु लोखोन के इशारे पर सभी सामान्य हो गए। इसके बाद केनाराम के आदमियों को लगभग छह मन के पल्ले मुश्किल से उठाकर, गिरते-पड़ते जाते और केनाराम पर क्रोधित हो कुड़कुड़ाते देखकर एकत्र भीड़ एक बार फिर हँसती रही।

केनाराम ने मन में विचार किया कि इस फालतू की परेशानी और अपमान का बदला वह अवश्य लेगा। उसने ठान लिया कि हाड़मा को फौजदारी मुकदमे में फँसाना ही होगा। यदि उसमें हाड़मा को सजा व जेल हो जाए तो फिर और कुछ नहीं चाहिए। उसको इतने से ही संतोष हो जाएगा। तब उसने चपरासी को इस प्रकार रिपोर्ट करने को कहा—हम हाड़मा देसमाँझी के यहाँ कुर्की जब्ती करके गाय-बैल, बकरी-बछड़े और माल-असबाब लेकर जा रहे थे कि हाड़मा अपने साथ कुछ बदमाश लोगों को लेकर आया और मुझ सरकारी कर्मचारी से सभी चीजें छीनकर ले गया। हाड़मा ने मेरी सहायता करनेवाले एक व्यक्ति की बाँह मार-मारकर तोड़ दी है।

केनाराम ने बदला लेने का ऐसा पक्का इरादा कर लिया था कि उसने अपने एक विश्वासी नौकर की बाँह भी पैसे देकर तुड़वा दी। इस व्यक्ति को एवं अन्य लोगों के शरीर व चेहरों पर भी अबीर मला गया ताकि ऐसा प्रतीत हो मानो उनको लाठी से पीटकर लाल कर दिया गया था! सबूत के तौर पर तुरंत एक लाठी काटकर रखी गई कि उसी से हाड़मा और उसके साथियों ने उन लोगों को पीटा और जाते समय वहाँ फेंक गए।

जब चपरासी ने रिपोर्ट लिखकर अपने थैले में रखी, और वहाँ से चल दिया, तब केनाराम ने दारोगा को बुलाकर लाने के लिए एक आदमी भेजा, क्योंकि वह स्वयं दिन भर भूखा-प्यासा धूप में परेशान होता रहा और थक गया था। इस कारण वह वहीं आराम से बैठकर हुक्का गुड़गुड़ाने लगा।

अपने विश्वासी नौकर का कराहना सुनकर केनाराम मन-ही-मन मुसकाया और सोचने लगा कि आज का दिन इधर-उधर होने और परेशानी उठाने के लिए ही था। लेकिन बेटे हाड़मा, हमने तुमको घेर लिया है! मत सोचो कि तुम आमड़ापाड़ा के केनाराम को नीचा दिखाओगे···के नाराम बाबूऽऽऽ ककककको! यह चेतावनी देकर वह स्वयं ही हँस पड़ा।

दारोगा इतनी जल्दी भूत के समान कैसे हाजिर हो गया, अनजान लोगों के लिए यह आश्चर्यजनक हो सकता है, परंतु केनाराम को मालूम था कि दारोगा आमगाछी आया हुआ था और वह भी अपने बुलाए जाने की प्रतीक्षा ही कर रहा था। इस बार का मुहूर्त

अच्छा नहीं रहने के कारण उसने जैसे-तैसे जाँच की अर्थात् न तो किसी को गिरफ्तार किया और न ही किसी को चेतावनी दी या धमकाया। क्योंकि लोखोन ने भीड़ जमा कर रखी थी और प्रत्येक के हाथों में लाठियाँ थीं। यदि उनके हाथों से लाठियाँ छीनी जा सकतीं तो इनको प्रमाण के तौर पर प्रस्तुत कर गवाही दी जा सकती थी। परंतु दारोगा को यह करने का साहस नहीं हुआ। दारोगा लोखोन को जब-जब गुस्से से देखता, लोखोन भी उसी तरह से उसे देखता और उसके चेहरे का यह भाव बरसात के बादल के समान तुरंत फैलकर सबके चेहरों पर छा जाता और चेहरे से मुसकान गायब हो जाती। इस कारण दारोगा ने किसी को भी गिरफ्तार नहीं किया।

दारोगा ने खोद-खोदकर पूछा और केनाराम व उसके आदमियों ने प्रमाण के साथ जो कुछ भी बयान दिया, सबको एक-एककर लिख लिया। बाँह तोड़े जाने की घटना को बढ़ा-चढ़ाकर, बनाकर लिखा और अंत में यह भी जोड़ दिया कि इस प्रकार का स्पष्ट मामला कम ही देखने में आता है, इस कारण आरोपी को कम-से-कम तीन वर्षों की सजा होनी चाहिए।

हाड़मा कहाँ है? कहाँ चला गया? दारोगा ने अनुमान लगाया कि जाएगा कहाँ, पत्नी-बच्चों के साथ अवश्य ही सिलंगी गया होगा! परंतु जिन लोगों को उसे देखने के लिए सिलंगी भेजा गया था, उन्होंने उसको वहाँ नहीं पाया।

इस पर दारोगा ने कहा, ''कोई बात नहीं, इससे कुछ अंतर नहीं पड़नेवाला, बल्कि अगर वह भाग गया है तो अच्छा ही है। इससे साबित हो जाएगा कि मामला सही है।''

रिपोर्ट लिख लेने के बाद दारोगा ने उसे हाकिम के पास भागलपुर भेज दिया। उसने रिपोर्ट में हाड़मा की गिरफ्तारी की आज्ञा माँगी थी। रिपोर्ट के अनुसार हाड़मा ने हंगामा किया, लोगों से मारपीट कर जख्मी किया। उसने रिपोर्ट में यह भी जोड़ दिया कि किसी को गिरफ्तार नहीं किया जा सका, क्योंकि घटना रात में घटी थी और लोगों को पहचान पाना मुश्किल था।

दारोगा का आदमी अभी कुछ ही दूर गया होगा कि चपरासी निधिराम की चिट्ठी के साथ धम्म से आ धमका। चिट्ठी में इस प्रकार लिखा था—चपरासी की रिपोर्ट बिलकुल स्पष्ट है। हाड़मा को सजा होना तय है, लेकिन सबूत और गवाही चाहिए।

परंतु षड्यंत्र करनेवालों का दुर्भाग्य चल रहा था, क्योंकि हाड़मा पर उन्होंने जिस दिन हंगामे का आरोप लगाया, उस दिन तो वह जंगीपुर में था और एडेन साहब ने उसको कई लोगों से मिलवाया भी था। वह घटनास्थल पर मौजूद ही नहीं था। इससे कोई इनकार भी नहीं कर सकता था। निधिराम और संतोखी लाल ने आपस में मशविरा किया कि घटना होने की तिथि बदली जा सकती थी कि नहीं; दोनों को निराशा हुई, क्योंकि वह संभव नहीं था, क्योंकि मुकदमे की तारीख तय करनेवाली चिट्ठी निकल चुकी थी।

अंततः अत्यंत बेमन से निधिराम को सिफारिश करनी पड़ी कि हाड़मा के ऊपर किया गया मुकदमा वापस ले लेना चाहिए। इसमें संतोखी लाल भी शामिल हुआ। उन्होंने यह भी कहा कि बाँह टूटने का तथा अन्य सबूतों को इसी प्रकार किसी अन्य व्यक्ति के विरुद्ध प्रयोग किए जाने से बेहतर होगा। इस कारण रिपोर्ट दबा दी गई, क्या पता शायद दारोगाजी कोई उपाय निकाल लें! केनाराम अत्यंत क्रोधित हो गया और दारोगा को भी गुस्सा आया, परंतु उसने लाल चमड़ीवाले हाकिम की खूब प्रशंसा की कि उन्होंने बहुत आसानी से सबकुछ निष्फल कर दिया था।

दारोगा ने बात बढ़ाई और कहा, ''निधिराम ठीक ही कहते हैं। यह हाकिम बड़ा ही है!'' केनाराम दारोगाजी को उकसाने में लगा रहा, ताकि निधिराम के सुझाव के अनुसार मुकदमा किसी अन्य पर चले और उसने कह भी दिया, ''यदि बाँह टूटना बेकार हुआ तब तो हम बेवकूफ बन जाएँगे और कोई हमारा भरोसा नहीं करेगा।''

परंतु दारोगा था कि सुनता ही न था, क्योंकि यह व्यर्थ और किसी काम का नहीं होता। इसी के अनुसार निधिराम को सूचना दे दी गई और दारोगा घोड़े को ऐंड़ लगाकर उस नौकर को रास्ते में ही पकड़ने के लिए तेज गति से चल दिया, जो चिट्ठी लेकर भागलपुर जा रहा था, ताकि हाकिम तक पहुँचने से पहले ही रिपोर्ट बदली जा सके।

एडेन साहब के बताए अनुसार वहाँ पहुँचने का जो सुझाव साम परगना ने दिया, यदि वह नहीं मानता अर्थात् यदि वह जंगीपुर में एडेन साहब के पास न रहकर लोगों के सामने नहीं आता तो हाड़मा किसी भी उपाय से बच नहीं सकता था। षड्यंत्रकारियों ने जिस व्यक्ति को चिन्हित करके रखा था, उसको एडेन साहब ने अविलंब साम परगना के पास राजमहल भेज दिया। वहाँ साम परगना एवं अन्य परगना एकत्र हो रहे थे, ताकि वे बड़े हाकिम के साथ भेंट करने भागलपुर जा सकें। हाड़मा को पीरबख्श एवं एक अन्य अर्दली ने राजमहल पहुँचा दिया। उन दो विश्वास योग्य अर्दलियों ने बहुत अच्छी तरह से हाड़मा को पहुँचा दिया, क्योंकि यह बड़े हाकिम का आदेश था न! अहा, हाड़मा को देखकर साम परगना का मन पहाड़ के समान ऊँचा हो गया और उसने खुशी-खुशी उसका स्वागत किया।

□

18

पोंटेट साहब

राजमहल जाने के रास्ते में मुग्ध करनेवाली चीजें देखकर हाड़मा आश्चर्यचकित रह गया। उसने अपनी आँखों से वन-प्रदेश मन भर के देखा। जो व्यक्ति केवल अपने गाँव के झरने के पास से ही गुजरा हो, पेड़ों, पहाड़ों और टुँगरी पर चढ़ने में जीवन बिताया हो या डालियों को छाँटकर बनाए गए रास्ते पर ही चला हो, वैसे व्यक्ति के लिए मुगलों की वह लंबी सड़क वास्तव में आश्चर्यजनक थी। क्योंकि वह बहुत चौड़ी है, थाली के समान समतल और चिकनी तथा बिलकुल सूखी व ठोस। दोनों ओर कतार से लगे पेड़ों के कारण छाया है। प्रत्येक पेड़ पंचुवाड़ा के सारजोम (शाल) या सिलंगी के पेड़ों के समान मोटा है। दोनों ओर बाँस के जंगल हैं और प्रत्येक बाँस जंगल के बाँस से दोगुना ऊँचा व तीन गुना मोंटा है। सड़क किसी बाँध की मेंड़ के समान ऊँची है। खेत और गड्ढों से ऊपर है। बड़ी नदियों पर चौड़े-चौड़े पुल बनाए गए हैं। इन सबसे मनुष्य की सामर्थ्य व बुद्धिमत्ता का आभास मिलता है। हाड़मा ने ऐसी चीजें सपने में भी नहीं देखी थी।

देखकर हाड़मा का मन भर ही नहीं रहा था। उसने देखा, बैलगाड़ियों की लंबी कतार हाँककर ले जाई जा रही थी। सामान लदे हाथियों की कतार भी चल रही थी। तनी हुई किसी रस्सी के समान ऊँट भी कतार में जा रहे थे। ऊपर बैठकर जानेवाले लोगों को देखोगे कि पैदल चलनेवालों को देखोगे; झुंड-के-झुंड भैंस, बैल, भेड़-बकरियों को हाँककर ले जाया जा रहा था। कुछ रास्ते के किनारे ही डेरा जमा रहे हैं अथवा सराय के निकट, खाने-पीने व आराम करने के लिए रुके हैं।

पूर्व के राजमहल की पुरानी इमारतों के टूटकर खंडहर बनने व इनमें उग आई झाड़ियों के बावजूद उनको देखते ही हाड़मा के मन में वे गड़ गईं। जिस व्यक्ति ने विभिन्न प्रकार के पक्के भवन कभी नहीं देखे थे, वह अवश्य मुग्ध हो जाएगा। क्योंकि वहाँ उसे दिखाई दिए एक-दूसरे से गुँथे हुए दूर तक बने भवन, संभवत: दो-तीन कोस तक भवन ही भवन-राजाओं के महल देखेंगे कि मुसलमानों की मसजिद या हिंदुओं का

मंदिर, पक्के घाटवाले तालाब, पुल, बुर्ज, भवनों की छत पर जाने के लिए बनाई गईं ईंटों से बनी सीढ़ियाँ। क्या दुकानें और क्या रिहाइशी घर सभी अनगिनत हैं। पत्थर की देखोगे कि ईंट से बने मकान—एक बड़े नगर का यह पुराना 'डीह' कहा जा सकता है।

गंगा नदी के तट पर जब हाड़मा खड़ा होकर देखने लगा तो सकपका-सा गया! क्योंकि उसकी समझ के अनुसार पृथ्वी पर बाँसलोई से बड़ी नदी नहीं थी। परंतु वह भी इन दिनों नंगी चट्टानों के बीच इधर-उधर बल खाती, पत्थर व बालू के बीच बहती किसी झरने के समान बन गई थी। एक छोटा बच्चा भी इसे पैदल पार कर लेता और उसका घुटना तक न भीगता। परंतु गंगा नदी कितनी चौड़ी है भाई, बिलकुल समुद्र के समान। उस पार का धुँधला तट दिखाई भी न देता था। पानी में जहाज, पालवाली नौकाएँ व छोटी-बड़ी सभी प्रकार की नौकाएँ तैर रही थीं मानो एक बलिष्ठ व्यक्ति ने अपनी चौड़ी छाती पर उन सब चीजों को उठा रखा हो। यह बहुत गहरा है और पैदल पार नहीं किया जा सकता है। अथाह जल देखकर ही हाड़मा स्तब्ध रह गया, डरकर सहम गया। उसे बताया गया कि वह पवित्र नदी थी। संतालों की पवित्र नदी इस नदी से अधिक सुंदर है क्या?

उसको अनेक गोरे दिखाई दिए। पूरी दुनिया में इतने अधिक गोरे हैं, यह भी उसको मालूम नहीं था। उसने तो पल्टिन व हिन साहब को ही देखा था और दो अन्य साहब के बारे में सुना भर था, जो भागलपुर में थे। परंतु यहाँ! कम-से-कम चालीस। कुछ किसान हैं, कुछ यह कर रहे हैं और कुछ वह कर रहे हैं, लेकिन अधिसंख्य नए रेल-मार्ग पर काम करते हैं।

हाड़मा बाँध के समान ऊँची व चौड़ी मेंड़ को, मजबूत पुलों को और बिछाकर रखी गई लोहे की लंबी रेल लाइन को ध्यान से देख रहा है। उसका मन ही नहीं भरता है। इस प्रकार के लंबे लोहे से यदि तीर का अग्रभाग 'अपंड़ी' बनाया जाए तो संपूर्ण जुब्दी (दामिन-ए-कोह) के लोगों के लिए पर्याप्त होगा। लंबे लोहे लकड़ी के बिछे हुए मजबूत खंभों पर कील से जड़ दिए गए हैं और इनको हिलने-डुलने से बचाने के लिए पत्थर डाले जाएँगे, जिनके छोटे टुकड़ों का पहाड़ बनाकर रखा हुआ है। साहब लोगों के रहने का घर पहिए के ऊपर बना है और किसी-किसी घर में अग्नि देवता रहते हैं। वही तो रेल मार्ग पर इन घरों को चलाकर इधर-उधर दौड़ाते हैं।

अनेक मुंशी को उसने काम पर लगे हुए देखा। हाड़मा घाट पर बने मचान पर बैठा आगे-पीछे आनेवाली नौकाओं को देख रहा था, जो वहाँ आकर रुकती थीं और उनमें से माल उतारा जा रहा था—साहब लोगों के खाने-पीने का सामान, लकड़ी के लंबे-लंबे कुंदे या फिर लोहा या अन्य कोई सामान।

एक दिन सुबह अजीब दृश्य दिखा। वह सुबह स्मृतियों में अटककर रह जाने जैसी

थी। भारी नाव प्राय: धीरे से घाट पर आती, क्योंकि सामने से पश्चिमी हवा चलती थी और खलासी लोग पतवारों से पानी पीछे धकेलते, जो मोटे बाँसों से बँधे होते थे और पतवार चलाते समय एक साथ चिल्लाकर शोर करते रहते थे। परंतु उस दिन एक नाव नदी के बीच से सरपट चलकर आई। अन्य नावों से यह तीन-चार गुना बड़ी थी। उसमें से धुआँ निकलता देख हाड़मा डर से चिल्लाया था और अपने पास खड़े आदमी से कहा था—''अरे, उसमें आग लग गई है और उसमें सवार लोग जलकर मर जाएँगे!''

तब वह आदमी, जो अजीब-सा दिख रहा था, न तो वह गोरा लग रहा था, न हिंदुस्तानी परंतु उसने साहबों जैसी पोशाक पहन रखी थी, वह बहुत जोर से हँसा और बोला, ''मत डरो, सबकुछ ठीक है, क्योंकि उसमें अग्नि देवता हैं, जो किनारे की मोटर गाड़ी के समान नाव को दौड़ाते ले जाते हैं।'' फिर उसने जोर से कहा, ''देख रहे हो, देवता कैसे हाथों से पानी पीछे धकेल रहे हैं! उनका निवास नाव के बीचोबीच है और जो धुआँ देख रहे हो वह उनकी साँसों की हवा है। वे जो दो बक्से देख रहे हो उसी में उनके हाथ हैं जिनको वह पानी के बीच से निकालते हैं। देखो-देखो, कैसे सफेद फेन निकाल रहे हैं!''

हाड़मा ने जब दृष्टि उठाकर देखा तो उसे बाएँ-दाएँ दोनों ओर गोलाकार बक्से दिखाई दिए। उसके अंदर पानी इतने वेग से पीछे की ओर फेंका जा रहा था कि यदि दस लोग भी एकसाथ मिलकर पानी फेंकते तो इतना नहीं फेंका जाता। उसने आश्चर्य से पूछा, ''ऐसा कैसे हो रहा है भला?''

वह व्यक्ति हाड़मा के पास ही खड़ा था। उसने उत्तर दिया, ''उसमें ऐसा ही इंतजाम है। हम गोरे साहबों का इंतजाम रहता है!''

हाड़मा ने भली मंशा से ही जानना चाहा और प्रश्न किया, ''अरे, आप भी साहब ही हैं?'' वास्तव में हाड़मा पहले से ही अटकल लगा रहा था कि वह व्यक्ति किस जाति का था! अन्य गोरों के समान न तो वह बहुत गोरा था और न ही लाल था। उसका रंग हलदी के फीके रंग जैसा हलका पीला था। उसके होंठ मोटे और सिर पर घुँघराले घने बाल थे। आँखें बिलकुल काली थीं, जो व्यग्रता से इधर-उधर देख रही थीं। पता नहीं, वह क्रोधित हुआ या क्या हुआ, परंतु वह जल्दी-जल्दी वहाँ से हट गया।

ओहो! इस देवता वाली नाव में कितना माल लादा गया है! इसमें से माल उतारकर समाप्त करने में अनेक छोटी नौकाएँ, ढेर सारे लोग और पूरे दो दिन-दो रात का समय लगता है।

हाड़मा ने इस बात पर भी ध्यान दिया कि जैसे ही देवता किनारे पर आए तो बहुत जोर से चिल्लाए भी थे और जब रुक गए तो सफेद साँस छोड़ी थीं, जबकि पहले तो वे काली साँसें छोड़ रहे थे। ऐसे समय में पीले रंगवाले साहब को नाराज करने का उसे दुःख

होने लगा क्योंकि उन सबके बारे में बताने के लिए आस-पास कोई नहीं था।

हाड़मा स्वयं सोच-विचार करने लगा—अरे बाप रे बाप! ये साहब लोग भी किस प्रकार के प्राणी हैं, जो देवता को मजदूर जैसा खटाते हैं ! हम संतालों को तो देवताओं से डर लगता है। वे ही तो हमारे स्वामी हैं और हमारी रक्षा-रखवाली भी करते हैं। परंतु ये कैसे लोग हैं !

जिस स्थान पर साहब लोग काम कर रहे थे, हाड़मा वहीं पर इधर-उधर टहलने लगा। ये लोग काम में हमेशा लगे रहते हैं। इनमें से एक-दो लोग अत्यंत भले हैं। उनको वह जब ध्यान से देखता तो वे काम करना बंद कर उससे थोड़ी बातें कर लेते। यह सब देखकर हाड़मा मुग्ध हो गया, क्योंकि वे उसके गाँव के आस-पास के लोगों और केनाराम व दारोगा के समान नहीं बल्कि खुल्लमखुल्ला और स्पष्ट बातें करते थे। वे तो संतालों को तुच्छ ही समझते हैं। परंतु इनको हाड़मा ने अत्यंत मिलनसार पाया, मानो वह अपने ही गाँव के लोगों से बातें कर रहा था। पूछने पर वे उत्तर तो देते थे, लेकिन सभी प्रश्नों के नहीं; क्योंकि वयस्क व्यक्ति भी कभी-कभी बच्चों के समान ऐसे प्रश्न पूछ बैठता है कि विद्वान् से विद्वान् के लिए भी उत्तर देना कठिन हो जाता है। परंतु अधिसंख्य प्रश्नों के उत्तर उसको दे दिए गए थे।

हाड़मा को उन्होंने अनेक प्रकार की बातें बताईं और अद्‌भुत चीजें दिखाईं। एक साहब उसे पहिए पर बने कमरे में ले गया। वह कमरा आश्चर्यजनक चीजों से भरा पड़ा था। उसने एक गोलाकार पिंजरा देखा, जो घर्र-घर्र घूम रहा था और उसके अंदर लोग उछल-कूद रहे थे और कुछ अजीब से जानवर भी कूद-फाँद रहे थे। उनको देखकर हाड़मा का माथा घूम गया और वह सिर पर हाथ रखकर फर्श पर बैठ गया। वहीं उसे एक अजीब-सा बक्सा भी दिखा। मालिक ने इसे लकड़ी की कुरसी पर रखा और गाने के लिए कहा। उसके कहते ही गाने की आवाजें आने लगीं। उस बक्से के पास कोई नहीं था। वहीं चमत्कारी जल का बरतन भी था। वास्तव में वह पानी ही जादुई था। साहब ने उसमें एक रुपए का सिक्का डुबाकर हाड़मा को आदेश दिया कि वह उसे निकाले। हाड़मा ने आदेश का पालन किया। साहब ने एक बार पुन: सिक्का डालकर निकालने को कहा। हाड़मा ने प्रयास किया, परंतु सफल नहीं हो पाया, क्योंकि पानी छूते ही किसी ने उसको ऐसे जकड़ लिया कि वह हिलने-डुलने में भी असमर्थ था। उंगली की पोर से जलन का अनुभव बाँह की ओर चढ़ता प्रतीत हुआ।

हाड़मा ने चिल्लाकर हाथ बाहर खींच लिया। परंतु यह क्या! पानी से हाथ निकालते ही जलन व दर्द जाने कहाँ छूमंतर हो गए! साहब ने उसको एक अन्य आश्चर्यजनक नली दिखाई। उससे आवाज निकलती थी तथा उससे दूर के जानवर को भी मार गिराया जा सकता था, तीन सौ गज की दूरी तक भी। हाड़मा ने पल्टिन साहब के पास ऐसी ही नली

देखी और छूकर देखा भी था, परंतु अन्य किसी के पास यह चीज नहीं देखी थी। साहब ने उसके हाथ में देकर उसे बताया कि इसमें से आवाज कैसे निकलेगी। आश्चर्यजनक जादू तो वह अब सीख रहा था। नल के अंदर देवता हैं, जो साहब के आदेश पर चलते हैं। नीचे की ओर एक छोटी सी जीभ है, जिसको खींचने से आवाज निकलती है और यह धुआँ डकारने लगता है। लेकिन जब हाड़मा ने वह छोटी जीभ खींची तो उसमें से आवाज नहीं निकली और मात्र ठक की आवाज आई। देवता साहब की बात ही मानते हैं, हाड़मा जैसे लोगों की नहीं!

हाड़मा और एक दिन पहिएवाले कमरे में था। अग्नि देवता ने इस कमरे को हवा की तेजी से खींचकर आगे बढ़ाया था। हाड़मा और साहब अंदर बैठे थे। हवा की तेजी से चलने और चलते समय हुद-हुद की आवाज सुनकर हाड़मा के पसीने छूटने लगे। इसके साथ ही आस-पास के घर, पेड़-पौधे और आदमियों को तेजी से पीछे छूटते देख देखने का साहस न हुआ। परंतु साहब को मंद-मंद मुसकराता देखकर उसका डर कुछ कम हो गया और कुछ ही पल बाद वे 'तीन पहाड़' (स्थान का नाम) पहुँच गए, जो पश्चिम दिशा में लगभग 4 कोस की दूरी पर था। यहाँ साहब उतर गया और एक अन्य साहब से उसकी बातचीत हुई। इसके बाद साहब के आदेश पर अग्नि देवता एक बार फिर चिल्लाकर फाँ-फूँ करते हुए बहुत तेजी से उनको लौटा ले गया। जब यह रुकता तो चें-चों की आवाज निकालता और सफेद कुहरे जैसा साँस छोड़ता था।

साहब लोगों के साथ रहना हाड़मा को पसंद था। वह उनको जंगल-पहाड़ों में होनेवाली घटनाओं के किस्से बताता, जैसे शिकार और हाथियों का हंगामा या अन्य ऐसे ही किस्म-किस्म के किस्से सुनाता। उसे आश्चर्य हुआ कि साहब लोग उसके किस्से सुनने को कैसे तैयार हो गए, क्योंकि उनके पास तो स्वयं ही अजीब-अजीब किस्से होते थे। उसने केले का एक थम गाड़कर उस पर तीर से निशाना साधकर दिखाया कि संताल लोग कैसे निशानेबाजी की प्रतियोगिता करते हैं। उनके लिए यह मनोरंजन का अच्छा साधन हो गया था, क्योंकि कुछ साहबों ने संतालों से तीर-धनुष खरीदकर लक्ष्य बेधने का अभ्यास तक शुरू कर दिया था। परंतु समस्त प्रयासों के बाद भी जब तीर निशाने पर नहीं लगता तो खूब जोर-जोर से हँसते थे, क्योंकि साहब लोग भी संतालों के समान ही प्रसन्न रहनेवाले लोग हैं, खूब हँसते हैं।

एक अन्य बात में भी साहब लोग अपनी तुलना संतालों के साथ करते थे, क्योंकि वे भी तेज पानी का उपयोग करते थे। इसे वे पारदर्शी बोतल में रखते और एक प्रकार की हलकी लकड़ी की ठेपी लगाकर रखते थे। इसके अतिरिक्त वे एक अन्य पानी का उपयोग भी करते हैं, जिसे विलायती पानी कहते हैं। उसका ढक्कन राँगा के पतले तार से बँधा होता है। इस पतले तार को तोड़ते ही बोतल के मुँह पर लगी ठेपी हलकी आवाज

के साथ बाहर निकल जाती और पहाड़ की तराई में उफनकर निकलते पानी के समान उसमें से पानी बाहर निकलता। पहले दिन तो हाड़मा डरा था कि बोतल खोलने से कहीं किसी को चोट न लग जाए, परंतु वह शीघ्र ही जान गया कि इसमें डर की कुछ बात नहीं थी। बोतल कई प्रकार की दिखाई देतीं—कुछ काली हैं तो कुछ सफेद और कुछ हरे रंग की भी हैं। इसी प्रकार पानी भी साफ, पीले या हलके सफेद, काले या लाल रंग की देखेंगे, सभी प्रकार के उपलब्ध हैं। एक बार बोतल खोलते समय जोर से आवाज आने लगी और झाग निकलने लगा। अन्य बोतलों में कोई हलचल नहीं थी। उस दिन साहब लोगों ने जिद करके हाड़मा को पिला दिया, परंतु जब उसने चखा तो मना कर दिया। उसने जब बिना हलचलवाली बोतलों का पानी पीकर देखा तो उसे ऐसा लगा मानो वह हँड़िया पी रहा हो। परंतु विलायती पानी देने पर वह जितना दिया जाता उतना पी जाता, क्योंकि पीने से कुछ भी महसूस नहीं होता था। हाड़मा को उसका झाग बहुत पसंद आया।

कुछ लोग, जिसमें कुछ परगना भी शामिल थे, साहब लोगों का 'चुलाया'[1] हुआ पानी पीकर खूब मतवाले हुए तो साहब लोग उनको देखकर खूब हँसे। यह देखकर हाड़मा को गरभू की याद आ गई और वह दुःखी हो गया।

साहब लोग जब पीकर मतवाले होते हैं तो खूब नाचते-गाते हैं और एक अनजान भाषा में बातें करते, किस्से-कहानियाँ बताते हैं। हाड़मा और अन्य लोग यह सब देखते-सुनते थे। एक रात दो साहबों में उठा-पटक हो गई। क्रोध से पागल हुए दोनों ही भयंकर दिखाई दे रहे थे और आपस में हाथों से ही खूब मारा-मारी कर रहे थे। हाड़मा को यह सब बिलकुल पसंद नहीं था। दूसरे दिन हाड़मा ने एक साहब मित्र से पूछा कि मौज-मस्ती व आनंद मनाने के ऐसे अवसरों के लिए वे 'जोग-माँझी'[2] क्यों नियुक्त नहीं करते हैं? साहब ने जोग-माँझी के संबंध में हाड़मा से पूछा। जब उसको मालूम हुआ कि शराब, हँड़िया पीने-पिलाने के अवसर पर एक ऐसा व्यक्ति भी गाँव में होता है, जो पीकर मतवाला नहीं होता, जबकि अन्य छककर पीते हैं तब वह बहुत हँसा और बोला, "ओहो, साहब लोगों के बीच ऐसा व्यक्ति कहाँ से मिलेगा?"

आनंद से बीत रहे इन दिनों में हाड़मा के मन से साम परगना की याद उतर गई थी; क्योंकि वह नई-नई बातें सीखने व अन्य देशों के किस्से-कहानियाँ सुनने, समुद्र जिसमें गंगा नदी से भी अधिक पानी समाता है, के संबंध में सुनने में मगन रहता था। साहब लोग भी उसको इस तरह से खुलकर बताते मानो वह उनका पूर्व परिचित हो।

जब परगना लोग आकर एकत्र हो गए तो वे सब उत्तर की ओर चल दिए तथा

---

1. देसी शराब बनाने की प्रक्रिया, 2. संताल गाँव में नाचने-गाने के समय लोगों को नियंत्रित करने के लिए नियुक्त पदधारी व्यक्ति

हाड़मा को भी साथ ले लिया, यद्यपि उसका मन राजमहल में रहकर भरा नहीं था। धूल भरा रास्ता तेलियागढ़ी के पास से होकर गया है। यह गढ़ पहाड़ की ढलान पर, जहाँ नदी का पानी पहुँचता है, किसी चिड़िया के बैठे होने की अनुभूति कराता है। यही गढ़ तो सैकड़ों वर्षों तक पश्चिम के लोगों के लिए पूर्वी द्वार था। इसी गढ़ में सभी ठहर गए, हालाँकि अब यह टूटकर खंडहर बन चुका है।

अन्य लोगों के साथ गढ़ में प्रवेश करने से पूर्व हाड़मा बाहर ही बैठ गया और मुड़कर उस रास्ते को पहचानने का प्रयास करने लगा, जिससे चलकर वे वहाँ तक आए थे। वह अकेला था। सूर्य पश्चिम की पहाड़ियों के उस पार उतरने को था। दाहिनी ओर पहाड़ी के ऊपर पहाड़ी की लंबी श्रृंखला मुड़ी हुई दिखाई देती है। लेकिन बाईं ओर लबालब पानी से भरी गंगा नदी बिछी हुई चादर के समान दिखाई देती है। बीच में तराई है, जिसमें झील, झाड़ियाँ, जंगल, इक्का-दुक्का गाँव व धान के खेत दिखाई देते हैं और दूर में अस्पष्ट-से चमकते राजमहल के खंडहर हो चुके भवन झाड़ियों के बीच से झाँकते प्रतीत होते हैं। तीन पहाड़ की तनी खड़ी पहाड़ियाँ सबसे ऊँची पहाड़ियाँ हैं, जो उसी की ओर मुँह किए खड़ी हैं। तीन पहाड़ से लेकर जहाँ पर हाड़मा खड़ा था, वहाँ तक झाड़-झंखाड़ साफ कर बनाई गई एक चौड़ी पट्टी धान के खेतों को पार करती हुई आई है। इसकी दाहिनी ओर झील इत्यादि पहाड़ के समान दिखाई देते हैं। यही तो नई सड़क का रास्ता है। बरसात के बाद से इसमें सैकड़ों महिला, पुरुष और बच्चे चीटियों के समान काम कर रहे हैं। पुरुष गड्ढे से मिट्टी काटकर टोकरियों में भरते हैं तथा महिला व बच्चे इसे सिर पर उठाकर ले जाते हैं और टोकरी खाली कर पुनः वापस ले आते हैं। हाड़मा काम में लगे लोगों को ही देख रहा था। उनकी लंबी कतार बन गई थी। वे आ रहे थे और जा रहे थे। इसके बाद उसकी सोच साहब लोगों के काम-काज की ओर चली गई। उन लोगों से हाल ही में जान-पहचान हुई है। उसने उनके जो काम-काज देखे हैं, उसका आधा भी अभी नहीं बताया गया है। मोटे होंठ और हलके पीले चमड़ीवाले ने उसको जैसा बताया था, सचमुच वे इंतजाम करने में उस्ताद थे। उनका कोई काम व्यर्थ नही होता है; वे सब प्रकार की स्थितियों का सामना करते हैं; सभी बातों के लिए मिलकर सोचते हैं और ऐसे लोगों के विरुद्ध संतालों को लड़ना पड़ेगा!

ये लोग हमेशा काम में व्यस्त रहते हैं। यदि कंपनी को भूल जाएँ तो आश्चर्य नहीं होना चाहिए क्योंकि ये तो ताबड़तोड़ काम में व्यस्त रहते हैं। जो भी हो, दया-मायावाले लोग हैं। संतालों का जो हक है, ये लोग उसे दे सकते हैं, यदि उनको संतालों के कष्ट के बारे में पता हो तो। बुद्धिमान और क्षमतावान् लोग हैं, इंतजाम करने में श्रेष्ठ हैं। केनाराम और दारोगा को देखकर ही संताल लोग डर से काँपने लगते हैं। परंतु वही लोग यदि इनके सामने धृष्टता की कोशिश करें या कोई अन्य भी करे तो सबको ये तीर के

समान सीधा कर देने में सक्षम हैं। हाड़मा की बहुत इच्छा हो रही थी कि साहब लोग इस पूरे मामले को यथाशीघ्र अपने हाथों में लें और यह इच्छा भी हो रही थी कि भागलपुर पहुँचकर अन्य गोरों को भी देखे।

सूर्य पहाड़ियों के उस पार अस्त हो गया। पर अँधेरा अभी पूरी तरह घिरा नहीं था। सहसा लड़कों के पुकारने की आवाज से उसकी तंद्रा भंग हो गई। साम परगना अनुभवी आदमी थे और जब उन्होंने डेरे में जलाई गई आग की रोशनी में हाड़मा को नहीं देखा तो लड़कों को खोज-खबर के लिए भेज दिया था, क्योंकि वह अनजान और जंगली इलाका था। इसके साथ ही ऐसे रास्ते पर कौन सी मुसीबत कहाँ छिपी खड़ी है, कौन बता सकता है भला! हाड़मा लड़कों के साथ वापस आ गया। उन्होंने रात का खाना बनाया और खा भी लिया तथा कुछ ही देर बाद डेरे के चारों ओर पहरा करनेवालों को छोड़कर सभी चुपचाप सो गए।

इसके बाद इनका डेरा पीरपैंती में लगा जहाँ पश्चिमी इलाके के सभी परगनाओं से भेंट हो गई। इस प्रकार एक बड़ी भीड़ हो गई। बीस जन परगना लोग और साथवाले अन्य चालीस लोग।

उस दिन—रात्रि में उन्होंने उन सभी बिंदुओं पर विचार किया, जिन पर आवेदन करना था। चारों ओर कष्ट और संकट था। उत्तर-पूर्व में रेल मार्ग पर काम करनेवालों का उत्पात, लूट-पाट और महिलाओं के साथ दुर्व्यवहार हो रहा था; उत्तर-पश्चिम में तो पहाड़िया लोग बेरोक-टोक चोरी कर रहे थे; परंतु इन सबके ऊपर और इन सबसे बड़ी परेशानी व कष्ट साहूकारों व दारोगा का जुल्म और दबाना था। इससे प्रायः सभी संताल किसी महामारी के समान प्रभावित हैं। परंतु स्थिति पूरब में ही पश्चिम से अधिक कठिन, सहनशक्ति से बाहर और भारी है, जो दिन-ब-दिन और भारी होती जा रही है।

बोरियो, बाँझी, बोआरीजोड़, सिमरा, पातना जैसे कुल बारह स्थान के लोगों ने बताया कि उनके ऊपर भी हाड़मा के समान साजिश की गई है और चूँकि हिन साहब उनको बचाने के लिए नहीं हैं, इस कारण षड्यंत्र निष्फल नहीं किया जा सका है।

हाड़मा सोचने लगा कि उनको अपना एक निज हाकिम लाल केश, अंगारे के समान आँखोंवाले जिसकी आवाज सुनकर पूरी धरती दहल जाए, ऐसे एक हाकिम की आवश्यकता है।

शाम होते-होते वे भागलपुर पहुँच गए। उस रोज दिन भर पछिया हवा साँय-साँय चलती रही और लाल धूल के बादल हवा से ऊपर उठ गए तथा धुंध-सी छा गई। गरम और सूखी पछिया हवा से सबके चेहरे झुलस गए। जब हवा की तेजी कम हुई तब आकाश कुछ साफ हुआ; अस्त होने के लिए हलका-हलका चमक रहा सूरज धूल की लाल चादर सिर पर ओढ़कर छिप गया।

धूल-धूसरित और पैदल चल-चलकर पस्त हो चुके परगना लोग सीधे पोंटेट साहब के आवास पर चले गए। सभी थक चुके थे, थकावट के कारण बात करने की इच्छा भी नहीं हो रही थी, ऐसे लोगों को जरा एक नजर देख लीजिए! वे लाठी टेकते, पांव घसीटते पहुँच रहे थे; जंगल की पतली पगडंडी पर चलकर अभ्यस्त हो चुके ये लोग रस्सी के समान एक-दूसरे के पीछे लंबी कतार में आ रहे हैं। इनका नेतृत्व करनेवालों को देखिए—वे लोग एक-एक करके एक-दूसरे के पीछे, पोंटेट साहब के फाटक में प्रवेश कर रहे हैं। साथवाले लोग आँगन तक जानेवाले रास्ते पर उनके पीछे-पीछे चले आए। रास्ते के दोनों ओर पेड़-पौधे कतार से लगे हैं।

पोंटेट साहब के अर्दली ने जब उन्हें देखा तो अपने मालिक तक खबर पहुँचाने के लिए अंदर चला गया। अन्य लोगों के समान वह भी लेटा हुआ था और वैसे भी इस प्रचंड धूप व गरमी में यहाँ के लोग दोपहर में आराम करते हैं।

"साहब, साहब!' अर्दली की आवाज सुनकर मालिक ने करवट बदली मानो जाग गए हों।

"साहब, परगना लोग आए हैं!"

यह सुनते ही उनकी नींद खुल गई और वे सोचने लगे कि वे क्यों आए हैं!

अर्दली से पूछा कि कौन-कौन आए हैं, तब अर्दली ने बताया कि सभी परगना आए थे। पूरब, पश्चिम, उत्तर, दक्षिण और जुब्दी (दामिन-ए-कोह) तक से आए थे। यद्यपि सभी परगना नहीं आए थे, पर अर्दली ने समझा कि सभी आए थे, क्योंकि वे एक-एक कर फाटक से प्रवेश करके जब एक साथ कतार में खड़े हुए तो अनेक प्रतीत हो रहे थे।

पोंटेट या जिसको संताल पल्टिन कहते थे, परगना लोगों के सामने ठाट-बाट का प्रदर्शन नहीं करता था। वह जैसा था यानी रात के सोनेवाले कपड़े पहने ही बरामदे में बाहर आ गया और सभी के साथ नाम ले-लेकर अभिवादन करता चला गया एक छोर से दूसरे छोर तक। उसको लगा, सचमुच अनेक लोग एकत्रित थे, क्योंकि उसे याद नहीं कि इससे पहले कब उसने एक साथ इतने परगनाओं को देखा था।

उसने उनको बरामदे के नीचे बैठने के लिए कहा और उतनी दूर पैदल चलकर आने का कारण अच्छे से ही पूछा।

उत्तर साम परगना ने दिया, "हाँ, हम बहुत दूर पैदल चलकर आए हैं सरकार बहादुर के उस आदेश के बारे में पता लगाने, जिसके बारे में आपने हमको बताया था। वह अटक क्यों गया? दोबारा फिर निकलेगा या नहीं?"

यह वही पोंटेट है, जिसने बीस वर्षों पूर्व हाड़मा माँझी को अपनी शरण में रखा और पहाड़िया लोगों को उसे परेशान करने नहीं दिया। उस समय भरपूर जवान था, बहुत परिश्रमी और अत्यंत बलशाली, पसीने-पसीने होने तक काम करता। थकना किसको

कहते हैं, जानता ही नहीं था। अभी उम्र बुढ़ापे की ओर ढल रही है; केश भी झरकर आधे रह गए और एकाध सफेद भी हो रहे हैं। चेहरा भी बासी-बासी और सूखा हुआ सा हो गया तथा शरीर थोड़ा अकड़ अवश्य गया है तथापि अभी सख्त है परंतु उम्र के हिसाब से यह हड्डी का जोर है। युवावस्था के लचीलेपन का अभाव है।

संतालों ने इसको परेशान कर दिया है। जिस अधिकार को पाने के लिए वह तरस रहा था, यदि वह कल ही आ जाए तो इसकी दशा क्या होगी? हाथी में येन-केन प्रकारेण बैठकर उसे क्या दौरा नहीं करना पड़ेगा, वह भी गरमी की भर दुपहरिया में जब वह आराम करता होता है? अनेक किरानियों व दारोगाओं के साथ मगजमारी करनी होगी, काम करते-करते हालत पतली हो जाएगी। ढेर सारी चिट्ठियाँ, गट्ठर-के-गट्ठर हिसाब-किताब की बहियाँ, अनगिनत रिपोर्ट लिखनी पड़ेंगी और दौरा कर-करके शरीर जवाब दे जाएगा। अभी मन की साध पूरी नहीं हो सकती, क्योंकि अभी ये लोग, जो टूट नहीं सकता, उसको तोड़ने और जो सुधर नहीं सकता, उसको सुधारने के लिए कहेंगे।

समय जितना निकट आता जाता है, मन उतना ही खिन्न होता जाता है। यही जब दूर में था तब इसने उसे कुछ समझा ही नहीं। अर्थात् साथ काम करनेवालों को ठेस पहुँचेगी और यह उस समय और भी स्पष्ट दिखाई देगा, जब एक संताल को प्रसन्न करने के लिए अनेक लोगों को अप्रसन्न करना होगा।

अच्छा, यदि इसको लौटा दिया जाए तो उसका क्या जाएगा? यह बिना किसी लाभ और बिना कोई प्रशंसावाला काम है। साथ काम करनेवालों की ईर्ष्या, एक-दूसरे से रगड़ा, किसी की बुराई के लिए उपाय करना और अधीनस्थों का षड्यंत्र···इन सबके बदले उसे क्या प्राप्त होगा? उसके अपने संताल लोग ही उसे बदनाम कर देंगे!

पोंटेट का मन यदि डोल रहा है तो आश्चर्य नहीं होना चाहिए। सोचने-समझने के लिए उसको समय की आवश्यकता पड़ी। जिसकी आशा नहीं, उसकी आशा कर रहा है, काम हलका करने के लिए कुछ तो अवश्य होगा! इस प्रकार सोच-विचार करके उसने परगना लोगों को दूसरे दिन सुबह आने के लिए कहकर कुछ समय के लिए विदा कर दिया।

गंगा नदी के तट पर एक बाग में डेरा लगा है। डेरे में जलनेवाली आग के चारों ओर बैठकर पोंटेट साहब को लेकर ही बहसा-बहसी हो रही है। उसकी एक-एक बात, उसका देखना, बोलते समय हाथ-पैर चलाना—सब पर बातें हो रही हैं। वह उनकी ओर है या नहीं?

जिन लोगों ने ध्यान लगाकर उसको देखा था, उन्होंने बेहिचक कहा कि वह हमारी तरफ नहीं है। उन्होंने कहा, "अरे भाई, हमने पल्टिन साहब को उस समय पाया है, जब वह थक चुका है। हमारे लिए वह कुछ नहीं करेगा।"

परंतु अधिसंख्य लोगों ने साम परगना और अन्य बुजुर्ग परगना लोगों की बात का

समर्थन किया कि पल्टिन पुराना और गलकर शुद्ध हो चुका मित्र है तथा वह हमको अनदेखा कर दे, यह तो हो नहीं सकता है। तथापि इनके बीच में भी किसी-किसी ने कहा, ''यह सही है कि वह हमारा मित्र है, लेकिन भलाई करने के लिए उसके पास शक्ति नहीं है। दो वर्ष हो गए, संतालों के लिए उसने कुछ नहीं किया है और अब क्या वह कुछ कर सकेगा?''

पोंटेट को लोगों ने बहुत बड़ा आदमी समझ लिया था, परंतु शायद यह उनकी भूल थी। वह भी संभवत: एक सामान्य व्यक्ति था, ऐसा नहीं था जिसकी खूब चलती-बनती थी। यदि उनकी जान-पहचान वास्तव में किसी बड़े आदमी के साथ हो जाती तो शायद उनको उनके कष्टों से मुक्ति दिलाई जा सकती थी!

साम परगना ने अनुभव किया कि इस प्रकार का संदेह व निराशा अच्छे शगुन नहीं थे। इस कारण उसने अपने साथवालों का भरोसा सुदृढ़ करने का भरपूर प्रयास किया। परंतु उसके अपने मन में भी शायद एक फुंसी के बराबर संदेह था ही। इसी कारण उसके इतने प्रयासों का कोई विशेष परिणाम दिखाई नहीं दिया। अंतत: बुजुर्ग परगना लोगों की सहायता से उसने संदेह करनेवालों को इस बात के लिए सहमत कर लिया कि कल सुबह तक वे पल्टिन के बारे में कोई निर्णय या विचार न करें। पल्टिन उनका मित्र है या नहीं, उस दिन अच्छी तरह मालूम हो जाएगा।

सबके सो जाने के उपरांत भी साम परगना आधी रात तक बैठकर जलती हुई आग को ही निहारता रहा और सोचता रहा कि उनका क्या होगा, क्या नहीं! कल का दिन आने से पहले आश्वस्त होने की आशा थी कि नहीं, यह जानकारी मिलने का कोई उपाय ही नहीं था। सब बातों पर वह अकेला ही सोच-विचार कर रहा है : विश्वस्त हाड़मा ने भी जागरण में साथ नहीं दिया।

रात्रि बीतने के आस-पास, जब वह जगकर थक गया तब प्रकृति ने अपने अधिकार का दावा कर दिया। साम परगना बैठे-बैठे ही सो गया, दोनों हाथों से घुटनों को समेटकर तथा घुटनों पर सिर टिकाकर वह सो गया। सुबह तक वह वैसे ही सोता रहा।

संतालों के जाने के बाद पोंटेट भी आरामकुरसी में पसरकर बैठ गया। उसके मन में अनेक प्रकार के विचार उत्पन्न होने लगे। उस दिन देखे गए सभी चेहरे एक-एक कर सामने आने लगे और प्रत्येक चेहरे के साथ उसे कोई घटना याद आ जाती। इस व्यक्ति के साथ पहाड़ी पर चलते हुए एक डेरे से दूसरे डेरे तक गया था और जाते समय संतालों के दु:ख-सुख के संबंध में वे बातें करते गए थे। अन्य डेरेवालों ने खूब धूमधाम से उसका स्वागत किया था और उसको प्रसन्न करने के लिए तंबू के सामने मशाल जलाकर 'लागँड़ें'* नचवाया था। तीसरे गाँव में एक मित्र के साथ उसने एक सप्ताह का समय

* संतालों का नृत्य, जिसे विशिष्ट अवसरों को छोड़कर प्राय: सभी अवसरों पर युवा नाचते हैं

शिकार में मजे से बिताया था। बुजुर्ग परगना हाँका करनेवालों को जुटाकर प्रतिदिन उनके साथ चला जाता था।

विदाई के दिन उसने कहा था, ''हम आशा करते हैं साहब, आपको मजा आया होगा। हम लोगों से जहाँ तक हो सका, आपको खुश करने की कोशिश की है।''

विचार जिस ओर भी जाते, इसी प्रकार के दृश्य सामने आते। प्रत्येक के साथ हँसी-खुशी की कोई-न-कोई घटना जुड़ी हुई है। अभी जो युवा हैं, उनको तो बचपन से देखकर बड़ा किया है। उनके पिताओं को जानता था और उसके सामने ही ये बड़े होते गए थे। उसने स्वयं इनको परगना के ओहदे पर नियुक्त किया और नियुक्ति के समय आशीर्वाद दिया था।

क्या वह डोर टूट गई? क्या हँसी-खुशी के वे दिन फिर नहीं आएँगे?

अन्य महीनों की तुलना में यह महीना अजीब-सा लगा है। पूछ-पूछकर पागल कर दिया। शिकायत पर शिकायत, हमारे कष्ट दूर करने के लिए क्यों कुछ नहीं किया गया? सरकार अपना वादा क्यों पूरा नहीं करती? संतालों ने अपनी परंपरा के अनुसार खुल्लमखुल्ला पूछा, ऐसी बातों पर सरकार क्यों आँख-कान नहीं लगाती है या यह क्यों नहीं हटा दिया जाता है—उस समय बहाना बना देता कि इस या उस कारण से नहीं हो सका, ईश्वर इसका लेखा न ले! फालतू की बहानेबाजी! पता चला, किसी को विश्वास नहीं हो रहा था। संतालों ने उस पर पूरा विश्वास कर लिया है, केवल यही जानकर मन थोड़ा स्थिर हुआ। वह काम में व्यस्त हो गया और बीते वर्षों में पूरी लगन से काम किया; परंतु अब इसमें भी कमी आ रही है। उसको सब तरफ उदासी ही दिखाई देती है। एक तो उसके अधीनस्थ संतालों को हेय दृष्टि से देखते थे और दूसरे, साथ काम करनेवाले ताने मारते थे और तीसरा यह कि पुराने कमिश्नर साहब को भी उसने खो दिया यानी उनकी बदली हो गई। इसके बावजूद इनको उसने बहुत कठिन नहीं समझा। उसे सबसे कठिन यह लगा कि संताल लोग उस पर विश्वास नहीं कर रहे थे! जिनका विश्वास एकमात्र उसी पर था, जब उनका विश्वास कम हो रहा था, तब भला स्वयं पर भरोसा कैसे कम न होगा और जिस अधिकार के लिए वह व्याकुल था, उसको सामने देखकर क्या वह भय से नहीं काँपेगा!

पोंटेट का स्थिति पर विचार जारी है। परछाइयाँ लंबी हो रही हैं। कुछ पल बाद चारों ओर अँधेरा छा गया और इसके साथ ही तारे दौड़कर बाहर निकल आए। इसी समय नौकर ने याद दिलाया कि उनको कमिश्नर साहब ने रात्रि-भोजन के लिए आमंत्रित किया था। याद आते ही वह हड़बड़ाकर उठ बैठा और तैयार होने लगा, यद्यपि मन में कोई प्रसन्नता नहीं थी। मुँह-हाथ धोने के बाद थोड़ी ताजगी महसूस हुई। उसने सफेद कमीज व पतलून पहन ली और कमर में लाल कपड़े की पट्टी लगा ली, क्योंकि पूर्वी देश में

गरमी के मौसम की यही पोशाक थी।

जब वह तैयार हो गया तब आठ कहार पालकी लेकर दरवाजे पर आ गए। इसे चार-चार लोग पारा-पारी कंधे पर उठाकर ले जाते हैं। उठानेवाले सिर से लेकर कमर तक नंगे हैं। पालकी उठाते-उठाते उनके कंधों पर निशान पड़ गए हैं और यही देखकर आप जान जाएँगे कि ये कहार हैं। चार लोग झुके और पालकी को कंधे पर उठा लिया। आगे-पीछे दो-दो लोग करके लगे और दोनों लोगों ने एक-दूसरे को कंधे से पकड़ लिया। पास खड़े अर्दली ने इधर-उधर डोल रही पालकी को थाम रखा है। उसका स्वामी पीछे की ओर बैठा है, सामने की ओर दोनों पैर पसार रखे हैं और सिर तकिए पर टिकाया हुआ है। जब वह ठीक से बैठ गया तब उठानेवाले चल पड़े। वे लोग घंटे में लगभग 5 मील के हिसाब से चल रहे हैं। अर्दली हाथ में प्रकाश लिये आगे-आगे दौड़ रहा था और बदली करनेवाले चार लोग पीछे-पीछे लहराते चले आ रहे थे। अनुभवी कहार चलते समय कभी भी पाँव मिलाकर नहीं चलते हैं, क्योंकि इससे पालकी पर बैठनेवाले को झटका लग सकता है।

पालकी उठानेवाले समय काटने व मनोरंजन के लिए चलते-चलते सुर में कुछ-कुछ बोलते हैं। इस बोली का कोई माने-मतलब नहीं होता, परंतु इन पर तुरंत प्रभाव डालता है; आगे-पीछे के सभी सुर में सुर मिलाते हैं। सामनेवाले दोनों प्रारंभ करेंगे और पीछेवाले उसे केवल दुहराएँगे।

नीचे दी गई अर्थहीन बोलियों को पढ़ते ही आप लोग समझ जाएँगे—

सामनेवाले प्रारंभ करते हैं, पीछेवाले दुहराते हैं—

1. टिप टाप हरदम टिप टाप हरदम
2. टिप टाप हरदम टिप टाप हरदम
3. देखो-देखो नापो रे! देखो-देखो नापो रे!
4. देखो-देखो नापो रे! देखो-देखो नापो रे!
5. बचके चलो बड़ा पत्थर! बचके चलो बड़ा पत्थर!
6. बाईं तरफ चलो लड़को! हाँ-हाँ चलो बाईं तरफ!

सुधी पाठक! आप मन की आँखों से उन चार लोगों को देखिए। वह देखिए, वे कैसे हम्म-हम्म करते लिये जा रहे हैं और उनकी आवाज इतनी तेज है कि आधे मील दूर तक सुनाई दे रही है। बोली को ही सुर दे दिया जा रहा है और दुहरा भी रहे हैं। उनके स्वर तब-तक ऊँचे होते जाते हैं जब-तक जोर से गूँज न जाए। अचानक चुप हो जाते हैं, यह जानकर कि बहुत बार का दुहराव हो गया। इसके बाद अन्य चार लोग उठानेवालों को बदल देते हैं।

पोंटेट साहब की सवारी कमिश्नर के बँगले पर आकर रुक गई। सबसे पहले

पहुँचने के कारण वह बरामदे में बैठकर अन्य लोगों की प्रतीक्षा करने लगा। आरामकुरसी पर उठंग कर पैरों को सामने फैला रखा है और आराम देने के लिए उसको पंखा झला जा रहा है।

वह शेरी और खटमिट्ठ-सी किसी पेय की चुस्की ले रहा है तथा पानी में बोतल डुबाने और निकालते समय भुर्र-भुर्र व छप-छप की आवाजें उसको भली लग रही हैं। ये आवाजें अंदर की ओर से आ रही हैं, जिधर आबदार अपने काम में लगा है। पहले जमाने में लोगों ने बर्फ नहीं देखी थी; प्रत्येक बड़े घराने में एक नौकर रखा जाता था, जिसे आबदार कहते हैं। उसका काम था शराब की बोतलों को शीशे के एक बड़े बरतन में रखे नमक पानी में बार-बार डुबोना और निकालना। डुबोना और निकालना, बस यही उसका काम है, ताकि शराब ठंडी हो जाए।

भागलपुर शहर में खाने-पीने की बहुत सुविधा है। आप जो भी खाना चाहें, आपको मिलेगा। जो भी पीने का मन करे, आपको मिल जाएगा; परंतु हाय रे हाय, जंगल व पहाड़ी इलाके में क्या मिलेगा! पैसा रहने पर भी नहीं मिलेगा, खासकर इन आनेवाले मौसम में; यह याद आते ही उसको परगना लोगों का ऐसे कुअवसर पर आना खटकने लगा, क्योंकि उसने अनुमान लगाया कि उसे दौरे पर निकलना पड़ सकता था।

□

19

रात्रिभोज

भागलपुर के कमिश्नर साहब बहुत बड़े आदमी हैं। आप यही समझ लें कि यूनान जैसे बड़े देश के चलानेवाले, जिसकी जनसंख्या आयरलैंड की जनसंख्या से अधिक है। उनका घर यार्कशायर काउंटी के बराबर है और उसमें अब जुब्दी (दामिन-ए-कोह) क्षेत्र भी जुड़ गया है।

इस बड़े आदमी का आवास ईंट व पत्थर से बना एक शानदार महल है—एक मंजिला है और छत चौरस है। इस महल में अनेक कमरे व असंख्य दरवाजे हैं।

आँगन दक्षिण की ओर है और वहीं प्रतीक्षा-द्वार के समान एक दरवाजा है। प्रतीक्षा करनेवाले दरवाजे से सटा एक सुंदर बरामदा है—यहाँ से वहाँ तक 100 फीट लंबा है और 20 फीट चौड़ा है। इसके ईंट से बने खंभे कतार में बने हैं, इस छोर से उस छोर तक। बरामदे के दोनों ओर व प्रतीक्षा करनेवाले दरवाजे के बाहरी हिस्से को दूर-दूर गुँथी हुई बाँस की खपचियों से ढका गया है। पतली-पतली बाँस की कमानियों को बीनकर गाड़ दिया गया है, जिस पर सुंदर बेल चढ़ा दी गई है। बरामदे में जलबेंत की चीक लटकाई गई है, जिस पर हरे रंग का कपड़ा लगाया गया है। दोपहर में सूरज की तेज धूप आने पर चीक उतार दिया जाता है और आवश्यकता न पड़ने पर लपेटकर रख दिया जाता है। बरामदे के फर्श पर बेंत की चटाई बिछाई गई है और दोनों ही अर्थात् बरामदा व आँगन का दरवाजा अत्यंत सजे हुए सुंदर दिखाई देते हैं, क्योंकि बेल के कोमल उगे पत्ते चमक रहे हैं।

बरामदे में एक-दूसरे से काफी दूर-दूर पर तीन पंखे चौड़ाई में टाँगे गए हैं। सभी पंखे सफेद रंग से रँगे तख्ते पर लगाए गए चौड़े कपड़े से बने हैं, जिनके आँचल लाल रंग के हैं। सबको रस्सी से जोड़कर इस प्रकार बाँधा गया है कि एक को खींचने से सभी हिलने लगते। इन सबको छत की शहतीर से टाँगा गया है और रस्सी को सुर्ख लाल कपड़े से लपेटकर छिपाया गया है। तीनों पंखे एक ही आदमी खींचता है। वह कमर से ऊपर नंगा है और बरामदे के एक छोर पर आड़ में खड़ा है। एक पाँव आगे बढ़ाकर वह हाथ

पूरा फैलाता है, ताकि पंखा पूरी तरह से हिले। इसके बाद एक कदम पीछे जाकर रस्सी को झटके से खींचता है। ऐसा करने से हवा इतने जोर से उत्पन्न होती है कि बेल के पत्ते तक हिल जाते हैं।

पहले के समान इस युग में कौन, कहाँ पंखा खींचता है! आजकल तो खींचनेवाले फर्श पर या तो बैठे या उठंगे रहते व ऊँघते रहते हैं और जाग जाने पर झटके से रस्सी खींच देते हैं, फिर धीरे-धीरे खींचते हैं। पहले के पंखा खींचनेवाले भी अत्यंत लगनवाले होते थे भाई! यही तो शीतलता के सर्जक थे! उस समय यद्यपि अनेक लोगों ने आपको कोई मान्यता नहीं दी, लेकिन अनेक वर्ष बाद अनेक लोगों ने आपको तहे-दिल से आपके प्रति आभार प्रकट किया है। क्योंकि आप ही के अथक परिश्रम से गरम रातों में लोग चैन और आराम से सो पाए हैं!

अनेक लैंपों के हलके पीले प्रकाश से पूरा भवन आलोकित है। कुछ लैंप चाल में टाँगे गए हैं और कुछ दीवार पर लगाए गए हैं, लेकिन सभी को पंखे की हवा से ऊँचे पर और दूर में रखा गया है।

पंखे के नीचे बेंत की आराम कुरसियाँ रखी हुई हैं, जिनमें से एक पर पोंटेट उठंगा हुआ पसरकर आराम से बैठा है। कुछ ही देर बाद अन्य आमंत्रित लोग भी आ गए, जमा हो गए।

यह 'कुंवारों' का भोज है; क्योंकि वहाँ महिलाएँ वैसे भी बहुत कम थीं, जो गरमी के मौसम की तपिश से बचने के लिए पहले ही पहाड़ों पर जा चुकी थीं। इसके अतिरिक्त उस रात्रि में भिन्न-भिन्न विभागों के सरकारी अफसर ही आमंत्रित किए गए थे। कोई पालकी से, कोई घोड़े पर और कोई बग्घी पर चढ़कर आया है तथा बरामदे में प्रतीक्षारत है। शेरी व तीखी शराब की चुस्की लग रही है और बातें हो रही हैं। सभी माननीय ओलिवर, कमिश्नर की प्रतीक्षा कर रहे हैं, जो अपने पद से अधिक अपने ठाट-बाट पर ही अधिक ध्यान देते हैं और इसी कारण सबसे अंत में बाहर निकले।

पोंटेट के अतिरिक्त और पाँच लोग आमंत्रित थे—विलियम एलेन जिसे भागलपुर जिला का कलक्टर या बड़ा तहसीलदार भी कहते हैं, मित्रों ने 'चालाक-चतुर मुड़ा हुआ चाकू' का उपनाम दिया है; चार्ल्स इगरटन या 'जवान तीतर' यही बड़े मजिस्ट्रेट साहब और पुलिस के मालिक हैं; जोसेफ बर्टन या 'मरियल एक पसली'—बड़े जज हैं; कर्नल जोन्स, जो पहाड़िया पल्टन के कप्तान हैं और एडमंड रोपर जो शल्य चिकित्सक और डॉक्टर साहब हैं। सबको बारी-बारी से देखिए। सबने सफेद शीतल कपड़े पहने हैं; लैंपों की हलकी पीली रोशनी में कपड़े चमक रहे हैं; पंखे की हवा से सिर के केश उड़ रहे हैं। या तो वे आराम से खड़े या फिर बैठे हैं और सबके हाथों में जाम है।

सभी अच्छे मित्र हैं और आपस में बातें खूब मिलती हैं। लेकिन आज की रात सब

गुमसुम हैं, बधिया किए गए भैंसे के समान; क्योंकि भोज देनेवाला लंबा चेहरा बनाकर रहनेवाला व्यक्ति है, आसानी से मित्र बननेवाला नहीं है।

बरामदे के लैंप को खूब तेज करके जलाया गया है, ताकि खाने के कमरे से कीट-पतंगे उड़कर इसी के पास जमा हो जाएँ। इसी कमरे में भूत के समान हलके पावों से बिना आवाज किए इधर से उधर होते हृष्ट-पुष्ट नौकरों को सफेद पोशाक पहनकर खाने-पीने की चीजों को सजाते देखा जा सकता है। मेज पर रखी जानेवाली नैपकिन को विभिन्न प्रकार से मोड़कर रखना कुशलता मानी जाती है। पंखे की खर-खर एवं बोतल की भुर्र-भुर्र की आवाजों से इनकी बातचीत दब-सी गई है, क्योंकि आबदार प्रत्येक बोतल को ठंडी करता है और ठंडी हो जाने पर बाँस की टोकरी में रखता जाता है, ताकि जब तक उनकी आवश्यकता नहीं होती, वे ठंडी ही बनी रहें।

कमिश्नर साहब का वेटर उचित समय पर अपने मालिक के सामने खड़ा हो गया। इस सफेद दाढ़ीवाले ने सफेद अचकन पहन रखी थी, बड़ी सी गोल पगड़ी और कमर में तह किए गए कपड़े का कमरबंद अत्यंत सजीला दिख रहा है। उसने गंभीर चेहरा बना हाथ जोड़कर पीछे की ओर से कहा, ''हजूर ! खाने-पीने का सब सामान तैयार है।'' इसके बाद सभी खाने के कमरे में प्रवेश कर गए और साथ ही लैंप की रोशनी भी तेज कर दी गई। कुछ-कुछ पंखे जो बरामदे के पंखों से भी भारी और बड़े थे, हिलने लगे और इन भद्रलोकों ने अपने-अपने आसन ग्रहण कर लिये।

खाने की मेज विभिन्न प्रकार के फल, फूल, प्रकाश, गिलास, प्लेट और कटोरों से सजी हुई थी। ऊपर टँगे पंखों की हवा बहुत अच्छी लग रही थी। पूर्वी देश की परंपरा के अनुसार प्रत्येक अफसर की पीठ के पास उसका नौकर कान खड़े किए खड़ा है, ताकि उनको जिस चीज की भी आवश्यकता हो, वे तुरंत दे सकें; भोजन बनाने में कहीं कोई कोताही या चूक नहीं है; भोजन अत्यंत स्वादिष्ट है; शराब भी मजे की है; आमंत्रित अतिथि भी हिले-मिले हैं और कहा जा सकता है कि भरपूर आनंद उठाने के लिए किसी चीज की कमी नहीं है; लेकिन इस भोज से किसी का मन नहीं भरा, संतोष नहीं हुआ। क्योंकि आमंत्रित करनेवाले व्यक्ति का बिलकुल कटु वचन बोलना व स्वार्थी किस्म का होने का कारण उसके अपने बहुत सारे दुःख थे। एक तो सरकार बहादुर के काम की व्यस्तता है। वे काम में तेजी दिखाना पसंद नहीं करते हैं। डाँट-डपटकर उन्होंने न केवल सरकार को दोषी ठहराया अपितु अपने से पूर्व के माननीय सिंक्लेयर साहब को भी लपेटे में ले लिया। इस कारण उनके आमंत्रित अतिथियों को लगा मानो किसी ने उनके ऊपर अलकुशी झाड़ दी हो, क्योंकि वे सभी सिंक्लेयर साहब के अनन्य मित्र थे। संक्षेप में कहें तो ओलिवर यदि कठोर बोली न बोलता और केवल अपने और अपने ही दुःख के बारे में न सोचता तो अच्छा होता। वह तो अकेला ही बकबक कर रहा है और आमंत्रित

अतिथि चुपचाप सिर नीचे किए खा-पी रहे हैं, उसकी बातों पर कोई ध्यान भी नहीं दे रहा है। वह लगातार बोले जा रहा है, "ऐसा है कि सिंक्लेयर साहब हमेशा ठाक-ठुक कुछ करता ही रहता था। उसे कभी चुपचाप बैठा नहीं पाओगे। उसको हमेशा नया-नया काम करने की इच्छा होती है!" इस प्रकार की अनेक बातें वह कह गया।

ओलिवर की दलील यह है कि वह सिंक्लेयर से पाँच वर्ष बड़ा है और अब जबकि दोनों ही लोग बुजुर्ग हो रहे हैं, ओलिवर की दृष्टि में सिंक्लेयर लड़का-छड़का ही है। ऐसे बालक को भला क्या जानकारी? इसकी तो नाभि भी नहीं झरी है। अनेक लोगों का यह स्वभाव होता है कि जीवन भर वे स्वयं को युवा ही समझते हैं।

आमंत्रित अतिथि खा-पी रहे हैं। सफेद पोशाक पहने नौकर-चाकर नंगे पाँव अंदर-बाहर हो रहे हैं। वे प्लेटें हटाते हैं, भोजन सामग्री दुबारा देते हैं और गिलास फिर से भर देते हैं। कमिश्नर व मजिस्ट्रेट साहब के वेटर अन्य से भिन्न दिख रहे हैं; क्योंकि दोनों की पगड़ी बड़ी है और कमरबंद चौड़ा है तथा दोनों की खूब सघन दाढ़ी है और वे दोनों सबकी नजर बचाकर एक-दूसरे को आँखों-आँखों में इशारा करते हैं। वे दोनों षड्यंत्रकारी समूह के जासूस हैं और खाने-पीने के समय जो बातें हो रही हैं, उनको ध्यान से सुन रहे हैं। साहब लोग जब धुन में बातें करते हैं तो उन लोगों को भूल जाते हैं, जो उनकी पीठ की ओर रहते हैं और जो अंग्रेजी समझते हैं। लेकिन बोल नहीं पाते हैं। इस प्रकार भेद की बातें भी प्रकट हो जाती हैं। षड्यंत्रकारी समूह ऐसे अवसरों की ताक में रहता है।

माननीय सिंक्लेयर साहब की अब बुराई की जाएगी, ऐसा अनुमान होते ही पोंटेट साहब ने बातचीत की धारा का रुख अन्य ओर मोड़ने के लिए किनारे पर एक गड्ढा खोदा और बताया कि सफर में निकलने पर उन्होंने बहुत सारे पेड़ों को कटा हुआ देखा है। उन सबको रेल की पटरी के नीचे बिछाने के लिए काटा गया था, जो सड़ रहे हैं। पोंटेट साहब ने जिसके लिए प्रयास किया उसका फल प्राप्त हो गया; क्योंकि रेल के बड़े इंजीनियर साहब विगोर का नाम सुनते ही सबका मजा खराब हो गया।

माननीय विगोर साहब को उस समय की व्यवस्था से बिलकुल संतुष्टि न होती। चिट्ठियों का अटक-अटककर जाना उसे पसंद नहीं था। उसे 'चट मँगनी, पट ब्याह' जैसा काम पसंद था। अफसरों को वह हेय दृष्टि से देखता था। अपनी ही बात को श्रेष्ठ बताता मानो वही सबसे अधिक जाननेवाला व्यक्ति था! उसको यहाँ तक बुराई बकते सुना गया है कि यहाँ आधा-अधूरा काम करनेवाले अफसर किसी काम के नहीं हैं और भारत सरकार को छोड़ कोई इनको पूछेगा भी नहीं; ओलिवर के लिए यह बात देह जलानेवाली है।

तहसीलदार एलेन को फुंसी बराबर भी कोई अंतर नहीं पड़ा अपितु उसे यह भय

सताने लगा कि हो न हो, इंजीनियर साहब सरकार के ज्येष्ठ पुत्रवाला दर्जा कहीं गँवा न दें और यदि स्थिति विपरीत पड़ गई तो यह कहकर बदनाम भी किया जा सकता है कि अपने से ऊपरवालों को इसने बहकाया। ऐसा न हो, सोचकर वह माननीय विगोर साहब के एक-एक कार्य को ध्यान से देख रहा है। बाहर से ऐसा प्रकट करता है मानो शत्रु हो, जबकि वह उसका मित्र है।

इगरटन उसका शत्रु है, ऐसा वह दोष नहीं लगाता अपितु यह सच है। नौकरी करनेवाले विदेशी लोगों के बीच अनेक चोर व बदमाश थे। उन पर नजर रखने के लिए इगरटन ने आदमी लगाए थे, लेकिन विगोर साहब ने पुलिस-वुलिस सबको यह कहकर भगा दिया कि पुलिस उसका काम बिगाड़े, उसे यह कतई पसंद नहीं था। तब इगरटन ने कमिश्नर की सहमति से इस संबंध में सरकार को लिखा था, लेकिन पासा उलटा पड़ गया और उसे ही धमकी मिल गई तथा विगोर साहब का ही समर्थन हुआ। अपनी-अपनी जगह पर दोनों ही सही हैं और इसी प्रकार की बात का फैसला करने में मुश्किल होती है। इस बात को लेकर दोनों में खूब लड़ाई हुई थी।

विगोर साहब की अनुपस्थिति में उनकी चौड़ी छाती पर एक-एक कर ढेर सारे दोष लगाए गए।

रेल मार्ग पर बातें करते-करते बातचीत का रुख राजमहल के जंगल-झाड़ की ओर मुड़ गया। भागलपुर के भद्र लोगों के लिए शिकार का यह अत्यंत पसंदीदा जंगल है; क्योंकि यह हाथियों, शेर व बाघों और गैंडों का गढ़ है। रेल मार्ग के लिए इनके विचरण का स्थान ही काटकर मैदान कर दिया गया तथा दिन-रात इंजन की फक-फक और सीटी की तेज आवाज से ये जानवर परेशान हो गए।

पोंटेट साहब का जन्म एवं पालन-पोषण गाँव में हुआ है; इस नई चीज को लेकर उसके मन में भी हिचक है, जो अभी-अभी पूरे हिंदुस्तान और दुनिया में पेश हुई है। वह मन-ही-मन सोचता कि संतालों की कौन-सी दाल नहीं गल रही थी, जो इस नई चीज को बनाने में लगे हैं। कितने जोर-जोर से आवाज करती है, अत्यंत कठोर है और सबको अपने भार से पीसकर धूल बना देती है, किसी को भी नहीं बख्शती है। सब में उलट-फेर करती है और सबको समाप्त कर देती है। बैलगाड़ी, भैंसागाड़ी और नौका से क्या सामान नहीं ढोया जा सकता है? कहीं जाने के लिए घोड़े, हाथी और ऊँट क्या नहीं हैं? अन्य सब समय के लिए क्या लोग मर गए—सामान सिर पर ढोकर ले जाने के लिए! यह पेटू राक्षस लोगों के मुँह का निवाला छीनकर अपना ही पेट भरेगा! रेल मार्ग ने उसका अपना जीवन ही अस्त-व्यस्त कर दिया। शिकार उसे बहुत पसंद है परंतु पशुओं की आश्रयस्थली ही तो नष्ट हो रही है। जो कुछ हो रहा है इसका तो यही संकेत है। उसे शांति पसंद है, परंतु वैसी शांति नहीं जैसा उसकी अपनी जातिवाले गोरे भीड़-भाड़ वाले

इलाके में पसंद करते हैं। पेड़-पौधे व लताएँ उसको पसंद हैं। उस समय उसका गुस्सा सातवें आसमान पर चढ़ गया, जब इंजीनियर साहब के आदेश से जंगल-के-जंगल उजाड़ दिए गए थे। पहाड़िया व संताल उसके प्रिय हैं और जब हजारों-हजार अन्य लोगों को जबरन उनके बीच काम करने के लिए लगाया गया तो उसे बहुत गुस्सा आया था, क्योंकि इन लोगों ने उनको भड़का दिया था। उनको परेशान कर दिया और उनको बुरी-बुरी बातें सिखा दी थीं और ऐसा करके अंत में वे शायद पहाड़ी घाटी व मैदान से इनको बाहर कर देंगे। अपने सहकर्मियों के साथ वह रेल मार्ग के बिलकुल विरुद्ध एकमत था। इसमें सबकी राय मिलती थी। यहाँ तक कि कर्नल, जिसे सिविलियन की बात बहुत बुरी लगती थी, वह भी नींद से बेदार हो गया, जब उसे मालूम हुआ कि रेल मार्ग शिकार का दुश्मन है।

पोंटेट साहब की इच्छा है कि इधर-उधर की ही बातें होती रहें, इस कारण वह बात को फिर रेल मार्ग पर ही ले आया। राजमहल से तीन पहाड़ तक दलदल के ऊपर बननेवाले ऊँचे मार्ग या बाँध की बात पर। तब तक डॉक्टर साहब की बारी आ गई, यह बात पोंटेट को पहले से मालूम थी। डॉक्टर साहब ने उस ऊँचे मार्ग का खूब विरोध किया और कहा कि इससे पानी का मार्ग अवरुद्ध हो जाएगा तथा इलाके की भलाई नहीं हो सकेगी और कमिश्नर से निवेदन किया कि उसको इसके विरुद्ध ऊपर तक लिखने की अनुमति दी जाए। कमिश्नर का नींद से बुरा हाल था। उसने कोई उत्तर नहीं दिया। उसने मुड़कर जज की ओर देखा तो उसे खर्राटें भरते पाया। इगरटन व कर्नल जोंस, इगरटन के नए घोड़े के गुण-दोष विचारने में तल्लीन हैं व खूब जल्दी-जल्दी बोलते हैं, जबकि एलेन बीच-बीच में बोलता है मानो वह डॉक्टर की बात सुन ही रहा था; क्योंकि एलेन के अनुसार डॉक्टर बड़ा बोरिंग था। डॉक्टर इस प्रकार की बातचीत तलाशता रहता है, इस कारण वह मग्न है लेकिन श्रोता ही नहीं हैं तथापि लोमड़ी के समान चालाक पोंटेट ऐसा दिखावा कर रहा है मानो उस भलाई की बातचीत को वह अत्यंत ध्यान से सुन रहा है। डॉक्टर भविष्यवाणी करता है कि उस रेलमार्ग के कारण राजमहल के चारों ओर जल-जमाव हो जाएगा जो रोग-बीमारी की जड़ साबित होगा। इसी कारण राजमहल, नदी का प्रसिद्ध बंदरगाह नहीं रह पाएगा और परंपरा ही समाप्त हो जाएगी। डॉक्टर जो बोल रहा था वह खांचे में बैठनेवाली थी और अंत में उसकी भविष्यवाणी अक्षरशः पूरी हुई, तथापि उस रात खाने के समय उस भविष्यवक्ता की बात पर ध्यान देनेवाला कोई नहीं था।

हो सकता है, इस प्रकार की बातचीत आपको उबाऊ और अरुचिकर लगे; लेकिन उस जमाने में पुरुषों के भोज में बातचीत का केंद्र ऐसा ही होता था यानी भिन्न-भिन्न पदों से जुड़ी बात या शिकार या पुरुषों के 'अखड़ा'* की बात, किसी की नुक्ताचीनी या किसी

---

* मनोरंजन स्थल

घटना के संबंध में और इसी हिसाब से आज भी बातचीत का विषय पदों से ही जुड़ा है। परंतु नुक्ताचीनी व किसी घटना पर बातचीत हमेशा स्वादिष्ट नहीं लगती है, इस कारण इसे स्थगित कर दिया गया है। जैसा कि हमने पहले ही बताया विभिन्न पदों के बारे में और शिकार से संबंधित बातों के अधिक देर तक चलने के पीछे पोंटेट का दिमाग ही था, क्योंकि उसका जी अभी भी जल रहा था। उसके लिए संताल परेशानी का कारण थे, लेकिन ओलिवर के लिए अत्यंत कष्टकारी थे। वह मन-ही-मन घबरा रहा है कि उतने-उतने पत्थरदिल लोगों के बीच ओलिवर उसके जले पर मिर्च रगड़ेगा, जो असह्य होगा। इस कारण बड़ा शोक रोकने के लिए उसने भरसक प्रयास किया। इसमें वह सफल भी हुआ। वे लोग बरामदे में निकल गए; आराम कुरसी में बैठकर कॉफी पी और धूम्रपान भी किया, परंतु संतालों के विषय में किसी ने भूल से भी उल्लेख नहीं किया। मरणासन्न अवस्था पार हो चुकी है, फोड़ा भी फूट चुका है, इस कारण पोंटेट बहुत आनंदित है।

जिस स्थान पर पोंटेट बैठा है वहाँ लैंप धीमा किया हुआ है, इस कारण बरामदे के छोर पर दीवार घड़ी के निकट जोर से जल रहे लैंप के पास सभी कीट-पतंगे एकत्र हो गए हैं। लैंप के अंदर, बाहर और हवा में भी हजार किस्म के—काले, लाल, हलके पीले, हरे रंग के, नीले, सफेद, गेरूए रंग के, चितकबरे, तितलियाँ, पतंगे, बड़ी मक्खियाँ, गुबरैले और कीट इधर-उधर उछल व भनभना रहे हैं। समय-समय पर कोई एक पतंगा लौ में जलने के लिए उड़ रहा है। एक गुबरैला उड़ता हुआ आया और दीवार में ठम्म से टकराया तथा ठप्प से जमीन पर गिर गया, चित गिरा गुबरैला सीधा होने के लिए भन्न-भन्न पीठ के बल चक्कर काट रहा है; एक छिपकिली इधर से उधर हो रही है और तितलियाँ काँप रही हैं। चिमनी में और उसके नीचे जमीन पर अनेक तितलियाँ जलकर उलटी पड़ी हैं। ये सभी उड़कर पार होने के समय झुलसी हैं—सभी मर चुकी हैं; एकाध मरणासन्न पैर व पंख चला रही हैं। लैंप के चारों ओर खा-खाकर फूल चुकी दो छिपकलियाँ दीवार पर चारों ओर चक्कर लगा रही हैं। इसके बावजूद इनका मन नहीं भरा है तथा वे बड़ी तितली के पास दुबककर जाती हैं और मार्ग में आनेवाले छोटे-मोटे पतंगों को चट करती जाती हैं।

चिक को लपेटकर ऊपर उठा दिया गया है। उस दिन रात में अच्छी हवा चल रही थी और मौसम खुला था। आसमान काला है, तारे टिमटिमा रहे हैं और हीरे-मोती के समान चमक रहे हैं।

लेकिन रात में इधर-उधर से आवाजें आ रही हैं। बाजार की गलियों से ताशे की ठठर-ठठर आवाजें आ रही हैं। लगातार रें-रें गाते हुए लोग जा रहे हैं; बाराती करताल बजाते जा रहे हैं, ढोल बजा रहे हैं-धुम, धुम, धुदूम, धुदूम, धुदूम और देसी शहनाई की आवाज कानों को सुन्न कर देने के समान सुनाई पड़ रही है। पपीहा भी कुहू-कुहू का शोर

कर रहा है; उल्लू हूक-हूक कर रहा है और धमना साँप घुरघुरा रहा है। एक लोमड़ी की 'हुँवाँ' सुनकर ही पता चल गया कि लोमड़ियों का दल निकल पड़ा है। इसके बाद एक साथ अनेक ने हुँवाँ-हुँवाँ किया और तब पूरे दल ने हुँवाँ-हुँवाँ करके पूरा वातावरण गुंजायमान कर दिया। फिर सभी चुप हो गए और सन्नाटा छा गया। इसके बाद जब गली में एक कुत्ता भौंका तो दूसरे ने उसका उत्तर दिया और इस प्रकार वे एक घंटे तक भौंकते रहे। आप बिलकुल परेशान हो जाते। हिंदुस्तान की रात शोर-शराबे वाली होती है।

अनेक प्रकार की आवाजें सुनकर अच्छे भोज का रस कुछ और भीग गया, क्योंकि इससे वह चुपचाप हो गया और सोच में डूब गया। परंतु जब आँख बंद हुई, जैसा कि समय-समय पर हम सबके साथ होता है, वह जल्दी उठ नहीं पाया। मन में शांति का ही अनुभव हुआ; वह जमीन-आसमान की बातें सोच रहा है; सिगरेट भी हाथ में ही बुझ-मुड़कर गिर गई। ठंडा किया गया पेय भी गिलास में वैसे ही पड़ा-पड़ा गरम हो रहा है जिसे वह भूल चुका है। कब उसकी नींद खुली, उसे यह भी याद नहीं है!

कमिश्नर के मुँह से 'संताल' शब्द को घृणा के साथ उच्चारित किए जाने से पोंटेट चौंककर उठ बैठा, नींद पूरी तरह खुल गई। उसने देखा कि एलेन को देखकर इगरटन मुसकरा रहा था, वह पेंसिल से आइ ओ यू लिख रहा था। बरामदे के एक छोर पर अच्छे से तैयार हुआ एक अर्दली बिलकुल सीधा खड़ा था और लैंप के प्रकाश में जिसे एक नौकर ने पकड़ रखा था, कमिश्नर एक चिट्ठी पढ़ रहा था व पढ़ते-पढ़ते दाँत पीसता व कभी जोर से भी पढ़ रहा था—यह चिट्ठी अभी-अभी आई है, क्योंकि इसका लिफाफा वहीं फटा हुआ पड़ा है।

इगरटन का हँसना व एलेन का लिखना देखकर कमिश्नर ने सहसा पूछ दिया कि वे वैसा क्यों कर रहे थे?

इगरटन ने बिना किसी लज्जा या संकोच के उत्तर दिया, "बस एक बाजी लगी थी महोदय! हमने एलेन के साथ शर्त लगाई थी कि एडेन साहब जंगीपुर में तीन-चार महीने भी नहीं बिता पाएंगे कि अपने आस-पास के लोगों पर हाथ चला देंगे; और जैसा आप बता रहे हैं, उससे तो लगता है कि मैं जीत गया हूँ। एलेन तुम्हारे भाग्य ने साथ नहीं दिया!"

एलेन ने उत्तर दिया, "हाँ-हाँ अच्छा ही हुआ, मैं तो चाहता ही हूँ कि तमाशा बने।"

इसी समय कमिश्नर साहब ने डाँट-डपटकर अपना क्रोध प्रकट किया और कहा कि वे सबको चिट्ठी पढ़कर सुनाएँगे तथा यह चिट्ठी पोंटेट को बहुत अच्छी लगेगी, क्योंकि इसमें उसके प्रिय लोगों के बारे में लिखा था।

इसके बाद चिट्ठी को लैंप की ओर करके वे जोर-जोर से पढ़ने लगे।

जंगीपुर, 10 अप्रैल 1855

आदरणीय ओलिवर,

आप से क्षमा माँगना मेरे लिए अनिवार्य है, क्योंकि मैं अपने अधिकार-क्षेत्र के बाहर के कामों में हाथ डाल रहा हूँ; लेकिन एक अत्यंत आवश्यक बात मालूम हुई है, जिस पर इलाके की शांति निर्भर करती है।

मुझे ऐसा ज्ञात होता है कि शासन चलानेवालों की लापरवाही से राजमहल पहाड़ी के दामिन-ए-कोह क्षेत्र के अधीनस्थ सरकारी कर्मचारियों ने जुआँठ उतारकर फेंक दिया है तथा महाजन साहूकारों के साथ दोस्ती करके वे सरकार की संताल प्रजा को सताते व दबाते हैं। मैंने सुना है कि सरकार बहादुर सुपरिंटेंडेंट के अधिकार बढ़ाने का विचार कर रही है, ताकि जो गलत हो रहा है उस पर रोक लगाई जा सके। यह बात संतालों के कान में भी पड़ चुकी है। लेकिन सरकार बहादुर की इच्छा पूरी होने में विलंब हो जाने से संताल लोग बहुत नाराज हो गए हैं। मेरा सुझाव है कि उनकी नाराजगी दूर की जाए अन्यथा हूल हो जाएगा। उनकी नाराजगी दूर करने की दवा सरकार बहादुर का आदेश अविलंब तामील करना है। पुनः जोड़ना चाहूँगा कि जैसा मुझे ज्ञात हुआ है, मैं इसको हलके रूप में नहीं ले रहा हूँ बल्कि गंभीर स्थिति मान रहा हूँ। इस कारण हूल रोकने का उपाय सरकारी आदेश यथाशीघ्र जारी करना होगा।

मैंने सुना है कि संतालों ने अपने प्रतिनिधियों को आपके पास भेजा है और मैं आशा करता हूँ कि आप उनको मना लेंगे।

मैं हूँ आपका विश्वस्त

—ए. एडेन

जैसे ही चिट्ठी पढ़कर समाप्त की गई, सभी बिलकुल चुप हो गए। सबसे पहले इगरटन ने ही चुप्पी तोड़ी, क्योंकि उस चिट्ठी से सबसे पहले उसी पर आँच आ रही थी। इस कारण वह सब लोगों से अधिक क्रोधित हो गया और बोला, ''यह पिद्दी एडेन पगला गया है। कुछ आगे-आगे नहीं हो रहा है! वह ख्वामख्वाह हमारे कामकाज में टाँग नहीं अड़ा रहा है क्या?''

कमिश्नर ने पूछा, ''अच्छा इगरटन, आपको उन प्रतिनिधियों के बारे में कुछ मालूम है क्या?''

''मालूम तो नहीं है, लेकिन शायद कुछ परगना लोग रास्ते में हैं और शीघ्र ही पहुँचने वाले हैं।'' इगरटन ने उत्तर दिया।

कमिश्नर को आश्चर्य हुआ और उसने तेज आवाज में कहा, ''परगना लोग! ये कौन लोग हैं?''

इगरटन के मुँह से अचानक फिसल ही गया, ''संतालों के सरदारों को परगना कहते हैं।''

तब कमिश्नर ने कहा, ''अच्छी बात है, जब वे आ जाएँ तो मुझे खबर करना।''

इगरटन ने व्यंग्यपूर्ण स्वर में उत्तर दिया, ''हाँ-हाँ क्यों नहीं! हालाँकि वे मेरी भेड़ें हैं, लेकिन आने से वे सबसे पहले पोंटेट के यहाँ जाएँगे, उनके प्रिय हाकिम वही हैं।''

इगरटन की बोली पोंटेट को ऐसी लगी मानो किसी ने मिर्ची रगड़ दी हो, परंतु उसने गुस्से पर काबू कर लिया और गंभीर स्वर में बोला, ''पता नहीं कितने परगना लोग आज पहुँचने वाले हैं। कल वे मुझसे भेंट करेंगे।''

कमिश्नर ने भी व्यंग्य ही से कहा, ''अच्छा-अच्छा, अब मेरी समझ में आ गया! एडेन और आपने इस पर विचार-विमर्श कर लिया है, है न?''

''जी नहीं महोदय! न तो मैं एडेन को जानता हूँ और न हमारे बीच पत्राचार हुआ है। वह इसमें हाथ लगा रहा है, यह मुझे भी पसंद नहीं है।'' पोंटेट ने सहज भाव में उत्तर दिया।

''मैं एडेन को जानता हूँ।'' कमिश्नर ने जानकारी देते हुए कहा, ''और यह पत्र पाकर मुझे आश्चर्य भी नहीं हुआ। वह बदमाश और घमंडी लड़का है। बुद्धि-ज्ञान सामान्य है लेकिन अपने पर बहुत नाज है। वह हमेशा यह प्रकट करता रहता है कि लाट साहब का संबंधी है। दूसरों के काम में, जिससे उसका कोई नाता नहीं है, खुद ही आगे-आगे होगा; इसी से समझा जा सकता है कि वह किस प्रकार का व्यक्ति है।''

इगरटन ने पोंटेट को चुभाने के लिए कहा, ''क्या भाई पोंटेट! अपने मित्र की तरफ से अभी नहीं बोलोगे क्या? चिट्ठी का असली मतलब तो यही है कि तुमको बड़े-बड़े अधिकार मिलें!''

पोंटेट ने उत्तर दिया, ''एडेन मेरा मित्र नहीं है। यदि हमसे वह पूछता तो शायद मैं कहता कि यह चिट्ठी मत लिखो। क्योंकि अभी तो दौरे का मौसम भी पार हो गया और जब तक सर्दी का मौसम नहीं आ जाता, कुछ भी किया नहीं जा सकता है।''

इस पर कमिश्नर ने निर्णायक स्वर में कहा, ''यह सब आप ही के कारण हुआ है, क्योंकि दौरे के दौरान आप संतालों को बताते रहते हैं कि सरकार बहादुर क्या-क्या करना चाहते हैं। आपको कहाँ पर खुजली हो रही थी कि आदेश आने तक आपसे धीरज नहीं धरा गया, मेरी तो समझ से परे है!''

पोंटेट ने निवेदन किया, ''महोदय! ऐसा क्यों हुआ, मैं बताऊँ?'' जब कमिश्नर साहब ने सहमति में सिर हिलाया तब उसने कहना शुरू किया, ''मैंने माननीय सिंक्लेयर साहब के आदेश से यह बात जग-जाहिर कर दी है, क्योंकि उनको आशा थी कि एक-दो दिनों में आदेश पहुँच जाएगा। लेकिन क्यों डेढ़ वर्ष लग गए, मुझे तो अजीब सा लगता है!''

कमिश्नर ने कर्कश स्वर में कहा, ''आदेश तो कल ही आया है!''

यह सुनते ही पोंटेट ने ऊँची आवाज में कहा, ''आ गया! सचमुच आ गया!'' उसकी रगों में फ्रांसीसी खून दौड़ रहा है, इस कारण थोड़े में ही आनंदित होनेवाला मन है उसका! पीड़ा, निराशा, नाराजगी, कठिन स्थिति देखकर टूटना, यह सब वह तुरंत भूल गया। आदेश आ गया, आ गया! अब मैं उन लुटेरों और शोषकों को बाँध दूँगा। उसका चेहरा व्याकुलता के कारण सफेद हो गया और वह बोल पड़ा, ''भगवान् के लिए उसको निर्गत कर दीजिए!''

कमिश्नर ने उत्तर दिया, ''जल्दबाजी की जरूरत क्या है?'' विचलित होना, वह भी उसका अपना अधीनस्थ एक अफसर यदि प्रकट करे तो उसे यह बिलकुल नापसंद है। यह देखने में भला नहीं, उचित नहीं और डरावना भी है!

''आपने ही तो कहा कि अभी कुछ नहीं किया जा सकता है। इसका अर्थ अभी आदेश निर्गत करना मूर्खता होगी!''

ओलिवर की बातों से पोंटेट की खुशी कम होने लगी थी। यह उसके दुःख-सुख में शामिल होने के बजाय उलटे उसे धमका रहा था। तथापि पोंटेट ने अपना मार्ग नहीं त्यागा। उसने बहुत विनती की और बोला, ''महोदय! वह तो ठीक ही है, लेकिन इसे निर्गत किया जाना चाहिए, ताकि संताल लोग स्थापित हो सकें!''

कमिश्नर ने चुभनेवाली बात पूछी, ''तब तुम डर रहे हो क्या? संतालों के डर से मेरे अफसर छिप जाएँगे और मूर्खतापूर्ण कार्य करेंगे, ऐसी मुझे आशा नहीं थी।'' इस आदमी के हिसाब से संताल लोग कुछ भी नहीं हैं।

''छह महीनों तक तो कोई काम नहीं कर सकते हो। उतने दिनों तक इस आदेश को मैं सुरक्षित रख दूँगा। इसका एक कारण और भी है—हाँ, एक ही कारण है। अच्छा पोंटेट, एक बात बताओ! क्या उस नए कानून के अनुसार काम कर सकोगे?''

वह फँसाना चाहता है। क्योंकि जो काम कमिश्नर साहब की सहमति के बिना नहीं हो सकता है, यदि वही इसके विरुद्ध हों तो उसे तो निष्फल होना ही है। इसके बावजूद मुझसे नहीं होगा, ऐसा कहने में हिचक हुई। वह जो कुछ भी बोलेगा, उसे सिंक्लेयर साहब के मंसूबे के विपरीत ही समझा जाएगा। इस दुविधा में पोंटेट चुपचाप ही था कि जब तक दुबारा पूछा न जाए; चुप ही रहेगा, लेकिन उसे बोलने के लिए मजबूर किया जा रहा था। उसने कहा, ''महोदय! जब आप ही विरोध में हैं तो हम क्या कर सकते हैं! यदि आपका समर्थन न मिले तो मेरा परिश्रम करना व्यर्थ ही होगा।''

जब कमिश्नर कोने में फँस गया तब बोला, ''इससे मैं यही समझूँगा कि तुम सिंक्लेयर के अधीन काम कर सकते हो, लेकिन मेरे अधीन नहीं?''

सिंक्लेयर को पुराने अफसर जितना मानते थे, यह ओलिवर को अच्छा नहीं लगा, क्योंकि उसे आशा थी कि उसे भी वैसा ही सम्मान मिलेगा। इसी ईर्ष्या के कारण वह इस

नए आदेश के विरुद्ध खड़ा हो गया। यदि वह स्वयं इस आदेश को बनाता तो शायद ठीक होता!

पोंटेट साहब ने निवेदन किया, ''महोदय, मैं एक बात बोलना चाहता हूँ।''

लेकिन ओलिवर साहब ने बीच में ही टोक दिया, ''बोलने की और आवश्यकता नहीं है। जिस आदेश को एक ही व्यक्ति लागू कर सकता है, उस आदेश को मंजूर करना संचालकों के लिए अच्छा नहीं है।''

पोंटेट ने एक बार और कोशिश की और बोला, ''आदरणीय महोदय, यदि आज्ञा हो तो एक और बात पूछना चाहूँगा।''

कमिश्नर ने मुँह बनाकर जवाब दिया, ''हाँ-हाँ' पूछ सकते हो!'' क्योंकि जब उसने बात समाप्त कर दी हो, इसके बावजूद उसका अधीनस्थ जब घुमा-फिराकर वही बात पूछे तो उसे यह बिलकुल अच्छा नहीं लगा।

पोंटेट ने कहा, ''महोदय, बस यही बात कि उस आदेश पर यदि आप मेरा समर्थन करें तभी मैं उस पर काम कर सकूँगा। इसलिए यदि आप कृपा करके बता देते कि आप इसका समर्थन करते हैं या नहीं, तो अच्छा होता?''

कमिश्नर ने तेज आवाज में कहा, ''मैं इसका समर्थन नहीं करता हूँ। सरकार ने अन्य जाति पहाड़िया लोगों को अधिकार दिया, इसका मुझे दु:ख है; मैं अवश्य ही सरकार के पास लिखूँगा कि फिर से एक अन्य जाति को पहाड़िया लोगों के समान अधिकार न दिया जाए। क्योंकि यह अक्लमंदी का काम नहीं है और ऐसा काम करने को बेसिलसिलेवार काम करना कहते हैं।''

आज एक बार फिर यह मोटा और खूँटे के समान न हिलनेवाला व्यक्ति गरम हो गया!

पोंटेट ने सिर झुकाकर सहमति जताई और बोला, ''तब फिर वह आदेश मैं कैसे पूरा कर पाऊँगा? अब मुझे कुछ भी नहीं कहना है!''

कमिश्नर नाराज होकर दूसरी ओर देखने लगा, क्योंकि उसने स्पष्ट देखा कि उसका अधीनस्थ अफसर बातें खत्म करने के बावजूद अपने अधिकारी की बात से सहमत नहीं हुआ। उसे और भी बुरा लगा कि पोंटेट फिर से चिपक गया, क्योंकि उसने पूछा, ''महोदय, क्षमा करेंगे, लेकिन तब उन संतालों को मैं कल क्या उत्तर दूँ?''

कमिश्नर ने कहा, ''मैं खुद उनसे बातचीत करूँगा और मेरा विचार यही है कि हूल तो हो ही नहीं सकता है। एडेन व्यर्थ में आशंकित हो रहा है। पोंटेट, तुमको क्या लगता है?''

कमिश्नर साहब का ऐसा प्रेम से पूछना, पोंटेट को लगा कि यह सुलह की निशानी है, लेकिन मन से उसने कहा कि जिसका तुम विश्वास नहीं कर रहे हो, उसमें लेशमात्र

भी संदेह नहीं है, इसको तो न मत करो, चाहे इससे तुम्हारा मालिक प्रसन्न हो या न हो; क्योंकि यदि वह न नहीं करे तो यह पोंटेट के लिए खतरनाक साबित हो सकता था। पोंटेट के स्तर के अनेक अधीनस्थ अफसर अपने ऊपरवाले अधिकारियों के अनेक आदेशों को 'जी नहीं हुजूर' कहकर टाल चुके हैं और इस प्रकार उन्होंने साहस का परिचय दिया है, जबकि यदि उन्होंने अपने उच्चाधिकारियों को प्रसन्न किया होता तो बहुत लाभ अर्जित किया होता। थोड़ा सा तेल लगाने से ही तो ऐसे लोग खुश हो जाते हैं। पोंटेट ने यश अर्जित करने के अनेक कार्य किए हैं। अपने मालिक की हाँ में हाँ मिलाने का जो भी परिणाम हो, इसके चलते उसे बदनाम नहीं किया जा सकता है। लेकिन उसके अंतर की शक्ति उसे मना कर रही है—खबरदार ऐसा काम मत करना, और फिर अपनी बात पर अड़कर उसने उत्तर दिया कि उसका विचार पहले के समान ही है। यदि माननीय सिंक्लेयर साहब के सुझाव के अनुसार परिवर्तन न हो तब निश्चय ही अव्यवस्था उत्पन्न होगी।

माननीय ओलिवर ने अपने विचार रखे—''दो वर्ष बीत गए, कुछ भी नहीं हुआ; कहाँ कोई उपद्रव तो उत्पन्न नहीं हुआ?''

पोंटेट ने उत्तर दिया, ''महोदय, आप वादा भूल रहे हैं। वादे के अनुसार काम नहीं होने पर भी वह समाप्त नहीं हुआ है। जब तक यह हो नहीं जाता तब तक कहा नहीं जा सकता है कि हमारी बात सही है कि नहीं!''

पोंटेट के उत्तर से असंतुष्ट होकर कमिश्नर इगरटन की ओर मुड़ गया और हँसते हुए पूछा, ''जिस अधिकारी पर जिम्मेदारी है उसका क्या कहना है, हूल होगा कि नहीं?''

अपना विचार खड़े होकर प्रकट करने को कहे जाने पर इगरटन को बुरा लगा। रात बहुत बीत गई थी। सभी खा-पीकर तृप्त हैं और उसे पहले खबर नहीं की गई। उसने सबको हँसाने जैसा उत्तर दिया, ''महोदय! इस प्रकार खिला-पिलाकर मस्त कर देने के बाद किसी से सवाल पूछे जाने को मैं अच्छा नहीं मानता हूँ। जो भी हो, लेकिन यदि आपको मेरा उत्तर चाहिए तो मेरी समझ से हूल कभी भी नहीं हो सकता है। संताल लोग अपनी पत्नियों के अलावा और किसी बात के लिए लड़ाई ही नहीं करते हैं। उनकी महिलाओं की बेइज्जती न हो, इसका पूरा-पूरा इंतजाम किया गया है। इसलिए मैं कहता हूँ कि हूल नहीं होगा।''

स्वामी को यह बात अच्छी लगी, इस कारण इस पर अधिक सोच-विचार किए बिना उसकी बातों पर उन्होंने विश्वास कर लिया।

इसके बाद चाहते या न चाहते हुए भी उसी की ओर अधिक हाथ उठ जाने से कमिश्नर को बहुत अच्छा लगा और वह बोला, ''पोंटेट, यदि तुमको अच्छा लगे तो धूप

तेज होने से पहले उन संतालों को कल सुबह आठ बजे मेरे पास लाओ (कर्नल जोन्स की ओर मुड़कर) और कर्नल, मैं आपका आभारी रहूँगा, यदि उससे पहले आप सिपाहियों की परेड करवा दें। उपद्रव करने पर उनको क्या दंड मिलेगा, यह दिखाना भी आवश्यक है। इगरटन, आपकी भी आवश्यकता पड़ेगी।''

एक बार फिर सबको ठंडा शरबत दिया गया। एक नौकर सबको सिगरेट देता जाता था और दूसरा उसके पीछे-पीछे सुलगाने के लिए अंगारा लेकर चल रहा था।

अपने-अपने मालिकों को साथ ले जाने के लिए आँगन के प्रवेश द्वार के पास लोगों का एक झुंड लालटेन के साथ खड़ा था, क्योंकि विदा लेने के बाद सब अलग हो रहे थे। जज और पोंटेट पालकी में बैठकर चल दिए। नीरव रात्रि में पालकी उठानेवालों के कुड़कुड़ाने की आवाज व हम्म-हुम्म सुनकर कोई भी बता देता कि वे किस ओर जा रहे थे। कर्नल व डॉक्टर घोड़ों पर बैठकर धीरे-धीरे गए तथा इगरटन व एलेन बग्घी गाड़ी में बैठे जो दो पहिए की छतवाली गाड़ी होती है। साईस घोड़े को हाँककर तेजी से दौड़कर पीछे के पायदान पर खड़ा हो गया।

उस रात कर्नल जोन्स ऊपर से तो शांत व आश्वस्त ही विदा हुआ दिखा, लेकिन उसका हृदय उबल रहा था। वह सच्चा सिपाही है और इन बीते दो वर्ष तक वह कुड़कुड़ाता ही रहा है कि वह बेवजह आलस्य के भँवर जाल में उलझा हुआ था, जबकि उसके भाई व पुराने मित्र क्रीमिया के युद्ध में प्राणों की आहुति दे रहे थे। सिपाहियों की परेड कराने का आदेश प्राप्त होते ही उसकी पहली सोच थी कि अब खतरनाक कार्य का अवसर प्राप्त हुआ है। हाँ, बहुत दिन के बाद खतरनाक कार्य हो रहा था! पूरे रास्ते यही सोच उसके भेजे में उमड़ता-घुमड़ता रहा। उस रात वह सो ही नहीं सका। तब उसने मेजर स्टुअर्ट को जगाया और देसी अफसरों को एकत्रित कराया, यह बताने के लिए कि दूसरे दिन उनको क्या करना होगा।

इगरटन भी व्यस्त हुआ, लेकिन उतना नहीं।

जब एलेन और वह घोड़ों पर बैठकर आवास की ओर जा रहे थे तो उसने गरजकर कहा था, ''कमबख्त एडेन मर जाए तो अच्छा! लाट साहब ऑकलैंड का संबंधी हो जाने से ही जो मन में आएगा, करेगा और हम-तुम माथा पीटते रह जाएँगे!''

एलेन ने सिगरेट का कश जल्दी-जल्दी लगाकर धुआँ छोड़ा लेकिन कुछ बोला नहीं। सहसा इगरटन ने बात पलटी और बोला, ''ओलिवर ने उन कागजों को दबाना बहुत आसान समझ लिया है!''

एलेन ने जवाब दिया, ''हाँ जी! यदि उसके मन मुताबिक न होता तो उसका तो खूब ढोल पिटवाता न क्या!''

इगरटन ने एक बार पुनः एडेन साहब को सिरे से भला-बुरा कहा। लेकिन एलेन

साहब ने उसका मुँह बंद करते हुए कहा, ''एडेन को इस प्रकार भला-बुरा कहने का अधिकार तुमको किसी ने नहीं दिया है। मैं उसको पहचानता हूँ, वह योग्य व कुशल व्यक्ति है और किसी से डरनेवाला नहीं है। मैं तुमको बताता हूँ, यदि वह चिट्ठी में वैसा लिखता है तब इस पर विश्वास करने का अवश्य कोई आधार होगा!''

इगरटन ने चहककर कहा—''अच्छा-अच्छा, देख रहा हूँ कि तुम भी हूल वालों में ही हो, है कि नहीं!''

एलेन ने थोड़े व्यंग्य से कहा, ''अरे मेरे पुराने दोस्त, तुमको संतालों के संबंध में क्या जानकारी है? उनके बीच कभी नहीं रहे हो।''

इगरटन ने जवाब दिया, ''हाँ-हाँ, नहीं रहा हूँ, लेकिन इससे क्या? मुझको मेरे दारोगा लोगों से खबर मिलती रहती है और वे सभी पुराने लोग हैं। संतालों को वे खूब अच्छी तरह से पहचानते हैं।''

एलेन ने कहा, ''बस, यहीं पर तुम गलती कर रहे हो। मुझे तो पोंटेट के विचार का ही समर्थन करने की इच्छा होती है, क्योंकि उसे स्वयं उनके बारे में जानकारी है, जबकि तुमको तो लोगों के मुँह से जानकारी मिली है।''

इगरटन ने तुरंत कहा, ''इस पर बाजी लगाते हो?''

''हाँ, मैं तैयार हूँ। तुमको दोगुना और मुझे एकगुना ही मिले।''

इगरटन ने पूछा, ''क्या सचमुच हूल होगा?''

''जिन आदेशों को निकालने में हिसाब से अधिक देर हो चुकी है, यदि उनको छह महीने के अंदर नहीं निकाला गया तो हूल अवश्य होगा!'' एलेन ने अपना विचार बताया।

इगरटन ने कहा, ''ठीक है, चलो हम लोगों में लग गई शर्त!''

एलेन साहब का आवास पहुँचने पर वे वहीं उतर गए। इगरटन ने उनको अच्छे से नमस्कार किया और गाड़ी लेकर उड़ गया। नींद से अलसाया एक अर्दली आँखें मलते हुए उठा और बरामदे के लैंप की रोशनी को ऐंठकर बढ़ाया तथा पंखा खींचनेवाले को जगा दिया। उसने शरीर पर से ओढ़ी गई चादर फेंकी और जम्हाई लेता हुआ पंखा खींचने लगा। एलेन आराम कुरसी पर लंबा होकर अधलेटा सा ऊँघता हुआ घोड़े की टाप की खड़पट-खड़पट और पहियों की रेंच-रेंच आवाजें सुनता रहा। जब गाड़ी बहुत दूर चली गई और आवाजें आनी बंद हो गईं तब वह गला साफ करता हुआ उठा, कमरे के अंदर गया और सोनेवाले कपड़े पहन लिये।

उस दिन रात को ही सोने से पहले इगरटन ने एक अर्दली को पत्र के साथ बड़े बाबू के पास भेज दिया।

जब सभी अतिथि विदा हो गए और आमंत्रण देनेवाला व्यक्ति भी सो गया, तब पेड़ों के झुरमुट के बीच से एक काला-कलूटा चेहरा धीरे-धीरे बाहर आया। पेड़ों का यह

झुरमुट उस स्थान के निकट ही था, जहाँ साहब लोग बातचीत कर रहे थे। यह कमिश्नर साहब के नौकरों में से ही एक था और षड्यंत्रकारियों का जासूस था, जिसने वेटर द्वारा सौंपा गया कार्य पूरा किया था। अर्थात् साहबों की उस बातचीत को उसने पूरा सुना था, जो बातचीत खाने के कमरे में शुरू हुई और बरामदे में चलती रही थी। वह बाहर फूस की छतवाले घर में गया तथा वेटर से मिला। वह कपड़े आदि उतारकर कमर तक नंगे बदन था और अपने जैसे ही नंगे बदनवाले दो-तीन लोगों के बीच बैठा था। ताख पर रखी ढिबरी धुँधली-सी जल रही थी और वे बैठकर उस रात जो कुछ हुआ, उस पर बातचीत कर रहे थे। बीच-बीच में हुक्का गुड़गुड़ाने की आवाज आ रही थी, जिसे एक प्रकार का थकान मिटानेवाला कहा जाता है।

जिस हुक्के को अनेक लोग उपयोग में लाते हैं वह नारियल के फल का बना होता है। उसके मुँह के पास छेद करके उसमें काठ की एक नली घुसाई हुई होती है। नली के ऊपर मिट्टी की चिलम रखी जाती है तथा नारियल के थोड़े ऊपरी हिस्से में एक अन्य छेद करके उसमें मुँह लगाकर धुआँ खींचते हैं। मुँह से खींचते ही धुआँ नारियल में भरे गए पानी के बीच से होकर पार होता है और गुड़गुड़ की आवाज उत्पन्न होती है।

हुक्के दो थे, जिसे एक-दूसरे को दिया जा रहा था। एक मुसलमान नौकरों के लिए जो भोजन के समय हर पल खाने की मेज के पास रहते हैं और दूसरा हिंदुओं के लिए। अभी जो व्यक्ति उनके बीच आया वह हिंदुओंवाला हुक्का पीने लगा और जो कुछ उसने सुना था, सबकुछ खुलकर बता दिया। जब बातचीत पूरी हो गई तब उनमें से चार लोग उस सड़क पर चल दिए जिसके दोनों ओर पेड़ लगे थे और एक पुराने खस्ताहाल खपरैल घर में प्रवेश कर गए। वह घर बड़ा बाबू का आवास था और उसने उसी समय अर्दली के हाथ से चिट्ठी प्राप्त की थी।

अर्दली के जाने के बाद बड़े बाबू ने उन सभी समाचारों से षड्यंत्रकारियों को अवगत करा दिया, जो उसे लिखित अथवा अलिखित रूप में प्राप्त हुए थे। असली समाचार यह था कि नए कमिश्नर ने सरकारी आदेश निरस्त करने का मन बनाया था और एडेन साहब की बात नहीं मानी गई थी। इन दोनों बातों को सुनकर षड्यंत्रकारी समूह अधार्मिक प्रसन्नता से लबालब भर गया।

□

20

धुकधुकी

उस रात हवा का नामोनिशान न रहने के कारण गरमी थी और अत्यंत थके होने से न तो साम परगना और न हाड़मा को ही ठीक से नींद आई। दोनों ही आधी रात तक जगे थे और उस समय तारे टिमटिमा रहे थे। हवा न चलने के कारण दिन में उड़ी धूल जमीन पर जम गई थी और वातावरण साफ-सुथरा था।

दोनों जन गंगा नदी के किनारे टहलने के बाद शहर में प्रवेश कर गए और पोंटेट के बँगले की ओर चल दिए। अभी सुबह नहीं हुई थी, इसके बावजूद पोंटेट साहब के आवास की छत काली-सी ऊँची खड़ी दिखाई दे रही थी। वे धीरे-धीरे बरामदे तक पहुँच गए। यद्यपि रात थी, लेकिन तारों की रोशनी में स्पष्ट दिखाई दे रहा था।

सहसा उनकी दृष्टि बरामदे के नीचे किसी मानव जैसी आकृति पर पड़ी। वह बरामदे से सटकर घुटनों में सिर रखकर सोया था। दोनों खड़े होकर उसी को ध्यान से देखने लगे, यह क्या चीज है भला! क्योंकि उसने एक बाँह ऊपर उठा रखी थी और समय-समय पर झटके लगाता था। पहले तो उनकी समझ में कुछ नहीं आया कि वह किस कारण वैसी अजीब हरकत कर रहा था। बाद में उनकी समझ में आ गया। उसने हाथ से रस्सी पकड़ रखी थी और सोते-सोते ही पंखा खींच रहा था या उसे पंखा खींचना चाहिए था, क्योंकि पंखा अपनी जगह टँगा हुआ स्थिर था, समय-समय पर धीरे से हिल जाता था।

पोंटेट साहब की आदतों से वे पूर्व परिचित थे। पंखे के नीचे उन्होंने उनकी सफेद मच्छरदानी तुरंत पहचान ली, क्योंकि उसका इस्तेमाल वे हमेशा करते थे। उसके अंदर पड़ा था एक शरीर जो कभी इस करवट तो कभी उस करवट उलट-पलट रहा था। समय-समय पर आह-ऊँह की आवाजें भी आ रही थीं। यह पोंटेट ही थे, जो गरमी के मारे परेशान थे। यह सब उस पंखा खींचनेवाले की लापरवाही के कारण ही न! दोनों को आश्चर्य हुआ कि कैसे इतने सारे नौकरों के रहते हुए भी ऐसी लापरवाही बरती जा रही

थी और कैसे किसी का ध्यान इस ओर नहीं था? उनके जो अपने युवा हैं, यदि उनको यह अच्छा-सा काम मिलता तो उनमें से कौन इस प्रकार ढिठाई से सो सकता था?

भोर का धुँधलका फटा, शहर के लोग जाग गए। जंजीर बजने की आवाज से दोनों को पता चल गया कि कहीं पर हाथी हिल-डुल रहा था। बरामदे के छोर पर एक अर्दली खर्र-खर्र खर्राटें मार रहा था, लेकिन सुबह की रोशनी आँखों पर पड़ते ही उठकर बैठ गया। बैठते ही उसकी आँखें पंखे की ओर चली गई और उसने देखा पंखा स्थिर था। उसने झाँककर देखा तो कामचोर कुली को बरामदे के नीचे देख लिया। वह धीरे-धीरे दबे पाँव उसके निकट गया व रस्सी पकड़ ली और अचानक झटके से खींच दिया। कुली को कलाई की हड्डी के पास असह्य दर्द हुआ, क्योंकि उसने रस्सी कलाई में लपेट रखी थी। वह चौंककर उठ बैठा। कुली कुछ तो दर्द से और कुछ अपने कर्तव्यबोध के कारण डर गया तथा काम में जो लापरवाही हुई थी उसकी भरपाई के लिए इतने जोर से रस्सी खींची मानो आँधी ही आ गई। इसकी आवाज और पसीने से तर शरीर में हवा की ठंडक लगने से पोंटेट साहब की नींद अचानक खुल गई। आँखें बंद रखकर उन्होंने 'कोई है' की आवाज लगाकर बैरे को बुलाया। उसने प्रत्युत्तर दिया, मच्छरदानी हटाई और आवास का मालिक पंखे के नीचे खड़ा हो गया। सिर के केश बिखरकर बेतरतीब हो चुके थे, क्योंकि रात को करवटें जो बदलनी पड़ी थीं।

वे नजरें दौड़ाकर घर के सामान देखने लगे। ऊबड़-खाबड बाँस की चटाई, घर के छत की ढलान जो बाहर निकलनेवाले द्वार के पास नीची है, जिसे मोटे-मोटे लकड़ी के बिना रंगे हुए खंभों पर टिकाया गया है, लेकिन दीवार की ओर छत ऊँची है। वे बेंत की कुरसियाँ व पलंग आदि को देखते हैं। इन कामों में निपुण बैरे ने प्रत्येक पर विभिन्न रंगों के कपड़े बिछाए हैं; कम ऊँचे घेरे के सामने उन्होंने देखा—हाँ यहीं उन्होंने साम परगना और हाड़मा देसमाँझी को सामने में बाहर खड़ा देखा। दोनों झुककर दाहिने हाथ को माथे से लगाकर अभिवादन कर रहे थे और उनके पीछे उन्होंने अन्य परगनाओं को आते देखा। इसके बाद पोंटेट ने साम परगना को इशारे से बताया कि जब तक वे नाश्ता न कर लें, सभी बैठकर प्रतीक्षा करें। वे मुँह-हाथ धोने अंदर चले गए और परगना लोग भी अहाते के पीपल पेड़ की छाया में चले गए। वहाँ वे हाथी को जी भरकर देखने लगे।

गृह स्वामी के अंदर जाते ही बिस्तर हटाकर पंखे के नीचे एक मेज रख दी गई तथा पंखा खींचने के लिए एक नया कुली आ गया। इसी समय पोंटेट साहब रातवाले कपड़ों में ही बाहर निकल आए। नाश्ते के लिए चाय, सेंकी हुई पावरोटी, उबले अंडे मेज पर सजाकर रखे गए। बैठकर खाते समय पोंटेट की दृष्टि बगीचे की ओर चली गई। वह गेरुए रंग का एक विशाल स्थान है—जो बहुत दूर तक फैला है और उसमें किस्म-किस्म के पेड़, झाड़ियाँ, लताएँ व झुरमुट हैं—एक स्थान पर एक ही तो किसी अन्य स्थान पर

उनके समूह, सभी को दामिन-ए-कोह से लाया गया है। पोंटेट दामिन-ए-कोह का जंगल ही अपने घर में उठा लाया है, क्योंकि उसे इनसे बेहद प्यार जो था! बगीचे से इस प्यार का एक कारण यह था कि वह स्वयं तो हमेशा घूमता-फिरता रहता था, जबकि जरा सी देखभाल से ये इतने बड़े व सुंदर होते जा रहे थे।

यद्यपि देखभाल नहीं की जाती थी तथापि उसके बाग में आपको विभिन्न प्रकार के फूल मिल सकते हैं। उस के आस-पास फूलों की सुगंध फैली रहती है और पेड़-पौधे भी बहुत सुंदर दिखाई देते हैं। उधर झाड़ीदार कपास का पेड़ सुबह की किरणों को प्रणाम कर रहा है। भुइला की डालियों को सीधे खड़े होकर दियड़ा* के समान मानों हाथों में उठा रखा है और उसमें अनेक खूबसूरत फूल खिले हुए हैं। दपदप पीले रंग के बिड़ज्जू फूल खिले हैं और उनकी सुगंध से आस-पास की धरती सुवासित है। पलाश के पेड़ कतार से हैं जो कपास के पौधों के समान लगभग नंगे हैं, क्योंकि सर्दी के मौसम में पत्ते झड़ गए हैं। देखिए तो किस प्रकार तलवार के समान सुर्ख लाल-लाल फूल खिले हैं! इसी पलाश के पेड़ के ही कारण तो प्लासी का युद्ध इतिहास में इस नाम से जाना जाता है। बाईं ओर बाहर निकलने के मार्ग पर रास्ते के दोनों ओर कतार से खड़े आम के पेड़ मंजरी से भरे हैं। चारों ओर पीले रंग से आरंभ करके काले व बैगनी रंग सहित अन्य कई प्रकार के फूल देखे जा सकते हैं और उनकी तेज खुशबू ऐसी कि सिर में दर्द हो जाए। सवेरे से ही मधुमक्खियाँ व रंग-बिरंगी तितलियाँ सैकड़ों की संख्या में मँडरा रही हैं।

गरमी के मौसम की चिलचिलाती धूप और पूरे वर्षाकाल में पेड़, झुरमुट, साग-पात और लताओं में खिली-खिली हरी पत्तियाँ, फूल व फल पाए जाते हैं और यह सब गृह-स्वामी के आनंद के लिए है, क्योंकि उन दिनों में पोंटेट आवास पर ही रहता है।

आवास से थोड़ी ही दूरी पर, रास्ते के किनारे ही, पीपल का एक झाड़ीदार पेड़ है। दूर से यह सरकारी मार्ग के अन्य पेड़ों के ही समान दिखता है। वास्तव में वह सड़क ही दोनों ओर कतार में लगे पेड़ों के कारण सुंदर दिखाई देती है। इसी पीपल पेड़ के नीचे एक हाथी बाँधकर रखा गया है, जिसे आप कभी भी स्थिर नहीं पाएँगे। शरीर का कोई न कोई हिस्सा हिलता ही रहता है, या तो पैर या पूँछ या नहीं तो सूँड़ इधर से उधर घुमाता है; और नहीं तो सूप के समान कानों को गरदन पर धपर-धपर चलाएगा। इसकी पीठ पर कपड़ों के ऊपर बैठनेवाले आसन 'हौदे' को रस्सियों से कसकर बाँध दिया गया है, जिसे झकड़-झकड़ बज रही जंजीर से और भी कस दिया गया है। हाथी के पेट से पार करके रस्सी कसकर बांधी गई है और एक सिरा उसकी पूँछ के पीछे से भी पार करके कसा गया है। गले में बँधी घंटी उसके हिलते ही टिड़िंग-टिड़िंग की आवाज करती है।

सूँड़ के नीचे ओठंगकर उसका महावत बैठा उसे पुचकार रहा है। माना कि वह

* संतालों का एक देवता

उसका स्वामी है, लेकिन उसको छोड़ और कोई नहीं जानता कि वह कितने बड़े खतरे में है, क्योंकि यदि यह पशु क्रोधित हो गया तो वह इसे सूँड़ से उठाकर पटककर मटियामेट कर दे सकता है। अनेक महावत ऐसे एक क्षण में मारे जा चुके हैं, जिन्होंने अनजाने में हाथी को क्रोध दिला दिया। इसी कारण महावत उसकी सूँड़ के नीचे बैठकर इस पशुराज को मीठी-मीठी बातें बता रहा है, क्योंकि वह स्वयं तो जानता है कि यदि हाथी क्रोधित हो गया तो छाती पर पैर रखकर उसे चीर दे सकता है। महावत के निकट ही उसका सहायक भी है, जो मुर्दे के समान सो रहा है। वहीं पास ही में परगना लोग भी बैठे हैं।

हाकिम के नाश्ता कर लेने के बाद अर्दली ने हाथ के इशारे से सबको बुलाया और परगना लोग भी विशाल अहाता पार करके कतार में लगकर वहाँ गए। आगे-पीछे झुंड में नहीं यद्यपि वे वहाँ समा सकते थे। एक-एक व्यक्ति सामने आया और प्रत्येक ने पोंटेट साहब को जोहार कहा। इसके बाद वे शीघ्रता से व्यवस्थित रूप में बैठ गए। पोंटेट साहब बरामदे में कुरसी पर बैठ गए और परगना लोग नीचे सामने में चारों ओर बैठ गए, जैसे माँझी[1] के घर के पास कुल्ही-दुडुप्[2] के लिए बैठते हैं।

पोंटेट ने उनसे एक-दो बातें प्रेमपूर्वक पूछीं। इससे यह प्रकट हुआ कि अपने दामिन-ए-कोह के साथियों को वह कितना याद करता है। इसके बाद उसने बताया कि बड़े हाकिम उन सबसे मिलना चाहते हैं और उन्होंने यह इच्छा स्वयं ही प्रकट की है। उसके चेहरे के भाव और आवाज से साम परगना को संदेह हुआ; लेकिन अन्य परगना लोग प्रसन्न हो गए। किसी ने आवाज भी लगाई "खुश हो जाओ, सब भला है! बड़े हाकिम सिकलर[3] बहुत अच्छे हाकिम हैं!" पोंटेट की आवाज मानो फँसकर रह गई और वह तत्काल नहीं बोल पाया। यह देखकर साम परगना का संदेह और अधिक बढ़ गया। वह हाकिम की आँखों को ही टकटकी लगाकर देख रहा था।

किसी अन्य ने अपनी बात ऊँची आवाज में सामने रखी और बोला, "सिकलर साहब! सिकलर साहब को हम सब पहचानते हैं, है कि नहीं! आपने तो बताया है न कि जो काम चिलीमिली साहब[4] ने पहाड़िया लोगों के लिए किया, वही काम सिकलर हमारे लिए करेंगे?"

पोंटेट का हृदय कराह उठा। ऐसा लगता है कि बहुत दिनों पहले मैंने यह बात इनको बताई है! जो बात बिलकुल पक्की लग रही थी अब वह परछाईं के समान है! वह बोलनेवाले की ओर मुड़ा और बोला, "हाँ मैंने बताया था। लेकिन रघुनाथ, तुम्हारी एक बात में थोड़ी भूल है। सिंक्लेयर साहब तो यहाँ नहीं हैं। बड़े हाकिम जिन्होंने तुम लोगों

---

1. ग्राम प्रधान, 2. गाँव की बैठक, 3. संताल सिंक्लेयर को सिकलर संबोधित करते थे, 4. क्लीवलैंड, संताल उनको चिलीमिली संबोधित करते थे।

को बुलाया है वे तो ओलिवर साहब हैं।''

रघुनाथ जोर से बोला, ''अच्छा, अल्बा[1] !''

यह सुनते ही सभी परगनाओं के चेहरे मुरझा गए।

''तब सिकलर की क्या मृत्यु हो गई? या वह बीमार होकर पस्तहाल है?''

पोंटेट ने समझाया, ''नहीं, वे भले-चंगे हैं !''

यह सुनकर पूछनेवाले की जान में जान आई और उसने पास के अन्य व्यक्ति की ओर देखा।

अब तीसरे ने पूछा, ''तब फिर वे कहाँ हैं? कहीं दौरे पर गए हुए हैं क्या?''

हाकिम ने उत्तर दिया, ''हाँ भाई, बहुत दूर देश गए हुए हैं।''

रघुनाथ ने पूछा, ''कब लौटेंगे?''

पोंटेट ने उत्तर दिया, ''अब वह लौटकर नहीं आएँगे। सरकार ने उनको बहुत दूर देश भेज दिया और अब वे वहीं रहेंगे। ओलिवर उन्हीं की जगह पर आए हैं।''

परगना लोगों ने एक-दूसरे को उदास दृष्टि से देखा। बिना किसी दोष के कोई भी परगना बरखास्त नहीं होगा। तब फिर सिकलर छूट गया क्या?

एक व्यक्ति ने बीच में ही बोलना आरंभ कर दिया, ''अब हमको समझ में आ गया है! उन्होंने पिछले साल जो वादा किया था, उसको सरकार ने मंजूर नहीं किया! इसीलिए उनको दूर भगा दिया भाई!''

साम परगना को धुकधुकी हो रही है कि इस स्पष्टवादी परगना ने बिलकुल सही बात कह दी है। इसके बावजूद ऐसा सोचना अच्छा नहीं है, सोचकर वह बोला, ''नहीं भाई ! हाकिम लोग जो बोलते हैं, सरकार उसको जरूर पूरा करती है।''

एक अन्य ने कड़े स्वर में कहा, ''हम भी यही बोल रहे हैं ! पल्टिन[2] साहब से तो पूछें जरा!''

यह उत्तरी इलाके का किनु परगना है। भागलपुर आने के लिए जो सहमत नहीं थे, यह उनमें से एक है! इसने कहा था, ''हम व्यर्थ कष्ट करके जाएँगे। ये हाकिम लोग हमको छिछले पानी में धो रहे हैं भाइयो! देखो, प्रमाणित हो गया न!''

एक अन्य परगना हरिदास जो किनु की ओर था, पोंटेट की ओर गुस्से से देखकर बोला, ''पल्टिन साहब किनु को उत्तर क्यों नहीं देते हैं ! सिकलर ने आपके लिए जो वादा किया था, सरकार उसे पूरा करेगी, हाँ कि नहीं?''

पोंटेट को खुशी है कि उसे स्वयं उत्तर देना नहीं पड़ रहा था और उसने कहा, ''बड़े साहब तुम लोगों को अपने मुँह से सुनाएँगे।''

साम परगना ने हाँ-में-हाँ मिलाई, क्योंकि उसे आशा है कि सबकुछ अच्छा होगा।

---

1. संताल ओलिवर को अल्बा संबोधित करते थे, 2. संतालों द्वारा पोंटेट को दिया गया नाम

"हम लोग अल्बा को सुनेंगे भाइयो! यदि वह सिकलर के समान बताएँगे तो हम निश्चय ही समझ जाएँगे।"

लेकिन साम परगना की आस और भरोसा काफूर होने जैसे लगते हैं; और पोंटेट को भी चूँकि सब बातें मालूम थीं इस कारण उसे सुनना अच्छा नहीं लगा, क्योंकि बीच-बीच में उनलोगों की बातें उसे छलनी कर दिए गए शरीर में अकस्मात् पीटने जैसी लग रही थीं।

"अच्छा, तुम लोग कुछ देर यहीं रहो।" यह कहकर पोंटेट आवास में प्रवेश कर गया।

परगना लोग आवास के पश्चिम की ओर छाया में बैठकर उसकी प्रतीक्षा करने लगे। जब वे बैठ-बैठकर परेशान हो गए तब उन्होंने अंदर में आवाज सुनी। अर्दली ने उठकर दरवाजा खोला, कान लगाकर सुना और प्रत्युत्तर दिया। सलाम किया और महावत को बुलाने चला गया। महावत हड़बड़ा कर उठ बैठा।

सूँड के ऊपर रेंगते हुए महावत हाथी की गरदन के पास सवार हो गया। कानों के पास जो रस्सी थी, उसमें पैर रख उसने अपने सहायक के हाथ से अंकुश ले लिया। यह लोहे का एक हथियार है। सबकुछ ठीक हो गया। एक ही बार की आवाज से हाथी हरकत में आ गया। महावत जोर-जोर से बोलता और पैरों के अँगूठे गड़ाता उसे नियंत्रित कर रहा था। महावत के पैर हमेशा क्रियाशील रहते हैं। बैल को हाँकना ही कितना कठिन है, हाथी को चलाना उससे भी कठिन है। इसी कारण महावतों की उम्र बहुत लंबी नहीं होती है। महावत ने आवाज लगाई, 'माइल'! देखिए तो उतना बड़ा पशु धीरे-धीरे लंबे-लंबे डग भरता, हिलता-डुलता चल दिया। मुँह से शी-शी की आवाज निकालते ही हाथी बाईं या दायीं ओर मुड़ जाता जैसा कि उसे पैरों से कुरेदकर बताया जाता है। आँगन में पहुँचने पर महावत ने 'दत-दत' की आवाज लगाई और हाथी रुक गया। इसके बाद उसने ऊँची आवाज में 'बैठो' कहा और देखिए, हाथी बैठकर सवारी की प्रतीक्षा करने लगा।

गृह-स्वामी ने सफेद पोशाक पहनी है और टोपी को मसलिन के कपड़े से ढक रखा है। वह सीढ़ी से उतरा और हाथी पर सवार हो गया। सवार होने के लिए पहले उसने हाथी के पिछले पैर पर कदम रखे, इसके बाद पूँछ पर, जिसे अर्दली ने हाथ से पकड़कर उठा रखा था, फिर पूँछ के पीछे से पार हुई रस्सी पकड़ी और उसे पकड़े हुए घुटनों के बल रेंगते हुए हौदे पर बैठ गया। अर्दली हौदे के दूसरे ओर से कूदकर चढ़ गया। दोनों ने बीच के लोहे को जोर से पकड़ रखा है। जब वे बैठ गए तो महावत ने एक बार फिर जोर से आवाज दी। हाथी ने अचानक कंधा उठाया और हौदा पीछे की ओर झुक गया तथा सवार लोग भी सरक गए, लेकिन जब पिछले पैर भी सीधे कर लिये तो हौदा समतल हो गया। इसके बाद वह विशालकाय पशु धीरे-धीरे डोलता चल दिया। यद्यपि वह धीरे-धीरे

चलता है तथापि उसके साथ-साथ चलने के लिए बिना दौड़े काम नहीं चलेगा।

आवास के अहाते से निकलकर हिलते-डुलते उन्होंने 'कोंगात्'* की झाड़ियाँ पार की, जिसे एक मेंड़ पर रोपा गया था। पोंटेट और उसके परगनाओं की फौज नाला पार करके सरकारी सड़क पर आ गई। वे बड़े-बड़े कोंगात् का घेरा और चारदीवारी पार करते गए। एक मैदान मिला जिसमें अनेक पेड़, झाड़ियाँ व झुरमुट और गुलाब के पौधे भी थे। यहाँ पर ब्राह्मण पुजारी हाथ में डलिया लिये इधर-उधर घूम रहे हैं। वे फूल तोड़ते हैं, माला बनाकर पूजा में अर्पित करने के लिए। वहाँ अनेक प्रकार के फल के पेड़ हैं जिसमें वर्ष भर हरी पत्तियाँ सुखद दृश्य उत्पन्न करती हैं।

वे बाजार पहुँच गए। रास्ते के दोनों ओर एक-दूसरे से सटे छोटे-छोटे घर कतार से बने हैं, जिनके दरवाजे रास्ते की ओर हैं। पूरी सड़क बाजार से भरी है। एक ओर कपड़ेवाले कपड़े इत्यादि बेचने के लिए बैठे हैं, दूसरी ओर माला-अँगूठी और अन्य प्रकार के आभूषणवाले; तीसरे में अनेक प्रकार की मिठाइयाँ थाली में सजाकर रखी गई हैं—हलके लाल रंग वाले व पीले रसगुल्ले हैं; जलेबी व ढेर सारी पूरियाँ और मक्खियाँ, हाय रे हाय रे, चारों ओर भिनभिना रही हैं; चौथे में टोकरी के टोकरी अनाज रखे देखे जा सकते हैं। प्रत्येक दुकान के सामने बाँस से बने ठट्ठर ओठँगाकर रखे थे। दुकानदार अंदर आसन पर बैठा है और वहीं से सब सामानों तक पहुँचकर बिक्री कर रहा है। खरीदनेवाले बाहर बैठकर मोल-भाव करते हैं, अपनी इच्छा के अनुसार, क्योंकि उनके पास समय तो है, परंतु पैसे कम हैं। अधिकतर खरीदारी सामानों को बदलने के रूप में हो रही है। कोई गुड़ लेकर आया है, किसी ने एक गट्ठर भुट्टा या फिर टोकरी के टोकरी धान या गेहूँ; एक स्थान पर एक ग्रामीण हाथ से कपड़ा नाप रहा है और दूसरे स्थान पर एक बच्ची को लाह की बनी चूड़ियाँ पहनाई जा रही हैं। जिधर लोहार बैठते हैं उधर गोबर के उपलों के अंगारे गोलाई में सुलगाकर रखे गए हैं, जिसमें 'हाल' गरम कर बैलगाड़ी के पहियों पर चढ़ाए जा रहे हैं; बैलगाड़ी की धुरी भी बदली जा रही है। बैलगाड़ी के पहियों पर लगी कीचड़ देखकर अनुमान लगाया जा सकता है कि कितनी मुश्किल से हाँककर लाया गया होगा।

हाथी के पार होते समय दुकान के लोग खड़े होकर देखते हैं और बच्चे शोर मचाते पीछे-पीछे दौड़ते चल रहे हैं। एक-दूसरे से होड़ करते बच्चे परगना लोगों को भी धकेलते जाते हैं। चराने के लिए गाय-बैलों को ले जाया जा रहा था, जो भिड़ककर गड्ढों में चले गए हैं। लेकिन सड़क के कुत्ते इत्मीनान से सड़क पर सोए हैं, धूप ताप रहे हैं और हाथी को भाव नहीं दे रहे हैं। ये इतने ढीठ हैं कि हाथी बिलकुल पास से लगभग कुचलने वाली दूरी से पार हो रहा है, लेकिन कुत्तों की आँख तक नहीं खुल रही है।

---

* एक प्रकार का पौधा जिसके पत्तों के रेशे से रस्सी बनती है

चलते हुए वे एक ऐसे स्थान पर पहुँचे, जहाँ अनेक पेड़ व बाँस के झाड़ और लंगूरों का एक झुंड भी था। मुँह काला, शरीर का रंग उपले की राख जैसा और हलकी-हलकी दाढ़ी व लंबी-लंबी पूँछ। जमीन पर वे उचकते फिर रहे हैं और पेड़ों पर एक डाली से दूसरी डाली पर कूदते चल रहे हैं। चारों हाथ-पैर से चलते हुए झुंड ने हाथी के सामने से सड़क पार की और मेंड़ पर कतार से खड़े होकर हाथी को ध्यान से देखने लगे। लंगूर बहुत दीखते हैं, इस कारण उन पर कोई ध्यान नहीं देता है।

यह एक पूरा कुनबा है। मादाओं ने बच्चों को चिपका रखा है। परिवार पर पिता का अधिकार है और इनके व्यवहार मनुष्यों के समान हैं। माता यदि बच्चे को सिखाने के लिए चपत भी लगाती है तो हौले से। ये किसी से नहीं डरते हैं। ये पवित्र पशु हैं, इस कारण कोई इन पर पत्थर नहीं चलाता।

पोंटेट और उसके पीछे-पीछे आ रहे परगना लोग अब पहुँचने वाले थे। उस समय पोंटेट सोच रहा था कि वह क्या-क्या बोलेगा। सहसा उनको युद्ध के बाजे की आवाज सुनाई दी। पोंटेट ने देखा कि सड़क पर एक दल पहाड़िया सैनिक एक कतार में चल रहे थे और बाजा बजाते जा रहे थे तथा उनके पीछे-पीछे पूरी फौज चल रही थी। कर्नल स्वयं घोड़े पर बैठा उनको लेकर आ रहा था। लाल पोशाक की सजधज, तलवारों की चकमक और दूर की चमक-दमक देखकर हाथी बिदक गया। स्थिर खड़ा हो गया, आगे-पीछे हिला और चीत्कार के साथ पीछे की ओर मुड़कर भागा। परगना व साथ चलनेवाले लोगों के दल इधर-उधर भाग खड़े हुए। महावत ने हाथी के माथे पर अंकुश से प्रहार करके नियंत्रित करने की कोशिश तो की, लेकिन सँभाल नहीं पाया और हाथी लगभग एक मील तक दौड़ गया। बिदके हुए हाथी की सवारी करना आसान बात नहीं है। हाथी के वापस लौटते समय पोंटेट ने प्रारंभ में इसे यद्यपि हँसी-मजाक में लिया तथापि पहली बार जाते समय मन में जो भाव थे, उनके स्थान पर भय उत्पन्न हो गया। उसने मन-ही-मन सोचा कि कहीं यह आनेवाली घटनाओं का अपशकुनी संकेत तो नहीं है!

□

21

यह क्या हुआ

परगना लोग तो भागने में लगे थे, इस कारण सैनिकों की टुकड़ियों को पहचान नहीं पाए। भागते हुए हाथी के पीछे भागना व्यर्थ था, ऐसा सोचकर वे रास्ते के किनारे बैठकर पोंटेट साहब की प्रतीक्षा करने लगे।

किनु परगना ने इशारा करके कहा, "वह देखो, यह फौजियों की टुकड़ी है!"

यह परगना उत्तरी क्षेत्र का था, इस कारण भागलपुर उसका देखा हुआ था।

"ये तो पश्चिम की तरफ दूर में रहते हैं, तब फिर यहाँ क्या कर हैं भाई? इनको हमने यहाँ पहले कभी नहीं देखा है!" कुछ देर तक वह सोच-विचार करता रहा। अंत में जोर से बोला, "हाँ-हाँ' अब समझ में आया, जरूर हमको डराने के लिए इनको यहाँ लाया गया है!"

साम परगना ने प्रतिवाद किया, "नहीं जी नहीं, हाकिम को हम लोगों से बातचीत करनी है। फौजियों का क्या काम?"

सभी परगना सैनिकों के संबंध में जानते हैं। दो पीढ़ियों पहले इनको पहाड़िया लोगों के बीच से चुना गया था, ताकि पहाड़ी क्षेत्र में कोई उपद्रव न हो। प्रारंभिक कुछ वर्षों तक तो इन्होंने बहुत तेजी दिखाई थी, लुटेरों को इन्होंने ठंडा कर दिया था; डाकुओं के खोह तहस-नहस कर डाले थे; उचक्के, बदमाशों को पकड़कर अंदर कर दिया था और आपको लगता कि सचमुच इन्होंने अत्यंत अच्छा काम किया। परंतु यह तो प्राचीन काल की बात है। उस समय भी चुने हुए पहाड़िया युवाओं को ही नियुक्त करके युद्ध-कौशल की जानकारी दी जाती थी और पुराने सेवानिवृत्त लोगों के माध्यम से पहाड़िया लोगों में भी राजभक्ति का नशा प्रसारित हुआ था। लेकिन अब पहले से बिलकुल भिन्न स्थिति है। कोई कह सकता है कि पहले से बहुत अच्छा हो गया है। काम करते-करते मैले हो चुके कपड़ों के बदले अब वे सुंदर सुर्ख लाल सरकारी पोशाक पहनते हैं। तीर-धनुष के स्थान पर इनको बंदूक व संगीन मिले हुए हैं। बटन सब चमकते हैं और हथियार भी बिलकुल झकझक तथा कमर की पेटी में सुंदर-सी पीतल की चमकदार कमानी। लेकिन उनको तैयार करने

की सीमा परेड मैदान तक ही सीमित है और वे भागलपुर में ही चाँदमारी करते हैं। ये अभी जो कतारबद्ध होकर एक साथ चलने का प्रदर्शन कर रहे हैं, उनके लिए यह भी दूर बाहर निकलने जैसा है। युद्ध के दौरान ये कैसा कौशल दिखाएँगे, यह कोई नहीं बता सकता है।

परगना लोगों में से अधिसंख्य ने सैनिकों को देखा है। लंबी छुट्टी लेकर गाँव जाने पर, या किसी के सेवानिवृत्त होने पर, लेकिन तब इस प्रकार की सुंदर पोशाक पहने हुए नहीं देखा है। वे किस प्रकार परेड करते हैं, इसके बारे में किनु परगना एवं एकाध अन्य सबको बताने लगते हैं।

हाड़मा ने फुसफुसाकर साम परगना से कहा, ''भाई! यदि हम उनको आँखों से देख लेते तो शायद उनके बारे में कुछ समझ सकते थे।''

साम परगना ने उत्तर दिया, ''हमको तो डर जैसा लग रहा है। यदि किनु की बात सही है तो अभी तुरंत देख लोगे।''

इसी समय पोंटेट साहब के लौट आने से उनकी बातचीत बंद हो गई। सभी लोग उसके पीछे-पीछे चलते हुए बढ़ चले। जब हाथी बिदक गया था तब जोर-जोर से चिंघाड़ा था और आगे जाने को राजी ही न था, या तो पीछे हटता या एक ओर मुड़ जाता, लेकिन महावत के फुसलाने पर अच्छी तरह से ही पार हो गया था। कमिश्नर साहब के फाटक के पास आकर पता नहीं कैसे फिर से रूठ गया; क्योंकि वहाँ उसे घोड़े बँधे हुए दिखे और हाथी व घोड़े में पटती नहीं है। इस कारण पोंटेट साहब को उतरना ही पड़ा और वे तथा परगना लोग पैदल ही आँगन के फाटक में प्रवेश कर गए।

प्रवेश करते समय ही सभी ने सैनिकों को लाल-लाल पोशाक में मैदान में कतारबद्ध खड़े हुए देख लिया था।

किनु ने रघुनाथ के कान में धीरे से कहा, ''क्यों चाचा, ठीक ही कहा था न हमने?''

बुजुर्ग रघुनाथ ने उत्तर दिया, ''हाँ बेटे, विश्वास हो गया रे!''

कतार में खड़े जब सब लोगों को मालूम हो गया कि वहाँ ओलिवर रहते हैं, तब सिंक्लेयर को बदलनेवाले की झलक पाने के लिए सबने गरदनें लंबी करके देखने की कोशिश की। सामने में महल के आँगन का विशाल प्रवेश द्वार दिखता है और निकट में ही बाईं ओर कार्यालय है। उन्होंने दाईं ओर कार्यालय के सामने लोगों के एक झुंड को पेड़ की छाया में देखा। उनमें से दो लोग उनसे थोड़ी दूरी पर खड़े थे। एक ने फौज की अच्छीवाली पोशाक पहन रखी थी। बताया गया कि दूसरा व्यक्ति स्वयं ओलिवर थे- लंबे, दुबले-पतले, रूखे और गोरे, दाढ़ी कम है व थोड़ी भूरी-सी है। आँखें राख के रंग की, जिसमें कोई दया-माया नहीं है। उन्होंने बहुत ही सजीली सफेद पोशाक पहन रखी है।

किनु खुसरपुसर कर रहा है, ''घमंडी आदमी है।''

रघुनाथ भी बुदबुदाता है, 'सिकलर के समान नहीं दीखता है।'

हरिदास ने रूठने के अंदाज में कहा—''ए भाई, यह तो जरा भी नहीं मुसकरा रहा है!''

झगरा ने अपनी प्रतिक्रिया बताई—''ए भाई, इसकी आँखें तो बिलकुल चमक नहीं रही हैं!''

साम परगना मन-ही-मन सोचकर कुहर उठा, ''न, यह तो समझ ही नहीं पाएगा!''

उसे देखकर सबको अप्रसन्नता हुई और उसे मन की बात खुलकर बताने की इच्छा नहीं हुई, जैसा कि इससे पहले वाले हाकिम के सामने हिम्मत होती थी।

कमिश्नर व कर्नल साहब, जिन्होंने वर्दी पहन रखी थी, इस नई जाति के सरदारों को ध्यान से देखने लगे। कमिश्नर ने एक उड़ती हुई नजर डाली और इतने से ही संतुष्ट हो गया। सभी नंगे बदन हैं, बालों को बेतरतीब जूड़े के रूप में बाँध रखा है, मोटी-मोटी लाठियाँ हैं सबके पास और आदिम व कुरूप चेहरे देखकर उन्हें घृणा का पात्र ही समझा।

ये जंगली व गंदे हैं, ऐसा सोचकर नाराजगी में उन्होंने दृष्टि दूसरी ओर फेर ली।

लेकिन कर्नल तो सैनिक है, इस कारण उसने एक सैनिक की दृष्टि से सबको ध्यान से देखना प्रारंभ किया और उसे बहुत कुछ दिख गया। उनके हट्टे-कट्टे हाथ-पैर और उनके निडर व सच्चाई से भरे चेहरे देखकर वह मुग्ध हो गया और उनकी आँखों की चमक देखकर वह अत्यंत प्रसन्न हो गया। ऐसे लोगों को मारकर फेंक देना उसे अत्यंत दुःखद प्रतीत हुआ। इसके बाद जब सबने 'जोहार' कहा तब उनसे कहा, ''जाओ, वहाँ उस पेड़ की छाया में थोड़ी देर बैठो!''

रघुनाथ ने नाराज होते हुए कहा, ''क्या भाई, यह बातचीत का कैसा तरीका है। हमसे कुछ न बोलकर हमको दूर किया जा रहा है!''

साम परगना ने उत्तर दिया, ''ए भाई, खीजो मत। वे हमको बुलाएँगे और बातचीत भी करेंगे। क्या बोलेंगे! शायद इसी दुविधा में कुछ नहीं कहा।''

इसी समय हाड़मा भी तेज स्वर में बोल उठा, ''देखो-देखो, उनको तो देखो भाइयो!'' जब उसने हाथों से इंगित किया तो सबने देखा कि कर्नल ने सैनिक के आचरण के अनुरूप कमिश्नर को सलामी दी और घोड़े पर सवार होकर, तलवार खोंसे, घोड़ा दौड़ाते हुए अपने आदमियों के बीच ले गया। उधर ओलिवर खड़ा होकर पोंटेट से कुछ बातें कर रहा था।

किनु ने कड़वी बात कही, ''देखा, हमने ठीक कहा था न! हमको डराने के लिए ही सिपाहियों को लाया गया है! इससे पता चलता है कि वे हमारी प्रार्थना व अर्जी स्वीकार नहीं करेंगे!''

बुजुर्ग रघुनाथ ने साम परगना की ओर आँखें गड़ाकर देखते हुए व्यंग्य से कहा, ''क्या भाई परगना, क्या हम इसी के लिए इतनी दूर कष्ट उठाकर आए हैं?''

साम परगना चुप ही रहा, क्योंकि उसने भी महसूस किया कि किनु सही बोल रहा था, अन्यथा फौजियों को वहाँ लाने की आवश्यकता क्या थी? वे उसी पुराने कायदे के अनुसार परेड कर रहे हैं—धीरे-धीरे, रुक-रुककर। कतारबद्ध एक साथ जाते हैं और फिर वैसे ही लौट आते हैं, घिर्र से घूम जाते हैं; चार-चार लोगों की कतार बनाते हैं, दिखावटी लड़ाई लड़ते हैं, दौड़कर आगे चले जाते हैं और फिर दौड़कर पीछे लौट जाते हैं; ठाँय-ठाँय करके गोलियाँ भी चलाईं, तुरंत संगीनें चढ़ा लीं, दौड़कर भिड़ गए, निकट के सिपाहियों ने सामना किया, वे वर्गाकार खड़े हो गए और अंत में पुनः एक कतार में हो गए। दो-तीन बार धाँय-धाँय, ठाँय-ठाँय गोलियाँ छोड़ीं और तीन बार सरकार बहादुर का नारा लगाया। इसके बाद सबको उनके निवास-स्थान में लौटा ले जाया गया।

हाड़मा ने सैनिकों के संबंध में साम परगना से जो खुसरपुसर की थी, वे लिखने योग्य हैं।

'ये लोग घने जंगल में और पत्थर-चट्टानोंवाले स्थान में कुछ नहीं कर पाएँगे।'

'ये जैसे भी लाल-लाल सजीली पोशाक में सजे हैं, लेकिन संताल लोग ताकत में इनसे बेहतर हैं।'

'खुले मैदान में कतार में सटकर बंदूक से लड़ाई करना कारगर है, लेकिन जंगल व झाड़ियों में तीर-धनुष व फरसा-तलवार ही अधिक कारगर हैं।'

साम परगना ने उत्तर दिया था, "हाँ जी, ऊबड़-खाबड़ जमीन पर नंगे पैर ही सही है, मोजा-बूट और वर्दी के कपड़े बेकार हैं।"

पार होते समय किसी सैनिक ने अनजाने में एक कारतूस वहाँ गिरा दिया। हाड़मा ने उसे उठा लिया। सिपाही भी साहब लोगों के समान बंदूक से आवाज निकाल सकते हैं, यह देख लेने के बाद उसकी यह धारणा समाप्त हो गई कि उसमें भूत है, क्योंकि यह तो हो नहीं सकता कि प्रत्येक सिपाही का अपना-अपना भूत हो! कारतूस का एक किनारा तोड़ने पर उसने देखा कि उसमें काली-काली आटे जैसी कोई चीज है।

हाड़मा ने हँसकर कहा, "ओहो, यही है भूत?" फिर उसे राजमहल में सुनी बात याद आई और वह बोला, "नमी से यह भीग जाता है।"

साम ने यह बात गाँठ बाँध ली।

इसके बाद उनकी बातचीत खेत-जमीन व गरीबी की ओर मुड़ गई।

साम परगना ने शुरुआत की, "अरे भाई, खेती-बारी का क्या इंतजाम किया है तुमने?"

"लोखोन देख रहा है।" उत्तर मिला।

साम परगना ने पुनः पूछा, "लेकिन केनाराम कहीं फसल तो जब्त नहीं कर लेगा?"

हाड़मा ने छूटते ही उत्तर दिया, "हमने छींटा भी तो नहीं है और पकने से पहले क्या होगा, हम लोगों को कहाँ कुछ पता हो सकता है!"

उस समय यद्यपि वह सोच नहीं पाया, लेकिन बाद में यह बात सच हो गई।

दिन बहुत चढ़ गया था; गरम हवा चल रही थी। इसी समय साम परगना ने देखा कि एक चपरासी उनको हाथ हिलाकर हाकिम के निकट आने के लिए बुला रहा था। एक-एक कतरा देखनेवाले लोगों की दृष्टि से भी कभी कुछ अनदेखा रह सकता है क्या? कभी नहीं! उन्होने देखा कि पल्टिन साहब अल्बा के साथ और बातचीत नहीं कर रहा था, दूर में उदास खड़ा था। यह स्पष्ट करने के लिए कि सिपाहियों की परेड के दौरान ओलिवर व पोंटेट साहब में क्या वार्ता हुई, उसकी वास्तविक विषय-वस्तु बताना मैं बेहतर समझता हूँ।

कमिश्नर साहब ने अपने अधीनस्थ को बातचीत के प्रारंभ में ही यह बात ध्यान से सुनने को कहा कि कोई भी बात बहुत सँभलकर बोलनी चाहिए। सरकार का आदेश रद्द नहीं हुआ, इसलिए उसका अनुपालन सही है; लेकिन चूँकि इन सबको निरस्त करना है, इस कारण वादे की बात तो उठाई ही नहीं जानी चाहिए। तब पोंटेट साहब ने पूछा था, "इसका मतलब कि यह रहस्य ही बना रहेगा और हम उनको जानकारी भी नहीं देंगे?"

कमिश्नर ने उत्तर दिया, "मैं उनसे मात्र इतना कहूँगा कि उनको छह महीने के बाद मालूम हो जाएगा और आप कहेंगे कि इतनी जल्दबाजी में कोई भी काम नहीं हो सकता है!"

पोंटेट साहब ने शंका जताई, "इतने से वे संतुष्ट होनेवाले नहीं हैं। वे पूछेंगे कि आदेश क्या आया है और यदि मालूम होगा कि निरस्त हो गया तो वे आक्रोशित हो जाएँगे।"

कमिश्नर ने रूखे स्वर में कहा, "भाई पोंटेट, मैं बोलना तो नहीं चाहता था, लेकिन आप ही बोलवा रहे हो। आप याद कीजिए कि ये लोग आपके नहीं बल्कि इगरटन के हाथ के नीचे के लोग हैं। जो कुछ हो चुका है, उनको देखकर मुझे आपकी सूझबूझ पर जरा भी भरोसा नहीं है। इस कारण मैं आग्रह करूँगा कि उन लोगों से मिलते समय आप अपनी जुबान पर लगाम लगाकर रहेंगे। मैं और माननीय इगरटन खुद ही मामले को देख लेंगे।"

इसी कारण हम लोग देख रहे हैं कि पोंटेट साहब दूर में खड़े हैं। लज्जा व क्रोध से उनका हृदय जल रहा है। काम का दायित्व समझते हुए व स्वयं को नियंत्रित करने की कला जाननेवाले व्यक्ति होने के कारण पोंटेट साहब वहीं खड़े हैं, अन्यथा वे तुरंत किसी ऐसे निर्जन स्थान पर भागकर पहुँच जाते, जहाँ कोई भी उनकी शर्मिंदगी नहीं देख पाता!

जब परगना लोग निकट पहुँच गए, तब घोड़ों पर सवार दो गोरे साहब फाटक से प्रवेश कर अंदर आए और उतरकर उस पेड़ के पास गए, जहाँ हाकिम खड़े थे। दोनों में से कोई भी परगना लोगों से परिचित नहीं हैं, लेकिन दोनों ही व्यक्तियों को कल रात हमने देखा है; क्योंकि एक तो इगरटन हैं, जो काम की जिम्मेदारी के कारण आए हैं और दूसरे एलेन साहब हैं, जो देखने की इच्छा से आए हैं। उन दोनों के लगाम व जीन

कसे घोड़ों को कर्नल साहब के घोड़े के पास ले जाया गया (क्योंकि कर्नल साहब जंगल के उन निवासियों को अच्छी तरह से समझ पाने के लिए स्वयं को बहुत उजागर नहीं कर रहे हैं) और घासी लोग भी अपनी गोष्ठी में जुट गए। जिस समय इगरटन साहब कमिश्नर व कर्नल से हाथ मिलाकर अभिवादन कर रहे थे, उनके निकट महेश लाल दारोगा दिखाई दिया, जो संतालों के लिए बहुत बड़ा अपशकुन था।

साहब लोगों के लिए कुरसियाँ लगा दी गईं। पोंटेट साहब भी उन लोगों के बीच बैठ गए और उनकी पीठ की ओर दारोगाजी व अन्य अधीनस्थ कर्मचारी खड़े हो गए। जब परगना लोग भी परंपरा के अनुसार जमीन पर बैठने की तैयारी कर रहे थे, तब उनके अभद्र व्यवहार को देखकर इगरटन झल्ला उठा और तत्काल खड़े हो जाने का आदेश दिया। दारोगा की बाज दृष्टि ने साम परगना व हाड़मा को भीड़ में देख लिया। जब साम परगना ने उसे बिना पलक झपकाए कुछ पल देखा तो उसने दृष्टि दूसरी ओर फेर ली। तब दारोगा ने सोच लिया कि इसमें साम परगना का कोई हाथ नहीं है, अपितु दूसरों ने उसे झाड़ पर चढ़ाया है।

हाकिम के निकट ऊँचा-सा खड़ा दारोगा डरावना लग रहा था। पोंटेट साहब को भी अपमानित होता देखकर परगना लोग बिलकुल हताश हो गए।

हाकिम ने दहाड़ते हुए पूछा, ''तुम लोग किस लिए आए हो और तुम्हारी ओर से कौन बोलेगा?''

यह सुनते ही कुछ समय पहले 'डींग' मारनेवालों की सिट्टी-पिट्टी गुम हो गई और वे स्वयं को सामने लाने से डर गए। तब सबने मिलकर हाड़मा देस माँझी को धकेलकर सामने कर दिया। साम परगना ने उसके कानों में धीरे से कहा, ''चलो, खड़े हो जाओ। तुम ही हम सब लोगों की ओर से बोलो।''

हाड़मा को किस बात का डर, क्योंकि उसे चिह्नित किया ही गया है, इस कारण उसने झुककर अभिवादन किया और खड़ा हो गया। कुछ पल के लिए वह हाकिम के सामने, परगना लोगों के आगे अकेला ही खड़ा रहा, जबकि दारोगा हाकिम के कान में कुछ कानाफूसी कर रहा था। अपनी बात समाप्त करके दारोगा थोड़ा पीछे हटकर खड़ा हो गया।

कमिश्नर का आदेश पाकर इगरटन ने हाड़मा से प्रश्न पूछना आरंभ कर दिया और पूछा, ''क्यों परगना, कहाँ के हो?''

''हम परगना नहीं हैं, लेकिन देसमाँझी हैं।'' हाड़मा ने उत्तर दिया।

इगरटन ने व्यंग्य से कहा, ''ओहो, परगना से भी ऊँचे पद वाले, है न!''

यह सुनकर हाड़मा को बहुत बुरा लगा और उसने तेज आवाज में जवाब दिया, ''नहीं साहब, हम परगना के सहायक हैं।''

इगरटन ने देखा कि बोलने में वह लड़खड़ा रहा था, क्योंकि वह बोलते समय उचक

रहा था। तब उसने व्यंग्य से बहुत चिकनी आवाज में पूछा, ''वह कौन सा भाग्यवान परगना है, जिसको तुम जैसे महान् व्यक्ति की सहायता मिल रही है ?''

हाड़मा ने जान लिया कि इगरटन उससे व्यंग्यपूर्वक पूछ रहा था और पूछनेवाले की मंशा भली नहीं थी, शत्रुता जैसी थी, यह भी अच्छी तरह समझ रहा था। क्योंकि यह पल्टिन व हिन साहब के समान अच्छी तरह से तो नहीं पूछ रहा था। तब हाड़मा ने अपना मुँह बिलकुल बंद कर लिया तथा जीभ पर लगाम कस ली। संतालों का रिवाज ही कुछ ऐसा है। अपरिचित हाकिम ने उसे कुरेदा, थोड़ा धमकाया, कुछ पूछा भी, लेकिन किसी भी रीति से उससे कुछ भी बोलवा न पाया।

तब हाड़मा पोंटेट की ओर देखकर व निवेदन करने के अंदाज में हाथ बढ़ाकर जोर से बोला, ''ओ पल्टिन साहब, आप तो परिचित व्यक्ति हैं, हम आपको उत्तर देंगे, लेकिन इस अपरिचित हाकिम की बातें मुझे बिलकुल समझ में नहीं आ रही हैं !''

इस पर इगरटन ने क्रोधित होकर उससे कहा, ''मुझे जवाब दो, उस साहब को नहीं, क्योंकि मैं ही तो तुम्हारा हाकिम हूँ !''

हाड़मा ने अपना मुँह बंद कर लिया।

इगरटन पोंटेट की ओर मुड़ा और उससे पूछा, ''कुल कितने देसमाँझी आए हैं ?''

''अन्य सभी परगना हैं।'' पोंटेट ने उत्तर दिया।

तब इगरटन कमिश्नर की ओर मुड़ा और बोला, ''श्रीमान, असली बात यह है कि साम परगना बहुत ही भला व्यक्ति है और नीची जाति के हिंदू के समान दिखता है। हाड़मा स्वयं से नेतृत्व करनेवाला बन रहा है जबकि वह साम का सहायक है। केनाराम भगत नाम के एक व्यक्ति को हाड़मा के विरुद्ध कुर्की-जब्ती की डिक्री मिली थी। लेकिन वह कुर्की आदेश व्यर्थ हो गया और उसी समय एक आदमी की बाँह भी तोड़ दी गई थी। साम परगना हाड़मा के हाथ की कठपुतली है और इतने-इतने लोगों को यहाँ लाने का उद्देश्य केवल हाड़मा को बचाना है, ताकि किसी भी प्रकार से उसको लिया गया ऋण वापस न करना पड़े।''

यह सुनते ही पोंटेट का खून खौल उठा और उसने हाड़मा के साथ बातें करने की अनुमति ले ली। धूप तेज होती गई। जिस ओर छाया थी, कुरसियों को उधर ही ले जाया गया जबकि कमिश्नर साहब आवास की छाँव पाने के लिए तरसने लगे थे, इस कारण कहा, ''ठीक है, कोशिश करिए, लेकिन जरा जल्दी कीजिएगा, धूप बहुत तेज है।''

पोंटेट साहब हाड़मा को अलग बुलाकर ले गए और पूछा कि उसने केनाराम से ऋण लिया था या नहीं।

हाड़मा ने हवा में हाथ लहरा कर कहा, ''एक कौड़ी भी नहीं !''

तब पोंटेट ने पलटकर पूछा, ''तब फिर उसे डिक्री कैसे मिल गई ?''

हाड़मा ने काँपते हुए जोर से कहा, ''ओ, कैसे मिल गई? आप उनके चक्कर-

वक्कर तो जानते ही हैं कि वे कैसे 'डिगरी' ले लेते हैं, वैसे ही ले ली! और यदि हिन साहब न होते तो हम जेल में होते! हिन साहब ने मेरे लिए एक वकील कर दिया। हिन साहब ने हमको लोगों के बीच परिचित कराया, हमारी सहायता की, हमें बचाया! यदि वे नहीं होते तो इस समय तो हम मर-खप गए होते!"

पोंटेट ने प्रश्न किया, "अच्छा हाड़मा, यह हिन कौन है?"

"जंगीपुर का लाल चमड़ीवाला हाकिम है कि नहीं!"

पोंटेट ने समझकर कहा, "अच्छा, एडेन! हाँ-हाँ, और बताओ तो।"

इसी समय उसके वरीय अधिकारी ने आवाज लगाई—"पोंटेट, कितनी देर तक पूछताछ करोगे?"

पोंटेट ने हड़बड़ाकर हाड़मा से कहा, "बेटे हाड़मा, हम बाद में और बातें करेंगे।"

ऐसे भले व्यक्ति को झाड़ी में उलझा देखकर पोंटेट साहब के बोलने का लहजा बिलकुल बदल गया और ताकि हाड़मा परगना लोगों के बीच चला जाए, वे स्वयं जल्दी-जल्दी कमिश्नर के पास चले गए।

तब वरीय अधिकारी ने कहा, "आपके दोस्त ने आपसे बहुत खुलकर बातें की, लेकिन इगरटन के साथ तो की ही नहीं। असली बात पता चली कि नहीं?"

पोंटेट साहब ने उत्तर दिया, "बहुत कम समय दिया आपने, उसमें मैं क्या कर सकता था; लेकिन इतना समझ गया हूँ कि हाड़मा के विरुद्ध एक षड्यंत्र रचा गया है। इसका मुझे जरा भी संदेह नहीं है कि ऐसे भले और सच्चे व्यक्ति को बचाने के लिए यदि मुझे अपनी जेब से पैसे भी देने पड़ें तो देकर बचाऊँगा।"

इगरटन ने होंठ बिचकाकर कहा, "मैं अंदाज लगाता हूँ कि यदि आपको निर्णय करने का अधिकार होता तो आप अवश्य ही उलटा निर्णय करते।"

पोंटेट ने क्रोधित हो उत्तर दिया, "हो सकता है; लेकिन दोनों पक्षों की बात सुनकर ही निर्णय देता। याद रखिए इसी प्रकार की बुराइयों को तो हम रोकना चाहते हैं। कानून के दाँवपेंच बुरी मंशा से प्रयोग नहीं किए जाने चाहिए।"

कमिश्नर ने बीच में ही टोका, "ठीक है, लेकिन स्थापित अदालत द्वारा दूसरा निर्णय ले लिए जाने के कारण मैं संतालों के इस झुंड पर विश्वास नहीं करता हूँ, क्योंकि इन्होंने अपना प्रवक्ता ऐसे व्यक्ति को नियुक्त किया है, जो अभियुक्त है, अदालत के निर्णय के अनुसार सजा का हकदार है। मुझे तो यही अच्छा लग रहा है कि मैं इन संतालों को चेतावनी देकर विदा कर दूँ।"

"ओलिवर साहब, इनसे बातचीत करने से पहले कृपया याद रखिए कि ये लोग परगना हैं। इनके साथ सावधानी से ही व्यवहार करना चाहिए।" पोंटेट ने कमिश्नर को रोका।

ओलिवर ने तुरंत उत्तर दिया, "ए भाई पोंटेट, हिंदुस्तानियों के साथ किस तरह से

पेश आना चाहिए, उसमें मैं माहिर हूँ। दृढ़ता दिखाने की आवश्यकता है। जरा भी कमजोर मत बनो, नहीं तो ये लोग कुछ और समझ बैठेंगे।''

इसके बाद संतालों की ओर घूमकर कहा, ''अरे बेवकूफ–नादान संतालों, तुम लोगों ने इतनी दूर आने का कष्ट क्यों किया, एक झूठे कर्मचारी की बात पर आ गए?''

आश्चर्यचकित परगना लोग एक–दूसरे को देखने लगे। अरे, यह साहब क्या बोल रहा है? क्योंकि हम तो साम परगना के कहने पर आए हैं। साम परगना ने सबको बुलाया है! लेकिन साम परगना ने फुसफुसाकर सबको आगाह कर दिया कि वे कुछ न बोलें। तब बोलनेवाले ने कहा, ''सरकार बहादुर पर भरोसा रखो, क्योंकि वह तुम लोगों को चाहते हैं!''

बुजुर्ग रघुनाथ ने हिम्मत दिखाई और आगे आकर बोला, ''साहब जी! सरकार का हुकुम कहाँ है, हम सिर्फ कान से सुनते हैं, लेकिन अब तक तो देखा नहीं है?''

इस प्रकार टोके जाने से कमिश्नर नाराज हुआ और पूछा, ''कौन सा हुकुम माँगते हो?''

रघुनाथ ने उत्तर दिया, ''आप ऐसा क्यों बोल रहे हैं साहब, भागलपुर और जंगीपुर के हाकिमों के बदले क्या पल्टिन साहब हमारे हाकिम बहाल नहीं हुए हैं?''

कमिश्नर बिलकुल सकपका गए और उन्होंने कहा, ''पल्टिन साहब, यह कौन है?''

यह सब सुनकर पोंटेट आक्रोश से भर गया और बोला, ''महोदय, मुझे ही पल्टिन कहते हैं।''

पोंटेट का इशारा पाकर रघुनाथ ने सिर हिला–हिलाकर कहा, ''हाँ–हाँ, इन्हीं के बारे में बोल रहे हैं।''

''अच्छा, उस हुकुम के बारे में कह रहे हो, वह तो मेरे पास है।'' कमिश्नर ने उत्तर दिया।

यह सुनकर परगना लोग खुशी से उछल पड़े।

''लेकिन चूँकि अभी कुछ नहीं हो सकता है, इसलिए दशहरा से पहले इसको तामील नहीं किया जा सकता है यानी छह महीने बाद।''

किनु ने झगरा की चौड़ी पीठ के पीछे से उचककर तेज़ आवाज में पूछा, ''अभी कैसे नहीं हो सकता है?''

कमिश्नर ने छाती फुलाकर कहा, ''यह कौन बोला?''

इसी समय बुजुर्ग रघुनाथ, जिसने कभी बाघ को मूँछों से पकड़कर घुमाकर फेंक दिया था, हिम्मत से सामने आया और उलटा सवाल किया, ''आप तामील करेंगे?''

इगरटन ने उसे बीच ही में टोक दिया और गुस्से से बोला, ''बड़े हाकिम से आदर पूर्वक पूछो!''

साम परगना ने रघुनाथ के कान में कहा कि वह कमिश्नर को आदरणीय, माननीय वगैरह कहे या फिर हुजूर बहादुर, गरीब परवर—क्योंकि साम परगना ने समझ लिया कि रघुनाथ को कैसा कहने को कहा जा रहा था। उस बुजुर्ग परगना की मंशा हाकिम को अपमानित करने की बिलकुल नहीं थी। समझ में आते ही उसने कहा, "आदरणीय, माननीय महोदय, दशहरा तक उस हुकुम को तामील तो करेंगे न?"

कमिश्नर ने चिल्लाकर कहा, "अपना मुँह बंद करो!" बीच ही में टोक दिए जाने से वह क्रोधित हो गया, जबकि अन्य अवसरों पर वह जल्दी क्रोधित नहीं होता था। इस कारण बुजुर्ग रघुनाथ पीछे हट गया और कुछ भी नहीं बोला।

बड़े आदमी (कमिश्नर) को थोड़ी शर्म आई, अपने आपको न सँभाल पाने के कारण, क्योंकि इन जंगली लोगों ने उससे बेहतर व्यवहार का प्रदर्शन किया था। फिर उसने सबको समझाया कि सरकार को कब, क्या करना है, वह सरकार ही सुनिश्चित करती है, लेकिन छह महीनों से पहले नहीं हो सकता है। इसके बाद संतालों की ओर से किसी प्रकार का विरोध न पाकर उसने बहुत देर तक उनसे निवेदन किया कि वे सरकार पर पूरा भरोसा रखें और पुलिस व अदालतों की खूब प्रशंसा की। यह भी कहा कि वे अपने हाकिम साहब इगरटन की बातें मानें और यदि कोई उपद्रव होता है तो जितने सिपाही उन्होंने देखे, उससे भी अधिक संख्या में सिपाहियों को लगाया जाएगा, ताकि वे सबको फाड़ डालें।

संतालों ने अंत तक सबकुछ चुपचाप सुन लिया। अच्छा-बुरा कोई भी टोक-टाक नहीं की। जब बातें समाप्त हुईं तो हाकिमों को आदरपूर्वक अभिवादन किया और घूमकर धीरे-धीरे वहाँ से चल दिए।

कमिश्नर को बहुत संतुष्टि हुई। किसी ने कुछ भी प्रतिवाद नहीं किया, न ही कोई टीका-टिप्पणी की। उसने समझा कि सब काबू में आ गए।

लेकिन पोंटेट ने उनको दूसरी तरह से समझा। उसे मालूम था कि संतालों को यदि बहुत गुस्सा आता है, तब वे हाकिम से दूर-दूर रहते हैं। कमिश्नर साहब से अनुमति लेकर उसने जल्दी-जल्दी संतालों का पीछा किया और अपने अर्दली को दौड़ाया कि वह उनको रोके। फिर वह बगीचे तक उनके साथ-साथ ही आया और वहाँ पहुँचने पर बगीचे में बैठ गया और उनको भी बैठने के लिए कहा। लेकिन वे खड़े रहे और उनमें से रघुनाथ जो सबसे बुजुर्ग था, सबकी ओर से बोला, "साहब, आपके साथ हमारा बीस वर्षों से संबंध है। हम आपको बहुत चाहते हैं; लेकिन हम लोग देख रहे हैं कि आपसे अधिक तो दारोगा ताकतवाला है, जिसने आपको कहीं का नहीं छोड़ा है। अब हम लौटेंगे और जो कुछ हमने देखा व सुना, वह अपने सब लोगों को बताएँगे।"

पोंटेट साहब ने एक बार पुनः कहा, "ए हाड़मा, तुम्हारा ऋण हम चुका देंगे!"

यह सुनकर हाड़मा ने पोंटेट साहब को जोहार किया और बोला, "साहब जी, हम

बार-बार बोलते आ रहे हैं। आप दयावान हाकिम हैं। लेकिन केनाराम आपके रुपए क्यों लेगा? इससे कुछ नहीं होगा।''

स्वयं तक को न छोड़ने की बात सुनकर पोंटेट साहब अत्यंत भयभीत हो गए। जब वे हाड़मा को बोलने के बारे में सोच-विचार कर ही रहे थे कि झगरा ने टोक दिया। यह कमबख्त झगरा कुछ ज्यादा ही दिमागवाला है और खुल्लमखुल्ला बोलने वाला है, आगे जो भी हो। उसने अपनी बात कही, ''इतना ही काफी है साहब! हम लोगों ने अपनी आँखों से देखा और कानों से सुन लिया है। सिकलर साहब की जगह पर जो हाकिम हैं, वे हमको आपकी जगह पर दारोगाजी के हाकिम की बात मानने की सलाह दे रहे हैं जबकि वह हाकिम वैसा ही करते हैं जैसा दारोगाजी उनको करने को कहते हैं। साहब, हमारी आशा और हमारा भरोसा टूट चुका है···अच्छा तब जोहार!''

इसके बाद उसने संतालों के रिवाज के विपरीत झुककर पोंटेट साहब के पैर छू लिये और अपने हाथों को सिर के ऊपर रख लिया, मानो वह पोंटेट साहब की चरण धूलि अपने सिर पर रख रहा हो। इसके बाद वह हताश व थका हुआ सा वहाँ से उठकर चल दिया।

सामने बैठे परगना लोगों ने दुःख भरे हृदय से एक-एक कर झगरा के समान प्रणाम किया और अपने बीस वर्ष के हाकिम को रुआँसे चेहरे से प्रणाम करके सभी उनकी ओर पीठ करके चल दिए। एक सजीव बंधन के टूटने से पोंटेट साहब को ऐसा प्रतीत हुआ मानो उनके अंदर की कोई कड़ी ही टूट गई।

वह जा रहे हैं! लेकिन स्वयं पोंटेट गाल पर हाथ रखे आम के पेड़ की जड़ पर ही बैठे रह गए, क्योंकि उनकी भी आस और भरोसा टूट चुके थे। वे वहीं पर जड़वत् बैठे हुए थे कि अर्दली ने आकर सूचना दी कि हाथी पर हौदा कस दिया गया था।

वे बहुत ही उदास भाव से हाथी पर बैठ गए। जिस समय वे हताश व उदास चेहरा लिये हाथी पर बैठकर जा रहे थे तब गरम हवा चल रही थी। आवास पर पहुँचकर वे अपने कमरे में अंदर चले गए और उस दिन बाहर निकले ही नहीं।

कर्नल साहब ने कमिश्नर का आमंत्रण स्वीकार कर लिया। घासी के हाथों घोड़ा आवास में भिजवा दिया और घासी को निर्देश दिया कि नौकर उनके लिए एक नई पोशाक ला दे।

कमिश्नर ने कर्नल से कहा, ''अब आपके सिपाहियों की जरूरत हाल में नहीं पड़ेगी।'' कमिश्नर यह बातें आवास में प्रवेश करते समय बोल रहे थे, जिसे इगरटन ने भी सुना। सिपाहियों की मार्फत बहुत बड़ी मंशा पूरी हो गई थी।

इगरटन और एलेन एक ही साथ बैठकर अलग-अलग आवासों के लिए रवाना हो गए। कुछ दूर तक किसी ने भी कोई बात नहीं उठाई। सहसा इगरटन ने कहा, ''अच्छा, फोड़ा अब फूट चुका है; तेज जुबानवाले को मैंने एक सेकंड में चुप करा

दिया, क्योंकि वह सबको उपद्रव के लिए उकसा रहा था। मैं समझता हूँ अब दूसरे भी ठंडे पड़ गए हैं।''

अपना काम सवेरे ही कर लेने के कारण इगरटन साहब को बहुत आत्मसंतुष्टि हुई और अनजाने में ही उनके जूते की एड़ी घोड़े को छू गई और घोड़ा हवा-हवाई हो गया। एलेन का घोड़ा भी देखा-देखी जोर से दौड़ने लगा, क्योंकि चैत्र मास की सूखी हवा से दोनों ही घोड़े कसमसा रहे थे। कुछ पल बाद जब घोड़े सामान्य चाल से चलने लगे तब एलेन ने कहा, ''लेकिन इसके परिणाम से खुश होने की आवश्यकता नहीं है। मुझमें एक गुण है कि मैं लोगों के आचार-व्यवहार खूब अच्छी तरह से पहचान सकता हूँ। मैं पूरे समय उनकी आँखों को ही देखता रहा था और मैं तुमको बताता हूँ कि ये खतरनाक लोग हैं।''

इगरटन ने उत्तर दिया, ''यह सब फालतू बात है। अरे, वे तो परेड देखकर बिलकुल डर गए!''

एलेन ने कहा, ''ये भौंकनेवाले नहीं हैं तुम देखना, कुछ ही दिन बाद इनमें से कुछ काटने को दौड़ेंगे और यदि यह सच नहीं हुआ तो मैं तो मान जाऊँगा कि मुझसे गलती हो सकती है।''

इगरटन ने पूछनेवाले अंदाज में कहा, ''तुम अभी भी अपनी बात पर अड़े हो?'' एलेन ने उत्तर दिया, ''हाँ, अच्छा चलो शर्त लगाते हैं। मेरे जीतने की संभावना तुमसे चार गुना अधिक है।''

इगरटन ने तेज आवाज में कहा, ''हाँ, चलो लगी शर्त!'' उसने मित्र को बेवकूफ समझा और इस कारण उसे अक्ल की सलामी देना उचित समझा।

''मैं हृदय की गहराइयों से कामना करता हूँ कि तुम जीतो, लेकिन मेरी समझ से तुम जीत नहीं सकते हो शायद!'' इसी समय अपने आवास के फाटक के पास मुड़कर एलेन ने विदा ली और अंदर प्रवेश कर गया।

परगना लोग एक समतल मैदान में बैठे थे, ताकि कोई भी जासूस या भेदिया उनकी नजरों से बचके न आ सके और बातचीत भी अपनी भाषा में ही चल रही थी।

साम परगना ने कहा, ''भाई हाड़मा, अपना मुँह बंद रखकर तुमने बहुत अच्छा किया। उन्होंने पहले ही से तय कर रखा था कि हमारे साथ उनको क्या करना है।''

किनु तो पहले से ही रूखी बात कर रहा था, इस बार सिर हिला-हिलाकर बोला, ''हाँ, सही है। वे हमको शुरू से धोखा देते आ रहे हैं, ताकि हम चुप ही रहें।''

साम परगना ने प्रतिवाद किया, ''नहीं, यह बात नहीं है। सिकलर और पल्टिन साहब दोनों ही विश्वास योग्य व्यक्ति हैं। लेकिन जो नया हाकिम बदली होकर आया है, आश्चर्य है कि उसने ऐसी नीच बात कैसे कही कि हाड़मा ने हम सबको बहकाया है, कि हम उसे केनाराम के चंगुल से बचा लें।''

पश्चिम क्षेत्र के एक मुँहफट परगना ने आवाज लगाई, ''अच्छा, ऐसा कहा उन्होंने; इसीलिए हाड़मा इतना रोया, है कि नहीं!''

बुजुर्ग रघुनाथ ने कहा, ''बड़े साहब ने ऐसा कहा था!''

किनु ने अपनी राय दी, ''ऐसा छोटे साहब ने बताया था और उनकी भाषा न समझते हुए भी हम समझते हैं कि हमारी बातें सटीक होती हैं।''

साम परगना ने सहमति जताते हुए कहा, ''छोटे साहब ने दारोगा से सीखा है। इस कारण सारे बुराई की जड़ दारोगा है।''

सुननेवाले सभी परगनाओं ने एक स्वर में कहा, ''हाँ-हाँ, दारोगा ही है!''

साम परगना ने आश्चर्य जताते हुए कहा, ''आज तो महेश दारोगा, कल को मुबारक अली और परसों जयकिसुन दारोगा! यानी बार-बार दारोगा-ही-दारोगा!''

किनु ने उत्तर दिया, ''हम लौटकर जैसे ही पहुँचेंगे, हमारे लोग आपे से बाहर हो जाएँगे।''

बुजुर्ग रघुनाथ ने कहा, ''केवल तुम्हारे लोग ही नहीं, सभी संताल आक्रोशित हो जाएँगे और हूल जरूर होगा देखना!''

पश्चिम क्षेत्र के मुँहफट परगना ने भी जोड़ा, ''दूसरों के बारे में तो मालूम नहीं, लेकिन हम तो तैयार ही हैं!''

साम परगना ने बीच-बचाव करते हुए कहा, ''ए भाई, वह सब काम तो पागल लड़कों को ही करने दो। हूल करते ही हमको राज मिल जाएगा, ऐसा नहीं है; लेकिन उससे इतनी तेज आवाज जरूर निकलेगी, जो कंपनी के कानों से टकरा जाएगी। तब हमको हमारा हक व अधिकार मिल सकता है। हम बूढ़े-बुजुर्ग तो ताकतवर नहीं हैं, इसलिए हाकिम लोग से मिल-जुलकर रहने में ही भलाई है।''

ये सब बातें बहुत महत्त्वपूर्ण हैं। क्योंकि एक ओर हूल की बातें हो रही हैं और दूसरी ओर हाकिम से मिल-जुलकर रहने की बातें भी! यह सब बातें अजीब हैं, है न! युवाओं को ही लड़ने-भिड़ने दो और हम अलग-थलग रहेंगे! इस सुझाव के कारण कुछ परगनाओं ने साम परगना को पसंद नहीं किया और पश्चिम क्षेत्र के मुँहफट परगना ने अंततः बोल ही दिया, ''अच्छा भाई! हाकिमों ने हमारा क्या भला किया है?''

साम परगना ने उत्तर दिया, ''सुन लीजिए, हमको इतना कष्ट और दुःख इसी कारण हो रहा है क्योंकि हमारा कोई अपना हाकिम नहीं है। हम कराहते हैं, हम गरजे भी हैं; लेकिन हमारी आवाज कंपनी के कानों तक नहीं पहुँची है।''

किनु ने तुरंत सवाल किया, ''अच्छा भाई! आप कंपनी-कंपनी का नाम तो ले रहे हैं, लेकिन यह कंपनी है कौन?''

साम परगना ने उत्तर दिया, ''ए भाई! कंपनी जो है, सो सरकार बहादुर है और वह पृथ्वी की छोर पर रहता है। हम इतनी जोर से चिल्लाएँगे, इतनी जोर से आवाज लगाएँगे

ताकि उसे सुनाई दे। हम अभी तक गरजे नहीं हैं। हमारी तो बस एक ही माँग है—हमारा अपना एक हाकिम होना चाहिए।''

किनु ने संदेह के स्वर में कहा, ''वह हमारी आवाज कैसे सुन पाएगा?''

साम परगना ने उत्तर दिया, ''कैसे सुन पाएगा? हम हिन साहब को बताएँगे। वे कंपनी के निकट संबंधी हैं और हम लोगों को चाहते भी हैं।''

पश्चिमी क्षेत्र के मुँहफट परगना ने टोका, ''खबरदार! ऐसा काम कभी मत करिएगा। यदि आपने उसको बताया तो वह दूसरों को बताएगा और फिर हमारी तैयारी से पहले ही वे सिपाहियों को भेजकर हमको समूल नष्ट कर देंगे।''

साम परगना ने तेज आवाज में विरोध करते हुए कहा, ''अरे भाई, झगरा जी जरा सुन लो! भाई, हिन साहब को तो यह सब बातें मालूम ही हैं; वह तो बता-बताकर थक जा रहे हैं, लेकिन उनकी बातों के साथ तो अछूत के समान व्यवहार किया जा रहा है। लेकिन सबसे पहले आग कहाँ लगेगी, वह नहीं जानते हैं और कोई भी नहीं जानता है। यदि आग लग गई तो जंगल की आग के समान सबको जलाकर राख कर देगी। बहुत बड़ी विपत्ति आएगी, लेकिन भाइयो, यही हमारे दु:खों को मार भगाएगा। हम लड़ेंगे, पर अंततः हार तो है ही लेकिन लाभ इतना ही है कि कंपनी हमारे कराहने को सुन लेगी और हमारे लिए एक अलग हाकिम तलाशा जाएगा! हिन हमारी तरफ से बोलेंगे ही। वे पल्टिन के समान नहीं हैं, क्योंकि उनकी बात सभी लोग मानते हैं। ऐसा हाकिम पाने के लिए यदि दस बार भी हूल करना पड़े तो उचित है।''

अपने-अपने घर लौटते समय विदा होने की वेला में मालूम नहीं साम परगना की आस व भरोसा तथा मन की बातों का प्रभाव किसी भी परगना पर कितना पड़ा या नहीं पड़ा!

साम परगना हाड़मा को साथ लेकर एडेन साहब से भेंट करने के लिए निकल पड़ा। हूल से कितनी हानि होगी, लोगों का खून नदी के पानी के समान बहेगा, इसका अनुमान साम परगना ने कर लिया था। लेकिन उसके अंतर की आँखों ने इन सबके पार सुख व शांति की वह स्पष्ट झलक भी देख ली थी, जो उसकी जाति के लोगों को प्राप्त हो सकती थी। उसने निश्चय कर लिया कि इसका स्वाद चखने के लिए या तो वह उतने दिन जीवित रहेगा अथवा इसको प्राप्त करने के प्रयास में अपने पूर्वजों में जाकर मिल जाएगा।

□

22

फरियाद

माननीय ओलिवर साहब ने एडेन साहब को अत्यंत छोटा सा उत्तर लिखकर भेज दिया। उन्होंने लिखा—''जब तक हम न माँगें, आप अपने विचार अपने ही पास सुरक्षित रखें।'' एडेन साहब भी चुपचाप हो गए और अपने स्वामियों के मार्गदर्शन के लिए उन्होंने फिर कुछ नहीं किया। जो भी होता है, होने दो।

साम परगना और हाड़मा दोपहर बाद पहुँच गए। हाकिम कहीं बाहर निकले थे। पीर बख्श ने आदरपूर्वक उनका स्वागत किया। जिस दिन से उसने हाड़मा को राजमहल पहुँचाया था उस दिन से हाड़मा उसे विश्वस्त समझने लगा था। अपने साथी को पीर बख्श के जिम्मे छोड़कर साम परगना ने आनन-फानन में एक चक्कर लगा लिया, यह पता करने के लिए कि हाड़मा के मामले का क्या हुआ। द्वारका नाथ वकील के यहाँ से पता चला कि हाड़मा के विरुद्ध कोई मुकदमा लंबित नहीं था। इसके अतिरिक्त उसके किरानी बाबू दोस्तों ने भी बताया कि हाड़मा के विरुद्ध में कुछ करने की चर्चा तक नहीं हो रही थी। जब साम परगना लौटकर आया तो उसने देखा कि पीर बख्श हाड़मा को अपने स्वामी एडेन साहब के किस्से सुना रहा था और वह ध्यान से सुन रहा था। इसी समय एडेन साहब भी घोड़े पर सवार होकर लौट आए और उनसे मिलने गए दोनों व्यक्तियों का हर्षपूर्वक अभिवादन किया। चाय लाने का आदेश दिया और उन्हें अपने पैरों के पास बैठने के लिए कहा। उन्होंने चुपचाप बैठकर आदि से अंत तक सब सुना, केवल बीच-बीच में साम परगना को टोक रहे थे, जब साम परगना उनको भागलपुर में घटी घटनाओं के संबंध में बता रहा था। जब उन्होंने सब सुन लिया, विशेषकर विदा होने के समय पोंटेट के साथ क्या-क्या हुआ था, तब एडेन साहब को समझ में आ गया था कि यह मामूली व आसान बात नहीं थी। तब उन्होंने साम परगना से पूछा, ''अच्छा बेटे, तुम्हारा क्या विचार है?''

साम परगना ने उत्तर दिया, ''ए साहबजी, हूल तो अवश्य होगा। यह अंतिम बार है

कि हम एक साथ बातचीत कर रहे हैं; क्योंकि हम और हाड़मा दोनों ही एक ओर हो जाएँगे और आप दूसरी ओर रहेंगे।''

एडेन साहब ने साम परगना की पीठ पर हलकी चपत लगाते हुए कहा, ''उस हालत में भी तुम दोनों मेरे पास मिलने आ सकते हो; क्योंकि हम तीनों तो दोस्त ही रहेंगे न!''

उत्तर में साम परगना ने कहा, ''साहबजी, हम तो अनंत काल तक दोस्त बने रहेंगे; लेकिन हम दोनों आपके पास नहीं आ पाएँगे। आपके आदेश के बावजूद हमारे लोग हमको नहीं छोड़ेंगे क्योंकि वे तो अपना राज होने का सपना देखते हैं।''

एडेन साहब चौंक कर जोर से बोले, ''राज! वह तो कभी नहीं हो सकता है!''

साम परगना ने अपनी बात सामने रखी, ''इसमें हमारी सहमति नहीं है; क्योंकि यदि गोरे नहीं रहे तो 'देको' लोग हमें समूल नष्ट कर देंगे।''

कुछ क्षण चुप रहने के पश्चात साम परगना ने पुनः बोलना शुरू कर दिया, ''ए साहब, हम लोगों पर भूत सवार हो रहा है जिससे पागलपन के काम, भयंकर काम होंगे, जिसे सुनकर पूरी दुनिया के लोग हमसे घृणा करने लगेंगे। हाँ, हमारे पहले के दोस्त पल्टिन जैसे लोग भी हमारे विरोधी हो जाएँगे! हूल 'देको' लोगों के खिलाफ हमारा कराहना है, ताकि हमारे लिए एक अलग हाकिम बहाल हो। कंपनी तक बात पहुँचाने का कोई अन्य उपाय नहीं है।'' कुछ देर के लिए साम परगना चुप हुआ और साँस लेकर फिर बोलने लगा, ''साहब, आप पर हमारा पूरा विश्वास है। आप दया-माया वाले और अधिकार वाले हैं। हम आपसे निवेदन करते हैं, हम नादान आपसे निवेदन करते हैं, क्योंकि आपने हम पर बहुत दया की है, हम तो शायद इसी सताए जाने के दौरान ही समाप्त हो जाएँगे। कृपा करके आप हमारे जाति भाइयों के दोस्त बन जाइए। कंपनी को हमारे दुःख-कष्ट और कमी-घटी के बारे में अवश्य बताइए! कंपनी आपकी बात सुनेगी ही।''

एडेन साहब ने गंभीर होकर पूछा, ''तुमको पक्की जानकारी है कि हूल होगा ही?'' साम परगना ने ऊँची आवाज में तुरंत उत्तर दिया, ''एक फुंसी बराबर भी संदेह नहीं है। हमने तो अपनी आँखो से देख ही लिया! वे लोग वही सुन रहे हैं, जो दारोगा उनसे कहता है और पल्टिन साहब की तो कोई पूछ ही नहीं है।''

एडेन साहब ने पुनः प्रश्न किया, ''तब फिर बड़े हाकिम को तुम लोग कैसे अच्छी तरह से नहीं समझा सके?''

साम परगना रुआँसा होकर बोला, ''साहब, क्या आप अल्बा को जानते हैं? वे तो सुनने से अधिक बोलने के लिए ही लालायित थे। हम उनको क्या बताएँगे और उन पर क्या प्रकट करेंगे, वह तो स्वयं ही हमको समझाने-बताने के लिए व्याकुल हो रहे थे!''

यद्यपि बातचीत का विषय गंभीर था, तथापि एडेन साहब स्वयं को रोक नहीं पाए और मुसकराते हुए अपने आप से बोले—हाँ, अल्बा है न! फिर प्रकट में बोले, ''बार-बार जोर देकर बोलना होगा, ताकि उनको सुनना ही पड़े।''

उत्तर में साम परगना ने धीरे से कहा, ''साहब जी, हमारी जाति का यह स्वभाव ही नहीं है। हमने मुँह से बोलकर प्रकट कर दिया है। परगना लोगों को हम उनकी इच्छा के विरुद्ध जबरन भागलपुर ले गए। आरंभ से ही बहुत कमजोर-सी आस थी। इसके साथ ही हमको यह भी मालूम है कि हूल कितना बुरा हो सकता है, जिसके लिए कंपनी हम लोगों को जिम्मेदार ठहराएगी कि हमने लोगों को अच्छी तरह से समझाने का प्रयास क्यों नहीं किया!''

''साहब! हम लोगों ने शक्ति भर कोशिश की थी, लेकिन कोशिश बेकार हो गई और हमको शर्मिंदा होना पड़ा। कृपा करके कंपनी को अवश्य बताइएगा, भूलिएगा नहीं कि उन्होंने हमें बहुत अपमानित किया, क्योंकि हमारा चाल-ढाल अत्यंत विनम्र है और वे समझ नहीं पाए कि हाकिम लोग हमारे विरोध में काम कर रहे हैं। ओह! बहुत अफसोस की बात है कि मेरे जाति भाइयों को अंगारों के ऊपर चलकर पार होना पड़ेगा! किसी भी हाल में यह सब बेकार नहीं होना चाहिए।''

साम परगना ने एडेन साहब के पाँव पकड़कर उन्हें जोहार किया, जबकि हाड़मा जड़वत् खड़ा रह गया और एकटक एडेन साहब का चेहरा निहारता रहा। यदि आत्मा कभी बोली है तो आज ही साम परगना की बातों और हाड़मा की आँखों के माध्यम से बोली है। एडेन साहब के दयावान् हृदय में यह बात बहुत गहरे पैठ गई। उन्होंने दायाँ हाथ साम परगना और बायाँ हाथ हाड़मा के कंधे पर रखा और ऐसे ही बैठकर सांत्वना के ये शब्द कहे, ''तुम दोनों की सब बातें समझ गया हूँ और मैं तुम दोनों व तुम्हारे जाति भाइयों का दोस्त ही बना रहूँगा। मैं यथाशक्ति सरकार बहादुर को कायल करने की कोशिश करूँगा और कोशिश करूँगा कि बुराई में से भलाई की बात निकल सके, जैसा कि तुम दोनों ने अभी-अभी मुझे बताया है। आज से तुम मेरे दोस्त और हाड़मा मेरा बेटा है!''

एडेन साहब से यह सब बातें सुनने के बाद दोनों साथी वहाँ से निकलकर चल दिए। उनको बहुत ही अच्छा प्रत्युत्तर मिला है। लेकिन संताल समुदाय का मन दूसरी बातों की ओर मुड़ गया। इस कारण साम परगना और हाड़मा ने अपने मन की बलवती आशा को मन ही में छुपाकर रखना बेहतर समझा। इसके बाद एडेन साहब ने ओलिवर के पास फिर पत्र नहीं लिखा। लेकिन उसने दो लोगों के पास लिखा—एलेन और सिंक्लेयर के पास, क्योंकि जो कुछ होने जा रहा था, उस संबंध में उन दोनों से उनको सहायता मिलने की आशा थी और उन दोनों ने भी एडेन साहब के विचारों का ही समर्थन किया कि तूफान अभी टला नहीं था। एडेन साहब का एक मित्र था, जो सरकार बहादुर

के अंदर-बाहर सबसे हिला-मिला हुआ था—उसके पास उन्होंने कई बार लिखा; क्योंकि जो होने वाला था उन्होंने वह भाँप लिया था।

एडेन साहब ने लिखा कि ओलिवर व इगरटन ने निश्चय कर लिया है कि कोई हूल-गुल होने वाला नहीं है; लेकिन ओलिवर सरकार का आदेश दबा देने का मन बना रहा है, जिसके तामील होने से ही यह सब रुक सकता था। इससे मैं समझता हूँ कि हूल होगा ही होगा। तथापि जिम्मेदार अफसर यदि मुझसे विपरीत समझ रहे हों तो सरकार को चाहिए कि उनकी ही बात माने। इसलिए निवेदन करता हूँ कि मेरे लिए दो काम अवश्य कर दो।

पहला यह कि मैंने जो बात कही है, उसे सरकार के सामने रख दो, ताकि उन्हें मालूम हो कि जो तूफान उमड़ा हुआ है, उसे पहले से ही देख लिया गया था।

दूसरी बात यह कि इसके जो कारण मैं बताऊँगा और उसका इलाज क्या है, यह भी बताऊँगा, उसे सरकार को अवश्य सुनाओ। मैं तुमको बता दूँ कि संताल समुदाय बहुत आसानी से थकने वाले लोग हैं—उनके गैर-कानूनी काम को दुनियावाले घृणा की दृष्टि से देखेंगे, लेकिन मेरी बातों को खूब अच्छी तरह याद रखना। यह उनका दोष नहीं है बल्कि किसी और के दोष के कारण यह सब हुआ है।

उनकी परेशानी का इलाज हम लोगों ने दो वर्षों तक उनकी आँखों के सामने बार-बार रखा है, जिसे उन लोगों ने देख लिया है, बस सेवन करना ही बाकी था; लेकिन अब हम सामने से इसे हटा रहे हैं। तब वे क्रोध से पागल क्यों न होंगे!

उस चिट्ठी के संबंध में यहाँ इतना लिखना ही बेहतर समझता हूँ। एडेन साहब झगड़ा करके कह सकते हैं कि इगरटन व ओलिवर की समझ से उनकी ही समझ बेहतर है। सरकार द्वारा हाल-हाल तक पुराने व जिम्मेदार अफसरों पर भरोसा करने के बावजूद सामने में अन्य-अन्य अफसर थे, जैसे कि एलेन जिनका पूरा भरोसा एडेन साहब पर था। वे लोग राजमहल के जंगलों से खबरों का पता लगा रहे थे और मन में यह निश्चय कर लिया था कि वास्तविक दिन पर एडेन साहब और उनके परामर्श को वे याद रखेंगे।

पिपरा के ग्रामीणों ने हाड़मा का स्वागत किया। जब उसने लोखोन से केनाराम द्वारा कुर्की किए जाने के संबंध में सुना तो खिलखिलाकर खूब हँसा था। वह केवल दरवाजे का पल्ला ही ले जा पाया था, जिसके बदले गाँव के दयावान लोगों ने दूसरा दरवाजा लगा दिया था।

हाड़मा ने जब गाँव के बारे में खोज-खबर ली तो पता चला कि पानी की किल्लत के कारण धान की बुनाई भर हुई थी और जिसका पटवन झरने के पानी को छींटकर किया जा रहा था। उसमें अभी-अभी हरियाली आ रही थी। इसी झरने के पानी से इसके नीचे वाले खेतों में हल चलाकर, उनको रोपा के लायक कीचड़ बनाकर 'गछी' (धान का

बिचड़ा) तैयार हो जाने पर रोपने की तैयारी थी। लेकिन पानी की कमी ने आस–पास के इलाके के लोगों को परेशान कर दिया। वहाँ जो काम था, उसे पूरा करके हाड़मा सिलंगी चला गया, क्योंकि केनाराम के भय से पिपरा में अटके रहने को उसने अच्छा नहीं समझा। उसे बहुत दूर तक बाँसलोई नदी के बालू पर चलना पड़ा। पोंटेट साहब भी इसी रास्ते से जाना–आना करते थे, क्योंकि उस स्थान पर उत्तर व दक्षिण दोनों ओर की पहाड़ियाँ थोड़ी दूरी के लिए ही नहीं मिल पाई हैं। इसके अतिरिक्त ढलान के कारण बड़ी–बड़ी गहरी खाइयों तथा घनी झाड़ियों के कारण आना–जाना अत्यंत थका देने वाला है। एक बात और, जिस स्थान पर पोंटेट साहब का हाथी धड़ाम से गिरा था, उस स्थान को आज भी लोग दिखाते हैं। जानवरों के मध्य में वह हाथी अत्यंत होशियारी से चलने वाला था! इस कारण हाड़मा भी नदी होकर ही जा रहा था और दोपहर की तेज धूप से बचने के लिए नदी किनारे उगी झाड़ियों की छाया में चल रहा था।

सूरज डूबने के आस–पास वह गाँव पहुँच गया, जब चरवाहे गाय, बैल व बकरियों को गोहार घर के अंदर ले जा रहे थे। मुनिया भात का पानी चूल्हे पर चढ़ाकर वहीं पास में बैठी गुनगुना रही थी। उसका पति उसे खड़ा होकर एक क्षण तक देखता रहा और फिर अचानक पुकार उठा था—मुनिया! मुनिया ने सुना और घूमकर देखा, फिर उठकर चिल्लाती हुई हाड़मा के अंक में समा गई। अब मेरी छाया मुझे वापस मिल गई है! हाड़मा का मन पहाड़ जितना ऊँचा हो गया।

हाड़मा का भाई कारान अत्यंत जिम्मेदार, देखने में सजीला और ईमानदारी से जीविकोपार्जन करनेवाला व्यक्ति है। सच्चा और आदरणीय होने के बावजूद उसके चेहरे पर होशियारी व भद्रता नहीं थी। लेकिन हाड़मा के चेहरे को देखते ही पता चल जाता था कि वह होशियार व भद्र व्यक्ति है, क्योंकि वह जीवन की कठिनाइयों से लड़कर जीता हुआ व्यक्ति था। 'आतनाक्'* पेड़ की सघन छाया तले सिलंगी दिन–ब–दिन ऊपर उठता गया और लोगों ने भी उन्नति कर ली। आतनाक् का यह पेड़ 80 फीट ऊँचा, 26 फीट मोटा है जबकि असली तना 40 फीट लंबा है और झूली हुई डालियों से इसकी लंबी पतली पत्तियाँ आँचल के समान झूल रही हैं। लोगों को इस गाँव में दोनों शाम पेट भर भोजन मिला है। सुंदर सजीले घरों को खूब मजबूती से बनाया गया है और लीप–पोतकर चमकाकर रखा गया है। गाँव की गली चौड़ी है और झाड़ीदार पेड़ों के कारण गली में छाया भी है।

कारान एक ही घनी आबादीवाले गाँव का प्रधान है, ऐसी बात नहीं है बल्कि परगना भी है। यही तो भागलपुर जाने के लिए बिलकुल राजी नहीं हुआ था। अपने जाति भाइयों के दुःख व चिंता पर वह ध्यान नहीं देता था। दारोगाजी या दीवानी अदालत द्वारा

---

* एक प्रकार का पेड़, जिसकी डालियाँ काट–काटकर अनेक प्रकार की वस्तुएँ बनाई जाती हैं

तंग किए जाने के बावजूद उसे कोई फिक्र नहीं होती थी, जबकि उसकी बेफिक्री देखकर हाड़मा को बहुत बेचैनी लगती और हँसी भी आती थी। केंदुआ के साहूकार आमड़ापाड़ा के साहूकारों से अलग वंश के हैं। यानी ये उनके समान दुर्व्यवहार नहीं करते थे। कारान खेत पटाने व शिकार में ही व्यस्त रहता था। उसके लोगों का भी यही हाल था। भीमा व नटू के बीच खेत की सीमा को लेकर हो रहे विवाद को लोगों ने बहुत बड़ी बात माना, रंजीत की छुटकी व बड़की पत्नी के बीच हुई लड़ाई और उसके चलते दोनों ओर के बच्चों में भी खूब उठा-पटक हुई, इसको बहुत बड़ी बात समझा अथवा सीतानाथ ने पलटू की माँ को डायन कहा, इसका खूब ढिंढोरा पीटा गया। लेकिन एक बहुत बड़ा तूफान दूर से आवाज देकर आ रहा था, उसे उन्होंने थोड़ा भी महत्त्व नहीं दिया।

हाड़मा ने अपनी पत्नी को अपनी आशा व डर के बारे में बताया, लेकिन मुनिया के हृदय में डर से अधिक आशा ही गड़ गई। वह जन्म से ही हँसमुख महिला है, इस कारण लड़ाई की तपिश कैसे समझ पाती। उसके अपने लोग लड़-कट मरें और दूसरे लोगों को मारने के लिए सोचें व एकजुट हों, उसने कभी नहीं देखा है। उसका दिमाग सोच भी नहीं पाया कि वे लोग ऐसा करेंगे, क्योंकि उन्हें वह प्रतिदिन देखती और उनको जानती है, सभी हँसमुख ,सच्चे और ईमानदार जाति के लोग हैं। उसके अपने लोग दूसरी जाति के लोगों को मारेंगे, यह सोचकर उसे भय से सिहरन हो रही है। लेकिन दूसरे लोग उसके अपने लोगों को मारेंगे, यह विचार उसे सपने में भी नहीं आया।

इस प्रकार हम देखते हैं कि मुनिया ने उस उमड़ते तूफान के संकेतों पर ध्यान नहीं दिया, जो उसके पति हाड़मा को बार-बार दिखाई दे रहे थे। अपने पति के लौट आने की खुशी से मुनिया सराबोर हो गई। हाड़मा ने भी सभी चिंता व दु:खों को उतार फेंका, क्योंकि उसे मालूम था कि हूल तो अवश्यंभावी था और किसी भी प्रकार से रोकना संभव नहीं था। और जैसे ही वह दिन आएगा, उसे सम्मिलित होना ही पड़ेगा। लेकिन जब तक यह आया नहीं है तब तक कुछ करने को नहीं है। हाड़मा को उसके लिए तैयारी करने की आवश्यकता नहीं होगी और न ही जीत के लिए रणनीति बनाने की आवश्यकता होगी। यह एक पार हो जानेवाली विपत्ति है, जीतने का मन बनाने की नहीं।

वह शिकार पर चला गया और बच्चों के साथ हँसी-ठिठोली करते तथा परिवार की हँसी-खुशी में मगन हो गया।

लेकिन परिवार की एक अत्यंत टेढ़ी समस्या के कारण उसके समस्त सोच-विचार कुंद हो गए और वह समस्या थी उसके बड़े बेटे चंपई का विवाह। दु:खों के दिन आ रहे हैं। कौन बता सकता है कि मारे जाने के बाद कौन बचा रहेगा। इस कारण अभी शांतिपूर्ण माहौल में इस बड़े काम को निपटा देना ही हाड़मा ने बेहतर समझा। तब उसने लोखोन, जो गाँव का दीवान था, के माध्यम से मुरली माँझी के पास रिश्ते की बात भेज दी, ताकि

वह उसकी बेटी कंचनी को अपनी पुत्रवधू बना सके। लोखोन ने आकर बताया कि मेहमान लोग रिश्ते के लिए तैयार हैं।

एक रात चाँदनी खिली हुई थी और सालबोनी में 'लागड़ें'* लहका हुआ था। बुजुर्गों के बीच से हाड़मा व मुनिया भी इसे देखने गए हुए थे। वे सिलंगी से उतनी दूर पैदल एक आवश्यक कार्य के लिए गए थे, नृत्य देखना तो एक बहाना था। चंपई और बाजू भी वहाँ गए हुए थे। युवा लड़कियों द्वारा एक-दूसरे का हाथ पकड़कर खड़े होने के कारण एक विशाल अखड़ा तैयार हो गया था। माँदर की मीठी धमक निकल रही है, बाँसुरी की सुरीली तान बज रही है और लड़कियाँ एक साथ हिल-हिलकर नाच रही हैं। वे गाती हैं, हँसती हैं जिससे खूब समाँ बँधा है और कंचनी सबसे अधिक प्रसन्नचित्त दिखाई देती है। सहसा चंपई उसके निकट गया और उसका हाथ पकड़ लिया। अन्य लड़कियों ने भी कंचनी का हाथ छोड़ दिया। वह दूर में सिर झुकाकर खड़ी हो गई और चंपई के इरादों के संबंध में अनुमान लगाने लगी।

नृत्य और अधिक लहककर शबाब पर आ गया। प्रेमिका और प्रेम संबंधी गीत गाए जाने लगे। इसके बाद वे कंचनी को घेरकर नाचते-नाचते चंपई के निकट चले गए। वह बहुत खुला हुआ नहीं लग रहा था। लेकिन जब मुनिया ने कंचनी को अचानक गोद में बिठा लिया तब उसकी जान में जान आई। उधर बाजू ने अपनी बातों से लड़कियों को ऐसा हँसाया-रिझाया कि उनका ध्यान सहेली पर से हटकर उसी की तरफ चला गया। इस प्रकार उन्होंने प्रत्यक्ष रूप से बहू चुन ली थी।

मुनिया की गोद में कंचनी अच्छी दिख रही है। वे दोनों धीरे-धीरे एक-दूसरे से बातें करने लगीं। एकत्र लोगों ने भी इतने से ही सबकुछ भाँप लिया। इसी समय लड़के का पिता मुसकराता हुआ लड़की के सामने आया और उसे चाँदी का बाजूबंद दिया। यह बाजूबंद चंपई ने अपनी पसंद के अनुसार केंदुआ के लोहार को नमूना देकर बनवाया है। बहुत खर्च हुआ! छह भरी से कम में तो मन ही नहीं भर रहा था! चंपई छुप-छुपकर तिरछी नजरों से लड़की को देखता है। वह अत्यंत प्रसन्न दिखती है, उसकी बाँहों में बाजूबंद भी खिल रहा है; वह संतुष्ट दिख रही है। चंपई ने तब मन-ही-मन कहा कि यदि छह से दस भरी हो जाता तो और अच्छा होता। बाजूबंद पहनने के बाद कंचनी गोद से उठकर जमीन पर खड़ी हो गई और सास-ससुर को जोहार (प्रणाम) करने के अंदाज में उसने हाड़मा देसमाँझी को जोहार किया। इस प्रकार आभूषण पहनाकर छेंका हो गया। लड़की के माता-पिता का मन भी खुशी से बढ़कर पहाड़ जैसा हो गया, क्योंकि उनके अनेक दिनों की साध पूरी हो गई थी।

सभी जातियों व समुदायों में विवाह को अत्यंत श्रेष्ठ माना जाता है, तथापि संतालों

---

* संतालों के नृत्य की एक शैली जिसमें सामान्यतया युवा सहभागी होते हैं

के मध्य विवाह की रीति-विधि अनेक हैं।

छेंका के बाद कंचनी के पिता और अन्य अपने रिश्तेदारों के साथ सिलंगी गए। वे लोग पश्चिम दिशा की ओर बाँसलोई नदीवाले रास्ते से गए। बाजू उनकी राह देखता खड़ा था और जब वे पहुँचे तो उसने उनका स्वागत किया तथा सबको हाड़मा के डेरे में ले गया। अतिथियों का स्वागत कर अंदर ले जाने के लिए चंपई आँगन में खाट पर बैठा प्रतीक्षा कर रहा था।

मुनिया, कारान व घर की लड़कियों ने मिलकर मेहमानों को खिलाया-पिलाया। उस दिन पशुओं को चरानेवाले बच्चे भी अपना काम पहले समाप्त करके 'जावाँय-धुती'* देखने के लिए एकत्र हो गए थे। सभी मेहमान गोलाकार बैठे हैं। चंपई प्रत्येक के पास जाकर उनकी जाँघ पर बैठता है और मेहमान उसको कुछ उपहार दे रहे थे, लेकिन लड़की के पिता ने उसे एक पगड़ी और एक धोती प्रदान की। कंचनी के चाचाओं में एक बहुत लंबा व मोटा व्यक्ति था। जब चंपई उसकी जाँघ पर बैठा तब उसने ऐसा प्रदर्शन किया मानो उसे जाँघ टूटने जैसा लगा हो और कराहने का दिखावा किया। यह देखकर मुरली माँझी और उसका पुत्र बुधन अत्यंत प्रसन्न हो गए तथा हँसते-हँसते उनके आँसू निकल पड़े।

मेहमानों को उस रात सिलंगी में ही खूब भोज-भात खिलाया गया। दूसरे दिन वे सालबोनी लौट गए। हाड़मा और चंपई के रिश्तेदार भी उनके साथ-साथ सालबोनी चले आए तथा उनकी भी वहाँ खूब खातिरदारी हुई। इस बार कंचनी को शर्म से दोहरी होने के बावजूद रीति-विधि पूरी करनी पड़ी। नए मेहमानों ने उसे एक-एक कर जाँघ में बिठाकर उपहार प्रदान किए। बीच-बीच में वह चौंक भी जाती, क्योंकि मेहमानों के मध्य में कुछ लोग गप्पी व मजाकिया स्वभाव के थे, जिसका उन्होंने प्रदर्शन भी किया।

ऐसे अवसरों पर एकाध मजाकिया लोग उपस्थित रहते ही हैं। जब रीति-विधि समाप्त हो गई तो उसे फोड़ा फूटने का-सा अनुभव हुआ और वह खुश होकर अपनी माँ के पास दौड़कर चली गई। माँ ने भी उसे दुलराया; लेकिन पिता की चिंता इतनी ही थी कि वह मेहमानों के साथ अच्छा व्यवहार करे। उसे बेटी का गप्प व मजाक सुनकर इतराना-शर्माना पसंद नहीं आया।

सालबोनी में अभी यह धूमधाम समाप्त भी नहीं हुई थी कि दूसरी आ गई; क्योंकि एक दिन दोपहर बाद लोखोन, दीवान के रूप में अनेक युवा लड़कों के साथ वहाँ आ गया। साथ में वह दो बैलों की एक सुंदर जोड़ी भी हाँककर लाया था, जिसे उसने नेग-दस्तूर के अन्य सामानों के साथ मुरली माँझी को सौंप दिया। यह सब वधू मूल्य के रूप में दिया गया था। बैलों को देखकर माँझी हाड़ाम (ग्राम प्रधान) भी प्रसन्न हो गए और

---

* वर को धोती या कपड़ा पहनाना

23

उलझाव

जेठ की शुरुआत में धूप बहुत कड़ी थी और गरम हवा भी बरदाश्त से बाहर हो रही थी। दो सप्ताह के बाद ही बारिश का मौसम शुरू हो जाएगा। परंतु उसका कोई चिह्न-संकेत दिखाई नहीं दे रहा है। प्रथम वर्षा के अभाव में लोगों ने खेत, बारी, कहीं भी हल नहीं चलाया है; गाय-बैल व बछड़े-बकरियों का चारा समाप्त हो चुका है। जंगल के पेड़ भी मरने लगे हैं और अनेक तो पहले ही सूखकर मर चुके हैं। संतालों की परंपरा के अनुसार घास जलाकर साफ कर दी गई है, ताकि नई घास पनप सके। जंगल की आग पहाड़ी ढलान पर जलती हुई दिखाई देती है। दिन में तो दिखाई नहीं देती, लेकिन रात में लाल-लाल जलती दिखाई देती है। सूखे पेड़ों के पास लपटें उठती हैं, सूखे बाँस की झाड़ी बंदूक की गोली के समान ठाँय-ठाँय आवाज करती है। लेकिन घास पनप नहीं पाई। पहाड़ी ढलान जलकर राख हो चुके हैं और सुनसान व उदास-से दिखते हैं। दृष्टि जिधर भी जाती, बिरले ही किसी झरने के पास थोड़ी हरियाली दिखती है। जंगल के छायादार पेड़ जले हुए कुंदे के समान इधर-उधर गिरे हुए हैं। यही सब देखकर बहुत उदास-सा अनुभव होता है। झरने भी सूख गए और मनुष्य तथा पशु दोनों को ही पीने के पानी के लिए भारी कष्ट उठाना पड़ा।

पिपरा में गाय-बैल, बकरी-बछड़ों का चारा समाप्त हो चुका था और खेत में हल चलाने में भी वे पीछे रह गए थे। लेकिन पीने के पानी का कोई कष्ट उनको नहीं हुआ, क्योंकि झाड़ीदार पहाड़ी से अनेक झरने फूटकर निकले थे, जिससे सींचकर एक-दो खेतों में इन्होंने हल भी चलाया था। जंगल में खाने के लिए अनेक प्रकार की वस्तुएँ उपलब्ध हैं। लेकिन तराई के गाँवों में उदासी छाई है, क्योंकि वहाँ जनसंख्या अधिक है तथा खाने-पीने की वस्तुओं की बहुत अधिक कमी हो गई है। वहाँ पहाड़ी लगभग नहीं के बराबर हैं और जंगल भी कम हैं तथा झरनों का तो अकाल ही है। सचमुच जंगल न होने के कारण जंगल की आग से जलने के चिह्न तो दिखाई नहीं दे रहे हैं, लेकिन तेज धूप

से झुलसी झाड़ियाँ भी कम कष्टदायक नहीं दिख रही हैं। पेड़ों पर जो थोड़े हरे पत्ते बचे हुए दिखते हैं, उनको तो चरवाहे समाप्त कर रहे हैं, क्योंकि गाय-भैसों को खिलाने के लिए वे डालियाँ काट रहे हैं।

आमगाछी जैसे गाँव की स्थिति और अधिक बिगड़ गई, क्योंकि बचा-खुचा अनाज तो केनाराम और अन्य-अन्य महाजन समेटकर ले गए। इन दिनों इनकी संख्या भी बहुत अधिक बढ़ गई है। 'होड़'* लोग भूखे रह रहे हैं और अपने सामने बाहरी लोगों के अनाज की बखारियों को भरते देख रहे हैं, लेकिन उन्हें भोजन नसीब नहीं हो रहा है। इसी कारण उनका कष्ट नीम पर चढ़े करेले के समान और अधिक कड़ुवा हो गया।

केनाराम और उसके साढ़ू लोगों को संतालों को दबाने का बहुत अच्छा अवसर मिल गया। इस कारण उन लोगों ने अनाज खरीद-खरीदकर ढेर लगा लिया। पहले के ग्राहक या आसामी के साथ भी वे मोल-तोल करने लगे। पहले की शर्तों के अनुसार कर्ज देने में वे आनाकानी करने लगे, क्योंकि इसके माध्यम से यद्यपि लोगों को लूटा जा रहा था तथापि उस समय लोगों को यह बुरा नहीं लगा। लेकिन इन दिनों बिना कबूलनामा अथवा राजीनामा या सामान बंधक रखने के वे कर्ज देने को राजी ही नहीं होते थे। जिसके पास जो कुछ भी था, उसे बेचना पड़ा अथवा बंधक रखना पड़ा। क्या गाय-बैल, क्या खेत-बारी सब बिके; जिनके पास कुछ नहीं था वे बँधुआ मजदूर हो गए। इस प्रकार सब वस्तुएँ महाजनों के हाथों में चली गईं।

संतालों को यदि कष्ट असह्य लगने लगे तो वे भाग खड़े होते हैं। लेकिन इस समय वे ऐसे खतरे में पड़े हैं कि वहाँ से भागने का रास्ता भी नहीं है। पीठ की ओर तो आदमी भरे पड़े हैं और सामने मैदानी इलाका है, वहाँ भी घनी आबादी है और गंगा नदी समुद्र के समान लबालब भरी है, जिसे पार नहीं किया जा सकता है। इस कारण जहाँ वे हैं, आजीविका के लिए उनको वहीं लड़ना ही पड़ेगा।

अनेक लोगों ने स्वयं को महाजनों के हाथों सौंपना या उनके पैरों पर गिरना ही उचित समझा। महाजनों ने भी प्रचार किया कि जो कोई वैसा करेगा, वे उसकी सहायता करेंगे। संतालों ने जो उपजाया था, उसका अत्यंत छोटा सा हिस्सा उनको मिला, इसे भी खरीदकर लाना पड़ा, जिसे उन्होंने अपने हाथों से बनाए खेत में उपजाया था। इसके पहले उन्होंने महाजन की बात पर भरोसा किया। अपने ही हल से उगाई गई फसल का उसे छोटा सा हिस्सा मिलता है, जबकि बड़ा हिस्सा महाजन का होता है। इसके बाद भी यदि वह खेती करता है तो एक गुलाम के समान, स्वतंत्र व्यक्ति के समान नहीं।

सूदखोर महाजनों ने क्या किया? उन्होंने उन लोगों की खूब बढ़-चढ़कर सहायता की, जिन लोगों ने स्वयं को उनके पास बेच दिया था, ताकि परिश्रमी व तेज लोग भी

---

* संताल स्वयं को होड़ अर्थात् मनुष्य कहते हैं

अपनी आँखों से यह सब देख सकें, जिन्होंने अधीनता से बचने के लिए बहुत हाथ-पाँव मारे थे। लेकिन ऐसे समूह भी शीघ्र ही अपने रास्ते से भटक गए, क्योंकि लोग स्वयं तो भूख सहन कर रह सकते थे, लेकिन बच्चों का रोना-कलपना और चुप रहकर सबकुछ सहन करनेवाली पत्नी का दु:ख किससे सहन हो सकता है? अनेक लोग पत्नी व बाल-बच्चों के कारण बिक गए, वे करते भी क्या! यदि वे नहीं होते तो संभवत: स्वतंत्र रह सकते थे।

यद्यपि वे खाकर जीवित रहने के लिए बिके थे तथापि उनकी आजीविका चलेगी, इसमें उन्हें संदेह था। क्योंकि वर्षा हो ही नहीं रही थी और घर के खाने-पीने की सामग्री भी समाप्त हो रही थी तथा अच्छी फसलवाले वर्ष का कोई चिह्न दिखाई नहीं देता था। जुब्दी (दामिन-ए-कोह) के बाहर बाजार में अनाज महँगा होता जा रहा था। दरिद्र, कंगाल संतालों को कर्ज देकर महाजन संतुष्ट नहीं थे। अंत में उन्होंने कर्ज देना बंद कर दिया। उनके पास जो धान-चावल था, लाभ कमाने की आस में सबको बाहर भेज दिया। अनेक महाजनों का मत केनाराम के मत से नहीं मिला और उन्होंने समझा कि इलाके में पैसा नहीं है। गाँव के लोगों ने अपनी आँखों से देखा कि धान-चावल के गोदाम खाली हो रहे थे व उनके हाथों से उपजाया गया धान-चावल बाहर भेजा रहा था। यह सब देखकर और बहुत अधिक भयभीत हो गए। किसी दिन भीड़-के-भीड़ बाहर के लोग मरियल घोड़े पर छाता लगाए गाँव में आ जाएँगे और सभी गोदामों को खाली करके सब अनाज उठा ले जाएँगे।

यह व्यापार है, अन्य कुछ नहीं! गाँव के लोग जितना वापस कर सकते थे, उन सबको तो महाजनों ने हथिया लिया। माल-मवेशी छीनकर समाप्त कर दिए। उनको जहाँ भी अनाज के दाम मिले, अनाज वहीं भेज दिया। क्योंकि 'देको' महाजनों का संतालों से क्या नाता-रिश्ता है, व्यक्तिगत तौर पर या फिर मानवता के नाते ही? व्यक्तिगत तौर पर तो उनको संतालों के रीति-रिवाजों से घृणा है और मानवीय दृष्टिकोण से देखा जाए तो उनमें मानव के प्रति प्रेम एक फुंसी के बराबर भी नहीं है। संताल घृणित वस्तुएँ खाते हैं। आपस में जात-पात का विचार नहीं है तथा यद्यपि वे मनुष्य योनि में उत्पन्न हुए हैं तथापि उनको कुत्ते-बिल्ली के समान समझा जाता है।

व्यापार की दृष्टि से देखा जाए तो महाजनों के लिए क्या यह उचित नहीं है कि जो उनके खरीदे हुए गुलाम हैं, जो उनके चंगुल में फँसे हुए हैं, उनकी वे रक्षा करें, उनको बचाकर रखें? इस दृष्टि से भी देखा जाए तो उनको अच्छा ही लगा। संताल लोग किसी-न-किसी प्रकार आजीविका ढूँढ़ ही लेंगे। यदि भोजन न मिला तो अधोवस्त्र कमर में कस लेंगे व दाँत पीसकर रह लेंगे। आजीविका के लिए तेजी से लड़ेंगे तथापि यदि मरना भी पड़े फिर भी हाथ नहीं जोड़ेंगे। लोमड़ी के समान चुपचाप मर जाएँगे। अच्छा, इनको देख

तो लें कि क्या करते हैं ! यदि महाजन अत्यंत खीझ गए तो खाता-बही के साथ किसी दिन हाजिर हो जाएँगे और जमीन-जायदाद सब पर कब्जा कर लेंगे। और सचमुच उसको पुनः पाकर वे अद्‌भुत रीति से आनंदित होंगे।

हजारों-हजार संताल लोग असह्य गरमी का लंबा समय अपने गाँवों में कैसे बिताते हैं, जब रात को हवा बिलकुल नहीं चलती और लोग देर रात तक बैठकर बातें करते हैं ?

खेत में हल चल ही नहीं रहा है। बैल, भैंस व आदमी सभी बेकार बैठे हैं। हाट-बाजार भी कोई नहीं जा रहा है, क्योंकि खरीदने के लिए हाथ में पैसे ही नहीं हैं। गाय-भैंसों को तो बंधक कर दिया है और कोई भी अब लेना नहीं चाह रहा है, क्योंकि यदि खरीद भी ले तो खिलाएगा क्या, कुछ भी तो नहीं है, कैसे पालेगा ?

मैदान व जंगल के कंद-मूल, फल व साग-पात पकाकर तथा एक-एक जानवर का शिकार खोज-खोजकर करके, जिसे वे कभी पूछते तक नहीं थे, बाल-बच्चों का भरण-पोषण किसी प्रकार कर रहे थे; लेकिन अब उनके भी भूखे रहने की नौबत आ गई थी। सबकी कुशलता कम हो गई, ठहाके लगाकर हँसना-बोलना सब बंद हो गए। जहाँ खुलकर हँसना होता था उसके स्थान पर लगातार दबी आवाज में रोना-कलपना शुरू हो गया। यह सब देखकर धीरज से स्थिति का सामना कर रही किसी माँ का हृदय दुःखी हो गया। उसने बच्चों व पति की खातिर प्रसन्न दिखने का भरसक प्रयास किया, लेकिन संकट और अधिक बढ़ता गया। उधर पिता घर में ही है लेकिन जब बरदाश्त से बाहर हो गया तब अपने समान संकट में पड़े लोगों के साथ शिकार में चला गया, इस आशा में कि शायद इस संकट से निकलने का कोई मार्ग निकल आए !

लोग एक स्थान पर एकत्रित होकर सलाह-मशविरा करने लगे। अनेक लोग एकसाथ जुटने लगे। वे आपस में ढाढ़स बँधाने की बातें करने लगे। पूरे इलाके में अफवाह फैल गई। गाँव-गाँव में खून के समान लाल भात की हाँड़ी घुमाई गई, जिसका भेद यह था कि कोई संकट आने वाला है; लेकिन वह क्या है, कैसा है, किसी को पता नहीं है। संपूर्ण क्षेत्र में नए-नए गीत रचकर गाना प्रारंभ किया गया, जिनका विषय आनेवाले दिनों का दुःख ही था।

दारोगा ने इन सब पर ध्यान नहीं दिया बल्कि उसने अनुमान लगाया कि वर्षा न होने व खेतीबारी न हो पाने के कारण ही यह सब हो रहा था और वर्षा होते ही ये सब बातें कुहरे के समान उड़ जाएँगी, क्योंकि लोग खेतीबारी के काम में लग जाएँगे। उन दिनों अकाल-सूखा के समय लोग एक-दूसरे को सांत्वना देना नहीं जानते थे। प्रजा पर किसी का ध्यान ही नहीं था कि उनको भोजन मिल रहा था कि नहीं। यदि कोई व्यक्ति अन्य लोगों से अधिक होशियार होने के कारण सांत्वना की कुछ बातें भी करता तो वह भी व्यर्थ था, क्योंकि सरकारी हिसाब-किताब में भी इस नाम पर कुछ नहीं था। चूँकि कुछ

उपाय संभव न था, इस कारण देखते हुए भी न देखना ही अच्छा था। यह बात दारोगा अच्छी तरह जानता था।

उन दिनों केनाराम और उसके साथी जल्दी-जल्दी इस आस में पैसे लगा रहे थे कि समेटते समय ढेर सारा समेट ले जाएँगे; तीन-चार टोकरी धान से ही बैल, भैंस, जमीन-जायदाद और यहाँ तक कि पूरे गाँव के अच्छे-अच्छे परिश्रमी लोगों को भी उन्होंने काम के लिए खरीद लिया। मात्र उनको ही नहीं अपितु उनके बाल-बच्चों को भी पीढ़ी-दर-पीढ़ी के लिए खरीद लिया। संतालों को उन्होंने अपने कब्जे में कर लिया। किसी झूठ या जाल फैलाने की आवश्यकता नहीं हुई! उन्होंने लोहे के बक्सों में बंधक-पत्र बंद कर दिए, जिस कारण पूरे इलाके के लोग एक प्रकार से उनके पास बिक गए। अदालत में न्याय दलील के अनुसार होता है और मजिस्ट्रेट साहब अदालत का ही पक्ष लेंगे। कहीं भी कोई कमी नहीं है। संताल लोग कितना भी तड़पें और हाथ-पाँव मार लें, वे क्या कर लेंगे?

सचमुच संताल लोगों का तड़पना व हाथ-पाँव मारना आरंभ हो गया। वे एकत्र होने लगे और परगना लोगों के सामने अपना दु:ख प्रकट करने लगे। जब लोग साम परगना के पास गए तो उसने पहले के समान ही कहा, ''हमारा अपना हाकिम चाहिए, हमारा अपना हाकिम!''

लोगों ने उससे पूछा कि हाकिम कहाँ है? तब उसने बताया कि दारोगा को छोड़कर हमारा और कोई हाकिम नहीं है और वह तो हाकिम नहीं रहने से भी बुरा है। लोगों ने पूछा, ''अपना हाकिम हमको कैसे मिल सकता है?''

साम परगना ने उत्तर दिया, ''आप लोगों को मालूम होगा कि हम परगना लोग भागलपुर गए थे और वहाँ हमने एक हाकिम के लिए निवेदन किया; लेकिन बड़े हाकिम ने इस माँग को स्वीकार ही नहीं किया।''

सुननेवाले हतप्रभ हो गए और उन्होंने दोबारा पूछा, ''आप हम लोगों को क्या करने की सलाह देते हैं?''

साम परगना को मालूम था कि उनको क्या करना था; लेकिन जब उसने उनके दाँत पीसते व कठोर चेहरों की उदासी देखी तो उसने सोचा कि यही लोग जो अभी मुरझाए से दिख रहे हैं, जब इनका धैर्य समाप्त हो जाएगा तो कैसे बदल जाएँगे! उसने मानो दर्शन में देख लिया कि कैसे मारपीट, हत्या होगी और जुल्म ढाए जाएँगे, तब यह विचार आया कि जल्दी से हूल करवाना अत्यंत भयंकर हो सकता है। इस कारण पहले ही के समान उसने कहा, ''सचमुच हमें एक हाकिम की अत्यंत आवश्यकता है।''

''वह तो ठीक है, लेकिन हाकिम हम लोगों को कैसे मिलेंगे, यह तो बताइए?'' लोगों ने फिर वही प्रश्न दोहराया।

"यही तो नहीं बता पा रहे हैं। लेकिन हम आशा करते हैं कि किसी-न-किसी दिन हमको अवश्य मिलेंगे।" साम परगना ने टालने की कोशिश की।

"आप किसी दिन मिलेगा···किसी दिन मिलेगा, कह रहे हैं! लेकिन अभी हम क्या करें?" लोगों ने समवेत स्वर में पूछा।

"धीरज रखो!" साम परगना ने कहा।

सब लोग क्रोध से चिल्लाकर बोले, "और दूसरी बात?"

'इससे अधिक हम कुछ नहीं बोल सकते हैं।' साम परगना ने उत्तर दिया।

जब लोग वहाँ से खीजकर चले गए तब साम परगना को बहुत खुशी हुई; लेकिन उसने अपनी बात या चेहरे से इसे प्रकट होने नहीं दिया। लोग यह बोलते हुए चले गए कि परगना लोगों का भरोसा नहीं है। सरकार ने भी कान बंद कर रखे हैं और हमारा धैर्य भी समाप्त हो गया है!

देखेंगे, शायद कोई हमारे लिए कुछ कर दे; अब और सहन करके चुपचाप नहीं रहा जाता है! वे कतार में होकर गाँव की गली से जब उतरकर जा रहे थे तो उनमें से किसी ने यह गीत जोड़कर गाया—

'पत्नी, बच्चे, घर-द्वार के लिए भाई,
बछड़े, बकरों के लिए भाई, हूल हम जरूर करेंगे।
पहले जैसी स्वाधीनता के लिए भाई,
पहले जैसी स्वतंत्रता के लिए भाई,
हूल हम जरूर करेंगे!

गीत गाने में अन्य भी शामिल हो गए। इस लागंड़ें गीत से सबके मन में आशा व उत्साह का संचार हो गया। उनके पीछे न हटने का यह अच्छा चिह्न था!

जब परगना लोग उनको संतुष्ट नहीं कर पाए तब किसी के द्वारा नेतृत्व किए जाने के लिए वे अन्य लोगों की ओर मुड़े और उनको ऐसे अनेक लोग नेतृत्व करने के लिए मिले जिनके हृदय में आग लगी हुई थी। इस पीढ़ी के सभी लोग बहुत कुशल व होशियार थे। ये वे लोग थे, जो पश्चिम में अपने गाँव छोड़ सिर पर कफन बाँधकर यहाँ आए थे। इन लोगों ने हर प्रकार के कष्ट व संकट झेलकर, भूखे रहकर परिश्रम करते हुए अपने व अपने बाल-बच्चों के लिए सुंदर-सुंदर घर बनाए हैं। ये ऐरे-गैरे लोग नहीं हैं, अपितु आजादी से प्रेम करनेवाली जाति के चुने हुए लोग हैं। इन्होंने जैसे ही यह नारा सुना कि "हमें पहलेवाली आजादी फिर से मिले," वैसे ही इनका खून गरम हो गया : उनके हृदय में खतरनाक आग दहक उठी। कुछ कर गुजरने के लिए—क्या करना है पता नहीं, ना ही कुछ तय है तथापि सबकुछ सुलझा हुआ ही है। जहाँ कोई पुजारी खड़ा हुआ, देवता तो मूर्त रूप ले ही लेंगे!

'हमारे राज करने का दिन निकट आ गया है', यह उक्ति संपूर्ण क्षेत्र के गाँवों, डगर-डगर सब में धीरे-धीरे दबे स्वर में फैल गई। उस समय संताल लोग अपने स्वामी स्वयं ही होंगे, उनको कोई भी परेशान नहीं करेगा। परगना या देहरी कोई अनजान व्यक्ति होगा, परगना लोगों में से कोई नहीं, क्योंकि उनसे तो कोई सहायता नहीं हो सकी है।

सभी नामों में से सिदो और कान्हू का नाम लोगों के मन-प्राण में बहुत अधिक गड़ गया है। ये दोनों सगे भाई हैं। पूरे क्षेत्र में यह बात फैल गई है कि एक देवी ने स्वयं को इन पर प्रकट किया और इनको एक रहस्यमय चाक या पहिया प्रदान किया है तथा इनसे बातचीत की है। किसी उलझाव की बात या एक नई बात को लोगों ने बहुत अधिक पसंद किया। बैलगाड़ी का एक पहिया रखा गया; सिदो व कान्हू पालथी मारकर बैठ गए, जिनको देखने के लिए भीड़ की भीड़ एकत्र होने लगी।

दोनों भाई युवा हैं। दोनों के चेहरे लगभग एक ही समान हैं। मुखमंडल सुंदर व दोनों हृष्ट-पुष्ट हैं। कमर से लेकर पैरों तक उन्होंने वस्त्र नहीं पहने हैं, केवल अधोवस्त्र लगा रखा है। दोनों में ताजगी व होशियारी झलकती है तथा छोटे-बड़े सभी के साथ उनका व्यवहार प्रेममय है। पहरेदारी की दृष्टि से जवान लड़कों ने उनको घेर रखा है। दर्शन करनेवालों का स्वागत दोनों ही अत्यंत उत्साह से करते हैं। दर्शन करनेवाले बैलगाड़ी के पहिए के निकट दान समर्पित करते, विशेषकर खाने-पीने की सामग्री ही दान की जाती थी, जिससे दोनों आनेवालों की आवभगत करते थे।

दर्शन के लिए आनेवाले लोगों को दोनों भाइयों ने सुझाव दिया। तलवार-हथियार सब तैयार कर लो और आदेश की प्रतीक्षा करो। यदि कोई बहुत अधिक पूछताछ करता तो वे केवल हँस भर देते, बोलते कुछ नहीं थे। अपना उद्देश्य परदे में रखने के कारण उन्होंने मंत्र से मंत्रमुग्ध करने के समान सबको आकर्षित कर लिया। उद्देश्य प्रकट न करने के पीछे संभवत: यह बात रही हो कि उनको स्वयं बहुत स्पष्ट मालूम नहीं था कि करना क्या है। सभी संतालों की आँखें यहीं पर टिक गईं, क्योंकि नई आशा की बात लोगों को वहीं मिली और गाँव-गाँव, घर-घर लोगों ने हरवे-हथियार जुगाड़ कर लिये ताकि जिस दिन की प्रतीक्षा में वे अधीर हो रहे थे, उस दिन के आने पर उनको तैयार पाया जाए।

□

24

गिरफ्तारी

वर्ष 1855 का वैशाख महीना, पूर्णिमा का चाँद अभी-अभी टूटा है। आमड़ापाड़ा के निकट बाँसलोई नदी बहुत चौड़ी व गहरी खाई के समान दिखती है, कम-से-कम 300 गज चौड़ी तथा 50 फीट गहरी होगी। इसके बीच बड़ी-बड़ी तीखी चट्टानों व बालू के बीच से पतली-सी घुमावदार नदी की धार बहती है। यह अनेक झरनों का पानी है। जहाँ पर भँवर है वहाँ यह अंदर ही अंदर बहती है, जहाँ पर आर-पार चट्टान की मेंड़ जैसी है, मात्र वहीं ऊपर से बहती है, क्योंकि वहाँ अंदर प्रवेश का मार्ग नहीं मिल पाता है।

आमड़ापाड़ा के निकट कई ऐसी मेंड़ें हैं जो काले चट्टान की हैं, जिन पर बहते पानी से ऐसे गड्ढे बन गए हैं मानो किसी ने आरी से काट दिया हो। कहीं-कहीं पर केंकड़े के छेद के समान छोटे गड्ढे दिखाई देते हैं, कहीं पर लंबी सूराख-सी बन गई है व कहीं पर बिलकुल चिकनी सतह बन गई है और खुली हुई तीखी चट्टान तो भरी हुई दिखाई देंगी। यहाँ-वहाँ पेड़ों पर हरे-भरे फूल-पत्तियों को देखने तथा यहाँ-वहाँ किनारे पर धँसी हुई मिट्टी देखने से अर्थात् झाड़ियों, पेड़ों तथा घास आदि देखने से समझ में आएगा कि यह बड़े-बड़े पेड़ों के कारण हुआ है और इसके अतिरिक्त लाल ढलान देखने से भी; यह मिट्टी वहीं से धँसी है। यह दृश्य हमें प्राचीन काल की बातें याद दिलाता है जिस समय अभी की सूखी खाई अत्यंत कम चौड़ी होने के कारण उसमें अपारदर्शी गंदला व ईंट के रंग जैसा लाल पानी समाता नहीं था। तेज पानी की धार ही से तो वहाँ एक गड्ढा जैसा बन गया है, जिसमें पानी ऊपर से गिरता है।

कभी-कभी कोई सघन वृक्ष पानी की धारा से उखड़कर उलट-पुलट होता हुआ, मानो कष्ट से छटपटाता हुआ बहता आता है, जिस कारण उस जल-प्रपात का गड्ढा दिखाई नहीं देता है।

लेकिन वैशाख महीने के उस दिन जब शाम ढल रही थी, इन सबका कोई नामो-निशान दिखाई नहीं दे रहा था। जहाँ पर गड्ढा है वहाँ नदी पतले झरने के समान लंबी-

लंबी बह रही थी और पूर्व की ओर के तट से मनुष्य की ऊँचाई के बराबर ऊपर से एक गड्ढे में गिर रही थी तथा वहाँ से बहकर निकलने के बाद पानी का अधिकांश बालू में सूख जा रहा था। बचा हुआ पानी सूत के समान पतली धार के साथ धीरे-धीरे बह रहा था। बालू हलके पीले रंग का दिख रहा था। काली चट्टान पर पानी पत्थर की माला के समान पारदर्शी दिखता था।

सूर्य डूबा नहीं था तथा लाल-लाल किरणें दुकानदारों के घरों पर पड़कर चमक रही थीं। ये सब घर नदी के बाएँ तट पर हैं। पेड़ों पर, जिनसे घरों में छाया है तथा नदी में पानी भर रहे लोगों पर भी सूर्य की किरणें पड़ रही हैं। केनाराम भगत सबसे सफल दुकानदार है। घर जल-प्रपात के निकट ही है। उसका घर एक छोटे-मोटे कस्बे ही के समान है—क्योंकि दीवार के उस पार अहाते में कुल मिलाकर 200 नौकर-चाकर रहते हैं। कुछ हल चलाते हैं, कुछ रेजा-कुली, कुछ बैलगाड़ी चलानेवाले हैं, संदेशवाहक, चौकीदार, कुछ पहरेदार तथा लठैत आदि हैं। इसके अतिरिक्त गाय, बैल, भैंस, घोड़े, पुआल व छत छारनेवाले सवई घास की ठेक तो अनगिनत हैं।

पूरे दिन गरम पछिया साँय-साँय चलती रही थी और सभी को छाया में जाने के लिए विवश कर रही थी। परंतु अभी सबकुछ शांत है। पेड़-पौधे भी शांत हैं। इमली के पेड़ पर खूब घने व कोमल पत्ते आए हैं; आम के पत्ते चमक रहे हैं जिनके बीच से आम के फल झूलते व झाँकते प्रतीत होते हैं; अमरूद के पत्तों का रंग गुलाब के फूलों के रंग जैसा लाल-लाल चमक रहा है; शरीफे के पेड़ पर हलकी हरियाली है, ताड़ के लंबे पेड़ आसमान को छूते-से खड़े हैं, यहाँ तक कि पीपल के पेड़, जिसकी पत्तियाँ मकड़े के जाल की-सी पतली टहनियों में होने के कारण जरा-सी हवा से थिरकने लगते हैं, आज शांत ही हैं। सभी पेड़ शांत हैं।

सभी प्राणी अपने-अपने छिपने के स्थान से बाहर आ गए हैं। कौओं का काँव-काँव गूँज रहा है, पंडुक जोर-जोर से आवाज लगा रहे हैं, मैना व गौरैया चिल्ल-पों मचा रही हैं तथा चरचरानेवाला फतिंगा भी चरचरा रहा है। महिलाएँ सिर पर घड़ा रखकर नदी की ढलान चढ़-उतर रही हैं। अधिसंख्य महिलाओं के बच्चे साथ में दौड़ते जाते हैं या उनको गोद में उठाया गया है। यात्रा करनेवाले लोग नदी के बालू पर गड्ढा बनाकर पीने के पानी की व्यवस्था कर रहे हैं और उनके समूह के अन्य साथी नदी तट पर पत्थर रखकर चूल्हा बना रहे हैं या फिर बाजार से लकड़ी, मिट्टी की हाँडी, कड़ाही, पत्तल अथवा खाने-पीने का सामान लेकर लौट रहे हैं। पूर्वी लोगों के लिए भात और दाल तथा पश्चिम के लोगों का आटा व मैदा है; इनमें संताल लोग कम ही संख्या में थे और उन लोगों ने मकई खरीद कर उसका भात बनाया तथा नमक, घी व गुड़ के साथ खा लिया। पैसेवालों ने सब्जी व मछली के साथ खाया। जल्दबाजी में जाने या लौटनेवाले लोग

विभिन्न अनाजों का भूजा लेकर मुचुर-मुचुर चबा रहे थे।

जल-प्रपात के ऊपर नदी के बालू में खेलते हुए बच्चे एक-दूसरे पर चिल्लाते खूब शोर मचा रहे थे। इसके साथ ही कुत्ते भी इधर-उधर दौड़ते भौंक रहे थे। झुंड-के-झुंड बैल, भैंस और गायें शाम के समय बहते हुए पानी के पास पानी पीने के लिए उतर गई हैं और खुले स्थान पर होने के कारण बैल हुंकार रहे हैं और गायें रँभा रही हैं। मवेशी बार-बार इधर-उधर हो रहे हैं और चरवाहे हर बार उनको हाँककर एक स्थान पर लाते हैं, खूब पीटते हैं और बहुत शोर मचाते हैं। भैंसे छिछले पानी में बैठकर उलट-पलट रहे हैं, ताकि उनका पूरा शरीर भीग जाए और मात्र आँखें व नाक पानी के ऊपर रखते हैं; परंतु कुछ ही पल बाद उनको मोटे डंडे से मार-मारकर खड़ा कर दिया जा रहा है। वे ठीक से बैठ भी नहीं पाते हैं कि उनको हाँककर तट पर ले जाया जाता है। सबके सिर झुके हैं और वे दौड़ते हुए जाते हैं।

अन्य जानवरों को भी देखा जा सकता है; लेकिन यहाँ घोड़े प्रमुख हैं, क्योंकि आमड़पाड़ा में घोड़ों से ही सामान लाया व ले जाया जाता था, इस कारण प्रत्येक दुकानदार के पास घोड़ों का झुंड हुआ करता था। वह देखिए, एक कतार में वे नदी पार कर रहे हैं। सबके शरीर सूखे हुए हैं और देखने लायक कुछ भी नहीं है, फिर भी वे आ रहे हैं तथा एक-एक घोड़े पर कम से कम पाँच मन का बोझ लदा है और उसके सामने एक लंबा-पतला आदमी अवश्य दिखेगा। ढलान व असमतल रास्ते पर चलते हुए घोड़े बहुत ठोकर खाते और काटते भी हैं, गोला घर के पास जो रास्ता गया है, ऐसा ही है। परंतु 10 मिनट के बाद देखिए, पता नहीं, कब घोड़ों की पीठ से सामान उतारकर जीन भी उतार ली गई है! कुछ ही पल पहले ये जानवर बहुत थके-थके से दिख रहे थे, लेकिन अभी उनकी चपलता और चेहरे देखकर आप हैरान हो जाएँगे। कुछ बालू पर लोट रहे हैं; कुछ लड़ रहे हैं, दो घोड़े अगली टाँगें उठाकर एक-दूसरे को काट रहे हैं और दो अन्य एक-दूसरे पर पिछली टाँगों से दुलत्ती झाड़ रहे हैं। वह देखिए, मस्त घोड़ा सिर उठाकर गरदन के बालों को खड़ा किए, पूंछ उठाए हिनहिनाता हुआ लड़ने के लिए अन्य घोड़ा तलाश रहा है। अन्य को देखिए कैसे इधर-उधर दौड़ लगा रहे हैं, ऐसा लगता है कि किसी ने कभी पीठ पर सामान लादा ही नहीं है। आनंद से चारों ओर दौड़ते और लड़ते दिखाई देते हैं।

केनाराम भगत अपने घर के सामने की चट्टान के सिरे पर बैठा है। यह चट्टान जल-प्रपात की ओर जानेवाले रास्ते में ढलान पर है। यह केनाराम, आज वह केनाराम नहीं है, जिसे संतोषी लाल के घर पर, उसकी जाति छोटी होने की याद दिलाई गई थी और उसे कड़वा स्वाद चखाया गया था। केनाराम यहाँ राजा है। बहुत बड़ी जगह चारदीवारी से घिरी है जिसके अंदर अनाज की अनेक भरी हुई बखारियाँ, व भैंस, बैल,

नौकर-नौकरानी रहते हैं, यह सब उसी का तो है। इसके अतिरिक्त आस-पास के गाँवों में इसी प्रकार के बीस स्थान और भी हैं। अन्य सामान्य लोगों के समान ही चमकदार पटसन के कपड़े पहनकर केनाराम शाम की ठंड़क में हवाखोरी कर रहा है। वह सोच रहा है कि उसका धन और कैसे बढ़े, ताकि वह सबसे धनी व्यक्ति बन जाए, साथ में हुक्का भी गुड़गुड़ा रहा है। हुक्के की नली का अग्रभाग चाँदी जड़ा है और नारियल के अंदर गुलाब-जल डाला गया है, इस कारण शीतल धुआँ बाहर आ रहा है। एक अतिथि के अचानक आ जाने से उसके विचारों की शृंखला भंग हो गई।

"केनाराम! अरे ओ केनाराम बाबू! हा हा!" यह दारोगाजी की कर्कश व रूखी आवाज है।

अपने साथी का स्वागत करने के लिए केनाराम हड़बड़ाकर उठ बैठा और जोर से चिल्लाकर बोला, "आइए दारोगाजी! हमारी कुटिया में खुशी से आपका स्वागत है!" यह कहकर वह दारोगा को अंदर ले गया और बोला, "आप बहुत थके और अस्त-व्यस्त से दिख रहे हैं। अंदर मेरे सेवक आपकी सेवा करेंगे, चलिए!"

दारोगा को यात्रा का अभ्यास है। थोड़ी देर आराम करने के बाद उसने पतले मलमल का कपड़ा पहना और उसके सामने हुक्का लाया गया। स्वयं छोटी जाति का होने के कारण केनाराम ने इस हुक्के को बहुत यत्न से अपने ब्राह्मण साथियों के लिए सँजोकर रखा है।

एक-दो बार मन भर कश ले लेने के बाद दारोगा ने बोलना प्रारंभ किया और कहा, "प्यारे दोस्त आज का दिन जंगीपुर के उस दिन से अच्छा है न! छी-छी, उन छोटे-मोटे लोगों ने उस दिन तुम्हारा बहुत अपमान किया, है न! और हमको भी उन लोगों ने थेथर-वेथर कहा। अरे, उन छोटे-मोटे बाबुओं की बात या व्यवहार अधिकतर लोगों से मेल नहीं खाते हैं!"

वह सूदखोर संदेह से दारोगा की ओर देखता हुआ बोला, "जो भी हो, वह बहुत क्रूर था, मुझे बेहाल देखकर इस तरह ताने देना, है कि नहीं!"

दारोगा ने उत्तर दिया, "सचमुच, हम भी स्वीकार करते हैं! लेकिन तुम तो जानते हो कि गप्प हमसे बरदाश्त नहीं होता है! जो दूसरी बार हम हँसे थे वह संतोषी लाल के चौड़े चेहरे पर अपार घृणा के भाव देखकर ही। अब हम माफी माँगते हैं। जो हो गया सो हो गया, उसको हम लोग भूल जाएँगे।"

"माफी किस बात की भाई! क्या आपके चेहरे पर हमको व्यंग्य का भाव नहीं दिखा था?"

दारोगा ने बिना कोई लाग-लपेट के उत्तर दिया, "दोस्त, वह भले के लिए ही हुआ, क्योंकि तुम्हारे और हमारे लिए यही अच्छा है कि उनको यह मालूम ही न हो कि हम

अच्छे दोस्त हैं। जंगीपुरवाले समझेंगे कि हमें एक-दूसरे से ईर्ष्या है।''

इसके बाद दारोगा बहुत देर तक चुप ही रहा। कुछ सोचने लगा। लेकिन पुन: बोलने लगा, ''तुम कितने बड़े आदमी हो यह देखकर और अपने बारे में भी सोचता हूँ कि हम दोनों और कितने बड़े आदमी हो जाएँगे, तब ऐसा है कि उन पिद्दी और दुष्टों का घमंड व डींग मारना देखकर हमसे सहन नहीं होता है! देखो, हम भी तो ब्राह्मण हैं और उनसे बड़े हैं, लेकिन हम उन लोगों के समान नहीं हैं।''

दारोगा शांत होकर केनाराम को ही देख रहा था, ताकि उसकी आँखें देखकर कुछ जान सके। जो कुछ उसने देखा, उससे वह पूरी तरह संतुष्ट नहीं हो पाया। उसकी मीठी-मीठी बातों से उधार देनेवाला यह लोमड़ी नरम नहीं पड़ा है मानो खुद बहुत सच्चा आदमी हो। इसके बाद सहसा दारोगा ने हुक्के की लंबी नली मुँह से निकालकर जमीन पर रख दी और केनाराम की ओर हाथ बढ़ाकर बोला, ''अपना हुक्का देना तो!''

केनाराम बिलकुल हड़बड़ा गया। उसने जल्दी से हुक्के की नली अपने मुँह से खींचकर बाहर निकाली और उसे पकड़कर कुछ क्षण के लिए चुप बैठा रहा। उसका मुँह खुला था और वह दारोगा को एकटक देख रहा था। दारोगा ने हाथ बढ़ाया और बोला ''लाओ, मुझे दो तो!''

छोटी जाति के व्यक्ति ने काँपते हुए, अविश्वास के साथ अपने हुक्के की नली दारोगा की ओर बढ़ा दी। ब्राह्मण होने के बावजूद दारोगा ने नली में मुँह लगाकर एक-दो कश लगाए। इसके बाद दारोगा ने नली लौटाई और अपने हुक्के की नली उठा ली और बोला, ''ए साथी, अब तो हम रास्ता कर ही दिए, तुम आराम से कश लगाओ न!''

बहुत देर तक आनाकानी करने के बाद छोटी जाति के उस व्यक्ति ने उसी नली से कश लगाना शुरू कर दिया, जिसमें एक ब्राह्मण ने मुँह लगाया था। लेकिन मन में बहुत बड़ा भ्रम रह ही गया। उसके इस भ्रष्ट कार्य के लिए शायद ईश्वर उसे मार डाले! अंत में उसने यह कहकर अपने आपको सांत्वना दी कि इसके लिए यदि कोई दोषी ठहरेगा तो वह दारोगा ही होगा। इस प्रकार धीरे-धीरे उसे चैन आया। लेकिन दारोगा फिर बोलने लगा, ''ए दोस्त! अब तुम हम पर संदेह मत करो। जैसा हमने किया है, जंगीपुर के साथी वैसा शायद कई युग बीतने के बाद कर पाएँगे।''

इस प्रकार वे दोनों चालाक लोग 'एक पीढ़िया और एक मचिया हो गए।'*

इसके बाद दोनों में कामकाज की बातें शुरू हो गईं। केनाराम ने पूछा, ''तब आमड़पाड़ा आना कैसे हुआ?''

दारोगा ने उत्तर दिया, ''गरभू के कारण आना पड़ा। तुम क्या सलाह देते हो? उसको जेल भेजें या छोड़ दें?''

---

* संताली मुहावरा, जिसका अर्थ गहरी मित्रता है।

"आजकल उसका व्यवहार थोड़ा टेढ़ा ही चल रहा है, इसलिए खतरनाक हो गया है। ऐसे बुरे जेल में भेजिए कि लौटकर नहीं आ सके।" केनाराम ने सुझाया।

सहमति जताते हुए दारोगा ने कहा, "ठीक-ठीक वैसा तो हम कर ही सकते हैं, क्योंकि वह तो पूरी तरह से दोषी आदमी है।"

दोनों ने इत्मीनान से बैठकर कश लगाए और हुक्के का मजा लिया। तब दारोगा नदी में शोर मचाते लोगों को देखता हुआ बोला, "अच्छा, गरमी के ऐसे मौसम में घोड़ों को क्या खिलाते हो?"

केनाराम ने उत्तर दिया, "सचमुच यह तो हमारी एक समस्या के बारे में ही आपने पूछ लिया। खेती-बारी देर से होने के कारण कुछ उगा नहीं है और घास भी नहीं मिल रही है। क्या करें, घोड़ों को धान के बिचड़ेवाले खेतों में छोड़ना पड़ा है!"

दारोगा उसके दु:ख में सम्मिलित होने जैसा दिखा, लेकिन रैयतों के दु:ख में नहीं, जिनके बिचड़ों को केनाराम चरवा रहा था, वह तो घोड़ों का दु:ख देखकर दु:खी था कि उनको चारा नहीं मिल पा रहा था।

काँइयाँ दुकानदार ने शिकायत की, "क्या बोलिएगा, आपको विश्वास नहीं होगा, लेकिन वे बदमाश इतने ढीठ हैं कि उन्होंने आपत्ति जताई है।"

ऐसी घृणास्पद बात सुनकर दारोगा की आँखें बड़ी-बड़ी हो गईं और वह हाथ उठाकर बोला, "ऐसा क्या! खैर, दुनिया क्या खतम हो गई?"

ऐसा वह इस कारण बोला, क्योंकि दारोगा और केनाराम का घोड़ा किसी की भी खेती में छोड़ दिए जा सकते थे।

केनाराम ने पलीता लगाते हुए कहा, "हमको पक्की जानकारी है, यह सब उस बदमाश हाड़मा का किया-धरा है।"

"हाँ, ठीक ही कहते हो, गाँव के लोगों को वही बरबाद कर रहा है। उसी को ठंडा करना पड़ेगा।" दारोगा ने सहमति जताई।

केनाराम दारोगा की ओर झुककर उसके कान में फुसफुसाया, "यह बात मेरे और आप के बीच ही रहे। उसको ठंडा करने का सब इंतजाम हम कर लिये हैं।"

दारोगा भी उसकी ओर झुक गया। दोनों ने अपने-अपने सिर एक जगह कर लिए। क्या पता कोई सुन रहा हो, इस भय से केनाराम ने चारों ओर दृष्टि दौड़ाने के बाद बोलना जारी रखा—"मेरा और निधिराम का अनुमान है कि कोई किरानी हमारी बात बाहर कर दे रहा है। इसलिए निधिराम खुद से परवाना बना कर मुंसिफ से दस्तखत करवाएगा और बसंतो कोई बहाना करके ले आएगा। इस बार वह नहीं बच पाएगा।"

"और सब ठीक-ठाक है न?" दारोगा ने पूछ लिया।

"हाँ-हाँ, हमारे सेवकों ने उसके मवेशियों को पहचान लिया है। कब अंदर किया

जाता है और कब चराया जाता है, यह सब भी उनको मालूम है। पहले तो उनको ही हाँक कर पार कर देंगे, इसके बाद हाड़मा को भी गिरफ्तार कर लिया जाएगा!''

दारोगा गुर्राकर बोला, ''माल-मवेशी हमको बिलकुल अव्यवस्थित कर देंगे। खुद उसी को क्यों न गिरफ्तार कर लिया जाए? यदि तुम चाहो तो अदालत से हुकुम मिल सकता है।''

केनाराम अपने शत्रु को लक्ष्य कर बोला, ''हम चाहते हैं कि उसका नाम काली सूची में डाला जाय। उसको पालने के लिए हमको और देने की इच्छा नहीं है और यह भी नहीं चाहते हैं कि उसका कोई दोस्त पैसे देकर उसको छुड़ा ले। हम चाहते हैं कि वह आपके मजिस्ट्रेट के भागलपुरवाले जेल जाए, एडेन साहब के जंगीपुर वाले जेल में नहीं।''

दारोगा ने सिर हिलाकर असहमति जताते हुए कहा, ''हम इससे सहमत नहीं हैं। हमको ऐसा लगता है कि इससे हम बड़ी मुसीबत में फँस सकते हैं!''

केनाराम ने सांत्वना देने के स्वर में कहा, ''डरिए मत!'' लेकिन दारोगा को भयंकर रूप से घूरता देखकर उसने तुरंत बाद बदली और बोला, ''आप घबराइए नहीं, उसको तो हम ही देख लेंगे। हमारे पास इतने लोग हैं और जरूरत पड़ी तो आमड़ापाड़ा के सभी का साथ हमको मिलेगा। इसके अलावा मवेशियों को अगर हम सँभाल नहीं पाए तो कुछ समय के लिए छोड़ ही देंगे!''

दारोगा तुरंत बोल पड़ा, ''हाँ-हाँ, हम उस पर कोई भी दोष लगा सकते हैं, गाय-भैंस की जरूरत क्या है?''

''मवेशी इसलिए कि हम अपने लोगों की और आमड़ापाड़ा के लोगों की मुट्ठी गरम कर सकें। आप चिंता न करें, मुकदमा तो खड़ा करके हम आपको देंगे। हमारे एक सेवक ने लंबी छुट्टी ली है। वह गायब हो जाएगा और आप हाड़मा पर उसकी हत्या का दोष लगा सकते हैं।''

दारोगा ने तुरंत सवाल किया, ''वह गायब हो गया, इसको कैसे प्रमाणित करोगे?''

सिर हिलाते हुए केनाराम ने कहा, ''उसके बारे में हमने सोच लिया है। गवाह यह भी बताएँगे कि उसने हत्या कर शव को जलाकर खाक कर दिया। सबूत के तौर पर हम मृतक के कपड़े, पीतल का बैज और लाठी वगैरह पेश करेंगे।''

''यह तो ठीक है, लेकिन मारने का उद्देश्य क्या दिखाओगे?'' दारोगा ने कानूनी सवाल पूछा।

''यही कि मवेशी छुड़ाने के क्रम में मार डाला।'' केनाराम ने कारण बताया।

''नहीं, मारपीट से घायल हुए लोगों को दिखाना होगा।'' दारोगा ने सुझाया।

केनाराम इस पर बिलकुल सहमत नहीं हुआ और जोर से बोला, ''नहीं-नहीं,

पिछली बार टूटी बाँहवाले का कुछ नहीं हुआ।''

अब दारोगा ने गुर्राकर कहा, ''उससे क्या होता है? यदि मिल जाए तो अच्छा ही है न! उनकी दाल गलनेवाली नहीं है। हम बोलते हैं न, मारपीट से घायल की जरूरत है।''

''ठीक है, वही सही! लेकिन क्या भेलवाँ* से दागा गया घाव नहीं चलेगा?''

''हत्या के मुकदमे में? तुम पागल हो गए हो क्या? मारपीट का जख्म, असली जख्म का निशान चाहिए।'' दारोगा ने समझाया।

''चलिए, अगर वही तो वही सही। अगर घूस देकर काम हुआ तो?''

''अगर-मगर मत करो, यह हम बिलकुल सुनना नहीं चाहते हैं।'' दारोगा ने केनाराम को भयभीत करनेवाले अंदाज में कहा।

केनाराम काँपता हुआ प्रकट में बोला, ''अच्छा, जख्म तो जख्म ही सही।'' और मन मन ही बोला, कोई बात नहीं एकाध आना ज्यादा खर्च होगा, और क्या!

दारोगा को संतोष हुआ और क्रोध की ज्वाला ठंडी पड़ गई।

दूर में गला साफ करने की आवाज सुनकर केनाराम ने जब दृष्टि उधर की तो उसे घर के पास एक चपरासी दिखाई दिया, जिसके हाथ में एक चिट्ठी थी। जब उसने हाथ के इशारे से उसे बुलाया तो वह निकट आया और चिट्ठी केनाराम के हवाले कर दी। खोलकर पढ़ने के बाद उसने चिट्ठी दारोगा को बढ़ा दी और उसने भी पढ़ने के बाद वापस लौटा दिया। केनाराम ने चपरासी को विदा कर दिया। जब वे फिर अकेले हो गए तब दारोगा बोला, ''इसका मतलब दो दिनों बाद बसंतो आ रहा है।''

केनाराम ने उत्तर दिया, ''हाँ, दो दिनों बाद। लेकिन देखिए, आप तैयार रहिएगा।''

''ठीक है। तब तक हम गरभू का मुकदमा सुलझाते रहेंगे। अब हम बिलकुल नहीं मिलेंगे-जुलेंगे, नही तो लोगों को संदेह हो सकता है।'' दारोगा बोला।

''बात तो सही है। आपको चिंता करने की जरूरत नहीं है। आपके काम का जिम्मा है।''

यह सब बातें करने के बाद दोनों दोस्त अलग-अलग हो गए। गरभू का शत्रु उसके नशे की आदत ही बनी। शराब में कर लगने के बाद शराब महँगी हो गई, जबकि गरभू के पास खरीदने के पैसे नहीं थे और उसके बिना वह रह नहीं सकता था। क्या करता, जंगल के खोह में छिप-छिपकर शराब चुलानेवालों के साथ उसने दोस्ती कर ली। शराब चुलाने के लिए एक हांडी के ऊपर दूसरी हांडी उलटकर उसका मुँह बंद कर दिया जाता है, खुले स्थानों को गीली मिट्टी थोपकर बंद कर दिया जाता है तथा ऊपरवाली हांडी में एक सामान्य मोटाई का खोखला बाँस लगा देते हैं; एक चूल्हे की आवश्यकता होती है।

* वन में उपलब्ध एक फल जिसे गरम कर जख्म दागा जाता है, ताकि संक्रमण न हो।

सामग्री में 'रानू'* के साथ बासी किया गया चावल, लकड़ी और पानी चाहिए। कुछ समय तो इन लोगों ने खूब आनंद मनाया। प्रत्येक रात बहुत सी शराब चुलाई जाती और गरभू और उसके साथी पीकर मतवाले हो जाते। किस बात का डर? क्योंकि खोह तो झाड़ियों के बीच जंगल में है, दूर भी है; वहाँ तक पहुँचने का रास्ता किसी को मालूम नहीं है। इधर-उधर पहरा भी लगा रखा है तथा लोगों के पहुँचने से पहले ही वे सबूत नष्ट कर सकते हैं।

लेकिन जब पकड़ा ही जाना हो तो क्या किया जा सकता है! एक रात सरकारी अधिकारियों ने उनकी सब खुशियाँ खत्म कर दीं। यद्यपि जो इंतजाम था, उसके अनुसार सब सही ही हुआ था। पहरेवालों से खबर मिलते ही वे सब सामग्री लेकर भाग गए और लोग जंगल में इधर-उधर छिप गए। बस एक बात में कमी रह गई थी—गरभू पीकर बिलकुल मतवाला था। न तो भाग रहा था और न ही छिप रहा था। हाथ में मोटा डंडा लिये भाँजते और गिरते-लड़खड़ाते हुए कभी इधर तो कभी उधर जाता और वहीं पर घूमते हुए अधिकारी-कर्मचारियों को गाली दे रहा था। ऐसे में साथवाले क्या करते, वे भी उसे छोड़कर भाग खड़े हुए। उसके जोर-जोर से चिल्लाने की आवाज का पीछा करके ही अधिकारियों ने उसे खोज निकाला था। सिपाहियों ने उसे पकड़कर काबू में कर लिया। लेकिन वह आसानी से काबू में नहीं आया था। उसने कुछ को जख्मी कर दिया था और एक तो गंभीर रूप से घायल था। गरभू को रस्सी से बाँधा गया और खींचते हुए उसके गाँव ले जाया गया।

जब उसको होश आया तब वह अपार क्रोध से भरकर जलने लगा। अपने ही गाँव में उसे केनाराम के घर में बाँधकर रखा गया है तथा देको नौकर-चाकर उसे चिढ़ाते व इशारे कर मजाक उड़ा रहे थे। केनाराम ने उसे छोड़ दिया और बुलाने पर भी पास नहीं आया, क्योंकि वह तो चाहता ही था कि गरभू किसी भी हाल में न छूटे।

दूसरे दिन कुर्की का परवाना लेकर बसंतो नाजिर उपस्थित हो गया और उसके साथ कुछ लोग भी, इस बहाने से कि कोई बहुत ही आवश्यक कार्य था। नाजिर ने दारोगा को सूचना दी और आधी रात को केनाराम तथा सिपाहियों को लेकर जंगल के रास्ते पिपरा की ओर चल पड़ा, ताकि गाँववालों को कोई खबर न हो। हाड़मा के मवेशियों की पहचान के लिए और ताक लगाकर रहने के स्थान की व्यवस्था के लिए उस दल में जासूस भी थे। पिपरा गाँव की सीमा के अंत में रास्ते के किनारे एक गड्ढा था। वे लोग वहीं ताक लगाकर खड़े हो गए। वे झाड़ियों में छिपे हैं, ताकि अचानक निकलकर उनको पकड़ लें, जिनकी उन्हें तलाश थी।

---

* नशीली जड़ी-बूटियों की सही मात्रा चावल के आटे के साथ गूँधकर बनाई जानेवाली गोलियाँ जो महुए की शराब और चावल से तैयार मादक पेय 'हंड़िया' बनाने के लिए अनिवार्य सामग्री है

जंगल में बिलकुल सन्नाटा है। पहाड़ी नाले के ऊपर की ओर उस समय भी एक झरना बह ही रहा है। झरने का पानी धीरे-धीरे रिसते हुए निकल रहा है और सीढ़ीनुमा खेतों में नमी बनी हुई है क्योकि पानी सभी खेतों से बहते हुए गिर रहा है। इसके अतिरिक्त और कोई आवाज सुनाई नहीं देती है। रात की आवाजें अर्थात् लोमड़ियों की हुँवा-हुँवा, उल्लू और बगुले की बोली तथा गाँव के कुत्तों का भौंकना भी सुबह का उजाला होने से पहले ही बंद हो गया है। बाघ भी विचरण नहीं कर रहे हैं। सुबह की आवाजें भी नदारद हैं, क्योंकि मुरगे बाँग नहीं दे रहे हैं। तीतर की बोली भी बंद है और न ही बुलबुल की प्यारी आवाज सुनाई देती है। सुबह का उजाला फैलने तक वे ताक लगा कर खड़े हैं। उसी समय पूरब में लाल-लाल उजास दिखाई दिया; सूरज थोड़ा सा उगा है, मानो झाँक रहा है। कुछ ही पल बाद गाय-भैंस आने लगीं। कई प्रकार की आवाजें सुनाई देने लगीं—गायों का रँभाना, बछड़ों की आवाजें, भेड़-बकरियों का मिमियाना, गाय-बैलों के गले में बँधी काठ की घंटी की टोको-टोड़ोक, टोड़ोक की आवाजें; चरवाहों का जोर-जोर से चिल्लाना और बैलों व भैंसों को डंडे से पीटने की आवाजें; अनेक मवेशियों के खुरों की आवाजें सुनाई देने के साथ धूल उड़ती दिख रही है। किसी मवेशी के झाड़ी में घुसने से रट-पट की आवाजें और उसे वहाँ से निकालने के लिए चरवाहा बच्चों का शोरगुल। इन सबसे मालूम हो गया कि गाँव के मवेशियों को चराने के लिए चरागाह की ओर खुशी-खुशी ले जाया जा रहा है। जानवरों का हुजूम ताक लगाए लोगों के निकट से ही पार हुआ। उस समय यदि कोई गाय या बैल रास्ता छोड़कर झाड़ियों में घुसता तो ताक लगाए लोग प्रकट हो जाते। भैंसा-भैंसी, गाय-बैल, भेड़-बकरी सभी पार हो गए और उनके पीछे शोर मचाते चरवाहे बच्चे भी; इसके बावजूद केनाराम के निकट घुटनों के बल उंकडूँ बैठे जासूस ने कोई इशारा नहीं किया।

केनाराम ऊब रहा था। हाड़मा को जानकारी हो गई क्या? एक बार फिर सब व्यर्थ होगा क्या? लेकिन ठीक इसी समय जासूस ने गाँव की ओर देखते हुए उसकी बाँह को छुआ। फुसफुसाकर बोला "हाँ अब आ रहे हैं।" मवेशियों के झुंड के आने की आहट सुनाई दी। यह छोटा झुंड है और मवेशियों को जल्दी-जल्दी हाँककर लाया जा रहा था। एक झाड़ी के पास झुंड के घूमते समय जासूस पुनः फुसुफुसाया—"हाड़मा के हैं।"

केनाराम ने सबको निकट आने दिया। जब वे निकट आ गए तब उसने अपने आदमियों को इशारा कर दिया और पलक झपकते ही एक-एक आदमी एक-एक सिर के पास खड़ा हो गया। भयभीत बच्चे जब तक यह समझ पाते कि क्या हो रहा था, उनको मार-पीटकर भगा दिया गया। केनाराम के आदमी अभ्यस्त व कुशल थे, न तो कोई शोर मचाया और न ही विलंब किया।

सिलंगी में गाय-भैंसों को बहुत देर से चरने के लिए छोड़ा जाता है। इस कारण

सिलंगी से लौटने के बाद हाड़मा के बच्चे हमेशा पीछे हो जाते हैं तथा अन्य के साथ मवेशी नहीं ले जा पाते हैं। इस तथ्य को जासूस जानते थे और आज भी इसी की आशा थी। जब वे हाँककर ले जा रहे थे तब ताक लगाए लोगों के हाथों में पड़ गए। जब उन्हें इस मुसीबत के बारे में समझ आई तो वे चिल्लाते हुए घर वापस दौड़कर आए और बताया कि देको लोग मवेशियों को हाँककर ले गए।

बच्चों का चिल्लाना सुनकर माता-पिता भयभीत हो घर के दरवाजे पर निकल आए और ध्यान से सुनने लगे।

गाँव की गली की ओर देखकर हाड़मा ने कहा, "गाय-बैलों की बात कह रहे हैं।"

उसकी पत्नी मुनिया बोली, "बाघ अभी घात नहीं लगाएगा।" तभी बच्चे रोते-चिल्लाते आ गए और उसके आँचल में छिप गए। सभी एक साथ रोते-हकलाते बोल रहे थे, इस कारण दोनों को कुछ साफ सुनाई नहीं दे रहा था। केवल देको और गाय-बैल, इतना ही वे सुन पाए।

लेकिन हाड़मा ने इतने में ही सब समझ लिया। अपनी पत्नी की ओर जल्दी से मुड़कर देखते हुए बोला, "वो केनाराम आया है, लड़के भी सब बाहर निकल गए हैं। हम जाकर देखते हैं कि क्या कर सकते हैं। इसके बारे में गाँववालों को बता देते हैं।"

पत्नी मुनिया ने कहा, "देखिए, गाय-भैंस, बकरी भले ही खो जाएँ, लेकिन अपनी आजादी से कभी बैर मत करना!"

हाड़मा ने उत्तर दिया, "देखो बाबू की माँ, मुझे मत रोको, बल्कि तुम मदद भेज देना।"

मुनिया को जो कुछ बोलना था, जब वह बोल चुकी तब उसने हाड़मा को जाने दिया। सहसा हाड़मा दौड़कर वापस आया और उसने एक बच्चे को साथ ले लिया, ताकि वह घटना-स्थल दिखा सके। जब वह पहुँचा तो बिलकुल केनाराम के आदमियों के हाथ में पड़ गया। तीन-चार लोगों ने पकड़ लिया और मुँह में कपड़ा ठूँस दिया। बच्चे ने यथाशक्ति उनको मुक्के मारे, चिकोटी काटी, बाल नोचे, ताकि छुड़ा सके लेकिन सब व्यर्थ साबित हुए और वह जोर-जोर से रोता हुआ घर लौट गया तथा यह दुःखद समाचार कह सुनाया।

केनाराम का नाम दूर-दूर तक फैल गया। उसे सब मिल गया, वह भी आशा से अधिक और बिना कोई हानि उठाए या विलंब के। सिपाही कैदी को साथ लेकर जल्दी-जल्दी दारोगा के पास आमगाछी आ गए। गरभू को बाँधकर काबू कर लिया गया है। क्रोध के मारे वह पकड़नेवालों पर झल्ला रहा है, सबसे अधिक केनाराम पर, क्योंकि उसे उसने त्याग जो दिया था। हाड़मा को भी खूब कसकर बाँधकर दारोगा के सामने पेश

किया गया और गरभू माँझी के साथ बिठा दिया गया। सूरज निकलने से पहले ही चंपई और लोखोन भागकर दूसरों से आगे होकर हाँफते-काँपते वहाँ पहुँच गए। दोनों ने गाय-भैंसों और हाड़मा को पकड़ लाने के कारण उन लोगों को खूब डाँटा-फटकारा। लेकिन दारोगा का यही जवाब था, ''इन दोनों को भी पकड़ लो। यह अच्छा ही होगा, क्योंकि केवल दो कैदियों के साथ उतनी दूर भागलपुर जाना अच्छा नहीं है।''

पिपरा से आए हताश व थोड़े से लोग जो भागकर आए थे, उन्होंने अपने सरदार को बँधा हुआ पाया। सहायता पाने का कोई उपाय न देखकर और उनको छुड़ाने के लिए अपनी संख्या कम देखकर वे उदास होकर लौट गए और गाँव में यह दुखद समाचार सुनाया।

गाँव में सबसे पहले व्याकुल होनेवाली ग्राम प्रधान की बेटी या उसकी पत्नी मुनिया थी। उसने पंचों को बुलाया, गाँव की बैठक हुई। उसने आदेश दिया कि इस बात की खबर अभी साम परगना को दी जाए और वही संदेशवाहक हिन साहब के यहाँ भी भागकर जाएगा। ननका, जो गोडेत (संदेशवाहक) था, वह स्वेच्छा से जाने को राजी हो गया और जल्दी-जल्दी घर जाकर जो कुछ भी महुआ, चूड़ा व मुढ़ी आदि था, सबकी पोटली बनाकर पगडंडीवाले छोटे रास्ते से पाडेरकोला के लिए रवाना हो गया।

अन्य लोग भी पूरब की ओर दौड़ पड़े, रेल मार्ग पर काम करने गए लोगों को बुलाकर लाने के लिए।

गाँव का कार्य पूरा कर लेने के बाद माँझी की पत्नी ने परिवार की ओर ध्यान लगाया। इतने बच्चे हैं, जो व्याकुल हो रहे हैं और कोई काम न होने के कारण इधर से उधर हो रहे हैं। इसके बाद बच्चो की माताओं ने बच्चों को जंगल में अन्य बच्चों के पास पहुँचा दिया। कंचनी दहाड़ें मारकर रो रही थी। उसे किसी की सांत्वना स्वीकार्य ही नहीं थी। उसकी सास भी एक पल के लिए उसके पास बैठकर रोई और दुःख बाँटने की कोशिश की। इसी समय सास ने दिल कड़ा करके कहा, ''देखो बहू, तुम अपने मन को कड़ा कर लो। हमलोगों को आज दिखाना होगा कि हम आजाद 'होड़-होपोन'* की पत्नियाँ हैं। न तो तुम्हारे ससुर ने और न ही मेरे बेटे ने कोई कसूर किया है; इसलिए वे जल्द ही लौटकर आ जाएँगे। चलो अब उठो, घर को हम साफ-सुथरा रखेंगे, ताकि जब वे लौटकर आएँ तो खुशी-खुशी घर में प्रवेश करें।''

कंचनी ने रोते हुए उत्तर दिया, ''माँ, आपके बेटे को लोग जेल में सड़ाकर मार डालेंगे और हम उनको फिर कभी देख नहीं पाएँगे।''

पति और बेटे को जेल में बहुत सताया जाएगा, जब यह विचार मुनिया के मन में आया तो उसे लगा मानो किसी ने हृदय में बरछी चला दी हो। क्योंकि उसे स्मरण हुआ

---

* संताल स्वयं को होड़-होपोन कहते हैं

कि संताल समुदाय के अनेक लोग जेलखाने का कष्ट सहन नहीं कर पाए और चिंता से सूखकर काँटा हो गए तथा मर गए। तथापि उसने उस सोच का सामना किया और जरा भी कमजोर नहीं हुई।

उसने जबरन हँसकर कहा, "छी-छी बहू, तुम भी बेवकूफों के समान काम कर रही हो। तुम उठकर काम-धाम शुरू करो, वे जल्द ही आ जाएँगे। ऐसा नहीं होना चाहिए कि वे हमें रोता हुआ पाएँ।"

मुनिया ने आँखें पोंछ लीं, क्योंकि जब्त करने का भरसक प्रयास करने के बावजूद आँखों से आँसू बह ही रहे थे और वह जल्द ही घर के कामकाज में लग गई। कंचनी भी उसके साथ-साथ लग गई। बेचारी बहू, जिसने किशोरावस्था पार ही की है और अभी-अभी तो शादी ही हुई है, कभी-कभी सोचकर विलाप कर ही रही थी; लेकिन उसकी होशियार सास उसको उस स्थिति में देखकर भी तटस्थ बनी रही और कोई टोक-टाक नहीं की। यदि उसका वश चलता तो उसकी भी इच्छा हुई थी कि खूब रोए, लेकिन उसी के ऊपर तो बाल-बच्चे व पूरा घर-परिवार सब टिके हुए थे। अंदर-ही-अंदर उसका हृदय भी बुरी तरह जल रहा था। लेकिन ऊपर से उसने स्वयं को अत्यंत प्रसन्न व निश्चिंत दिखलाया। इसी कारण परिवार व गाँव में भी शांति कायम रही। दीवान लोखोन के घर-परिवारवाले भी बहुत बड़ी विपत्ति में पड़ गए। ऐसे समय में दीवान की पत्नी अपना मन हलका करने के लिए माँझी की पत्नी को छोड़ और किसके पास जाएगी? इस बेचारी को भी सांत्वना देनी ही होगी। मुनिया को गाँव की अन्य महिलाओं को भी चुप कराना पड़ा जो उसके दुःख में सहभागी होने के लिए रो रही थीं। उसे साम परगना का स्वागत कर उसके साथ सलाह-मशविरा भी करना पड़ा।

साहसी महिला होने के बावजूद मुनिया निराश होते-होते रह गई। लेकिन आधी रात को जब उसे कोई देख नहीं रहा था, अपना जी हलका करने के लिए वह फूट-फूट कर रोई थी।

□

25

हूल

क्या पता, हाड़मा के साथी एक साथ एकत्र हो जाएँ और उसे छीनकर ले जाने का प्रयास करें, इस भय से दारोगा ने सोच लिया कि हाड़मा को जल्द-से-जल्द वहाँ से हटाना होगा। तथापि गाय-बैलों की सही व्यवस्था के लिए उसे आमड़ापाड़ा में घुसना ही पड़ा लेकिन कमाल यह कि उसने यह काम बहुत जल्दी से संपन्न कर लिया।

प्रचलन यह था कि यदि सुदूर स्थान पर गाय-बैल मवेशियों की कुर्की होती तो मवेशियों को वहाँ के संभ्रांत या गणमान्य रैयत के यहाँ रखवा दिया जाता था। नाजिर बाबू ने इसका जिम्मा देने के लिए केनाराम भगत को चुना। लेकिन केनाराम ने केवल दो बैलों का जिम्मा लेने की रसीद दी! तब फिर शेष कहाँ गए? वास्तव में शेष बचे गाय-बैल, बकरे-बकरियों को नाजिर के आदमी, दारोगा के साथवाले और केनाराम के नौकरों ने लूट के सामानों की तरह अपने कब्जे में कर लिया। सिपाही व चपरासी अपना-अपना हिस्सा क्या करते थे? यह कोई समस्या ही नहीं थी, क्योंकि केनाराम उन सबको खरीद लेता था। बहरहाल, नाजिर और उसके साथवाले लोग जंगीपुर रवाना हो गए। यह सब बहुत जल्दबाजी में हुआ। जब दारोगा ने गाय-भैंसों को इधर-उधर कर दिया और नाजिर विदा हो गया तब वह भी सदल-बल वहाँ से चल दिया। वे कुछ इस प्रकार जा रहे थे; दारोगा व केनाराम घोड़ों पर सवार आगे-आगे चल रहे थे। पीछे-पीछे दारोगा के सिपाही और केनाराम के आदमी कसकर बाँधे गए चारों कैदियों को घेरकर ले जा रहे थे। उनके पीछे आमड़ापाड़ा के दुष्ट व बदमाश किस्म के लोग थे, जिनको बढ़ैत तक पहुँचाने के लिए भाड़े पर लिया गया था। ऐसे लोगों की भीड़ में दारोगा का लाल और केनाराम का हलके गुलाबी रंग का छाता सुंदर दिख रहे थे। जेठ की तपती धूप से अपने सुकुमार शरीर की रक्षा के लिए दोनों ने छाते तान रखे थे।

ऐसी धूप से बचने के लिए कैदियों के पास कुछ नहीं था। उनमें से तीन लोग गत एक-दो महीनों से लगातार शिकार पर जा-जाकर अभ्यस्त हो चुके थे और तपती धरती तथा आग उगलते आकाश की बिलकुल परवाह नहीं कर रहे थे। लेकिन बेचारा गरभू एक-

दो ही दिन शिकार पर गया था और खूब शराब पीने के कारण उतने लंबे रास्ते के योग्य नहीं था। इस कारण थोड़ी दूर चलकर ही थक गया। बाकी तीन लोगों ने उसको सँभालने की बहुत कोशिश की, लेकिन उतने लंबे-चौड़े जवान को साथ लेकर दौड़ते हुए चलना आसान काम नहीं था। प्यादे अपनी कार्यशैली के अनुसार उस रस्सी को समय-समय पर खींचकर झटका दे रहे थे, जिससे गरभू के हाथ बँधे थे और जब इससे भी वह तेज न चल पाता तो पीछे से अंकुश चुभो देते थे। क्रोध से भरा गरभू बेचारा क्या कर सकता था, किसी तरह लड़खड़ाता, ठोकर खाता चल रहा था।

उसके साथवाले तीनों कैदियों को उनकी आयु व योग्यता के अनुसार अपने-अपने भाग्य का अलग-अलग हिस्सा मिला। चंपई क्रोध से आगबबूला हो गया है; हाड़मा जिस प्रकार शान से गर्व करता था, उतना ही निराश हो गया है, यह सोचकर कि पता नहीं कितना बुरा हाल हो उसका! केवल लोखोन ही अपने स्वभाव के अनुसार उतने दु:ख में भी हँस रहा था और अपना बड़ा सिर इधर-उधर झुका रहा था। गरभू का कष्ट देखकर भी अनदेखा करते हुए दारोगा ने पाडेरकोला पार करने से पहले धीरे चलना सही नहीं समझा। इसी कारण वह बिना रुके सबको लेकर चलता रहा और जैसी कि उसे आशा थी, साम परगना को उसने आश्चर्यचकित पाया। साम परगना को गिरफ्तारी के संबंध में ननका से ज्ञात हुआ था। गरभू पर उनकी नजर है, यह उसने सुना था और अनुमान लगाया था कि एक-दो दिनों के अंदर ही उसके साथियों को कैदी बनाकर उत्तर की ओर ले जाया जाएगा। इनका अपराध क्या था, यह उसे समझ में नहीं आया; लेकिन उस समय किसी पर झूठा आरोप लगाना बहुत आसान बात थी।

साम परगना के मन में विचार आ रहा था कि उनको छुड़ाने की कोशिश की जाए क्या? हो सकता है, लेकिन पहले सही खबर मालूम होनी चाहिए, जिसके लिए वह लड़कों को तैयार कर ही रहा था कि संदेशवाहक ने गिरते-पड़ते आकर बताया कि दारोगा सिपाहियों के साथ निकट आ गया है। यह सुनते ही परगना उलझन में पड़ गया। अब वह क्या करे? कुछ नहीं हो सकता, इसीलिए वह खड़ा होकर उनके आने की प्रतीक्षा करने लगा। दारोगाजी बहुत बड़े आदमी हैं, इस कारण घोड़े पर सवार होकर पार होते समय उनको आदरपूर्वक जोहार किया। इसके तुरंत बाद पीछे में उसे कैदी दिखाई दिए। सबसे पहले उसकी दृष्टि लंबे-चौड़े जवान गरभू पर पड़ी, जो मरणासन्न लग रहा था, क्योंकि बहुत थका हुआ था और पैर घसीट-घसीटकर चल रहा था तथा ऐसा लग रहा था कि अत्यधिक थकावट के कारण उसे कुछ होश भी नहीं था। इसी के बाद शेष तीनों भी दिखाई दिए।

परगना पर दृष्टि पड़ते ही हाड़मा जोर से चिल्लाया, लेकिन एक सिपाही ने उसके मुँह पर हाथ रख दिया। साम परगना ने देखा कि चंपई व लोखोन बुरी तरह लड़खड़ा रहे थे। उनको अपमानित होता देख वे जल्दी से दोनों को दूर ले गए। इसी समय गरभू ने दृष्टि उठाकर देखा। परगना को देखकर उसने अपने बँधे हाथ ऊपर उठाए और सामने की ओर

देखा। इससे पहले कि उसका मुँह बंद किया जाता, वह जल्दी से बोला, ''क्या परगना जी! हम लोगों के लिए आप कुछ भी नहीं कर सकते हैं क्या, कुछ भी नहीं···'' इसी समय उसका मुँह बंद कर दिया गया।

तब साम परगना दौड़ता हुआ दारोगा के निकट पहुँचा और बोला, ''दारोगाजी!' '

दारोगा ने अनसुनी कर दी थी। लेकिन वह हाँफता हुआ फिर बोला, ''दरोगाजी, मेरी बात तो सुन लीजिए!''

दारोगा ने सोचा कि उसे भी परगना के समान अच्छा व्यवहार करना चाहिए और जाते हुए ही घमंड के साथ बोला, ''क्या है परगनाजी!''

अब परगना को उसके साथ-साथ दौड़ना पड़ा।

हाँफता हुआ परगना बोला, ''हमारे देसमाँझी और माँझी लोगों में से हम एक को देख रहे हैं! आप कृपा करके उनसे बातें करने देंगे?''

दारोगा गुर्राकर कर्कश स्वर में बोला, ''नहीं!'' और पार हो गया। साम परगना उसके पीछे-पीछे दौडता हुआ उससे विनती करता रहा, परंतु व्यर्थ ही। जब वह थककर उसके साथ-साथ चलने में असमर्थ हो गया तब साँस लेने के लिए एक घर की दीवार पर उठंग कर खड़ा हो गया और वैसे ही अपने साथियों को विदा कर दिया। वे केवल अपनी आँखों से बातें कर पाये—हाड़मा अनुरोध कर रहा था और चंपई आगबबूला हो रहा था, लोखोन पूछ रहा था और गरभू क्रोध से अंधा हो रहा था। जब तक धूल उड़ती रही परगना उनको देखता ही रहा। इसके बाद वह गली से लौटकर माँझी थान पर बैठ गया और मृत माँझी-व-माँझी की पत्नी से विनती करके बोला कि वे अपना रोना-धोना बंद कर शांत रहें ताकि इस विपत्ति में वह सोच-समझकर अच्छी तरह से काम कर सके और अधिक देर होने से पहले कोई उपाय सूझ जाए।

उसकी कल्पना दारोगा का पीछा कर रही थी। इनको बहुत लंबा रास्ता तय करना है, इसलिए कहीं-न-कहीं तो रुककर विश्राम करना ही होगा। ये कहाँ पर विश्राम लेने की सोच सकते हैं?···हाँ, बढ़ैत हो सकता है! आज की रात वे वहीं काटेंगे। क्या करूँ, आदमी इकट्ठा कर पीछा करके पकड़ लूँ और जबरन सबको छुड़ा लूँ क्या?

उनके सिपाहियों की संख्या को देखते हुए मुझे भी अधिक लोगों की आवश्यकता होगी। यदि हम सबको शाम ढलते ही एकत्रित भी कर लें तो भी उनको एक रात दौड़ते हुए ही जाना होगा, तब जाकर वे दारोगा को पकड़ सकते हैं···हाँ, दारोगा ही को! लेकिन दारोगा का सामना करने के लिए सिपाहियों का दसवाँ हिस्सा आदमी जमा करना भी कठिन था! न-न, यह ठीक नहीं रहेगा!

इसी समय उसके मन में एक विचार कौंधा। बढ़ैत के उस पार निकट में ही सिदो-कान्हू का घर है। रात भर के अंदर, सूर्योदय से पहले यदि उन्हें खबर कर दी जाए तो वे दारोगा को घेरने के लिए हजारों लोग जुटा सकते हैं और यदि वे आदेश दें तो लोग दारोगा

के विरुद्ध खड़े हो सकते हैं।

कैदियों को छुड़ाने का बस यही उपाय है और इसे आजमाना चाहिए। परगना ने जैसे ही हाथ ऊपर उठाया, अनेक युवा दौड़कर पास आ गए। कैदियों के पार हो जाने के बाद वे गुस्से से परगना को ही एकटक देख रहे थे। परगना ने उनमें से छह युवाओं को चुना और बचे हुओं को अपने-अपने घर भेज दिया। उन पाँचों को उसने आदेश दिया कि वे लोग दारोगा और उसके सिपाहियों का पीछा करें तथा यह पता लगाएँ कि वे रात कहाँ बिताएँगे। यदि वे आशा के अनुसार बढ़ैत में रुकते हैं तो पता करना है कि उनमें से कौन लौट गया। यह खबर मुझ तक पहुँचाने के लिए एक व्यक्ति दौड़कर मेरे पास आएगा, दो लोग दारोगा पर नजर रखेंगे और तीन लोग यह खबर सिदो-कान्हू को देने के लिए जाएँगे। वे छह लोग तुरंत उत्तर दिशा की ओर दौड़ते हुए रवाना हो गए।

जल्दी-जल्दी खाना खाने के बाद घोड़ा तैयार कर दिए जाने से परगना दो लड़कों को साथ लेकर, घोड़े पर सवार हो जंगल के रास्ते पिपरा के लिए रवाना हो गया। यह रास्ता पहाड़ी ढलान की कंदराओं की ओर से ऊपर गया है। पेड़-पौधे जीवित हैं और पत्तों में भी हरियाली है। यहीं से एक चट्टान की दरार से थोड़ा-थोड़ा पानी रिसता है जो बाँस की नली से होता हुआ एक गड्ढे में गिरता है। उस गड्ढे के चारों ओर हरियाली दिखती है मानो मरुभूमि में छोटी बगिया हो। परगना ने वहाँ घोड़े को एक लड़के के जिम्मे लगाकर किनारे की घास चरने के लिए छोड़ दिया और स्वयं दूसरे लड़के को लेकर एक तीखी ढलान पर बनी घुमावदार पगडंडी पर लाठी टेककर चढ़ते हुए उटउटी पहुँच गया। वहाँ से पहले ही जैसी ढलान वाले रास्ते से उतरकर पिपरा के ऊपरी मैदानी खेतों में पहुँच गया। वह सीधा हाड़मा के घर गया।

हाड़मा की पत्नी ने परगना का स्वागत किया। वह उसी समय गाँववालों से विचार-विमर्श करके आई थी। उसने साम परगना का बहुत आदर-सत्कार किया।

हाड़मा की पत्नी ने दुःख-सुख की बातें करने से पहले ही जल्दी-जल्दी भोजन तैयार कर लिया और परगना को भोजन करा कर निश्चिंत हो गई। परगना को भोजन परोसने से पहले जब वह चूल्हे पर दूध उबाल रही थी तो चुपके से रोई थी, क्योंकि उनकी अनेक दुधारू गायों को लूट लिया गया था।

साम परगना ने भी आतिथ्य स्वीकार किया। पिपरा में जो कुछ हुआ था वह सब सुनकर इस संबंध में उसने स्वयं क्या-क्या किया था, हाड़मा की पत्नी को सब बता दिया। उसने यह कहकर सांत्वना भी दी कि उसके पति व पुत्र कल तक अवश्य लौटकर आ जाएँगे। इसके बाद परगना जिस प्रकार जल्दी-जल्दी वहाँ पहुँचा था, वैसे ही जल्दी-जल्दी पाडेरकोला लौट गया, क्योंकि काम बहुत था और वह धैर्यपूर्वक सूचना मिलने की प्रतीक्षा कर रहा था।

संदेशवाहक सूचना लेकर वापस आ गया। जैसी आशा थी, वैसा ही हुआ। उस रात

दारोगा बढ़ैत में ही रुका और उसके साथवाले अनेक लोग वहाँ से लौट गए। संदेशवाहक ने बताया कि उसे इसका निश्चय था, क्योंकि रात को उसने उत्तर से दक्षिण की ओर जाते हुए कदमों की आहटें सुनी थीं। संदेशवाहक के अन्य पाँच साथी लड़कों ने भी अपना-अपना कार्य कर दिया था।

बड़ी नदी के किनारे, जहाँ गुमानी नदी से वह जाकर मिलती है, उस स्थान से उत्तर की ओर कुछ दूरी पर एक गाँव है। उस दिन-रात में उसी गाँव के एक आँगन के महुआ पेड़ की छाँव में आग जलाई गई है, जहाँ अनेक लोग एकत्र हुए हैं। दोनों विख्यात भाई सिदो व कान्हू बीच में बैठे हैं, जिनको इलाके के अनेक लोग घेरकर बैठे थे। ये सभी लोग उनको देखने पहुँचे थे। जो दृश्य उन लोगों ने देखा था, उसके संबंध में लोगों को इस प्रकार बता रहे थे—''ए भाइयो और बुजुर्गो! हम लोग इसी महुआ पेड़ के नीचे आँगन में सोए हुए थे। किसी ने हमें फुसफुसाकर आवाज दी; हम लोग चौंककर उठ गए। उसने कहा ऐ कान्हू! इसके बाद बड़े भाई ने कहा कि मुझे ऐ सिदो पुकारा। आगे कान्हू बताने लगा। हम दोनों तुरंत खड़े हो गए। महुआ पेड़ से थोड़ी दूरी पर चांदनी रात में हमने एक कन्या खड़ी देखी जो लंबी, गोरी और सुंदर थी। उसने हमसे कहा कि ऐ सिदो और कान्हू मैं जाहेर एरा (वन देवी समझा जा सकता है) हूँ, मैं संतालों की देखभाल करती हूँ। उनके सामने अत्यंत कष्ट और संकट के दिन आने वाले हैं। मैं तुम दोनों को उनका रक्षक नियुक्त करती हूँ और उसके प्रमाण-स्वरूप यह चाक (बैलगाड़ी का पहिया) यहाँ छोड़कर जाती हूँ। मैं तुमको और अन्य चिह्न भी दूंगी जिसे प्राप्त करते ही तुम समझ जाना कि तुम्हारे क्रियाशील होने का समय आ पहुँचा है।''

कान्हू ने बात आगे बढ़ाई और बोला—''भाइयो और बुजुर्गो, हम उसी चिह्न का इंतजार कर रहे हैं।''

सभी लोग दोनों की बातचीत ध्यान से सुन रहे थे।

एक व्यक्ति ने प्रश्न किया, ''किस प्रकार का चिह्न दिखाया जाएगा?''

कान्हू ने उत्तर दिया, ''यही बता पाना तो मुश्किल है भाई! लेकिन आप लोग इतना जान लें कि समय निकट आ गया है, क्योंकि हमारे जाति भाइयों का कष्ट और दुःख बहुत अधिक हो गया है। भूख-प्यास और सताये जाने के कारण हम दाने-दाने को तरस गए हैं। हमें जैसे ही चिह्न मिलेगा, हम क्रियाशील होने के लिए तैयार ही रहेंगे।''

सिदो ने उसकी बात दोहराते हुए कहा, ''पूरी तरह तैयार!'' उस समय लोगों ने देखा, दोनों की आँखों में आग चमकने लगी थी।

उसी समय एक आदमी अचानक सामने आ खड़ा हुआ और बोला कि तीन लोग मिलना चाहते हैं, जो पाडेरकोला के साम परगना का संदेश लेकर आए हैं।

साम परगना द्वारा भेजे गए तीनों लड़के उस आदमी के पीछे ही खड़े थे। उन्होंने आदरपूर्वक अभिवादन किया। लड़कों का नेतृत्व करनेवाले ने हाड़मा व अन्य की गिरफ्तारी

तथा दारोगा के कैदियों के साथ बढ़ैत में रुकने की बात बता दी। इसके बाद उसने साम परगना की बात भी बता दी कि मुझे अवसर भी नहीं मिला तथा लोगों को तुरंत जमा भी नहीं कर सका और उनको छुड़ाने की कोई व्यवस्था नहीं कर सका; लेकिन मुझे तुम दोनों पर भरोसा है कि दारोगा आजाद संतालों को गिरफ्तार कर हमारे इलाके के बीच से भागलपुर जेल नहीं ले जा सकता है।

इसके बाद कान्हू ने संदेशवाहक से सिपाहियों की संख्या भी पूछी, जिसे उसने कान्हू को बता दिया।

कान्हू ने कहा, ''शायद यही चिह्न है! तुम्हारा नाम क्या है?''

संदेशवाहक ने अपना नाम चंदराय बताया, जिसकी उम्र उन्नीस वर्ष की थी।

कान्हू ने उससे कहा, ''देखो बेटे चंदराय, यदि यही चिह्न है तो तुम भाग्यवान हो, क्योंकि यह चिह्न तुम ही लेकर आए हो। तुम हमारे साथ हो जाओ।''

चंदराय ने सिर हिलाकर सहमति जताई और प्रशंसा पाकर उनका धन्यवाद किया।

संतरियों के सरदार ने जानना चाहा कि इसके प्रचार के लिए सरजोम (शाल का वृक्ष) की डाल घुमाई जाए और टामाक (छोटा नगाड़ा) बजवाया जाए या नहीं! क्योंकि संतालों में यह रिवाज है कि किसी संदेश के प्रसार के लिए एक तेज दौड़नेवाला व्यक्ति सरजोम की डाल लेकर गाँव-गाँव जाता है। उसे देखते ही लोग काम-धंधा बंद करके गाँव के सभा-स्थल पर एकत्र हो जाते हैं। लोगों को एकत्रित करने के लिए फिर गाँव-गाँव में टामाक बजाया जाता है।

कान्हू ने उत्तर दिया, ''नहीं, टामाक नहीं बजवाएँगे। हो सकता है इससे, दारोगा भिड़क जाए। हम शाल की डाल भी नहीं घुमवाएँगे।'' उसने गाँव-गाँव यह खबर भिजवाई कि आधी रात के बाद पंचकठिया में इलाके के सभी लोग एकत्रित होंगे। सभी अपने साथ फरसा, तलवार व तीर-धनुष लेकर आएँगे और जिसके पास ये हथियार नहीं हैं, वे हाथ में लाठी लेकर आएँगे, क्योंकि उस दिन सुबह दारोगा को उसी रास्ते पार होना है। ''दारोगा का तेज भी देख लेंगे—'' बैलगाड़ी के पहिये पर बैठे कान्हू ने कहा।

लोगों ने जल्दी-जल्दी अपने हथियार इत्यादि तैयार कर लिए। जब वे तैयार हो गए तब दोनों भाई भीड़ को चुपचाप पंचकठिया लेकर आ गए। इस भीड़ में चंदराय भी शामिल था। वहाँ पर पता नहीं, कब का बना एक बहुत ही पुराना तालाब है, जिसके तट पर एक बड़ा-सा पीपल का पेड़ भी है। उस पीपल की छाँव में दोनों भाई सो गए। उनके चारों ओर पहरा करनेवाले खड़े हो गए। उस तालाब को पुराने राजाओं ने खुदवाया था, जो अब कमल के फूलों से अटा पड़ा है।

लोग रात भर आकर जुटते रहे और सुबह होने से कुछ देर पहले उनकी संख्या दो हजार पहुँच गई। बढ़ैत में एक बड़ा बाजार है और यही स्थान बड़ी नदी तथा गुमानी नदी की तराई का प्रवेश द्वार है। यहीं पर दोनों नदियाँ पश्चिम व उत्तर से आकर मिलती

हैं। यह केवल व्यापार की बड़ी जगह ही नहीं है अपितु यह कपड़ा बुनाई का भी प्रमुख स्थान है। भिन्न-भिन्न व्यापारी ताँतियों (कपड़ा बुननेवाली शिल्पकार जाति) को सूत लाकर देते हैं, ताकि वे उनको कपड़े बुनकर दे सकें। महेंद्र नाम का एक बड़ा व्यापारी था, जो केनाराम का चचेरा भाई था। दारोगा और उसके साथवालों ने महेंद्र के कपड़े की दुकान पर ही रात बिताई। उनका आतिथ्य करनेवाले ने दारोगा को आगाह किया कि संताल लोग रास्ते के बीच में खतरनाक रूप से इकट्ठे हुए हैं। सवाल यह था कि क्या वे उतने बड़े दारोगा साहब के काम में दखलंदाजी कर सकते थे! यह तो किसी भी हाल में नहीं हो सकता था।

दारोगा ने संकल्प कर लिया, ताकि किसी मुसीबत में न पड़े; क्योंकि उसे महेंद्र की बातों पर थोड़ा विश्वास तो था। कैदियों के लिए भी यह अनजान इलाका था। असली परेशानी गरभू था; लेकिन जब उसने देखा कि रात भर के आराम के बाद गरभू तरोताजा दिख रहा था तो उसे तसल्ली हुई कि वे तुरंत रवाना हो सकते थे। होशियार अफसर है, इसलिए उसने सिपाहियों को निर्देश दिया कि वे कैदियों के बंधन दोबारा कसकर बाँधें क्योंकि जब शरीर में ताकत लौट आई तो गरभू की आँखों में खून तैर रहा था। लगता था, वह पुनः बिदक गया था। सूरज की किरणों के आने से पहले ही सभी कैदियों को बीच में रखकर वे एक साथ चल पड़े।

दारोगा और उसके साथवाले जब पंचकठिया पहुँचे तब नदी और उसका तट सफेद कोहरे से ढका था। अभी-अभी भोर हुई है। सूरज उगा नहीं है। अचानक कुहरे के बीच परछाईं के समान, हाँ परछाईं के समान ही क्योंकि बिलकुल निस्तब्ध सन्नाटा था। रास्ते में एक बड़ी भीड़ दिखाई दे गई—सभी पुरुष थे, सभी संताल समुदाय के थे और हथियारों से लैस थे। दारोगा झटके से खड़ा हो गया और साथ में कैदी भी रुक गए, जो उदास व निराश होकर भूमि की ओर ही निहार रहे थे। जब उन्होंने दृष्टि ऊपर करके देखा तो उनको भी लोगों की बड़ी भीड़ सामने दिखाई दी। न तो दारोगा और न कैदियों को ही कोई आभास हुआ कि भीड़ उनके लिए ही खड़ी थी।

देखने से ऐसा लग रहा था कि भीड़ अच्छी है। डरने की कोई बात नहीं है। लेकिन वे क्यों कतार में खड़े और एक ही ओर देख रहे हैं। घने बिखरे बालों के नीचे उनकी आँखें बाघ की आँखों के समान डरावनी दिख रही थीं तथा प्रत्येक के हाथों में फरसा, तलवार, तीर-धनुष या लाठी थी।

केनाराम का डर से बुरा हाल था, लेकिन दारोगा भयभीत नहीं था। सरकार बहादुर के नौकर को भला किसकी परवाह, वह बहुत साहसी दिख रहा है। समूहों के लड़ाई-झगड़े में अकेले ही या थोड़े सिपाहियों के साथ ही वह कई बार भीड़ में कूद चुका है, इस कारण घोड़े पर सवार बेफिक्र चला जा रहा था। केनाराम उससे सटकर चल रहा था। और लोग भी शेष कैदियों के साथ निकट चले गए—संतालों के बीच से होकर, घोड़े पर

सवार वह आराम से चला जा रहा था। उसकी मंशा थी कि वह बीच से होकर निकल जाए। बिना चूँ-चपड़ किए चार लोगों के एक साथ चलने जितना रास्ता छोड़ दिया गया। दोनों ओर कतार में और एक-दूसरे के सामने खड़े लोगों के बीच से दारोगा चला जा रहा था। वह बाएँ-दाएँ क्रोध से देखता जा रहा था। ऐसा प्रतीत होता था मानो वह मुँह फुलाकर खड़े लोगों के बीच उनके नेता को ढूँढ़ रहा था, ताकि उससे जवाब तलब कर सके। नदी के तट पर हजारों लोगों ने इस पार से उस पार तक रास्ता रोक रखा था। दारोगा रुक गया, साथ में केनाराम भी खड़ा हो गया और पीछे-पीछे चलनेवाले उनके साथवाले भी खड़े गए। किसी दलदल में नाव फँसने पर जैसे चारों ओर से उस पर कीचड़ आने लगता है, वैसे ही भीड़ ने उनको पीछे, सामने और दाईं ओर से घेरकर घेरा छोटा कर लिया। मात्र बाईं ओर का रास्ता, जो ढलान से होकर पीपल की छाँव तक गया था, खुला छोड़ा गया था। वहाँ पसरा सन्नाटा घोड़े के जीन चबाने की आवाज से भी नहीं टूट पा रहा था।

सहसा दारोगा ने सन्नाटे और कुहरे के बीच से कर्कश व कड़कदार आवाज में पूछा, ''तुम लोग किसके हुकुम से यहाँ जमा हुए हो?''

उस्तरे के समान तेज आवाज ढलान से अचानक नीचे आई, ''राजा के सामने आदर-सम्मान से बात करो, कुत्ते···झुककर सलाम करो!''

दारोगा ने घबराकर जब दृष्टि ऊपर की तो उसने पेड़ की छाया में दो जवान लड़के, दो युवा भाइयों को बैठा हुआ और अंगरक्षकों से घिरा हुआ देखा। उन्हीं में से एक व्यक्ति आगे आया था और उसने दारोगाजी के शब्द उन्हीं को लौटा दिए थे। क्योंकि दारोगा सबको 'कुत्ता' कहकर ही संबोंधित किया करता था। इससे पहले किसी ने उसे कुत्ता नहीं कहा था। दारोगा तुरंत भाँप गया कि वह मुश्किलों में घिर चुका था और ऐसे अवसरों पर बचने का एक ही उपाय था—हिम्मत से काम लेना।

उसने दहाड़कर कहा, ''ऐ लड़के यह सब क्या हो रहा है और तुम दोनों हो कौन? सरकारी कर्मचारी को काम करते समय अपमानित करने की सजा क्या तुमको मालूम नहीं है?''

कान्हू ने गुर्राकर उत्तर दिया, ''तुमने हमारे आदमियों, आजाद संतालों को, हमारे हुकुम के बिना कैसे गिरफ्तार कर लिया और कैदी बनाकर ले जा रहे हो? चलो जी, इनकी रस्सियाँ खोलो तो!''

दारोगा फौरन दहाड़कर बोला, ''खबरदार, कोई इनको हाथ भी मत लगाना!'' इसके बाद उसने अपने पद के अहंकार के साथ दोनों भाइयों की ओर देखा और बहुत आवेश में बोला, ''तुम दोनों किसके हुकुम से सरकार के काम में दखल दे रहे हो?''

उनमें से एक बोला, ''मेरा नाम कान्हू है और यह मेरा दिसोम (देश) है।''

दूसरे ने भी उसी स्वर में कहा, ''मेरा नाम सिदो है और यह मेरा दिसोम (देश) है।''

उनके अंगरक्षकों में से एक ने ऊँची आवाज में ऐलान किया, ''यही तो हैं बैलगाड़ी

के पहिए पर बैठनेवाले…इन्हीं को तो जाहेर एरा (देवी या वनदेवी) ने यह देश दान में दिया है!''

इसके तुरंत बाद अन्य ने भी ऐलान किया, ''हाँ-हाँ चाकवाले, वाह-वाह सिदो-कान्हू!'' आस-पास के लोगों ने जोर से चिल्लाकर कहा, ''ईश्वर हमारे साथ है!''

कान्हू एक बार फिर से दहाड़ा—''रस्सियाँ काटकर खोल दो!''

यह बोलते ही चारों कैदियों को छीन लिया गया। हजारों की भीड़ ने जब यह दृश्य देखा तो पहाड़ी झरने से उतरते बाढ़ के पानी के समान आवाज लगा दी।

केनाराम और दारोगा स्तब्ध हो गए। क्रोध से लाल-पीले होने लगे, लेकिन उनका वश नहीं चल रहा था। उन्हें घोड़ों से खींचकर नीचे उतार दिया गया और उनके छाते छीन लिये गए तथा घोड़ों को लेकर गायब कर दिया गया। दोनों भाइयों के सामने क्रोध से पागल हो रहे केनाराम व दारोगा को बलपूर्वक झुकाकर प्रणाम करवाया गया। इसके बाद उन्हें वहाँ से चले जाने का आदेश दिया गया।

लेकिन दारोगा की अकड़ तो जैसे जन्मजात थी। उसकी जान बच गई, इससे उसे संतोष न हुआ अपितु उसने कैदियों को लौटाने के लिए कहा और लोगों को चेतावनी देने लगा, ''सरकार के विरोध में काम कर रहे हो, तुम लोग बहुत मुसीबत में पड़ोगे!''

कान्हू ने एक रात पहले ही कमाल देख लिया था। पलक झपकते ही वह संतालों का नेता बन गया। इस कारण एक मामूली, निरक्षर संताल का दारोगा के साथ बातचीत करना उसे बहुत आश्चर्यजनक नहीं लगा। उसने बहुत शालीनता से आगबबूला हुए दारोगा से कहा, ''आप चुपचाप चले जाइए। ये लोग हमारे आदमी हैं। संताल और पहाड़िया लोगों पर आप लोगों का कोई अधिकार नहीं रहा। अब उनके मालिक हम दोनों हो गए हैं। अब हम ही फैसला करेंगे। और अगर उन पर दोष लगाते हो तो साबित करो और मुझे कायल कर दो!''

दारोगा क्रोध में बोला, ''हम सरकार बहादुर की अदालत में साबित करेंगे, किसी और के पास नहीं। ऐसी घृणास्पद बात हमने कहीं सुनी ही नहीं है।'' इसके बाद उसने काँप रहे केनाराम और अपने लोगों की ओर देखकर कहा, ''तुम लोग मेरे गवाह हो, तुमने देखा कि कानूनी रूप से गिरफ्तार किए गए कैदियों को हमसे छीना गया है; और सिदो-कान्हू हम तुम दोनों को भी चेतावनी देते हैं। तुम लोग कहते हो कि प्रदेश तुम्हारा है, यह विद्रोह (हूल) है और इसके लिए तुमको भुगतना होगा। तुम लोग होश में आओ और कैदियों को मुझे लौटा दो!''

कान्हू ने उत्तर में मात्र इतना ही कहा, ''हमने तुमको बता दिया है!''

दारोगा अब जोर देकर बोलने लगा, ''तब फिर हम हाकिम के पास जाते हैं। रास्ता छोड़ो!''

लोगों ने रास्ता छोड़ दिया। सरकार बहादुर का मान और सरकारी कर्मचारी दारोगा

की इज्जत मामूली है क्या!

दारोगा अभिमानपूर्वक बोला, "हमारे घोड़े दे दो!"

सिदो-कान्हू के संतरियों में से एक ने कहा, "जब तक तुम लोग यहाँ से दूर नहीं चले जाते, तुमको घोड़े नहीं दिए जाएँगे, क्योंकि इनके सामने कोई घोड़े पर सवार होकर नहीं जा सकता है।"

तभी भीड़ में से कोई चिल्लाया, "क्यों केनारामजी! हिन साहब का बल्लम याद नहीं है क्या?" यह सुनते ही भीड़ में ठहाके गूँज उठे। वास्तव में जंगीपुर में केनाराम को हिन साहब के सामने घोड़े से नीचे गिरा दिया गया था, यह बात लोगों को मालूम थी। केनाराम ने अपने जीवन में इससे अच्छी आवाज कभी सुनी ही नहीं थी—हँसी की आवाजें! दारोगा जितना ऐंठता है, केनाराम का दिल उतना ही डूबता जाता है। लोग बेतहाशा हँस रहे थे—भागकर जान बचाने का उपाय अब भी किया जा सकता है! लेकिन दारोगा का तो रवैया ही अलग है। जब तक बात का जवाब न दे दे तब तक आगे बढ़ता ही नहीं है। केनाराम उसे हाथ से पकड़कर नाहक खींच रहा है। सहसा दारोगा दोनों भाइयों की ओर नजर उठाकर जोर से चिल्लाया, "हम उन सब लोगों को पहचानते हैं जिन्होंने सरकार का अपमान किया है, क्योंकि उन्होंने कैदियों को छीनकर छुड़ाया है; उनको भी हम इन्हीं कैदियों के समान बाँधेंगे।"

यह सुनकर एक व्यक्ति जोर से चिल्लाया, "एक बैलगाड़ी भरकर रस्सी लाना होगा, क्योंकि सबको बाँधना पड़ेगा न!"

दारोगा मुड़कर घंमड के साथ लंबे डग भरता केनाराम के पीछे-पीछे चलने लगा जबकि केनाराम वहाँ से भाग निकलने के लिए व्याकुल था और उसने दारोगा को भी जल्दी-जल्दी चलने का इशारा किया; लेकिन अहंकार उसे ऐसा करने से रोक रहा था।

इसी समय एक-एक कर सभी कैदियों की रस्सियाँ खोल दी गईं। सबसे अंत में गरभू की रस्सियाँ खोली गईं।

केनाराम के ऊपर गरभू का घृणा-मिश्रित क्रोध कोयले के आग के समान सुलग रहा था, जो अंत में बिलकुल अंगारा बन चुका था, क्योंकि उसी ने उसे फँसाया था और गरभू के कष्ट पर उसे जरा भी दया नहीं आई थी। अपने सतानेवाले दारोगा के साथ उसे दामाद के समान प्रेम से विदा होते देखकर गरभू का क्रोध सातवें आसमान पर चढ़ गया। उसने भीड़ में खड़े एक व्यक्ति के हाथ से फरसा छीना और 'हूल-हूल' चिल्लाता हुआ सूदखोर के निकट दौडकर चला गया तथा उसका सिर धड़ से अलग कर दिया। वह उसे कोसता हुआ वार पर वार करता रहा, क्योंकि उसके कष्टों की जड़ वही था। वहाँ एकत्र लोग पहले तो डर गए, फिर सकते में आ गए और इसके बाद वे भी बौरा गए और हूल-हूल का नारा इतने जोर से लगाया मानो आसमान फट पड़ेगा। निकट के लोगों ने आवश्यकता न रहने पर भी केनाराम के शव पर कई वार किए।

केनाराम के खून से नहाया हुआ गरभू उस स्थान पर आया, जहाँ दारोगा खड़ा था। डर के मारे दारोगा सिकुड़कर छोटा हो गया था। उसकी घिग्घी बँधी हुई थी और वह थर-थर काँप रहा था। वह भागना चाह रहा था, लेकिन रास्ता ही नहीं था, क्योंकि चारों ओर से लोगों ने घेर लिया था।

"दारोगा को मार डालो!" यह चिल्लाता गरभू हाथ में फरसा उठाए हुए कूदता हुआ वहाँ गया।

दारोगा ने भीड़ में छिपकर बचने की कोशिश की, लेकिन बच न पाया, क्योंकि भीड़ के लोग एक-दूसरे से सटकर खड़े थे, सबने धकेलकर उसे आगे कर दिया। गरभू का उठा हुआ हाथ पकड़कर एक बार तो वह बच गया, लेकिन संताल पहलवान के सामने वह कुछ नहीं था, क्योकि गरभू अत्यंत शक्तिशाली जवान था। गरभू के दूसरे वार से वह बच न पाया और केनाराम के पास ही धराशायी हो गया।

इसके बाद सिपाहियों को और केनाराम के नौकरों को, जिनमें से कुछ पहले ही भाग खड़े हुए थे, घेर लिया गया। हाड़मा को बहुत दुःख हुआ, क्योंकि उसकी आँखों के सामने सबको जंगल के हिरणों के समान काट डाला गया। क्रोध से पागल हुए लोग जोर-जोर से चिल्लाने लगे। उन पर खून सवार था और जब मारने-काटने को कोई नहीं मिला तो वे शवों पर ही तब तक वार करते रहे जब तक थक नहीं गए। अभी कुछ ही देर पहले ये लोग कैसे हँस-बोल रहे थे और अब क्या हो गए! हूल के कारण ही लोग ऐसे बन जाते हैं, है कि नहीं? हाड़मा को जब आनेवाले दिनों का खयाल आया तो वह भय से सुन्न-सा हो गया।

सिदो-कान्हू दोनों को संदेह नहीं है। यही 'चिह्न' है। प्रतीक्षा के दिन समाप्त हुए। निश्चित दिन, बड़ा दिन आ गया!

जब लोगों का क्रोध ठंडा पड़ गया तब उन लोगों ने केनाराम, दारोगा और उनके आदमियों के क्षत-विक्षत शव वहीं छोड़ दिए। लोगों के शरीर खून से लथपथ थे और आँखें हिंसा की ज्वाला से लाल हो रही थीं। दोनों भाई क्या करते, उन्होंने संतोष कर लिया। कान्हू ने बहुत जोर से चिल्लाकर कहा, "हूल शुरू हो गया। सरजोम की डालियाँ पूरे इलाके में घुमा दो! दारोगा, हाकिम और सरकार सबके अधिकार खत्म हो गए। संतालों का राज आ गया!"

खून से लथपथ भीड़ के लोग हाथों में फरसा-तलवार घुमाते हुए जोर-जोर से चिल्लाने लगे, "हूल! हूल! दारोगा, चपरासी और सूदखोर खतम हो गए! जोहार, जोहार, चाक पर आसीन सिदो-कान्हू, संताल जन के पालनकर्ता!"

□

26

हाड़मा घर लौटा

अभी-अभी सुबह हुई है। पहाड़ों के ऊपर अब भी सूरज चमकता हुआ दिखाई देता है। कुहरे के कारण थाली के आकार का सूरज धुँधला-सा दिखाई देता है मानो उसमें प्रकाश ही न हो। हाड़मा अकेला है, केवल लोखोन साथ में है। बाँध की मेंड़ पर दोनों भाई भागकर जाने के लिए तैयार लड़कों को सरजोम की डालियाँ दे रहे हैं। डाली लेकर प्रत्येक व्यक्ति हाथ उठाकर जोर से नारा लगाता है और सूचना पहुँचाने के लिए तीर की तेजी से उत्तर, दक्षिण, पूर्व और पश्चिम चारों दिशाओं में भागकर जा रहा है। अब उन पर जो भी बीते, संतालों ने संकल्प कर लिया है।

सब लोग गरभू की प्रशंसा कर रहे हैं, जो शव के निकट थका-माँदा, बिखरे बाल और खून से लथपथ शरीर के साथ खड़ा है। वह खून से सना फरसा उठाकर चमकाता और नारे लगाने का भरपूर प्रयास करता है, लेकिन उसके मुँह से फुसफुसाने की-सी आवाज ही निकल पा रही है। हाड़मा अपने साथी को दया की दृष्टि से देखता है, लेकिन खून देखकर उसे बहुत बुरा लगता है। इसी बावले ने प्रारंभ किया था। अन्य लोगों की हिंसक प्रवृत्ति भी उसे बुरी लगी थी, क्योंकि अपने काम से वे बहुत प्रसन्न थे।

दोनों भाई संभवत: इस काम के लिए लोगों को छूट नहीं देते, यह विचार उसके मन में जोरों से उठ रहा है। लेकिन भय का कोई कारण जान नहीं पड़ता है! घर लौटकर जाने हेतु उनसे निवेदन के लिए जाते समय उसे अत्यंत आश्चर्य हो रहा था; क्योंकि कोई रास्ता देने को तैयार न था। दोनों भाइयों को हजारों लोग हर समय घेरे हुए हैं। उसने बहुत विनम्रता से रास्ता देने के लिए कहा। यद्यपि यह आदेश था और लोगों को मानना चाहिए था, तथापि लोगों ने पालन नहीं किया। लोखोन के बताने पर भी कि ये हाड़मा देसमाँझी हैं, किसी ने ध्यान नहीं दिया। हाड़मा को यह बहुत अपमानजनक लगा। एक जाना-माना व्यक्ति होने के नाते उसकी पूछ तो नहीं हुई अपितु उसे यह भी लगा कि उसका निवेदन व्यर्थ होने वाला था। इसलिए नहीं कि उसका निवेदन ठुकरा दिया जाएगा अपितु इस कारण कि निवेदन करने के लिए वह दोनों भाइयों के पास पहुँच नहीं पा रहा था।

सौभाग्य से उसे साम परगना द्वारा भेजा गया जवान लड़का चंदराय मिल गया। वह पिपरा के ग्राम प्रधान हाड़मा को पहचानता था। वह उसे भीड़ के बीच से रास्ता बनाते हुए ले गया। चंदराय ने हाड़मा का निवेदन कान्हू के सामने पेश किया। चंदराय कान्हू के प्रिय पात्रों में से एक था और प्रभावशाली लोगों का स्नेह तुरंत कार्य करता है। कान्हू ने कोई आपत्ति नहीं जताई। उसने मुड़कर नहीं देखा अपितु थोड़ा झुककर चलने का आदेश दिया। सिदो ने तो थोड़ी भी दृष्टि घुमाकर नहीं देखा। कौन है हाड़मा? असली आदमी तो गरभू है। वह कमाल का व्यक्ति है!

अवकाश प्राप्त हो जाने पर हाड़मा ने लोखोन को साथ लिया और दोनों चंपई को खुशी का यह संदेश देने के लिए तलाशने लगे। जब चंपई मिला तो उसे देखकर वे हतप्रभ हो गए। संतालों के नए राज को लेकर वह बिलकुल बावला हो रहा था और भावावेश में झूम रहा था। जवान भैंसे के समान वह ऊर्जा से भरपूर और स्वतंत्र होने की अनुभूति में डूबा हुआ था। पिता की बातें सुनकर वह खुश तो क्या होता, घर लौटने ही को राजी नहीं था। पत्नी, माता और घर-द्वार सब भूलकर वह चाक पर के दोनों भाइयों को छोड़ने के लिए सहमत नहीं हुआ। उसे समझाने की शक्ति हाड़मा के पास नहीं थी और उसने स्वयं भी यह सुनिश्चित नहीं किया था कि उसका बेटा घर लौटेगा या वहीं रह जाएगा। इस कारण उसने लोखोन को उसके साथ वहाँ छोड़ दिया और स्वयं घर लौटने की तैयारी करने लगा।

लोखोन स्वयं को अस्वस्थ महसूस कर रहा था और अपने सरदार हाड़मा को भी उसने देखा कि वह भी थका-माँदा लग रहा था और उतना लंबा रास्ता पैदल तय कर पाना उसके लिए कठिन ही प्रतीत होता था। उसने चंदराय से विमर्श किया। हाड़मा किसी भी हाल में रुकने को तैयार न था। वह लौटेगा ही! इस स्थिति में चंदराय से आनन-फानन में जो सहायता हो सकती थी, उसने की और रास्ते के लिए एक लड़का साथ में कर दिया। हाड़मा और लोखोन को उसने भोजन भी करा दिया। बढ़ैत पहुँचने पर जो भी थोड़ा-बहुत मिला, उन्होंने खाया। हाड़मा को खाने-पीने से अधिक चिंता इस बात की थी कि वह कब घर लौटेगा!

सूरज चढ़ने पर कुहरा छँट गया। आसमान खुला था, लेकिन हवा अधिक तेजी से नहीं चल रही थी। सभी जीव-जंतु तेज धूप के कारण छाया की खोज में थे। आग उगलते आसमान और तपती धरती के बावजूद हाड़मा चला जा रहा था। लोखोन और वह लड़का उसके पीछे-पीछे बड़बड़ाते हुए चले जा रहे थे। जेठ की तपती दोपहरी में लंबे-लंबे डग भरते वे चले ही जा रहे थे।

भरी दोपहरी में वे पाडेरकोला पहुँच गए। साम परगना ने उनसे एकाध घंटे आराम करने का आग्रह किया ताकि वे गरम दूध और हुक्का-तंबाकू का सेवन कर थोड़ी ताजगी महसूस कर सकें। साम परगना उनसे हाल-चाल सुनने को बेताब था, तथापि उसने उनको लेटकर विश्राम करने के लिए कहा; क्योंकि उसने देखा कि दोनों ही बुरी तरह थके हुए

थे और हाड़मा तो कुछ अधिक ही थका-माँदा दिख रहा था। लोखोन अधिक सोचता-विचारता नहीं था, इस कारण छाया में लेटते ही वह मुर्दे के समान सो गया। हाड़मा की आँखें कभी बंद होतीं तो कभी खुल जातीं, इस कारण साम परगना और हाड़मा ओसारे में बैठकर हुक्का पीते हुए बातचीत करने लगे।

हाथ हिलाते हुए हाड़मा ने साम परगना को सिर धड़ से अलग किए जाने के किस्से सुनाए और अंत में कहा, ''भाई! ऐसे लोगों के साथ हम लोगों को साथ निभाना होगा। लेकिन हमसे तो नहीं हो पाएगा!''

एक पल के लिए साम परगना बिलकुल शांत हो गया, फिर बोला, ''जब संताल लोग पगला जाते हैं तो इसी तरह आचरण करते हैं। लेकिन इनको पागल किसने बनाया?''

हाड़मा ने उत्तर दिया, ''बात तो सही है, यही दोनों सबसे अधिक धूर्तबाज थे!''

साम परगना कुछ पल के लिए पुनः शांत हो गया। कुछ देर बाद उसने कहा, ''और कितने अधिक पागलपन के काम करेंगे, इधर-उधर से सुनने में आएगा ही।''

हाड़मा बैठे-बैठे सोचने लगा। साम परगना ने भी हाड़मा को सोचने का समय दिया। लेकिन कुछ पल बाद बोलता चला गया, ''कोई भी संतालों को दोषी नहीं ठहरा सकता है कि उन्होंने धीरज से काम नहीं लिया!''

हाड़मा ने पुरजोर समर्थन किया, ''हाँ, एक आदमी भी नहीं! इसी कारण तो शोषण करनेवालों को शोषण का अवसर मिला।''

कुछ देर शांत रहकर दोनों ने हुक्के में दम लगाए। अंत में साम परगना ने चुप्पी तोड़ते हुए कहा—''उन्हीं लोगों ने तो हम आजाद लोगों को परेशान किया न, उन लोगों ने तो हमको जानवर ही समझ लिया!''

हाड़मा हाँ-ना कुछ भी नहीं बोल रहा था। साम परगना ने थोड़ा झुकते हुए उसकी बाँह पकड़कर कहा, ''लेकिन इस घटना से हम भी तुम्हारे ही समान दुःखी हैं।''

हाड़मा ने उत्तर दिया, ''ऐसा लगता नहीं है भाई कि हो सकता है, क्योंकि आपने तो अपनी आँखों से देखा नहीं है।''

साम परगना बोला, ''दुनिया के सभी लोग हमारे विरुद्ध हो जाएँगे। ऐसे समय में साथियों की बहुत जरूरत होगी। क्योंकि तुम जैसे लोग भी जिनके अपने अलग सोच-विचार हैं, देखा जाएगा कि तुम भी हमारे विरोधी हो गए हो!''

साम परगना की यह बात हाड़मा के अंदर तक समा गई, क्योंकि इस बात से परगना ने दिखा दिया था कि संतालों को दोषी ठहराने पर तुम उनके परगना में भी दोष निकाल रहे हो। वह उनसे अलग होना नहीं चाहता, जबकि वह स्वयं अपने समुदाय से कटकर अलग होने की इच्छा पाल रहा है। वह सोच रहा था कि गरभू ने हत्या-लूट का जो सिलसिला शुरू किया, वह पाडेरकोला में भी आरंभ हो जाएगा। इन सब विचारों ने उसके विवेक को झकझोर कर रख दिया। उधर साम परगना ने आगे कहा, ''जो हो गया, सो हो

गया, उसको हम–तुम खींचकर वापस नहीं ला सकते हैं; हो गया तो हो गया। भाई हाड़मा, हम उन्हें छोड़कर भाग नहीं सकते हैं!''

हाड़मा बोला, ''हमने बिना सोचे–समझे ही वैसा कह दिया था। उन लोगों ने जो कुछ भी किया, हम दोनों भी उनके साथी हैं, चाहे हम लोग जियें या मरें!''

साम परगना को संतोष हुआ और उसने कहा, ''हाँ, बिलकुल सही!''

हाड़मा पुन: मौन हो गया। इस पर साम परगना ही बोल पड़ा, ''सरकार बहादुर अब सिपाहियों को भेजकर हम पर चाबुक चलाएगी देखना! हम लोगों को लड़ना ही चाहिए। हम यथाशक्ति लड़ेंगे। हमारा यही नारा है और आकाश तक पहुँचनेवाला यही हमारा नारा होगा। हिन साहब पर भरोसा करना होगा, क्योंकि हमारी बात वही सरकार तक पहुँचाएँगे।''

हाड़मा मन–ही–मन करोड़ों–करोड़ नारे की बात सोच रहा था।

साम परगना अपनी रौ में बोलता जा रहा था, ''हम लोगों को इकट्ठा होना ही चाहिए, ताकि किसी को यह बोलने का अवसर न मिले कि अकेले पहाड़िया सेना ने संतालों को हरा दिया। यह बदनामी किसी भी हाल में नहीं होनी चाहिए।''

हाड़मा ने पूछा, ''अच्छा भाई, तो आप क्या चाहते हैं कि हम करें?''

साम परगना बोला, ''सरजोम ढरवाक्* पहुँच चुका है। हम ग्राम प्रधान के समान गाँव के सभी लोगों को दोनों भाइयों के पास ले जाएँगे और उन दोनों के अधीन काम करेंगे।''

यह सुनकर हाड़मा आश्चर्य में पड़ गया और बोला, ''परगना आप!''

परगना ने उत्तर दिया, ''हाँ भाई, हाँ और तुमको भी सलाह देते हैं कि तुम भी ऐसा ही करो!''

हाड़मा बड़बड़ाने लगा, 'अगुआ से अनुसरण करनेवाला!' क्योंकि उसे अपना पद छोड़ना अच्छा नहीं लग रह था।

उसके सरदार ने हाड़मा को स्पष्ट कहा कि ऐसे पागलपन का काम जवानों को ही शोभा देता है। इस प्रकार के कामों में उन्हीं को भरोसा है। इससे हमारी आवाज बहुत अच्छी तरह सुनी जा सकेगी।

हाड़मा ने उत्तर दिया, ''अब हम समझ गए, परगना! हम भी आपकी बातों के अनुसार ही चलेंगे।''

परगना ने अचानक पूछा, ''अच्छा, चंपई कहाँ गया? वह ठीक–ठाक तो है?''

हाड़मा ने तुरंत उत्तर दिया, ''चंपई तो संतालों के नये राज के लिए तैयार हो चुका है और दोनों भाइयों के साथ ही है।''

परगना ने प्रशंसा करते हुए कहा, ''बहुत ही तेज लड़का है। वह तुम्हारे लोगों का बहुत अच्छा अगुआ बनेगा।''

---

* लोगों को एकत्रित करने के लिए सरजोम या शाल वृक्ष की डाली का घुमाया जाना

हाड़मा बोला, ''उसको ऐसा तैयार करना तो हमारा कर्तव्य है। लेकिन बहुत बड़ी मुहिम की तलवार हम लोगों के ऊपर टँगी हुई है।''

बुद्धिमान परगना ने कहा, ''आजादी की यही तो कीमत है!'' इसके आगे भी परगना बोलता चला गया, ''बेटे हाड़मा! इस संकट के समाप्त होने तक हममें से कितने जीवित बचेंगे और कितने नहीं, हमको मालूम नहीं है। मेरे पुराने साथी, हम शायद तुमको दोबारा देख न पाएँ। इसलिए मेरी यह अंतिम बातें खूब याद रखना, अपने लोगों को हत्या और लूटपाट जैसे कामों से दूर ही रखना। उनको सभा-स्थल पर ले जाओ, उन्हें अच्छी तरह से तैयार करो और जिन कामों से शर्मिंदगी होती है, उनसे इनको दूर रखो। हम बस इतना ही कहना चाहते हैं।''

हाड़मा ने उत्तर दिया, ''हाँ परगना बाबा, हम दूर रखने की कोशिश करेंगे।''

आनेवाले दिनों में हाड़मा को अत्यंत प्रसन्नता हुई, क्योंकि अंतिम वाक्य कहते हुए उसने परगना को पिता के रूप में संबोधित किया था। अंत में उसने जाने की आज्ञा माँगी।

लोखोन को झिंझोड़कर जगाया गया। उनके साथ एक अन्य जवान लड़के को साथ कर दिया गया और अपने सरदार से विदा लेकर दीवान (हाड़मा) गाँव से निकलकर चल पड़ा।

सभी स्थानों पर लोग बौराए हुए थे। टामाक (छोटा नगाड़ा) और सींग से बनी तुरही बजाई जा रही थी। गाँव की पूरी गली में लोग निकले हुए थे और पुरुष जोर-जोर से नारे लगा रहे थे। हजारों लोग घोड़ों के हिनहिनाने के समान युद्ध के नारे लगा रहे थे। छोटे-छोटे बच्चे भी एक-दूसरे से प्रतियोगिता करते हूल-हूल चिल्लाते फिर रहे थे। सभी पुरुष, इधर-उधर से सभा-स्थल पर एकत्रित हो रहे थे।

सबने पहाड़ी वाला रास्ता अपनाया, क्योंकि यह सीधा रास्ता था। जब वे पझरने वाले झरने के पास पहुँचे तब हाड़मा ने कहा कि ढलान चढ़ने से पहले वह बैठकर आराम करना चाहता है। वह झरने के किनारे मखमली घास के ऊपर ठंडी छाँव में लेट गया। बाँस की नली से होकर गिरनेवाला पानी सड़सड़ की आवाज कर रहा था। वह उधर ही ध्यान से देख रहा था। उसने चेहरे पर ठंडे पानी का छींटा लिया। उसे शीतल जल पीने के लिए दिया गया; पैर, जाँघ आदि की हलकी मालिश की गई। लोखोन ने मोड़कर रखी गई खैनी में से एक चुटकी खैनी मुँह में रखने को दी। इसके बाद वह गहरी नींद में सो गया, वह इतना अधिक थका हुआ था कि जोर-जोर से खर्राटे लेने लगा।

आधे घंटे बाद ही वह चिल्लाते हुए उठकर बैठ गया। लोखोन और साथ के लड़के ने उसे सांत्वना देकर फिर से सुलाना चाहा, लेकिन वह दोबारा सोने के लिए सहमत न हुआ। घर लौटना बड़ा काम था, इसी प्रेरणा से वह खिंचा हुआ आया था। इसके बाद उसने कहा कि उसने आराम कर लिया है और ढलान चढ़ने की बात कहने लगा। किसी प्रकार गहरी साँसें लेते, रुकते वह चढ़ रहा था। दोनों जवानों ने उसको दोनों ओर से सहारा दे रखा था,

क्योंकि सीधी चढ़ाई थी और रास्ता सँकरा था। कुछ समय बाद वे ढलान चढ़कर ऊपर पहुँच गए। वहाँ सबने बैठकर विश्राम किया।

शाम घिर रही थी। पश्चिम की पहाड़ियों पर सूरज चमक रहा था और हवा में धूल कण होने के कारण उस दिशा का वातावरण लाल रंग का हो रहा था। पहाड़ियों से नीचे उतरते हुए सूरज अपने साथी सफेद बादलों को साथ में समेटकर लेता चला गया, क्योंकि रात की फौज का शृंगार अँधेरी सीमा पर कब्जे के लिए तेजी से दौड़ता आ रहा था। बाँसलोई नदी के मैदानी इलाके में पूरब की ओर से आती लोगों के बोलने-चालने की आवाजें उदास-सी सुनाई दे रही थीं और ऐसा प्रतीत होता था मानो लोग आमड़ापाड़ा में शोरगुल कर रहे थे।

लोखोन ने तुरंत अनुमान लगाकर कहा, "संतालों ने हूल कर दिया!"

हाड़मा बोला, "नहीं-नहीं, यह बाजार के लोगों की आवाजें हैं। अच्छा इसको हम लोग भूल जाएँ और जल्दी-जल्दी आगे चलें!" शरीर दुर्बल होने के बावजूद उनका मन सबल बना हुआ था। वे नदी के किनारे-किनारे उतरे और रात में पिपरा पहुँच गए। ग्राम प्रधान के घर के सोनेवाले स्थानों पर हम कुछ लोगों को उदास बैठा हुआ देख सकते हैं। वास्तव में वे मुनिया, कंचनी और मुनिया के छोटे बच्चे हैं। बिछड़े हुए वयस्क लोग वादा स्मरण करके प्रतीक्षा कर रहे हैं। आपस में बातें भी कर रहे हैं—न, इतना पहले नहीं आ पाएँगे। इसके बावजूद किसी भी आहट पर वे आँगन में दौड़कर निकलते हैं। प्रतीक्षा करके थक जाने के बाद उनके लौटने को लेकर वे निराश हो गए। इसी कारण बहुत उदास व चुपचाप बैठे हैं। वैसे तो बच्चे हँसते-खिलखिलाते रहते हैं लेकिन पता नहीं क्यों आज वयस्कों के दुःख की छाया उन पर भी पड़ गई है, क्योंकि न तो वे इधर-उधर दौड़ रहे हैं और न हँस-बोल रहे हैं।

अचानक मुनिया का कलेजा धक से हो गया। उसने सुन लिया, वह उठ गई और आँगन के दरवाजे की ओर देखते हुए, आवाज की दिशा में कान लगाए, उधर जाने लगी। उसने पैरों की आहट सुनी और फिर उसकी आवाज भी सुनी थी। इसके बाद वह जोर से चिल्लाते हुए अपने पति से कसकर लिपट गई और पुनर्मिलन की खुशी से हाड़मा भी एक पल को समस्त थकावट व परेशानियाँ भूल गया, भविष्य में होनेवाले उन कष्टों को भी, जो उसके मन में टिस-टिस कर रहे थे।

बच्चे भी खुशी से शोर करते हुए पिता के पास एक साथ आ गए और गोद में चढ़ने की कोशिश करने लगे। उसने धीरे-धीरे उनको एक ओर कर दिया, क्योंकि वह बहुत अधिक थका हुआ था।

मात्र कंचनी खड़ी है। वह आँगन के दरवाजे की ओर ही टकटकी लगाए खड़ी है। उसका पति कहाँ है? उसे मालूम हो गया तो उसने डरते हुए अपनी सास से पूछा कि चंपई लौटकर क्यों नहीं आया? सास ने बताया कि वह अपनी मरजी से वापस नहीं आया और

वे उसे वहीं छोड़ आए हैं। यह सुनकर कंचनी को लगा कि किसी ने उसे मार ही डाला। उसका पति तो स्वतंत्र था तब फिर वह उससे आलिंगनबद्ध होने के लिए वापस क्यों नहीं आया? हूल करके उसे क्या लाभ होगा? उसका मिलना ही कंचनी के लिए तो सारी दुनिया मिलने जैसा है! पहली ही बार तो वे अलग हुए हैं, फिर उसने कैसे याद नहीं किया भला! हाड़मा और लोखोन के लौट आने की खबर पूरे गाँव में फैल गई। लोखोन की पत्नी अपने पति को घर ले जाने के लिए खुशी-खुशी आ गई, इस कारण लोखोन चला गया और साथ में पाडेरकोला के लड़के को भी लेता गया, क्योंकि उसने देखा कि थकावट के कारण हाड़मा अतिथि का स्वागत करने की स्थिति में नहीं था।

बीमार होने के कारण हाड़मा का मन और शरीर दोनों ही दुर्बल हो गए। वह दुबला और कमजोर हो गया; उसका माथा भन्न-भन्न करता था। उसने भोजन-पानी कम कर दिया और बच्चों के साथ हँसी-ठिठोली भी नहीं करता। बोली धीमी हो गई और सुनाई भी कम देने लगा; इसके बावजूद आँखों में नींद नहीं थी। उसके बिस्तर के चारों ओर महिलाएँ व्यर्थ ही बैठी उसे सो जाने के लिए कह रही थीं, क्योंकि लोखोन ने उनको बताया था कि ऐसे में आराम अत्यंत आवश्यक है। पहले एक काम करना ही होगा।

फिर गणमान्य लोगों को बुलाया गया और गाँव की बैठक की गई। ग्राम प्रधान, माँझी थान में और बुजुर्ग लोग इसके चारों ओर बैठ गए। ग्राम प्रधान ने सप्रयास लोगों को वह सबकुछ बता दिया, जो वह बताना चाह रहा था। सरकार बहादुर के साथ लड़ाई आरंभ हो गई है। पिपरा से कल ही बीस जवानों को हथियार और राशन-पानी से लैस होकर सभा स्थल पर पहुँचना होगा। वह स्वयं उनकी अगुआई करेंगे।

यह उसकी अंतिम इच्छा है। अत्यंत तीव्र ज्वर के कारण वह बेहोश हो गया। तगड़ा होने के बावजूद अब वह जवान नहीं था। उसे गिरफ्तार होने, घसीटकर ले जाए जाने और लोगों को भेड़-बकरियों के समान कत्ल किए जानेवाली रात की याद आने लगी, जिसे वह चाहकर भी भुला नहीं पा रहा था। इन सबके संबंध में सोचते-विचारते हुए उसे थोड़ी भी नींद नहीं आई, तबीयत कैसे खराब न होती! भरपूर धूप और गरमी में वह उतनी दूर से लौटा था और गरमी के कारण ठीक से सो भी नहीं पाया था। गरमी के इस महीने में उसका शरीर भी कमजोर ही था।

उसे उठाकर घर लाया गया और उसकी पत्नी सेवा करने में दिन-रात जुट गई। इसमें कंचनी ने बहुत सहायता की, क्योंकि जब उसने देखा कि उसके ससुर गंभीर रूप से बीमार हो गए तब वह इस बात को भूल गई कि चंपई ने उसे भुला दिया और एक अच्छी महिला के समान उसने अपनी संपूर्ण शक्ति और मनोयोग से ससुरजी की सेवा की।

खुशी का अहसास कैसा होता है, यह वर्णन से परे है। परिवार के ऊपर दुःख के काले बादल अवश्य छाए हैं, लेकिन इसके उस पार मुनिया को खुशी की एक पतली-सी किरण दिखाई दी है। यह सही है कि उसका पति गंभीर रूप से बीमार है, लेकिन घर ही में, उसकी

अपनी देखभाल में तो है! दूर के जेलखाने में तो नहीं, जहाँ की कल्पना मात्र से–सिहरन–सी होती है, क्योंकि उसी स्थान पर तो उसकी अपनी जाति के कई लोग घर की याद में तड़प–तड़पकर मर गए। इस प्रकार हम देखते हैं कि दोनों सास–बहू सबकुछ भुलाकर बीमार पड़े व्यक्ति की सेवा–सुश्रुषा में जुटी हैं।

गाँव की बैठक तो हुई, लेकिन पंच लोग एक कठिनाई में पड़ गए। लड़ाई प्रारंभ हो चुकी है, इसकी जानकारी उनको है क्योंकि सरजोम ढारवाक् के माध्यम से इसकी सूचना दी गई थी। लेकिन जिन बीस जवानों की आवश्यकता ग्राम प्रधान को है, उनको तुरंत कहाँ से लाया जाए? जवान लड़के तो रेल मार्ग बनाने के काम में गए हुए हैं। लोखोन ने सुझाव दिया कि उनको वापस बुलाना होगा। लेकिन इससे पहले ही जब हाड़मा को गिरफ्तार कर ले जाया जा रहा था, मुनिया के आदेश से लोग जवान लड़कों को वापस बुलाने जा चुके थे। अब उनकी प्रतीक्षा करने के अतिरिक्त अन्य कोई चारा नहीं था। इस कारण पंच लोग अपने–अपने घरों को लौट गए।

हाड़मा जिस रात कैदी के रूप में बढ़ैत में था, उस रात रेल मार्ग पर काम करनेवाले लोग रात्रि–भोजन पर बैठे थे। पिपरा के लोग प्रारंभ से ही आग के चारों ओर बैठकर एक साथ भोजन किया करते थे। अचानक हरि का छोटा भाई सामू वहाँ पहुँचा था और बिना विलंब किए उसने वे सब बातें बता दीं, जो बतानी थीं। उसकी बातें सुनकर सबको काठ मार गया, क्योंकि स्वयं ग्राम–प्रधान और परानिक लोखोन तथा चंपई को कैदी बनाकर ले जाया गया और उनको गिरफ्तार करनेवाले केनाराम व दारोगा थे। उस लड़के ने आँखें बड़ी–बड़ी करके बताया कि पंचों ने सबको तुरंत घर लौटने को कहा है।

सभी तुरंत हरकत में आ गए। उन्होंने साहब को सूचना नहीं दी, क्योंकि उनको शंका हुई कि शायद वे जाने न दें; पूरे दिन परिश्रम कर थके होने के बावजूद उन्होंने थोड़ा भी विश्राम नहीं किया; टोकरी–बहँगी वहीं छोड़ दिए और इस आशंका से रात भर पैदल चलते रहे कि कहीं पीछा करके उनको वापस न बुला लिया जाए। वे थोड़ा विश्राम करते और फिर चल देते, इस प्रकार चलते ही रहे। दोपहर होते–होते वे आमड़ापाड़ा पहुँच गए। आमड़ापाड़ा एक बड़ी बस्तीवाली जगह है, लेकिन वहाँ से आती अजीब आवाजों को सुनकर उन्होंने आपस में कहा कि क्या हो गया! लेकिन कोई भी बताने की स्थिति में नहीं था। पूरी दुनिया उलट–पुलट हो गई है। वे डर गए। क्योंकि बुरे दिन आ गए हैं।

वे चलते जा रहे थे और जाते हुए बातें करते जाते थे कि क्या हुआ होगा। फिर वे आमगाछी पहुँच गए जहाँ उनको अदभुत बात सुनने को मिली। बताया गया कि गरभू माँझी ने अपनी ताकत से वह रस्सी तोड़ डाली, जिससे उसको बाँधा गया था और वह संतालों का राजा बन गया है तथा राजा ने अपने पहले निर्णय में केनाराम व दारोगा को काट डाला है।

गरभू के लोग उसकी एक–एक बात पर विश्वास कर रहे हैं। हजारों लोग केनाराम

के घर के ओसारे में जमा हुए, अनाज की कोठियाँ फोड़ी गईं तथा अपनी खुशी से धान-चावल ढोकर ले गए। जीत की खुशी में लोग उछल रहे थे, नारे लगा रहे थे और लाठियाँ खेलते हुए फरसे लहरा रहे थे। उस समय भी एकाध फरसे व तलवार खून से सने दिखाई दे रहे थे। एक धुनी के पिछवाड़े शवों को फेंककर एकत्रित किया गया था। इधर-उधर खून बह रहा था और पीट-पीटकर लाशों को पहचानने लायक नहीं छोड़ा गया था। वे दो लाशें केनाराम के नौकरों की थीं। दोनों छिपे हुए थे, जिनको खोजकर निकाला गया और पीट-पीटकर मार डाला गया।

धुनी (अनाज की बखारी) के चारों ओर अनेक महिलाएँ एकत्रित हो गई हैं और गरभू माँझी के पंच उनको अनाज नाप-नापकर दे रहे हैं। पंचों ने पिपरा के युवकों का स्वागत गरमजोशी से किया। जो जितना ले जा सकता था, उसको उतना अनाज दिया गया और ले जाने के लिए भी प्रत्येक को बड़ी टोकरी दी गई। इस प्रकार पिपरा के युवक सिर पर अनाज ढोते हुए पिपरा पहुँचे और जी भरकर आनंद मनाया, क्योंकि सालबोनी में उनको मालूम हो गया था कि उनके माँझी (ग्राम प्रधान) और परानिक गाँव लौट आए थे।

छोटा करान उनकी प्रतीक्षा कर रहा था। मिलने पर उसने पिता के बीमार होने की बात बताई और उनको लोखोन के घर में जाने को कहा। उसके पास से उनको बढ़ैत की संपूर्ण घटना की जानकारी मिली और उन्होंने भी उसे रास्ते में जो कुछ अनहोनी दिखी थी, बताया। हाड़मा को लूटपाट बिलकुल नहीं भाती है। इस कारण लोखोन की समझ में नहीं आया कि टोकरी-टोकरी अनाज का क्या होगा! उन्होंने मुनिया से पूछा। मुनिया ने कहा कि गाँव के जो लोग लड़ाई में शामिल थे, यह उनकी संपत्ति होगी क्योंकि हालाँकि केनाराम पिपरा से धान-चावल नहीं ले गया, लेकिन उसने यहाँ के गाय-बछड़ों, भैसों व बैलों को लूटा था, जिनकी कीमत उस धान से कहीं अधिक थी।

उदास लोखोन माथा पीट रहा था, क्योंकि लड़ाई के लिए लड़कों की बात उसके दिमाग से उतर गई थी। वह दौडता हुआ घर पहुँचा और जल्दी-जल्दी लड़कों को बुलाकर एकत्रित किया तथा उनमें से बीस छाँट लिये। उसने उनको सूरज निकलते ही हथियार व भोजन सामग्री से लैस होकर माँझी थान के निकट एकत्र होने का आदेश दिया। खुशी की बात कि सभी जाने को तैयार हो गए, मात्र एक को छोड़कर जो नलहाटी से उसी समय लौटा था। उसने कहा कि वह निकलने से पहले एक दिन विश्राम करना चाहेगा। लोखोन को उसका बहाना बनाना अच्छा नहीं लगा। चुने गए एक ने व्यंग्य से उससे कहा, ''हम थके हुए नहीं हैं क्या, बेटे हम तो तुम्हारे बाप से भी बड़े हैं! और तुम से बहुत अधिक परेशान रहे हैं। लेकिन देख रहे हो न, हम कोई शिकायत कर रहे हैं क्या? युद्ध में किसी को थकना नहीं चाहिए। हाड़मा माँझी क्या बोलेंगे या चाक पर बैठे वे दोनों भाई क्या सोचेंगे! युवा माँझी तो हमारी राह देख रहे होंगे, वे क्या सोचेंगे, यदि पिपरा के जवान ऐसे ही हाँ-ना करते देर करते रहे तो!''

सुबह होते ही गाँव भर के लोग माँझी थान पर जमा हो गए ताकि लड़ाई में जानेवाले सुसज्जित जवानों को विदा कर सकें, क्योंकि पिपरा से लोग आज लड़ाई में शामिल होने जा रहे थे। बीस में से प्रत्येक जवान के पास फरसा, धनुष व तरकश में तीर तथा बाएँ हाथ में ढाल है; इसके अतिरिक्त मिट्टी के बरतन व चावल की पोटलियाँ अलग से। लोखोन नेतृत्व कर रहा था; चंपई की पत्नी लोखोन के बेटे बाजू के हाथ से अपने पति के लिए हरवे-हथियार भेज रही थी। चंपई की पत्नी का प्यार श्रेष्ठ है! क्योंकि जिस दिन चंपई को पकड़ा गया, उस दिन इन हथियारों को देखकर उसने मन कठोर कर लिया और उस दिन से इनको घिसकर चमकाने और सहेजकर रखने के उपक्रम में लगी रही थी। इन सैनिकों के बीच में चंपई के फरसे का डंडा जितना चिकना और चमकदार था, उतना किसी का नहीं था। फरसा किसी उस्तरे के समान तेज था और झक-झक चमक रहा था। तीर में लगे पंखों को देखकर ही कोई भी मुग्ध हो जाता, क्योंकि उसमें अत्यंत सुंदर-सुंदर पंख लगे थे। धनुष की रस्सी बहुत मजबूत, गोल और बिलकुल नई है; ढाल चारों ओर से चमक रही थी और कमरबंद भी सुंदर चमकदार दिख रहा है। मन की आँखों से चंपई को युद्ध के हथियारों से सुसज्जित देखकर चंपई की पत्नी की आँखों से आँसुओं की धारा बह निकली, क्योंकि दूर रहने के कारण वह उसे देख नहीं पा रही थी! लेकिन बाजू जा रहा था वही चंपई को बताएगा कि उसकी पत्नी वास्तव में ग्राम प्रधान और युद्ध-वीर की पत्नी होने योग्य है!

मुनिया अपने छोटे बच्चों को साथ लेकर आँगन के दरवाजे पर खड़ी है। साथ में पुत्रवधू भी है, वह अत्यंत उत्सुक और खुश दिखाई दे रही है। अंदर कमरे में उसका पति कराह और तड़प रहा है। हाड़मा की पत्नी सभी युवकों को पहचानती है, बड़े से छोटे तक को। पंचू का बेटा हरि उम्र में सबसे बड़ा और लोखोन का बेटा बाजू सबसे छोटा है। अपनी माँ के समान सभी उसी को देख रहे हैं और उसकी सीख सुन रहे हैं। वह उनको कह रही है, "साहसी, भले और दयावान बनो; पीकर मतवाले होने से दूर रहो और जिनसे तुम लोगों के गाँव की बदनामी होती हो, वैसे काम कभी मत करना।" इसके बाद उसने रोते हुए जोर से कहा, "मेरे बच्चो, तुम सबको जोहार, जोहार, जोहार!"

पूरे गाँववालों ने जोर से नारा लगाया, "जोहार, जोहार!"

युद्ध पर जानेवाले युवकों ने भी जोर से उत्तर दिया, "जोहार पिपरा!"

टामाक (छोटा नगाड़ा) बजाए जा रहे हैं। सैनिक कतार में चार-चार की संख्या में जा रहे हैं। सबसे पीछे लोखोन है। गाँव से वे धूमधाम से निकले। कोई भी डरा या सहमा हुआ नहीं दिखा। नारे लगाते हुए वे जंगल के रास्ते चल दिए। जब तक वे आँखों से ओझल नहीं हो गए, गाँववाले उनको जाता हुआ देखते रहे। जब वे अंतिम मोड़ पर पहुँचे तो खड़े हो गए और हाथ उठाकर खूब फरसे लहराए और जोर-जोर से 'जोहार, जोहार!' कहा। यह सुनकर महिलाओं व बच्चों ने पतली तथा पंचु ने मोटी आवाज में उनकी ओर देखकर प्रत्युत्तर दिया। इसके बाद वे आँखों से ओझल हो गए।

जब तक टामाक की 'डुबु-डुबु' आवाज सुनाई देती रही, एकत्रित लोग वहाँ से नहीं हटे। बचे-खुचे युवा लड़कों की समझ में नहीं आ रहा था कि क्या करें, सो इधर-उधर होने लगे। हिजड़ों के समान घर में रहने के कारण उनको लज्जा आ रही थी। पत्नियाँ, माताएँ, बहनें अपने-अपने घरों को लौट गईं। कुछ देर तक वे एकांत में विलाप करती रहीं और फिर अपने-अपने कामकाज में जुट गईं। बच्चे आपस में सिपाही-सिपाही खेलने लगे। कुछ युद्ध में जानेवाले सैनिक बन गए तथा अन्य महिलाएँ व बच्चे बन गए; लेकिन हिजड़ा कोई नहीं बना!

पिछले महीने आस-पास के इलाके में क्या-क्या हुआ, इसकी जानकारी से पिपरा के लोग अनजान रह गए। महिलाएँ हाड़मा की सेवा में व्यस्त रहीं। उसके मन से लोगों को कत्ल किए जाने के दृश्य ओझल ही नहीं हो रहे थे। इसके अतिरिक्त सब इस सोच में डूब गए कि बरसात का मौसम निकट था और हाड़मा के लिए कहाँ से हल-बैल जुटाएँगे, क्योंकि बचे-खुचे बैलों को तो केनाराम समेटकर ले गया। वर्षा शुरू होते ही पति-पत्नी व बच्चे सभी खेत जोतने निकल पड़ेंगे। युवा लड़के नहीं हैं, यह बात उसी दिन समझ में आएगी।

हाड़मा के बीमार होने के बाद एक दिन सुबह मुनिया यूँ ही अलसाई हुई थी कि उसने दरवाजे के पास एक मधुर बोली सुनी, "इस घर के लोगों को शांति मिले!"

उसने जब बाहर झाँककर देखा तो पाया कि हाड़मा का मित्र सिंगा सरदार हाड़मा को देखने-मिलने आया हुआ था। उसने सिंगा को घर में बुलाया। अपने मित्र को ज्वर से बेहोश होते और गंभीर हालत में देखकर उसे बहुत दुःख हुआ। उसने मुनिया को जोहार करते हुए कहा, "हम तुम्हारे पति को यह बताने आए हैं कि संतालों को लड़ते हुए देखकर हमको बहुत खुशी हो रही है! यह सही है कि उनकी हार निश्चित है; लेकिन हम हाड़मा के सभी नाते-रिश्तेदारों को यह बता रहे हैं कि यदि फौज के लोग इस ओर आते हैं तो कोई भी सैनिक पिपरा या यहाँ की किसी भी चीज पर हाथ नहीं उठाएगा। हाड़मा माँझी मेरा दोस्त उस समय बना जब मुझे कोई पूछता नहीं था; अब दुनिया के लोग देखेंगे कि सिंगा सरदार के साथ दोस्ती का क्या मतलब होता है!"

मुनिया ने यथासंभव उसका आदर-सत्कार किया तथा सिंगा सरदार की उत्साहपूर्ण बातों और सहृदय व्यवहार से उसे बहुत सांत्वना मिली।

मुनिया सोचने लगी कि उसके पति को सभी ने पसंद किया है। हाँ एक-एक कर सभी ने, मात्र केनाराम और दारोगा को छोड़कर! लेकिन अब वे उसका कुछ नहीं बिगाड़ सकते, क्योंकि वे तो काल के गाल में समा चुके हैं। उसे अत्यंत राहत का अनुभव हुआ, क्योंकि यदि गरभू ने पागलपन और निर्दयता का काम किया भी तो उन दोनों को छाँटकर निकालना भी अद्भुत बात है!

□

27

सभा स्थल

रास्ते में विभिन्न प्रकार की चीजों को देखते हुए घर-द्वार और इष्ट-कुटुंब की याद दिल से उतर गई।

केनाराम को काटनेवाले फरसे के साथ गरभू आमगाछी लौट आया। फरसे में खून लगा था और उसने कपड़ों व शरीर में लगे खून को भी नहीं धोया था। या तो वह थका हुआ या नशे में है अथवा दोनों है। खाट पर उलट-पलट रहा है, खूब चिल्ला रहा है और पागलों के समान अंट-शंट बक रहा है।

वह स्वयं को संतालों का राजा बता रहा है। उतना बड़ा पद पाने के कारण वह राजाओं के समान ही खाने-पीने के इंतजाम में लगा है, ताकि दुनिया के लोग जान जाएँ। उसने गाँव की गली के दोनों ओर मिट्टी के नए बरतन उलटकर रखवा दिए हैं, ऊपर टोले से लेकर नीचे टोले तक। केनाराम के गोला से चावल मँगवाकर उसने हाँड़ियों में रखवाया है। गाँव के सब लोगों ने उसे संतालों का राजा मान लिया। लोग खूब जोर-जोर से नारे लगा रहे हैं; डुबु-डुबु टामाक बजा रहे हैं; आमड़ापाड़ा को लूटने के लिए आस-पास के लोगों का आह्वान कर रहे हैं, जोर-जोर से बुला रहे हैं।

लोखोन कुछ भी नहीं बोल रहा है। वह सभा-स्थल पर पहुँचने से पहले प्रतीक्षा कर रहा है।

वह देखो, आमड़पाड़ा की ओर से सभा स्थल की ओर जाते लोग। वे बाहर-बाहर से पार हो गए। मधुमक्खियों के समान बिदके और डरे हुए आमड़पाड़ा के लोगों को उनका जाना मालूम पड़ा था। परिवार के परिवार, पुरुष-महिलाएँ, बच्चे, नौकर-चाकर और पालतू पशु, भारी-भरकम सामान सिर व पीठ पर उठाए पूरब की ओर भागे जा रहे हैं। वे अपना धन-संपत्ति लेकर जा रहे हैं। मूल्यवान् वस्तुएँ कम ही हैं, अधिकतर सामान्य चीजें ही हैं, क्योंकि किसी प्रकार घर-गृहस्थी चलानेवाला उसे भी कैसे छोड़ सकता है!

लोखोन अपने बेटे बाजू से बोला, ''बेटे, एक बार उधर देखो तो! वह जो जा रहा है, वह केनाराम का ही आदमी है न!''

इंगित किया गया देको व्यक्ति हृष्ट-पुष्ट था, जो भारी बोझ लेकर मुश्किल से चल रहा था और आवश्यकता से अधिक भार लदे घोड़े को सटाक्-सटाक् पीटता जा रहा था। उसकी पत्नी बड़ी से गठरी सिर पर उठाए हुई थी। कमर में बच्चा लिये हुई मुश्किल से चल रही थी, ताकि पीछे न पड़ जाए। दो वर्ष का नंग-धड़ंग बच्चा भागता जा रहा था और पीछे पड़ जाने पर जोर से चिल्लाकर कहता था कि माँ, हमको छोड़कर मत जाओ! लेकिन न तो पिता और न तो माता ही उस पर कोई ध्यान दे रही थी, क्योंकि वे बहुत डरे हुए थे और भाग रहे थे।

लोखोन ने हँसते हुए कहा—''वह देखो, लूट की चीजों के साथ जा रहा है!''

बेटे ने पूछा, ''क्या बोलते हैं बाबा! इसको तलवार दिखा दें?'' वह अपने हरवे-हथियार आजमाने के लिए मचल रहा था।

कुछ अधिक ही दयावान पिता ने उत्तर दिया, ''नहीं बेटे, उनको जाने दो!''

बाजार के लोगों में अफरा-तफरी मची थी। कुछ भागने की तैयारी में लगे थे और साहसी लोग अपनी सुरक्षा का इंतजाम कर रहे थे।

वह देखो, सभा-स्थल की ओर जाते लोग! गाँव की गलियों में ग्रामीण उनको बार-बार जोहार कर रहे हैं। तेज धूप के समय उन्होंने पाडेरकोला में भोजन कर विश्राम किया और वह देखो, फिर से रवाना हो गए!

वह देखो, सभा स्थल की ओर जाते लोग! उन्होंने मारगो गाँव पार कर लिया है, वहीं तो कभी न बुझनेवाली आग है। गुमानी नदी के किनारे-किनारे चलकर बढ़ैत पहुँच गए हैं। इसके बाद बड़ी नदी मिली है, जिसके किनारे-किनारे चलते हुए वे पश्चिम की ओर चले जा रहे हैं; रात-बिरात चले ही जा रहे हैं। कुछ समय बाद एक स्थान पर कई झुंडों में आग जलते देखकर उन्होंने अनुमान लगाया कि वे गंतव्य के निकट पहुँच गए थे।

इसके बाद वे शाल के एक वन में प्रवेश कर गए। सघन पेड़ों की छाँव के कारण वन में रास्ता भी नहीं सूझ रहा था। इस कारण वे वन से बाहर निकल आए। निकलने पर आश्चर्य हुआ कि वे तो पहुँच चुके थे, लेकिन उनको आभास नहीं हुआ था। उनको बिलकुल सामने जलती हुई आग और उसके चारों ओर हजारों लोग चलते-फिरते दिखाई दे रहे थे।

बाईं ओर नदी की पश्चिम दिशा पर एक बड़े आकार में जलती आग के निकट तक लोग दो लंबी कतारों में खड़े हैं और प्रत्येक के हाथ में जलती हुई मशाल है। आग धू-धू कर जल रही है। आग में क्योंद की लकड़ी डाली गई है जिस कारण चिनगारी चट-चट की आवाज के साथ किसी साँप के समान बलखाती हवा में ऊपर उठ रही है। क्योंद

की लकड़ी चटकती है और चमक पैदा करती है। आग के चारों ओर ढोल बजाए जा रहे हैं और लोग नाच-कूद रहे हैं। बजानेवाले संताल नहीं हैं। वे लोग ढोल बजानेवाले छोटे मुड़े हुए डंडे से इतने जोर से ढोल पीट रहे हैं कि बादल गरजने का अहसास होता है। वे एक साथ हिलते-कूदते हैं, कलाबाजियाँ करते हैं, कभी कंधे उचकाते हैं और कभी हवा में कलाबाजियाँ करते हुए जमीन पर खड़े हो जाते हैं। वे चारों ओर कलाबाजियाँ दिखाते घूम रहे हैं। ढोल बजाए जाते समय वे एक पल को भी शांत नहीं रहते हैं।

ढोल की आवाज से सम्मोहित होकर नृत्य के लिए सुसज्जित होकर आए हजारों-हजार जवान लड़के उछल-उछलकर नाच रहे हैं। समय-समय पर उछलकर वे कलाबाजियाँ करते हैं, कभी दौड़कर आगे तो कभी पीछे आते हैं और एक साथ कूदकर ऊपर उठ जाते हैं, फिर तुरंत छाती के बल लेटते व घुटनों के बल बैठते, ढाल पर प्रहार करते हुए गगनभेदी स्वर में नारे लगाते हैं। मानो एक-एक व्यक्ति घात लगाए बैठा है और शत्रु को दो टुकड़ों में काट रहा है। वे काली परछाइयों में भूत के समान ढोल की ताल पर नाचते दिखाई दे रहे हैं। लोगों का जोर-जोर से नारे लगाना, बजानेवालों का उछलना-कूदना और ढोल की गुडुम-गुडुम आवाज सुनकर लोखोन खुशी से झूम उठा। हाँ, यह हुई न कोई लड़ाई! जब वह इस सोच में खोया था तब सहसा किसी ने उसे हाथ से स्पर्श किया। उसने मुड़कर देखा तो सामने साम परगना और चंपई को देखा!

"हम तुम ही लोगों को तो ढूँढ़ रहे हैं।" साम परगना ने छूटते ही कहा "और देसमाँझी कहाँ हैं भाई?"

हाड़मा के बीमार होने की बात सुनकर साम परगना को अत्यंत दुःख हुआ और उन्होंने अनेक अन्य बातें भी पूछीं। इसके बाद काम की बात आरंभ हो गई। लोखोन परानिक की चौड़ी छाती को प्रशंसा से देखते हुए परगना ने पूछा, "उसके बदले तो तुम ही सरदार हो न!"

लोखोन ने जोर से हँसते हुए उत्तर दिया, "नहीं परगनाजी, जब तक छोटे माँझी जीवित हैं, तब तक तो ऐसा कभी नहीं हो सकता है!" लोखोन चंपई को छोटा माँझी ही कहा करता था, यद्यपि वह अपने पिता से भी लंबा-चौड़ा जवान हो गया था।

लोखोन की बातें सुनकर पहले तो चंपई मंद-मंद मुसकाया, लेकिन साम परगना का उत्तर सुनकर तुरंत उदास हो गया, क्योंकि साम परगना ने कहा कि चंपई के पास तो हरवे-हथियार तक नहीं हैं। वह तो मेरे ही पीछे-पीछे हो रहा है, क्योंकि बिना हरवे-हथियार के कोई भी आगे नहीं जा सकता है।

लोखोन ने मुसकराते हुए कहा, "अच्छा उसकी व्यवस्था हमलोग देखेंगे। ए बाजू! बेटे जरा वह पोटली तो लाओ!"

बाजू ने अपने मित्र के सामने कंचनी द्वारा भेजी गई सामग्री की पोटली खोल दी।

चंपई बहुत देर तक हथियारों को ही निहारता रहा और देख-देखकर मुग्ध होता रहा। उसने हथियार उठा लिये और एकांत में उनको देखने लगा। पिता की बीमारी उसे याद नहीं रही। अपनी पत्नी, स्नेहमयी माँ या बच्चों का कुशल-क्षेम उसने पूछा ही नहीं। वह सबकुछ भूल गया। युवावस्था में ऐसा ही होता है।

उसे हथियारों में ही उलझा हुआ देखकर साम परगना ने कहा, "चलो भाई, अपने लोगों को सामने लाओ और भरती कराओ!"

इसके बाद युवा सरदार ने हथियारों से सुसज्जित होकर अपने लोगों के अगुआ का स्थान ग्रहण कर लिया तथा गाँव के अन्य सैनिकों के साथ सभी कतार में खड़े हो गए। सशस्त्र सेना मशालों के प्रकाश में चली जा रही थी। जहाँ आग जल रही थी, उन्होंने पार किया, जहाँ लोग जमकर पइकाहा नाच रहे थे। गुडुम-गुडुम आवाज और धुआँ वगैरह पार करने पर उनको सामने एक बड़ा-सा मंड़वा जैसा डालियों व पत्तों से छाया हुआ स्थान दिखा, जो चारों ओर से माँझी थान जैसा खुला हुआ था। बीच के स्थान को पीले कपड़े से घेरा गया था और सामने रंग-बिरंगे कपड़ों से ढके एक मचान पर चाक पर बैठनेवाले दोनों भाई आराम से चमकदार गद्दी के ऊपर बैठे थे। लोखोन को ऐसा ही बताया गया था, परंतु उसे विश्वास ही नहीं हो रहा था, क्योंकि उनका उतना बदल जाना आश्चर्यजनक था। सिर पर चमकती टोपियाँ हैं और शरीर पर लाल, हरा व सुनहरे रंग का मलमल उन्होंने लाद रखा है। उनकी खिलखिलाती हँसी गुड़ के पानी के समान बाहर आ गई और अंहकार की तिरछी दृष्टि कसैले पानी के समान अंदर चली गई। दोनों भाई अकेले ही बैठे हैं; संतरी और अन्य कर्मी उनको चारों ओर से घेरकर बैठे हैं। मचान के नीचे एक देको किरानी चटाई पर विनम्रता से बैठा है और जैसे ही लोग आते हैं, वह तालपत्र पर लिखता है—गाँव का नाम, कितने लोग हैं और सरदार का नाम। चंपई की बारी आ गई। अपने सैनिकों को उसने खड़ा किया; स्वयं मचान के निकट चला गया और जो कुछ बोलना था, वह सब बोलकर जोहार करके आगे बढ़ गया। वे नदी तट पर अन्य मार्ग से आग की दूसरी ओर चले आए।

चंपई के आदमी एक तो अत्यंत थके हुए थे और बहुत खाली-खाली भी महसूस कर रहे थे और सोच-विचार कर रहे थे कि अब क्या करेंगे! उसी समय एक नवयुवक आया और बोला, "क्यों भाई, आप ही लोग पिपरा के हैं न?"

चंपई ने सहमति में सिर हिलाया।

तब युवक ने कहा, "तब तो आप लोगों की जिम्मेदारी हमको दी गई है। आज रात आप लोग खा-पीकर आराम करें। कल सुबह ही इस महुआ पेड़ के नीचे जमा हो जाइए।" महुआ का पेड़ दिखाकर उसने उनको विदा कर दिया।

इसके बावजूद वे लोग बात-विचार में लगे रहे—अभी हमको जलावन की

लकड़ी कहाँ मिलेगी और हम लोग रात का भोजन कब पकाएँगे? सौभाग्य से उसी समय साम परगना से भेंट हो गई और उन्होंने सबको सांत्वना दी। उन्होंने कहा, ''खाने-पीने की चिंता मत करो। हमारे डेरा पर तुम लोगों के लिए भोजन तैयार कर रखा हुआ है।'' इसके बाद वे वहाँ गए और पेट भर भोजन करने के बाद रास्ते की थकान और भूख दोनों भूल गए।

भोजन करने के बाद लोखोन ने बातचीत शुरू कर दी और साम परगना से बोला—''अच्छा परगना, इतने तामझाम का आखिर मतलब क्या है? दोनों भाई सचमुच राजा बन गए हैं क्या?''

साम परगना ने उत्तर दिया, ''यह सब बनियों की करामात है न!''

लोखोन ने फिर पूछा, ''हम समझे नहीं, कृपा करके साफ-साफ बताइए न!''

साम परगना विस्तार से बताने लगा, ''जब हूल आरंभ हुआ तब बढ़ैत और इस बड़े मैदानी इलाके के देको लोगों ने स्वयं को प्रत्येक स्थान पर घिरा हुआ और भागने का कोई उपाय भी नहीं देखा तब वे दोनों भाइयों के पैरों पर गिर गए, ताकि उनको मारा न जाए। उन्होंने मारने नहीं दिया, लेकिन उनके पास जितने भी बही-खाते थे सबको छीनकर आग के हवाले कर दिया। यहाँ की सेना की खुराकी उन्हीं के अनाज से हो रही है। हम लोगों ने अभी जो खाया, वही था और उनके घोड़े हमारे सामान ढोकर ले जाएँगे। दोनों भाइयों ने जो मलमल के कपड़े लाद रखे हैं और जो पहन-ओढ़ रखा है, वह सब उन लोगों ने दोनों को खुश करने के लिए ही दान-स्वरूप दिए हैं। असली बात यही है।''

चंपई ने बाजू से तुरंत कहा, ''काश! हमारे पास भी वैसा ही सुंदर पहनावा होता बाजू!''

साम परगना ने व्यंग्यात्मक स्वर में उत्तर दिया, ''जवान लड़कों को रंग-बिरंगा कपड़ा बहुत अच्छा लगता है। लेकिन ऐसे कपड़े तो लड़कियों में ही फबते हैं!''

चंपई ने बात पलटते हुए कहा, ''लेकिन हमको लड़ाई तो लाल कपड़ेवालों से ही करनी होगी न!''

साम परगना ने हँसते हुए कहा, ''तो तुम भी उनके साथ लाल कपड़े पहनकर लड़ना चाहते हो क्या?''

चंपई ने कोई उत्तर नहीं दिया, लेकिन उसके चेहरे को देखने से ऐसा लगा मानो उसके विचार पहले ही जैसे थे। तब साम परगना ने सच-सच कहा, ''ऐसा कभी नहीं हो सकता है! क्योंकि हमारे पास न तो कपड़े हैं और न कपड़े सिलने के लिए हमारे पास दर्जी हैं; और यदि कपड़े होते भी तो हमारे आदमी पहनने को तैयार ही नहीं होते। बेटे,

---

* कम चौड़ाई का अधोवस्त्र, जो कमर की करधनी में केवल आगे-पीछे खोंसकर पहना जाता है

ये लोग तुम्हारे जैसे सजने-सँवरनेवाले लोग ही नहीं हैं ! हम संताल लोग तो 'भगवा'* पहननेवाले हैं तब फिर सिपाहियों के समान कसा हुआ कपड़ा कैसे पहनेंगे ? पथरीली और झाड़ीदार जगह पर तुम तेजी से कैसे दौड़ सकते हो ? यह सही है कि हम उसको चर-चर करके फाड़ नहीं डालेंगे, लेकिन हम ही लोगों को दम घुटने जैसा लगेगा !''

लोखोन आश्चर्य करता हुआ बोला, ''हाँ-हाँ, यदि हमारे पास वैसा कपड़ा होता तो शायद हम चर-चर करके फाड़ डालते। असली मुद्दा खाना है। हम लोग भगवा पहनकर भी लड़ सकते हैं !''

''हाँ जी, मर्दों के लिए तो बहुत खाना है, लेकिन हमारी औरतें और बाल-बच्चे खाने के लिए तरस गए हैं ! ऐसे बुरे समय में वे कैसे दिन काटेंगे ?'' साम परगना ने उत्तर दिया।

चंपई के लिए यह बातचीत दूर की बात ही जान पड़ी और वह फिर से बाजू के साथ खुसुर-पुसुर में लग गया। इतने में लोखोन को गरभू की बात याद आ गई। साम परगना ने जो कुछ देखा, सब बता दिया था, जिसके अनुसार आमगाछी के लोग आमड़ापाड़ा लूटने का मन बना चुके थे। साम परगना के अनुसार यह बहुत बड़ी खबर थी और इसे अविलंब पेश किया जाना चाहिए था।

''चलो, इसी समय चंदराय के पास चलते हैं !'' यह कहकर परगना ने लोखोन को जल्दी चलने के लिए कहा।

रास्ते में लोखोन ने पूछा कि चंदराय कौन था ?

''अरे, चंदराय को नहीं पहचानते हो ? वह तो पाडेरकोला का ही है !''

लोखोन ने हतप्रभ होकर जोर से कहा, ''अरे-अरे, यह वही चंदराय है ! लेकिन वह घर से इतनी दूर क्यों चला आया है ?''

साम परगना ने उत्तर दिया, ''चंदराय तो बहुत बड़ा आदमी है भाई ! अभी तो वही न हम लोगों का अगुआ है !''

''हाँ-हाँ, अभी हमको याद आया।'' लोखोन आश्चर्यचकित होकर बोला, ''तभी शाम के समय वही तो चंपई के साथ बातें कर रहा था। थोड़ी-थोड़ी याद आ रही है, पता नहीं उसको हम कहाँ देखे हैं ! लेकिन आप परगना तो हैं ही फिर उसको कैसे साहस हो रहा है ?'' लड़के की निडरता देखकर लोखोन को घोर आश्चर्य हो रहा था।

साम परगना ने धीमी आवाज में उत्तर दिया, ''हाँ-हाँ, ठीक है, हम तो राजी ही हैं। अच्छा, दिसोम सेंदरा* में संताल लोग छोटे-बड़े सभी बराबर होते हैं ! और यह तो बहुत बड़ा दिसोम सेंदरा ही है न ! ऐसा तो संतालों ने कभी देखा ही नहीं है। चंदराय को हमने ही कहा कि तुम ही अगुआई करो। वह भला ना कैसे करता !''

---

* संतालों का वार्षिक शिकार का अनुष्ठान

लोखोन बिलकुल गड़बड़ा गया। अब धरती उलटी हो गई है! लेकिन वह बोलता भी क्या, क्योंकि साम परगना तो स्वयं राजी थे, फिर कोई क्या कहता?

परगना ने कहा, ''जल्दी-जल्दी चलो, थोड़ी भी देर करना ठीक नहीं है।''

उनकी भेंट चंदराय से हो गई। वह उनको दोनों भाइयों के पास ले गया और लोखोन के संदेश से भाइयों को अवगत कराया। दोनों भाई चंदराय के सुझाव से सहमत हो गए और उन्होंने आमड़ापाड़ा के लोगों की सुरक्षा के लिए सेना भेजी, लेकिन इस शर्त के साथ कि बाजार के लोग अपनी संपत्ति सेना को सौंप देंगे। गरभू को पकड़कर लाने का आदेश भी सेना को दिया गया, क्योंकि साम परगना ने बताया कि गरभू पागल हो गया था और उसका इस प्रकार खुलेआम रहना अच्छा नहीं था। लेकिन चंदराय ने सिखाया कि परगना दोनों भाइयों को इस प्रकार बताये कि गरभू सर्वश्रेष्ठ वीर पुरुष है और ऐसे व्यक्ति को दोनों भाइयों के साथ ही रखा जाना चाहिए। इस प्रकार गरभू को माननीय कैदी के रूप में लाया गया।

साम परगना अत्यंत होशियार व्यक्ति है। सभा-स्थल पर आने के बाद उसने देखा कि लोग परगनाओं को पूछ भी नहीं रहे हैं और युवाओं के पीछे ही चलना चाहते हैं। इसी क्रम में उसे युवाओं में से ही एक ऐसा व्यक्ति मिला, जो दोनों भाइयों के अत्यंत निकट था, लेकिन परगना को भी मान-इज्जत दे रहा था। उसी के माध्यम से परगना ने अपना सुझाव दोनों भाइयों तक पहुँचाया, अन्यथा वे शायद उस पर ध्यान नहीं देते। उसे पहले से ज्ञात था कि सभा-स्थल में सेना के सभी लोग अन्य समुदाय को मार-काट कर साफ कर देने की तैयारी कर रहे थे, ताकि उनकी धन-संपत्ति लूट ली जाए और बची-खुची को जला दिया जाए। परगना ने चंदराय के माध्यम से दोनों भाइयों को बताया कि ऐसा करने से संताल, विशेषकर सेना के सैनिक भूख से तबाह हो जाएँगे। परगना ने ही यह सुझाव दिया कि अन्य समुदाय के लोगों को छोड़ा जा सकता है, यदि वे सब अनाज, धन-संपदा और माल-मवेशी उनके हवाले कर दें। इस प्रकार धन-संपत्ति देकर जान बचाने या थोड़े-बहुत माल-मवेशी वापस पाने के बाद भी महाजन लोग संतुष्ट नहीं हुए। क्योंकि उनको सब बही-खाते सौंपने पड़े थे जिनको आग के हवाले कर दिया गया था। धान-चावल से जितना लाभ कमाया था, सब छीन लिये गए और साथ में पालतू पशु भी। महाजनों को पूरा बदला मिल गया, क्योंकि जान बचाने का बहुत बड़ा मूल्य उनको चुकाना पड़ा।

लोखोन अपने थके हुए सैनिकों के पास गया। जवान लड़के आग के ढेर के पास आराम से सोए पड़े थे। धुँआ उन्हीं की ओर जाने के कारण मच्छर, मक्खी सभी भाग रहे थे। वे बहुत अधिक थके हुए थे, क्योंकि नलहाटी से लौटने के बाद उनको थोड़ा भी आराम नहीं मिल पाया था। मात्र चंपई ही जगा हुआ है, क्योंकि दो दिनों के आराम के

बाद वह थका हुआ महसूस नहीं कर रहा था। लोखोन तो वहाँ पहुँचते ही लेट गया और मुर्दे के समान सो गया।

चंपई अपने हथियार प्रदर्शित करने के लिए व्यग्र हो रहा था और अन्य लोगों के समान सोया नहीं था। वह आग की ढेरी के निकट गया और वहाँ नाचने-कूदने लगा।

ढोल की आवाज के शोर से परेशान हुए बिना थके-माँदे यात्रीगण सूरज निकलने तक सोते ही रहे। जब दिन चढ़ा तो सब पुनः ताजादम हो गए। नदी खूब गहरी और सँकरी है। तटों पर भयंकर ढलान है, जिसमें फिसलन है तथा मिट्टी काली है। यह सब देखकर वे हैरान रह गए कि वे आखिर किस स्थान पर थे? लेकिन फिर उनकी स्मृति लौट आई। पास ही चंपई बैठा धीरज से उनके उठने को देख रहा था, क्योंकि साम परगना ने उसको ऐसी ही सलाह दी थी। समय काटने के लिए चंदराय व चंपई धीमी आवाज में बातें करने लगे।

जब सभी उठ गए तब चंपई ने कहा, ''चलो तो भाइयो, दुनियावालों को दिखा दो कि पिपरावासी धनुष किस तरह चला सकते हैं!'' प्रदर्शन करने के लिए उसने स्वयं तरकश से कुछ तीर खींच लिये।

चंदराय से वह बोला, ''हम लोगों को अपने घर-द्वार के लिए एक बार तीर चलाना पड़ा था और हम लोगों को अच्छे निशानेबाज के रूप में जाना जाता है। है कि नहीं लोखोन काका?''

लोखोन ने उत्तर दिया, ''हाँ जी! उस दिन तुम भी वहीं पर थे छोटे माँझी। मेरे कंधों पर बैठना तुमको याद है कि नहीं और घर-द्वार छोड़ने के कारण वह पहाड़िया महिला कितना जोर रोई थी!''

चंदराय को धैर्य नहीं हो रहा है। उसने कहा, ''चलो, जल्दी-जल्दी तीर चलाओ तुम लोग!''

उन्होंने धनुष तैयार किए और गाड़ी के पास आ गए, ताकि वहाँ से निशाना साध सकें। दो पंक्तियों में केले के तने गाड़े गए तथा लाल कपड़े से लपेट दिए गए। वह इसलिए कि उनको सिपाही ही समझ लिया जाए। तीन-चार व्यक्ति करके पारी-पारी से तीर चलाए गए तथा तीर चुनकर लाने के लिए वे लक्ष्य के उस पार गए और जितने लोगों ने निशाना साधा था, उसकी गिनती की। सभी को अपने-अपने तीर की पहचान है। दूसरों के तीर को अपना कहकर कभी दावा नहीं करते हैं।

लक्ष्य के निकट जवान लड़के अपने-अपने तीर बीनने में लगे थे। लोखोन जब वहाँ निकट गया तो उनके बीच उसे एक व्यक्ति दबे पाँव चलता हुआ दिख गया। निकट पहुँचने पर लोखोन को घोर आश्चर्य हुआ। न, यह तो किसी भी हाल में हमारे परगना नहीं हो सकते हैं! लेकिन ध्यान से देखने पर लगा कि साम परगना के अतिरिक्त कोई

अन्य नहीं हो सकता है! इन दिनों वह अत्यंत गंभीर व उदास-से दिखने लगे थे, लेकिन आज तो बिलकुल अलग दिख रहे हैं। साम परगना ही तो पचास वर्षों पहले तीर चलाने की प्रतियोगिता में निर्णायक बने थे और उस समय उनको भगीरथ सरदार से घुल-मिल कर हँसते-बतियाते देखकर चंपई माँझी को बहुत बुरा लगा था। साम परगना को देखकर लोखोन को बहुत खुशी हुई, अन्य किसी बात से उसे इतनी खुशी नहीं हो सकती थी। लेकिन लक्ष्य बेधना देखकर वह उसी में मग्न हो गया, क्योंकि चंपई व्यर्थ की डींग हाँकनेवाला नहीं था। हाड़मा की प्रशंसा की जानी चाहिए, क्योंकि पिपरा के लड़कों का अभ्यास इतना अच्छा था कि वे समस्त संताल सेना के बीच सर्वश्रेष्ठ साबित हुए।

साम परगना जहाँ भी जाते वहाँ लोग दिल खोलकर हँसते। सहसा लोखोन ने उनसे प्रश्न किया, ''परगनाजी, आज आप बहुत सजीले दिख रहे हैं, क्या बात है?'' साम परगना शान बघारने लगे जबकि उनका चेहरा दूसरा ही दिख रहा था, अजनबी और उदास-सा। साम परगना ने उत्तर दिया, 'ऐ बेटा लोखोन, संकट के कारण हमारा मन बहुत दिनों से चिंतित है! लड़के हँसते हुए अच्छे मन से लड़ाई में जाएँ, हमारी कामना है कि लड़ाई समाप्त होने से पहले ही हम जीत जाएँ!''

लोखोन ने उत्सुक होकर जोर से पूछा, ''क्या-क्या, हम क्या हार जाएँगे?''

सरदार ने दु:खी स्वर में कहा—''हाँ, हम हारेंगे ही।'' फिर परगना ने दृष्टि उठाकर कहा, ''और यदि हम खुशी के साथ अच्छे मन से लड़े तो बचे हुए लोगों के लिए बहुत लाभ हो सकता है, बिलकुल जीत के समान ही!''

इसी समय चंदराय वहाँ आ गया और शिकायती लहजे में बोला, ''दोनों भाई नहीं समझ रहे हैं। तब फिर क्या करना होगा?''

साम परगना ने गंभीर स्वर में उत्तर दिया, ''हमको उन दोनों के पास ले चलो तो! उनको हम अच्छी तरह से समझा देंगे।''

चंदराय बोला, ''उन दोनों के हुकुम के बिना हम आपको भी उनके पास कहाँ ले जा पा रहे हैं; क्योंकि हम देख रहे हैं कि दोनों भाई परगनाओं को बिलकुल सहन नहीं कर पा रहे हैं।''

परगना ने सुझाव दिया, ''सही है! तब तो तुमको हुकुम लेना ही पड़ेगा।''

चंदराय ने संदेह से देखा, लेकिन पुन: वहाँ गया ही।

साम परगना उसको जाता हुआ देखता रहा और स्वयं को समझाता रहा, लेकिन लोखोन को उसने पास नहीं बुलाया। आप देखेंगे कि इन दोनों भाइयों से मिलने में भी मुश्किल होगी जैसा कि भागलपुर के हाकिमों के पास आप जा नहीं सकते हैं! एडेन और पोंटेट साहब संतालों से परिचित हैं और जिसको जो बोलना हो, वे लोग सुनते हैं। नासमझ युवा हैं! ये नहीं सीखेंगे न! ठीक है! दोनों के पास काम है, काम करने दो लेकिन

परिणाम! क्षण भर का काम है, तुरंत समाप्त हो जाएगा!

समय-समय पर लोखोन को बेचैनी-सी महसूस होती है लेकिन वह किसी से कुछ कहता नहीं है; यदि संताल लोग लड़ाई नहीं जीतेंगे तब फिर इतने उतावले क्यों हो रहे हैं! तथापि वह एक विश्वास योग्य अनुगामी है जो सरदार की प्रत्येक आज्ञा का पालन करता है, भले ही इसे समझता हो या न समझता हो। यदि साम परगना संतुष्ट हैं तो सब ठीक है। लोखोन की यही सोच है।

चंदराय किसी सफल अगुआदार के समान बहुत उत्साहपूर्वक लौटकर आया और बोला कि साम परगना का स्वागत दोनों भाई अत्यंत सम्मानपूर्वक करेंगे, लेकिन मात्र इसी बार, दोबारा नहीं। साम परगना ने हलकी मुसकान के साथ स्वयं पर काबू रखते हुए युवा नेता का अनुसरण किया और दोनों मचान के उस पार बने एक बड़े कमरे में प्रवेश कर गए। दोनों भाई यहीं पर आगंतुकों का स्वागत कर रहे थे। कमरे के एक छोर पर दोनों भाई एक सामान्य से सिंहासन पर विराजमान थे। कमरे को रंग-बिरंगे व चमकीले कपड़ों से खूब सजाया गया था और बढ़िया वस्त्र धारण करने के कारण दोनों फूले नहीं समा रहे थे। दोनों ओर दरबार के मुखियागण मंत्रियों के समान बैठे हैं। चंदराय भी दरबार में आने के बाद वहाँ के आचार-व्यवहार सीख गया था और उसने अत्यंत आदरपूर्वक डोबोक्* किया। वह साम परगना को लेकर जा रहा था। उसने भी दंडवत् कर प्रणाम किया और दोनों निकट पहुँच गए। साम परगना दूर ही में खड़ा हो गया। वह अत्यंत गरीब व विनम्र व्यक्ति जैसा दिख रहा था।

कुछ पल के बाद कान्हू ने तेज आवाज में कहा, "आइए, बिलकुल मत घबराइए!"

साम परगना चतुराई से थोड़ा झुककर गंभीर स्वर में बोला, "आप दोनों वीरों के सामने मुझे किस बात का डर! मुझे बहुत शांति महसूस हो रही है।"

कान्हू पहले ही जैसी तेज आवाज में बोला, "चंदराय साहब से मालूम हुआ कि आपका नाम साम है। हमारे लोगों के बीच आप पहले से विख्यात हैं।"

साम परगना ने मुसकराते हुए स्वयं पर नियंत्रण रखा, क्योंकि चंदराय को साहब संबोधित किया गया, पोंटेट और एडेन के समान। तब साम परगना मुँह फुलाकर विनम्रता से बोला, उसे बोलने का साहस हुआ क्योंकि उसने देखा कि दोनों भाई तीखी खुशामद भी स्वीकार कर रहे थे। वह बोला, "जी हाँ, आप दोनों वीरों के सौभाग्यपूर्ण आविर्भाव से पहले लोग मुझ छोटे-मोटे आदमी के पास समझने-बूझने के लिए आया करते थे। लेकिन अब तो आप दोनों वीरों की बुद्धिमत्ता ही सबके लिए पर्याप्त है।"

कल-परसों का राजा कई वर्षों के परगना की बातों से पसीज गया और अपने भाई की ओर मुड़कर बोला, "बहुत ही सज्जन हैं और सब इनकी प्रशंसा ही कर रहे हैं। यदि

---

* दाहिने हाथ की मुट्ठी को झुककर माथे से लगाना

उम्र थोड़ी कम होती तो दरबार के मुखिया हो सकते थे।'' आज का बुद्धिमान व्यक्ति जैसे पचास वर्षों बाद होनेवाली बातों को खोजकर निकाल सकता है, वैसे ही दोनों भाइयों को भान हो गया कि सुचारु रूप से काम चलाने के लिए उनको थोड़ा समय लगेगा।

साम परगना ने गोलाई में बैठे सभी मंत्रियों को दृष्टि दौड़ाकर देखा, सभी सजीले व हृष्ट-पुष्ट युवा थे; लेकिन निपट नौजवान, दुःख की यही बात थी। साम परगना को ऐसा लगा कि इतने बड़े दायित्व का काम करने के लिए तो इनकी नाल भी नहीं सूखी थी। उन सबको देखकर उसका हृदय व्याकुल हो उठा।

जैसे राजा अपने मातहत को संबोधित करता है, वैसे ही कान्हू ने कहा, ''परगना, आप सैनिकों के बारे में जो कुछ जानते हैं, हमको बताइए!''

साम परगना ने आदरपूर्वक उत्तर दिया, ''बहुत खुशी से बताएँगे, महामहिम!''

कान्हू बड़बड़ाता जा रहा था, 'अन्य पहाड़िया लोगों से ये भला अलग कहाँ हैं!'

सिदो जीवन-पर्यंत कान्हू का सहयोगी ही बनकर रहा। बोलने का काम कान्हू ही करता था और सिदो केवल सुनता था। लेकिन जब वे इतने बड़े पद पर आसीन हो गए तब सिदो ने सोचा कि उसे भाई की बराबरी करनी चाहिए, इस कारण उस दिन से वह भी बार-बार बोलने लगा। लेकिन क्या बोले और क्या नहीं, यही तो समझ नहीं पा रहा था। इस कारण वह बार-बार गला साफ करता था, मानो अभी बोलेगा और हर बार कान्हू की बात का ही दोहराव कर जाता था। कान्हू के उत्तर देने से पहले ही वह ऐसा अवश्य कहता था, ''अच्छा ऐसी बात है, जैसे अन्य पहाड़िया लोग?''

सिदो के बात समाप्त करने तक साम परगना चुप ही था। इसके बाद वह बोला— ''आप महामहिमों ने उनको छुट्टियों में आते तो देखा होगा?''

कान्हू बोला, ''हाँ, देखा है; लेकिन पोशाक और हथियारों के साथ नहीं!''

सिदो बीच ही में बोल पड़ा, ''सही कह रहे हो भाई!'' और समझदारों के समान सहमति में सिर हिलाया, ''हाँ-हाँ, कभी नहीं, हमने सजे-धजे रूप में तो कभी नहीं देखा!''

साम परगना ने सबसे पूछा कि क्या कोई बता सकता था कि पोशाक व अन्य साज-सामानों के साथ वे क्यों नहीं होते थे?

कान्हू ताली बजाकर बोला—''यही तो होशियार आदमी का सवाल है, हम जानते हैं, इस सभा में किसी को इसका उत्तर मालूम नहीं है!''

सिदो ने सिर को झटका देते हुए कहा, ''हाँ-हाँ यह तो दूर की कौड़ी है!''

दरबार का एक होशियार नौजवान बोला, ''ताकि उनकी पोशाक मैली न हो जाए!''

सिदो की इच्छा हुई थी कि कहे—''हाँ-हाँ, साथी मदन!'' लेकिन उसके बोलने से

पहले ही कान्हू ने हाथ उठाकर उसे रोक दिया, क्योंकि सिदो का आगे बढ़ना कान्हू को अच्छा नहीं लगा।

साम परगना ने कान्हू की ओर दृष्टि घुमाकर कहा, ''हम देख रहे हैं कि आप दोनों माननीय ने भी कारण की पहचान कर ली है। पोशाक और साज-बाज के साथ पहाड़ चढ़ना मुश्किल काम है।''

कान्हू स्वयं को समझदार प्रदर्शित करता हुआ बोला, ''हाँ-हाँ, बिलकुल सही, यही बात है।''

साम परगना ने उत्तर दिया, ''हमसे युद्ध करने भी वे साफ-सुथरी पोशाक पहनकर ही आएँगे।''

दोनों भाई समझदार व होशियार होने का प्रदर्शन तो कर रहे हैं, लेकिन कुछ बोल नहीं रहे हैं। आगे साम परगना ही बोलता गया, ''आप दोनों माननीय बिलकुल सही बात कहते हैं! यदि सैनिक पोशाक पहनकर पहाड़ पर लड़ने आएँगे तो लड़ने का दाँव हमारे भगवा पहने लोगों को ही मिलेगा।''

कान्हू ने उत्तर दिया, ''इस बात से कोई इनकार नहीं कर सकता है।''

इसके बाद सिदो ने कहा, ''हम दोनों की बात मिल रही है, यह कैसे हो गया?''

उधर साम परगना बोलता ही जा रहा था, ''सैनिक बंदूक से गोली मारते हैं, तीर-धनुष से नहीं। आप दोनों माननीय योद्धा हैं, इस कारण इसे आसानी से समझ सकते हैं।''

दोनों भाई फूलकर कुप्पा हो गए।

''आप दोनों माननीय यह कहना चाह रहे थे कि बंदूक चलाने के लिए गोली की जरूरत होती है और गोली-बारूद अगर गीला हो जाए तो बेकार हो जाता है।'' प्रकट में वह ऐसा दिखा रहा है मानो दोनों भाइयों का चेहरा ध्यान से निहार रहा है, फिर सहसा जोर से बोला, ''आप दोनों माननीयों का मन हम देख पा रहे हैं; बारिश का मौसम सामने है, चारों ओर पानी ही पानी। ऐसे में गोली-बारूद भीग जाएँगे, फिर तो बंदूक किसी काम के ही नहीं रह जाएँगे! सचमुच आप राजाओं की बुद्धि सबसे तेज होती है। आप लोगों से कोई बात छिपी नहीं है!'' प्रशंसा के ऐसे पुल बाँधकर साम परगना चुप हो गया।

कान्हू तपाक से बोला, ''कमाल है, आपने हमारा विचार कैसे जान लिया!''

सिदो ने बात दोहराई, ''और क्या बोलिएगा, हमारी सोच भी ऐसी ही है।''

अब साम परगना पुनः बोलने लगा, ''सैनिक कतार में खड़े होकर एक साथ चलते जाते हैं, एक साथ खड़े होते और एक साथ बंदूक चलाते हैं। प्रत्येक सैनिक की बंदूक के छोर में एक चाकू जैसा लगा होता है और जब वे कतार में खड़े होते हैं तो चाकू को सामने की ओर उठाए होते हैं। उस समय उधर से पार होना किसी के लिए भी मुश्किल है।'' इसके बाद वह कुछ पल के लिए चुप हो गया और पहलेवाले भाई का चेहरा देखने

लगा। फिर दूसरे भाई को निहारने लगा मानो कुछ पूछना चाह रहा हो। लेकिन तभी वह तेज आवाज में बोलने लगा, ''कमाल है, आप दोनों माननीयों ने तो जानगुरू* के समान सब जान लिया!''

यद्यपि दोनों भाइयों को हैरानी हुई, लेकिन दोनों ने समझदारों के समान सिर हिलाए। परगना बोलता जा रहा था, ''अब यदि पत्थर-चट्टानों से भरे जंगल में हम उनको कस कर पकड़ लें तो उनके सारे हथियार बेकार हो जाएँगे न!'

कान्हू ने उत्तर दिया, ''हम भी कुछ ऐसा ही सोच रहे हैं।''

सिदो ने तुरंत सुर में सुर मिलाया—''हमारी सोच भी यही है।''

साम परगना आदर भाव में थोड़ा सा झुककर बोलता जा रहा था, ''सैनिक लोग निशाना साधकर गोली चलाते हैं, बशर्ते जिस पर निशाना साधा गया, वह हिले-डुले नहीं या पलटकर उन पर तीर न चलाए। जंगल में इधर-उधर उछलते-कूदते और छिपनेवाले तथा भगवा पहननेवाले संतालों को आसानी से निशाना नहीं बनाया जा सकता है। और यदि जवाब में उन पर तीर चलाए गए, तब सैनिक अंधाधुंध गोलियाँ चलाते हैं। इसके अलावा लाल पोशाक पहनने के कारण वे दूर से दिख जाएँगे और हमारे लोग उन्हें तीर मार सकते हैं।''

''हाँ-हाँ, हम भी ऐसा ही सोच रहे हैं।'' कान्हू बोला

सिदो भी गंभीर स्वर में बोल पड़ा, ''हमारे-आपके बीच की बात है, लेकिन हम भी ऐसा ही सोच रहे हैं।''

साम परगना ने ऐसा प्रदर्शित किया मानो वह उनकी होशियारी से अभिभूत है और बोलता रहा। यद्यपि उन्होंने बार-बार टोककर विषयांतर किया, लेकिन उसने कहा ही, ''यदि पहाड़िया सैनिक एक-एक कर संतालों के पल्ले पड़ें तो वे कुछ नहीं हैं। जंगल के अंदर हमारे फरसे और उनकी बंदूक में लगे चाकू बिलकुल उन्नीस-बीस हैं।''

कान्हू सिदो की ओर मुड़कर बोला, ''ऐ दादा, यह परगना तो अलबत्त अक्लमंद है!''

''हाँ-हाँ कान्हू, मेरे और तुम्हारे बीच की बात है, सचमुच यह तो अक्लमंद जान पड़ता है!'' सिदो ने उत्तर दिया।

कान्हू उस नाटे कद के बूढ़े को ही ऊपर से नीचे निहार रहा है मानो उसने उसकी सोच देख ली हो और आश्चर्य कर रहा हो। इसके बाद वह बोला, ''अच्छा परगना, आप बताइए, आप जान गुरु के समान मेरे विचार कैसे जान ले रहे हैं?''

सिदो ने बात जोड़ी, ''हाँ, बोलने से तो हमारे विचार भी!''

''साम परगना माथे पर हाथ रखे ऐसा दिखावा कर रहा था मानो गहरी चिंता में डूबा हो।''

---

* संताल समुदाय में झाड़-फूँक व डायनों को नियंत्रित करनेवाला ओझा

कुछ क्षण बाद दयनीय भाव से दृष्टि उठाकर काँपती आवाज में बोला, ''हम तो मामूली आदमी हैं, हमको कुछ जानकारी नहीं है। इधर कुछ दिनों से चंदराय साहब के साथ खूब मिलना-जुलना हो रहा है और वह तो आप माननीयों से खूब हिला-मिला हुआ है, इसी कारण थोड़ा-बहुत सीख पाए हैं।''

परगना के संबंध में कान्हू की अंतिम टिप्पणी इस प्रकार थी—''होशियार आदमी है, बस दिखता जैसा-तैसा है, अन्यथा जैसा इसका पद है वैसा ही इसका बुद्धि-ज्ञान भी है और यह अन्य घमंडी परगनाओं के समान नहीं है।''

सिदो ने भी घुमा-फिराकर कान्हू की बातों का समर्थन किया।

यहाँ यह बताना आवश्यक है कि कुछ समय के लिए उनको राज करने का भ्रम हो गया था, लेकिन इसी समय दोनों भाइयों और परगनाओं के बीच विवाद उत्पन्न हो गया था। जो भी हो, उस समय जिस प्रकार लोग भावावेश में पागल हो रहे थे, परगनाओं को किसी ने पूछा तक नहीं। इस कारण साम परगना का आचार-व्यवहार दोनों भाइयों को अच्छा प्रतीत हुआ।

साम परगना के यह सब बताने का उद्देश्य यह था कि संताल लोग शिकारियों की विद्या सीखें, अर्थात् लक्ष्य बेधने का अभ्यास करें, लुक-छिपकर चलने और घात लगाने का अभ्यास करें। इनका भरसक प्रयास होगा कि वे सैनिकों को ललकारकर घने जंगल में ले जाएँ। वहाँ एक साथ रहना लाभदायक नहीं बल्कि हानिकारक ही है।

साम परगना लोखोन से बोला, ''ए भाई, तुम देखना, यह लड़ाई अधिक दिनों तक नहीं टिक पाएगी लेकिन हमारी गर्जना कंपनी के कानों तक जरूर सुनाई दे, यही असली बात है!''

लोखोन ने बात तो सुन ली लेकिन उसकी समझ में कुछ भी नहीं आया।

साम परगना अत्यंत विनम्र व्यक्ति है तथापि चतुर हाड़मा के साथ न होने से उसे अकेलापन महसूस हो रहा था।

□

28

सबके उड़े होश

सिदो-कान्हू के 'सिंह के समान' सत्ता सँभालने के बावजूद लोगों ने व्यापारियों को भगा दिया। उनकी धन-दौलत लोगों ने बिना रोक-टोक के हथिया ली। परंतु हूल की छोटी बहिन 'राक्षसी जोर-जबरदस्ती' ने उथल-पुथल मचा दी। वह भी किसी सोची-विचारी योजना के अनुसार नहीं अपितु बिना सोचे-समझे क्रोधपूर्वक किए गए आचरण के कारण।

प्रारंभ में उत्साह से भरपूर संतालों ने समझा कि उनका सामना करनेवाला कोई नहीं था। दारोगा, सिपाही कहाँ गए सब? पहले उनके सामने सबकी घिग्घी बँधी रहती थी। महाजनों को लूटने के बावजूद वे उनके सामने बाघ के आगे बकरी के समान चुप रहते थे, सबकुछ सहन कर लेते थे। उनके पालतू पशुओं को पकड़कर ले जानेवाले चपरासियों को भी कुछ नहीं कहते थे। लेकिन अब सभी भाग खड़े हुए हैं, धुएँ के समान उड़ गए हैं।

कहाँ गए वे चपरासी, जिन्होंने अच्छे-भले लोगों का घर उजाड़कर रख दिया? सब भाग गए, अभी तो दवा के रूप में भी मिलना मुश्किल है। कुरूप चेहरा और काँसे का ढाला हुआ चपरास संपूर्ण 'जुब्दी' में एक भी दिखाई नहीं देता है!

सूदखोर ही न जाने कहाँ चले गए, जो चपरासी और दारोगा के बल पर संतालों के ऊपर शासन करते थे और संतालों को अपने अधीन कर रखा था! उनमें से सभी आज अपने पूर्व गुलामों के पैरों पर गिरकर हाथ जोड़ रहे हैं, आँसू बहा रहे हैं जीवन-दान के लिए। यदि संतालों की इच्छा होती तो उनको प्राणदान मिल जाता और जब बदला लेने की ठानते तो टुकड़े-टुकड़े कर देते! कागज-पत्तर, खाता-बही, इन्हीं के बल पर न अनपढ़ किसानों को लूटा गया था। लोगों ने उन सबको छीनकर आग के हवाले कर दिया। अनाज भंडारण के लिए बने भंडारों को या तो कब्जे में कर लिया अथवा उनमें छेद कर अनाज लूट लिया। गाय-बैल, घोड़े, बछड़े सबको खुलेआम हाँककर ले गए।

अंग्रेज भागलपुर में बैठे थे। उनके नाम से गरीब लोग लुट रहे थे, दबाए जा रहे थे,

यह उन्हें सपने में भी भान नहीं हुआ। पता नहीं वे भी कहाँ गुम हो गए?

संतालों का भ्रम सबसे पहले लिटिपाड़ा के बिजय माँझी के सुपुत्र सिंगराय ने दूर किया और बताया कि संतालों के हथियारों के सामने अंग्रेजों के गुनी-मंतर किसी काम के नहीं हैं; क्योंकि अपने हाथों से उसने दो मेम साहबों का सिर कलम किया था।

आमने-सामने की लड़ाई में सम्मिलित हो चुका चंदराय ही दोनों भाइयों के साथियों में से एक है। फुदकीपुर नील कोठी के लारकिन साहब को जब मालूम हुआ कि चंदराय सरदार दल-बल के साथ आ रहा है, तब वह भी अपने दल के साथ उसका सामना करने निकल पड़ा। एक विशाल हाथी पर सवार उसके हाथ में बंदूक और गोली इत्यादि हैं और वह स्वयं ही आगे-आगे जा रहा है। उसके दो बेटे घोड़ों पर सवार हैं। हाथों में बरहा मारनेवाला भाला और छोटी बंदूक उन्होंने जीन पर लटका रखी थी। उनके पीछे हाथ में लोहा-जड़ित लाठी लिये लगभग एक हजार पछियारी सिपाही झम-झम कर चले जा रहे थे।

एक सँकरे मैदान में जहाँ का बाँस काटा जा चुका था, दोनों ओर के सैनिक आमने-सामने हो गए। लारकिन साहब सोच रहे थे कि संताल सैनिक उनको देखते ही भाग खड़े होंगे, परंतु यह क्या, वे तो अड़े हुए थे! उनकी हिम्मत देखकर उसको क्रोध आ गया और उसने अपने आदमियों को लड़ाई का आदेश दे दिया। आदेश मिलते ही क्रोध से चिल्लाते और सिर के ऊपर भारी डंडा घुमाते हुए, अपनी ताकत के नशे में चूर सिपाही बिलकुल भिड़ गए। क्योंकि इनमें से अनेक नामी पहलवान भी थे। चंदराय के आदेश पर संताल धनुर्धरों ने उनको अंधाधुंध तीरों से मारकर घायल कर दिया और कुछ को मार डाला। जो बच गए, वे यह सब देखकर डर गए और जहाँ पर तीर का निशाना न लगे, वहाँ तक पीछे हट गए; क्योंकि वे लाठी से लाठी का सामना तो कर सकते थे, लेकिन तीरों की वर्षा के आगे कौन खड़ा होगा?

अचानक लारकिन साहब का हाथी सूँड़ उठाकर चिंघाड़ते हुए आगे बढ़ा। लारकिन साहब ने अपनी बंदूक से दो संतालों को मार गिराया। इसके तुरंत बाद जैसा कि उन्होंने सीखा था, सभी जंगल में छिप गए और झाड़ियों की ओट से तीरों की ऐसी वर्षा की कि अनेक तीर हाथी के हौदे में गड़ गए और कुछ तीर लारकिन साहब को जा लगे। इसके बावजूद वे पीछे नहीं हटे, क्योंकि साहसी व्यक्ति थे। वे हौदे के ऊपर खड़े हो गए। हाथ में बंदूक लिये वे इधर-उधर देखने लगे कि किधर गोली चलाई जाए, किधर नहीं! लेकिन उनको कोई दिखाई ही न देता था। साथ-साथ चल रहे उनके बेटों को भी कुछ समझ में नहीं आ रहा था। लारकिन साहब ने एक व्यक्ति को झाड़ी से निकलकर तीर चलाते और फिर दुबकते देख लिया था। वे जल्दी से उधर घूमकर निशाना साध ही रहे थे कि एक तीर उनकी आँख में आकर लगा और वे हौदे ही में गिरकर मर गए। उनके

दोनों बेटे भी तीरों से मारे गए और घोड़ों से गिर पड़े। सिपाहियों ने जब दूर से देखा कि साहब मारे गए थे तो वे डर के मारे सिर पर पैर रखकर भाग खड़े हुए।

जीत का नारा लगाते हुए संताल लोग छिपने के स्थान से कूदकर बाहर आ गए। उन्होंने घोड़ों को पकड़ लिया और महावत को भी कब्जे में कर लिया, ताकि वह अपने नए मालिकों की इच्छानुसार कार्य करे। उन्होंने अंग्रेजों और मारे गए सिपाहियों की पोशाकें और हथियार ले लिए; फेंके गए बंदूक, भाले और लाठियाँ सब समेटकर रख लिए। शवों को सियारों के लिए छोड़ दिया गया। हाथी, घोड़ों और लूटे गए अन्य सामान के साथ वे अभिमानपूर्वक अपने सभा-स्थल की ओर लौट गए और जीती हुई वस्तुएँ सिदो-कान्हू को सौंप दीं।

सैनिकों का एक दल साहेबगंज घेरने के लिए निकला जहाँ अनेक नीलहे साहब रहा करते थे, क्योंकि संतालों ने जुब्दी के एकमात्र मालिक होने का संकल्प कर लिया था। जब वे पहुँचे तो पाया कि घर के लोग घर छोड़कर भाग चुके थे। फिर क्या था, उन्होंने घर ही जला दिया। वे कोठी-कोठी जाकर अंग्रेजों को खोज ही रहे थे कि उनको गंगा नदी में कई बड़ी नौकाएँ दिखाई दीं। नौकाओं में उन्होंने अंग्रजों को अपने माल-असबाब के साथ बैठे हुए देखा। अंग्रेजों ने दूर ही से अपने घरों को धू-धूकर जलते और धुआँ उठते देखा। धनुर्धरों ने कमर तक पानी में घुसकर अंग्रेजों पर तीर चलाए। प्रत्यंचा कान तक खींचकर तीर चलाए परंतु तीर बीच ही में नीचे गिर जा रहे थे। उधर अंग्रेजों की बंदूकों से अनेक संताल मारे गए और अनेक गंगा नदी में समाहित हो गए। यह देखकर संताल सैनिक पानी से निकलकर तट पर आ गए और अंग्रेजों की प्रतीक्षा करने लगे। वे प्रतीक्षा करते रहे कि कब अंग्रेज तट पर उतरेंगे, लेकिन वे लौटकर नहीं आए। वे दूसरे स्थान पर भागकर चले गए और घूमकर वापस नहीं आए।

इस प्रकार हम देखते हैं कि कुछ समय के लिए जुब्दी के मालिक संताल ही बन बैठे थे। दारोगा, चपरासी और अंग्रेज बिलकुल साफ हो गए और जो देको लोग रह गए थे, वे उनके गुलाम हो गए थे!

राजमहल पर कब्जे के लिए भी उन लोगों ने प्रयास किए थे, लेकिन कब्जा नहीं कर सके। सिदो-कान्हू के मन में इसकी बलवती इच्छा थी क्योंकि वहाँ बड़े-बड़े महल थे और अनेक राजाओं ने वहाँ राज किया था। लेकिन भेजे गए सैनिक खाली हाथ लौट गए और बताया कि वहाँ एडेन साहब ठहरे हुए थे। यह जानकर दोनों भाइयों ने चिल्लाकर आदेश दिया कि वे हिन-फिन (एडेन) किसी को नहीं जानते और सैनिकों को जाकर कब्जा करना है; परंतु संतालों ने उनकी बात नहीं मानी। सबने एक स्वर में कहा, "हिन साहब के साथ लड़ाई करना दुर्भाग्यपूर्ण होगा; क्योंकि उनके साथ जिन लोगों ने धूर्तता की, चाहे वे व्यापारी हों, चाहे अंग्रेज हों या फिर राजा हो, सबको भारी नुकसान उठाना

पड़ा है। साम परगना ने एक अच्छे बीज बोनेवाले के समान यह बीज संतालों के मन में बोया था क्योंकि उसे अनुभव हुआ था कि हूल के बाद संतालों को बचाने के लिए कम-से-कम एक व्यक्ति की आवश्यकता पड़ेगी, क्योंकि साम परगना को मालूम था कि हूल मकड़ी के महीन जाले के समान उड़ जाने वाला था। जिस पर संपूर्ण भरोसा था, वे हिन साहब ही थे। इसी कारण हिन साहब का नाम संतालों के बीच अत्यंत लोकप्रिय हो गया और वे संतालों के वीर पुरुष बन गए। इसके अतिरिक्त हिन साहब के साथ उनका कभी कोई विवाद नहीं हुआ था, इस कारण हिन साहब को उन्होंने कुछ नहीं कहा।''

लेकिन एडेन साहब राजमहल कैसे पहुँच गए?

ननका गोडेत[1] के माध्यम से हाड़मा की गिरफ्तारी का समाचार पाकर एडेन साहब ने अनुमान लगाया कि हूल अब कमजोर हो गया। उन्होंने इसी खाँचे में संतालों को रखा तथा लालची लोगों को मार डालने का समाचार उनको जल्दी ही मिल गया। जुब्दी[2] क्षेत्र उनका जिला नहीं था और न उनके अधिकार में था; तथापि उन्होंने निश्चय किया कि उन्हें अविलंब सूचना भेजनी चाहिए कि उनको छुट्टी ले लेनी चाहिए। वे हड़बड़ी में राजमहल पहुँच गए और इसे अधिकार में लेकर लाल फीताशाही की अनदेखी की, लेकिन इसी कारण उन्होंने इसकी सुरक्षा का बहुत बड़ा काम किया।

इगरटन साहब रात्रि भोजन करने के बाद जज साहब के साथ बहुत रात तक ताश खेल रहे थे। खेल समाप्त होने पर वे नींद में डूबे थके-माँदे बग्गी पर सवार हो अपने आवास चले गए। आवास पहुँचते ही बिस्तर पर निढाल हो पड़ गए। पंखे की ठंडी हवा पाकर तुरंत आँख भी लग गई। अभी आराम की नींद लगी ही थी कि एक नौकर ने 'साब-साब' चिल्लाकर नींद हराम कर दी। उनको बहुत बुरा लगा।

अप्रसन्न हो आँखें उठाकर देखा तो पाया कि बेयरा लालटेन लेकर खड़ा था और उसके पास ही कोई अन्य व्यक्ति खड़ा था। नींद में अलसाई आवाज में उन्होंने गुर्राकर पूछा, ''क्या है?''

जब कोई उत्तर नहीं मिला तब वे बिस्तर पर उठकर बैठ गए और लैंप की धीमी रोशनी में उन्होंने जब आँखें फाड़कर देखा तो पाया कि बेयरा के बगल में खड़ा व्यक्ति लड़खड़ाती आवाज से कुछ बोलना चाह रहा था, लेकिन उसकी बोली फूट नहीं रही थी। जब कुछ और अच्छी तरह से देखा तो सामने मुबारक अली को देखकर चौंक गए। क्या चाहते हो? क्या हुआ?

इसके बावजूद कोई उत्तर नहीं मिला।

इगरटन ने जोर से आवाज लगाई, ''कोई है, जल्दी पानी लाओ और इसको दो!''

इसके बाद पानी आया, मुबारक ने पानी पिया तब जाकर बोली फूटी। चेहरा सफेद

---

* संदेश वाहक, 2. प्रतिबंधित क्षेत्र

हो रहा था और वह थरथराते हुए फुसफुसाकर बोल रहा था, ''हम बेहद खास लेकिन बुरी खबर लेकर आए हैं। कल सवेरे संतालों ने महेश दारोगा, आमड़ापाड़ा के केनाराम और उनके साथ के अनेक लोगों को काट डाला है। पूरा इलाका डावाँडोल हो गया है। संताल चारों ओर देको लोगों को तलवार दिखा रहे और लूटपाट कर रहे हैं। हम जान बचाने के लिए भागकर आए हैं। हूल हो गया है।''

इगरटन जाग गया था और कपड़े बदलते हुए पूछता भी जाता था। लेकिन उसको थोड़ी ही जानकारी मिल पाई, क्योंकि मुबारक बहुत थका हुआ था और डर से ऐसा घबरा गया था कि उसकी जीभ लटपटा रही थी। आदेश के अनुसार जब बग्गी गाड़ी सामने लाकर खड़ी कर दी गई, उसी समय कमिश्नर की चिट्ठी लेकर एक आदमी भागता हुआ आया। पेंसिल से लिखी गई चिट्ठी हड़बड़ी में लिखी गई थी और कमिश्नर ने उसको तुरंत बुलाया था।

किसी प्रकार उसने दारोगा को लादा और स्वयं भी बग्गी में कूदकर बैठ गया और अपने अफसर से मिलने चल दिया।

वहाँ पहुँचकर कमिश्नर ओलिवर को उसने लालटेन के प्रकाश में एक पत्र पढ़ते पाया। पत्र पढ़ते समय उनकी भौंहें तनी हुई थीं। किसी आशंका के कारण आँखों के आस-पास की नसें उभरी हुई दिख रही थीं। जिस समय उन्होंने वह पत्र इगरटन को दिया तो फिर से पढ़ने का आदेश भी दिया। पत्र में लिखा था—

राजमहल

5.6.1855

प्रिय ओलिवर,

मैंने अभी-अभी सुना कि प्रतिबंधित क्षेत्र में एक दारोगा, एक महाजन और उसके कुछ आदमियों को मार डाला गया है। पूरे क्षेत्र में संताल बवाल मचा रहे हैं। मेरे विचार से यह हूल का प्रारंभ है और संपूर्ण क्षेत्र में इस आग के फैलने की आशंका है।

मेरी समझ से राजमहल खतरे में है; क्योंकि यह अंग्रेज अफसरों की निगरानी में नहीं है। देसी दारोगाओं के जान बचाकर भागने की आशंका है अथवा यदि रह भी गए तो किसी काम के नहीं होंगे। इसलिए आदेश की प्रत्याशा में मैंने यह उचित समझा कि राजमहल आ जाऊँ और वहाँ की जिम्मेदारी ले लूँ। मैं आज ही रात पहुँचा हूँ और मेरी आशंका के अनुरूप दारोगा भाग खड़ा हुआ है।

आपका विश्वस्त,

ए. एडेन।

जिस समय इगरटन पत्र पढ़ रहा था, कमिश्नर ने कहा, ''मैंने पोंटेट और कर्नल साहब को बुलवाया है। अच्छा इगरटन, यह कुछ वैसा ही नहीं है कि 'चिलम की आग

से समुद्र की मछलियाँ जल गईं?''

इगरटन ने उत्तर दिया, ''मुझे भय है कि खबर सही न निकल जाए। मैं स्वयं ही दारोगा को आपके पास लाने की सोच रहा था कि आपकी चिट्ठी मिली। उसके अनुसार एडेन की बात सही है। वह मेरी बग्गी में ही है।''

कमिश्नर ने बुलवाने का आदेश दिया। इगरटन ने आवाज लगाकर बुलाया, लेकिन कोई उत्तर नहीं मिला। जब जाकर देखा तो पाया कि वह बेहोश पड़ा था। तब तुरंत एक आदमी को डॉक्टर के यहाँ दौड़ा दिया गया।

जिस समय वे प्रतीक्षा कर रहे थे, इगरटन ने कहा, ''ऐसा लगता है, श्रीमान कि हम दोनों ने ही गलत समझा, लेकिन एडेन और पोंटेट ने सही समझा था।''

मिस्टर ओलिवर जो एक सच्चे इनसान थे, लेकिन कभी भूल भी करते थे, उन्होंने उत्तर दिया, ''इगरटन! दोष हम दोनों में ही है; तुमने मुझे गुमराह कर दिया था, लेकिन मैं स्वयं ही गुमराह हुआ था।''

इगरटन ने स्वीकारते हुए कहा, ''पोंटेट की अनसुनी कर, दारोगा की बात मानकर मैंने बहुत बड़ी भूल की है। एलेन साहब ने मेरी आँखें खोलने का बहुत प्रयास किया था लेकिन देखते हुए भी मैं नहीं देख पाया। बेचारे दारोगा के मरने से साबित हो गया कि वह बदमाश था और संताल ही सच्चे हैं। उसी ने मुझे गुमराह किया।''

उसके अफसर ने उत्तर दिया,''मैं किसी पर दोष मढ़ना नहीं चाहता, लेकिन तुम्हारी सलाह मानकर मैंने जो सिंक्लेयर की बात नहीं मानी, वही बहुत बड़ी भूल हो गई। यह मेरी ईर्ष्या थी, क्योंकि सबको मालूम है कि सिंक्लेयर अच्छा बुद्धिमान आदमी है। शायद तुम सामना कर लो; लेकिन आग जलने से पहले हम बुझा नहीं पाए, इसलिए मैं जोश में आ गया। कमिश्नर सबसे भरोसेमंद व्यक्ति होता है, उससे भूल-चूक की अपेक्षा नहीं की जानी चाहिए।''

इगरटन बोला, ''कली रहते ही इसे तोड़कर फेंकना होगा श्रीमान!''

मिस्टर ओलिवर ने जोर देकर कहा, ''बिलकुल सही बात, इगरटन! वह देखो पोंटेट भी आ रहा है।''

पोंटेट पालकी से उतरा और उनमें आपस में अभिवादन हुआ। तब कमिश्नर ने पोंटेट से कहा, ''पोंटेट, मैंने तुमको तंग किया, मुझे अच्छा नहीं लग रहा है, लेकिन यह जो खबर है, बहुत चिंताजनक है।''

पोंटेट हक्का-बक्का होकर बोला, ''श्रीमान, मुझे तो कोई खबर ही नहीं मिली है!''

कमिश्नर से आश्चर्य से पूछा,''तुमने खबर नहीं सुनी है? संतालों ने हूल कर दिया और एक दारोगा को मार डाला, तुमने नहीं सुना है?''

"मुझे कोई खबर नहीं है। कौन दारोगा था?" पोंटेट ने पूछा।

जवाब इगरटन ने दिया, "महेश, महेश दारोगा!"

नाम सुनते ही पोंटेट सकते में आ गया, हसलिए नहीं कि वह दारोगा को मानता था बल्कि उसका अंतिम हाल अच्छा नहीं हुआ! फिर वह बोला, "आप दोनों को किससे मालूम हुआ है?"

इगरटन ने उत्तर दिया, "मुबारक अली से। वह उधर बरामदे में पड़ा हुआ है।"

कमिश्नर ने एडेन का पत्र देते हुए कहा कि वह उसे पढ़ ले। पत्र पढ़ लेने के बाद पोंटेट फूट पड़ा, "अरे, ये बेवकूफ संताल, आत्महत्या करने पर क्यों तुल गए!"

इगरटन ने कहा, "अच्छा पोंटेट, तुमने इसके बारे में जरा भी नहीं सुना था?"

"जिस दिन मैं परगना लोगों से मिला था, मुझको थोड़ी आशंका हुई थी, जिसकी जानकारी मैंने आप दोनों को दे दी थी।" पोंटेट ने याद दिलाया।

इगरटन ने आगे पूछा, "लेकिन इसके बाद भी इसके बारे में थोड़ा-बहुत तो सुना ही होगा!"

पोंटेट दृढ़ता से बोला, "बिलकुल नहीं! परगना लोग तो उसी दिन हमसे दूर हो गए, जब उन्होंने आपको, जिसने उनको बहाल किया, आपको नहीं बख्शा तो इसी बात से समझ लेना चाहिए था कि वे किसी बड़े उपद्रव की योजना बना रहे थे।"

इगरटन ने कहा, "लेकिन मेरे पास तो वे आए ही नहीं, इससे उन्होंने प्रकट किया कि उनकी कोई माँग नहीं थी।"

पोंटेट ने उत्तर दिया, "नहीं-नहीं, यह तो हो ही नहीं सकता है। आप अच्छी तरह से याद करें कि उनको किस प्रकार का उत्तर मिला था।"

बीच में कमिश्नर बोल पड़े, "उनको ना तो नहीं कहा गया था।"

पोंटेट ने बात जारी रखी, "यह तो सही है, श्रीमान! लेकिन आप जानते हैं, जिस प्रकार का उत्तर उनको मिला, उसका अर्थ ना छोड़कर कुछ नहीं था।"

इस पर इगरटन बोला, "उन्होंने तो खुशी ही जाहिर की और कोई आपत्ति भी नहीं उठाई थी!"

पोंटेट ने तीखी आवाज में कहा, "उन्होंने समझ लिया कि आपत्ति करना बेकार है। अफसर के सामने से चुपचाप चले जाने का अर्थ है कि वे उससे कभी मित्रता नहीं करेंगे।"

कुछ समय के लिए सभी चुप हो गए।

मिस्टर ओलिवर ने चुप्पी तोड़ते हुए कहा, "क्या आपने पहाड़िया लोगों से कुछ सुना है? वे तो आपके हों या न हों, आपके ही लोग हैं।"

पोंटेट ने उत्तर दिया, "उनके बारे में दारोगा लोग ही बताया करते थे; लेकिन

दारोगाओं के न रहने से मुझे कुछ भी मालूम नहीं है। अन्य सूत्रों से भी कोई खबर न होने से ऐसा लगता है कि यह विद्रोह अचानक फूट पड़ा है।''

इगरटन भय से घबराकर बोला, ''पहाड़िया लोग भी संतालों से कहीं मिल तो नहीं गए हैं?''

पोंटेट बोला, ''आप इत्मीनान रखिए, उसके बारे में बिलकुल मत डरिए। संताल और पहाड़िया एक-दूसरे से घृणा करते हैं।''

यह सुनकर कमिश्नर बोला, ''इसका मतलब है कि हम पहाड़िया सैनिकों पर भी भरोसा कर सकते हैं, है कि नहीं?''

पोंटेट ने कहा, ''बहुत आराम से; संताल चाहे जैसे हों, लेकिन उनमें शासन के प्रति आदर है।''

इगरटन ने जानकारी के लिए पूछ लिया, ''अच्छा श्रीमान, क्या मैं जाकर एलेन को ले आऊँ? इन सबके बारे में उसकी समझ अच्छी है।''

कमिश्नर ने उत्तर दिया, ''हाँ! जाओ, उसको तो लेकर ही आओ!''

इसके बाद इगरटन बग्गी में बैठकर दनदनाता चला गया। उसके जाते ही डॉक्टर साहब आ गए और दारोगा की जाँच करने लगे।

इसी समय कर्नल भी पहुँच गए और विलंब के लिए क्षमा माँगने लगे। वे पल्टन का निरीक्षण कर रहे थे। निरीक्षण में उन्होंने पाया कि 800 में से 500 सैनिक किसी भी मुहिम के लिए तैयार थे। सदर में सुरक्षा के लिए 50 सुरक्षाकर्मियों की आवश्यकता थी और 500 सैनिक अभियान के लिए तैयार थे। लेकिन वे पैदल लंबा रास्ता तय करने लायक नहीं थे और न ही सामान के साथ किसी वाहन पर चढ़कर जाने का कोई इंतजाम था। गोला-बारूद भी कम था और बंदूकों में जंग लग रहा था।

मिस्टर ओलिवर ने पहल करते हुए कहा, ''ऊँचे पहाड़ की फौज जंगल-पहाड़ में लड़ने-भिड़ने के लिए सही है।''

कर्नल ने उत्तर दिया, ''इनको तो भागलपुर से बाहर कभी आजमाया नहीं गया है और न इन्होंने अपनी आँखों से कोई लड़ाई ही देखी है।''

कमिश्नर ने व्यंग्यात्मक स्वर में कहा, ''आपको तो डर नहीं लग रहा है न!''

यह सुनकर कर्नल का चेहरा लाल हो गया। इसके बावजूद उसने कमिश्नर की बातों पर कान नहीं दिया। इससे पहले भी कमिश्नर ने ही पोंटेट को भी लगनेवाली बात कही थी। कर्नल ने शांत भाव से कहा, ''मैं संतालों से नहीं डर रहा हूँ। हम लोगों का सौभाग्य है कि यह लड़नेवाली जाति ही नहीं है। लेकिन अच्छा गोला-बारूद और बंदूकें रहना मैं सही मानता हूँ। अब बरसात आने वाली है, इससे हमारी मुश्किलें और बढ़ेंगी।''

तभी घोड़े की टाप और गाड़ी की आवाजें सुनाई दीं। इगरटन और एलेन आ गए थे और वे भी बातचीत में शामिल हो गए। कमिश्नर ने बात शुरू की और बोले, "एलेन, तुमको शायद इगरटन ने बताया होगा कि हमारी जानकारी के अनुसार क्या हुआ है। इस बारे में तुम्हारा विचार क्या है?"

"क्या मैं कर्नल साहब से पूछ सकता हूँ कि लड़ाई के लिए कितने लोग तैयार बैठे हैं?" एलेन ने प्रश्न किया, जिसका उत्तर कमिश्नर ने सिर हिलाकर सहमति के रूप में दिया और कर्नल ने भी उन्हीं सब बातों को दोहराया, जिनको वह बोल चुका था।

एलेन कुछ देर के लिए सोच में पड़ गया। लेकिन कुछ पल के बाद बोला—"बरसात की शुरुआत में जंगल-झाड़वाले इलाके में जहाँ रास्ता-घाट का कोई ठिकाना नहीं और सैनिकों को वहाँ ले जाने एवं ले आने का कोई इंतजाम भी नहीं है, वहाँ सैनिकों को भेज देना मुसीबत मोल लेना छोड़कर और कुछ नहीं है। और वे लड़ेंगे भी कहाँ क्योंकि गाँव-गाँव में जहरीले नाग (विद्रोही) भरे पड़े हैं। यदि एक का सिर कुचला जाएगा तो दस और सिर उठाकर खड़े हो जाएँगे।"

इगरटन ने गुस्से से कहा, "इसका मतलब है कि हत्या करनेवालों को सजा नहीं मिलेगी?"

एलेन ने उत्तर दिया, "हम अधिकार और कानून की बात नहीं कर रहे हैं, बल्कि फौज की बात कर रहे हैं। मैं दोषियों को जरूर सजा दूँगा; लेकिन जब तक बरसात खत्म नहीं होती फौज नहीं भेजूँगा, क्योंकि बरसात के बाद वे आराम से इधर-उधर जा सकेंगे। अगर हम अभी भेजते हैं और बरसात शुरू हो जाती है तो उनकी बुरी दशा हो जाएगी। वे ऐसी मुसीबत में फँस सकते हैं जिसको बताने से समझा नहीं जा सकता है।"

यह सुनकर कमिश्नर ने पूछा, "अच्छा, तुमने यह सोचा है कि नहीं, कि अगर हूल करने वालों को ऐसे ही छोड़ दिया जाए तो उनकी संख्या बढ़ती जा सकती है? इसको तो आरंभ ही में कुचल देना चाहिए, है कि नहीं?"

एलेन ने गंभीर स्वर में उत्तर दिया, "अभी मुश्किल है। हाँ, अगर दो महीने पहले होता तो संभव था। यदि आप लोग मेरी सलाह मानते हैं तो यह इस प्रकार है—सभी सैनिकों को दशहरा तक छुट्टी में घर भेज दिया जाए; जितने चाहे जा सकते हैं। घर से वे ताजा दम होकर लौटेंगे और अगर यहाँ बैरक में रह गए तो पीलिया से सबका पेट फूल जाएगा। राजमहल में एडेन को कुछ आदमी भेज दिए जाएँ और सिउड़ी के थॉमसन साहब को सचेत कर देने की जरूरत है।...इसके अलावा प्रतिबंधित क्षेत्र में एक अफसर को भेजने की जरूरत है। वह जहाँ तक आराम से जा सकता है, जाएगा और संतालों में जो भले मनवाले हैं, उनसे मिलेगा। लेकिन इगरटन को नहीं भेजना चाहिए, क्योंकि वह मारे गए दारोगा का रक्षक रहा है। सचमुच पोंटेट को छोड़ किसी और का नाम याद नहीं आ रहा है।"

''यदि मुझसे काम होता है तो मैं जाने के लिए राजी हूँ।'' पोंटेट ने अपनी बात बताते हुए कहा, ''लेकिन अभी मैं किसी काम का नहीं हूँ, क्योंकि यदि संतालों का भरोसा मुझसे एक बार उठ गया है तो वे दोबारा मुझ पर भरोसा नहीं करेंगे।''

पोंटेट की बात सुनकर एलेन ने कहा, ''तब तो फिर एडेन ही बच गया, संतालों से उसकी खूब पटती है।''

''यदि आज्ञा हो तो एक बात कहना चाहूँगा,'' पोंटेट ने बीच में टोककर कहा, ''मैं जितना संतालों के बारे में जानता हूँ, उसके हिसाब से हूल के समय उनसे बातचीत या सलाह-मशविरा करना बेकार है। भले मनवाले भी अपने लोगों की ओर ही खिंच जाएँगे और फिर किसी की बात नहीं मानेंगे, चाहे कोई कितना भी समझा ले। उस काम को अभी बख्श ही दिया जाए, वह हम बाद में कर लेंगे।''

पोंटेट की बात सुनकर एलेन ने कहा, ''तब मैं अपनी बात वापस लेता हूँ, क्योंकि उनके बारे में तो आप अधिक जानते हैं।''

कमिश्नर उनकी बातचीत को नाराजगी से सुन रहा था क्योंकि एलेन के सुझाव से उसे संतोष नहीं हुआ था। वह बोलने के लिए बहुत उतावला हो रहा था, इसलिए छूटते ही बोल पड़ा, ''मेरे विचार से इसमें सब सहमत होंगे कि यदि हम दशहरा से पहले इनको पीटना चाहते हैं तो अभी इसी समय बिना देर किए पीट देना चाहिए। क्यों कर्नल, एडेन दादू को भेजा जा सकता है, है कि नहीं?''

कर्नल बोला, ''जब तक लड़ाई की बात तय नहीं हो जाती, फौज को एक ही जगह पर रखना होगा, इसके अलावा बड़े लाट के आदेश के बिना फौज को कोई भी इधर से उधर नहीं कर सकता है। अगर आप लोग मेरी बात मानते हैं तो जो एलेन कह रहा है, वही ठीक है। एलेन ने ठान लिया है कि वह खुलकर सलाह देगा, क्योंकि जब उसे सलाह देने के लिए बुलाया गया है तो उसने कुछ भी लुका-छिपाकर रखना सही नहीं समझा है।''

यद्यपि कमिश्नर बिलकुल नाराज हो गया था लेकिन उसने ध्यान नहीं दिया और बोलता चला गया, ''सूचना पहुँचानेवाले के अभाव में हम लोगों को पता नहीं चल रहा है कि क्या हो रहा है, क्या नहीं। यह जो दारोगा और अन्य लोग मारे गए, यह किसी अकेले का काम नहीं है, इसको कोई अकेले का काम बोलेगा भी नहीं। संताल लोग बाहरी महाजनों को जंगल के हिरणों के समान शिकार कर रहे हैं, उनके अनाज गोदामों को ध्वस्त कर रहे हैं और उनके खाने-पीने के सामानों को बरबाद कर रहे हैं, जो उनका अपना ही है। मेरे विचार से उनको थोड़ा भूखा रखकर समझाने का अच्छा अवसर यही है। अभी वे जवान भैंसों के समान बिगड़े हुए हैं और यदि उन पर प्रहार किया गया तो वे हम पर पलटकर वार करेंगे। यदि हम उनके खिलाफ अभियान शुरू करते हैं और

उनको मारकर पूरी तरह बैठा नहीं देते हैं, जो वर्ष के इस समय मुश्किल ही जान पड़ता है तो ऐसे में धीरज से न रहने पर दस गुना बुरा हो सकता है। इसलिए श्रीमान मेरा सुझाव इंतजार करने का ही है।''

उसी समय डॉक्टर साहब ने उनको बताया कि मुबारक अली को होश आ गया था। लेकिन उस कर्मचारी के पास अधिक बताने के लिए कुछ नहीं था। उसने भी सिपाहियों से सुना था, इसलिए जब वे आ जाएँगे, तब और अधिक समाचार वे ही बता पाएँगे।

यह सुनिश्चित हुआ कि लड़ाई के लिए तुरंत तैयारी की आवश्यकता है। इसके बाद उनकी बैठक समाप्त हो गई और वे अपने-अपने डेरों में चले गए।

दूसरे दिन कुछ सिपाही दोपहर में सचमुच पहुँच गए। इगरटन ने उनसे लंबी पूछताछ की और उसे समझ में आया कि यह घटना अचानक घटित हो गई थी। यह एक पागल व्यक्ति का काम था और एक ही स्थान पर घटित घटना है। इसके अतिरिक्त हूल का केंद्र-बिंदु वही स्थान है, जहाँ सिदो-कान्हू का दरबार लगता है।

दंगा और फसाद की खबरें जब प्रतिदिन आने लगीं तब कमिश्नर को एलेन की प्रतीक्षा करनेवाली बात बहुत बुरी लगी। इसके बाद यह सुनिश्चित हुआ कि जहाँ बैठक होती है, वहीं पूरे जोर से हमला बोलकर यदि उनको पीट दिया जाए तो समस्त विद्रोह और हंगामा समाप्त हो जाएगा।

इस प्रकार कमिश्नर ने सरकार बहादुर से अनुमति प्राप्त कर ली, ताकि मौका देखकर वह फौज भेज दे और उनपर हमला कर सके। लड़ाई की अनुमति मिलने की खुशी में कर्नल साहब बहुत लगन व परिश्रम से तैयारी में जुट गए। लेकिन मन-ही-मन आशंका भी हो रही थी, क्योंकि गोला-बारूद और बंदूक सब पुराने और जंग लगे हुए थे।

□

29

पेयालपुर

आज जेठ महीने का अंतिम दिन है। पूर्वी हवा (मानसून) को पिछले सप्ताह से ही चलना आरंभ कर देना चाहिए था। दक्षिण-पूर्व की ओर हमेशा काले बादल उमड़-घुमड़ रहे हैं। लेकिन दिन पर दिन बीतते जा रहे हैं, पर ये निकट पहुँच ही नहीं रहे हैं। आज दोपहर के आस-पास पेयालपुर की नील कोठी के बरामदे से बादलों को ही ललचाई दृष्टि से देखा जा रहा है।

कमिश्नर अपनी ही मरजी के अनुसार चला। संताल लोगों ने पेयालपुर जाने से पहले पहाड़ पर सभा करने का स्थान बना लिया है। पहाड़िया फौज इन्हीं को पीटने के लिए भेजी गई है और कर्नल जोन्स एवं अन्य अधिकारी एक-दूसरे को चिंता की दृष्टि से देख रहे हैं। कर्नल जोन्स के साथ केवल दो ही यूरोपियन अधिकारी थे—मेजर स्टुअर्ट और एन्साइन हॉलिन्स। अन्य अधिकारी पूर्व की भाँति ही इस समय छुट्टी पर थे। इसके बावजूद तीन सिविलियन अधिकारी उनके साथ हैं—इगरटन, पोंटेट और हिंजे। साथ में डॉक्टर भी है। घायलों का इलाज करने के लिए उसके हाथों में खुजली हो रही है।

हवा गरम है, तपती धूप और बेहद गरमी है। बिलकुल सन्नाटा है। एक छोटी चिड़िया पेड़ के पत्तों पर फुदकती साई सुई-साई सुई आवाज कर रही है, मानो आपस में भूत बातें कर रहे हों। कोई भी प्राणी विचरण करता दिखाई नहीं दे रहा है। यहाँ तक कि कौवे भी मरी हुई डाल पर मुँह बाए नहीं बैठ रहे हैं, ताकि कुछ हवा अंदर जाए। अपने साजो-सामान खोलकर फौजी घर के बाहर आँगन या पेड़ की छाँव में पैर पसारकर बैठे हैं। अंग्रेज अधिकारीगण बरामदे में आराम कुरसी में अधलेटे बैठे हैं। आलस्य के कारण मुँह से बोली भी नहीं फूट रही है। सभी 'केंहें'* के समान टकटकी लगाए पहाड़ और बादलों को ही देख रहे हैं।

इसी समय कर्नल ने कहा, ''चलो घोड़ों पर सवार होकर जंगल का मुआयना

---

* चिड़िया, जो जलाशयों के तट पर मछली पर झपट्टा मारने के लिए टकटकी लगाए रहती है

अच्छी तरह से कर लिया जाए।''

घोड़े लाए गए। घोड़ों पर सवार होकर सभी जंगल की ओर चल दिए। घोड़े आराम से चल रहे थे। कुछ ही देर में वे एक पहाड़ी के सामने पहुँच गए। घनी झाड़ियों के कारण वहाँ अँधेरा-सा छाया है। ऊपर-नीचे, दाएँ-बाएँ, सब तरफ झाड़ियाँ-ही-झाड़ियाँ हैं। कहीं-कहीं पर नंगी चट्टानें ऐसी दिख रहीं हैं मानों कई गंजे सिर वाले गरदन उठाकर झाँक रहे हों। सामने ही उनके और पहाड़ के बीच वे एक विशाल झरने को देख रहे हैं। झरने के पानी से रगड़ खाकर चिकनी हुई चट्टानें हैं और बड़ी-बड़ी चट्टानें भी एक जगह पर जमा हो गई सी लगती हैं। कुछ इधर-उधर भी बिखरी पड़ी हैं। यह सब देखकर ऐसा लगा कि यहाँ पर झरने का पानी बहुत तेजी से बहकर उतरता होगा। अभी चट्टानों के बीच से झरने का पानी हलके-हलके दक्षिण-पूर्व दिशा से उत्तर-पश्चिम की ओर बह रहा है।

इसके सामनेवाली पहाड़ी पर एक पहाड़ी नाला है। यह एक बड़ी सी खाई है। इसके दोनों ढलानों पर पेड़ व झाड़ियाँ भरी हुई हैं। वैसे तो सँकरा है, लेकिन ढलान बहुत ढलवाँ है। पानी पत्थरों को बहा ले गया है। बड़े झरने से भी कम पत्थर हैं और पानी बिलकुल सूख चुका है। पोंटेट ने उनको बताया कि उस खाई के बगल से संतालों के सभा-स्थल तक रास्ता जाता था।

कर्नल साहब घोड़े से उतरकर मूँछों पर हाथ फेरते हुए उसी गहरी खाई को एकटक देख रहे हैं। फिर उन्होंने पूछा, ''सभा-स्थल कितनी दूर है?''

पोंटेट ने उत्तर दिया, ''एक मील के लगभग होगा। लेकिन यहाँ के लोगों को दूरी का अंदाजा नहीं होता है, यह तो आप जानते ही हैं। आधा मील भी हो सकता है और तीन मील भी!''

कर्नल ने एक बार फिर प्रश्न किया, ''आपको सही-सही पता है कि वहाँ पर उनका सभा-स्थल है? झरना तो सूखा हुआ है, उनको पानी कहाँ से मिलता है?''

''सभा-स्थल है इसमें कोई संदेह नहीं है,'' पोंटेट ने उत्तर दिया, ''पहाड़ी पर अनगिनत झरने हैं तो!''

''वहाँ जाने के लिए निश्चय ही रास्ता होगा। यदि समय मिलता तो हम रास्ता देख-समझ लेते।'' कर्नल ने सुझाव दिया।

उत्तर देने के बदले पोंटेट ने कहा, ''आप उस बादल को देखते रहिएगा। इधर मूसलाधार वर्षा होनी चाहिए और वर्षा जल्द ही हो जाएगी।''

''सचमुच यह तो बड़े ही अपशकुन का संकेत है, फिर भी हम कोशिश करेंगे।'' कर्नल ने अपनी राय देते हुए फिर प्रश्न किया, ''अच्छा, इस पहाड़ी नाले से आगे जंगल कितनी दूर तक है?''

"बहुत घना जंगल है यह तो!" पोंटेट ने बताया।

"इसका मतलब बहुत नजदीक तक गया है।" कर्नल ने अनुमान कर कहा।

इगरटन ने जिज्ञासावश पूछा, "क्या उनको घेरने के लिए घेराव दल भेजेंगे?"

कर्नल ने उत्तर दिया, "भेजना चाहिए, लेकिन दो कारणों से ऐसा नहीं कर पा रहा हूँ। हम इनको छोड़ नहीं सकते। यदि छोड़ भी देंगे तो झाड़ियों के बीच से इनको इतनी धीमी गति से रेंगकर जाना होगा कि असली फौज से भी ये पीछे पहुँचेंगे और नहीं तो इन्हीं के कारण उनके बढ़ने पर रोक लग जाएगी।" इसके बाद कर्नल पोंटेट की ओर मुड़कर बोला, "उनके पास बंदूकें तो नहीं हैं न?"

"कुछ भी नहीं है, लेकिन उनके पास तीर-धनुष हैं और तीर चलाने में उन्हें महारत हासिल है।" पोंटेट ने जानकारी दी।

"अगर हम नाले का रास्ता पकड़कर ऊपर चढ़ें तो वे हमको भयानक रीति से बेध देंगे।" कर्नल ने कहा। "चलो तो हम रेंगकर ही आगे बढ़ते हैं, शायद अच्छा ही रहेगा! जंगल सुनसान लगता है, आशा करनी चाहिए कि इसको दखल करने का उनका इरादा नहीं है।"

"नहीं-नहीं, आप इतना अधिक अनुमान न लगाएँ। झाड़ियों के किनारे उनके छिपने के स्थान हैं और समय-समय पर वे अदल-बदल भी होते हैं।" पोंटेट ने बताया।

यह सुनकर कर्नल बहुत प्रभावित हो गया और बोला—"उनके बीच में अवश्य ही कोई खोपड़ी वाला है। उनमें से कुछ को देखने की बड़ी इच्छा हो रही है!"

होलिंस ऊँची आवाज में बोला, "ऐ भाई, आपके देखने के लिए मैं उनको ललकार कर ले आता हूँ न!" वास्तव में वह कुछ भी काम करने के लिए उतावला हो रहा था और पलक झपकते ही उछलते-कूदते पत्थरों के ऊपर से होते हुए नाले के पास पहुँच गया। साथवाले उसी को देखते रहे।

वह बहुत दूर निकल गया। बस थोड़ी ही दूर रह गया है। उसी समय उस पर तीरों की बरसात हो गई। एक तीर उसकी बाँह में लगा और अन्य चट्टानों पर जा गिरे। वह जिस पत्थर पर खड़ा था, उससे हड़बड़ाकर वह नीचे उतरा और पीछे की ओर भागा। इसी क्षण में संतालों की सेना के जवान नीचे आए और तीर बीनकर ले गए। सभी नंगे बदन थे और कमर में कपड़े लपेटे हुए थे जो घुटनों तक ही थे। सिर के बालों को उन्होंने पीछे की ओर बाँध रखा था। सबके दाहिने हाथों में फरसा और बाएँ हाथ में धनुष व तीर और कंधे पर लटका है बाँस के तरकश में एक बोझा तीर!

तीर चूँकि मांस में ही लगा था, इसलिए जल्दी से निकाल दिया गया और बाँह में पट्टी बाँध दी गई। उन्होंने देखा कि तीर के अग्र भाग को बाँस की पतली डंटी पर बाँधा गया था। तीर का अग्र भाग चिपटा और बहुत धारदार था और तीर के अंतिम छोर पर

खूबसूरती से पंख बंधे हुए थे। पोंटेट ने बताया कि तीर पचहत्तर से सौ गज तक कारगर मार कर सकता है; लेकिन तीर खो जाने के डर से संताल लोग बहुत निकट से निशाना साधते हैं।

कर्नल दुबारा नाले की ओर मुड़कर उसी को देखता रहा। होंठों के हिलने से लगता था कि वह कुछ बड़बड़ा रहा था और तनी हुई भौंहों को देखकर ऐसा लगता था मानो मन अशांत था। उसके मन की बात समझकर पोंटेट ने कहा, ''अगर आपको हमारे आदमियों की कम संख्या की चिंता है तो मेरे सरदार अपने रिश्तेदारों में से ही एक सौ लोगों की मदद देने के लिए तैयार हैं।''

लेकिन कर्नल उनको लेने के लिए राजी नहीं हुआ।

''यदि वे सैनिकों की पोशाक में नहीं होंगे तो हम मुश्किल में पड़ जाएँगे; क्योंकि ऐसी स्थिति में पहचानना मुश्किल हो जाएगा कि कौन शत्रु है और कौन मित्र!'' कर्नल ने दलील दी।

एडेन साहब ने अपनी राय दी, ''मेरी समझ से आपके सैनिक भी बिना पोशाक के होते तो सही रहता, क्योंकि उनकी लाल पोशाक तुरंत दिख जाती है और कसी हुई पोशाक पहनकर झाड़ियों में पैर ऊँचा उठाकर चलने या लंबी छलाँग मारने में परेशानी हो सकती है।''

कर्नल ने उत्तर दिया, ''नहीं-नहीं, कंपनी की पोशाक तो पहननी ही पड़ेगी। क्योंकि उसको पहनकर उनके मन में जोश और जीत की भावना जागेगी। पोशाक पहनकर वे कंपनी की सेना हैं और किसी प्रकार के संकट का सामना करने से वे पीछे नहीं हटेंगे। इसके बिना वे शत्रुओं के समान दो पैरोंवाले जानवरों से थोड़े भी भिन्न नहीं होंगे। पोशाक उतार दो, वे किसी काम के नहीं रहेंगे!''

''अच्छा भाई, इसके बारे में तो हम लोगों से अधिक आप ही जानेंगे।'' एडेन ने हामी भरी।

जब कर्नल ने पहचाननेवालों को स्वयं जाँचने की इच्छा व्यक्त की तब मायसा, गुइहा और बंगरू को बुलाया गया। दुबले-पतले और नाटे कद के तीनों के चेहरे मछलियों के समान थे, आँखें साफ और चमकदार। ये होशियार व चालाक हैं। गालों पर कुछ केश खंजर के आकार में लटके हुए हैं और गले में काठ की लाल माला भर-भर गले पहने हुए हैं। उत्तर के पहाड़िया दक्षिण के पहाड़िया से नाटे होते हैं और वे इंडरोच्-उंडरोच् पता नहीं क्या बोलते हैं। जब उन्होंने बताया तब कर्नल साहब की उस योजना पर सभी सहमत हुए कि नाले से फौज ले जाकर संतालों पर हमला करना होगा।

इसी समय एडेन साहब चिल्लाकर बोला, ''वो सुन रहे हैं, बादल कैसे गरज रहे हैं ?''

सभी ध्यान लगाकर सुनने लगे।

तभी पोंटेट बोला, "नहीं-नहीं, ढोल और टामाक* बजाए जा रहे हैं। लोगों में उत्साह जगाने के लिए।"

"हाँ, टामाक तो बज ही रहा है भाई, लेकिन बादल भी गरज रहे हैं।" एडेन ने उत्तर दिया।

मेजर ने सहमति जताते हुए कहा, "हाँ, बात सही है, क्योंकि रह-रहकर बिजली जो कौंध रही है!"

शाम का प्रकाश गरजनेवाले बादलों से ढक गया। अँधेरा छा गया और दृश्य डरावना हो गया। बिजली बिलकुल पास से चमककर ऊपर की ओर उठ रही थी। लेकिन बादलों का गरजना सुनाई नहीं पड़ रहा था। केवल टामाक के बजने की आवाज नाले से पार होकर सुनाई दे रही थी।

एडेन ने अपनी राय प्रकट की, "अच्छा भाई, अब तो हमको सुनाई नहीं दे रहा है!"

उत्तर पोंटेट ने दिया, "लगता है, आँधी-पानी आज रात ही आएगा और यदि न आया तो एक सप्ताह बाद आ जाएगा। लेकिन अगर पानी आ गया तो तीन घंटे के अंदर ही बाढ़ का पानी नाले से होकर बहने लगेगा।"

"पानी कल बरसेगा। चलिए, खा-पीकर सोया जाए!" कर्नल ने अपनी राय प्रकट की।

इसके बाद सभी घोड़ों पर सवार होकर धीरे-धीरे निवास-स्थल लौट गए।

नील कोठी के विल्सन साहब ने सबकी खूब आवभगत की। चने की खुराक पर पले मोटे भेड़ का चर्बीदार मांस उनके लिए पकाया गया था—मुरगे और बतख का सूखा मांस बना था। जाल में फँसाए गए जंगली बतख का मांस भी पका था। इसके अतिरिक्त दूध, अंडा और गंगा नदी की मछली का झोर सबको दम तक खिलाया गया। महुआ की शराब पता नहीं कब से पानी में डुबाकर ठंडी करके रखी गई थी। इतना मजा आ रहा था मानो पुरानी शराब! बरामदे में यद्यपि पंखे खींचे जा रहे थे, लेकिन गरमी लग रही थी, फिर भी उन्होंने भोजन का आनंद उठाया क्योंकि वह भोज ही अद्‌भुत भोज था।

छुआछूत मानने के कारण हिंदुस्तानी अधिकारी दूसरे स्थान में रात्रि भोजन करने के बाद उसी स्थान पर जमा हो गए। अच्छी-अच्छी बातें हुईं। दूसरे दिन क्या करना होगा क्या नहीं, यह सब बातें तय हुईं। दूसरे दिन बहुत सवेरे ही जाना होगा, यह याद करके सभी सोने के लिए चल दिए।

सुसंस्कृत लोग जब तक सोने के लिए कपड़े बदल रहे थे, उतनी ही देर में खाने की

---

* एक प्रकार का छोटा नगाड़ा

टेबल हटाकर बरामदे में ही सबके लिए खाट बिछा दी गई। प्रत्येक खाट के पीछे एक-एक पंखा झलनेवाला ताड़वाला पंखा लेकर रात भर के लिए खड़ा हो गया। ताड़ के चौड़े पत्ते का पंखा लगभग डेढ़ हाथ चौड़ा होगा, जबकि उसकी डाल ही पकड़नेवाला भाग था, जो लगभग तीन हाथ लंबा होगा। सबके लेटने के बाद सभी दीपक बुझा दिए गए, केवल एक को छोड़कर जो धीमा प्रकाश दे रहा था। इसके बाद सभी यहाँ से वहाँ तक लंबे लेटे थे और उनको पंखा झला जा रहा था। लेकिन ठंडी हवा चल ही नहीं रही थी और गरमी इतनी लग रही थी कि उनको पंखा किए जाने के बावजूद कोई भी ठीक से नहीं सो पाया। बेचारा हॉलिंस जख्मी होने के कारण पानी के लिए रात भर कुँहरता रहा और उसका अर्दली उसकी देखभाल के लिए रात भर जागता रहा।

पहाड़ी सेना* मुँह अँधेरे ही दो दिनों का राशन और गोला-बारूद लेकर कतार में कर्नल के पीछे-पीछे निकल पड़ी। सब चुपचाप चल रहे हैं। पहाड़ी से सटी खाई के पास पहुँचकर सभी खड़े हो गए। वे लोग बहुत चुपचाप से आए थे। किसी को खबर हुई हो, उनको याद नहीं आता है। क्योंकि उन पर नजर रखनेवाले रात भर उनकी निगरानी करते रहे और सुबह उन्होंने अपने सरदार को खबर भेजी थी।

संतालों के सभा-स्थल पर अभी क्या चल रहा है, जरा उसे देख लिया जाए। सिदो-कान्हू ने अपने लड़ाकू इकट्ठे कर रखे थे। पहली बार सैनिकों से भिड़ने का साहस कौन करेगा, पता नहीं कौन जीतेगा? जैसे ही लड़ाई की शुरुआत हुई, दोनों भाई नरम पड़ गए हैं। राज-दरबार की शानो-शौकत उन्होंने त्याग दी है। सिर पर सोने की पट्टियों वाली टोपी और बाजूबंद पहनने के कारण वे अन्य लोगों से भिन्न दिखाई देते हैं। कान्हू सतर्क हो गया। सिदो का बड़बड़ाना भी बंद हो गया है। उस दिन दोपहर को सैनिकों के पहुँचते ही वे निराश हो गए और शत्रुओं के दूर रहने पर उन्होंने जिस प्रकार बुरा-भला कहा था, वे सारी बातें हवा हो गईं।

चंदराय की सलाह पर ही उत्तर की ओर बैठने का स्थान निर्धारित किया गया। साम परगना मन-ही-मन सोच रहा था कि लड़ाई बरसात से पहले ही हो जाए, ताकि हूल की खबर कंपनी तक तुरंत पहुँच जाए।

दोनों भाइयों को बहला-फुसलाकर यदि लड़नेवालों को उत्तर की ओर ले जाया जाए और संभव हो तो सरकारी सैनिकों को ललकारने पर ही गोलीबारी शुरू हो जाएगी, साम परगना ऐसा अनुमान लगा रहा था। कान्हू की दृष्टि घने काले बादलों पर ही टिकी है, क्योंकि तब तक एक बूँद पानी भी नहीं टपका था। वह डर नहीं रहा था; लेकिन पता नहीं क्यों, सभी लोग किसी अनजान आशंका से घबराते ही हैं। जिन सैनिकों से उनको लड़ना है, उनको दोनों भाइयों ने कभी देखा भी नहीं है। साम परगना को अंदर-ही-अंदर

---

* पहाड़िया सेना, जिसे हिल-रेंजर नाम दिया गया था

खुशी है, क्योंकि पलटन के वहाँ पहुँचने पर ही उसका मंसूबा पूरा हो गया था। चाहे तो पलटन बरसात के डर से पीछे हट जाए अथवा बंदूक की गोली के कारण हारना पड़े, आगे चाहे जो भी हो, बस संताल सेना को नष्ट नहीं होना चाहिए। हूल करने का भ्रम तो कम-से-कम एक-दो महीनों तक चला! इसके बाद चाहे जो भी हो, असली काम तो हो गया न!

पलटन के साथ भिड़ने के लिए संतालों ने इस प्रकार की रणनीति बनाई। मजबूत और साहसी लोग झाड़ियों में फरसों के साथ छिपकर खड़े होंगे, ताकि शत्रुओं को काट डालें। आरंभ में शत्रुओं को झाड़ियों में आने के लिए प्रेरित किया जाएगा। इसके बाद उनको तितर-बितर होने दिया जाएगा और फिर एक-एक कर सबको तलवार दिखा दी जाएगी। असली पलटन को तीर मारकर परेशान कर दिया जाएगा और इसके अतिरिक्त इतनी खड़ी ढलान के नीचे तो वे उनका सामना कर ही नहीं पाएँगे। ऊपर की ढलान पर एक ऐसा स्थान था जो अंदर की ओर झुका होने के कारण नीचे से दिखाई नहीं देता था। उसी स्थान पर बरसाती पानी के तेज बहाव से खोह-सी बन गई थी। दोनों ओर की ढलान दीवार के समान सपाट थी और वह स्थान बीस हाथ चौडा होगा और वहाँ से ऊपर उठने की ढलान सीधी थी। इसी खोह में तीन स्थान पर लकड़ी के मोटे-मोटे कुंदे और चट्टानी पत्थरों के बड़े-बड़े टुकड़े नीचे से ऊपर तक एक-दूसरे के ऊपर रखे गए। यह स्थान चाहे प्राण जाए या रहे, किसी भी हालत में उनके हाथों से निकलना नहीं चाहिए। यदि उन तीनों स्थानों पर पलटन का कब्जा किसी प्रकार हो जाता है तब संताल लोग एक साथ तीर-धनुष फेंक कर फरसा-तलवार लेकर उनसे भिड़ जाएँगे और इससे पहले कि वे बंदूकों में दुबारा बारूद ठूँस सकें, उनको मौत के घाट उतार दिया जाएगा। धनुर्धारी लोग ऊपर की मेंड़ से नीचे खाई में अंधाधुंध तीर चलाकर पलटन को निशाना बनाएंगे।

चंदराय के लड़ाकू श्रेष्ठ और आजमाए हुए थे। इस कारण उन तीनों स्थान या चौकियों की रखवाली की जिम्मेदारी चंदराय ही को सौंपी गई क्योंकि इन्ही लोगों ने लारकिन साहब को तीर से मार गिराया था! सबसे नीचेवाली चौकी का नेतृत्व चंदराय ने अपने हाथों में ले लिया। उसके साथ चंपई और पिपरा के लड़ाकू थे। इसके बाद यह बताने की आवश्यकता नहीं कि साथ में साम परगना भी था। ये लोग शत्रु के बिलकुल आमने-सामने थे। गरभू दूसरी चौकी और बिक्रम तीसरी चौकी का नेतृत्व कर रहा था। दिसोम सेना (संताल सेना) दोनों भाइयों (सिदो-कान्हू) के नेतृत्व में तैनात थी। रात में हमले की आशंका से एक-एक व्यक्ति अपनी-अपनी जगह पर ही सोया। लेकिन सुबह होते ही टोह रखनेवालों ने बताया कि फौज चल चुकी है और ऊपर आ रही है।

सुबह की रोशनी फूटने ही वाली है, लेकिन उतने सवेरे भी गजब की गरमी थी : इसी समय कर्नल जोन्स का आदेश आया; मेजर स्टुअर्ट को पहली टुकड़ी के नेतृत्व का

आदेश मिला और दो सौ फौजियों को नाले के अंदर से रवाना किया गया और शेष फौज को रख लिया गया। बंदूक की नोक पर चाकू लगा हुआ और बंदूक बारूद से ठुसा हुआ तैयार है। आठ-आठ के समूह में जा रहे हैं। जब तक फौज का प्रवेश खाई में नहीं हुआ था, तब तक संतालों की सेना बिलकुल चुपचाप थी। जैसे ही वे खाई में आए वैसे ही चारों ओर से तीरों की बरसात होने लगी। अनेक फौजी भद-भद कर जमीन पर गिर गए, शेष लँगड़ाते हुए भागकर लौट गए। संतालों को रोकने के उद्‌देश्य से कर्नल जोंस ने झाड़ियों में अंधाधुंध गोलियाँ चलाने का आदेश दिया। दन-दन गोलियाँ चलीं, लेकिन वे संतालों को देख ही नहीं पा रहे थे, फिर क्या करते! बहुत कम लोगों को ही जख्मी कर पाए।

स्टुअर्ट और उसके फौजी जब खोह के ऊपर बने घुमाव को पार कर गए तो उनको सामने में बड़े-बड़े पत्थरों की दीवार-सी दिखी। बाएँ-दाएँ की ढलान दीवार के समान सपाट लगभग बीस हाथ ऊँची थी, जिस पर झाड़ियों के कारण अँधेरा-सा छाया था। खोह तक जाने का रास्ता बहुत ढलवाँ था, खोह सँकरी थी और केवल बीस हाथ जैसी ही चौड़ी होगी और खोह के दोनों ओर पत्थरों को रखकर बनाई गई चौकी थी। स्टुअर्ट ने फौजियों को एक ओट में खड़ा किया और स्वयं ध्यान लगाकर देखने लगा। इसके पीछे थोड़ी दूरी पर उसे एक और चौकी दिखाई दी।

उसने अविलंब हमला करने का आदेश दिया। हिंदुस्तानी लड़ाई में अँगरेजों की यही रणनीति है कि वे कभी पीछे नहीं हटते हैं। अन्य कोई विकल्प दिखाई नहीं दे रहा था। चौकी को घेरना ही होगा। उसे सहायता की आवश्यकता थी, इसलिए उसने आदमी भेजने के लिए तुरंत कर्नल के पास संदेश भेजा। इसके बाद वह काम में लग गया।

फौज को उसने दो भागों में बाँट दिया। आधे लोगों को उसने खोह के प्रवेश पर रखा और आदेश दिया कि वे ढलान के दाएँ-बाएँ और चौकी या गढ़ के ऊपरी छोर पर गोलियों की बौछार करें, ताकि हमले में अधिक लोगों की जानें न जाएँ। खूब अच्छी तरह से निगरानी करने के बाद स्टुअर्ट साहब ने हमले के लिए एक स्थान चुन लिया। जब सुरक्षा प्रहरी रेंगकर आगे बढ़ रहे थे तब चौकी या गढ़ से उन पर बुरी तरह से तीर चलाए गए, लेकिन दबिश बनानेवाली फौज की गोलीबारी से एक बार तो सबको छिपना ही पड़ा। जिस स्थान पर स्टुअर्ट कब्जा करना चाह रहा था, वहाँ तलवार चलानेवाले तैनात थे। जो लोग स्थान की रक्षा कर रहे थे, उन्होंने ठान लिया था कि मरते दम तक उस स्थान की रक्षा करेंगे। लेकिन कुछ समय के लिए वे स्टुअर्ट की मार नहीं झेल पा रहे थे। इसी समय पलटन को भी वहाँ से शत्रुओं को भगाने का दाँव मिल गया। स्टुअर्ट और हॉलिंस के साथ पलटन बहुत भारी शोर-शराबे के साथ पाडेरकोला के लोगों के ऊपर बाढ़ के पानी के समान चढ़ बैठी। पिपरा गाँव के लोग उनकी सहायता करने को आए, लेकिन

उनको खदेड़ दिया गया और अनेक लोग खेत रहे। लोखोन भी बुरी तरह जख्मी हो गया; पंचु का बेटा हरि मारा गया तथा पाँच-छह अन्य लोग भी मारे गए। संक्षेप में बता रहा हूँ, जो बचे हुए थे, उनको दूसरी चौकी या गढ़ के पास खदेड़कर लाया गया। स्टुअर्ट और उसके आदमी उनको दौड़ाते हुए ले गए। ऐसा लग रहा था कि अब पहुँचे कि तब पहुँचे! उनको आशा थी कि वे उनको पकड़ लेंगे। यहाँ तक कि वे ऊपर भी चढ़ गए। यहीं पर संतालों की सेना ने जान हथेली पर रखकर पलटन के साथ खूब मार-काट की। उनको गरभू, चंदराय और चंपई की बातों से जोश आ गया; क्योंकि संतालों के वीर तो वे ही थे। स्टुअर्ट साहब को आशंका हो रही थी कि जो स्थान कब्जे में था, उसे भी रख पाएँगे या नहीं! दोनों ही ओर के अनेक लोग तीर-धनुष, फरसा, बंदूक और संगीन से मारे गए।

स्टुअर्ट का संदेश मिलते ही कर्नल ने सहायता के लिए दो सौ लोग भेज दिए। इनको उसने इगरटन और एडेन के अधीन रखा। क्योंकि अँगरेज अफसरों की अनुपस्थिति में इन दोनों ने स्वेच्छा से लड़ाई में शामिल होने की पेशकश की थी। चिलचिलाती धूप में भी सब भागते हुए गए। वरिष्ठ होने के नाते इगरटन आगे-आगे चल रहा था। जंगल का हिस्सा उन्होंने अच्छी तरह से पार किया, क्योंकि जो धनुर्धारी थे, वे सब तो जहाँ मार-काट मची थी, उसी चौकी या दुर्ग के निकट एकत्र हो गए थे। खोह से बंदूकों की गोलियों की सन्न-सन्न, मार-काट की आवाज, जोर-जोर से चिल्लाने की आवाज और संताल सेना के जोर-जोर से हल्ला करने की आवाजें आ रही थीं। इसी से वे समझ गए कि बहुत निकट से मार-काट की लड़ाई चल रही है। लेकिन धुएँ के गहरे बादल के कारण वे किसी को देख नहीं पा रहे थे। केवल आवाज ही छन-छनकर लहरों के समान आ रही थी।

कुछ पल बाद वे खोह के पास पहुँच गए। प्रवेश के पास ही बीस घायल फौजी टुँगरी की आड़ में छिपकर बैठे थे, कहीं तीर न लग जाए, इसलिए पीछे हट नहीं रहे थे। पहली चौकी के ऊपर उन्होंने अनेक लोगों को गिरा हुआ देखा। पलटन और संतालों की सेना दोनों ओर के गिरे हुए लोग थे, लेकिन धुएँ के कारण स्पष्ट दिखाई नहीं दे रहा था। इनमें से अधिसंख्य मर चुके थे और कुछ जिंदा थे, जिनके कराहने की आवाजें आ रही थीं। लेकिन सामने ही मार-काट मची हुई है और उनको वहाँ जल्दी पहुँचना है।

इगरटन आगे बढ़ने का आदेश देना ही चाहता था कि उसी समय एडेन ने चिल्लाकर कहा, "अरे, एक बूँद पानी गिरा मेरे ऊपर!"

इसका संदेह बिलकुल नहीं है! हरे और सफेद पत्थर पर जब उन्होंने काली-काली, बड़ी-बड़ी बूँदों को टपकते देखा तो उन्हें समझते देर नहीं लगी कि बरसात आ गई थी। उन्होंने दृष्टि ऊपर की तो देखा कि दक्षिण-पूर्व दिशा में आसमान से लेकर जमीन तक जंग लगे परदे के कपड़े के समान सूप से उलीचे जाने जैसी बारिश हो रही

थी। इस परदे के सामने रह-रहकर बिजली कौंध रही थी और बिजली कड़कने की आवाज बहुत डरावनी लग रही थी। लेकिन हवा की आवाज बिलकुल नहीं सुनाई दे रही थी। दूर में पहाड़ियों के ऊपर बारिश से झुक रहे पेड़ों को वे देख पा रहे थे जो तूफान का संदेशवाहक ही कहा जा सकता है। लेकिन खाई में सन्नाटा छाया हुआ है। हवा के कारण बादल उन्हीं की ओर आ रहे थे। यह सब जो मैं ने बताया, इसमें काफी समय चला गया; लेकिन इगरटन ने जब अचानक उधर देखा तो उसे फौरन सबकुछ समझ में आ गया।

उसने हाथ में चाबुक लहराते हुए आह्वान किया, क्योंकि उसके हाथ में तलवार तो थी नहीं—'चलो, जल्दी करो, जल्दी करो!' यह बोलते हुए वह भागकर आगे गया और दूसरे उसके पीछे-पीछे दौड़े। वे पहली चौकी के ऊपर चढ़कर पार हो रहे थे। जमीन पर लोग इधर-उधर गिरे पड़े थे। क्या जिंदा और क्या मुर्दा, सबके ऊपर पैर रखते हुए वे पार हो रहे थे। सँकरे नाले के बीच से वे चले जा रहे थे। वे दूसरी चौकी या दुर्ग के पास पहुँच चुके थे। कुछ बंदूकधारी टुंगरी के ऊपर चढ़ गए और तीर मारनेवालों की ताक में नजर गड़ाए बैठे थे कि गोली से मार गिराएँ। लेकिन अधिसंख्य लोग दुर्ग के पास दौड़कर जमा हो गए थे क्योंकि वहीं पर मार-काट की लड़ाई जारी थी। बंदूकधारियों की सहायता के लिए आदमी छोड़ते हुए, इगरटन लड़ते हुए आगे बढ़ता गया।

जिस समय एडेन साहब पहली चौकी (दुर्ग) के ऊपर चढ़ कर पार हो रहा था तो उसने सुना कोई बहुत धीमी आवाज में 'हिन-हिन' पुकार रहा था।

वह खड़ा हो गया। उसने इधर-उधर नजर दौड़ाई! और अचानक उसकी नजर पुराने मित्र साम परगना पर पड़ी, उसे पसली में गोली लगी थी और जख्म से खून तेजी से निकल रहा था। एडेन और उसके अर्दली पीरू लड़ाई छोड़कर साम परगना के निकट चले गए और वहीं रह गए। फौज आगे बढ़ गई थी।

एक बूँद भी पानी नहीं मिल रहा था। क्योंकि झरने के मुँह पर एक संपूर्ण बड़ी चट्टान थी और उनको न तो बालू और न कीचड़ ही दिख रहा था, जहाँ वे गड्ढा करके पानी निकाल सकें। साम परगना ने दृष्टि उठाकर देखा और उदासी से मुसकराकर बोला, "थोड़ी ही देर में बहुत सा पानी छलकने लगेगा। साहब, आप हमारी चिंता क्यों करते हैं, हमारा तो अंत समय आ गया है!"

पीरू भी अपने मालिक के समान ही दुःखी होकर पानी के लिए इधर-उधर भाग रहा था क्योंकि साम परगना उसको भी अच्छा लगने लगा था।

चौकी (दुर्ग) के पास घमासान मार-काट मची है। एडेन साहब को उधर ही तिरछी नजर से देखता हुआ पाकर साम परगना बहुत धीमे से बोलने लगा लेकिन बहुत थक जाने के कारण मुँह से स्पष्ट आवाज भी नहीं निकल रही थी, "माननीय श्रीमान, हम नहीं चाहते हैं कि आपको कर्तव्य पूरा करने से रोकें; लेकिन मेरा दम निकलने ही वाला

है। मरने से पहले आपको छोटी-मोटी बात बताना चाहता हूँ।''

एडेन साहब ने साम परगना को गोद में उठाकर अपने निकट कर लिया। पीरू की पगड़ी लेकर उसे जख्म के ऊपर बाँध दिया, क्योंकि पीरू खुशी-खुशी पगड़ी देने को तैयार हो गया था। मन में घृणा की भावना न उसके मालिक के मन में आई और न संतालों के मन में। जो भी हो, यह स्मरणीय कार्य था। साहब ने भी अपनी पोशाक उतारी और मोड़कर उसका तकिया बनाकर साम परगना के सिर के नीचे रख दिया, ताकि प्राण निकलते समय कष्ट न हो। साम परगना स्नेह से देखता हुआ हँस दिया और बोला, ''साहब! आपको दुबारा देखकर बहुत खुशी हो रही है! जब से हूल शुरू हुआ, आपसे कोई बात ही नहीं हो पाई!''

एडेन ने उत्तर दिया, ''तुमको देखकर दुःख हो रहा है। मैं तुम्हें डॉक्टर के यहाँ ले जाऊँगा। वह तुम्हें जरूर ठीक कर देगा। अच्छा, तब तक इसे पी लो!'' यह कहते हुए एडेन ने पानी की बोतल साम परगना के मुँह में लगा दी।

साम परगना की बुझी हुई आँखों में फिर से रौशनी आ गई और उसने कहा, ''अब हमको बोलने की ताकत मिलेगी, लेकिन डॉक्टर के आने तक हम जीवित नहीं रहेंगे। हमारा अंत आ गया है और हम मरने के लिए तरस रहे हैं।'' यह बातें वह रुक-रुककर चलती साँसों के बीच बोल रहा था, ''हमने आँखों से देख लिया, संताल लोग फौज के साथ आमने-सामने लड़ रहे हैं और मुझे लगता है, फौज भाग जाएगी!''

एडेन साहब उदास होकर बोला, ''नहीं मित्र, ऐसा नहीं होगा, हालाँकि तुम्हारे लोग जाँबाजी से लड़ रहे हैं।''

साम परगना ने उत्साह से भरकर जोर से कहा, ''फौजी भागेंगे! बाढ़ के पानी के डर से सिर पर पैर रखकर भागेंगे! आप देख रहे हैं न काले बादल और कौंधती बिजली को! आप बिजली की आवाज नहीं सुन रहे हैं? वह उधर देखिए, पहाड़ी के ऊपर होती मूसलधार बारिश। एक घंटे में यहाँ पहुँच जाएगी। जोर-जोर से टपकती बारिश की बूँदें तेज होती जा रही हैं। आपको बारिश की सुगंध नहीं मिल रही है? वह देखिए, हवा के झोंके से कैसे डालियाँ और पेड़ झूम रहे हैं और पत्ते जैसे नाच रहे हैं! आँधी-तूफान आपको घेर लेंगे!''

''तुम्हारे लोग भी में इसमें फँसेंगे।'' एडेन ने उत्तर दिया।

साम परगना ने असहमति में सिर हिलाया और बोला, ''जान बचाने के लिए जंगल में भागकर जानेवाला एक-एक फौजी मारा जाएगा। जंगल में हमारे लोग इसकी ताक ही में रहेंगे।'' सहसा पोंटेट साहब को खोह के ऊपर हड़बड़ाकर चढ़ते हुए देखकर साम परगना रुक गया।

पोंटेट जोर-जोर से चिल्ला रहा था, ''कहाँ हैं, कहाँ हैं लोग?''

एडेन साहब ने कंदरा की ओर इंगित किया और पोंटेट हड़बड़ाकर ऊपर चढ़ गया फिर वह साम परगना के पास लौट आया। साम परगना की दृष्टि पोंटेट ही पर लगी थी, उसे दु:ख हो रहा था कि उसके पुराने हाकिम ने उसकी ओर ध्यान भी नहीं दिया। साम परगना बड़बड़ाता ही जा रहा था। वह फुसफुसाकर बोला, ''हिन-हिन!''

एडेन साहब ने झुककर अपना कान उसके मुँह के पास कर दिया।

साम परगना बोल रहा था—''हमारी पुकार, हमारे अपने हाकिम, कंपनी को बता दीजिएगा!''

एडेन साहब ने उसका कंधा थपथपाया और सिर हिला दिया। बोलने का साहस न हुआ।

इसके बाद साम परगना और भी धीमी आवाज में बोला, ''हमारे लोगों को मालूम हो जाएगा। हमने सबूत दिखा दिया है।'' इतना बोलने के बाद उसका सिर एक ओर लुढ़क गया और आँखें उलट गईं। कुशल और धैर्यवान प्यारा तोता शरीर का पिंजरा छोड़ कर उड़ गया; लेकिन उसके चेहरे पर एडेन साहब पर आस और भरोसे की छाप रह गई थी।

मरने वाले के लिए भरसक प्रयास करने के बाद जीवित बचे लोग कैसे हैं, यह जानने के लिए एडेन साहब ने नजर दौड़ाई। आँधी-तूफान निश्चय ही आ घेरेगा इसमें संदेह नहीं! मूसलधार वर्षा की आवाज सुनाई दे रही थी। ऊपर बिजली के कड़कने की आवाज के आगे, नीचे हो रही लड़ाई की आवाज खाँसने-खखारने जैसी लग रही थी।

पोंटेट ने देखा कि स्टुअर्ट रुमाल से अपने जख्म बाँध रहा था। बाएँ हाथ से फरसा रोकने के समय उसका हाथ जख्मी हो गया था। उसने उसको कर्नल का संदेश दे दिया कि फौरन लौट चलना था।

दाँतों से रूमाल का एक कोना पकड़े स्टुअर्ट ने उत्तर दिया, ''यहाँ से जाने की कोई जरूरत तो दिखाई नहीं दे रही है। बड़े दु:ख की बात है कि जब लड़ाई जोर-शोर से शुरू हो गई थी तब हम छोड़कर जा रहे हैं। हम लोगों के लिए तो ऐसा पहली बार होगा।'' इतना बोलकर वह अपना जख्म बाँधने लगा।

पोंटेट ने कुछ जोर ही से कहा, ''अरे भाई, आदमी के साथ तो लड़ सकते हो लेकिन आसमान के साथ कौन लड़ पाएगा? देखो भाई, अगर आँधी-पानी के आने से पहले हम यहाँ से नहीं निकलते हैं तो बाढ़ का पानी हमको लकड़ी के टुकड़े के समान बहा ले जाएगा, समझे!''

स्टुअर्ट ने ऊपर की ओर देखते हुए कहा, ''सचमुच, आप तो ठीक ही कह रहे हैं। लेकिन यह बेहद अफसोस की बात है।''

बिगुल बजानेवाले को बुलाया गया और उसने तू-तू-तू करके लौटने की धुन बजा

डाली। असैनिक अधिकारियों की मदद से स्टुअर्ट और हॉलिन्स ने सबको वापस बुला लिया; घायलों को उठाकर वे साथ ले गए। सभी साथ मिलकर लौटने में कामयाब रहे तथापि एक-दो लोग तीर से मारे गए थे। गुफा तक पहुँचने से पहले ही पानी बहने लगा और सबसे पीछे चल रहे फौजी, जिसमें स्टुअर्ट भी था, घुटने-घुटने पानी में छाब-छुब चल रहे थे। उतने सारे पैरों के कारण कुछ पल के लिए बहता हुआ पानी रुक-सा गया। लेकिन अधिक देर नहीं! कुछ ही पलों बाद पहाड़ का पानी हुदहुद-गुडगुड करता हुआ बहने लगा और उसमें फेन आने लगा। नाले का किनारा दोनों ओर लबालब भर गया। पेड़ों और झाड़ियों को पानी साथ बहा ले जा रहा था; लाशें, लड़ने के हथियार सब बहते चले जा रहे थे। उनमें से कुछ तो बड़ी नदी तक पहुँच जाएँगे, लेकिन अधिसंख्य दोमुहाने पर फेंकाकर किनारे लग जाएँगे।

सूप से उलीचने के समान वर्षा होने के बावजूद एडेन साहब केवल कमीज पहने और पीरू बिना पगड़ी के बाढ़ के पानी को ध्यान से देख रहे थे। जो लाशें बह कर बाहर आ रही थीं, दोनों ही उनको पहचानने की कोशिश कर रहे थे। शायद साम परगना की लाश मिल जाए! लेकिन उन्हें नहीं मिली। क्योंकि चंदराय के आदमी जब फौज का पीछा करते जा रहे थे तब जिस स्थान पर एडेन ने साम परगना को छोड़ा था, वहीं पर उन्हें उसकी लाश मिली, जिसके सिर के नीचे एडेन का कपड़ा रखा हुआ था। कपड़े को उन्होंने मृतक के फूल के समान सुरक्षित रख लिया। रो-धोकर उन्होंने लाश उठाई और उठाकर ले गए तथा संतालों के रिवाज के अनुसार जला दिया। मृतक की हड्डियों को उठाया गया, ताकि अच्छा मौसम आने पर गंगा नदी में ले जा सकें, क्योंकि संतालों के लिए वह पवित्र नदी थी।

मानसूनी हवा चलने लगी यानी बरसात आ गई। फौजी अब कुछ भी नहीं कर सकते थे। क्या करते, शर्म के मारे झुंड-के-झुंड घायलों के साथ भागलपुर लौट गए और सभी ओर यह घोषणा कर दी गई कि बाढ़ के पानी के कारण उन्हें लौटना पड़ा।

□

30

बंधन टूट गया

कुछ ही दिनों बाद झगड़े शुरू हो गए। दोनों भाई अपनी सेना को बढ़ैत वापस ले गए। साम परगना के जाने के बाद उन्हें सूझबूझ देकर धीरज से सुझाव देनेवाला कोई भी नहीं है। चंदराय के साथ शत्रुता करने के लिए एक जन खड़ा हो गया। यह लिटिपाड़ा के बिजय माँझी का बेटा सिंगराय है। दो मेमों को अपने हाथ से काटने के बाद माफी की उम्मीद नहीं के बराबर है। इसीलिए वह चाहता है कि किसी भी प्रकार संतालों का राज हो, ताकि वह बच जाए। लेकिन यह हो तो कैसे? दोनों भाइयों की शक्ति बढ़ेगी, तभी तो संभव है न! फौज के लौटने के बाद इसकी परख हो गई कि कौन कितना शक्तिशाली है। चंदराय ने सुझाव दिया कि संताल लोग अपने-अपने घरों को लौट जाएँ, खेतीबारी सँभालें और मकई तोड़ने के समय तक घर में ही रहें। मकई भादो महीने में तैयार होगा। इसके बाद एक साथ पुन: मिलने के लिए बहुत समय मिलेगा तथा संपूर्ण जाड़े भर लड़ाई जारी रहेगी। लेकिन सिंगराय ने 'नहीं, नहीं' कहकर प्रतिवाद किया और कहा कि तलवार चलाने वालों को सभा स्थल पर ही रखकर लड़ने की विद्या में पारंगत बनाना होगा। खेतीबारी के लिए बूढ़े, बच्चे और स्त्रियाँ तो हैं ही। चंदराय की सलाह दब गई और सिंगराय की सलाह ही असली हो गई।

हजारों लोगों के लिए आवास बनाने पड़े। झमाझम बारिश के बीच लंबी-लंबी झोंपड़ियाँ एक-दूसरे के निकट बनाई गईं। एक होशियार व्यक्ति वैसे समय में ऐसे काम को शुरू ही नहीं करता। उतनी तेज बारिश में जवान लड़के वहीं रह गए और बारिश जैसे ही थमती वैसे ही साम परगना के सुझाव के अनुसार वे दुश्मन की ताक में प्रतीक्षा करने का अभ्यास करते अथवा झाड़ियों के बीच कैसे लड़ा जाता है, इसको सीखते अथवा तीर से लक्ष्य बेधने का अभ्यास करते। यद्यपि वे साम परगना की सोच से अलग कुछ नहीं कर रहे थे तथापि उसकी शिक्षाओं के अनुसार उनका विकास नहीं हो पाया।

दोनों भाइयों और अन्य लोगों के बीच भोजन को लेकर विवाद उत्पन्न हो गया। प्रारंभ में सभी लोगों को महाजनों से जब्त किए गए अनाज में से उनकी इच्छा के

अनुसार अनाज मिला। संतालों ने अपनी छोटी बुद्धि से सोच लिया कि अनाज बहुत अधिक है और समाप्त नहीं होगा। परंतु कुछ ही दिनों बाद देखभाल करनेवाले लोगों को मालूम पड़ गया कि अनाज समाप्त होने वाला था, इसलिए उन्होंने उदारता से देना बंद कर दिया। असंतुष्ट और नासमझ लोग इस बात की फरियाद के लिए 'दरबार' में हाजिर हो गए। दोनों भाइयों ने बहुत आसानी से लोकप्रियता हासिल कर ली, क्योंकि उन्होंने आदेश कर दिया कि लोगों को उनकी माँग के अनुसार दिया जाए। उन्होंने लोकप्रियता तो हासिल कर ली लेकिन इसका प्रभाव क्या होगा, यह उन्होंने नहीं सोचा। नासमझ लोग झुंड-के-झुंड पहुँच गए और उन्होंने अनाज से भरे 'गोला घर' को खाली कर दिया। देखभाल करनेवालों ने काम छोड़ दिया—समझदारों ने अनाज की बरबादी देखकर दोनों भाइयों को आगाह भी किया, क्योंकि अनाज समाप्त हो जाने पर प्राप्त करना मुश्किल था। गोला घर से अनाज बाँटना बंद कर दिया गया; झुंड-के-झुंड भुनभुनाते व निराश नासमझ लोगों को खाली हाथ वापस कर दिया गया।

संताल लोग 'ना' बोलना जानते ही नहीं हैं। दोनों भाई भी नहीं और न सिंगराय या पंच के अन्य लोग जानते थे। इसलिए इस घृणित कार्य के लिए उन्होंने देको लोगों (अन्य जातियों) को काम पर लगाया जो संतालों के शोषक रहे थे। कमजोर और सूखे हुए पुरुष, सूखकर काँटा हुई महिलाएँ और कमजोर बच्चों की, उनके नए मालिकों के नाम व अधिकार के आधार पर उपेक्षा की गई क्योंकि उन निर्दयी लोगों के पास दया-माया है कहाँ! और विडंबना यह कि संतालों का राज होने पर उन्हीं से उनकी रक्षा सदाकाल तक करने की बात की जाती है।

एक-दो दिनों में सबकुछ स्पष्ट हो गया। जब्त किया गया अनाज संताल सेना के लिए भी पर्याप्त नहीं था। इसके बाद केनाराम और उसके जैसे काम में माहिर देको लोग, उन्हीं के छिपाए गए अनाज को सूँघ-सूँघकर खोजने लगे और जब कुछ अनाज मिलता तो उसको राज के नाम पर जबरन उठाकर ले जाने लगे। इस स्थिति के कारण समस्त संताल क्षेत्र में संताल लोग कर्त्ता-धर्त्ताओं के विरोध में बोलने लगे।

लोखोन का जख्म ठीक हो गया और हाड़मा भी स्वस्थ हो गया। ऐसा कहना सही होगा कि कुछ ही दिनों पहले दोनों ने उठकर चलना-फिरना शुरू किया था। वे दोनों प्रतिदिन पीपल के पेड़ के नीचे ही बैठे रहते। लोखोन जब न तब लड़ाई के बारे में ही बताता रहता। उसके श्रोताओं में मुनिया, छोटा कारान तथा एक-दो महिलाएँ और बच्चे होते। उसकी बातें सुनकर सबके रोंगटे खड़े हो जाते और जब वह कोई दुःखद घटना सुनाता तो सबके मुँह से हाय-हाय की आवाज निकलती! हरि की मृत्यु के संबंध में उसके पिता पंचू को बताने के लिए वह घटना को दो-तीन बार बताता। फौज के एक सिपाही ने जैसे ही हरि को भाले से मारा वैसे ही लोखोन का बेटा बाजू दौड़कर उस फौजी के निकट पहुँचा था और उसे तलवार से मार गिराया था।

साम परगना के संबंध में बताने के लिए शायद लोखोन को बहुत अच्छा लगता था। ''वे कब गिर गए, किसी को पता ही नहीं चला। वे चुपचाप सो गए और चेहरा छिपा लिया। जब तक हमको दूसरी चौकी पर खदेड़कर चढ़ाया नहीं गया था, तब तक वे आँखों के सामने ही थे। फौजियों का पीछा करते हुए हमारे लोग लौट गए। हम उनके साथ नहीं थे, क्योंकि हम बुरी तरह से जख्मी हो गए थे।''

जब वह यह बताता तो इसी स्थल पर लोखोन की पत्नी दहाड़ें मारकर रोने लगती। उसका पति गंभीर रूप से घायलों के बीच यूँ ही असहाय पड़ा था, यह सुनते ही उसे रुलाई आने लगती, जो किसी भी प्रकार से रुकती नहीं थी।

इसके बाद लोखोन फिर से शुरू हो जाता, ''जब हमारे लोग लौटे तो उनको साम परगना का पार्थिव शरीर मिला। उनका सिर पता नहीं किसके तह किए कपड़े के ऊपर टिका हुआ था। हाड़मा दादा, आपने सही अनुमान लगाया, वह कपड़ा हिन साहब ही का था।''

इसी समय हाड़मा उत्तर देता, ''हाँ, वह हिन साहब का अपना कपड़ा था। निश्चय ही हिन साहब ने अपने हाथों से कपड़े को उनके सिर के नीचे रखा होगा, क्योंकि वे साम परगना को बहुत चाहते थे।''

साम परगना की मृत्यु के बाद आस-पास के अनेक लोगों ने रो-रोकर उन्हें अपनी श्रद्धांजलि अर्पित की।

केवल पिपरा के लोगों ने ही नहीं बल्कि सभी पचहत्तर गाँवों के लोगों ने उनको याद किया और उनकी अनुपस्थिति में उन पर उदासी छाई रही। जब उन्होंने देखा कि दोनों भाई सिंगराय की सलाह पर उन पर बहुत भारी बोझ लाद रहे हैं, जबकि ऐसे ही बोझ को उतार फेंकने के लिए ही तो वे एकजुट हुए थे, तब इन सबके कारण साम परगना को सबने बहुत याद किया। इसके बाद पचहत्तर गाँवों के 'मोंड़ें माँझी'* साम परगना के स्थान पर अन्य को परगना चुनने के लिए एकत्र हुए। सबने मिलकर हाड़मा का चुनाव किया और बिक्रम को उसका देसमाँझी नियुक्त किया गया।

पहले ही दिन हाड़मा परगना ने महसूस किया कि उसका प्रमुख काम प्रजा को (लोगों को) भोजन खोजकर देना था।

उसकी प्रारंभिक चिंता यह थी कि लोगों के पास जो भी थोड़ा-बहुत बचा-खुचा अनाज था, उसको छिपाकर रखना, ताकि उसको दोनों भाइयों के भेदिए खोज न पाएँ। अधिकांश को उन्होंने पहाड़िया लोगों के पास ही रखवा दिया और उन्होंने बहुत हिफाजत से रखा तथा पाई-पाई का हिसाब रखकर अनाज लौटा दिया। और देखिए कि पहाड़िया चोरी के लिए बदनाम हैं, लेकिन उन्होंने बहुत अच्छा आचरण दिखाया। पहाड़िया लोगों ने यह काम अपना धर्म समझकर किया, हाँ पहाड़िया धर्म के गुण के अनुसार ही किया।

* ग्राम प्रधान एवं पंच के सदस्य

हाड़मा लुक-छिपकर चुपके-चुपके अपने लोगों को सभा-स्थल से लेकर आ गया। सभा-स्थल में युद्ध कौशल के बारे में वे जितना सीखते, उससे बेहतर उसने उनको सिखाया; परंतु अधिसंख्य को उसने अन्य कामों में लगाया। कुछ को उसने कृषि कार्य में लगाया; और यह सोचकर कि अन्न बहुत महँगा हो जाएगा, शेष लोगों को उसने रेल-मार्ग निर्माण कार्य में झोंक दिया, ताकि मजदूरी मिलने पर वे अन्न खरीद सकें। ये लोग प्रत्येक सप्ताह खाद्य सामग्री घर भेजते थे, जिस कारण संपूर्ण गाँव के लोगों को भूख से तरसना नहीं पड़ा।

दोनों भाइयों के कानों में जब इस व्यवस्था की खबर पहुँची तब उन्होंने हाड़मा के पास आदेश भेजा कि मजदूरी से प्राप्त अन्न में से आधा लड़ाकू सैनिकों के लिए देना ही होगा। परंतु हाड़मा ने बात नहीं मानी, क्योंकि यदि मान लेता तो लोग अपने घर अनाज भेज ही नहीं सकते थे। तब दरबारवालों ने बलपूर्वक लेने का निश्चय किया और रास्ते में छीनने के लिए हथियारों से लैस सैनिकों का एक दल भेजा गया। परंतु हाड़मा भी कम होशियार नहीं था। दरबार में लोग क्या बोलते-विचारते या योजना बनाते हैं, इन सबका पता लगाकर उसने भी अनाज लेकर आनेवाले लोगों की सुरक्षा के लिए अधिक शक्तिशाली दल तैनात कर दिया। इस प्रकार दरबार से भेजे गए सैनिकों को खाली हाथ मायूस होकर लौटना पड़ा। दरबार जाने के लिए वह राजी ही नहीं हुआ और बलपूर्वक पकड़कर ले जाने के लिए किसी की हिम्मत नहीं हुई। इस प्रकार उसे बख्श दिए जाने से वह वैसे कठिन समय में भी अपनी इच्छा और खुशी के अनुसार अपने लोगों की सहायता करने के उपाय खोजने में लगा रहा।

सेना भी चैन से नहीं है। सैनिकों के स्वास्थ्य की देखभाल की व्यवस्था न रहने के कारण उनके अंदर रोग और बीमारियाँ व्याप्त हो गईं। आँधी-तूफान जैसी अचानक आनेवाली मुसीबतों के आने का कोई भय न होने के कारण सैनिक आराम से हैं, क्योंकि पलटन को वहाँ आने में तीन-चार महीने तो लग ही जाएँगे। संतालों की सेना बिखर गई। दोनों भाइयों को भी वे भूल गए। जब संताल लोग भूख से तड़पने लगे तब कमर कसकर सूखे और अकाल से लड़ने के लिए तैयार हो गए। भूखे रहने के कारण पुरुषों की दशा दयनीय हो गई, महिलाएँ दुःख के कारण सूख गईं और बच्चे जब-तब मरने लगे। हूल की महिमा और उत्साह ठंडे पड़ गए।

यह अव्यवस्था जुब्दी (प्रतिबंधित क्षेत्र) से निकलकर दक्षिण-पश्चिम की ओर बाराकर नदी तक, जहाँ कहीं भी संतालों की घनी आबादी थी, उन सब स्थानों में फैल गई। जिनके साथ उनको दुश्मनी निकालनी थी, उनको हैरान-परेशान करके छोड़ा। सरहेट के टिकैत को भगा दिया गया और उसकी धन-संपत्ति लूट ली गई। नारायणपुर का टिकैत भागकर एक तालाब में घुस गया और वहीं गले तक पानी में खड़ा था। उसको पकड़ लिया गया, रस्सी से कसकर बाँधा गया और उसी के घर के आँगन में स्थित काले

रंग के बड़े पत्थर पर रख दिया गया। (क्या वह पत्थर आज तक नहीं है?) उसी के बाप-दादों के नाम से उसके बाईस टुकड़े किए गए और बहुत बुरी-बुरी गालियाँ दी गईं।

उन दिनों किसी को कड़वे ताने मारना संतालों को बहुत अच्छा लगा था। 'पुराना कर्ज चुकाने का नया कानून', यह व्यंग्य उनकी जबान पर होता था, जिसका स्वाद उन्हें मधु के समान मीठा लगा। यदि कोई महाजन पकड़ा जाता तो उधार चुकता करने के अंदाज में उसकी नकल उतारी जाती। रुपए में सोलह आने का मतलब पूरा अदा हो जाना है। हाथ काटते समय वे जोर से चिल्ला उठते, 'चार आना!', पैरों के समय 'आठ आना!', बाँह और जाँघ के समय 'बारह आना' अंत में सिर गिराते समय 'बंधन टूट गया' कहकर जोर से चिल्लाते थे।

शुरुआत में संतालों ने मार-काट में अपने आपको बलशाली पाया। ऐसा लगता था मानो उनके सामने दूसरा कोई भी टिक नहीं पाएगा। अनाज लूटने पर उनको खुशी हुई, उनसे सब थरथर काँपते थे, यह जानकर वे मुसकराते थे। वे उसी स्थान के मालिक बन गए जहाँ उनको कूड़ा-करकट समझा गया। लेकिन यह अधिक ताकत ही उनकी रुकावट बन गई, क्योंकि चारों ओर लोग उनसे भयभीत हो गए और ईर्ष्यालु बन गए। दक्षिण-पश्चिम क्षेत्र में प्राचीन काल की जातियाँ रहती थीं और उनमें से अनेक 'पइकाहा' जाति वाले थे। उस क्षेत्र में ये सैकड़ों वर्षों से रह रही हैं; जब संताल इस क्षेत्र में नहीं चढ़े थे, तब से। जैसे भुइयाँ, खेतौरी, हिंदू, मुसलमान इत्यादि। इन सबने मिलकर चारों तरफ से संतालों को दबाया। सरकार बहादुर हूल शांत करने में और ये लोग हूल फैलने न पाए, इस प्रयास में लगे रहे।

संताल वास्तव में एक साहसी जाति है, इसका प्रमाण उन्होंने दे दिया था। उनका नाम सुनते ही अन्य जाति के लोग बहुत भयभीत हो जाते थे। तथापि अपनी मूर्खता के कारण वे बहुत बड़ी मुसीबत में फँसे थे। एक बार जब विरोध हुआ तो उनका उत्साह ठंडा पड़ गया। एक ही बार के विरोध में उनका वह उत्साह गल गया, जिसके बल पर वे इतने दिनों तक मजबूती से खड़े थे। हिहिड़ी-पिपिड़ी* के समान ही उनका जीवन होगा, इस कल्पना से उतरकर वे धरती पर आ गए और उनको महसूस हुआ कि वे कितने संकट में थे। वे भविष्य की चिंता करने लगे। उन्होंने क्या देखा? उन्होंने देखा कि उनके घर खाली पड़े थे। पशु व मनुष्य सूखकर काँटा हो गए थे, केवल हड्डी बची थी। मकई संतालों का एक प्रमुख अन्न है, परंतु मकई की बारी में घास और झाड़ियों का जंगल उग आया था। कहीं-कहीं पर कमजोर-सी बालियाँ लगी थीं, मानों झाँककर देखती हों। ओह! बड़े-बड़े धान के खेत उन्होंने कितनी खुशी से बनाए थे, ये सब अभी परती पड़े हैं। बारी में कोई फसल नहीं, घर में भी खाने-पीने को कुछ नहीं और इस स्थिति में महाजनों का भरोसा भी नहीं है।

---

* संतालों के पूर्वजों का गढ़, जिसका उल्लेख लोकगीतों में मिलता है

विडंबना यह कि महाजनों को ऋण चुकाने का दिन भी निकट आ रहा है! संताल समुदाय जन्म से ही शांतिपूर्ण जीवन जीनेवाली जाति है। हूल के बाद ही उनका पगलाना बंद हो गया। क्या पुरुष, क्या महिलाएँ, उन्होंने अपनी-अपनी जाति के माँझी व परगनाओं को नियुक्त किया और उन्होंने ग्रामसभा करके सबके झगड़े-झंझट सुलझा दिए। संताल लोग पहले के समान आज्ञा पालन करनेवाले बन गए।

परंतु जो दिन बीत गए, उनकी भरपाई कैसे होगी? यह बात फैली कि संतालों पर सरकार का कहर टूटेगा और वे मर-मिट जाएँगे। पल्टन ने चारों ओर डेरा डाल दिया है। उत्तर में भागलपुर, पूर्व में रामपुर हाट, दक्षिण में सिउड़ी और पश्चिम में देवघर में वे तैयार बैठे हैं। बरसात समाप्त होते ही चारों ओर से झपटेंगे और नामो-निशान मिटा देंगे, जैसा कि उन्होंने स्वयं भी महाजनों को समाप्त किया है। इतने दिनों तक उस क्षेत्र में सिदो-कान्हू की शक्ति इसी बात पर टिकी थी। उन दोनों और शायद पागल गरभू को छोड़ अन्य किसी संताल को भरोसा नहीं था कि 'संताल अपना राज वापस प्राप्त कर लेंगे'। परंतु तब तक जीवन की अंतिम लड़ाई लड़ने के लिए दोनों भाइयों के पास लोग जमा हो ही रहे थे। क्षेत्र के सभी लोग, चाहे छोटे हों या बड़े, सिंगराय जैसे लोगों का तो कहना ही नहीं, क्योंकि उनका अपराध तो माफी प्राप्त करने की आशा से अधिक बड़ा था। सभी को यह विश्वास था कि ब्रिटिश सरकार ने संतालों का अस्तित्व समाप्त करने की ठान ली है (परंतु ब्रिटिश सरकार का ऐसा कोई इरादा नहीं था)। इस कारण संतालों ने सोच लिया कि लड़कर मरने के अतिरिक्त अन्य कोई चारा नहीं है।

परंतु संपूर्ण हंगामे के समय प्रारंभ से अंत तक हाड़मा एडेन साहब पर ही भरोसा करता रहा और उसने जब सुना कि उसके मित्र को सहायता के लिए कमिश्नर नियुक्त किया गया और उसे हूल का निपटारा करने का उत्तरदायित्व भी मिला है, तब उसकी जान में जान आ गई। उस दिन के बाद से उसका भरोसा और अधिक दृढ़ हो गया।

एडेन साहब ने भी जब यह सुना कि हाड़मा की नियुक्ति साम परगना के स्थान पर हुई है तो वे बहुत खुश हुए, क्योंकि वह और साम परगना उनके प्रिय पात्रों में जो थे! संतालों की स्थिति पर सहानुभूतिपूर्वक विचार कर उनको फिर से आबाद करने के लिए सरकार से निवेदन करने का उनको आधार मिल गया। क्योंकि संतालों के बीच एक भला व्यक्ति मिल गया है, जो हंगामे में शामिल ही नहीं था और जिसके हाथ बिलकुल साफ-सुथरे थे। अपने लोगों का नेतृत्व वह बुद्धिमानी से करता रहा है और उस आस-पास में लोग उसका आदर व सम्मान करते हैं।

संतालों को किस नियम-कानून के अनुसार चलाया जाए, जब सरकार यह सोच रही थी, उस समय एडेन ने बढ़-चढ़कर हिस्सा लिया और अंत में उसी की बात मानी गई अर्थात् बदला न लेकर इन पर अच्छी तरह शासन-प्रशासन किया जाए। तथापि धोखेबाजों और प्रमाणित हत्यारों को उचित सजा देकर जाति को तो इस संकट से बचाना ही होगा, क्योंकि हूल की जड़ तो वही हैं न! □

31

साम परगना के हाकिम

दशहरा आ गया। मिट्‌टी भी सूख गई। फौज इसी बात की प्रतीक्षा कर रही थी। उनका ऊपर आना आरंभ हो गया। सबसे पहले पहाड़ी फौज एक साथ मैदान में डट गई। पेयालपुर का धब्बा मिटाने के लिए सब व्याकुल हो रहे थे। फौज ने संग्रामपुर में डेरा डाला, वहाँ की जमीन समतल व तराई में है। पहली लड़ाईवाले स्थान के समान ऊबड़-खाबड़, पत्थर, जंगल और खाई कुछ भी नहीं है अर्थात् यह उनके परेड मैदान से भिन्न नहीं है। फौज को वह स्थान अनजाना नहीं लगता, इसी कारण कर्नल ने वहाँ रुकने का निर्णय लिया, इस आशा के साथ कि फौज को मारने की आस में वह संतालों को ललकारकर यहाँ ले आएगा।

संतालों के मन में भी ऐसा करने की इच्छा है। सिदो-कान्हू का आह्वान सुनकर लड़ाई के लिए तैयार असंख्य लोग शत्रुओं को समाप्त करने के लिए दौड़ते हुए चल पड़े। ये लोग संग्रामपुर जानेवाले मार्ग के निकट पश्चिमवाले एक टीले की ओट में हैं और उन्होंने पहरे के लिए पूरी रात आग जलाकर रखी, जो फौजियों के डेरे से जलती-बुझती दिखाई दे रही थी। स्वयं को गरम रखने के लिए, सर्दी व घुप्प अँधेरे में भी वे रात भर टामाक (छोटा नगाड़ा) बजाते रहे, तुरही फूँकते रहे, थोड़े-थोड़े अंतराल पर ललकारने के लिए हल्ला करते रहे, गाते-बजाते रहे और उछलते-कूदते रहे।

लड़नेवाले नाच रहे हैं और चारों ओर कूदते फिर रहे हैं, परंतु इनके सरदार एक सुर में बातचीत कर रहे हैं और एक बार फिर सिंगराय व चंदराय अलग-अलग हो गए। सिंगराय ने दोनों भाइयों को छोड़ा नहीं था, परंतु चंदराय अन्य लोगों के साथ हाड़मा की बात पर भाग गया था। लेकिन उनके दुःख में परगना की सहमति से और स्नेह के कारण सिदो-कान्हू की ओर उसका मन घूम गया था; संकट का अंदाजा लगते ही वह उनके दल में शामिल हो गया था। चंदराय किसी के अधीन नहीं है और न उसने कोई आस लगा रखी है, परंतु मन कड़ा करके वह दोनों स्वामियों के साथ रहने के लिए चिपका हुआ है। वह जान देने के लिए भी तैयार है। सिंगराय अच्छे मनवाला व्यक्ति नहीं है और न ही

उसको कोई मोह है। वह उनके पास से छिटक नहीं रहा है, क्योंकि उन दोनों की प्रगति में ही उसे बचने की उम्मीद है। उसके लिए मरने से अच्छा जीना ही है। जो जितना भी तंग आया हो, परंतु उसके सुझाव ऐसे हैं कि ऊँच-नीच समझ-बूझकर ही अमल में लाए जा सकते हैं और चूँकि वह बुद्धू नहीं है, इसलिए लोग सुन ही ले रहे हैं।

चंदराय ने देखा कि दोनों भाई सैनिकों को कतार में लेकर जा रहे हैं। दोनों आगे चल रहे हैं फौज से टकराने के लिए। दोनों को अपनी शक्ति पर पूरा भरोसा है और पिछली बार के समान परास्त करने के लिए दोनों ही बेचैन हैं। जब उनको फौज के तंबू दिखने लगे, तब चंदराय ने उनसे बार-बार कहा कि यह मैदानी इलाका है और हमारे लड़ने की परंपरा से भिन्न स्थान है, इसलिए यहाँ से सैनिकों को लौटा लीजिए। लेकिन सिंगराय ने इसके बिलकुल विपरीत सुझाव दिया कि तुरंत चढ़ाई कर देना ही बेहतर होगा। सामने तो फौज की संख्या कम ही है, अधिक तो रास्ते में ही हैं, आ रहे हैं। देर हो गई तब बड़ी फौज से लड़ना होगा।

उसने कहा कि यदि हम इन थोड़े से फौजियों को हरा नहीं पाएँगे तो जब अन्य भी आ जाएँगे तो उनका सामना कैसे कर पाएँगे? और यदि हम इंतजार करते हैं तब इतने लोगों के लिए भोजन कहाँ से लाएँगे? इसके अतिरिक्त यदि हमारे सैनिक बिना लड़े लौट जाते हैं तब इनका उत्साह ठंडा हो जाएगा और ये तितर-बितर हो जाएँगे, आप लोग देख लेना!

"हाँ-हाँ, ऐसा ही करना सही रहेगा।" कान्हू बोल पड़ा था, क्योंकि सिंगराय की दो टूक परिपक्व बातों का वह कायल हो गया था, "चाक की देवी भी हमारे साथ हैं और हमें अवश्य ही विजयी बनाएँगी।"

सिदो ने भी आदत के अनुसार हाँ में हाँ मिलाते हुए कहा—"हाँ-हाँ हम जीतेंगे!"

दूसरे दिन प्रातः दोनों भाई अपने 'मोंड़ें होड़' (पंचों) के साथ फौजियों का जायजा लेने के लिए एक छोटे टीले में लगे उनके तंबुओं की टोह ले रहे थे। टीला पेड़ों से भरा था। सबने छोटी-छोटी टोपियाँ पहन रखी थीं और एक छोटी सी सेना जैसे दिख रहे थे। परंतु तंबुओं के बाहर वे झुंड के रूप में खड़े थे और संताल सरदारों की दृष्टि में एक ही कतार में थे। इसके बाद उन्होंने मुड़कर अपने सैनिकों की ओर देखा तो पाया कि टीले के दोनों ओर वे हजारों की संख्या में थे और जब उन्होंने एक कतार के लाल टोपीवालों से तुलना की तो उनके मन में अपार शक्ति का संचार हो गया तथा विजयी होने की संपूर्ण आस मन में उत्पन्न हो गई।

कुछ ही क्षण पश्चात् बड़ी फौज में से एक छोटी टुकड़ी अलग हो गई और टीले की ओर आने लगी मानो संतालों को हराने के लिए ही वे आ रहे थे। चंदराय ने अपनी राय दी, "उनकी ओर ध्यान ही मत दो!"

उनका साहस देखकर कम समझदार युवा स्वयं ही शिकंजे में फँस रहा था।

कान्हू आग बबूला हो गया और बोला, "देखो-देखो इस ढीठ को देखो तो, चंदराय, इनको चाबुक मार के जरा सीधा तो करो, तब अकल ठिकाने आएगी!"

यह सुनते ही चंदराय कूदकर सामने आ गया। वह दौड़ता हुआ फौज की ओर गया और उसके पीछे तीन सौ पहरा करनेवाले सिपाही (सिदो-कान्हू के सैनिक) भी चल दिए। उन्हें आता देखकर फौज के जवान खड़े हो गए और कतारबद्ध होकर उनके आने की प्रतीक्षा करने लगे। जब चंदराय के सैनिक फौजियों से कुछ कम दूरी पर आ गए तब अचानक धुआँ-सा निकला और पाँच-छह संताल सैनिक जमीन पर गिर गए। उनमें उत्साही चंदराय भी शामिल था। उसको सिर में एक गोली लगी थी, जो मगज चीरती हुई पार हो गई।

हतप्रभ होकर संताल पीछे हटने लगे; परंतु तभी एक अन्य नेतृत्व करनेवाला कूदकर चंदराय के स्थान पर खड़ा हो गया और सबको आगे बढ़ने के लिए आदेश देने लगा। यह सुनकर और फौजियों को पीछे हटता देख संतालों ने इनको खदेड़ने का प्रयास किया। वे फौजियों से भी तेज दौड़ते हुए उनके पीछे भागे और जब फौजी बंदूक दागते तो ये भी उनको तीर मारने का प्रयत्न करते। अनेक लोगों के मरने के बावजूद संताल लोग अत्यंत प्रयत्न पूर्वक तीर मारने की दूरी तक पहुँच गए। कान्हू ने देखा कि एक-दो फौजी जमीन पर गिर गए थे। खाली मैदान में उनके शरीर आगे बढ़ते संतालों और पीछे हटते फौजियों के बीच लाल गोली के समान बिछे थे और उनमें से एक व्यक्ति दर्द से बिलबिला रहा था।

उन्हें देखकर कान्हू बिलकुल सतर्क हो गया। चंदराय को गिरता देखकर उसका मन बदला लेने के लिए गरम हो गया। सामने अपने लोगों को बढ़ता हुआ देखकर वह दृढ़तापूर्वक खड़ा हो गया। उसने पैर उठा लिया और तलवार को मजबूती से थाम लिया। लाल पोशाकवाले कुछ के गिरते ही उसके मन में निकट से भिड़ जाने की इच्छा बलवती होने लगी और वह स्वयं को सँभाल नहीं पाया। इसी समय चंदराय की लाश उठाकर उसके पैरों के पास रख दी गई। इसके बाद वह घमासान युद्ध में कूद पड़ा।

क्रोध से उबलते हुए उसने अपने बड़े भाई सिदो से जोर से कहा, "बहुत हो गया! चंदराय के खून का बदला लेना ही होगा। हम इनका वंश निर्मूल करके रहेंगे।"

सिर के ऊपर तलवार भांजते हुए सिदो को साथ में लेकर तथा फौजियों को काटने के लिए लोगों का आह्वान करते हुए वह बाढ़ के पानी के समान हुदहुदाकर आगे बढ़ा। इसी समय पीछे हटते फौजी अपने दल के लोगों से जा मिले और दौड़ानेवाले संताल खड़े हो गए। क्योंकि बिना किसी सहायता के उतनी बड़ी फौज को मारना उनको असंभव-सा प्रतीत हुआ। अपनी योजना के अनुसार हजारों संतालों को ढलान से दौड़कर नीचे उतरता

देखकर कर्नल हलके से मुसकराने लगा। सब गिरते-पड़ते अकेले-अकेले दौड़ते आ रहे थे, एक साथ व्यवस्थित ढंग से नहीं। परंतु उनकी संख्या गंगा नदी के बालू के समान होने के कारण और हृष्ट-पुष्ट दिखने के कारण तथा हिरण के समान हलकी दौड़ लगाने तथा बादल गरजने के समान चिल्लाने के कारण वे भयंकर दिख रहे थे। वे खाई में गिरने जा रहे थे, यह अनुमान उन बेचारों को नहीं हो पाया था। उनका सामना करने के लिए कर्नल तैयार बैठा था।

पहाड़ी से बहकर नीचे आते बाढ़ के पानी के समान हजारों लोग दौड़ते हुए नीचे आए और उनकी छोटी सी सेना जो पीछा कर रही थी, उसी भीड़ में समाकर विलीन हो गई। सभी संपूर्ण उत्साह और जोश के साथ दौड़ते आ रहे हैं और सिदो व कान्हू सबसे आगे हैं। इसी समय फौज ने बंदूक चलाना आरंभ कर दिया। ओले बरसने के समान गोलियाँ चलीं और सामने के अनेक लोग मार गिराए गए। सबसे पहले कान्हू को ही गोली लगी। वह हाथ उठाकर भूमि पर गिर पड़ा, क्योंकि गोली उसके कलेजे के पार हो गई थी। उसको गिरता देख तथा अन्य लड़ाकुओं को भी गिरते देख सिदो क्रोध से आग बबूला हो गया। वह तीर चलाता हुआ हवा के समान दौड़कर फौज से भिड़ गया और उसके साथ दिसोम सेना भी साथ में दौड़कर पहुँच गई। निशाना साधे फौजियों पर वे दौड़ते हुए तीर चलाते गए। यद्यपि अनेक का निशाना चूका, तथापि कुछ तीर निशाने पर जा लगे थे।

इधर जब तीर चल रहे थे तब फौजियों ने भी दनादन बंदूकें चलाईं और अनगिनत लोगों को मार गिराया। ये ज्यों ही आगे बढ़ते, इनको गोलियों से भून दिया जाता। अचानक एक गोली सिदो को जा लगी और तलवार पकड़नेवाला हाथ ढीला पड़ गया क्योंकि गोली ने उसकी बाँह छलनी कर दी थी। सिंगराय व साथ के लोग उसे उठाकर पीछे की ओर ले गए। उसने सिर हिलाकर ले जाए जाने का हलका विरोध किया। उसने शत्रु से लड़ना जारी रखने का प्रयास किया परंतु दर्द और लहू बहने से निढाल होकर बेहोश हो गया। उसे टाँगकर टीले के ऊपर नीम की छाँव में ले जाया गया। डालियों से खाट बनाई गई, उस पर लिटाया गया और टाँगकर जंगल के अंदर ले जाया गया।

अपने सरदारों की मृत्यु व जाहेर एरा (वन देवी) की सहायता न मिलती देखकर, क्योंकि दोनों भाइयों ने कहा था कि जाहेर एरा संतालों की सहायता करेंगी ही, अनेक लोग अत्यंत निराश हो गए। उनकी शक्ति कमजोर पड़ गई और वे इधर-उधर भाग खड़े हुए। गरभू जैसे एक-दो पके-पकाए लोग और पहरा करनेवाली साहसी सेना ने इन सब पर ध्यान दिए बिना जान की बाजी लगाकर लड़ना जारी रखा। अनेक बंदूक की संगीनों से मारे गए, जबकि गरभू जैसे कुछ लोग संपूर्ण शरीर घायल होने के बावजूद फौजियों के बीच घुसकर लड़ते-लड़ते गिर गए। जब तक वे नहीं गिरे थे, उन्होंने फरसे से वार करके

अनेक फौजियों को मार गिराया।

झुंड-के-झुंड संताल सेना का आना देखकर फौज उनकी ताक में प्रतीक्षा करती रही, इस कारण संतालों की भीड़ को भागने का अवसर मिल गया। उनको दौड़ाने के लिए निकट में सिपाही नहीं थे। इसके अतिरिक्त सख्त वर्दी व जूते पहनकर भारी बोझ पीठ पर लादे फौजी दौड़ने के मामले में संतालों के सामने तो कुछ थे ही नहीं।

घायलों को उठाया गया और इधर-उधर बिखरे अनेक हथियारों को चुनकर जमा किया गया।

सिंगराय और उसके साथ के दो लोग अपने घायल सरदार को उरनी जंगल के बीच ले गए तथा पिपरा पहुँच गए। मुनिया ने घाव धोये और टूटी बाँह पर कपड़ा बाँध दिया तथा सिदो व सिंगराय दोनों को पसंद न करने के बावजूद हाड़मा ने उनका आतिथ्य बहुत अच्छी तरह से किया।

परंतु वे वहाँ भी टिक नहीं सके, क्योंकि लहू का चिह्न ढूँढ़ते हुए लोग वहाँ पहुँच गए थे। ये गैर-संताल लोग थे, जिनको आस थी कि सिदो को पकड़वाने पर इनाम में मोटी रकम मिल सकती है। इनमें कुछ संताल भी शामिल थे, जो बदले की भावना से व्याकुल हो रहे थे, क्योंकि जब सिदो के पास अधिकार था तब उसने उन्हें ठेस जो पहुँचाई थी। जुर्माना लगेगा, यह सोचकर वे हाकिम के द्वारा उसे समझाए जाने पर भी विचार कर रहे थे। भागनेवालों का मन था कि वहाँ से निकलकर दक्षिण-पश्चिम के उरनी जंगल के बीच से होते हुए बाराकर के उस पार निकल जाएँ। एक शरण स्थान से दूसरे शरण स्थान और वहाँ से फिर तीसरे में, इस प्रकार उन चारों बेचारों को दौड़ाया जा रहा था और वे इधर से उधर भटक रहे थे, जबकि लहू का पीछा करनेवाले भी उधर ही पीछे-पीछे जा रहे थे जिधर वे जा रहे थे।

अंतत: इस खोज का अंत हो गया। जंगल के अंदर एक छोटे-से घर में सिदो और उसके साथवालों को पकड़ लिया गया। सिदो थककर चूर हो रहा था। घाव की सही देखभाल न होने के कारण वह तेज बुखार से बेहोश जैसा हो रहा था और उसके साथ वाले भी भूख-प्यास से इतने थक चुके थे कि उन्होंने गिरफ्तारी का थोड़ा भी विरोध करने का प्रयास नहीं किया। गिरफ्तार करनेवाले उन्हीं की जाति के थे परंतु उन्होंने थोड़ा भी तरस नहीं खाया। उनको बाँस के लट्ठे में बाँध दिया गया और टाँगकर हाकिम के पास ले जाया गया। सिदो और सिंगराय पर कानून के अनुसार मुकदमा हुआ। दोनों को दोषी पाया गया और फाँसी की सजा सुनाई गई और उनको फाँसी दे दी गई। उन्होंने वीरों के समान मृत्यु का वरण किया।

वास्तविक लड़ाई समाप्त हो गई। इसके बाद क्या हुआ, यह हमें एक अधिकारी के अनुसार श्रीमान विलियम हंटर बता रहे हैं—'यह लड़ाई नहीं अपितु अकारण अनेकों का

मारा जाना था।' जान हथेली पर लेकर झुंड-के-झुंड संताल इधर-उधर भटक रहे थे, क्योंकि क्या करें, क्या नहीं, यह उनकी समझ में नहीं आ रहा था। फौजी उन्हें व्यग्रता से इधर-उधर ढूँढ़ रहे थे और इच्छा न रहने के बावजूद कई हिम्मती लोगों को जंगल के हिरण के समान गोली से मार दिया गया। इसका कारण यह था कि सामना करने की शक्ति न होने के बावजूद उन्होंने समर्पण करना स्वीकार नहीं किया। वे मृत्यु-पर्यंत इस आशा में बोलते रहे कि शत्रुओं का नुकसान किसी भी प्रकार से हो जाए।

अनेक संताल गिरफ्तार हुए जिनमें अधिसंख्य घायल लोग थे। उन्होंने फौजियों को खूब खरी-खोटी सुनाई, क्योंकि अकारण ही वे भले लोगों के विरुद्ध खड़े हो गए थे। क्योंकि संतालों ने सरकार के साथ कोई धोखा नहीं किया था बल्कि गैर-संताल महाजनों से स्वयं को बचाने का प्रयास किया था। जेलखाने में स्थान न होने के कारण उन्हें मैदान ही में पहरे में रखा गया। तुरंत कठोर सुनवाई हुई और दोषी पाए गए लोगों को सजा भी हुई। इस प्रकार दंड देने का काम समाप्त हुआ।

अनेक लोग छोड़े भी गए। इसके कुछ ही दिनों बाद भय से पस्त हो चुके संताल हाकिमों के पैरों पर क्षमादान पाने के लिए गिर पड़े, क्योंकि भूख और गरीबी से वे बेबस हो चुके थे।

सभी एक-दूसरे से मुँह खोलकर पूछते हैं कि सरकार क्या करेगी? सुनने में आता है कि गैर-संतालों ने निश्चय कर रखा है कि संतालों को एक-एक कर उनकी भूमि से हटा दिया जाएगा तथा उनसे अधिक शांत रैयतों के साथ बंदोबस्त किया जाएगा।

वकील, मुख्तार, किरानी, चपरासी और पुलिस सबको आशा हो गई कि देश की दशा कठिन हो जाने के कारण संतालों का क्षेत्र जाने दिया जाएगा। इस हूल से यह स्पष्ट दिख गया कि उनकी सोच के अनुसार अनेक अदालतों और पुलिस की आवश्यकता होगी। ऐसा होने से उनके संबंधियों, मित्रों को अनेक नौकरियाँ मिल जाएँगी। लोग झुंड-के-झुंड चक्कर लगाने लगे। फलस्वरूप आवेदन पर आवेदन आने लगे। पदों पर सहमति होने से पहले ही आवेदन देनेवाले लोगों के विरुद्ध चुगली और शिकायतें आने लगीं।

जो महाजन भाग खड़े हुए थे, वे बंडल-के-बंडल सट्टा (दस्तावेज) देखते हुए अपने आपसे पूछ रहे हैं कि भला कितने आसामी मरने से बच गए होंगे? इनके साथ लेन-देन में जिन लोगों की अनबन होती है, उनमें से अधिसंख्य मारे जाते हैं। अनेक के पालतू पशु इत्यादि सभी नष्ट हो गए। जो बच गए हैं उनको बहुत ही अच्छा अवसर और समय मिला हुआ है और वे इस उधेड़बुन में हैं कि कैसा चारा लगाया जाए कि पहले के समान ही सबको पुन: फँसाया जा सके।

जिस स्थान पर हूल हुआ था, वहाँ के आस-पास के दुकानदारों ने इस आशा में अनाज जमा करके रखा था कि सरकार के लोग ग्राहक बनेंगे। कैसे खूब महँगा बेचें और

जो न डूबे ऐसी पूँजी कैसे लगाएँ, सब इसी उधेड़बुन में डूबे हैं।

पहाड़िया लोगों को कोई चिंता नहीं है। पहाड़िया सेना ने अपनी बहादुरी से अच्छी ख्याति अर्जित कर ली। उन्होंने पहाड़ के ऊपर रहना ही पसंद किया, तराई में नहीं। यदि वे तराई की प्रजा होते तो गैर-संतालों से अधिक संतालों को ही अधिक पसंद करते। क्योंकि अन्य लोग उस इलाके की लाश के ऊपर गिद्ध के समान मँडरा रहे हैं। अनेक पहाड़िया लोगों के संताल मित्र थे, जिनको उन्होंने शरण भी दी थी जैसे तराई की फौज ने जब हमला बोला था तब सिंगा सरदार ने हाड़मा और उसके पूरे परिवार को आश्रय दिया था।

जब संताल लोग अपने-अपने घरों को लौट गए तब अकाल की भारी चिंता में पड़ गए। अकाल के राक्षस से कैसे जान बचे? इसी को उन्होंने बड़ा दुर्भाग्य मान लिया तथा सरकार के दंड को भूल गए।

लड़ाई तो समाप्त हो गई परंतु एक ही चिंता चल रही है कि संतालों की क्या दशा होगी? एक शाम पानी भरने के समय हाड़मा और उसकी पत्नी पिंडा[1] में बैठकर हूल और संतालों के दुःख-कष्ट के बारे में ही आपस में बातें कर रहे थे; अचानक उनको आँगन के प्रवेश द्वार पर घनी दाढ़ीवाला एक व्यक्ति, जिसने सिर पर लाल पगड़ी बाँध रखी थी, चपरासियों द्वारा धारण किए जानेवाले चिह्न को कंधे पर यज्ञोपवीत धारण किए जाने की शैली में धारण किए हुए दिख गया। उसे देखते ही दोनों बिलकुल आशंकित हो उठे। हाड़मा डर गया (फिर पहले ही जैसे दिन लौट आए क्या?) और उठ कर उसी व्यक्ति को अपलक देखता रहा। हाँ, वह चपरासी को ही देख रहा था, जो थका हुआ जान पड़ता था। सहसा उसे बोली सुनाई दी, "हाड़माजी, मुझे पहचान रहे हैं कि नहीं?"

हाड़मा ने दृष्टि उठाकर देखा। अचानक खुशी से भरपूर हँसी की आवाज से उसका समस्त भय, आशंका समाप्त हो गए और वह बोल पड़ा, "अरे, तुम तो पीरू हो, है न!"

वह एडेन साहब का अर्दली था। पुनर्मिलन हो जाने से दोनों ही अत्यंत प्रसन्न हुए। पीरू जब दाँत दिखाकर हँसते हुए जोर से कोई बात बोलता है तो याद रखिए कि अवश्य कोई आवश्यक व विशेष बात होगी; "क्या भाई, आप चपरासी की हमारी पोशाक देख कर भड़क गए थे क्या? लेकिन घबराने की कोई बात ही नहीं है। दीन साहब[2] आमड़ापाड़ा में हैं। उन्होंने आपको बुलाकर साथ में ले जाने के लिए मुझे भेजा है।"

हाड़मा ने कोई ना-नूकुर नहीं की। केवल पीरू को भोजन करके विश्राम करने का थोड़ा समय दिया। इसके बाद वह दो लोगों के साथ, एक चकलादार और एक युवा को

---

* आमतौर पर गाँव की गली की बाहरी दीवार या आँगन की दीवार से सटाकर बनाया गया छोटा चबूतरा जैसा निर्माण, जो दीवार को मजबूती प्रदान करने के साथ-साथ बैठने के काम भी आता है, 2. एडेन साहब को मुसलमान लोग 'दीन साहब' बोलते थे

साथ लेकर, पुराने मित्र से मिलने के लिए पीरू के साथ तुरंत चल दिया। वे चलने के लिए बाहर में खड़े ही थे कि अचानक हाड़मा ने याद किया—अरे! एक चीज तो वह भूल ही रहा था। वह वापस लौटा और मचान के ऊपर टँगी मिट्टी की हाँड़ी के अंदर से उसने मोड़ी हुई कोई वस्तु निकालकर अपने पास रख ली।

पीरू के साथ उसकी सुरक्षा में रहने के कारण जो महाजन लौट आए थे, उन्होंने हाड़मा से कुछ नहीं कहा। वे पूरे आमड़ापाड़ा में हजारों की संख्या में भर गए थे। उसने उनके समस्त व्यंग्य बाणों और चिढ़ाए जाने को सहन कर लिया। उसने स्पष्ट समझ लिया कि संताल लोग संकट में पड़ेंगे और जमीन-जायदाद से वंचित हो जाएँगे, इसी कारण वे उसे चिढ़ा रहे थे।

हाड़मा और उसके साथवाले लोग रात ढलते-ढलते डेरा के स्थान पर पहुँच गए। यह सवई घास की पुरानी छतवाला मिट्टी की दीवारों से बना दो कमरे का बँगला था। एक ओर नदी का किनारा और दूसरी ओर गाँव की गली, इसी के बीच सँकरे से स्थान में ऊँचे-ऊँचे शाल के पेड़ों के बीच यह बँगला बनाया गया था। उपद्रव के बाद से सभी बँगलों की देखभाल में कोताही बरती गई है, क्योंकि समय-समय पर इनकी मरम्मत रैयत ही किया करते थे। सवई घास के सड़ जाने से छत जर्जर हो गई है तथा कहीं-कहीं पर पतले बाँस और लकड़ी की धरन भी दिखाई देने लगे हैं। यह सब देखकर प्रतीत होता है कि सचमुच देखभाल नहीं हुई है। देखभाल के अभाव में मिट्टी की दीवार, दक्षिण व पूरब की ओर से आनेवाली वर्षा के पानी से खराब होकर जगह-जगह से बदरंग और उचटी दिखाई देती है। सामने के बरामदे पर चढ़ने के लिए बनी सीढ़ी गाय-भैंसों के खुरों से टूट-फूट गई थी।

शाम हो गई। बरामदे में एक मामूली-सा सफारी टेबल बिछा दिया गया है। उसी के निकट कुरसी पर एक गोरा व्यक्ति बैठा है। उसके सिर पर टोपी नहीं है और उसने कमीज पहन रखी है तथा वह एकटक कागज ही को देख रहा है। वह कुछ लिख रहा है। उसको देखते ही हाड़मा का कलेजा धक से हो गया और आँखें डबडबा आईं, क्योंकि वह तो उसके और साम परगना के मित्र हिन साहब स्वयं थे।

जैसा कि जंगीपुर में होता था, पीरू साहब के सामने खड़ा हो गया और जैसे ही कलम की गति कुछ धीमी हुई, वह हलके से खाँसा। हिन साहब ने अचानक दृष्टि उठा कर देखा। कार्य में हुए व्यवधान के कारण उनकी दृष्टि में क्रोध था। हाड़मा का दिल धक-धक धड़क रहा था और वह साहब ही को देख रहा था। परंतु हाड़मा को देखते ही जब एडेन साहब खिलखिलाकर हँस दिए तो उसके मन से समस्त आशंका जाती रही।

उन्होंने हँसते हुए कहा, "अच्छा, तो तुम आ गए हाड़मा बेटे! ओह, बहुत दिनों के बाद फिर से हमारी मुलाकात हुई। चलो, ऊपर बरामदे में आओ और बैठ जाओ!"

टूटी-फूटी सीढ़ियों पर पैर रखते हुए हाड़मा बरामदे में आ गया और उसने कोई भी शब्द कहे बिना एडेन साहब को उनके पैरों पर झुककर प्रणाम किया। हिन साहब ने उसको उठाया और उसके कंधे थपथपाए। उसके आचरण की खूब प्रशंसा की, अपनी कुरसी के पास उसको जमीन पर बिठा लिया और उससे हालचाल पूछा। यह उनकी पहली वार्त्ता थी। इसके बाद दोनों में अनेक विषयों पर बातचीत हुई।

हाड़मा को जब साम परगना की मृत्यु के संबंध में बताया गया तो वह व्याकुल हो गया। फिर हाड़मा ने साथ में लाई पोटली खोली। उन्होंने आश्चर्य से देखा कि यह वही कपड़ा था, जिसे उन्होंने साम परगना के सिर के नीचे तकिया करने के लिए रख दिया था।

हाड़मा ने कहा, ''साहब, उनके साथ तुलना करने लायक कोई है ही नहीं। हाँ, एक भी नहीं है। हम समझते हैं कि हमारे भैया को मेरी जाति के किसी भाई ने पहचाना ही नहीं; हम ने भी उनको थोड़ा-थोड़ा ही जाना था।''

एडेन साहब ने उत्तर दिया, ''हमने भी उससे बहुत कुछ सीखा है। उसी ने तुम्हारी जाति का दु:ख मिटाने का नुस्खा मुझे बताया था और मैं अन्य लोगों को वही बताने की कोशिश कर रहा हूँ।''

हाड़मा बोला, ''साहब, हम लोग दु:ख के घोर अँधेरे में पड़े हुए हैं और आपने ही मुझे आशा दी है। हमारी भलाई का कोई अवसर है कि नहीं?''

एडेन साहब छूटते ही बोले, ''हाँ-हाँ, है न! यहाँ के हाकिम तो क्रोधित हो गए थे और ठान लिया था कि वे तुम लोगों को तुम्हारी जमीन-जायदाद से बेदखल कर देंगे क्योंकि वे बोल रहे थे कि संताल लोग अत्यन्त कड़वे स्वाभाववाले हैं, वे बिलकुल समर्पण नहीं करते हैं। परंतु समुद्र के पार दूर देश में…।''

हाड़मा ने हठात् बीच ही में टोककर पूछा, ''कौन! कोंपनी!''

''हाँ!'' एडेन साहब ने कहा, ''कंपनी ने हूल के समय ही तुम्हारे रोने-चिल्लाने की आवाज सुन ली थी और यह संदेश भेजा है कि इसका कारण कर्त्ता-धर्त्ताओं की लापरवाही थी। संतालों को किसी भी हाल में सजा नहीं दी जाएगी। इसलिए अब से तुम लोगों को भली मंशा के साथ चलाने का हमने मन बना लिया है।''

जिस समय एडेन साहब यह सब कह रहे थे, हाड़मा धीरे-धीरे खड़ा हो गया और एडेन साहब को एकटक देखने लगा। इसके बाद वह सीधा खड़ा हो गया और संतालों के समान ही दाहिना हाथ लहराते हुए जोर से बोला, ''काश, साम परगना होते और काश उन्होंने अपने कानों से यह सब सुना होता!''

एडेन साहब ने गंभीर स्वर में कहा, ''हाँ, मंसूबा तो पूरा हो गया। अब तुम लोगों के लिए भी तुम्हारे अपने हाकिम बहाल होंगे।''

हाड़मा थोड़ा आगे जाकर उत्सुकतावश जोर से पूछ बैठा, ''वे कौन हैं? वह कौन

हैं साहब? आप लोग एक-दो दिनों के लिए आते हैं और फिर अंतर्धान हो जाते हैं। ऐसे में आप लोग कैसे समझ पाएँगे कि हाकिम के गुण-पुण्य में ही हमारे सुख-दुःख अटके हुए हैं।''

एडेन साहब ने आँखें झपकाते हुए कहा, ''तब तुम लोग कैसा हाकिम पाकर संतुष्ट होगे?''

हाड़मा मन-ही-मन विचार करने लगा, पोंटेट बूढ़े हो गए हैं और शायद परेशान भी हो गए हैं, वे नहीं। उनको हम जानते हैं और वे भी हमको जानते हैं। ''लेकिन केवल नाम का हाकिम नहीं बल्कि हम सब असली हाकिम चाहते हैं, जो सबसे अच्छे हों।''

''ठीक है, ठीक है, लेकिन वो हैं कौन?'' एडेन साहब ने पूछा।''

हाड़मा थोड़ा सकुचाते हुए जल्दी से बोला, ''आप ही साहब, आप ही!'' यह कह कर हाड़मा देखने के लिए पीछे हटा कि एडेन साहब खुश हुए या नहीं।

एडेन साहब ने उत्तर दिया, ''तुम लोग भाग्यशाली हो, क्योंकि हम ही तुम्हारे हाकिम बनेंगे।''

हाड़मा ने जब यह सुना तब वह एक पैर पर खड़ा हो गया और दूसरे पैर का घुटना ऊपर उठाकर उस पर ताल ठोंकने लगा, क्योंकि मुँह से आवाज नहीं निकल पा रही थी, वह अवाक् हो गया था।

एडेन साहब ने उससे कहा, ''अच्छा हाड़मा, तुम लोगों का हाकिम बन जाने पर···।''

परंतु हाड़मा ने बीच ही में टोककर कहा, ''अच्छा साहब, हम दूसरों को यह बात बता सकते हैं कि नहीं? मेरा मन पहाड़ के समान ऊँचा हो गया है। अब सबकुछ भला होगा!''

एडेन साहब ने उत्तर दिया, 'हाँ, तुम बेहिचक सबको बता सकते हो। परंतु हम कह रहे थे कि हूल में जो कुछ बुरा हुआ है, उसको दुरुस्त करने के लिए हम लोग एक पल भी बरबाद नहीं होने देंगे। हम और तुम और दूसरे अच्छे लोग मिलकर प्रदेश की प्रजा की रखवाली करेंगे। हम अकाल रूपी दानव को मार भगाएँगे और यह भी तय करेंगे कि प्रदेश में लोगों को अधिकार व न्याय मिले। होशियार और बुद्धिमान साथियों को मेरे पास लाओ, ताकि हम दारोगा, चपरासी और किरानियों के बिना ही इस प्रदेश को चला सकें।''

हाड़मा ने एक बार फिर जोर से कहा, ''साहब, साहब! सबकुछ बहुत अच्छा होगा, क्योंकि हम लोगों को साम परगना के हाकिम जो मिल गए!''

□□□